Dana Swift

Cast in Firelight

Dana Swift

CAST IN FIRELIGHT

Magie der Farben

Übersetzung aus dem amerikanischen Englisch
von Michael Krug

one

Die Bastei Lübbe AG verfolgt eine nachhaltige Buchproduktion. Wir verwenden Papiere aus nachhaltiger Forstwirtschaft und verzichten darauf, Bücher einzeln in Folie zu verpacken. Wir stellen unsere Bücher in Deutschland und Europa (EU) her und arbeiten mit den Druckereien kontinuierlich an einer positiven Ökobilanz.

Titel der englischen Originalausgabe: »Cast in Firelight«

Für die Originalausgabe:
Copyright © 2020 by Dana Swift
Jacket art copyright © 2020 by Charlie Bowater

All rights reserved including the right of reproduction in whole or in part in any form.
This edition published by arrangement with Random House Children's Books,
a division of Penguin Random House LLC

Für die deutschsprachige Ausgabe:
Copyright © 2023 by Bastei Lübbe AG, Schanzenstraße 6 – 20, 51063 Köln

Textredaktion: Elena Bruns
Umschlaggestaltung: Johannes Wiebel | punchdesign, München
Umschlagmotiv: Illustration: © Charlie Bowater, © Infinite Shoreline - stock.adobe.com; StockGood - stock.adobe.com
Satz: 3w+p GmbH, Rimpar
Gesetzt aus der Adobe Caslon Pro
Druck und Verarbeitung: GGP Media GmbH, Pößneck

Printed in Germany
ISBN 978-3-414-0193-8

5 4 3 2 1

Sie finden uns im Internet unter one-verlag.de
Bitte beachten Sie auch luebbe.de

Für Kaethan – du weißt schon, dafür, dass du mich lieb hast und so.

Und für mein neunjähriges Ich – wir haben's geschafft!

Gottheiten und ihre Kräfte

Die neun Berührungen

Erif, Göttin des Feuers: herrscht über Vulkane
Rote Stärken: Fähigkeit, Feuer zu erschaffen und zu beeinflussen

Renni, Göttin der inneren Fähigkeiten: überwacht persönliche Entwicklung
Orange Stärken: Fähigkeit der Beeinflussung und Stärkung der Sinne und der Möglichkeiten des Körpers

Ria, Gott der Luft: gebietet über Tornados und den Wind
Gelbe Stärken: Fähigkeit, Luft zu erschaffen und zu beeinflussen, vor allem zum Fliegen

Htrae, Göttin der Erde: beaufsichtigt Felder und Ernten
Grüne Stärken: Fähigkeit, Holz und Pflanzen zu erschaffen und zu beeinflussen

Retaw, Gott des Wassers: regelt Überschwemmungen und Tsunamis
Blaue Stärken: Fähigkeit, Wasser zu erschaffen und zu beeinflussen

Raw, Gott des Kriegs: steht auf den Schlachtfeldern von Soldaten
Violette Stärken: Fähigkeit, Waffen, Schilde und Grenzen entstehen zu lassen

Laeh, Göttin der Heilung: wacht über Kranke und Verwundete
Rosa Stärken: Fähigkeit, zu heilen und Zaubertränke gegen Krankheiten anzufertigen

Dloc, Gott der Kälte: weilt in Schneestürmen und Lawinen
Weiße Stärken: Fähigkeit, Eis, Schnee und andere winterliche Niederschläge zu erzeugen und zu beeinflussen

Wodahs, Gott der Schatten: lebt in der Dunkelheit
Schwarze Stärken: Fähigkeit, sich zu tarnen und Trugbanne zu wirken

Prolog

Ich traf die Liebe meines Lebens und schlug ihr ins Gesicht

Adraa

Die Tür bestand aus blau schimmernden Eiskristallen. Und dahinter wartete mein ... ich sollte wohl sagen, mein Schicksal, so absurd es klingen mochte. Einen Jungen kennenzulernen, der irgendwann mein Ehemann werden *könnte*, sollte nicht als Schicksal gelten.

Und doch stand ich mit meinen Eltern am klaffenden schwarzen Schlund eines säulengesäumten Eingangs. Wie Reißzähne ragten die Säulen aus dem blauen Gestein des Palasts nach vorn. Das Gebäude war so gewaltig, dass ich den Kopf drehen musste, um es in seiner Gesamtheit auf mich wirken zu lassen. Das letzte Licht der Abenddämmerung fiel tänzelnd auf die glasähnliche Oberfläche. Ich warf einen Blick zu meinen Eltern. Beide wirkten unbekümmert. Offensichtlich würden wir nicht darüber reden, wie seltsam eine ausschließlich aus weißer Magie angefertigte Tür war. War das in ihren Vorträgen vorgekommen? *Und, Adraa, erwähne nicht die gruselige Tür.*

Als mein Vater die Faust zum Anklopfen hob, trat ich hastig vor und zog seinen Arm nach unten. Die Worte meiner Mutter ließen uns beide innehalten. »Vielleicht ... vielleicht sollten wir warten.«

Schneeflocken wirbelten dicht um uns herum. Der Winterwind heulte. Dann bedachte Vater uns beide mit *dem Blick*. »Wir reden schon seit Jahren darüber, Ira.«

Offensichtlich war ich in ihre Gespräche nicht einbezogen gewesen. Immerhin war ich erst acht. Meine Eltern dachten schon eine gefühlte Ewigkeit über eine arrangierte Heirat für mich nach.

»Und das nach all den Stufen.« Mein Vater schnaubte.

Ich wollte gar nicht hinter mich schauen, zurück zu den Treppen, die wir erklommen hatten. Meine Beine schmerzten, und ich fragte mich verwirrt, warum wir nicht wie vernünftige Hexen und Zauberer mit Himmelsgleitern hergeflogen waren. Bei Treppe zwanzig hatte ich begonnen, mir vorzustellen, der Maharadscha von Naupure ließe uns nicht etwa einer Tradition halber zu Fuß herwandern, wie mir alle einredeten, sondern um mich zu schwächen. Bei Treppe zweiundsechzig hatte sich neben der Kälte der nagende Gedanke eingeschlichen, dass ich mich einem Gefängnis näherte, keinem Palast.

Die Art, wie meine Mutter die krumme Nase krauszog, verriet mir, dass sie kurz davorstand, in Gelächter auszubrechen. Und meine einzige Chance in diesem Albtraum aus Stufen, Kälte und seltsamen Türen war im Begriff zu entschwinden.

»Ich sehe es wie Mama. Es ist eine *schlechte* Idee!«, verkündete ich.

Schlagartig hefteten meine Eltern ihren Blick auf mich. Mein Vater neigte sich zu mir herunter und legte mir die Hände mit festem Griff auf die Schultern. »Stell es dir einfach als ein Treffen mit einem neuen Freund vor, Adraa.«

»Aber ... aber er ist ein *Junge*.« Noch dazu einer, den ich eines Tages ... *küssen* sollte. Eine Ehe bedeutete, sich mit jemandem ein Zuhause zu teilen, das wusste ich. Aber erschütternd fand ich die Vorstellung, sich gegenseitig zu küssen. Wurde von mir erwartet, es regelmäßig zu tun und es auch noch zu mögen? Wieder zerrte ich an Vaters Arm. Mit Mutters Hilfe könnte die Sache vorbei und vergessen sein. Wir könnten von diesem Berg hinabsteigen, uns auf unsere Himmelsgleiter schwingen und zu unserem eigenen Palast an der Küste zurückkehren, wo der Winter nicht versuchte, uns tiefzukühlen.

Aber ich hatte das Falsche gesagt. Mein Vater lachte. Sogar meine Mutter schüttelte den Kopf und bedeckte den Mund mit behandschuhten Fingern, um ein Lächeln zu verbergen. Manchmal glaubte ich, dass sie mich nur wegen meiner unerwarteten Sprüche bekommen hatten.

»Ja.« Mein Vater schmunzelte. Sein warmer Atem bildete kleine Wölkchen in der frostigen Luft. »Ja, er ist ein Junge. Aber das bin ich auch. Und mich magst du doch, oder?«

Dieser Logik konnte ich nichts abgewinnen. Entweder übersah ich etwas Offensichtliches oder mein Vater. Mein durch und durch *knabenhafter* möglicher Verlobter war etwas völlig anderes als die breite Statur und die tröstenden Arme meines Vaters. Ich gab die einzige mögliche Antwort auf seine Fangfrage: »Ja.«

Mein Vater lachte, neigte den Kopf meiner Mutter zu und wiederholte »Ja«, um sie wieder zum Lächeln zu bringen. Wärme trat in den Blick seiner grünen Augen. »Ich weiß, es muss beängstigend sein.«

»Ich habe keine Angst«, stieß ich hastig hervor, vermochte jedoch selbst nicht zu sagen, ob es stimmte. Die winterliche

Kälte von Naupure brannte auf meiner Haut und brachte mich zum Zittern. Hinter dem Palast ragte der Gandhak in den Himmel. Die letzten Strahlen des Tageslichts färbten die Felsen gelb-orange. Durch mein Zimmerfenster wirkte der Vulkan stets so ruhig. Aus der Nähe vermittelte das Spiel des Lichts den Eindruck von Lava.

Mein Vater sah meiner Mutter in die Augen. »Es ist nur ein erstes Treffen. Da wird noch nichts mit Blut besiegelt. Heute Abend ist es lediglich ein Kennenlernen«, wiederholte er. Und bevor ich etwas sagen oder ein letztes Mal protestieren konnte, klopfte mein Vater an.

Nichts geschah. Ich wähnte mich gerettet.

»Niemand zu Hause! Gehen wir!«, rief ich.

»Adraa«, herrschte meine Mutter mich an. Als sie den Mund öffnete, um etwas hinzuzufügen, ertönte das Ächzen von Eis. Verästelte Risse breiteten sich aus. Ich stolperte rücklings und hörte, wie Splitter abbrachen und zu Boden fielen. Als sich die Tür vollständig geöffnet hatte, blickten wir in gähnende Dunkelheit. Niemand hatte das marmorierte Eis berührt. Blaue Rauchschwaden kräuselten sich am Rand meines Sichtfelds. Ich wirbelte herum, um ihre Macht zu erfassen. Magie!

Der schummrige Eingangsbereich erstrahlte vor Licht, als nacheinander mehrere Kerzen zum Leben erwachten und eine breite Treppe erhellten. Ein aufwendig gekleideter Mann stieg die Stufen in unsere Richtung herunter.

»Seid gegrüßt!«, rief er. Es musste sich um Maharadscha Naupure handeln. Aber er war ... dünn und klein, was unerwartet kam. Ich hatte mir den mächtigsten Zauberer unseres Nachbarlandes weder dünn noch klein vorgestellt. Und dann gleich beides? Er konnte es nicht sein. Allerdings trug er auf der Brust das Zeichen von Naupure, einen von blauem Wind umhüllten Berg.

Er trat auf uns zu. Dann pressten Vater und er die Unterarme aneinander, bevor sie sich umarmten. Vater lachte und meinte: »Es ist zu lange her.«

Mutter legte die Finger an den Hals und verneigte sich würdevoll und ehrerbietig. Ihre Worte verschmolzen ineinander, wurden für mich unverständlich. Ich wich in den Wind zurück, der mir beißend gegen den Rücken wehte.

Pfeif auf dünn und klein. Pfeif auf den ersten Eindruck. Ich hatte mich gründlich geirrt. Meine Eltern kannten diesen Zauberer gut. Was bedeutete, dass es um *mehr* als eine bloße Vorstellung und den Austausch von Höflichkeiten ging. Nämlich um eine bereits getroffene Entscheidung. *Es ist lediglich ein erstes Kennenlernen, Adraa*, hatte es geheißen. Was war daraus geworden? Oder aus: *Es ist nur ein Besuch, bevor Jatin zur Schule reist.* Dies waren die Worte meiner Eltern gewesen, während ich dagesessen und mir auswendig eingeprägt hatte, was ich zu sagen haben würde.

Vater drehte sich um. »Adraa.«

Ich erstarrte. Wenn ich mich rührte, würde ich zersplittern wie zuvor die Tür.

Vater bemerkte es nicht. Er nahm mich an der Hand und zog mich vorwärts in die Eingangshalle. Über mir schimmerten etliche Bögen, reich verziert mit Ornamenten und Gold. Kerzen flackerten. Der Geruch frischer Winterluft vermischte sich mit jenem von Sträußen weißer Eisblumen. Ja, die Umgebung mochte schön sein, doch meine Angst flüsterte mir zu, dass es sich nur um eine Fassade handelte.

»Kommt herein und raus aus der Kälte.« Naupure machte eine Handbewegung, als wollte er den Wind verscheuchen. Er wirkte einen schnellen Zauber. Blauer Rauch strömte aus seinen Armen geradewegs auf mich zu und ergoss sich hinaus in die Nacht.

Mit großen Augen bestaunte ich, wie die Eissplitter emporschwebten und wieder an ihren angestammten Plätzen festfroren. Frostkristalle breiteten sich über die Marmoradern der Wand aus und schlängelten sich über die Scharniere der Tür. Ihr Weg endete erst, als sie die goldglänzende, über die Decke gespannte Seide erreichten.

Ich war so damit beschäftigt, mir alles anzusehen, dass ich gar nicht bemerkte, wie mich die orangefarbenen Schwaden der Magie meines Vaters auftauten. Der verbliebene Schnee auf unseren Mänteln verdampfte zischend. Als ich mich wieder umdrehte, galt die Aufmerksamkeit aller mir.

»Das muss Adraa sein.« Maharadscha Naupure ging in die Hocke. So war ich sogar größer als er. Nur fühlte ich mich dadurch auch nicht besser. »Es ist mir eine Freude, kleines Fräulein.«

An der Stelle sollte ich eigentlich sagen: *Es ist mir eine Freude*. Und vielleicht noch: *Danke für die Einladung*. Schweigen. Ich brachte keinen Ton heraus.

Meine Mutter runzelte die Stirn.

Maharadscha Naupure starrte mich weiter an. »Du bist ein hübsches kleines Ding. Aber das weißt du bestimmt, nicht wahr?«

Dieser Mann hatte offensichtlich nur einen Sohn. Hübsch? Im Ernst? Er wusste schon, wie viele Stufen ich gerade erklommen hatte, oder? Wo blieb ein Kompliment dafür, dass ich diese Tortur bewältigt hatte? Ich schaute zu meiner Mutter. Sie biss sich auf die Unterlippe. Wahrscheinlich fürchtete sie sich davor, was aus meinem Mund dringen könnte. Tatsächlich schwirrten mir alle möglichen Erwiderungen im Kopf herum. Meine Eltern hatten *gelogen*. Also ergänzte ich mein Schulterzucken um etwas Besonderes. »Ja, weiß ich.«

Mutter saugte scharf die Luft ein, als wollte sie einen Zauber vorbereiten, doch Maharadscha Naupure lachte nur. »Gut so. Ein hübsches Mädchen sollte um sein Aussehen wissen.«

Wie bitte? Was ist das denn für eine Antwort?

Maharadscha Naupure drehte sich schwungvoll der Treppe zu und rief: »Jatin! Lass unsere Gäste nicht warten.«

Ein dumpfer Laut hallte von oben herab. Meine Kehle wurde trocken, meine Hände hingegen begannen zu schwitzen. Der dumpfe Laut stammte von ihm, von dem Jungen, als wollte er mich damit wie ein Monster aus der Tiefe erschrecken.

Naupure führte uns in den offenen Raum auf der rechten Seite. Dort stand vor uns ein in Rot gehüllter Gebetstisch. Wandteppiche in verschiedenen Farben bedeckten den neunseitigen Raum. Jede der getäfelten Wände huldigte einem anderen Gott oder einer anderen Göttin. Meine Mutter war auf der Insel Pire aufgewachsen, wo man sich vor langer Zeit von der Vorstellung verabschiedet hatte, dass Magie uns von den Göttern verliehen wurde. Ihr Blick wanderte unsicher über die Wandteppiche, doch mir hatte Vater genug über jedes uns entgegenblickende Gesicht beigebracht. Ich wusste, dass wir unter jenen Augen unser Blut vergießen würden. Mit einem schnellen Schritt stellte ich mich zu meinem Vater und zog an seiner Hand. *Bitte lass ihn meine Besorgnis verstehen. Bitte.*

Er nickte. »Adraa ist ein bisschen aufgeregt, Jatin kennenzulernen.«

Verrat. Niederträchtiger Verrat. Ich ließ seine Hand los, als hätte sie mich versengt.

»Natürlich«, sagte Naupure.

Gleichzeitig protestierte ich: »Nein, bin ich nicht!«

Der Blick meiner Mutter bohrte sich in mich. Unser kurzlebiges Bündnis fiel in sich zusammen.

»Es tut mir leid. Normalerweise führt sie sich nicht *so* auf.« Mutter zeigte auf die Stelle neben ihr. »Adraa, komm her.«

Ich gehorchte. Meine rosa und orangefarbenen Röcke wirbelten in meiner Hast durcheinander, und ich versuchte, sie glattzustreichen, als ich mich neben meine Mutter setzte. Ich hatte keine Ahnung mehr, was ich tun sollte, um aus der Sache rauszukommen. Weiterhin zu rebellieren, würde Bestrafung nach sich ziehen. Vielleicht war ich darüber auch schon hinaus. Oder vielleicht würde unabhängig davon, was ich täte …

»Hat sich dir deine Magie schon offenbart, Adraa?«, fragte Maharadscha Naupure.

Und einfach so verflog der Ärger. »Nein, Herr.«

»Das wird sie natürlich noch. Falls du dich erinnerst, sie ist ein Jahr jünger als Jatin«, kam schnell von meiner Mutter.

»Oh ja, ich erinnere mich.« Prüfend begutachtete der Maharadscha mich.

»Sie hat bereits ihr Berührungsmal. Adraa, zeig es ihm.«

Unwillkürlich legte ich den linken Arm mit der Handfläche nach oben auf das rote Tuch. Der Stoff fühlte sich kratzig an, wie mit kleinen Widerhaken versehen, statt samtweich. Warum legte sich jemand eine kratzige Tischdecke zu? Die Naupures waren Ungeheuer.

Ich zeigte mein Berührungsmal, ein kleines Zeichen, das an meinem linken Handgelenk erblüht war. Es handelte sich um einen rötlichen, verästelten Wirbel der Größe einer Silbermünze, dunkler noch als meine braune Haut. Der einzige wahre Hinweis darauf, dass ich eines Tages eine Hexe sein würde. Somit auch mein einziger Hoffnungsschimmer, während ich mich langsam dem Alter von neun Jahren näherte. Eines Tages, wenn ich mächtig genug wäre, würde das Muster an den Armen emporwachsen und sich um die Schultern kräuseln wie bei meinen Eltern, bei Maharadscha Naupure und bei der Hälfte der Menschen im Land. Dafür musste ich mein Berührungsmal wie eine Pflanze hegen und pflegen. Ich musste lernen.

»Und der andere Arm?«, fragte Maharadscha Naupure.

Vorsichtig legte ich den rechten Arm auf den Tisch. Meine Eltern erstarrten, denn dort befand sich nichts, nur nackte dunkle Haut. Und in meinem widernatürlich unberührten rechten Arm begründete sich die Sorge, ich würde ohne Macht bleiben. Bei allen, die ich kannte, war das Berührungsmal an beiden Handgelenken gleichzeitig erschienen. Es gab Berührte und Unberührte. Von etwas dazwischen hatte ich noch nie gehört.

»Interessant«, meinte Maharadscha Naupure.

»Hast du so etwas schon mal gesehen?«, fragte mein Vater.

»Ich dachte, das gäbe es nur in Mythen und Legenden.«

Ich wusste es. Ich hatte gewusst, dass meine Eltern in Wirklichkeit besorgt waren und es einen handfesten Grund für meine Ängste gab.

»Nun ja, der Legende nach streiten sich die Götter darum, wer sie segnen soll.«

Ich riss die Arme vom Tisch zurück und sah mich um, betrachtete die Wandteppiche der neun Gottheiten im Raum. Der blaue Gott Retaw, der eine Flut befehligte. Die grüne Göttin Htrae beim Herrschen über ein Feld. Der gelbe Gott Ria, fliegend in einem Tornado. Die rote Göttin Erif über einem Vulkan. Der weiße Gott Dloc in einem Schneesturm. Die rosa Göttin Laeh beim Heilen von Krankheiten. Der schwarze

Gott Wodahs, gehüllt in einen dunklen Mantel. Der violette Gott Raw auf einem Schlachtfeld. Die orangefarbene Göttin Renni, strotzend vor Muskeln und Kraft. Sie sahen eher aus, als wollten sie mich fressen, statt mir Macht zu verleihen. Konnten sie sich wirklich um mich streiten?

»Das ist beruhigender als … die andere Möglichkeit.« Mutter seufzte.

Ich drückte kräftig auf mein Mal. Ohne Magie, ohne *alle* neun Arten von Magie, war ich nutzlos. Kein Titel. Unfähig, ein Land anzuführen, schon gar nicht meines. Als ich aufschaute und feststellte, dass Maharadscha Naupure mich nach wie vor musterte, vergaß ich schlagartig die wöchentlichen Vorträge über Höflichkeit.

»Musst du auch noch meine Backenzähne untersuchen?« Ich öffnete den Mund.

»*Adraa*«, entfuhr es meiner Mutter empört. Schnell schloss ich den Mund wieder, aber ich starrte den Mann unverändert an. *Sieh mein wahres Ich, Maharadscha Naupure. Sieh, wie ungeeignet ich als Maharani von Naupure wäre! Und nicht nur, weil mein rechter Arm unberührt ist.*

Wieder lachte Maharadscha Naupure dröhnend. Es schien sein einziger Laut der Belustigung zu sein. »Hach. Du erinnerst mich an meine Savi.«

Bevor meine Eltern zustimmten oder sich meine Mutter aus der Verlegenheit herausreden konnte, dass ich tatsächlich ihre Tochter war, trat ein Junge ein – *der* Junge. So wie ich hatte er pechschwarzes Haar und braune Haut, allerdings etwas heller als meine, dazu glänzende, glasig wirkende Augen. Jatin, mein Verlo… Ich konnte es nicht mal denken. Eine Gänsehaut breitete sich auf meinen Armen und Beinen aus. Er hingegen wirkte völlig *ruhig*. Nein, tatsächlich eher … gelangweilt.

Nicht gelangweilt dreinzuschauen, galt als oberstes Gebot, noch vor übertriebener Höflichkeit. Bei genauerer Betrachtung handelte es sich sogar um dieselbe Regel, denn ich empfand sein Auftreten als geradezu ärgerlich. Wie konnte er so ruhig bleiben?

»Jatin, da bist du ja. Komm und lern unsere Gäste kennen. Das sind der Maharadscha und die Maharani von Belwar.«

Jatin nickte. »Freut mich sehr, euch kennenzulernen.« Also hatte nicht nur ich höfliche Sprüche auswendig lernen müssen.

Jatin verneigte sich vor meinen Eltern, bevor er sich wieder seinem Vater zuwandte. Sein Gesichtsausdruck dabei teilte deutlich mit: *Was muss ich noch tun?*

»Und Jatin, das ist Adraa.«

Soll ich aufstehen oder so? Bevor ich mich entscheiden konnte, drehte sich Jatin mir zu und schenkte mir das wohl verlegenste Lächeln aller Zeiten. Ihm fehlten beide Eckzähne.

»Hallo«, sagten wir gleichzeitig.

»Jatin, was hältst du davon, Adraa dein Zimmer zu zeigen?«, schlug Maharadscha Naupure vor.

Jatin sah seinen Vater mit seelenruhigem Gehorsam an. Von ihm schien keine Hilfe zu erwarten zu sein.

Meine Mutter stupste mich mit dem Ellbogen. »Geh schon, Adraa. Wir müssen unter vier Augen mit Maharadscha Naupure reden.«

Ich wirbelte herum, drauf und dran zu versuchen, mich durch Schmollen aus der Affäre zu ziehen. Dann jedoch bemerkte ich die Augen meines Vaters. Nicht umgeben von Lachfältchen wie sonst *immer*. An diesem Tag nicht. Ich musste mir von diesem Jungen sein Zimmer zeigen lassen. Jatin bedeutete mir mit einem Nicken, ihm zu folgen. Mit einem Nicken! Als würde ihm das Land gehören. Nun ja, eines Tages würde es das wohl.

Während ich Jatin über weitere Steinstufen hinauf und durch diesen Irrgarten von einem Palast folgte, starrte ich auf seinen Rücken. Jedes Mal, wenn er durch ein Zucken andeutete, er könnte sich umdrehen und mich ansehen, tat ich so, als würde ich fasziniert das Spiel der gelben und blauen Farben der Torbögen bestaunen.

Als wir schließlich anhielten, deutete Jatin auf eine Holztür, in die sein Name mit geschwungenen Linien eingraviert war. »Hier ist es.«

Ich verschränkte die Arme vor der Brust. Meinetwegen konnten wir es den ganzen Tag so weiterspielen. »Sehr schöne Tür.«

Jatin starrte mich wartend an. Dann drehte er den Knauf und wartete erneut. Nein. Auf keinen Fall. Ich würde nicht als Erste hineingehen. Auf diese Weise würde ich in das Zimmer gesperrt werden, und man würde nie wieder von mir hören. Meine Eltern mochten diesem ruhigen, höflichen Jungen vertrauen, aber ich nicht. Das war mit Sicherheit nur eine Fassade.

»Äh, du kannst reingehen«, sagte er.

»Du zuerst.«

»Aber ... du solltest ...«

»*Was sollte ich?*« *Auf deine List hereinfallen? Kannst du vergessen, Junge.*

»Egal.« Und damit schlenderte Jatin in sein Zimmer, dicht gefolgt von mir.

Ich hatte, wie bei allem im Palast, mit etwas Gewaltigem gerechnet. Die Möbel wirkten auch tatsächlich groß, was jedoch eher daran lag, dass sein Zimmer nicht unbedingt riesig war. Man hätte darin lediglich einen Elefanten unterbringen können, keine ganze Herde. Vielleicht ging der Eindruck auch auf die Unordnung zurück. Auf den Schreibtisch schien eine Bibliothek gestürzt zu sein. Pergamente drohten, auf dem Boden zu landen. In Kugeln und Flaschen leuchteten winzige Magiekügelchen. Gebannt starrte ich auf die schimmernden Farbwirbel. Alle neun Arten von Magie befanden sich fein säuberlich angeordnet in einer Reihe, schillernd wie ein Regenbogen. Ein kleines rotes Feuer, ein orangefarbener Nebel, gelb flimmernde Luft, ein moosartiges grünes Bündel, eine blaue Welle, ein violetter Dorn, eine rosa Kugel, ein schwarz wabernder Schatten und zu guter Letzt weiße Frostkristalle. Alles von *ihm?*

Es musste so sein. Bei ihren ersten Gehversuchen mit Magie erschaffen junge Hexen und Zauberer jede einzelne der göttlichen Farben. Welche Stärke man besitzt, wird erst im Alter von sechzehn Jahren bestimmt. Danach wird jeder Zauber durch die Farbe gefiltert, mit der man besonders gesegnet ist. Die Vielzahl der Schattierungen um uns herum bedeutete, dass Jatin bereits *alle neun* wirken konnte!

Als Jatin eine weiße Kugel ergriff, heftete sich meine Aufmerksamkeit jäh wieder auf ihn. »Kennst du dich schon mit Magie aus?«, fragte er, während er das durchsichtige Behältnis drehte. Schneeflocken und Frostkristalle schimmerten darin. Sein Berührungsmal wirbelte als verschlungenes Muster über sein rechtes Handgelenk.

»Ich bin dabei zu lernen.«

»Nein, ich meine, kannst du sie schon wirken?«

»Na ja ...« Ich suchte nach etwas, um ihn abzulenken, sah jedoch nur Kugel um Kugel aus buntem Rauch. Tat der Junge eigentlich auch etwas anderes, als zu lernen und zu zaubern?

»Du kannst es nicht!« Überrascht riss er die Augen weit auf, bevor sie mit sichtlichem Stolz wieder schrumpften. Auf einmal wirkten sie gar nicht mehr glasig. Er betrachtete meine Hände. Meine Wangen röteten sich, und ich schob den rechten Arm langsam hinter den Rücken. *Deshalb sind Jungen am schlimmsten.*

»Was denn? Sind die wirklich alle von dir?«, platzte ich heraus, obwohl ich die Antwort bereits kannte.

»Ja. Willst du mal sehen?« Ruckartig hob er das Behältnis höher. »Das war mein erster Gefrierzauber.«

Hatte er etwa vor, ihn *hier drin* zu öffnen? Ich hatte geahnt, dass dieser Junge gefährlich sein würde. Wenn man Magie erst erlernte, musste man sie entweder in einer Kugel einschließen oder unter freiem Himmel wirken. Plötzlich fühlte sich sein Zimmer noch kleiner an.

»Nicht! Das darfst du nicht.«

Er richtete sich auf. »Doch! Ich bin ein Zauberer.«

Eher ein verwöhntes Balg.

»Ich bin auch eine Hexe. Nur habe ich meine Kräfte noch nicht«, erwiderte ich.

Er verschränkte die Arme vor der Brust. Wenigstens würde er nun die Kugel nicht gleich öffnen. Zumindest das hatte ich mir erspart. »Ich wette, du bist nicht mal eine Hexe.«

»Bin ich wohl.« Ich streckte die Hand nach meinem linken Ärmel aus, um ihm mein Berührungsmal zu zeigen, doch sein Lachen ließ mich abrupt innehalten. Hitze schoss mir in die Wangen, in meiner Brust pochte glühende Kohle. »Nimm das zurück!«

»Aber wenn du nicht ...«

Ich ließ ihn nicht ausreden. Stattdessen stürzte ich mich auf ihn.

Eigentlich wollte ich nur erreichen, dass er das Gleichgewicht und vielleicht den Halt um seine kostbare Kugel verlor. Aber in meiner Verärgerung klatschte meine Hand auf seine Wange – mit voller Wucht. Jatin stolperte rückwärts und landete mit einem dumpfen Aufprall am Boden. Ein spitzer Aufschrei entfuhr ihm, und die mit Frostkristallen gefüllte Kugel kullerte durch das Zimmer.

Füße stampften die Treppe herauf. Ich kauerte mich vor Jatin hin. Meine Wut verflog und schlug in Angst um, als sich die Schritte näherten.

»Es tut mir leid! Das wollte ich nicht.« Vor Bedauern fühlte sich meine Kehle wie zugeschnürt an. Ich hatte es wirklich nicht gewollt.

Jatin hielt sich die Wange und starrte mich mit großen Augen an. Wenigstens weinte er nicht.

»Lässt du mich mal sehen?« Ich rückte näher zu ihm, während er mich weiter ausdruckslos anstarrte. Behutsam löste ich die Hand von seinem Gesicht und seufzte. Nichts. Kein Mal. Gar nichts. Gut, es war ja auch nur meine offene Handfläche gewesen.

»Du hast mich *geschlagen*.«

»Es tut mir leid.« Er wirkte nicht annähernd weinerlich, ich hingegen spürte sehr wohl, wie sich ein Anflug heißer Empfindungen den Weg zu meinen Augen bahnte. Ich hatte den künftigen Maharadscha von Naupure geschlagen. Auch wenn es versehentlich passiert war, *ich war so gut wie tot*. Und zum Teil hatte ich es wohl auch verdient.

Jatins Tür stand noch offen, also eilten unsere Eltern einfach herein.

»Was ist passiert?«, fragte mein Vater.

»Geht es allen gut?«, kam keine Sekunde danach von meiner Mutter.

Ich schaute zwischen dem über uns aufragenden Maharadscha Naupure und dem immer noch fassungslos am Boden sitzenden Jatin hin und her.

»Adraa?«

»Ich ... ich bin wütend geworden, und ich wollte es nicht, aber ich ...«

»Sie hat nichts gemacht«, fiel Jatin mir ins Wort.

Einen atemlosen Moment lang starrten wir ihn alle an, als er seine Benommenheit abschüttelte und sich vom Boden aufrappelte.

Als ob sie das glauben würden. »Nein, ich ... ich habe ihn geschlagen.«

Meine Eltern schauten finster drein. Insbesondere die grünen Augen meines Vaters feuerten frostige Eiszapfen auf mich ab.

»Geht es dir gut, Jatin?« Maharadscha Naupure streckte einen langen Arm nach seinem Sohn aus. Jatin blickte niemandem in die Augen, nickte nur mit hängendem Kopf.

»Herr, ich weiß gar nicht, wie ich mich entschuldigen soll«, wandte sich meine Mutter an den Maharadscha.

»Adraa«, herrschte mein Vater mich an.

»Es tut mir leid«, flüsterte ich.

»Warum hast du ihn geschlagen, Adraa?« In der harten Stimme meines Vaters schwang eine Warnung mit.

»Er ...« Ich spähte zu Jatin. Schließlich löste er den Blick vom Boden. Und diesmal wirkte er alles andere als ruhig.

Ich sank vor Maharadscha Naupure auf die Knie, als wollte ich vor den Göttern beten. »Es tut mir leid, Maharadscha Naupure. Was passiert ist, spielt keine Rolle. Ich hätte Jatin so oder so nicht schlagen dürfen.«

Nach einer erschreckend stillen Minute lugte ich durch

mein Haar, das mir wie ein Vorhang vors Gesicht hing. Maharadscha Naupure bebte, und ich erzitterte. Wir würden sterben. Ich hatte Jatin geschlagen. Als Vergeltung würden meine Eltern und ich hingerichtet werden.

Ein plötzliches Prusten zerriss die Spannung. Der Maharadscha ... *lachte.*

Naupure bückte sich und hob mein Kinn so an, dass ich seinem Blick begegnete. Die Art, wie er mich ansah, erschütterte mich bis ins Mark. Dann lächelte er. »Stärke ist mehr als Ansehen.« Mein Kinn nach wie vor in seiner Hand, schaute er zu meinen Eltern auf. »Sie ist dafür geschaffen, eine Naupure zu werden.«

Kapitel 1

Ein unromantischer Liebesbrief

Adraa

Am Morgen erfahre ich die Neuigkeit, vor der mir neun Jahre lang gegraut hat. Ich esse gerade Upma. Sowohl mein Mund als auch mein Herz arbeiten einwandfrei – bis mein Vater beide mit einer einzigen Frage ins Stocken bringt.

»Hast du gewusst, dass Jatin heute nach Hause kommt?« Er schaut von den Bergen aus Berichten auf, die sich in kreisförmig angeordneten Stapeln wie eine topografische Karte der nördlichen Reisfelder vor ihm ausbreiten. Beinahe verschlucke ich mich, und mein Mund rebelliert und zwingt mich, den Brei auszuspucken.

Meine Schwester Prisha lässt den Löffel klirrend in ihre Schüssel fallen. »Igitt.«

Auch Mutter verzieht angewidert das Gesicht. »Adraa.«

Ich halte die Hand vor den Mund, damit nicht noch mehr daraus entweichen kann, als ich huste. Es fühlt sich an, als hätten sich mehrere Organe zu einem Putsch gegen mich verschworen. Der Rädelsführer – mein Herz – gerät ins Taumeln und versucht, sich aus dem Staub zu machen oder sich zumindest von den Fesseln der umliegenden Arterien zu befreien.

Der Blick meines Vaters richtet sich bedeutungsschwer auf mein Gesicht. »Das heißt dann wohl nein.«

Neun Worte, eines für jedes Jahr, das ich ihn nicht gesehen habe. Mehr ist nicht nötig, um meinen Frieden zu zerstören. Nach all der Zeit kehrt Jatin nach Hause zurück.

Die Sonne hat beschlossen, hinter den Wolken Verstecken zu spielen. Deshalb beherrschen abwechselnd dumpfe Grautöne und warme Helligkeit das Esszimmer. Und natürlich zerbricht die Beständigkeit meines Lebens ausgerechnet während eines gleißenden Sonnenstrahls. Mein Verstand untersucht die Worte meines Vaters einzeln und lässt sie fallen wie ein ungeschicktes Kleinkind.

Jatin ... kommt ... heute ... zurück.

»Heute? Also in ein paar Stunden?« Ich huste.

»Ja, das ist so ungefähr, was *heute* bedeutet.« Vater legt einen umfangreichen Bericht beiseite, ohne mich anzusehen.

»Hat Maharadscha Naupure dir bei deinem letzten Besuch nichts davon erzählt?«, fragt Mutter, sichtlich erleichtert, dass ich die fein bestickte Tischdecke nicht ruiniere.

»Nein«, antworte ich. »Oder vielleicht doch ...« Seit jener ersten Nacht vor vielen Jahren haben Maharadscha Naupure und ich eine freundschaftliche Beziehung entwickelt, die über die eines zukünftigen Schwiegervaters zu seiner angehenden Schwiegertochter hinausgeht. Wir pflegen sie durch meine monatlichen Firelight-Lieferungen, die wir beide als Vorwand nutzen, um über alles Mögliche zu reden – Politik, Wirtschaft, ein besonderes Projekt, an dem ich arbeite. Alles außer seinem Sohn. Nur manchmal rutscht ihm etwas über ihn heraus. Dann tue ich so, als hätte mein Gehirn dabei einen Aussetzer gehabt. Aber über eine solche Neuigkeit kann ich nicht einfach hinweggegangen sein, oder? Beklommenheit verdrängt alle anderen Empfindungen, ich kann es nicht verhindern. Es ist mir in Fleisch und Blut übergegangen, jeden Gedanken an Jatin zu verdrängen – und daran, dass ich ihn heiraten muss.

»Ach, Adraa.« Mutter seufzt.

»Was denn? Ich bin nicht hinbestellt worden oder so. Und für heute steht keine Firelight-Lieferung bei ihm an. Also ... also gehe ich *nicht* hin.« Ich lege Überzeugung in meine Stimme, in der Hoffnung, dass sie mich dann nicht bedrängen. Ein unangenehmer Schauder läuft mir über den Rücken. Zum Palast reisen, an einer Begrüßungsparade teilnehmen, zu der sich bestimmt ganz Naupure einfinden wird, den Jungen sehen, der mein Ehemann werden soll ... Mein Herz würgt bei dem Gedanken, lässt mich wissen, dass es noch nicht damit fertig ist, sich darüber aufzuregen. Nach neun Jahren, die ich hier in Belwar gelebt habe, während Jatin Hunderte Meilen entfernt an einer noblen Schule in Agsa ausgebildet worden ist, wird die Verlobung letztlich ... real. Demnächst wird uns nur noch der Gandhak voneinander trennen.

»In Ordnung«, stimmt Vater zu.

Mutter runzelt die Stirn. »Meinst du nicht, sie sollte sich wenigstens blicken lassen? Immerhin reist er eigens *durch* Belwar, um seine Unterstützung zu zeigen. Die halbe Stadt wird hingehen.«

Endlich schaut Vater von seinen Unterlagen auf und zuckt mit den Schultern. »Wenn Maharadscha Naupure sie nicht gebeten hat, zu kommen, überlasse ich es Adraa.«

Mutter greift sich ein Stück Naan und reißt es in zwei Hälften. Die Flügel ihrer krummen Nase blähen sich. Wenn sich mein Vater vernünftig zeigt und für meine Entscheidungsfreiheit eintritt, kann sie ihm nicht gut widersprechen. Triumphgefühle durchströmen mich.

»Ich finde, Adraa sollte hingehen!«, ruft Prisha, den Kopf in ihr Zauberbuch vergraben. Allerdings kann ich das Grinsen in ihrer Stimme hören. *Dieses kleine ...*

»Das überlassen wir Adraa«, betont Vater. Danach tritt eine dichte Stille ein, und es ist klar, dass die Angelegenheit damit erledigt ist. Ich senke den Blick auf mein Frühstück und kann wieder atmen. Heute muss ich ihm noch nicht gegenübertreten. Und bis zum Abend lasse ich mir bessere Ausreden einfallen. Obwohl ich alle guten in letzter Zeit schon verbraucht habe.

Vater blättert weiter durch die Papiere. »Hast du gewusst, dass er auf dem Heimweg eine Lawine aufgehalten hat?«

Das weiß ich – leider – tatsächlich. »Ja. Eine *kleine* Lawine. Juhu.« Ich stochere mit meinem Löffel im Upma, schiebe das Gemüse hin und her. Der Appetit ist mir gründlich vergangen. Prisha grinst in ihr Zauberbuch. Dabei ist nichts am Erlernen von Hexerei unterhaltsam, schon gar nicht im fünfzehnten Jahr. Es begeistert sie bloß immer, wenn sich herausstellt, dass ich bei etwas falschliege und jemand meine Magie übertrumpfen kann. Was Jatin regelmäßig gelingt.

»Eine Lawine beliebiger Größe aufzuhalten, ist beeindruckend, Adraa. Dadurch wurde ein halbes Dorf gerettet«, wirft Mutter ein.

»Ich bin froh, dass den Menschen nichts passiert ist.« Natürlich bin ich das. Es ist nur ... Muss es ausgerechnet Jatin Naupure, der Hochmut in Person, vollbracht haben?

»Der Junge beherrscht Schneezauber sehr gut – außergewöhnlich gut sogar. Ich habe gehört, dass Dloc während seiner königlichen Zeremonie einen Schneesturm auf ihn entfesselt hat, den er im Handumdrehen entschärfen konnte.«

Weiße Magie ist seine Stärke, Papa. Wie also sollte er schlecht darin sein? Das ist ungefähr so, als fände es jemand beeindruckend, dass ich mit roter Magie als Stärke Feuer entfachen kann. Um ein Haar hätte ich meine Eltern an den Stallbrand erinnert, den ich im vergangenen Jahr gelöscht habe. Oder bei den Göttern, sogar daran, was ich mache, wenn ich mich nachts rausschleiche. Aber ich hüte meine Zunge. Denn Letzteres muss geheim bleiben. Und wer bin ich schon, dass ich den Mund aufreißen dürfte? Ich habe noch nie so viele Menschen gerettet. Außerdem muss ich meine königliche Zeremonie erst hinter mich bringen und beweisen, dass ich alle neun Arten von Magie beherrsche.

Im nächsten Moment stürmt Willona mit einer Schale voller Mangos ins Esszimmer und stellt sie auf den Tisch. Unsere älteste und liebste Dienerin streicht mit den Händen über ihre Schürze. Da weiß ich, dass sie irgendetwas beschäftigt. Warum wirkt sie so …

Oh nein! Mit großen Augen drehe ich mich vollständig in ihre Richtung und versuche, ihr gestikulierend zu verstehen zu geben, nichts zu sagen. Doch es ist zu spät, die Worte sprudeln bereits aus ihr heraus. »Was hat in dem Brief gestanden, Fürstin Belwar? Alle in der Küche brennen darauf, es zu erfahren.«

Ich bedecke das Gesicht mit den Händen. Eigentlich sollte das unser Geheimnis sein. Muss ich jetzt anfangen, das Palastpersonal zu bestechen? Aber selbst das würde vielleicht nicht funktionieren. In Hinblick auf Jatin kann ich niemandem vertrauen. Unsere Verlobung ist gemeinhin bekannt. Im Palast wird darüber zu viel geredet, um Gerüchte einzudämmen.

Mutter setzt sich aufrechter hin. Sie hat eine unheimliche Schwäche für Romantik. Nur hat sie keine Ahnung, dass es zwischen Jatin und mir keine gibt. Wir liefern uns vielmehr einen erbitterten Wettstreit. Und das kann nur in einer Katastrophe enden.

»Hat er dir wieder etwas geschickt?«

»Äh, nein«, lüge ich.

»Adraa?«

Prisha lächelt mich von der anderen Seite des Tisches an und fordert mich förmlich heraus, noch mal zu flunkern. Wie kann jemand, der sonst so jung und unschuldig aussieht, ein so hinterhältiges Mundwerk haben?

Der Brief brennt mir ein Loch in die Tasche. Er ist erst an diesem Morgen eingetroffen, und ich hatte noch keine Lust, ihn zu öffnen. Ich weiß von der Lawine. Er wird sie mir unter die Nase reiben.

Ich seufze. »Wie jetzt? Soll ich ihn laut vorlesen?«

»Das wäre allerliebst.« Mit freudestrahlender Miene klatscht Willona in die Hände. »Ich hole das Küchenpersonal.«

»Nein, Willona, nicht!« Ich werde ignoriert, und die Tür schwingt hinter ihr zu. Mürrisch ziehe ich den Brief mit einem Ruck aus seinem nutzlosen Versteck. Die Sonne gerät wieder hinter eine Wolke und stürzt den Raum in Düsternis. Wie passend. Ich öffne das Siegel und überfliege den Inhalt, um mich zu vergewissern, dass nichts darin zu verstörend ist, um es vor allen vorzulesen. Der Brief ist kurz, aber wie immer unterhaltsam. »Wirklich? Ihr wollt das zulassen? *Schon wieder?*«

»Gönn ihnen doch den Spaß«, sagt Vater, während er etwas Wichtiges unterschreibt.

»Ja, Adraa, gönn uns den Spaß.« Prisha sieht mir direkt in die Augen.

»Spaß?« Hier ging es um mein – nicht vorhandenes – Liebesleben. Das sollte kein ... Spaß sein, schon gar nicht für unseren gesamten Haushalt samt Bediensteten.

Nur vier Minuten später stürmt ein Viertel der im Palast arbeitenden Hexen das Esszimmer. Alle scheinen vor Aufregung beinahe in Flammen zu stehen. Vielleicht würde ich ähnlich empfinden, wenn ich auch nur ein Wort von Jatins Unsinn glauben könnte.

»Na schön, sind alle bereit? Ich lese das nur einmal vor. Zara? Ich meine vor allem dich.« Mein Dienstmädchen verdreht die Augen und nickt danach, damit ich loslege.

»*Liebste*«, beginne ich. Prompt seufzen die Frauen schmachtend. Oh, bitte! Ich werfe ihnen über das Pergament hinweg einen strengen Blick zu und beginne von vorn.

Liebste,
falls du es noch nicht gehört hast, ich bin in den Alpen von Alconea, wo eine schreckliche Lawine beinahe das Dorf Alkin zerstört hätte. Es ist mir gelungen, sie aufzuhalten. Hoffentlich konnte ich meine Ehre in deinen Augen dadurch weiter festigen. Denn Anerkennung von dir ist alles, wonach ich auf der Welt je streben werde. Ich hoffe, wir können eines Tages Seite an Seite durch diese wunderschönen Berge wandern. Oh, wie sehne ich mich danach, wieder in deiner Nähe zu sein! Mein Herz pocht vor lauter Vorfreude.
Alles Liebe,
Jatin

Was für eine Farce. Ich habe den Jungen seit der Nacht, in der ich ihm ins Gesicht »geschlagen« habe, nicht mehr gesehen. Rückblickend war es eigentlich eher ein Schubs oder bestenfalls eine Ohrfeige, kein richtiger Schlag. Ich habe ihn damals nur gestreift. Aber mit der Zeit übertreibt man Einzelheiten gern. Oder besser gesagt, Jatin übertreibt gern. In Wirklichkeit können wir uns gegenseitig nicht leiden. Und ganz sicher *lieben* wir uns nicht.

Als ich aufschaue, sehe ich, wie sich das Küchenpersonal in den Armen liegt und förmlich auf den Läufern dahinschmilzt. »Wirklich? *Jedes* Mal, Leute?«

»Er ist so leidenschaftlich und romantisch«, findet Meeta, unsere Köchin.

Und Zara säuselt: »Lest noch mal den Teil darüber vor, dass er nur nach Eurer Anerkennung strebt.«

Ich stoße mich vom Tisch ab und wende mich zum Gehen. Ein Großteil der Zuhörerschaft versteht den Wink mit dem Zaunpfahl und huscht davon zur Arbeit in den jeweiligen Bereichen des Hauses. Nur Willona und Zara bleiben zurück. Wahrscheinlich, um mit Mutter oder Vater über die eine oder andere Aufgabe zu sprechen.

»Wohin willst du? Hilfst du mir heute nicht in der Klinik?«, fragt meine Mutter, sichtlich verärgert über meine Unhöflichkeit. »Und musst du nicht Firelight ins Ostdorf liefern?«

Ich wende mich zu ihr um. »Äh, ich brauche noch eine Stunde, um das Firelight für das Ostdorf vorzubereiten.«

Ihre Finger voller Upma erstarren auf dem Weg zum Mund. »Du hast es nicht gestern Abend fertig gemacht?«

»Äh, ja, das will ich damit sagen. Ich bin noch nicht fertig.«

»Ach, Adraa.« Sie setzt ihr typisches Stirnrunzeln auf. »Das ist das vierte Mal in den letzten zwei Monaten, dass du hinterherhinkst.«

»Erst Training, dann eine Stunde Arbeit, und ich bin wieder im Zeitplan.« Ich setze einen Gesichtsausdruck auf, der ihr vermitteln soll, dass es kein Problem ist.

Sie durchschaut mich auf Anhieb. »Zuerst Training? Adraa, *nein*. Basu erwartet bis zum Mittag tausend Firelights.«

Ich stoße die Schwingtür auf, um zu flüchten. Wenn Mutter nachhakt, warum ich das Firelight noch nicht fertig habe, könnte sie sich zusammenreimen, was ich nachts in Wirklichkeit treibe. Das darf ich nicht zulassen.

Willona rettet mich mit einem Scherz auf meine Kosten. »Ach, Fräulein Belwar ist immer gleich so motiviert zu üben, wenn sie einen von Jatins Liebesbriefen bekommen hat.« Grinsend drückt sie sich die Hand aufs Herz.

»Wahrscheinlich, damit sie die Röte auf den Wangen loswird.« Zara fächelt sich Luft zu und kichert.

Ich deute auf mein Gesicht. »Ich bin gar nicht rot.« Und selbst wenn ich es wäre, man könnte es kaum merken. Nach Mutter bin ich die Dunkelste im Raum, manchmal im ganzen Palast.

»Ja, seid Ihr wohl nicht«, pflichtet Zara mir bei und klingt dabei entschieden zu enttäuscht. Allerdings kriecht Röte in ihre eigenen Wangen, was mich zum Lächeln bringt. Sie wird sich mit Sicherheit zu den Feierlichkeiten schleichen. Also könnte ich sie später fragen, wie Jatins Parade gewesen ist. Ich könnte mich sogar nach mehr als der Parade erkundigen, nämlich nach ihm selbst. Sieht er freundlich aus? Sieht er gut aus? Sieht er so mächtig aus, wie er sein muss?

Ach, was kümmert mich der Trottel denn? Seite an Seite in den Alpen von Alconea wandern? Er weiß, dass ich nie wirklich gereist bin. Ich habe mich ihm nicht ein Jahr später an der Akademie angeschlossen. Weil ich die Sonderbare mit nur einem Berührungsmal bin. Ich sitze in diesem Teil der Welt fest, damit der Ruf der Belwars gewahrt bleibt. Es geht nicht an, die Thronfolgerin zur Akademie zu schicken, wo die nächste Generation großer Führungspersönlichkeiten ausgebildet wird, nur damit sie sich dort blamiert. Wieder drücke ich die Tür auf und denke an das Training. Vielleicht bin ich ja wirklich peinlich. Im Gegensatz zu Jatin, der bereits im Alter von neun Jahren alle neun Arten von Magie wirken konnte, ist meine weiße Magie fürchterlich schlecht. Wäre Alkin auf mich angewiesen gewesen, hätte das Dorf nicht überlebt.

»Na gut, eine Stunde zum Üben, eine Stunde für die Firelights, und dann runter zum Ostdorf«, stimmt meine Mutter zu.

»Danke. Du bist die Beste, Mama!«, rufe ich.

Vater schaut von seinen Berichten auf und hebt beide Arme. »Weißt du, ich bin auch noch da.«

»Du bist auch der Beste, Papa.« Und das ist er. Immerhin hat er mich davor bewahrt, Jatin heute sehen zu müssen.

»Also darf ich zur Parade?«, fragt Prisha. »Adraa will Jatin vielleicht nicht sehen, aber ich schon.«

Ich halte den Atem an. *Das* ist auf keinen Fall eine gute Idee.

»Prisha, du hast eine Prüfung«, gibt Mutter zu bedenken.

Den Göttern sei Dank. Zaras aufgeregte Erkundung kann ich ertragen, aber Prisha würde mir Lügen oder Halbwahrheiten liefern, und ich würde darüber grübeln müssen. Oder schlimmer noch, sie könnte auf Jatin zugehen und sich ihm vorstellen. Dann würde ich erklären müssen, dass ich aus Angst und Verärgerung nicht hingegangen bin, nicht wegen anderer Verpflichtungen.

Als ich aus der Tür trete, bin ich froh, die Proteste meiner Schwester hinter mir zu lassen. Allein im Gang zum Übungsplatz flüstere ich vor mich hin und berühre mit den Fingerspitzen Jatins Brief. »*Gharmaerif!*« Ein warmes rotes Leuchten breitet sich über die Seite aus. Zwei frostige Worte in Jatins unordentlicher Schrift tauen allein für meine Augen auf: »*Ich gewinne.*«

Verflixt. Er hat recht.

Kapitel 2

Widerstrebend auf dem Weg nach Hause

Jatin

Oben, hoch oben, wo die Wolken mit der Sonne liebäugeln, fliegen Kalyan und ich. Diese Freiheit lässt sich mit nichts vergleichen. Mein Himmelsgleiter, weißer als Knochen, schwebt von mir gelenkt in Richtung Heimat. Ich bin unterwegs nach Hause. Eigentlich habe ich gedacht, nach etwa acht Stunden der Reise würde ich mich an den Gedanken gewöhnt haben. Aber ich bin dem Käfig meines Namens und meines Titels nie entkommen. Die Schule ist nur ein erweitertes Gefängnis gewesen. Der Arm des Palasts hat sich über Hunderte Meilen erstreckt, mein Herz im Griff behalten und mich an meine Bestimmung gebunden. *Lernen und üben musst du, denn eines Tages wirst du herrschen. Durchzufallen oder aufzugeben, bedeutet nicht nur persönliches Versagen, sondern auch den Niedergang deines Landes.*

Seufzend denke ich zum wohl hundertsten Mal an die Lawine. Dabei hat sich all die Ausbildung in etwas anderes als einer zukünftigen Verpflichtung niedergeschlagen. Ich habe Menschenleben gerettet. Das hat sich gut angefühlt. Es fühlt sich *immer noch* gut an. Der Gedanke an die Lawine lenkt mein Gehirn unweigerlich zu Adraa, und ich kann mir ein Lächeln nicht verkneifen. Heute sollte sie den Brief erhalten. Dann wird sie erfahren, was ich in Alkin vollbracht habe. Das übertrifft alles, womit wir je zuvor geprahlt haben. Ich werde auf jeden Fall gewinnen.

Mein Leibwächter lenkt seinen Himmelsgleiter näher zu meinem. »Ich weiß, dass du nicht so gern fliegst und du die Rückkehr nach Naupure nicht als den besten Tag aller Zeiten betrachtest, also was ist los? Warum hast du dieses lächerliche Grinsen im Gesicht?«

Ich schaue in Kalyans Richtung. Der Wind peitscht sein schwarzes Haar und fegt seine weiße Magie böig hinter seinem Himmelsgleiter her. Auch hinter meinem wehen weiße Schlieren, aber sie verschmelzen mit den flauschigen Wolken. Kalyan hingegen zieht einen geraden gräulichen Strom über den Himmel.

»Wovon redest du?«

»Von dem Lächeln, das du seit Alkin auf den Lippen hast.«

»Ich bin einfach froh, dass ich dort war. Und all diese Menschen retten konnte …«

»Du hast Adraa wieder eine dieser unsinnigen Nachrichten geschickt, nicht wahr?« Kalyan schüttelt den Kopf über mich. »Ich weiß, dass ich recht habe.«

Nachdem ich meine Kurta gerichtet habe, begegne ich dem durchdringenden Blick meines Leibwächters. »Wie kommst du darauf?«

»Habe ich dir schon gesagt. Durch dein lächerliches Grinsen. Du bist so was von stolz auf dich. Du glaubst, du wirst sie besiegen.«

Ich lasse das Lächeln von meinem Gesicht verschwinden und stelle eine ernste Miene zur Schau. »Ich habe viel, worauf ich stolz sein kann. Sieh dir dieses wunderschöne Land an.«

Vage deute ich nach unten, bevor ich selbst einen Blick darauf werfe, um mein Grinsen im Zaum zu halten.

Einige Meilen zu meiner Linken wogt und brandet das Meer als schier unglaubliche Masse. Ich kann es nur deshalb erfassen, weil ich mich hoch genug befinde, um zu begreifen, wie weit es sich in die gefühlte Unendlichkeit erstreckt. Aus irgendeinem Grund erscheint es mir einschüchternder als die endlosen verschneiten Gipfel und das Grün der Berge, die sich zu meiner Rechten erheben. Vielleicht bin ich an Letztere zu sehr gewöhnt. Immerhin wurde ich in diesen Bergen geboren. Wenn ich fliege und sich mir die Gipfel entgegenstrecken, als wollten sie mich an den Füßen kitzeln oder meine Schultern streifen, fühlt sich das wie ein herzlicher, vertrauter Gruß an. In den letzten sechs Flugstunden ist das Meer unverändert geblieben, die Berge hingegen sind größer geworden, daher weiß ich, dass ich fast zu Hause bin.

»Worauf du stolz sein kannst? Wir sind noch nicht in Naupure. Oder willst du damit andeuten, dass alles hier dir gehören wird, weil wir uns Belwar nähern?«, fragt Kalyan.

»Nein. Mir steht nicht der Sinn nach Eroberung.«

»Natürlich nicht. Es wird dir praktisch ohnehin gehören, wenn du heiratest.«

Mir ist nicht danach, etwas darauf zu erwidern. Kämen die Worte nicht von Kalyan und wüsste ich nicht, dass er scherzt, wären sie Anlass für ein Duell. Kalyan lehnt sich auf seinem Himmelsgleiter zurück. Der Wind erfasst das Leitwerk in einem anderen Winkel. »Glaubst du, sie wird im Palast sein?« Er klingt neugierig, interessiert. Hätte ich diese Frage ausgesprochen, die Worte hätten sich angespannt angehört.

Ich zucke mit den Schultern.

Es ist so einfach, Adraa als jemanden zum Aufziehen und

Herausfordern zu betrachten. Aber damit endet unsere Zuneigung füreinander auch schon. Offen gestanden kenne ich sie nicht besonders gut. Nur wenig kann ich mit Gewissheit über sie sagen. Zum einen ist sie beinahe skrupellos ehrgeizig. Zum anderen ist sie leicht reizbar. Ich habe ihr Temperament schon am eigenen Leib erfahren. Alles andere kenne ich nur als angeblich. Sie ist angeblich wunderschön, angeblich brillant, angeblich freundlich. Laut den Worten meines Vaters. Aber ihm steht diese Meinung wohl zu. Sie ist praktisch bei dem Mann aufgewachsen, während ich in der Ferne geweilt habe, nachdem ich weggeschickt worden war. Ich bin in dieser Konstellation der Fremde. Nun jedoch werde ich sie endlich selbst kennenlernen, statt in Berichten aus dem Palast über sie zu lesen. Schon vor Monaten bin ich achtzehn Jahre alt geworden. Wenn man uns verheiratet, dann bald. Mein Mund wird trocken. Will ich, dass sie im Palast sein wird? Vor mir schwebt ein Nein. Ich will sie noch nicht dort haben, will nicht in dem Moment meiner Zukunft ins Auge blicken, in dem ich durch die Tür aus Eis eintrete.

Kalyan schwebt nah heran, eigentlich zu nah, aber wir sind beide geschickt genug dafür. Er klopft mir auf die Schulter, nimmt mein plötzliches Unbehagen offenbar wahr. »He, das haben wir doch schon besprochen. So schlimm kann sie nicht sein.«

Seufzend fahre ich mir mit einer Hand durchs Haar. »Ja, Vater liebt sie geradezu.« Wodurch es in Wahrheit nur schlimmer wird, viel schlimmer. Wie soll ich aus diesem Arrangement entkommen, wenn der Mann, dessen Anerkennung ich mir mehr als die jedes anderen auf der Welt wünsche, eine heißblütige Hitzköpfin bewundert, die völlig unpassend für mich ist?

Kalyan erwidert nichts. Er wiegt die Worte gern ab und achtet darauf, damit etwas Wichtiges zu vermitteln oder zumindest einen Scherz einzuleiten. Bloßes Reden, nur um etwas zu sagen, betrachtet er als sinnloses Geschwätz. An der Schule war es mit ihm als bestem Freund eine sehr stille Zeit, doch hier in der Luft auf dem Weg nach Hause schätze ich die Stille. Wortlos streckt er den Unterarm aus. Flüchtig schlage ich mit ihm ein, bevor er sich der Sicherheit halber ein paar Meter entfernt. Die Geste genügt.

Vor uns fliegen drei meiner älteren Leibwächter. Ein kleiner Tross, wenn man bedenkt, dass ich im Alter von neun Jahren mit zwölf Bewachern zur Schule aufgebrochen bin. Wir rechnen zwar nicht mit Gefahr, aber die Reise ist lang. Jemand könnte ausbrennen. Unfälle kommen vor. Entlang unserer Strecke gibt es nur vier mit gelber Magie betriebene Flugstationen, schwebende Plattformen zum Ausruhen und Erholen.

Vor allem liegt es daran, dass ich alleiniger Erbe bin, nicht nur der einzige Sohn meines Vaters, sondern auch sein einziges Kind. Ich sollte eine Schwester haben. Ebenso sollte ich eine Mutter haben. Mittlerweile bemerke ich den Käfig der Vorsichtsmaßnahmen kaum noch.

Von hier aus kann ich nur die peitschenden Umhänge und die Magie der Wächter sehen. Orangefarbene, gelbe und blaue Strahlen strömen aus den Enden ihrer Himmelsgleiter und verflüchtigen sich, bevor sie Kalyan und mich erreichen. Sonst könnte eine magische Verbindung entstehen, die uns alle hinab zum Fuß des Bergs schleudern könnte.

Plötzlich fällt das Gelb ab, und mein Körper versteift sich. »*Vardrenni.*« Hastig wirke ich einen Zauber, um mich zu vergewissern, dass Samik von nichts getroffen worden oder eingeschlafen ist. Ich will sicherstellen, dass ich ihn noch retten kann. Weißer Rauch trübt kurz meine Sicht, die Magie lässt mich Samik vergrößert sehen. Er sinkt absichtlich ab und lässt sich zurückfallen. Ich seufze. Also nur ein Bericht. Trotzdem bleibe ich wachsam. Ich sollte aufmerksamer sein, statt an Adraa oder meinen Vater zu denken.

Samik braucht nur eine Minute, um abzutauchen und anschließend aufzusteigen, bis er sich neben mir befindet – die Fertigkeit eines gelb Gestärkten. »Radscha Jatin.« Er legt zum Gruß den Zeige- und Mittelfinger an den Hals. Ich tue es ihm gleich.

»Ja?«

»Wir nähern uns dem Ostdorf von Belwar, wo wir auf die Kutsche treffen.«

Na toll. Einfach nur toll. Ich werde nicht nur für meinen Vater vorgezeigt, sondern auch für die Belwars. Vor allem für eine bestimmte Belwar, davon bin ich überzeugt.

»Danke, Samik.« Ich drücke mir erneut die Finger auf die Schlagader. Er ahmt die Geste nach und fügt eine tiefere Verbeugung hinzu. Dann wartet er einen Moment, um den Wind zu erfassen, und lässt sich fallen. So viel Ehre und Tradition, so viel Respekt. Aber wer ist Samik über diesen Gruß hinaus? Irgendetwas scheint mir zuzuflüstern, dass ich es nie erfahren werde. Zum Teil, weil es in Naupure nun mal so ist. Wir sind von Natur aus förmlich. Aber es steckt mehr dahinter. Anders als im Land meines Onkels, Moolek, gibt es bei uns keine Diskriminierung aufgrund der Stärke einer Person. Dennoch wird das Ansehen auch bei uns davon bestimmt, wie viele Arten von Magie jemand wirken kann. In einem Land, in dem die Mehrheit der Menschen höchstens vier Arten beherrscht, bin ich etwas Neuartiges. Eine Neun. Außerdem bin ich der Thronfolger. Und für manche Menschen somit die Verkörperung eines

Gottes. Diesen letzten Teil habe ich immer als überwältigend empfunden. Aber das hält niemanden davon ab, mir höchsten Respekt zu erweisen. Was bedeutet, dass ich Leibwächter bekomme. Loyalität. Huldigung. Aber niemals Freundschaft.

Kalyan schwebt näher, statt die Stimme zu erheben. »Sollen wir nach der Landung die Plätze tauschen? Immerhin machen wir die Sache mit der Kutsche für eine Parade durch das Dorf.«

Ich berühre meine schlichte blaue Kurta und betrachte Kalyans fein bestickte Jacke mit dem Wappen meiner Familie, einem von Wind umtosten Berg. Wir sehen uns ähnlich wie Brüder, besitzen beide schwarzes Haar, dunkle Augen, einen hellbraunen Teint und sogar das gleiche kantige Kinn. Deshalb ist er mein Leibwächter, der sich auf Reisen als mich ausgibt – oder an der Schule einfach zum Spaß. Der größte Unterschied zwischen uns besteht darin, dass ich einen Kopf kleiner bin als mein Freund, was jedoch der Tarnung nur zusätzlich in die Karten spielt. Alle Welt erwartet, dass ein Maharadscha groß und erhaben ist. Nur meine Berührungsmale verraten mich. Die Macht meiner Studien und meines Bluts erstreckt sich über beide Arme hinauf bis zu den Schultern. Doch in Mänteln und einer langärmeligen Kurta vermögen nur wir fünf, die wir über den Bergen schweben, mich als Radscha zu erkennen.

»Willst du dich nicht ein letztes Mal um des Spaßes willen als mich ausgeben?« Ich klammere mich an einen Strohhalm, und wir wissen es beide.

Kalyan seufzt zwar, lässt es aber zu. »Na schön. Aber sobald wir den Gandhak passieren, wechseln wir zurück. Ich reite *nicht* in dem Aufzug zum Azur-Palast und klopfe an die Eistür.«

»Abgemacht.« Mir ist bewusst, dass ich mich danach nie wieder als schlichter Wachmann ausgeben werde. Und ich sehne mich bereits nach der Leichtigkeit, die damit einhergeht, so zu tun, als würde ich nicht eines Tages über das Land herrschen.

Kapitel 3

Ein kleiner Dieb

Adraa

»*Himadloc*«, leiere ich. Rote Magie strömt von meinen Fingern zu einer Schüssel mit Wasser. In die Flüssigkeit kommt Bewegung. Langsam – viel zu langsam – verhärtet sie, bildet Sprünge und gefriert schließlich. Seufzend über den erbärmlichen Versuch kehre ich zur überdachten Veranda zurück, wo das dickste Buch aller Zeiten auf einem Podest liegt. Ich blättere darin, suche nach anderen einfachen Zaubern weißer Magie.

Eine Tür zum Übungsplatz knallt geräuschvoll zu. Was nur eins bedeuten kann.

»He! Deine Zeremonienschulung ist erst in drei Stunden. Warum hast du ohne mich angefangen?« Als ich nicht aufschaue, klatscht meine beste Freundin die Hand auf die Seite, die ich gerade lese. »Adraa. Was ist hier los? Ist etwas passiert?«

»Nein.« Ich zucke mit den Schultern und schiebe Riyas Hand weg.

Sie blickt auf das aufgeschlagene Buch hinab. »Schneezauber? Wirklich? Du kannst mir den Brief ruhig sofort zeigen.«

Schließlich sehe ich Riya an. Sie schüttelt den Kopf, weil sie weiß, dass ich nur dann *so* verzweifelt bei weißer Magie werde, wenn mich etwas an meine königliche Zeremonie erinnert. Und Jatin ist in jeder Hinsicht der Inbegriff einer Erinnerung daran. Oh ihr Götter, er kommt heute wirklich nach Hause.

»Was denn? Du bist leichter zu lesen als dieses uralte Ding.« Zur Betonung hebt sie eine Ecke des Buchs an und lässt sie wieder fallen.

»Das verbitte ich mir. Ich bin vielschichtig, geheimnisvoll und …«

»Und durcheinander wegen eines Jungen?« Riya zieht eine dichte Augenbraue hoch.

Mit einem Ruck hole ich den Brief aus der Tasche und reiche ihn ihr. »Nicht seinetwegen durcheinander. Bloß besorgt über … über …«

Riya bremst meinen gestammelten Erklärungsversuch, indem sie eine Hand hebt, bevor sie den Brief überfliegt. Schließlich sieht sie mir wieder in die Augen. »Irgendwie scheint er wohl zu gewinnen.«

Ich entreiße ihr den Brief. »Solltest du nicht mich unterstützen?«

»Ich beschütze dein Leben, aber in der Stellenbeschreibung steht nichts davon, dass ich dabei nett zu dir sein muss.« Dabei legt sie vielsagend die Hand auf ihr Messer, gleichzeitig lächelt sie jedoch.

Es ist ein schlechter Scherz. Noch vor sieben Monaten hat es keine solche Stellenbeschreibung für sie gegeben. Vor sieben Monaten musste Riya nichts weiter als meine beste Freundin sein. Dann wurde mein persönlicher Leibwächter, Herr Burman – ihr Vater –, von drei Vencrin-Verbrechern in die Enge getrieben. Sie feuerten Folterzauber auf ihn ab, bis er ins Koma fiel. Ohne zu zögern hat Riya die Pflicht ihres Vaters übernommen, mich zu beschützen. Allerdings beeinträchtigt es unsere vormals ungezwungene Beziehung, belastet sie.

Und manchmal beschleicht mich das Gefühl, keine andere Wahl zu haben, als das Thema zu wechseln. »Ich muss noch mehr Firelight anfertigen und ins Ostdorf liefern. Bist du dabei?«

»Natürlich. Ich könnte es ja nicht mal auslassen, wenn ich wollte.«

Wieder ein Scherz, aber diesmal schmerzt er, weil ich glaube, dass ein Teil von ihr es ernst meint. »Zerbrich dir nicht über Kleinigkeiten wie ein paar Worte den Kopf.« Spielerisch tätschle ich ihren Arm, bevor ich die Kugeln für das Firelight hole. Ich hoffe, dass sie weiß, wie ernst *ich* die Worte meine.

Sie lässt mir die Ablenkung durchgehen und hilft mir, das Behältnis gefüllt mit Hunderten kleiner Kugeln über den weitläufigen Innenhof zu tragen. Frostlight-Blütenblätter knirschen unter unseren Füßen und erfüllen die Luft mit dem Duft von frischem Schnee, obwohl wir Sommer haben. Diese Blüten breiten sich gern auf mein Übungsgelände aus, als gehöre es ihnen. Was in gewisser Weise sogar zutrifft. Hunderte zieren den Boden, nehmen ihn in Beschlag, überziehen ihn wie eine weiß gesprenkelte, blaue Decke. Einmal haben sie Feuer gefangen und beinahe die gewölbten Holzsäulen um uns herum niedergebrannt. Ich lernte ziemlich schnell einen Löschzauber, nachdem Riya und ich den Palast mit einem Schwall Wasser aus dem blubbernden Brunnen gerettet hatten. Bei der Erinnerung daran schmunzle ich, während ich einige der Blüten wegwische, um die Erde darunter freizulegen.

»Willst du es noch mal versuchen?«, frage ich. Dabei deute ich auf die Kugeln und die von mir geschaffene kahle Stelle.

Riya seufzt. »Du weißt, dass ich mit roter Magie nicht gut genug bin.«

Ich ahme ihr Seufzen nach. »Ja, bloß Wunschdenken.«

»Na gut, na gut.«

Meine Miene hellt sich auf, und ich lege zwei Kugeln auf den Boden. »Sprich mir nach und denk dran, dabei die Stimme zu erheben.«

»Ich mache das nicht zum ersten Mal, Adraa.«

Ohne mich zu entschuldigen – weil Riya das nicht wollen würde –, beginne ich mit dem Zauber. Erst flüsternd und dann mit einem Schrei endend entfesseln Riya und ich unsere Magie. »*Erif Jvalati Dirgharatrika...*«

Von Riyas Fingerspitzen kräuselt sich violetter Rauch, von meinen roter. Beide Farbströme treffen die Kugeln. Feuer flammt darin auf. Mein Herz schwillt an, als ich beobachte, wie sich Riya bückt und ihre Kugel mit dem winzigen Flämmchen darin aufhebt.

»Du...«

Sie pustet kräftig auf das kleine Leben. Wie ein Geist steigt Rauch davon auf. »Hat nicht geklappt.«

Ich ergreife meine eigene Kugel und puste, so kräftig ich kann. Das Leben darin flackert nicht. Tatsächlich scheint die blutrote Flamme die Herausforderung zu genießen und flutet meine Hand mit Licht. Mit einem Klicken schließe ich die Kugel. »Eine weniger, noch dreihundert übrig.«

»Ich leiste dir Gesellschaft.«

Damit meine Magie atmen kann, krempele ich den steifen rosa Ärmel hoch.

***

Ich habe meine Mutter belogen. Es dauert weitaus länger als eine Stunde, dreihundert Kugeln mit gleißendem, unerschütterlichem Licht herzustellen. Aber durch Riyas Unterbrechung meines kläglichen Versuchs, mit weißer Magie besser zu werden, liege ich trotzdem gut in der Zeit. Zum Ausruhen setze ich mich neben den Retaw geweihten Springbrunnen in der Mitte des Hofs. Riya reicht mir einen Becher Wasser, und ich trinke einen Schluck.

»Weißt du, ich kann nachvollziehen, warum du mit Schnee und Kälte nicht viel anfangen kannst. Wenn ich dir dabei zuschaue, wie du die da herstellst« – Riya hebt eine Firelight-Kugel auf – »ergibt es Sinn.«

»M-hm.« Aus meinem Gedächtnis taucht flüchtig der Eingang aus Eis des Azur-Palasts auf. Zu so etwas werde ich nie in der Lage sein, und eine Tür aus Feuer klingt einfach nur gefährlich. Tatsächlich *ist* meine magische Stärke gefährlich. Eine Rani sollte Probleme beseitigen, also Brände löschen, statt sie zu entfachen. Und das will ich auch – ich will erschaffen, nicht zerstören. Die kleine Kugel mit rotem Licht in Riyas Hand ist das erste Gute, was ich zustande gebracht habe.

»Im Ernst. Was soll so toll an Kälte sein? Wer friert schon gern?«, fragt sie.

Ich lächle verkniffen. »Danke.« Ich kann nicht schon wieder über meine mangelnden Fortschritte mit weißer Magie sprechen. Wenn ich in anderthalb Monaten – in fünfundvierzig Tagen, um genau zu sein – achtzehn Jahre alt werde, muss ich allen neun Göttern meine Begabung beweisen und ihren Segen erbitten. Und wenngleich es schön und gut ist, dass ich mich besser auf den Umgang mit Feuer verstehe als irgendjemand sonst, den ich kenne, bleibt die Tatsache, dass mich der weiße Gott Dloc vielleicht nicht akzeptiert. Niemand möchte von einem Schneesturm vom Podium geweht werden. Das könnte mich umbringen. Oder besser ausgedrückt, die Götter könnten mich umbringen. Wäre ich eine gewöhnliche Belwarerin, würde es keine Rolle spielen. Ich würde nicht versuchen, die Zeremonie zu bestehen, weil es schon erstaunlich ist, genug Talent für eine Acht zu besitzen. Allerdings bin ich beinahe königlich, eine künftige Maharani von Wickery. Und regieren kann ich nur, wenn ich den Göttern und meinem Volk beweisen kann, dass ich alle neun Arten von Magie beherrsche.

Anfangs habe ich weiße Magie vernachlässigt, weil sie mir schwergefallen ist. Dann kam mir der Gedanke, dass ich meiner Verlobung entkommen und jemand anderen heiraten könnte, wenn ich mein Leben lang eine Acht bliebe. Allerdings wurde mir vor einigen Jahren klar, wie viel es mir bedeutet, meinem Land oder vielmehr dessen Menschen zu helfen. Zwar will ich Jatin Naupure nach wie vor nicht heiraten, sehr wohl jedoch möchte ich Maharani werden und Belwar in irgendeiner Eigenschaft anführen. Die Zeremonie will ich bestehen, um den Titel zu erlangen, nicht um einen Ehemann zu gewinnen.

Aber schon vor langer Zeit ist mir klar geworden, wie sehr sich alle wünschen, dass diese arrangierte Ehe funktioniert, und wie gut sie für Wickery wäre. Meine Eltern und Maharadscha Naupure haben sich darauf geeinigt, Jatin und mich älter lassen zu werden, bevor sie unseren Bund mit einem heiligen, verbindlichen Blutsvertrag besiegeln. Das entspricht dem üblichen Protokoll, das mein achtjähriges Ich jedoch nicht verstehen konnte. Sehr wohl jedoch haben sie eine mündliche Vereinbarung getroffen, die unter Zauberern mit solcher Macht fast genauso verbindlich ist. Wenig hilfreich ist, dass Jatin Naupure mir »Liebesbriefe« schreibt. Aus Sicht meiner Eltern spricht somit nichts gegen die Vereinbarung. Ein Grund mehr, Jatin die Schuld an diesem Schlamassel zu geben. Abgesehen davon liebt mich Maharadscha Naupure tatsächlich und will mich trotz meiner Schwächen unbedingt als Schwiegertochter. Nur ist ihm nicht klar, wie tief meine Schwäche bei Schnee reicht. Ich starre auf meine Arme hinab. Einen übersäen Schnörkel und Muster, der andere ist schlicht und so dunkel wie der Rest von mir. *Kannst du es schon?*, stichelt Jatins Stimme.

In solchen Augenblicken wünsche ich mir, ich wäre aus Naupure. Jatins Zeremonie hat ohne großes Aufheben an der Akademie stattgefunden. Dort hat nur das Bestehen gezählt. Er wird seit seiner Geburt als Erbe von Naupure gehandelt. Bei ihm künden beide Arme überdeutlich von seinem Talent. Zweifel haben daran nie bestanden. In Belwar verhält es sich anders. Die Zeremonie an meinem achtzehnten Geburtstag wird mein erster großer Auftritt vor den Menschen. Ich werde in die neun Farben gehüllt durch die Straßen von Belwar gehen und meine Prüfung im Herzen des Tempels von Belwar ablegen. Und ich fürchte, mein einer Arm wird dabei ausschließlich Zweifel vermitteln.

Ich stehe vom Boden auf und laufe hin und her. »*Himadloc*«, rufe ich in Richtung der Schüssel mit Wasser. Rote Rauchschwaden kräuseln sich durch das Nass, dann folgt nichts mehr. Ich bin bloß müde, versuche ich, mir einzureden. Immerhin habe ich gerade dreihundert Firelights erschaffen, rechtfertige ich mich. Aber die Lügen funktionieren nicht.

»Bist du sicher, dass du nicht so viel übst, weil du *doch* mit Jatin zusammen sein willst?«, fragt Riya.

Ich wirble herum und werfe ihr einen mürrischen Blick zu. »Warum denken das alle? Als wäre es seltsam, dass ich eine Rani werden will und keine Ehefrau.«

Lachend zeigt sie auf meine Hände. Irgendwann, während ich hin und her gelaufen bin, habe ich Jatins Brief wieder hervorgezogen.

Erschrocken zucke ich zusammen und lasse das Pergament fallen. Dann greife ich eilig danach, als es über den sprudelnden Brunnen schwebt. »Verflixt.« Ich reibe mir die Schläfen und rutsche an der nächstbesten Säule entlang zu Boden.

Riya kichert über meine Dramatik und stupst mich mit dem Stiefel am Fuß. »Hast du immer noch diese Albträume vom roten Zimmer?«

»Nur einmal letzte Nacht. Aber das ist es nicht. Es ist nur ... Er ... er kommt heute nach Hause«, stoße ich stöhnend zwischen den Händen hindurch hervor.

»Was?«, entfährt es ihr. Dass ich Riya damit überrasche, scheint mir ungewöhnlich. Ich spähe zu ihr hoch, lasse ihre Verwirrung auf mich wirken und bin froh, dass Jatins Rückkehr wenigstens irgendjemand außer mir als ernst genug betrachtet, um meine Anspannung zu rechtfertigen.

»Bei den Göttern«, haucht sie, bevor sie sich von ihrer Verblüffung erholt. »Aber wir haben noch Zeit.« Riya versteht als Einzige das wahre Ausmaß meines Problems. Natürlich wissen auch meine Eltern bis zu einem gewissen Grad darüber Bescheid, glauben aber, dass ich es mit mehr Übung schaffen werde. Deshalb wird mir mitten am Tag noch Zeit zum Üben zugestanden. Ich würde es Maharadscha Naupure ja erklären, nur steht mir dabei eine Kleinigkeit namens Stolz im Weg. Und ich weigere mich strikt, es jemals Jatin anzuvertrauen. Er darf nicht noch etwas bekommen, worüber er spotten kann. So stelle ich ihn mir beim Schreiben an seinem Tisch jedenfalls vor – höhnisch grinsend. Futter für sein Selbstwertgefühl braucht der Bursche ungefähr so dringend wie ich eine weitere

Erinnerung daran, dass ich dabei bin zu verlieren. Und ich könnte buchstäblich alles verlieren.

»Lass uns aufbrechen. Ich will fliegen, um das alles für eine Weile zu vergessen«, sage ich.

Riya nickt und wirft einen Blick auf ihren Zeitmesser. »Ja. Wir sind sowieso spät dran.«

Die kleinen Stümpfe unserer Himmelsgleiter hängen an einem Holzpfosten befestigt auf dem Übungsplatz. Mit einem kurzen grünen Zauber befreie ich Hybris' geschrumpfte Form von dem Pfosten. Riya späht unablässig zu mir herüber. Besorgnis lässt ihre vollen Brauen näher zu den dunklen Augen wandern. Wie üblich gehe ich vor und bemühe mich, durch mein Verhalten zu vermitteln, dass es mir gut geht und ich mich nicht vor der bevorstehenden Zeremonie oder meiner Hochzeit fürchte.

Mit einem kräftigen Schnippen und einem einfachen Zauber verlängert sich das acht Zoll lange Rohr aus Holz. Der mit Weidengeflecht umwickelte Griff fährt aus. Am hinteren Ende entfalten sich zwei drachenähnliche Bahnen aus rotem Stoff und straffen sich jäh wie von Wind gefüllte Segel. Ich lächle über Hybris' vollständige Form und spreche den Flugzauber, der uns beide in die Lüfte erheben wird. Rot, die Farbe von Blut, breitet sich im Weidengeflecht aus und durchtränkt das Holz. Ich füge ein wenig mehr Magie für das zusätzliche Gewicht von zwei randvoll mit Firelights gefüllten Packtaschen hinzu.

Bevor ich mich auf Hybris' Sitz schwinge, richte ich meinen Gürtel. Außerdem knote ich meinen orangefarbenen Rock über der rosa Hose neu, während Riya in eine violette Hose schlüpft. Im Palast trage ich praktisch immer ein Beinkleid unter dem Wickelrock, weil ... Ach, sagen wir einfach, ich bin in der Vergangenheit zu lebhaft und vergesslich gewesen, dass Zara nie eine Aufmachung ohne Hose bereitgelegt. Riya hingegen tritt gesitteter und elegant auf. Dennoch könnte ein Außenstehender mich für die Züchtigere und Traditionellere halten, weil ich mich langen Ärmeln verschrieben habe. Natürlich läge man mit der Vermutung völlig falsch.

Solange man unter achtzehn Jahre alt ist, trägt man in der Öffentlichkeit am besten die Farben der Eltern. Daher bin ich zu blassoranger und knallrosa Kleidung verdammt, während die drei Jahre ältere Riya anziehen kann, was sie will. Wie an den meisten Tagen trägt sie das Violett ihrer Eltern und ein sanftes Blau, das großartig zu ihrer hellbraunen Haut passt. Eines Tages wird die neunzackige Sonne auf meine Kleidung genäht werden, aber das königliche Wappen von Belwar wird erst nach der Zeremonie vergeben. Ich scheine mich nicht davon lösen zu können, dass ich mich nicht bereit für den Thron fühle.

Zuletzt lege ich überkreuzt die Riemen der zwei großen Packtaschen um die Schultern an. Riya tut es mir gleich und hievt sie sich über den Kopf, bevor sie ihren schwebenden Himmelsgleiter besteigt.

»Bereit?«, fragt sie. Ich bringe den verdrehten Riemen einer der widerspenstigen Taschen in Ordnung, bevor ich nicke und mich mit den Füßen kräftig vom Boden abstoße.

»*Makria!*«, brüllen Riya und ich. Frostlight-Blütenblätter stieben auf, als wir emporrasen. Das klebrige Gefühl der Luftfeuchtigkeit lässt nach, als mir der Wind die Bluse zerzaust. Das Aroma von Frost hält noch kurz an, bis es von den Gerüchen des Betriebs meiner Mutter überlagert wird. Vor Jahren hat sie den Ostflügel des Belwar-Palasts in Beschlag genommen und ihn zu einer Apotheke mit Krankenstation umgebaut.

Dort kann es nach allem Möglichen riechen, von faulenden Möwenfüßen bis hin zu Frühlingspflanzen. Als ich über das Dach meines Zuhauses und Mutters Trankküche schwebe, liegt der Geruch von Zitronen und Fisch in der Luft. Nicht so schlimm, denn in Küstennähe mieft ohnehin alles nach Fisch.

Ich bin bereits fünfzehn Meter hoch in der Luft und kann die Menschenmenge sehen, die sich vor den Toren des Palasts und um die Ecke eingefunden hat. Ein Säugling weint. Betagte Menschen schleppen sich vorwärts. Jüngere, die man geschickt hat, um die Tränke meiner Mutter zu besorgen, hopsen rastlos umher. Ein bittersüßes Lächeln umspielt Riyas Lippen, als sie zu mir schaut. Ich weiß, wie der Anblick von Menschenschlangen auf der Suche nach Medikamenten sie aus der Fassung bringen kann. Mir geht es genauso.

Wir fliegen unmittelbar über ihren Vater hinweg. Das Zimmer von Herrn Burman liegt in der Nähe des Ostflügels, nah genug bei all den Tränken und der rosa Magie, um uns daran zu erinnern, dass er nur dank der Kenntnisse meiner Mutter noch am Leben ist. Sie weiß, wie sehr auch ich darunter leide. Bevor er mein Leibwächter wurde, war er mein Lehrmeister. Er hat mir das Fliegen beigebracht. Und wie man kämpft. Als ich vor neun Jahren von meinem Besuch in Naupure zurückgekommen bin, war er es, der mich beim Weinen wegen meiner Berührungsmale ertappt hat. Er hat mich beiseitegenommen und zu mir gesagt: »Eine wahre Rani braucht keine Magie oder den Segen eines Gottes. Eine wahre Rani hilft den Menschen einfach.«

Nicht zuletzt durch ihn bin ich so geworden, wie ich bin, und tue, was ich nachts mache, wenn ich mich hinausschleiche. Er wusste immer das Richtige zu sagen. Manchmal weiß ich das auch, aber heute fehlen mir wie an den meisten Tagen die

Worte für meine beste Freundin. Schweigend steigen wir weiter in östliche Richtung auf.

Zwischen üppigen Bergen eingebettet liegt das höhlenartige Tal von Belwar, meiner Stadt und Heimat. Als wir höher aufsteigen, sehe ich, wie weit sich mein Land zu den kleineren Dörfern in den nördlichen Bergen und zwischen Reisfeldern erstreckt. Aber der Großteil der von meinem Vater und meiner Mutter beschützten Bevölkerung lebt hier und wuselt gerade unter Riya und mir.

Der Ort ist der vielgestaltigste in ganz Wickery. Belwar ist von jeher ein Schifffahrtshafen gewesen und hat Reisende, Händler und Fremde angelockt. Als vor fünf Jahren der Südbucht-Monsun durch den Süden von Agsa gewütet hat, sind scharenweise Flüchtlinge hergekommen. Die unmittelbar vor unserer Küste gelegene Insel Pire erhielt dadurch keine Lieferungen landwirtschaftlicher Erzeugnisse mehr, was eine weitere Flüchtlingswelle zur Folge hatte. Da meine Mutter von Pire stammt, haben wir sie mit offenen Armen aufgenommen.

Für mein Land wäre es einfach, sich wie Moolek auf der Grundlage religiöser Traditionen und magischer Stärken abzukapseln. Oder nach jedem anderen Kriterium, nach dem der Hass gern spaltet: nach Hautfarbe wie Agsa, nach Geschlecht wie Pire oder nach Macht wie Naupure. Aber wir tun es nicht. Darauf bin ich stolz, auch wenn wir vielleicht ein Problem mit dem ewigen Stigma der Unberührten haben, der machtlosen Hälfte der Bevölkerung. Und ich werde alles tun, um eine »wahre Rani« zu werden.

Belwar mag klein sein, ein Tümpel im Vergleich zu dem See, über den Maharadscha Naupure herrscht, oder der Landmasse, die Maharadscha Moolek untersteht, aber es ist ein Zuhause. Die vier einfach geografisch benannten Dörfer – Nord,

Süd, Ost, West – liegen in der entsprechenden Richtung um den Palast von Belwar herum. Ich lebe in der Mitte eines Kompasses. Vielleicht will ich deshalb unbedingt meinen Titel. Eine Belwar zu sein, verleiht mir eine Richtung und eine Aufgabe. Was wäre ich ohne das?

Ich blicke nach Westen zum Gandhak, dem hoch aufragenden Vulkan, der mein Land von jenem Jatins trennt. Er bildet ein bedrohliches, aber schlummerndes landschaftliches Merkmal, das einen mächtigen Schatten wirft. Ist Jatin schon dort gewesen?

Der Flug zu Basu dauert nur sieben Minuten. Nicht genug Zeit, um Jatin oder die bevorstehende königliche Zeremonie aus dem Kopf zu bekommen. Als wir auf unseren Gleitern zum Ostdorf absinken, erblicke ich Basus Laden auf Anhieb, eine gedrungene, von Buschwerk umgebene Festung. Basu kommt herausgeeilt und winkt mich nach unten, was ich ziemlich ärgerlich finde. *Ja, ja, ich sehe dich!*, würde ich gern rufen. Als Riya und ich landen, wirbeln wir die Luft um uns herum nur geringfügig auf.

»Ich hatte schon Sorge, du würdest wieder zu spät kommen«, begrüßt Basu uns in zugleich missbilligendem und ungeduldigem Ton. Was für eine wunderbare Kombination.

Ich lächle. »Deinen Charme und deine Herzlichkeit würde ich auf keinen Fall missen wollen, Basu.«

Riya schüttelt den Kopf, was für ein ungeschultes Auge lediglich so wirkt, als würde sie eine der schweren Packtaschen abstreifen. Ich hieve mir eine der eigenen Taschen über den Kopf, die sich dabei widerwillig verheddert. Der Riemen zerrt an meiner Schulter, und als ich herumwirble, erblicke ich einen kleinen, ungefähr sieben Jahre alten Jungen, der eines der Firelights hält. Er muss in die Tasche gegriffen und es herausgenommen haben.

»He! Das gehört dir nicht!«, brüllt Basu.

Die Augen des Jungen werden groß, und er schwankt zwischen Kampf und Flucht. Schließlich wählt er die Flucht. Das tun Diebe immer.

»Haltet ihn auf! Jemand muss ihn aufhalten!« Basu springt auf die Straße und fuchtelt mit den behaarten Armen in Richtung des fliehenden Jungen.

Ein Firelight kostet drei Kupfer und gehört damit buchstäblich zu den billigsten Waren in unserem Land – wofür ich gesorgt habe. Warum also eines stehlen? Ist der Junge so bettelarm? Ich lasse beide Taschen in Basus Arme fallen. »Ich schnappe ihn mir.«

»Adraa!«, entfährt es Riya.

»Fünf Minuten, dann bin ich wieder da.« Beruhigend winke ich ihr zur.

Ich muss herausfinden, was dahintersteckt.

»*Tvarenni*«, flüstere ich und entsende orangefarbene Magie zu meinen Beinen, um aufzuholen. Aber der Junge erweist sich als schnell. Er scheint den Verlauf jeder Gasse in- und auswendig zu kennen. Das könnte eine größere Herausforderung werden, als ich dachte. Er huscht in eine dunkle Seitenstraße, wo mehrere Dörfler Kleidung waschen und färben. Sie schimpfen aufgebracht, als der Junge durch zum Trocknen aufgehängte Laken pflügt. Der Weg geht in Hunderte Stufen aus moosbedeckten Steinen über. Ich beobachte, wie er sie vor mir höher und höher hinaufhopst.

»He! Junge! Ich will nur reden!«, rufe ich. Er dreht sich um, erschrickt und rast nur noch schneller die Stufen hinauf. »*Zaktirenni!*«, brülle ich und jage damit Energie in meine Muskeln.

Ich poltere die Treppe hinauf. Dank meiner orangefarbenen Magie schließe ich bis auf vier Schritte zu dem Dieb auf. Ich strecke die Hand aus, um ihn am Arm zu packen, als mir – *zack* – ein Teppich ins Gesicht klatscht. Eine Frau lehnt sich durch eine Tür heraus, um den staubigen Läufer auszuschütteln. »Was zum …«

Ich werde zur Seite geschleudert, und meine Lunge gerät aus dem Takt. Hat meine Kehle heute noch nicht genug abbekommen? Hustend und keuchend beobachte ich, wie die entsetzte Frau das menschengroße Hindernis anstarrt, das ihr kostbarer Teppich erfasst hat. »Entschuldigung, Fräulein …« Sie setzt zu einer zittrigen Verbeugung an, doch ich winke bereits ab.

»Schon gut.«

»Aber …«

Ich sichte den Jungen am Kopf der Treppe. Er schaut zu mir herab. Dann huscht er nach links davon. »Oh nein!« Ich presche wieder los, nehme zwei Stufen auf einmal, bis ich oben ankomme. Dann schlittere ich auf Zehenspitzen dahin, weil mehrere Ziegen unmittelbar neben mir vorbeitraben. Vor mir erstreckt sich ein belebter Platz, auf dem der Markttag in vollem Gange ist. Farbenfroh gekleidete Menschen drängen sich zwischen den offenen Ständen. Verkäufer bieten lautstark ihre Waren feil. Große, breite Schalen mit Obst und verschiedenfarbigen Gewürzen stehen vor knienden Händlerinnen auf dem Boden. »Obacht!«, ruft mir der Ziegenhirte unwirsch zu, weil ich um ein Haar mit seinem Vieh zusammengestoßen wäre. Die Verfolgungsjagd ist gerade noch schwieriger geworden.

»*Vindati Agni Dipika*«, flüstere ich. Roter Nebel rankt sich von meinen Händen und sucht nach meiner Schöpfung, meinem Firelight. Nicht nur Intuition lässt mich den Kopf nach links drehen. Ich erblicke den Jungen, der um einen Gemüsestand herumschleicht. Die Lichtkugel drückt er sich dabei an die Brust. Ich presche vorwärts und remple dabei Menschen, die nur herumstehen. Warum ist der Markt so überfüllt? Warum schlendern die Leute nicht umher und kaufen ein? Stattdessen stehen sie mit stirnrunzelnden Mienen da, während ich mich zwischen ihnen hindurchschlängle.

Der Junge sieht mich kommen, aber ich bin ihm mittlerweile sehr nah. Nur noch zwei Körperlängen trennen uns voneinander. Er flitzt auf den offenen Platz. Zu spät erkenne ich, warum sich niemand rührt, sondern alle nur herumstehen und auf die Schneise in der Mitte starren. Eine hellblaue, goldverzierte, von einem großen Elefanten gezogene Kutsche rumpelt den Weg entlang. Der Junge schaut zu mir zurück, nicht in die Richtung, in die er läuft. Alles verlangsamt sich.

»Halt!«

Der Elefant erschrickt und trompetet den Wolken entgegen. Mir fallen keine grünen Zauber ein, um ein Tier aufzuhalten. »*Tvarenni!*«, brülle ich. Die Menschen um mich herum erahnen die bevorstehende Tragödie, sehen den blutigen Brei voraus, in den der Junge gleich verwandelt werden wird. Ihr Japsen und Geschrei übertönen meine Stimme. Einige machen mir Platz, weichen zur Seite aus und geben einen klaren Weg für mich frei. An anderen dränge ich mich vorbei. Wieder brülle ich den Geschwindigkeitszauber, und Rot umhüllt meinen Körper. »*Tvarenni!*«

Der Elefant bäumt sich ruckartig auf. Der Junge reißt die Arme hoch. Mein Firelight schimmert. Es wird das Erste sein, was der Elefant zertrümmern wird. Und ich leite jedes Quäntchen meiner Magie in meine Muskeln. Ich muss mich schneller als je zuvor bewegt haben, denn irgendwie gelingt es mir, mit dem Jungen zusammenzustoßen und gleichzeitig herumzuwirbeln. Die Beine des Elefanten sausen herab und stampfen eine Armlänge von meinem Kopf entfernt auf den Boden. Ich zucke zusammen, rolle mich zusammen mit dem Jungen weiter nach rechts.

»*Matagga Zantahihtrae*«, ertönt eine männliche Stimme.

Ich rolle weiter, befördere mich zusammen mit dem Jungen in den Dreck. Der Elefant rührt keinen Muskel mehr, trompetet nur leise und frustriert. *Ja, geht mir genauso, mein Freund.*

Benommen von der vielen Magie und der nachklingenden Angst setze ich mich auf. Der Junge wimmert, als ich mich bewege. Ich verarbeite noch, dass er heftig weint, als eine männliche Stimme ruft: »Geht es allen gut?«

Da sich der Junge wie eine Klette an mich klammert, kann ich mich nicht umdrehen, deshalb hebe ich nur matt die Hand. »Ja, wir sind am Leben.« Augen in der Menge werden groß, Hände strecken sich aus. Gott sei Dank bin ich noch nicht achtzehn. Deshalb wissen die Umstehenden nicht, dass dieses verdreckte Mädchen vor ihnen ihre Herrscherin werden könnte.

Jemand beugt sich über mich, verdeckt die blendende Sonne und versperrt mir die Sicht auf die verschwommenen Gesichter. Wer immer es sein mag, er muss in der Kutsche gewesen sein. Noch bevor ich sein Gesicht sehe, begrüßt mich ein auf seine Jacke gesticktes Wappen – ein schneebedeckter Berg, umtost von blauem Wind. Das Wappen meiner Bestimmung. Radscha ... Radscha Jatin.

Meine Gedanken überschlagen sich wie noch nie zuvor, doch mein Gehirn ist mit der Situation genauso überfordert wie mein Körper. »Aaah.«

Wieder ergreift er mit einer vollen Stimme, die man nur als männlich bezeichnen kann, das Wort. »Geht es euch gut?«

Der Junge weint an meinen Körper gedrückt. Die Umstehenden murmeln. Aber das Geräusch sollte lauter sein, so dröhnend wie die fragende Stimme. *Geht* es mir gut? Irgendetwas scheint mit mir nicht zu stimmen. Ein anderer Mann taucht hinter Radscha Jatin auf. »Der Elefant und alle anderen sind unversehrt«, verkündet er. »Geht es dir und dem Jungen auch gut?«

»Ich glaube, sie hat sich den Kopf gestoßen«, wirft Radscha Jatin ein.

»Es, äh, geht mir gut.« Gut? Im Ernst? Das ist alles, was mir einfällt? Verlegenheit, die weiß, dass sie jedes Recht hat, sich in dieser Lage zu zeigen, steigt mir heiß in die Wangen und breitet sich über meinen gesamten Körper aus. Ich muss gerade aussehen, als wäre ich in ein anderes, qualmendes Rot getaucht worden.

Radscha Jatin tritt einen Schritt zurück und wendet sich der Menge zu. Er überlässt seinem Leibwächter – oder wer auch immer der Mann sein mag –, sich der von mir so genial erschaffenen Situation anzunehmen. Der Leibwächter zerzaust dem weinenden Jungen das Haar. »He, jetzt ist es vorbei. Alles gut. Deine Schwester hat dich gerettet.«

Endlich schaut der Junge auf und blickt mir in die Augen. »Du hast mich wirklich gerettet.« Er schnieft. »Warum?«

»Äh …« Ich bin gerade nicht in der Lage, einen vollständigen Satz herauszubringen, geschweige denn zu beantworten, warum ich Leben schätze. Die schlichte Antwort – *darum* – erscheint mir unzulänglich und töricht. Was stattdessen aus meinem Mund quillt, ist viel schlimmer. »Beantworte einfach meine Fragen, ja? Lauf nicht wieder weg.«

Der Junge nickt. Mit einer fließenden Bewegung löst er die Arme von meiner Mitte und holt mein Firelight hervor. »Hier. Es gehört dir.«

Ich greife danach, doch mein linker Arm fällt schlaff wie ein nasses Handtuch an meiner Seite herab. Er schmerzt, als wären Nervenenden durchtrennt worden. Mist, nicht schon wieder. Und nicht ausgerechnet jetzt! Ich ergreife die Kugel stattdessen mit der rechten Hand und lasse sie auf meinen Schoß fallen. Wie soll ich aus diesem Schlamassel entkommen? Warum muss ich gerade in diesem Moment ausbrennen?

Ich spähe zu Radscha Jatin, der steif wie eine Statue auf einem Podest wirkt, während er sich an die Versammelten wendet. Sein Leibwächter hingegen lauscht gebannt meinem Gespräch mit dem Jungen. Verwirrung zeichnet sich auf seinen Zügen ab.

Er richtet sich auf. Der Junge folgt seinem Beispiel. Alle warten auf mich. Sogar die Menge versucht, einen Blick auf das törichte Mädchen zu erhaschen, das auf eine königliche Kutsche zugerannt ist und nun scheinbar nicht mehr aufstehen kann.

Als ich mich nicht erhebe, zieht der Leibwächter die Augenbrauen hoch und streckt mir die Hand entgegen. Wieder spähe ich zu Radscha Jatin, der gerade mit dem Kutscher spricht. Wenigstens beachtet er mich nicht und hat keine Ahnung, wer ich bin.

»Kannst du das nehmen?« Ich zeige auf die Kugel.

»Was ist das?«, fragt der Leibwächter.

»Firelight«, antwortet der Junge, bevor ich es kann.

Die Augen des Leibwächters werden groß, als er die rote Magie einsteckt, bevor er sich erneut nach unten streckt und meine heile Hand ergreift. Überwiegend dank seiner Hilfe schaffe ich es, auf die Beine zu kommen. Die Menge jubelt. Ich kann die Menschen zwar hören, nehme die Gesichter aber nur als Kleckse wahr. Meine Sicht verschwimmt, als wäre ich in einen trüben Tümpel getaucht. Als ich schwanke, stützt mich der Leibwächter an beiden Unterarmen. »Bist du sicher, dass es dir *gut* geht? Ich glaube eher, du bist ausgebrannt.«

Ich lache über seine Verwirrung. Ausgebrannt – für mich eignet sich der Begriff besonders, obwohl er auf alle Hexen und Zauberer zutrifft. Ich balle die linke Hand abwechselnd zur Faust und öffne sie. Die Muster an meinem Handgelenk leuchten nicht, und tiefer unter der Haut rast mein Blut bang dahin, allerdings ohne Energie darin. Ich bin nicht mehr ausgebrannt, seit ... Ach, halt, doch einmal letzte Woche.

»Ich hatte einen anstrengenden Vormittag«, murmle ich und bemühe mich, selbstbewusst zu klingen. Der Versuch fällt bestenfalls mittelprächtig aus.

Deshalb soll ich Firelights eigentlich nachts anfertigen – damit Schlaf und die Zeit meine Magie erneuern können. Ich liebe meine Erfindung, aber sie ist mächtig und erschöpfend. Und derzeit habe ich Schwierigkeiten mit meiner Zeitverwaltung. Wieder schwanke ich und pralle praktisch gegen den Körper des Leibwächters. Er fängt mich erneut auf, diesmal an den Schultern.

»Ja, eindeutig ausgebrannt. Du wirst bald die Besinnung verlieren. Ich verspreche dir, du wirst in Sicherheit sein, wenn du aufwachst.«

»Nein, werde ich nicht.«

»Ich versichere dir bei der Ehre von Radscha ...«

Damit ich den Namen nicht hören muss, unterbreche ich ihn. Ich kann die Wirklichkeit in ihrem vollen Umfang gerade nicht ertragen. »Nein, ich meine, ich werde nicht die Besinnung verlieren. Ich brauche nur ein paar Augenblicke.« Das Schwindelgefühl sollte in etwa fünf Minuten nachlassen. Tut es immer. Schwärze trübt meine Sicht, wird mich aber nicht überwältigen. Die Hände des Leibwächters halten mich noch immer an den Schultern fest. Ein weiterer Anflug von Benommenheit schwappt über mich hinweg. Ich umklammere seinen Unterarm, verankere mich daran. Seine Haut fühlt sich kühl an. Ich bin nicht nur ausgebrannt, sondern lodere innerlich.

»Macht ... äh ... macht es dir was aus, wenn ich ...« Er beendet den Satz mit Worten, die ich nicht mitbekomme. Verdammt, in meinem Hirn verschwimmt alles. Ich muss mich setzen. Es war töricht zu glauben, ich könnte in dem Zustand aufrecht stehen. Als ich die Spannung in meinen Beinen löse, um mich niederzulassen, geschieht das Gegenteil. Dieser Mann ... dieser bessere *Junge* besitzt die Frechheit, mich *aufzuheben*. Auf einmal liege ich an ihn gedrückt in seinen Armen. Sein linker Bizeps drückt gegen meinen Rücken, der andere Arm ist unter meine Beine gehakt. Hm. Er riecht nach Frost. Meine Nase vermerkt es, als wäre es gerade lebenswichtig.

Oh verflixt. Was blüht dem Leibwächter, wenn Radscha Jatin erfährt, dass der Mann seine Verlobte trägt? Aber es ist zu spät. Ich habe es vermasselt. Jetzt kann ich nichts mehr sagen, kann mich nur noch treiben lassen. Ich werde Zara wohl später nicht fragen müssen, wie die Parade gewesen ist. Weil ich gerade ein Teil davon geworden bin.

Kapitel 4

Die ausgebrannte junge Frau

Jatin

Bei einer Parade zur Heimkehr muss man zwar durchaus mit wilden Zwischenfällen rechnen, beispielsweise einem Anschlag. Ein Mädchen vom Land jedoch, das sich vor einen Elefanten wirft, steht weit unten auf der Liste. So weit, dass ich nie damit gerechnet hätte. Ich hatte in der Menge nicht auf Beschleunigungszauber geachtet, die eine junge Frau unmittelbar vor uns katapultierten. Was für ein Abgang wäre das gewesen – Tod durch eine königliche Kutsche. Oh ihr Götter. Kaum ist sie über den Boden gerollt, beruhige ich den Elefanten und begreife. Kein misslungener Selbstmordversuch, sondern eine geglückte Rettung.

Und plötzlich trage ich die ausgebrannte Hexe in den Armen, während ihr Firelight in meiner Tasche steckt. Als ihr Arm wie gelähmt zu Boden gesunken ist, wusste ich Bescheid. Ausgebrannt. Das ist heftig, aber ich vermute, bei einem Bauernmädchen kann eine tapfere Handlung wohl ausreichen, um den begrenzten Magievorrat aufzubrauchen. Andererseits habe ich seit dem siebzehnten Jahr nicht mehr erlebt, wie jemand schlagartig seine gesamte Magie erschöpft hat. Damals hat einer meiner Klassenkameraden versucht, eine fünfzehn Meter hohe Welle zu erzeugen. Er fiel wie eine Kokosnuss in den Sand und musste in die Krankenabteilung gebracht werden.

Zweifellos wird auch sie ohnmächtig werden, doch ich weigere mich, sie einfach auf der Straße zurückzulassen. Der Plan, sie zum Azur-Palast mitzunehmen, formte sich, noch bevor ich über die zahlreichen möglichen Nachteile nachdenken konnte. Was wird beispielsweise Adraa sagen, falls sie schon dort ist und ich dieses staubige, bewusstlose Mädchen hineintrage? Was wird Vater sagen? Im Augenblick ist es mir egal.

»*Zaktirenni*«, flüstere ich, um mir ein wenig Stärke zu verleihen. Weil ich sie mit einer fließenden Bewegung auffangen und hochheben musste, habe ich sie nicht richtig gut im Griff. Ich verlagere ihr Gewicht und spüre, wie meine orangefarbene Magie ihre Wirkung entfaltet. Der Seidenrock der jungen Frau verrutscht unter meiner Hand. Den Göttern sei Dank, dass sie darunter eine Hose trägt.

Ich trage sie nicht weit, doch es werden sechs höchst vertrauliche Meter. Sie wärmt meine Brust, als würde die Sonne zwischen uns schmelzen. Liegt wohl daran, dass sie gerade ausbrennt. Wahrscheinlich. Ich habe noch nie ein Mädchen getragen und abgesehen von Gesprächen mit Hexen überhaupt noch kaum Umgang mit dem weiblichen Geschlecht gehabt. Das ist ein Problem bei einer langfristigen Verlobung. Man fühlt sich immer gebunden und schuldig, wenn man auch nur an mehr als Freundschaft denkt. Abgesehen davon habe ich studiert, und das hatte immer Vorrang.

Die junge Frau hat die Augen geschlossen, aber da sie die Hand an der Stirn abwechselnd zur Faust ballt und öffnet, weiß ich, dass sie noch wach ist. Sonne scheint ihr ins verdreckte Antlitz. Aber unter dem Schmutz... Unwillkürlich starre ich hin. Sie ist wunderschön. Dichtes schwarzes Haar, vom Wind zerzaust. Lange dunkle Wimpern über noch dunkleren, lebhaften Augen. Dank meiner Magie fühlt sich die junge Frau leicht an, doch selbst, wenn sie schwer wäre, würde ich es genießen, sie zu tragen. Sie riecht nach Schlamm und nach Gras im Wind, frisch und echt, wie wenn der Regen den Frühling durch die Luft verteilt. Und ihre Wärme ist ... angenehm.

»Pass auf deinen Kopf auf«, sage ich.

Sie lehnt sich an mich. Ihr Atem kitzelt sanft meinen Hals. Ein Schauder tänzelt mir über den Rücken. Ich kann mir nicht erklären, warum ich so heftig auf sie reagiere, aber ich drücke sie fester an mich, als ich mich ducke, um wieder in die Kutsche zu steigen. Dort lege ich sie auf die weiche blaue Polsterung, und plötzlich berühre ich sie nicht mehr. Feuchte Sommerluft erfasst mich – und ist eiskalt.

»Ich bin gleich wieder da.«

Sie nickt. Dann scheint ihr etwas einzufallen. Sie packt mich am Arm, als ich mich entfernen will. »Der Junge. Bitte sorg dafür, dass er nicht wegläuft. Bringt ihn her.«

Ich beuge mich vor. »Offensichtlich ist er nicht dein Bruder. Wer also ist er für dich?«

Sie zuckt mit den Schultern. »Ein Dieb.«

Was? Mir ist bewusst, dass meine Überraschung durch die Maske der Ruhe schimmert, die ich zur Schau zu stellen versuche. Aber kann man mir einen Vorwurf daraus machen? Mit so etwas konnte ich nicht rechnen. Die Akademie bereitet einen nicht auf wunderschöne junge Frauen vor, die furchtlos auf riesige Elefanten zurennen, um Verbrecher zu retten.

»In Ordnung«, erwidere ich und setze eine gelassene Miene auf. Darin habe ich an der Akademie täglich Erfahrung gesammelt, das kann ich aufrichtig behaupten.

»Danke«, sagt sie, bevor sie sich nach vorn lehnt und den Kopf auf die Hände stützt.

Als ich sicher bin, dass sie nichts hinzufügen wird, steige ich aus der Kutsche. Kalyan redet gerade stirnrunzelnd mit dem Jungen. Und ein stirnrunzelnder Kalyan ist nie ein gutes Zeichen. Als mein Freund mich bemerkt, kommt er herüber und lässt den Jungen bei Samik zurück.

»Jatin, ich glaube, der Junge ist ein Dieb, und das Mädchen ist ihm nachgelaufen, um sich zurückzuholen, was er gestohlen hat.«

»Ja, ich weiß. Und das hier hat er sich genommen.« Ich krame die Kugel aus der Tasche und halte sie hoch.

»Schlichte rote Magie?«

»Nein, es ist Firelight.«

»Wie von Fürstin Adraa erfunden?« Kalyan begutachtet es. »Sieht für meine Augen nach nichts Besonderem aus. Vielleicht ein bisschen röter als gewöhnliches Feuer.«

»Der Junge hat gesagt, dass es Firelight ist. Jetzt will ich Antworten. Die beiden haben mein Interesse geweckt.«

»Das könnte ihr Plan sein, um an den Maharadscha oder an dich ranzukommen.«

Oder es könnte von meinem Vater eingefädelt sein – eine Bewährungsprobe für mich, bevor ich wieder durch die Eistür eintrete. Obwohl ich es bezweifle, nistet sich der Gedanke hartnäckig und erdrückend ein. »Das glaube ich nicht«, erwidere ich schließlich.

Kalyan schüttelt den Kopf. »Sie kommt mir zu hübsch und zu mächtig für ein dahergelaufenes Mädchen von der Straße vor. Keine Ahnung, ob du es bemerkt hast, aber sie hat vor Magie *geleuchtet*. Das musste sie auch, um so schnell zu rennen.«

»Ich lasse es darauf ankommen.«

»Du meinst wohl, *ich* soll es darauf ankommen lassen. Ich habe nicht vor, sie schon jetzt wissen zu lassen, wer der wahre Radscha ist.«

Ich klopfe Kalyan auf die Schulter. »Danke.«

Dann gehe ich zu dem Jungen und hocke mich neben ihn, damit wir auf Augenhöhe sind. Gleichgestellt. »He. Bist du einverstanden, mit uns zu kommen? Wir würden dich gern fragen …«

»Nein«, fällt mir der Junge mit fester Stimme ins Wort. Sein Blick schnellt zuerst zur Seite, dann überallhin. Zweifellos sucht er nach einer Fluchtmöglichkeit.

»Nicht für mich. Für sie. Und sie hat dir das Leben gerettet. Du schuldest ihr etwas.«

»Sie hat das Firelight zurück. Lasst mich gehen.« Verflixt. Was auch immer ich als Nächstes sage, wird sich nach einer Entführung anhören. Und in gewisser Weise ist es das wohl auch. Vielleicht ist es wirklich ein Test. *Du nimmst ein Kind zum Verhör mit, weil eine der schönsten jungen Frauen, die du je gesehen hast, es so will?*

Ich verleihe meiner Stimme einen rauen, schroffen Ton, um den Jungen einzuschüchtern. »Steig in die Kutsche.« Tja … die Prüfung werde ich wohl nicht bestehen.

»Wir reisen weiter, Samik«, sage ich.

Der Junge huscht in die Kutsche. Ich folge ihm, Kalyan unmittelbar hinter mir. Ruckelnd setzt sich die Kutsche in Bewegung. Obwohl die Polsterung weich ist, tut der Junge so, als hätte ich ihn gezwungen, auf glühenden Kohlen zu sitzen. Eines Tages wird es meine Aufgabe sein, Missstände zu untersuchen und zu beseitigen. Daher erscheint es mir nur passend, dass ich es bei meiner Heimkehr mit etwas in dieser Richtung zu tun bekomme.

Ich richte die Aufmerksamkeit auf die nach wie vor vornübergebeugte junge Frau. Sie ballt die linke Hand zur Faust. Der kleine Teil ihres Berührungsmals, den ich an ihrem linken Handgelenk sehen kann, schimmert schwach rötlich. Offenbar kehrt gerade Magie zu ihr zurück. Ich beobachte sie aufmerksam, doch es ist Kalyan, der mit der Frage herausplatzt, die mir auf der Zunge liegt.

»Wie ist das möglich? Noch vor drei Minuten warst du ausgebrannt.« Er klingt argwöhnisch, ich hingegen bin fasziniert.

»Ich bin daran gewöhnt«, murmelt sie, ohne Kalyan in die Augen zu sehen. Sie fühlt sich unübersehbar unwohl in seiner Gegenwart, was natürlich daran liegt, dass sie ihn für einen Radscha hält. Der Augenblick bringt meine Abneigung gegen meinen Titel perfekt auf den Punkt. Die leichte Beklommenheit, die sie den Rücken versteifen lässt, verärgert mich und lässt mich rastlos werden.

»Also wirfst du dich regelmäßig vor Kutschen?«, frage ich.

Sie richtet den Blick auf mich. Als vermeintlicher Leibwächter bleibe ich unerkannt. »Nicht *täglich*.« Sie verzieht keine Miene. Nicht die kleinste Regung lässt darauf schließen, dass sie scherzt. Trotz des Staubs und Drecks in ihrem Gesicht erkenne ich die Schönheit darunter. Der Teil ist einfach. Aber sie zu durchschauen, könnte ein schwieriges Unterfangen werden.

Sie dreht sich dem Kind zu. »Sag mir, warum du das Firelight gestohlen hast.«

Er windet sich und wirkt, als würde er am liebsten ins Holz der Kutsche sickern. »Weil Mama immer davon redet, dass wir damit den Ofen schneller heizen oder die Veranda beleuchten könnten. Aber sie sind schwer zu finden und zu teuer für uns. Ich dachte nicht, dass du eines vermissen würdest, wo du doch so viele hast.« Händeringend verstummt er kurz. »Bitte verpetz mich nicht.«

»Teuer! Sie kosten nur drei Kupfer. Kann sich deine Mutter das nicht leisten?«

Drei Kupferstücke ist geradezu unverschämt billig. Selbst ein Laib Brot kostet in diesem Teil der Welt durchschnittlich etwa fünfzig.

Verwirrt sieht der Junge sie an. »Drei Kupfer? Firelight kostet fünf Silber.«

»Verdammt, so ein verfluchter Mist!« Die junge Frau drischt mit der Hand auf die Sitzpolsterung. Ich habe noch nie eine Hexe so unverblümt fluchen gehört. Um nicht laut aufzulachen, hüstle ich.

»Wer legt den Preis fest?«, wirft Kalyan ein.

Die junge Frau starrt ihn an. Diesmal sucht sie seinen Blick. »Deine Verlobte«, antwortet sie langsam.

Die bloße Anspielung auf Adraa bringt die Luft zum Knistern. Dann beobachte ich, wie sich vor mir unverhofft ein Wettstarren entfaltet. Kalyan ist ein Meister ernster Blicke und stiller Überlegung. Würden er oder sie in meine Richtung sehen, würden sie meinen Schweiß und die Anspannung bemerken, weil mich die Heimkehr allmählich überwältigt. Ich taste nach dem Firelight in meiner Tasche. Adraas Magie. Wäre das auch ihr neu?

Wie ich es geahnt habe, schaut die junge Frau zuerst weg und richtet ihre Aufmerksamkeit wieder auf den Jungen. »Fünf Silber in ganz Belwar?«, fragt sie.

Er zuckt mit den Schultern. »Ich darf nicht über den mittleren Platz hinaus«, erklärt er, als wäre es offensichtlich und als sollten wir uns für unsere Befragung schämen.

»Wo wohnst du? In welcher Gegend?« Ihr Ton klingt allmählich verzweifelt.

»Im Ostdorf unten am Hafen.«

»Verdammt. Vencrin-Gebiet«, flüstert sie so leise, dass ich es beinahe nicht höre.

»Vencrin?«, hake ich nach.

»Eine örtliche Bande. Verbrecher, die Drogen wie Blutlust an jeden mit einem Stück Silber in der Tasche verkaufen.«

Ich habe schon von Blutlust gehört, einem roten Pulver, das jemandes Macht verstärken kann. In einem medizinischen Bericht der Akademie war ausführlich dargelegt, wie suchterzeugend und zerstörerisch die Substanz ist. Sie hat schon Menschen umgebracht. Ich versuche, mir die genaue Wirkung ins Gedächtnis zu rufen, während die junge Frau weiterspricht.

»Ich wüsste nicht, warum die sich für Firelight interessieren sollten. Es sei denn …«

»Was?«

»Es sei denn, sie versuchen, Belwar zu unterwandern.«

»Oder sie wollen einfach Gewinn erzielen«, schlägt Kalyan vor.

»Ja.« Sie nickt. »Das ist viel wahrscheinlicher. Aber es fühlt sich persönlich an.«

»Persönlich?«, frage ich.

Sie antwortet mir nicht, sondern wirft Kalyan einen entschlossenen Blick zu. »Ich muss weg.«

»Bist du sicher, dass du …«

»Bitte. Ich kann nicht in den Azur-Palast. Oder wohin auch immer ihr sonst unterwegs seid. Ich muss zurück.«

Kalyan dreht den Kopf und schaut zu mir, bevor er dreimal

in Samiks Richtung gegen die Kutsche klopft. Sie verlangsamt die Fahrt und kommt ruckelnd zum Stehen. Der Junge rutscht nah zur Tür, bereit, blitzartig aus der Gefangenschaft zu entfliehen.

Die junge Frau wirft einen Blick auf ihn, bevor sie näher zu mir rückt. Einen Moment lang glaube ich, dass sie Hilfe beim Aussteigen aus der Kutsche will, und greife nach ihrer ausgestreckten Hand.

»Kann ich das Firelight haben?«, fragt sie. Mit einem linkischen Manöver überspiele ich, dass ich eigentlich ihre Hand halten will. Das habe ich falsch gedeutet.

»Oh, äh, ja.« Kaum habe ich ihr das Firelight ausgehändigt, wird mir wieder kalt.

»Hier, Junge.« Sie wirft ihm die Kugel zu, die er geschickt auffängt. »Wenn deine Mutter jeden Tag nur ein wenig rote Magie hinzufügen kann, dann kann sie damit einen Kamin *über* zwei Monate lang befeuern. Sag ihr das.«

»Danke.« Der Junge lächelt, bevor er hinaus auf die Straße springt.

Die junge Frau hopst hinterher. »Tja, danke.« Kurz hält sie inne, und ich merke ihr deutlich an, dass sie etwas überlegt. »Tut mir leid, dass es eine so ... peinliche Begegnung war.«

»Bist du sicher, dass es dir gut geht?« Insgeheim wünsche ich mir, dass sie verneint. Ich hätte gern, dass sie weiterredet. Offensichtlich gibt es vieles, das ich nicht weiß – über Firelight, über die Belwars, über sie.

»Ja, alles bestens. Man könnte wohl sagen, ich gehöre zu den Menschen, die sich sofort wieder aufrappeln, wenn sie niedergeschlagen werden.« Vielsagend starrt sie Kalyan dabei an. Dann geschieht etwas Erstaunliches – ihr Blick wandert zu mir, und sie lächelt. Darin schwingt ein schelmisches Lachen mit, als würden wir einen Scherz miteinander teilen. Im nächsten Augenblick ist sie verschwunden. Wie Magie, die sich in Luft auflöst, während man noch versucht, ihren Zauber zu entschlüsseln. Die Kutsche rollt wieder an, als wäre nichts geschehen. *Ist irgendetwas davon überhaupt wirklich passiert?*

»Mist!«, fluche ich.

Kalyan erschrickt. »Was ist?«

»Ich habe sie nicht nach ihrem Namen gefragt.«

Kapitel 5

Ein Verhör

Adraa

Unfassbar, dass er mich nicht erkannt oder zumindest vermutet hat, wer ich bin. Einerseits bin ich verblüfft, andererseits schleicht sich auch Stolz ein. Ich werde gewinnen. Ich habe doch die Oberhand. Aber wie konnte er es nicht durchschauen? Ich habe ihm Hinweise geliefert und praktisch darauf gewartet, dass er nachfragt.

Am Ende wollte ein Teil von mir damit herausrücken, ihn vom Haken lassen, damit unsere nächste Begegnung nicht noch peinlicher wird. Aber ich konnte es nicht. Ich lasse die Verlegenheit und die Erinnerung daran verblassen, bis sie erträglicher wird. Erst jetzt scheine ich richtig zu verarbeiten, dass ich Jatin getroffen, ihm gegenübergesessen habe. Obwohl es beinahe lächerlich ist, gleicht meine Wut auf die Vencrin die Verlegenheit aus oder rechtfertigt sie gar. Fünf Silber! *Fünf.*

Mit schnellen Schritten brauche ich zu Fuß zehn Minuten, um zurück zu Basu zu gelangen. Eigentlich hatte ich gehofft, der Marsch würde mich beruhigen und mir helfen, einen klaren Kopf zu bekommen, damit ich Basu hinlänglich einschüchtern und der Sache auf den Grund gehen kann. Aber nein, auch nach über einer halben Meile bin ich noch aufgewühlt.

Kinder rennen auf mich zu, tauchen aus den Gassen im hellen Sonnenschein auf. Ich bin schmutzig, und mein Rock ist zerrissen, aber offenbar wittern sie durch den Glanz der Seide trotzdem eine Gelegenheit.

»Zehn Kupfer, zehn Kupfer«, rufen sie lächelnd und mit großen Augen. Hände strecken sich mir entgegen, manche mit einem Berührungsmal am Gelenk, andere nackt. Ich taste nach meinem kleinen Beutel mit Münzen. Aber er ist weg. Der Junge, er muss ihn genommen haben, während er die Arme um mich geschlungen hatte und ihm Tränen über die Wangen gekullert sind. Dieser hinterhältige kleine …

»Ich habe nichts«, verkünde ich und bin froh, dass ich nicht lügen muss. Silber und Gold will ich nicht einfach so verschenken, weil es doch nur zum Kauf von Blutlust verwendet würde. Einige der Älteren, die wenig jünger sind als ich, weisen bereits die rot gefleckten Anzeichen davon in den Ellenbogenbeugen auf.

Vencrin-Drogen haben das Ostdorf regelrecht verseucht. Ja, man fühlt sich damit gut. Und ja, insbesondere Blutlust kann einen für begrenzte Zeit mächtiger werden lassen. Und das kann einen Arbeitstag unten im Hafen ermöglichen, Lieferflüge mit Himmelsgleitern oder sogar verbotene Käfigzauber. Aber die Drogen saugen meinem Volk langsam seine Magie aus, sein Leben. Und jetzt wird das Ostdorf zudem nicht mehr mit Firelight versorgt. Was bedeutet, dass Basu, ein verschrobener alter Mann, seit Jahren ein Freund der Familie, uns verraten hat. Er hat zugelassen, dass ein Viertel meiner Stadt unter horrend ungerechten Preisen leidet und weiter unter den Einfluss von Verbrechern und Drogenhändlern gerät. Das Firelight ist der erste Schritt, um die Dunkelheit zu erhellen und die Menschen vor den Vencrin zu schützen, die durch die

Straßen streifen und Kostproben schneller Energie an Halbwüchsige verteilen, sie damit ködern. Ohne diese Gegenmaßnahme ...

Meine Brust zieht sich schmerzlich zusammen. Es fühlt sich an, als könnte ich jeden Moment explodieren.

Ich biege um die Ecke in Basus Straße. Prompt wenden sich die Kinder ab und schleichen davon. Als Riya mich bemerkt, entspannen sich ihre Schultern sichtlich. Und als ein musternder Blick ihr bestätigt, dass ich unversehrt bin, schnaubt sie wütend.

»Nur fünf Minuten, hast du gesagt. ›Ich bin gleich wieder da‹, waren deine Worte. Was denkst du dir eigentlich, Adraa? Außerdem bist du voller Staub und ... und ...« Sie gerät ins Stocken. Bei den Göttern, sie erkennt es. »Du bist *ausgebrannt?*« Zwar hebt sich ihre Stimme fragend, aber ein leichter Ruck meines Kopfs genügt ihr als Bestätigung. Die heiße Scham darüber, meine Magie verloren zu haben, stellt sich schleichend wieder ein. Ich fühle mich besudelt und klebrig davon.

»Ich entschuldige mich später umfassend dafür. Vorerst haben wir ein dringenderes Problem.« Ich trete näher zu ihr. Beim Wort *Problem* verpufft Riyas Verärgerung und statt weiter zu zetern, ist sie ganz Ohr und will erfahren, was passiert ist.

»Raus damit.«

»Die Vencrin stehlen mein Firelight und verlangen dafür Wucherpreise. Fünf Silber statt drei Kupfer für die Menschen in der Hafengegend.«

»Was? Diese ...«

»Außerdem bin ich Radscha Jatin über den Weg gelaufen.« Ich streiche mir mit der Hand durchs Haar. Plötzlich wird mir

bewusst, wie zerzaust es ist. Und ich hatte mit dem Gedanken gespielt, ihm zu verraten, wer ich bin!
   Ihr klappt die Kinnlade runter. »Warte, was?«
   Unter gewöhnlichen Umständen würde ich über ihr verdutztes Glotzen wohl lachen. Als ich die Hand sinken lasse, verflüchtigt sich auch die restliche Verlegenheit. *Fünf Silber.* »Wir reden später weiter. Jetzt muss ich erst mal mit Basu ein Hühnchen rupfen.«
   Ich betrete seinen Laden, und obwohl ich mir dabei keine Mühe gebe, leise zu sein, ist es ungewöhnlich still. Eine schöne, neue, violette Tür. Parkettböden. Er hat keine über der Tür hängenden Glocken, nicht mal Stoff, der den Eingang verdeckt. Beides sind übliche Vorsichtsmaßnahmen gegen Diebe, die sich mit schwarzen Tarnzaubern verhüllen. Ich beobachte, wie er hektisch Kugeln aus den Taschen, die wir ihm gebracht haben, holt. Er begutachtet sie und legt eine Firelight-Kugel nach der anderen in Kisten. Gier schimmert dabei in seinen Augen. Warum ist mir das bisher noch nie aufgefallen?
   »Was ist hier los, Basu?«
   »Oh, Fürstin Adraa! Ich bin so froh, dass Ihr zurückgekehrt seid. Habt Ihr den Dieb geschnappt?« Er streckt eine Hand aus und wartet.
   »Tut mir leid, er war zu flink«, antworte ich in beißendem Ton.
   »Hm, tja, Ihr seht mitgenommen aus, meine Liebe.«
   »Nenn mich nicht ›meine Liebe‹.«
   »Oh. Ich bitte um Entschuldigung, Fürstin.« Er setzt die Arbeit fort. Begutachtet. Legt ab. Begutachtet. Legt ab.
   So klappt es nicht. Tatsächlich schürt diese Vorgehensweise nur die Wut in mir, bringt sie zum Kochen. Wenn er die Schärfe in meinem Ton beim ersten Mal nicht gehört hat,

muss ich wohl eine Schippe nachlegen. »Was ist hier los, Basu?«

»Was, meine L…«, beginnt er nach einem langen Blick in mein Gesicht. »Habe ich etwas getan, das Euch beleidigt hat?«

»Wenn nicht du, dann jemand, mit dem du zusammenarbeitest.« Ich kann vielleicht keine Eiszauber wirken, trotzdem könnte meine Stimme nicht frostiger klingen.

Basu beendet die Begutachtung. »Ich kann Euch nicht ganz folgen.«

»Ich weiß Bescheid, Basu. Fünf Silber für das Firelight. *Mein* Firelight.«

»Ich verkaufe sie für drei Kupfer, wie von Euch verlangt.« Er hebt die Hände zu einem offenen Schulterzucken. »Ich mache nichts Unlauteres.«

»Basu.«

»Ich bin seit zwei Generationen ein Freund der Belwars. Niemals würde ich unsere Freundschaft besudeln wollen, indem …«

Ich packe ihn an der Kurta und presse ihn gegen die Wand. Leere Kugelbehälter klappern. Mein linker Arm flammt rot auf und versengt seinen Kragen. Auch meinen Ärmel, nur verursacht es mir keine Schmerzen. Ihm schon.

»Adraa! Beruhig dich«, mahnt mich Riya. Aber sie weiß nicht, wie oft ich das mache, wie sehr ich es perfektioniert habe.

»Er ist verantwortlich, Riya. Lass mich das regeln.« Manchmal wünschte ich wirklich, ich könnte meine Wut besser bändigen. Der erstickende Kloß in meinem Hals erschwert mir die nächsten Worte, aber ich kann mich nicht bremsen. Das Mädchen, als das ich mich nachts ausgebe, kommt zum Vorschein. Fünf vermaledeite Silber, die Vencrin, Verrat – die Einzelheiten pulsieren heiß durch mich hindurch. »Ich weiß, dass du dahintersteckst.« Es gibt sonst niemanden im Ostdorf, an den ich liefere, was die Liste der Verdächtigen einschränkt. »Also rede«, befehle ich ihm.

»Es geht um Angebot und Nachfrage, Fürstin Adraa. Selbst wenn Ihr Tag und Nacht arbeitet, könnt Ihr nicht das gesamte Land oder gar den gesamten Kontinent beliefern. Für Belwar ist es ein nettes Experiment. Aber hier geht es um Handel und Gewinn.«

Als er nicht fortfährt, schüttle ich ihn und drücke ihn noch fester an die Wand. »Ihr habt einen ganzen Markt durcheinandergebracht«, platzt es aus Basu heraus. »So etwas lässt sich nicht kontrollieren. Auch der Rest der Welt will in der Dunkelheit sehen.«

Ich durchbohre ihn mit einem kalten, harten Blick, und die Flammen an meinem Arm züngeln höher.

»Na gut, na gut, es gibt einen Verteiler. Er hat mir angeboten, das Dreifache für die Hälfte meines Vorrats an Firelight zu bezahlen. Wie jeder andere habe auch ich eine Familie zu versorgen.«

»Nenn mir den Verteiler.«

»Wer das Sagen hat, weiß ich nicht. Ich kenne nur den Mann, der die Ware abholt. Er ist praktisch noch ein Junge.«

»Den Namen. Sofort.«

»Er nennt sich Nachthexer. Offensichtlich ein Käfigzaubername, aber ich habe nicht nachgebohrt. Das Geld ... war mehr, als man mir je für irgendetwas angeboten hat. Bitte.«

»Nachthexer?« Ich lasse Basu los. Er taumelt gegen die Ladentheke. Also arbeitet er wirklich mit den Vencrin zusammen.

Riya sieht mich mit großen Augen verwirrt an. »Wer ist Nachthexer?«, fragt sie.

Vor lauter Überraschung lasse ich die Schultern hängen. Den Namen kenne ich nur allzu gut. Käfigzaubern war früher ein Sport, hat sich jedoch zu verbotenen Kampfveranstaltungen entwickelt, bei denen Zauberer und Hexen gegeneinander antreten, während die Zuschauenden Wetten auf sie abschließen und sich an der Gewalt ergötzen. Der größte Kampfring im Land wird von den Vencrin betrieben und liegt nur wenige Häuserblocks entfernt. Er nennt sich »Untergrund«. Angesichts der Lage kein besonders einfallsreicher Name. Jedenfalls gehört Nachthexer zu den führenden Kämpfern.

Das weiß ich, weil auch ich dazu gehöre.

»Verfluchtes Miststück.« Basu klopft die Funken auf seiner Kurta aus. Die Haut um seinen Hals weist kaum mehr als einen Sonnenbrand auf. Ich werde ihm gleich zeigen, was für ein Miststück ich sein kann ...

Riya packt mich am Arm. »Rani, nicht.« Sie kommt mir mit »Rani«? Ich schaue zwischen ihr und Basu hin und her. In den Augen der beiden muss ich wutentbrannt wirken, ein Feuer, das gelöscht werden muss. Als ich mich entspanne, seufzt Riya hinter mir.

»Du wirst nie wieder an sie verkaufen«, befehle ich.

»Das geht nicht. Sie erwarten ...«

»Du scheinst zu glauben, dass mich kümmert, was die Vencrin erwarten.«

»V-V-Vencrin?«, stammelt Basu.

»Dir ist nicht mal klar, an wen du in Wirklichkeit verkaufst?« Erbärmlich. Einfach nur erbärmlich.

»Bitte, Rani.« Beschützend und väterlich tritt Basu um die letzte Packtasche mit Firelight herum. Allerdings kommt väterlicher Schutz nur bei Lebewesen gut rüber – bei einem unbelebten Gegenstand wirkt er nur absurd. So ist Basu – habgierig und lächerlich tritt er für etwas ein, das ihm nicht mal gehört. *Ich* bin die Mutter des Firelights.

Unbeirrt fährt er fort. »Überlasst mir diese Lieferung, dann kann ich etwas mit ihnen aushandeln. Ich brauche Zeit. Ich *brauche* diese Lieferung.«

»Nein. Ich beende das sofort.«

»Teures Firelight ist besser als gar keines. Wenn Ihr es mir wegnehmt, zerstört Ihr das Ostdorf. Man verlässt sich dort auf *meine* Lieferungen.«

»Man verlässt sich dort auf *mich*. *Du* hast die Menschen verraten.«

Mein linker Arm schnellt vor, und ehe ich über den Zauber nachdenken kann, wirke ich ihn bereits. »*Yatana Agni Tviserif*«, leiere ich wieder und wieder, bis das erste Wort in das letzte übergeht. Ich weiß nicht genau, was ich erwarte, aber als die Kugeln zu zittern beginnen, wird meine Stimme ein wenig lauter und zorniger. Vielleicht beschädige ich sie damit nur. Aber in meiner Vorstellung verlässt das Firelight die Behältnisse, entzieht sich Basus Kontrolle und kehrt zu mir zurück.

»Was macht Ihr da? Aufhören!«, brüllt Basu.

Dann vibrieren nicht nur die Kugeln selbst, sondern auch die Magie in ihnen. Eine damit gefüllte Kiste fällt krachend auf den Boden. Das Geräusch übertönt Basus Geschrei. Auch Riya versucht, sich in dem Lärm Gehör zu verschaffen. Die Kugeln, gefüllt mit meiner Magie, gehorchen mir und versuchen geradezu verzweifelt, sich wieder mit mir zu verbinden. Zuerst nur ein paar, aber nach einer weiteren Runde des Zaubers brechen Hunderte Firelights aus den Kugeln aus oder kräuseln sich durch deren Nähte und fliegen auf meine linke Hand zu. Das

Feuer verwandelt sich in roten Rauch, der sich verdichtet und meinen Arm hinaufschlängelt. So viel Energie! Noch nie habe ich solche Stärke gekostet. Das stammt tatsächlich von ... *mir?*

Kurz atme ich durch, während Basu und Riya mich schweigend anstarren. Als ich nach der letzten Packtasche greife, gerät Basu in Panik. Ich sehe den Zauber auf seinen Lippen, bevor er ausgesprochen wird.

»Neeein!«, brüllen Basu und Riya im Chor. Riya schiebt sich vor mich, als ich mit einem Gegenzauber beginne. Sie stößt mich zu Boden und schleudert einen violetten Schildzauber. Zu spät. Basu hatte gut und gern drei Sekunden Vorsprung. Sein gelbes Licht durchbricht Riyas halb gebildeten Schild, rast um sie herum und auf mich zu. Ich könnte mich besser konzentrieren, wenn ich nicht gerade fiele, aber egal. Riya hat es gut gemeint, und ich habe alles im Blick, spüre jedes Quäntchen meiner Magie, die bereit zum Explodieren über meinem Berührungsmal schwebt. Als ich auf den Boden knalle, prallt Basus gelber Zauber mitten in der Luft auf meinen Gegenzauber. Ich kann seine Magie schmecken, als wäre sie aus meinem Mund gedrungen. Ein Betäubungszauber. *Ach, Basu. Hast du wirklich geglaubt, damit durchzukommen?*

Mein Rückprallzauber braucht nur eine Sekunde, um Basus Magie aufzunehmen und sich neu auszurichten. In dem Augenblick scheint mein Berührungsmal eine eigene Persönlichkeit zu entwickeln und einen leichten Sieg zu wittern. Basu ist kein ernstzunehmender Gegner für mich. Der rote Rauch prallt in seine Brust und schleudert ihn gegen die Ladentheke. Einen Moment lang taumelt er und versucht, sich auf den Beinen zu halten. Dabei habe ich nur einen harmlosen Gegenzauber gewirkt. Es hätte ihn nicht mal erschüttern sollen ... Basus Augen werden groß. Er erschlafft und rutscht die Theke hinab zu Boden. Mit einem dumpfen Laut schlägt sein Hintern auf dem Parkett auf. Offenbar hat mein Zauber gereicht, um ihm das Bewusstsein zu rauben. Riya hatte recht. Vielleicht ist mir gar nicht bewusst, wie mächtig meine rote Stärke wirklich ist. Vielleicht hätte ich ihn schwer verletzen können.

»Adraa!«, brüllt Riya.

»Alles gut, alles gut.« Beschwichtigend winke ich ab. »Obwohl ich damit heute schon zum zweiten Mal im Dreck gelandet bin.«

»Ich wollte nur ...«

»Ich weiß.«

Sie hilft mir auf, und ich wische mir Schmutz von der schmerzenden Hüfte. Heute werde ich wohl ein wenig rosa Magie brauchen, um die blauen Flecken zu lindern.

»Was in Wickerys Namen hast du getan? Bevor er gezaubert hat.«

»Es mir zurückgeholt.« Ich balle die linke Hand zur Faust. Diesmal ist es das Gegenteil von Ausbrennen – eine Erneuerung. Mein Arm fühlt sich nicht wie Gelee an, sondern wie massiver Stahl.

»Das war dumm. Du hattest keine Ahnung, was die Aufnahme von so viel Macht auf einmal hätte bewirken können.«

»Ja, ich weiß«, räume ich ein. Tatsächlich hatte ich es nicht unbedingt beabsichtigt.

»Wie hast du das gemacht? Ich kann mich nicht erinnern, je einen solchen Zauber gelernt zu haben. Ich kenne nicht mal jemanden, der so etwas kann.«

»Ich ... habe es erfunden.«

»Erfunden? Bei den Göttern, du und deine Experimente.«

»Ich habe das Firelight geschaffen. Es reagiert auf mich.

Also habe ich es einfach getan.« Obwohl ich nicht glaube, dass ich es je wieder versuchen sollte.

»Tja, du hast ihn ganz schön erschreckt.« Riya starrt auf Basu hinab. »Dieser Wurm! Ist ihm nicht klar, dass er dafür verhaftet werden kann, einen Zauber gegen eine Belwar zu wirken?« Der Zorn scheint sich verlagert zu haben. Mich hat der Kampf irgendwie beruhigt, aber dass Riya mich nicht beschützen konnte, hat Wut in ihr entfacht. Offenbar nagt es an ihrem Selbstwertgefühl.

»Du hast wunderbar reagiert, Riya.«

»Ich habe versagt. Wäre er jemand mit einem höheren Berührungsmal gewesen oder hättest du es nicht kommen sehen …«

»Du wirst es nicht noch einmal zulassen.«

Wir wechseln einen langen Blick.

»Und was jetzt? Soll ich ihn verhaften?« Sie tritt gegen Basus Stiefel.

»Ich denke schon. Mach meinen Vater darauf aufmerksam und bitte ihn um Hilfe in der Angelegenheit. Immerhin ist er ein Freund meiner Eltern.«

»Was für ein Schlamassel.«

Ich gehe neben Basu in die Hocke und taste nach seinem rhythmischen Puls. »Das wird eines Tages meine Aufgabe sein, oder? Schlamassel zu beseitigen.«

Riya lächelt und streicht mir mit dem Ärmel über die Wange. Sie zeigt mir den Dreck. »Jedenfalls siehst du ganz so aus.«

Ich reibe mir ebenfalls das Gesicht. Auch an meinem Ärmel bleibt Staub zurück. »Bei den Göttern – und so bin ich meinem Verlobten begegnet.«

Kapitel 6

Erklärungsnot

Adraa

Es ist nicht immer angenehm, mit der Kuppelwache zusammenzuarbeiten. Förmlichkeit begleitet jede Begegnung, oder vielleicht wäre es treffender zu sagen, sie *überfrachtet* jede Begegnung. Riya und ich erklären die Lage umfassend. Der Anführer, ein älterer, grauhaariger Wächter, zuckt mit den Schultern und muss mir vertrauen. Zu unseren Füßen sitzt ein bewusstloser Zauberer.

Nur zu gern hätte ich verlangt, Basu in eine der Verwahrungskugeln unter dem Palast zu stecken, allerdings wurden sie schon vor Jahren, nach der Ankunft meiner Mutter auf dem Festland, aufgegeben. Sie konnte es nicht ertragen, über Verbrechern zu schlafen. Das kann ich nachvollziehen. Auf Pire baumeln Gefängniszellen von den Klippen – nur für den Fall, dass jemandem der Ausbruch gelingt. In Belwar liegt das einzige Gefängnis, die Kuppel, im Nordwesten, weit von der Küste und den Schiffen entfernt, nah dem Gandhak. Es handelt sich um ein halbkugelförmiges Bauwerk im Schatten eines Vulkans, daher der Name. Es ist derart entmutigend, dass man es als beängstigend empfindet. Wenn Basu erwacht, steht ihm eine üble Überraschung bevor.

Zwei Wächter fesseln ihn mit Kuppelschellen, die verhindern, dass er irgendeine Art von Magie wirken kann. Sie schimmern leuchtend gelb, als er in eine fensterlose Kutsche verfrachtet wird. Ein Wächter mit einem scharfen Zinken von einer Nase starrt mich eindringlich an, während er orangefarbene Ranken zaubert, die ihm mit dem Gewicht von Basus schlaffem Körper helfen. Ich empfinde seinen Blick als ein wenig beunruhigend. Beinahe so, als liefe ein unangebrachtes Spiel zwischen uns. Wenn er mich jetzt noch auffordert zu lächeln, drehe ich durch.

»Euer Vater muss unter Umständen ein Verfahren einleiten, wenn die Wahrheit nicht klar bestimmt werden kann«, sagt der Anführer, der meine Geschichte aufnimmt.

Ich richte die Aufmerksamkeit wieder auf ihn und hoffe, dass der Wachmann mit dem Zinken seine Aufgabe schnell erledigt. »Soweit ich weiß, rechtfertigt sein Vergehen Wahrheitszauber. Aber dass er seine Magie gegen mich gerichtet hat, ist mir egal. Mir geht es um seinen Verrat.«

»Setzt Ihr Euren Vater darüber in Kenntnis?«

»Ja.«

»Danke.« Der Wächter fährt sich durch das angegraute Haar, wodurch er jünger wirkt, geradezu jungenhaft. »Das erspart mir eine Menge Papierkram.«

»Tja, den Göttern sei Dank. Kein Papierkram.« Ihm ist nicht ansatzweise klar, was Basu getan hat, oder? Er begreift nicht, was fünf Silber für eine arme Familie bedeuten. Oder wie viel schwieriger das Leben ohne Feuer ist – wie anfällig mein Volk ohne es gegenüber denen ist, die in den Schatten lauern.

Der Wächter räuspert sich und legt zwei Finger in die Nähe seines Adamsapfels. »Fürstin.«

Ich bin so kurz davor, ihm den Respekt zu verweigern und die Finger nicht an den Hals zu legen. Am Ende tue ich es doch. Immerhin schleppen sie trotz allem für mich einen Gefangenen weg. Das klingt düster. Was einem Teil von mir irgendwie gefällt.

***

Riya und ich befinden uns noch keine neun Meter in der Luft und von Basus Hütte entfernt, bevor sie mich derart mit Fragen umhüllt, als wolle sie mich pökeln. Ihre Neugier umspannt meinen Vater, Nachthexer und Basu, was mich erneut daran erinnert, wie Letzterer die Seiten gewechselt hat.

»Riya, gib mir eine Minute zum Nachdenken. Innerhalb von nur drei Stunden ist eine ganze Menge passiert. Wir melden es sofort meinem Vater. Ich habe keine Ahnung, wer dieser Nachthexer ist. Und ja, vielleicht verhöre ich Basu noch umfassender. In Ordnung?« Schuldgefühle regen sich in meinem Bauch, weil ich gelogen habe. Ich glaube nicht, dass ich Basu noch einmal befragen muss. Er hat mir geliefert, was ich brauche, als er Nachthexer erwähnt hat. Aber um das zu erklären, müsste ich meine Tarnung aufgeben. Und Riya darf nicht erfahren, dass ich mich nachts rausschleiche, geschweige denn, was ich dabei mache.

»In Ordnung«, gibt sie sich geschlagen.

Und dann dauert es genau sechzig Sekunden, bevor Riya verhalten nachhakt. »Und wie war er so?« In ihrer Stimme schwingen Neugier und Ungläubigkeit mit, ein Ton, wie ihn Kinder anschlagen, wenn sie meinen Vater beim Fest der Farben seine Magie entfesseln sehen.

»Wer?«

»Wer wohl? Radscha Jatin.«

»Oh.« Ich lasse mich auf Hybris nieder und schaue zum Gandhak. Mittlerweile muss Jatin dort oder zumindest ganz in der Nähe sein. »Wie zu erwarten – abweisend, hochmütig, und ziemlich groß ...«

»*Und?*«, bohrt Riya gedehnt weiter.

»Und was?«

»*Und was?* Willst du mich auf den Arm nehmen? Und wie hat er dir gefallen? Schien er dir ein guter Mensch zu sein, eine gute Partie, in irgendeiner Hinsicht gut? Gib mir irgendwas Handfestes.«

»Ich soll mir doch nicht den Kopf über Jungs zerbrechen, hat mir neulich eine ältere, weisere Freundin geraten ...«

»Ach, komm schon.«

Seufzend lasse ich eine Minute lang den Wind für mich sprechen. Schließlich drehe ich mich ihr zu. »Die Wahrheit ist, dass ich es nicht sagen kann, Riya. Sowohl er als auch sein Leibwächter hatten keine Ahnung, dass sie mit mir geredet haben. Aber dafür, dass sie dachten, ich wäre eine Bewohnerin des Ostdorfs, haben sie mich nicht schlecht behandelt. Der Leibwächter war einfacher zu deuten und schien mir freundlicher zu sein. Er ... na ja, er hat mich getragen, nachdem ich ausgebrannt war.«

»Er hat dich hochgehoben? Und auf den Armen getragen?«

»Ja.«

»Herrje, das hat dir bestimmt widerstrebt.«

»Es war zugleich schrecklich und auch nicht so schlimm.«

Der merkwürdige Blick, den Riya mir zuwirft, lässt mich erkennen, dass sie die Antwort am liebsten Wort für Wort auseinandernehmen und meinen Gefühlen auf den Grund gehen würde. Nur kann ich mir selbst nicht erklären, warum es zugleich so peinlich und schön gewesen ist, von ihm gehalten zu werden. Mit einer Willensanstrengung löse ich mich von der Erinnerung. Ich sollte nicht an Jatins Leibwächter oder die Wärme seiner um mich gelegten Arme denken. Also konzentriere ich mich stattdessen auf Jatin. Er erschien mir so ... Ich suche nach dem richtigen Wort. Kontrolliert? Ruhig? Dann klatscht mir der geeignete Begriff förmlich ins Gesicht, und ich teile ihn Riya mit.

»Radscha Jatin schien mir gefühllos zu sein.«

»Gefühllos?« Sie verstummt kurz und denkt wie ich zuvor über das Wort nach. »Hm, vielleicht ist das ja gut.«

Ich lache verbittert. »Soll ich mich darüber freuen, dass ich einen kalten, gefühllosen Mann heiraten werde?«

»Er hat ja nicht gewusst, wer du bist, richtig? Also finde ich es gut, dass er nicht zu freundlich war. Die Götter haben dich mit Schönheit gesegnet, und er hat nicht darauf angesprochen, hat nicht *darauf geachtet.*« Sie betont die letzten Worte, und endlich begreife ich ihre Logik.

»Du wertest das als Achtung vor seiner Verlobung, mit anderen Worten als Treue ... meinem wahren Ich gegenüber?«

»Na ja ... schon.«

Ich lenke Hybris näher zu ihr, beuge mich vor und ziehe eine Augenbraue hoch. »Eine Menge Annahmen für jemanden, der Männer nicht mal mag.«

Riya verdreht die Augen. »Nur kein Neid, Adraa. Wir können uns nicht aussuchen, zu wem wir uns hingezogen fühlen.« Wenn das mal nicht wahr ist. Als Mitglied des Königshauses habe ich keine große Auswahl, wen ich heiraten kann, geschweige denn, zu wem ich mich hingezogen fühle.

Ich schnippe mit den Fingern. »Könnte sein gefühlloses Verhalten auch bedeuten, dass er sich nicht zu mir hingezogen gefühlt hat? Vielleicht hat er mich als hässlich empfunden.« Ich lache und scheine nicht mehr aufhören zu können. Das wäre nun wirklich schier unglaubliche Ironie. Wenn Jatin nach all den Jahren der Anstrengung und Rivalität einfach den Kopf schüttelt und sich von mir abwendet.

»Bitte, reiß dich zusammen.«

Hybris schwankt unter meinem Gelächter. »Stell dir vor, Jatin lehnt den Blutvertrag ab, weil er mich als abstoßend empfindet.«

Riya mustert mich demonstrativ von oben bis unten. »Mach dir da mal keine zu großen Hoffnungen.« Schnaubend umfasst sie ihren Himmelsgleiter fester. »Außerdem ist das eine positive Einschätzung, und ich brauche etwas Positives. Ich will meine Arbeit behalten, was bedeutet, dass ich eines Tages im Azur-Palast leben werde. Dann würde ich gern einem guten Radscha dienen. Genau, wie ich jetzt einer guten Rani diene.«

Das unverhohlene Kompliment lässt mein Lachen stockend verstummen. Riya war immer dafür vorgesehen, meine Leibwächterin zu werden und mich in den Azur-Palast zu begleiten. Darauf hatte Herr Burman sie vorbereitet. Vor sieben Monaten hätte ich vielleicht darüber gescherzt, wie sie davon ausgehen kann, ihre Stelle nach einem Fehltritt wie jenem heute zu behalten. Aber das verkneife ich mir. Zwar necke ich Riya gern, aber ich liebe sie zu sehr, um sie ernsthaft zu ärgern.

»Danke.«

Der Gedanke an Anziehungskraft spukt mir weiter im Kopf herum, als wir landen, unsere Himmelsgleiter festzurren und zur großen Halle gehen. Als ich die Türen aufstoße, geht mir die Frage durch den Kopf, was wäre, wenn Radscha Jatin über unsere Vergangenheit hinausblicken und mich wirklich kennenlernen könnte?

Vaters Stimme reißt mich aus meinen Gedanken. »Schon wieder hinter dem Zeitplan? Ganz mein Mädchen.«

Er sitzt am Kopf eines langen Tisches, umgeben von Leuten, die er als seine zweite Familie bezeichnet. Ich bin mit der Allgegenwart unserer Beraterinnen und Berater aufgewachsen. Aber heute ist nur ein kleiner Rat anwesend. Die fünf Stühle für die Radschas von Belwar sind verwaist. Riyas Mutter, die Sicherheitsleiterin, sitzt rechts neben meinem Vater und runzelt wie immer die längliche Stirn. Diese Miene ist bezeichnend für ihr gesamtes Auftreten. Auch einige der Gardisten sind da, unter anderem Hiren, Prishas Leibwächter. Willona und die Köchin Meeta sitzen unbehaglich dabei, was bedeutet, dass es sich um eine Palastsicherheitsbesprechung handelt.

Plötzlich fehlen mir die Worte. Riya hatte schon recht, mich vorhin wegen meines Vaters zu befragen. Denn was soll ich ihm sagen? *Tut mir leid, Papa, aber hast du gewusst, dass dein Freund Basu ein Widerling ist, der mein Produkt an die Vencrin verkauft hat?* Schlimmer noch, wie kann ich ihm den Ernst der Lage vor Augen führen, ohne ihm zu verraten, woher ich von einem Käfigzauberer namens Nachthexer weiß?

Ich hole tief Luft. »Ich brauche eine Privataudienz.«

Mein Vater legt den Kopf schief. »Ernst wie die Morgendämmerung oder die Abenddämmerung?«

Ich lächle über seine Umschreibung. »Eher wie die Abenddämmerung«, antworte ich händeringend. »Es ist zwar noch nicht finsterste Nacht, aber ...« Ich sehe ihm in die grünen Augen und versuche, ihm mit einem Blick zu vermitteln, was geschehen ist.

»Nun denn.« Er wendet sich an die anderen am Tisch. »Bitte geht alle. Ich brauche ...«

Erwartungsvoll sieht er mich an.

»Fünf Minuten«, steuere ich bei.

Willona und Meeta erheben sich schwungvoll und dankbar von ihren Plätzen. Sie haben mir verraten, dass sie solche Besprechungen nicht leiden können, weil sie sich nicht vorstellen wollen, dass ein schädlicher Zauber in einem im Palast eintreffenden Brief versiegelt sein oder unser Haferbrei mit Gift versetzt werden könnte. Sie wollen nicht an Verrat und Mord denken. Tja, ich werde Vater gleich von Basus Verrat berichten müssen. Vielleicht ist er dafür besser gewappnet, als ich es war. Immerhin hat er sich den ganzen Vormittag mit der Möglichkeit auseinandergesetzt, dass ihn jemand umbringen wollen könnte.

Riyas Mutter verharrt draußen vor der Tür und starrt ihre Tochter an. Für meine Freundin findet das eigentliche Verhör später am Abend statt. Ich wünschte, ich könnte ihre Hand drücken oder mich entschuldigen. Wenngleich ich Frau Burmans Verfolgungswahn und ihre Sorge um ihre Tochter verstehe, ist dieser skeptische Blick der Grund, warum ich mich meiner besten Freundin nicht anvertrauen kann. Zugleich ist es mein einziger echter Grund, ihre Mutter nicht zu mögen, aber das genügt. Ich kann ihr nicht vertrauen, weil sie mir nicht vertrauen kann. Und so drehen wir uns im Kreis. Schließlich geht Frau Burman. Bei den Göttern, jede einzelne ihrer Bewegungen ist so dramatisch.

Hiren hingegen erhebt sich geschmeidig von seinem Stuhl und kommt in unsere Richtung. Er zwinkert Riya zu, eine Erinnerung daran, dass er bei der Besprechung dabei sein durfte und sie nicht, obwohl sie befördert worden ist.

»Fürstin Adraa«, grüßt er im Vorbeigehen. Sein zu langer schwarzer Mantel wischt dabei den Boden auf.

Ich bedeute ihm mit dem Kopf, dass er sich gefälligst beeilen soll. Stattdessen bleibt er grinsend stehen. »Fürstin, Ihr habt da etwas Dreck auf der Stirn.« Er streckt die Hand aus.

Als ich ihm einen Stoß gegen die Schulter versetze, lacht er leise. Hiren mag älter sein als ich, trotzdem benimmt er sich noch wie ein Kind. Keine Ahnung, warum Prisha solchen Respekt vor ihm hat.

»Bewegung, Hiren«, drängt Riya.

Er salutiert flüchtig, und ich vermeine, ein weiteres Zwinkern zu erkennen, bevor er verschwindet.

Ich setze mich ein paar Stühle von meinem Vater entfernt. Warum, das vermag ich nicht wirklich zu sagen. Vielleicht, weil es sich so offizieller anfühlt. Sein Blick fällt auf Riya, die sich neben mir niederlässt.

»Sie bleibt«, erkläre ich.

»Nun denn, was ist der abenddämmerliche Notfall?«, fragt er.

»Basu ist in der Kuppel.«

Vater zieht die Augenbrauen zusammen. »Nur weiter. Du hast wahrhaft gelernt, wie du dir meine Aufmerksamkeit sichern kannst.«

***

Auf dem Weg in den Palast hat es sich aufgrund der Schwere von Basus Vergehen wie eine unheimlich lange Geschichte angefühlt. Doch bereits nach wenigen Sätzen und einigen weggelassenen Einzelheiten bin ich fertig.

»Wie würdest du als zukünftige Maharani vorgehen?«, erkundigt sich mein Vater. Bei den Göttern, wirklich alles, selbst Begebenheiten, bei denen das Leben in die Brüche geht, ist eine Lektion. Als er meine Irritation bemerkt, fährt er fort: »Oder besser ausgedrückt, was verlangst du von mir?«

»Nichts. Ich möchte mich mit Maharadscha Naupure beraten, um herauszufinden, ob er mir mehr Auskünfte über diesen Nachthexer liefern kann.« Ungewollt schleicht sich Schärfe in meinen Ton. Ich kann es nicht verhindern. Wenn ich mich mit meinem Vater über Politik und Vorhaben unterhalte, fühlt es sich so an, als würde ich wie er werden. Und er will, dass ich das Spiel lerne. Ich spiele es gerade. Tatsächlich weiß ich bereits, wie ich bei den Ermittlungen vorgehen werde.

»Warum Naupure?«

Eine weitere Frage, auf die ich nicht uneingeschränkt ehrlich antworten kann. Meine Erwiderung muss gut und überzeugend klingen. »Als unser wichtigster Handelspartner und der Mann, der mir geholfen hat, die Verteilung von Firelight aufzubauen, weiß Naupure vielleicht mehr über die Verbindung zwischen Basu und den Vencrin. Er könnte mir einen Hinweis geben, der mir für den Beginn der Untersuchung fehlt.« Das ist gelogen. In Wirklichkeit muss ich mit einem Mann namens Sims sprechen, der den verbotenen Käfigzauberring leitet. Aber ich kann meinem Vater nicht sagen, dass ich mich in Gefahr bringen werde. Dass ich lügen, manipulieren und bluten werde, damit wieder jeder Zugang zu meinem Licht erhält.

»Gewährt. Sprich mit Naupure.«

»Gut. Danke.« Unterredungen mit dieser Version meines Vaters, dem politischen Radscha, kann ich nicht leiden. Dabei komme ich mir wie irgendeine dahergelaufene Hexe vor, die wie so viele andere etwas von ihm will. Ich lege zwei Finger an den Hals und suche nach dem Lachen in seinen Augen. Es ist beunruhigend, dass ich es gerade nicht finde, aber ich versichere mir, dass es beim Abendessen wieder vorhanden sein wird. Die Vorstellung, es könnte eines Tages für immer verschwunden sein, jagt mir Angst ein. Ich gehe zur Tür. Immerhin habe ich einen Brief zu schreiben.

»Adraa?«, ruft mein Vater.

Ich drehe mich um.

»Es tut mir leid. Ich weiß, wie viel dir die Initiative mit dem Firelight bedeutet hat. Schlechte Menschen versuchen immer, Gutes zu verderben. Aber dieser Rückschlag zeigt uns nur, wie gut das Firelight für Belwar ist. Lass dich davon nicht beirren. Lass nicht zu, dass …«

»Basu ist *dein* Freund. Wie kannst du so … so unbekümmert bleiben?«

»Basu ist ein weiterer Handelspartner gewesen. Der Begriff *Freund* wird allgemein für Verbündete verwendet. Offen gestanden habe ich ihn immer für einen schmierigen Kerl gehalten.«

Als Fältchen um seine Augen erscheinen, spüre ich, wie Erleichterung meine Mundwinkel entspannt. Da ist er wieder. Mein Vater.

Kapitel 7

Zugestellt

Jatin

Der Vorfall mit dem Mädchen ist zu einer Zerstreuung geworden, zu etwas, worauf sich mein Geist konzentriert. So schweift er nicht mehr in die Bereiche ab, in denen heimtückische, erdrückende Beklommenheit wegen meiner Heimkehr lauert.

Nach dem Weg durch das Ostdorf, das Norddorf und einen Teil des Westdorfs von Belwar sind wir letztlich ins Gebirge gelangt. Wir schleppen uns den Freiheitspass entlang, der den Fuß des Gandhak umgeht und sich dann durch mein Land erstreckt. Benannt ist er nach dem Weg der Menschen, die früher auf der Suche nach religiöser und gesellschaftlicher Freiheit aus dem nördlichen Moolek geflohen sind. Jene Wegbereiter vertraten die Ansicht, alle neun Götter sollten gleich geachtet werden und jede Stärke verdiene ihren Platz in der Gesellschaft. Das Volk von Moolek wiederum ist der Meinung, dass einige Götter, insbesondere Htrae, Retaw, Ria und Erif, über die anderen zu stellen sind, da sie für die ursprünglichen vier Stärken stehen. Es ist vierhundert Jahre her, seit dieser Weg zur Freiheit zuletzt genutzt wurde, und ich bin froh, dass ich nicht mein Onkel bin, der über Moolek herrscht, so riesig das Reich auch sein mag.

Als jemand mit weißer Stärke wäre ich vielleicht ohnehin von der Herrschaft über Moolek ausgeschlossen. Dort gilt man mit orangefarbener, violetter, schwarzer, weißer oder rosa Stärke von vornherein als minderwertig. Naupure mag eigene Probleme damit haben; hier werden die Menschen danach beurteilt und abgewertet, wie viele der neun Stärken sie beherrschen, doch im Augenblick zieren weiße Bänder und Brokatbanner die Türen. Durch einen gefroren glitzernden Springbrunnen strahlt Sonnenlicht. Alles zu meinen Ehren, alles für mich.

Die Akademie liegt zwischen den ebenen Feldern und üppigen Sümpfen von Agsa, ich habe also neun Jahre in offenen Weiten gelebt. Ich hatte völlig vergessen, wie das Gedränge der Menschen auf den Straßen der Hauptstadt aussieht, wenn sie sich dort zu einer gesichtslosen Masse zusammenpressen. Ein heftiges Rumpeln befördert mich gegen Kalyan. Ich streiche die Kurta zurecht – die schwerere mit dem Wappen von Naupure. Dabei kann ich nur daran denken, wie sehr sie juckt und mich einengt.

Die Kutsche holpert weiter, als hätten die Räder einen Stein in den Schuh bekommen. Mühsam geht es dahin. Es war wie ein Wunder, als wir das Gebirgsterrain hinter uns gelassen haben, aber das Kopfsteinpflaster ist vielleicht sogar noch schlimmer. Ich kann ein wenig verstehen, was meine Vorfahren gedacht haben müssen, nachdem sie so weit gereist waren, um ihren Platz in der Welt zu finden. Aber ich hatte vergessen, wie es sein würde, in meine eigene Stadt zurückzukehren.

Ich bin den Gandhak höchstens eine Stunde lang mit dem Himmelsgleiter entlanggeflogen, doch Naupure ist anders. Die

Luft strotzt nicht von den Gerüchen nach Fisch, Gewürzen und Farbstoffen. Die Häuser sind gedrungener und erklimmen verwinkelt die Gebirgshänge. Die Straßen sind schmaler, gespickt mit Treppen und heller, bunter, weniger vermüllt. Mein Volk jubelt lauter. Nicht nur, weil ich der Thronfolger bin, sondern auch, weil man in Belwar die von den Göttern Auserkorenen anders verehrt. Mit eher verhaltenen Stimmen und weniger begierig darauf, mein Gesicht zu sehen und mich kennenzulernen. Hätte die junge Frau den Jungen hier gerettet, hätten die Menschenmassen uns über den Haufen gerannt, um herauszufinden, was vor sich ging. Der Unterschied in der Mentalität rührt daher, dass Belwar den größten Bevölkerungsanteil Unberührter in ganz Wickery hat. Wenn die Hälfte einer Stadt keine Magie besitzt, entsteht eine natürliche Aufspaltung in die einen und die anderen. In Naupure hingegen wimmelt es von Talent. Unsere Vorfahren waren die Ausgestoßenen, die Moolek damals ausgrenzen wollte – und immer noch auszugrenzen versucht. Nach und nach haben sie dieses gebirgige Land erkundet, sich ausgebreitet, besiedelbare Winkel darin erschlossen. Belwar hingegen ist durch die Lage an der Küste gewachsen, ein Schmelztiegel aus Entdeckern von der Insel Pire, Geschäftsleuten aus Agsa und Abenteurern aus Naupure.

»Ich kann nicht nachvollziehen, warum die Menschen so glücklich sind. Meine Rückkehr bedeutet ja nicht, dass sie gerettet werden oder besser dran sind«, flüstere ich Kalyan zu.

»Stimmt, aber sie bedeutet, dass ihre Kinder es sein könnten«, erwidert er unbekümmert. Wieso verdammt noch mal muss er immer so bedeutungsschwere Äußerungen von sich geben? Das Gewicht seiner Worte senkt sich unangenehm auf meine Schultern. Kein Wunder, dass meine Familie von kleinem Körperbau ist. Vermutlich drückt die Last der Königswürde meine Blutlinie nieder.

»Wir müssen deinen Berg erklimmen, nicht wahr?«

Ich schaue in die Richtung, in die Kalyan zeigt. Bei der Erhebung handelt es sich um eine Miniaturausgabe des Gandhak, die sich dicht an die Seite ihrer Mutter schmiegt. Hügel und Hänge drängen in den Rest der Stadt, aber nichts befindet sich höher als der Azur-Palast. Unheimlich stolz thront er dort oben. Ich kann das Funkeln der Sonne erkennen, die sich auf dem Dach spiegelt. Samik lenkt den Elefanten, der die Kutsche langsam hinter sich herzieht, nach links. Weitere Gesichter, weitere winkende Hände.

»Das entspricht der Tradition für eine Heimkehr oder eine erste Ankunft«, sage ich.

»Tradition ist wohl wichtig.«

***

»Erinnere mich daran, wenn ich das nächste Mal behaupte, dass Tradition wichtig ist!«, brüllt Kalyan, um den Wind zu übertönen. Der Weg den Berg hinauf verläuft über mehrere Meilen im Zickzack. Erst nach dem äußeren Tor folgt ein gerader Anstieg mit Stufen. So groß und stark Kalyan auch ist, an seiner Ausdauer beim Klettern könnte er noch arbeiten. Auch ich schwitze und verfluche meine Beine, doch sein gequältes Schnaufen entlockt meiner Brust ein Lachen.

»Wir haben Sommer, Kalyan.«

»Und?«, stößt er schwer atmend hervor.

»Stell dir vor, das im Winter zu machen. Das lenkt dich vielleicht ab«, rufe ich.

»Unabhängig von der Jahreszeit bin ich sicher, dass die

meisten, die hier raufklettern, zwei gesunde Beine haben«, raunt Kalyan und deutet auf seine magische Beinprothese.

»Sollte ich dann nicht nur halb so viel Gejammer hören?«, stichle ich, denn Mitleid kann Kalyan nicht ausstehen.

Bergziegen springen von der Treppe. »Bei ihnen sieht es so einfach aus«, murmelt Kalyan.

»Wir sind fast da.«

»Ich kann deinen blauen Palast noch nicht sehen.«

Ich schaue nach oben und suche die Felswand ab. »Er ist da«, flüstere ich, überwiegend zu mir selbst.

Hinter uns folgen Samik und zwei Torwächter. Meine anderen Männer, die während der gesamten Reise als Luftunterstützung über der Kutsche geflogen sind, sind immer noch in der Luft. Künftig werde auch ich fliegen, doch im Moment müssen die Menschen mein Gesicht sehen, müssen überzeugt davon werden, dass ich dauerhaft nach Hause komme. Aus der Kutsche auszusteigen und mich dem Getümmel auf dem Markt zu zeigen, ist keine Katastrophe gewesen. Ich habe gewunken, die Leute haben gejubelt. Als ich Schneeflocken in die Luft gewirbelt habe, wurde erneut gejubelt. Der Jubel nahm gar kein Ende mehr.

Immer noch keine Spur von Adraa, aber sie könnte neben meinem Vater warten, vor dem Palast. Vielleicht ist das der Grund, warum meine Muskeln schmerzen und mein Herz so schnell schlägt. Ich bin nicht außer Form, sondern aus Furcht vor dem Unbekannten neben der Spur.

Als ich die letzte Stufe erklimme und den Palast erblicke, bleibt keine Zeit zum Ausruhen. Mein Vater und dreißig Berater, Adlige und Diener stehen vor dem Eingang. Hinter ihnen bilden Wächter in voller Rüstung und strammer Haltung ein riesiges V. Die Spitze weist wie ein auf mein Herz gerichteter Pfeil auf mich.

Kalyan stößt einen leisen Pfiff aus. »Hier also darf ich künftig leben.«

Ich klopfe ihm auf die Schulter, atme durch und trete vor. Es ist nicht so, dass ich meinen Vater in den neun Jahren nie gesehen habe. Er hat mich an der Akademie fünf oder sechs Mal besucht und vor Monaten auch meiner königlichen Zeremonie beigewohnt. Doch obwohl ich ihn und sein Lächeln mühelos erkenne, fühle ich mich vor all diesen Leuten wie auf einer Bühne. Nur hat mir niemand meinen Text gegeben. Wird von mir erwartet, dass ich eine Rede halte? Soll ich ihn umarmen?

»Willkommen zu Hause, mein Sohn«, begrüßt mein Vater mich und schlägt mit dem Unterarm mit mir ein. Die Wächter sinken auf ein Knie, jeder mit zwei Fingern seitlich am Hals. Der restliche Stab verneigt sich und salutiert auf dieselbe Weise vor mir.

»Danke«, sage ich und sehe mich nach einem Mädchen um, das Adraa sein könnte. Ich will mich nicht überrumpeln lassen.

Vater beobachtet mich. »Fürstin Adraa ist nicht hier. Ich dachte, sie würde vielleicht kommen, aber ich habe sie nicht gerufen, also hat sie wohl gearbeitet wie an jedem gewöhnlichen Tag.«

Ich lächle, diesmal aufrichtig. Sie ist nicht hier. Danke, ihr Götter. Ich setze eine unverbindliche Miene auf. »Das macht mir nichts aus.«

»Sag, erinnerst du dich an Chara?«

Als ich mich einer älteren Frau zudrehe, bricht das zweite echte Lächeln aus mir hervor. »Chara.«

Die Frau, die mich von Kindesbeinen an praktisch großgezogen hat, hebt die Schultern, als wolle sie sagen: *Sieh nur, ich lebe noch.* Sie kommt auf mich zu und umarmt mich. Ich erwidere die Geste. Als sie mich leicht drückt, löst sie damit einen Anflug von Nostalgie aus. Wie oft hat mich Chara nach dem Tod meiner Mutter so umarmt? Wahrscheinlich könnte ich in ihren Armen auf Befehl weinen, eine alte Gewohnheit, die sich leicht wieder anstoßen ließe. Aber ich bin froh, dass meine Augen trocken bleiben, als sie mich loslässt. Kalyan bewegt sich neben mir. Ich trete zur Seite, um ihn vorzustellen.

»Ach du meine Güte.« Chara blinzelt. »Ihr seht euch so ähnlich.«

»Deshalb habe ich meinen Job bekommen«, scherzt Kalyan und verbeugt sich.

Ich stelle ihn dem mich begrüßenden Palastpersonal vor. Darunter befinden sich einige neue Wächter, einige neue Bedienstete, aber bei den meisten Gesichtern hat sich nur das Alter geändert. Ein junger Diener, wahrscheinlich ungefähr in meinem Alter, verharrt nach seiner Verneigung. »Radscha Jatin, ich möchte mich … äh … für Euer Handeln in Alkin bedanken. Wisst ihr, meine Schwester ist dorthin gezogen …«

So muss sich die junge Frau gefühlt haben, als ihr der Junge für sein Leben gedankt hat. Was genau erwidert man auf so etwas? »Gern«, flüstere ich und biete ihm den Unterarm zum Einschlagen an. Seine Züge hellen sich auf, als er der Einladung nachkommt.

Nachdem ich alle begrüßt habe, nimmt Logen, Anführer der Garde und Leibwächter meines Vaters, Kalyan wie ein verlorenes Küken auf und steuert ihn zur Garnison und den Übungsplätzen hinter dem Palast. Die Bediensteten zerstreuen sich, um sich wieder ihren Aufgaben zu widmen. Binnen kürzester Zeit bleiben nur mein Vater und ich vor dem Eingang zurück. Zusammen schreiten wir durch die Eistür.

»Lange Reise?«

»Ja, kann man wohl sagen.«

»Tut mir leid, dass du so viel davon in der Kutsche bestreiten musstest, aber die Menschen sollen wissen, dass du zurück bist. Sie wollten dich sehen.«

»Ich verstehe.« Wozu sonst hat man einen Sohn, wenn nicht, um ihn herumzuzeigen?

Es scheint mir nicht möglich zu sein, meinem Vater ins Gesicht zu sehen, den Blickkontakt länger als ein paar Sekunden aufrechtzuerhalten. Ich dachte, ich hätte ihm längst verziehen, dass er mich weggeschickt hat. Aber nun, da ich zu Hause bin und die Bediensteten und Wächter sehe, widerstrebt mir plötzlich wieder zutiefst, dass ich damals gehen musste.

»Jatin – wegen Alkin und der Lawine.« Ich drehe mich meinem Vater zu. »Ich bin stolz auf dich.«

»Danke.« Und damit beruhigen sich die in meiner Brust brodelnden Gefühle. Stolz. Das ist nicht dasselbe wie Liebe, aber nah dran. Vielleicht fühlt er sich genauso nervös und unbeholfen dabei, die Verbindung zu mir wiederherzustellen, wie es mir umgekehrt mit ihm geht.

Ich sehe mich um, lasse mein Zuhause richtig auf mich wirken, und diesmal nicht nur, um Blickkontakt zu vermeiden. Alles ist noch wie früher und doch auch ... neu. Wie wenn man ein altes, einst verlorenes Spielzeug nach Jahren wiederentdeckt. Aber etwas ist anders. Aus dem Augenwinkel nehme ich den Schimmer von Feuer wahr. Mir wird bewusst, dass die Kerzen verschwunden sind. Ich gehe auf die große Treppe zu und hebe eine Kugel auf, aus der kleine Flammen Licht spenden.

»Du hast auch Firelight?« Irgendetwas daran, wie ich es ausspreche, muss verwirrt klingen, denn er lächelt und antwortet: »Wir fanden den Namen passend.«

»Wir?«

»Setzen wir uns zum Reden.« Damit wendet er sich in Richtung seines Arbeitszimmers, ohne sich zu vergewissern, dass ich ihm folge. Natürlich tue ich es, nach wie vor mit der Kugel in der Hand.

Wir nehmen die Treppe rechts und durchschreiten einen langen Flur, bis wir dessen Ende erreichen. Aus irgendeinem Grund erinnere ich mich daran, wie Vater immer sagte, dass ihm die Aussicht hier gefällt, obwohl der Raum weder einen Balkon noch Fenster besitzt. Es musste ein Scherz gewesen sein, den mein junges Gehirn damals nicht verstanden hat. Weitere Kugeln mit Firelight erhellen Vaters großen Schreibtisch in der Mitte und das halbe Dutzend verstreut herumstehender Stühle.

»Was du da in der Hand hältst, ist Adraas Erfindung. Ich habe ihr geholfen, die Verteilung in Gang zu bringen, und ihr einen guten Preisnachlass auf Großmengen der Kugeln gewährt. Den Zauber hat sie selbst entwickelt. Ein solches Licht brennt durchgehend zwei Monate lang.«

»Zwei Monate?«

»Ich weiß. Es ist ziemlich beeindruckend. Belwar muss nicht mit Moolek Butterschmalz gegen Laternenöl eintauschen. Was für uns neu gewonnene Unabhängigkeit und Stabilität bedeutet. Verschiedene Betriebe und Handwerker können auch nach Einbruch der Dunkelheit arbeiten. Diebe werden leichter gefasst. Und die Zahl der Brände in den Haushalten ist drastisch zurückgegangen. Adraa hat die gesamte Wirtschaft verändert. Es ist eine neue Ära, ein Zeitalter des Lichts.«

»Wer stellt sie her?«

»Adraa natürlich.«

»Nur sie?«

»Deshalb beliefert sie nur ihr Königreich und unsere Hauptstadt. Aber das werden wir bald ändern müssen. Nur hat sie Mühe, eine Hexe oder einen Zauberer zu finden, die rote Magie gut genug beherrschen, um ihren Spruch nachzubilden.«

»Kannst du es auch nicht?«

»Leider nein. Aber die Göttin Erif hat mich nie sonderlich gemocht.« Er lacht, als verberge sich dahinter ein Scherz für Eingeweihte, über den ich nicht aufgeklärt werde.

»Adraa hat in ihren Briefen nie Firelight in solchem Ausmaß erwähnt.« Nicht mal mein Vater kann Firelight erzeugen? Bei den Göttern, das war ein Sieg. Die ganze Zeit schon hatte sie gewonnen. Als ich neun Jahre alt gewesen war, wollte ich sie unbedingt mit einem Gefrierzauber beeindrucken. Mein naives Ich von damals wollte, dass sie mich lobte und eine gute Meinung von mir hatte. Aber im Vergleich zu ihr bin ich ein Betrüger. Ich lerne Zauber nur und ahme sie perfekt nach. Sie dagegen hat einen völlig neuen erfunden. Mir ist nie auch nur der Gedanke gekommen, das zu versuchen.

Vater lächelt. »Also schreibst du ihr immer noch? Ich weiß, als du damals gegangen bist, habe ich es anfangs von dir verlangt. Aber du hast damit weitergemacht. Das freut mich.«

»Ja, ich habe ihr geschrieben.« Ich kann ihm nicht verraten, was unsere Briefe beinhalten – nämlich Sticheleien und einen Wettbewerb zwischen uns, nichts von wahrem Wert. Vorhin war ich so erfreut darüber gewesen, zu wissen, dass sie meinen Brief heute erhalten würde. Und jetzt? Tja, jetzt würde ich am liebsten zurückholen, was ich ihr geschickt habe, und es in kleine Stücke reißen.

Andererseits waren die Briefe auch nicht ausschließlich entsetzlich. Anfangs habe ich nur zwei Zeilen geschrieben, mich lediglich nach ihrem Befinden erkundigt oder Ähnliches, weil mein Vater mich dazu gezwungen hat. Mehr hätte ich wohl nicht über mich gebracht, weil ich damals noch schwer an der Peinlichkeit ihrer Ohrfeige zu knabbern hatte. Adraa antwortete mit Fragen über die Schule. Ich glaube, sie war eifersüchtig, weil ich an die Akademie geschickt worden war, um dort Magie zu erlernen, während sie in Belwar bleiben musste und zu Hause unterrichtet wurde. Ich habe diese Briefe immer wieder gelesen. Sie haben nach Meersalz gerochen und mich daran erinnert, dass ich der Glückliche war. Wie könnte jemand einsam sein und unter Heimweh leiden, wenn er weiß, dass er im Spiel des Lebens gewinnt? Und die Antworten auf ihre Fragen fielen mir so leicht. Immerhin war ich ihr bei der Ausbildung ein Jahr voraus.

Adraa: *Ich habe gelernt, wie man fliegt. Bist du schon geflogen?*

Jatin: *Ja, natürlich. In Agsa fliegen wir meilenweit über Blumen und Felder.*

Adraa: *Ich habe gelernt, wie man einen gebrochenen Oberschenkelknochen heilt. Kannst du das auch?*

Jatin: *Ja, das ist einfache rosa Magie.*

Später ging es um die Bestnoten bei unseren Studien. Wer war besser in jedem Fach? Sie beherrschte Tränke mit links, ich übertrumpfte sie bei subtiler, kniffliger Magie wie jener, mit der man Früchte wachsen ließ.

Adraa: *Mein Lehrmeister sagt, ich bin seine Klassenbeste.*

Jatin: *Ja, weil du die Einzige in seiner Klasse bist.*

Adraa: *Das stimmt nicht. Er unterrichtet auch andere. Du bist unfassbar. Hältst dich für so toll.*

Jatin: *Wahrscheinlich, weil ich wirklich der Beste in meiner Klasse bin.*

Einige Jahre später gingen wir zu Heldentaten oder Mutproben über. Ich beschützte ein Kind davor, schikaniert zu werden. Sie schloss sich ihrer Mutter in der Klinik an und begann, die Leute im Dorf zu heilen. Oder sie rettete ein Dutzend Pferde vor einem Stallbrand. Ich half Menschen, unter anderem Kalyan, nach dem schlimmsten Sturm, den Agsa je erlebt hatte.

Danach ging ich nach einer Mutprobe, die Kalyan mir gestellt hatte, zu Liebesbriefen mit in Eis versteckten Sticheleien über. Allerdings tat ich es auch, um mir Fiza vom Hals zu halten, eine der Fürstinnen von Agsa. Als sich das Gerücht verbreitete, dass ich meiner Verlobten Liebesbriefe schrieb, endeten ihre Versuche, mir schöne Augen zu machen.

Trotzdem hatte ich mit der Dummheit jener Entscheidung gehadert, bis Adraa mir einen leeren Brief zurückgeschickt hatte, den ich einfrieren musste, um ihn lesen zu können. Dass ich den Sieg für mich beansprucht hatte, erboste sie zutiefst. So sehr, dass sie nicht mal ein Wort über das Liebesgeständnis verlor. Ich war so erleichtert darüber, dass sie es nicht ernst genommen hatte, dass ich weiter auf diese Weise stichelte. Dabei weiß ich gar nicht, warum es mir solchen Spaß bereitet, sie zu ärgern. Wahrscheinlich, weil sie sich in Hinblick auf Magie so verdammt viel Mühe gibt. Vielleicht hat mir auch nur gefallen, dass ich bei unserem kleinen Wettbewerb gewann, und wollte ihn aufrechterhalten.

Offen gestanden habe ich keine Ahnung, was für ein Schüler oder Zauberer ich ohne Adraa wäre. An der Akademie war ich deshalb einer der Besten, weil ich mich nicht von einem Hunderte Meilen entfernten Mädchen, das ein Jahr jünger war als ich, übertrumpfen lassen konnte. Und vielleicht habe auch ich sie angespornt. Vielleicht würden wir uns großartig ergänzen und gegenseitig dazu anstacheln, als Magier und Menschen besser zu werden. Oder ... wir könnten uns ständig wegen allem in den Haaren liegen. Ich vermag es nicht sagen, und das lässt mich vor Angst beinahe erstarren.

Mein Vater unterbricht meine Gedankengänge. »Ich habe über ein angemessenes Treffen nachgedacht, bin mir aber nicht sicher, was am besten wäre. Bei Dingen solcher Art war deine Mutter immer geschickter als ich.« Versonnen berührt er den goldenen Armreif um sein Handgelenk. Vierzehn Jahre, und er trägt ihn noch immer. Er starrt über meine Schulter zu der großen Karte von Wickery an einer Wand. Was geht ihm durch den Kopf, während er sie betrachtet? Naupures weitläufiges Land? Der Eid, den wir unserem Volk geleistet haben? Oder unser künftiges Bündnis mit Belwar?

Ich öffne den Mund zu einer Erwiderung, halte jedoch inne, als jemand an die Tür klopft. Wir drehen uns beide um.

»Ja?«, fragt mein Vater.

»Ein Brief für Euch, Maharadscha«, dringt eine Männerstimme durch die Tür.

»Nur herein.«

Der junge Mann, der mir für das Leben seiner Schwester gedankt hat, streckt mir einen Brief entgegen. Während ich ihn annehme, dankt mein Vater ihm. Ich blicke hinab und starre auf Adraas Namen. Der Umschlag ist an den Maharadscha adressiert.

»Als wüsste sie, dass wir gerade über sie reden.« Ich reiche meinem Vater den Brief. Vermutlich eine Entschuldigung dafür, dass sie heute nicht anwesend ist. Aber Adraa überrascht mich erneut, als mein Vater den Inhalt enthüllt.

»Sie schreibt, dass sie unlängst von Verrat bei der Verteilung der Firelights erfahren hat, und möchte einen Zeitpunkt für ein Treffen mit mir vereinbaren.« Demnach hat das Mädchen von der Straße Adraa bereits erreicht. Das ist schnell gegangen.

»Ich werde ihr antworten. Vielleicht ist das ja eine günstige Gelegenheit für euer Wiedersehen. Was meinst du?« Fragend zieht mein Vater die Augenbrauen hoch.

»Von mir aus gern«, lüge ich.

Kapitel 8

Gefangen im Azur-Palast

Adraa

Zwei quälende Tage vergehen, bevor ich die Zeit finde, Maharadscha Naupure zu besuchen. Den Großteil meiner Stunden nimmt es in Anspruch, mehr Firelight herzustellen, die Verteilung wieder in Gang zu bringen und die Menschen im Ostdorf zu befragen, aber ich habe auch andere Pflichten. Und währenddessen muss ich mich normal verhalten und kann meiner einzigen Spur nicht nachgehen, die mein verschwundenes Firelight und die Vencrin miteinander in Verbindung bringt.

Ich lenke mich ab, indem ich mit Riya auf dem Hof übe. Jede Einheit bringt mich der Abschlussprüfung näher, nicht jedoch der Beherrschung weißer Magie. Außerdem habe ich einer der Besprechungen meines Vaters beigewohnt. Das ist nicht besonders gut gelaufen, weil Hirens Vater, der Radscha der nördlichen Bergregion, mich gefragt hat, warum ich so abwesend wirke. In den verbleibenden Stunden helfe ich meiner Mutter in ihrem Geruchsbetrieb. Dort braue ich die meisten starken Tränke, bringe sie genau richtig zum Kochen, um ihnen Kräuter oder Sonstiges beizumengen. Riya sagt immer, sie will nichts von bittern Kräutern oder Ziegenaugen hören, außer es handelt sich um einen Trank, den sie für ihren Vater kennen sollte. Also erzähle ich ihr nicht davon. Um Verletzungen wie einen gebrochenen Knochen oder eine offene Wunde zu heilen, wird vorwiegend rosa Magie verwendet. Dafür ist Riya als Leibwächterin ausgebildet. Aber Krankheiten und Seuchen erfordern mit einem Heilzauber versehene Tränke. Darin zeichnet sich meine Mutter aus.

Rosa Magie ist vielleicht die seltenste auf dem Festland. In unserer Küstenheimat widmen sich die meisten Menschen blauer Wassermagie, um Fische zu fangen, oder grüner Pflanzenmagie, um reiche Ernten zu erzielen. Alle wollen gelbe Magie erlernen, um fliegen zu können, und orange und violette, um sich zu schützen. Die durchschnittliche Bevölkerung kann sich glücklich schätzen, wenn sie in der Lage ist, drei bis vier Arten von Magie anzuwenden. Heilzauber sind schwer zu meistern, die dafür nötigen Materialien nicht leicht zu beschaffen. Aber in der rauen Wildnis auf Pire sind Verletzungen und Krankheiten an der Tagesordnung. Rosa Magie gilt dort geradezu als Notwendigkeit. Deshalb kommen die meisten guten Heilerinnen und Heiler aus Pire, und meine Mutter könnte die beste sein, die Wickery je erlebt hat.

Nur wenn man mit den Fingern nach der Leber einer Ziege tastet, fühlt man sich weder erhaben noch mächtig oder dankbar für die Möglichkeit, unter der Besten zu arbeiten. Zara hingegen, mein Dienstmädchen und Mutters beste Auszubildende, ist dafür sogar sehr dankbar. Ich habe sie schon freudestrahlend bis zu den Knien in Schafdung gesehen.

»Deine Mutter will wissen, wie es mit der Leber vorangeht«, verkündet Zara und biegt vom Patientenbereich um die Ecke in die Werkstatt, wo Gläser mit allem Möglichen die Wände säumen und in Kesseln zähflüssige Gemische blubbern.

Vor mir auf einem glatten Metalltisch liegt eine halbe Ziege. Der Kopf fehlt. Ich will nicht wissen, was damit passiert ist, vor allem nicht mit den Augäpfeln. »Einen Lappen davon habe ich schon.« Ich zeige auf ein Tablett.

Zara nickt, lächelt und wendet sich ab, um es zu berichten.

»He«, rufe ich ihr nach. Zara beugt sich um die Tür herum zurück. »Sag ihr, dass ich danach gehe. Mein Termin mit Maharadscha Naupure ist in einer Stunde.«

Zaras Augen werden groß. Bestimmt ist es für sie unvorstellbar, in ein anderes Land zu fliegen, um sich dort mit einem Maharadscha zu treffen. Tatsächlich kann sie gar nicht fliegen, also muss es ihr wohl doppelt unvorstellbar erscheinen. Ich glaube, sie vergisst manchmal, dass sie nicht nur für eine mächtige Beherrscherin von rosa Magie arbeitet, sondern auch für die Maharani von Belwar. Andererseits vergesse ich selbst manchmal, wie schwer es für die meisten ist. Die Reise mag nur eine Stunde dauern, trotzdem schaffen manche Zauberer und Hexen sie nicht, ohne sich an einer der drei über der Stadt schwebenden Flugstationen auszuruhen.

»Ja, natürlich, Herrin«, erwidert Zara, bevor sie sich zurückzieht. »Oh, wartet. Heißt das, Ihr trefft euch mit …« Aufgeregt klatscht sie in die Hände. »Soll ich Euch die Haare richten?«

»Was stimmt nicht mit meinem Haar?« Ich will schon nach meinem Zopf greifen, da fällt mir das Ziegenblut an meinen Händen ein.

»Äh …«

Ich zeige mit einem Finger auf sie. »Du *hast* mir heute Morgen die Haare gerichtet.«

»Äh …«, wiederholt sie, bevor sie lächelnd davonhuscht. Egal. Ich kann Zara nicht ansatzweise verstehen. Sie gleicht einem Chamäleon. Ihr Verhalten wechselt je nach Aufgabe so schnell, dass man unweigerlich den Überblick verliert.

Jemand klopft an die Tür auf der anderen Seite des Raums, wo aus dem Palast ein Gang zum Bereich meiner Mutter führt. Ich ziehe die Hände aus den Eingeweiden der Ziege zurück und feuere einen violetten magischen Hebel ab, der den verschlossenen Riegel der Tür öffnet. Riya stürmt herein und verwirbelt meinen roten Nebel, bevor er sich auflöst.

»He, Adraa, wir sollten besser ...« Abrupt verstummt sie, als sie mich blutverschmiert erblickt. »Bei den Göttern, hättest du mich nicht warnen können?«

»Nicht wirklich.«

»Du solltest aufräumen. Wir müssen los.« Sie holt einen Zeitmesser hervor. »Hoffentlich ist der Wind günstig.«

»Sonst machen wir ihn günstig«, erwidere ich und widme mich hastig wieder der Ziege. Mit einem violetten Zauber habe ich ein dünnes Messer gebildet. Mein rotes Werkzeug ist inmitten all des Ziegenbluts kaum erkennbar. Ich schneide das Fett weg und entferne schließlich den Rest der Leber. »Habe sie.« Ich lege das fleischige Stück auf das Tablett.

»Das ist toll, Adraa. Echt toll.«

Ich nehme die Schürze ab und wasche mir in einem Wasserbecken die Hände und Unterarme, um das Blut davon zu entfernen.

»Adraa?«, Mutter eilt durch die Tür und hinein in die Werkstatt. »Du bist noch hier?«

Ich zeige auf die Ziege. »›Adraa, du gehst nicht, bevor du mir das letzte Stück Leber besorgt hast.‹ Das waren deine Worte.«

»Aber mir war nicht klar, wie spät es schon ist.« Meine

Mutter ringt die Hände, bevor sie eine ausstreckt und mir eine verirrte Strähne hinters Ohr klemmt.

Ich zucke zurück. »Zara kann mir helfen. Aber Maharadscha Naupure weiß ohnehin, wie unordentlich ich bin.« Darüber lächle ich. »Du musst also nicht …«

»Nur Maharadscha Naupure?«, schnaubt sie amüsiert. »Radscha Jatin ist von der Akademie zurück. Du wirst ihn mit Sicherheit sehen. Deshalb ist es wichtig, dass du …« Sie runzelt die Stirn. »Oh, du musst dich sofort umziehen.« Sie zeigt auf meine orangefarbene Seidenbluse, auf der sich ein Blutfleck ausgebreitet hat. Ich sehe aus, als wäre ich mitten in einen schauerlichen Mord hineingeraten. Dabei war ich so vorsichtig.

»Verdammt«, fluche ich.

»Fluch nicht«, tadelt mich meine Mutter.

Riya lacht hinter mir.

***

»Du siehst gut aus, hör auf, so nervös zu sein«, verlangt Riya.

»Es liegt nicht am Stil oder Sitz. Es liegt …« Ich löse die Hände aus den Falten meiner Lehenga. Prompt peitscht mir der Wind den orangefarbenen Stoff ins Gesicht. »Daran.« Ich deute auf mein halb verdecktes Gesicht, dann schiebe ich den Rock zurück nach unten und klemme ihn fest, während ich Hybris lenke. In dem Gewirr aus Stoff kann ich meinen Himmelsgleiter nicht mal sehen. Natürlich geht es nicht nur um meine Aufmachung. Über die Sache mit dem Firelight hatte ich Jatin beinahe vergessen, aber das soll Riya nicht erfahren. »Bist du schon mal mit einem langen Rock geflogen?«

»Ja, bin ich.«

»Also, ich halte davon überhaupt nichts.«

»Das merke ich.«

Ich schleudere ihr einen Blick zu. Dann fegt mir der um meine Hüfte gewickelte und über meine rechte Schulter geworfene rosa Stoff von der anderen Seite ins Gesicht. Sämtliche Nadeln zum Fixieren der Seide werden gleich davonfliegen, wenn sie es nicht schon getan haben.

»Ich finde es toll, dass du traditionelle Kleidung trägst. Du brauchst dringend Übung, darin auf einem Himmelsgleiter zu fliegen.«

Etwas in Riyas Stimme lässt mich zu ihr herumwirbeln, wodurch noch mehr Stoff in meinem Gesicht landet. »Du! Du hast alle meine Flughosen versteckt, nicht wahr? Kein Wunder, dass Zara so verwirrt und nervös geworden ist.«

»Das kannst du nicht beweisen.«

»Im Grunde war das gerade ein Geständnis. Ich hoffe, du bist zufrieden. Maharadscha Naupure wird herzlich darüber lachen.«

»Ich wette, Radscha Jatin wird es gefallen.«

»Ich werde Jatin nicht sehen.« Wenn ich es oft genug behaupte, wird es vielleicht wahr.

»Genau. Glaub das ruhig weiter. Deine Mutter hat es besser gewusst. Und ich erkenne einen Vorwand, wenn ich einen sehe.«

»Riya, ich habe wirklich Wichtiges mit Maharadscha Naupure zu besprechen.«

»Ja, das weiß ich so gut wie du. Aber Naupure und Jatin halten es wahrscheinlich für einen Vorwand von dir, um zu einem Treffen in den Palast zu kommen.«

»Oh ihr Götter«, entfährt es mir. Riya hat recht. Und wieder klatscht mir der Stoff ins Gesicht.

Mir bereitet Kopfzerbrechen, dass Riya recht haben könnte. Als wir uns auf der Treppe trennen, warte ich deshalb nicht darauf, dass Naupure mich abholen kommt. Hughes, sein wichtigster Bediensteter, ersucht mich, in der Haupthalle zu warten, während er ihn holt. Aber ich kann dort nicht wie auf dem Präsentierteller sitzen.

»Ich gehe nach oben. So erspare ich ihm den Weg nach unten.«

»Fürstin Adraa, ich bestehe darauf!«, ruft Hughes mir nach. Ich beuge mich über das dicke Steingeländer zu ihm. Als ich seine panischen Züge sehe, beschleicht mich ein schlechtes Gewissen. Hughes und ich haben in der Vergangenheit schon großartige stumme Gespräche geführt, während ich auf Naupure gewartet habe. Wir sind praktisch befreundet.

»Er erwartet mich. Ich verspreche dir, dass du keinen Ärger bekommst.« Damit steige ich weiter hinauf, lasse eine Treppenflucht hinter mir, wende und nehme die nächste in Angriff. Um ins Arbeitszimmer zu gelangen, muss ich an Jatins Gemächern vorbei – oder zumindest daran, was früher seine Gemächer waren. Der geschnitzte Schriftzug seines Namens an der Tür wirkt abgenutzt und erinnert mich zu sehr an den Neunjährigen, den ich einst gekannt habe. So wie früher sieht er eindeutig nicht mehr aus.

Ich bin derart nervös, dass ich tatsächlich mit dem Gedanken spiele, meine Schritte mit schwarzer Magie zu dämpfen, damit Jatin mich nicht an seinem Zimmer vorbeigehen hört. Wahrscheinlich ist er gar nicht drin, sage ich mir. Trotzdem eile ich daran vorbei und schaffe es zum Ende des Flurs. Dort klopfe ich an und bete, dass Naupure schnell öffnet. Hier draußen fühle ich mich immer noch verwundbar.

»Ja?«

»Ich bin's, Adraa.«

Papier raschelt, ein Stuhl schrammt über Stein. »Komm herein.«

Naupure blickt mir freundlich und ein wenig überrascht entgegen, als ich eintrete. »Hughes hat mir nicht gesagt, dass du hier bist.«

»Es tut mir leid, ich habe ihn abgeschüttelt.«

»Ich habe mich schon gefragt, wann du damit anfangen würdest.« Naupures Augen weiten sich ein wenig, während er die aufwendigen Stoffe betrachtet, die ich zur Schau stelle. »Du hast dich ja ganz schön herausgeputzt.«

»Na ja, an meiner anderen Kleidung hatte ich Blut.«

Naupure bricht in Gelächter aus. »Hoffentlich nicht deines«, sagt er, als wir uns beide setzen.

»Nein. Ich habe eine Ziegenleber herausgeschnitten, bevor ich aufgebrochen bin.«

Er lächelt strahlend. »An manchen Tagen kann ich es kaum erwarten, bis du hier lebst.«

Ich rutsche auf dem Sitz hin und her, damit die Lehenga richtig um mich herum fällt. Naupure und ich sprechen so gut wie nie über die bevorstehende Hochzeit. Deshalb kommen wir auch so gut miteinander aus. Dennoch hätte ich damit rechnen müssen. Jatin ist zu Hause. Ich kreuze derart aufgebrezelt hier auf. Plötzlich erscheint mir alles so real. Eines Tages *werde* ich in diesem Palast statt in meinem eigenen leben.

Ich deute auf meine Kleidung. »Erwarte das lieber nicht täglich.« Grundsätzlich habe ich nichts gegen traditionellere Kleidung wie Lehengas oder Saris. Nur war es ein Graus, damit zu fliegen, und ich weiß, dass ich darin auch nicht üben kann. Ich müsste mich an einem einzigen Tag dreimal umziehen. Was nach einer geradezu absurden Zeitverschwendung klingt.

Naupures Brust erzittert, als er leise lacht. »Ich werde meine Erwartungen zügeln.«

Als eine kurze Pause entsteht, packe ich die Gelegenheit am Schopf. Ich muss das Gespräch in eine andere Richtung lenken, bevor ich aus den Augen verliere, was wirklich wichtig ist. »Es gibt eine neue Entwicklung beim Unterfangen Rauch.«

»Das habe ich vermutet, als ich deinen Brief erhalten habe.«

»Oh, gut. Und ich dachte schon …« *Wie soll ich es ausdrücken?*

»Was?«

»Nichts«, gebe ich zurück. Ich kann ihm schlecht sagen, dass alle Frauen in meinem Umfeld vermutet haben, er würde mir gar nicht zuhören, sondern mich nur Jatin neu vorstellen wollen. Ein warmes Flattern breitet sich in meiner Brust aus. Maharadscha Naupure ist Unterfangen Rauch wichtiger, als mich als Spielfigur für eine Ehe zu benutzen. Aber das sollte ich mittlerweile eigentlich wissen. Immerhin war es Maharadscha Naupure, der mich getröstet hat, als ich nach der schweren Verletzung von Riyas Vater in genau diesem Arbeitszimmer zusammengebrochen bin. Es war Maharadscha Naupure, der mich innig umarmt und gesagt hat: »Soll ich dir dabei helfen, die Schuldigen zu finden?«

Ich fange damit an, ihm die Geschichte des Diebs zu erzählen. Den Zwischenfall mit der Kutsche überspringe ich vollständig und mache damit weiter, wie ich Basu verhört habe. »Ich konnte ihn dazu bringen, zu gestehen, dass er mein Firelight an jemanden namens Nachthexer verkauft hat.«

»Etwa an *den* Nachthexer?«

»Ja. Ich kann mir nicht vorstellen, wer es sonst sein könnte.

Das bedeutet, Basu hat direkt an die Vencrin verkauft. Ich muss zurück in den Untergrund, um als Jaya Rauch zu kämpfen und herauszufinden, warum die Vencrin das Firelight horten.«

»Horten? In deinem Brief steht, dass sie es für fünf Silber verkaufen.«

»Das dachte ich auch. Aber ich war gestern den ganzen Tag im Ostdorf und habe Firelight-Kugeln an die Läden verteilt. Ich kennzeichne die Kugeln so, dass man weiß, wie lange das Feuer noch brennen wird. Basu hat sich entweder geirrt, oder er hat mich belogen. Das Ostdorf hat in den letzten zwei Monaten keine Lieferung von eintausend Firelights erhalten. Der Preis ist deshalb so in die Höhe geschnellt, weil es so rar geworden ist. Auch das Norddorf und das Süddorf sind davon betroffen.«

»Also willst du Sims und vielleicht sogar Nachthexer befragen. Was, wenn sie nichts preisgeben oder nichts wissen?«

»Dann folge ich Nachthexer, um herauszufinden, für wen er arbeitet. Und setze dem schändlichen Treiben ein Ende.«

»Adraa, das Unterfangen Rauch war schon die ersten Dutzend Male gefährlich genug. Und jetzt willst du dich auch noch über den Käfigzauberring hinauswagen? Wenn du es übertreibst, fliegst du auf.«

Das Risiko bin ich bereit einzugehen. Ich will mich beweisen und zeigen, dass ich mehr bin als eine einarmig Berührte. Aber Maharadscha Naupure setzt auf Logik. »Je häufiger ich gewinne, desto mehr vertraut Sims mir an. Ich schlage mich gut – vielleicht gut genug, dass er mir Zeiten für Termine und Lieferungen nennt.« Ich verstumme und warte auf Naupures Zustimmung zu meinem Plan. Ihn hinter mir zu wissen, empfinde ich als Sicherheitsnetz. Ich glaube nicht, dass ich darauf verzichten könnte.

»Also geht es bei dem Unterfangen nicht mehr um Herrn Burman oder die Drogen.«

»Darum wird es immer gehen. Ich werde nicht aufhören, bis die Straßen sauber sind. Aber bei den Drogen weiß ich, was sie damit machen. Wofür könnten sie das Firelight brauchen?«

Naupure stützt das Kinn auf die Hände. »Ich habe eine Vermutung.«

Gespannt beuge ich mich vor. Deshalb wollte ich unbedingt herkommen. »Was denkst du?«

»Es ist nur eine Vermutung, zudem eine beunruhigende.«

Ich starre ihn eindringlich an, bis er fortfährt.

»Maharadscha Moolek.« Er schweigt, während ich den Namen verdaue. Naupure fährt mit seiner Erklärung fort, bevor ich die gesamte Tragweite erfassen kann. »Warum sonst sollten die Vencrin für etwas so Billiges zu viel bezahlen? Das entspricht nicht ihrem Stil. Die Vencrin würden es einfach stehlen. Aber Unmengen von Geld? Das schmeckt nach meinem Schwager, der das Firelight in die Finger bekommen will.«

Ich muss aufstehen, mich bewegen. Das hilft mir beim Nachdenken. Ich laufe vor Naupures Schreibtisch auf und ab. »Vor einem Jahr war Moolek wütend, als mein Vater ihm mitteilte, dass wir Firelight statt Laternen benutzen und wir sein Öl nicht mehr einführen müssen. Und ich habe ihm geschrieben, dass ich sein Land, *sein riesiges Land*, nicht beliefern kann.« Ich deute auf eine Karte an der Wand, die Wickery zeigt. Darauf erstreckt sich Mooleks Gebiet über Naupure und dem noch kleineren Belwar. Moolek befindet sich über uns beiden wie ein Schuh, der eine Ameise zertreten will. »Das schaffe ich nicht, bevor ich mehr Hexen oder Zauberer finde, die den Zauber hinbekommen.«

»Und Moolek wird dir nicht seine besten Rotmagier schicken, um dir bei der Suche nach Fähigen zu helfen.«

»Natürlich nicht.« Ich bin darüber hinaus, mich damit zu begnügen, auf und ab zu laufen. Energisch gestikulierend unterstreichen meine Hände jedes meiner Worte. »Ich vermute, er wird einfach Verbrecher anheuern, die es sich für ihn holen!«

»Das ist nur eine Vermutung, Adraa.«

Ich drehe mich Naupure zu und beuge mich mit ernster Miene vor. »Eine *begründete* Vermutung. Die logisch und fundiert ist.« *Warum bin ich nicht schon früher darauf gekommen?* »Ich brauche nur einen Beweis. Lass ihn mich beschaffen.«

Er schweigt, schätzt wahrscheinlich das Ausmaß meiner Wut ab. Ich stehe aufrecht da und wippe auf die Fersen zurück.

»Ich gebiete nicht über dich. Das könnte wohl ohnehin niemand«, meint er schließlich.

»Aber du billigst es nicht?«, frage ich so ruhig wie möglich.

»Gehen wir den Plan Schritt für Schritt durch.«

Ich setze mich wieder, und Naupure holt meinen Bericht hervor. Fünfzig Seiten, entstanden in den sechs Monaten, die ich schon versuche, die Vencrin zu durchschauen und letztendlich zu vernichten.

»Fangen wir an.«

***

Eine Stunde später überprüfe ich noch einmal alles und lächle. »Ich kann es schaffen.«

»Da ist so viel, das schiefgehen könnte.«

»Dann ziehe ich mich nach Hause zurück. Immerhin kann ich jederzeit aussteigen.« Ich zeige auf mehrere Orte auf der Karte.

»Aber wirst du das auch? Wenn du merkst, dass etwas schiefläuft, gehst du dann?«

Mir ist klar, dass Naupure eine eindeutige Antwort braucht. Also sehe ich ihm schweigend unverwandt in die Augen, bevor ich meiner Stimme einen ruhigen Klang verleihe. »Ja.« Ich vermag nicht genau zu sagen, ob ich gerade gelogen habe.

Naupure seufzt. »Ich finde, du solltest deine Leibwächterin mitnehmen.«

»Darüber haben wir doch schon gesprochen.« Riyas Anwesenheit würde Verdacht erregen. Außerdem kann sie kein Geheimnis vor ihrer Mutter bewahren. Aber daraus mache ich Riya keinen Vorwurf. Verdammt, ich an ihrer Stelle könnte vor Frau Burman auch nichts verheimlichen.

»Was ist mit jemand anderem? Mit einem *meiner* vertrauenswürdigen Wächter?«, schlägt Naupure vor.

Ich schüttle den Kopf. »Das würde im Untergrund erst recht Verdacht erregen. Dass ich dort keine Freunde habe, wiegt Sims in dem Glauben, er wäre im Vorteil.«

»Und wie er sich damit irrt.« Naupure steht auf und streckt mir den Unterarm entgegen.

Ich wende mich ihm zu und schlage ein. »Danke.«

Er hat mir immer vertraut, mehr an mich geglaubt als meine eigenen Eltern. Obwohl ich nicht will, dass er mein Schwiegervater wird, ist er praktisch bereits wie ein zweiter Vater für mich. Ein Klopfen an der Tür unterbricht den Augenblick.

»Ja?«

»Maharadscha, der Radscha von Warwick wartet auf Euch«, meldet Hughes durch die Tür.

Naupure blickt mit finsterer Miene auf seinen Zeitmesser. »Mein Bruder kommt zu früh, was bedeutet, dass ich spät dran bin.«

»Ich finde allein hinaus.« Noch nie habe ich mich glücklicher gefühlt. Mit freudiger Erleichterung spüre ich, wie die Last der Sorgen von meinen Schultern fällt. Als Naupure die Stirn runzelt, weiß ich, was als Nächstes kommt. Ein nervöser Schauder läuft mir über den Rücken, und plötzlich friere und schwitze ich zugleich.

»Ich habe gehofft, du und Jatin könntet euch heute wiedersehen.«

»Äh ... ich sollte mich lieber auf den Weg machen.« Ich fingere an meinem Gürtel und vergewissere mich, dass Hybris sicher daran befestigt ist. Riya hat mich vorgewarnt. Dennoch gleiche ich auf einmal einer Eisskulptur, die auf dem Boden zerfließt.

»Du kommst nicht so oft her. Deshalb dachte ich, es wäre für euch beide praktisch. Mit Gegenwind ist der Flug anstrengend und dauert über eine Stunde.«

Natürlich hat Jatin seinem Vater nichts von unserer ersten Begegnung erzählt. Warum auch? Zu dem Zeitpunkt hatte er ja keine Ahnung, wer ich bin. Eigentlich wollte ich das zu meinem Vorteil nutzen. Aber was soll ich in Wirklichkeit schon damit anfangen? Etwas jedoch weiß ich mit Sicherheit. Ich will es mir nicht wegnehmen lassen und mir töricht dafür vorkommen, dass ich nicht sofort gesagt habe, wer ich bin.

»Vielleicht wäre deinen Eltern eine formellere Vorstellung lieber.« Naupure betrachtet die Karte von Wickery. Ich weiß, dass dort früher ein Porträt seiner Frau gehangen hat. Jedes Mal, wenn er hinschaut, habe ich das Gefühl, dass er durch die verschnörkelten Linien von Wickerys Grenzen hindurch ihr

Gesicht sieht. Er hat mal gesagt, dass ich ihn an sie, an Savi, erinnere.

Vielleicht ist die Sache auch ihm unangenehm. Als ich noch ein Kind war, muss es unterhaltsamer und interessanter gewesen sein, mich kennenzulernen und einzuschätzen. Jetzt ist es für uns alle nur eine Menge Arbeit. Aber das ist eine Ehe wohl immer.

»Vielleicht«, sage ich schließlich. Meine Eltern wollen nur, dass ich einen guten Eindruck hinterlasse. Dass eine Chance besteht, bevor ich sie ruiniere. Aber was will ich? Tja, ich möchte, dass Jatin zuerst mein wahres Ich kennenlernt, bevor er mich aufgetakelt wie beim Fest der Farben zu Gesicht bekommt. Vielleicht ist das der unterschwellige Grund, warum ich mich ihm im Ostdorf nicht zu erkennen gegeben habe.

Maharadscha Naupure blickt erneut auf seinen Zeitmesser.

Ich deute zur Tür. »Du solltest zu Radscha Warwick gehen.«

»Dann eben ein anderes Mal.«

»Natürlich. Ich komme ja jeden Monat her. Und in zwei Wochen bringe ich Firelight mit.« Ich schlucke. Zwei Wochen also. So lange habe ich Zeit, über alles nachzudenken. Ich verbeuge mich und salutiere.

Hughes steht vor der Tür stramm, als ich sie öffne. Ich entbiete ihm ein schuldbewusstes Lächeln. Obwohl er keine sichtbare Regung zeigt, steht ihm die Missbilligung ins Gesicht geschrieben. Verständlich, würde ich sagen.

»Auf Wiedersehen, Adraa. Pass auf dich auf.« Maharadscha Naupure legt mir die Hand auf die Schulter, bevor er sich in Richtung des Thronsaals wendet.

Ich atme erst leichter, als ich Jatins Tür hinter mir gelassen habe. Mich lässt das Gefühl nicht los, sie könnte jeden Moment aufschwingen, als hätte mir sein Vater eine Falle gestellt. Aber das geschieht nicht. In gespenstischer Stille bleibt sie geschlossen wie seit neun Jahren. Beschwingt, sogar mit leicht hopsenden Schritten steige ich die Treppe hinunter. Ich habe mehr Zeit herausgeschunden. Zuerst werde ich herausfinden, was mit meinem Firelight passiert war, dann werde ich den Vencrin das Handwerk legen. Es gibt Hoffnung, einen Plan und einen Weg, um Belwar zum Erfolg zu führen. Und wenn Moolek hinter der Knappheit an Firelight steckt, steht mir meine erste politische Bewährungsprobe bevor.

Ich schwenkte auf die zweite Treppe. Dort befindet sich ein Mann auf dem Weg nach oben. Unsere Blicke begegnen sich, und wir erstarren auf der gleichen Stufe. Nein!

Als ich klein war, ist mal eine Fliege auf einer meiner angezündeten Übungskerzen gelandet und im heißen Wachs stecken geblieben. Ich habe die Kerze ausgeblasen, um zu sehen, ob ihr das helfen würde, doch es war zu spät. Sie summte noch panisch, bevor sie still verendet ist. Hätte ich es nicht zufällig beobachtet, es wäre unbemerkt geblieben. Ich konnte mir nie ganz vorstellen, welches Grauen die Fliege damals durchgemacht haben musste. Nun jedoch kann ich es, denn die gefühlt endlose, klebrige Stille, in die wir beide geraten sind, löst todesähnliche Panik in mir aus, niemand wird es je bemerken, und ich kann nicht entkommen.

Kapitel 9

Nettes Geplauder und ein peinliches Missverständnis

Jatin

Nach einer Stunde auf dem Übungsplatz kann ich den Gedanken nicht länger ertragen, mich ungezwungen zu geben und überrascht zu wirken, falls meine künftige Ehefrau plötzlich mit meinem Vater auftaucht. Ich gebe Kalyan, der an seinem violetten Zauber arbeitet, ein Zeichen. Eine gräuliche Wand umgibt ihn, während er still dasteht und in Dauerschleife einen Zauber wirkt, der dafür sorgt, dass sich die ihn umgebende Blase immer fester aufbaut. *Ich gehe rein*, forme ich die Worte mit meinen Lippen.

Mehrere Schichten der Blase platzen, und er schaut überrascht auf. »Soll ich mitkommen?«

»Nein, du machst dich gerade so gut. Bleib dran und versuch, ob du den Zauber auch in Bewegung aufrechterhalten kannst.«

Er nickt, und ich marschiere über die festgetretene Erde des Übungsplatzes davon. Schon vor dreißig Minuten dachte ich, Vater und Adraa würden herauskommen, dann wäre es nicht so peinlich gewesen. Aber jetzt? Ich schwitze. Heftig. Und ich glaube nicht, dass es sich allein durch das Üben erklären ließe. Es sieht wahrscheinlich eher so aus, als wäre ich krank. Ich wische mir über die Stirn.

Was kann im schlimmsten Fall schon passieren?, frage ich mich zum tausendsten Mal. *Sie hasst dich, du hasst sie, und du heiratest jemand anderes.* Das Bauernmädchen schwirrt mir durch den Sinn. Ja, genau so jemand, der Menschen das Leben rettet, ohne zu zögern. Ich würge den Gedanken ab, als ich durch einen Nebeneingang den Palast betrete. Was ist nur los mit mir?

Polternd stapfte ich die Haupttreppe hinauf. Als ich mich etwa fünf Stufen vom Treppenabsatz entfernt befinde, biegt ein flatterndes Gewirr aus rosa Stoffen um die Ecke, und ich erstarre. Das ist sie. Die junge Frau vom Markt. Wie bei allen Göttern ...

Sie trägt eine Lehenga mit einem orangefarbenen Rock, der über den Boden streift, dazu eine rosa Schärpe um die Taille und eine Schulter gewickelt. Keine Spur von Dreck. Tatsächlich bin diesmal ich derjenige, der verdreckt ist. Mein Mund fühlt sich wie gelähmt an.

Auch sie hat für einen Moment die Luft angehalten, doch schließlich atmet sie wieder und löst die Hand von der Brust. Dann lacht sie und wirkt dabei erleichtert. »Verdammt, ich dachte, du wärst jemand anders.«

Wie ... Was? Ich überschlage mich bei der Frage, bevor mir bewusst wird, dass ich die Worte nicht ausgesprochen habe. Wahrscheinlich, weil mir so viele Fragen durch den Kopf gehen. Wer ist sie? Warum ist sie allein hier? Wie konnte sie Adraa so schnell Bescheid geben? Sie kann kein einfaches Landmädchen sein. Mit dieser Aufmachung ist schlicht ausgeschlossen, dass sie eine durchschnittliche Bürgerliche ist.

»Ich wollte gerade gehen.« Sie zeigt auf die Treppe, auf der ich ihr den Weg versperre. Und so wird es auch bleiben, wenn das nötig ist, um richtig mit ihr reden zu können. *Sag etwas, bevor sie verschwindet,* dränge ich mich.

»Ich begleite dich hinaus«, gelingt es mir schließlich hervorzubringen. Eine kleine, aber wichtige Leistung.

Die junge Frau hat eine Ausrede parat. »Das schaffe ich schon allein. Es wartet jemand auf mich, und …«

»Es wäre mir aber eine Freude. Bitte«, füge ich hinzu, als sie nicht allzu begeistert über den Vorschlag wirkt. Ich atme tief durch und versuche, die Peinlichkeit bei unserer letzten Begegnung zu verdrängen. Ich kann sie noch in meinen Armen spüren, die Wärme ihres Körpers fühlen. Verdammt, es könnte sein, dass ich gerade erröte.

»Na gut«, lenkt sie ein.

Wir setzen uns die Treppe hinunter in Bewegung, ein Abstieg in eine andere Welt. Dabei weiß ich nicht recht, wie ich das Schweigen brechen soll. Mit einer Erwähnung des Zwischenfalls auf der Straße? Oder erkundige ich mich lieber nach ihrem Befinden? Am Ende entscheide ich mich für etwas zugleich Einfaches und doch auch Bedeutendes. »Ich weiß gar nicht, wie du heißt.«

Sie zögert, und es wirkt nicht scheu und verschämt. Stattdessen setzt sie mich einer längeren, berechnenden Stille aus. Zehn meiner Schritte klacken kalt und hart über den Stein der Treppe.

Endlich gibt sie nach. »Ich heiße Jaya.«

Für den Bruchteil einer Sekunde verspüre ich ein Triumphgefühl – bis sie zum Gegenangriff ausholt. »Und du?«, fragt sie.

Ohne darüber nachzudenken, erwidere ich: »Kalyan.« Dann drehe ich mich zur Seite und entbiete ihr meinen Unterarm. Ich hätte ihr sagen sollen, wer ich wirklich bin, aber ich kann die Fassade noch nicht aufgeben. Nach kurzem Zögern drückt sie den rechten Arm an meinen, Berührungsmal an Berührungsmal. Und mit dem höchsten Zeichen von Respekt und Gleichheit wird die Lüge besiegelt.

Zu spät bemerke ich, wie verschwitzt und schmutzig ich bin. Ich könnte ihren brokatgesäumten Ärmel ruiniert haben. Als sie auf ihren Arm hinabblickt, würde ich am liebsten sterben.

»Tut mir leid, ich habe gerade draußen geübt ...«

»Was? Oh, nein, passt schon, alles gut.« Sie wischt sich nicht den Arm am Rock ab, wofür ich überaus dankbar bin. Noch zwei heikle Treppenfluchten.

»Und was machst du hier, Jaya?« Hoffentlich höre ich mich dabei ungezwungen und nicht verzweifelt an. Sie verengt die Augen zu Schlitzen, als wäre ich ein Diener, der etwas Unangemessenes von sich gegeben hat. Gut, das kann ich aus ihrer Sicht sogar nachvollziehen, aber was ist mit ihr? Wie ist sie zu einer Privataudienz bei meinem Vater gekommen?

»Eine Angelegenheit für Fürstin Adraa.«

Also würde Adraa nicht selbst herkommen. Sie hat stattdessen die junge Frau geschickt, die das Problem entdeckt hat. Bedeutet das, Adraa geht mir aus dem Weg? Ich brauche Antworten.

»Also arbeitest du für sie?«

»Äh, ja.« Kurz verstummt Jaya. »Ich gehöre praktisch zur Familie.«

Drei weitere Schritte. Allmählich gehen mir die Stufen aus.

»Du musst nicht so besorgt dreinschauen«, sagt sie. »Ich meine, man hat mich ja bereits hereingelassen. Ich hätte reichlich Zeit gehabt, Maharadscha Naupure zu töten, wenn das meine Absicht gewesen wäre. Und jetzt gehe ich wieder.« Sie deutet auf die vor uns liegende Eistür.

Was zum … »Mord und Verrat anzudeuten, ist nicht gerade beruhigend.«

»Tut mir leid, das ist falsch rübergekommen.«

»Du hast angedeutet …«

»Ich bin eine Freundin von Maharadscha Naupure. Eine gute Freundin.«

Eine gute Freundin? Privataudienz? Mein Gehirn rattert. Bei den Göttern, könnte dieses Mädchen, das in meinem Alter oder jünger sein muss, mit meinem Vater schlafen? Heiße Wut durchfährt mich plötzlich. Nein. Es ist ewig her, dass meine Mutter gestorben ist, und selbst unter normalen Umständen wäre ich angewidert von der Vorstellung, dass sich mein Vater eine junge Bürgerliche ins Bett holt. Aber nicht sie. Nicht sie!

»Bei den Göttern, jetzt denkst du, ich schlafe mit dem Maharadscha.« Sie reibt sich die Schläfen.

Hat sie es gerade zugegeben?

Sie schwenkte eine Hand in meine Richtung. »Das tue ich nicht«, schreit sie praktisch.

Wir sind beide am Fuß der Treppe stehen geblieben. Zum ersten Mal seit dem Zwischenfall auf der Straße blicke ich in diese feurigen braunen Augen. Ohne Dreck im Gesicht ist die Wildheit in ihren Zügen besser zu erkennen. Wir sind fast gleich groß. Die Erkenntnis löst ein zartes Flattern in meiner Brust aus. Wir sind auf Augenhöhe, was irgendwie Gleichberechtigung und Vertrautheit vermittelt.

Schließlich wendet sie den Blick ab und geht weiter. »Das tue ich nicht«, wiederholt sie ruhiger und starrt geradeaus. Erleichterung lässt meinen ausgesetzten Herzschlag wieder anspringen. Ich glaube ihr. Warum ziehe ich so voreilige Schlüsse über diese junge Frau? Im Laufschritt hole ich sie ein.

»Es tut mir leid, wenn ich dich irgendwie beleidigt habe.«

Sie sieht mir in die Augen. »Fangen wir von vorn an. Ich bin nur eine junge Frau, weder eine Mörderin noch eine Geliebte.«

»Gilt für mich auch.« Ich lächle sie an, und sie lacht. Und plötzlich fühle ich mich mächtig. Wir legen die letzten Schritte zur Eistür zurück. Einerseits will ich sie nicht gehen lassen, andererseits will ich nicht, dass unser Gespräch wieder peinlich wird oder in schreckliche Andeutungen ausartet. Sie berührt die Tür. Das habe ich noch nie zuvor jemanden tun sehen. Aber ich bin auch neun Jahre weg gewesen, eine kleine Ewigkeit. Vielleicht ist das eine neue Gepflogenheit geworden.

»Ich liebe diese Tür. Sie ist ein wahres Wunder, oder?«, sagt sie. Früher habe ich sie auch geliebt. Wahrscheinlich habe ich deshalb den Großteil meiner Zeit weißer Magie gewidmet. Aber im Augenblick kann ich nur daran denken, dass ich vor fast einem Jahrzehnt durch sie hinausgehen musste.

Ich strecke die Hand aus und ziehe Jaya zurück. »Ja, aber du solltest sie nicht zu lange anfassen. Man kann sich davon Erfrierungen holen.«

Ihre Hand dampft. »Ich bin immer vorsichtig.« Sie starrt weiter auf die Tür, und ich frage mich, ob sie ihr Spiegelbild im Eis betrachtet. Die verzerrte Darstellung wird dem Vorbild nicht annähernd gerecht.

Einen Herzschlag lang zögere ich, dann schreite ich zur Tat. Mir ist nämlich der Gedanke gekommen, dass sie die Tür vielleicht nicht öffnen kann. »Warte, ich mache das.« Kaum habe ich den aufwendigen Zauber gewirkt, teilt sich die Tür und lässt buttergelbes Licht hereindringen. Meine Magie treibt umher wie ein verirrter Nebel.

»Weiße Stärke«, stellt sie fest, als rede sie über das Wetter. Vielleicht habe ich mich damit verraten. Aber auch Kalyan ist ein Zauberer mit weißer Magie als Stärke, also sollte meine Lüge dadurch nicht auffliegen.

»Ja.«

Eine auf der Treppe sitzende junge Frau springt auf, als Jaya und ich über Eisscherben hinwegsteigen. Auch sie ist hübsch, besitzt jedoch nicht Jayas Augen, ihre Haut, ihre Wangenknochen, ihr Haar ... Oh nein, ich starre sie schon wieder an.

»Das ist meine Freundin Riya.«

Ich verbeuge mich flüchtig und lächle. Sie mustert mich und wirkt dabei erfreut. Mir wird klar, dass sie über uns lacht. Also, zumindest über mich.

»Riya, das ist Kalyan.«

»Oh.« Sie zuckt leicht zusammen. »Ich dachte ... Egal.«

Sie dachte, ich wäre Jatin. Oh ihr Götter. Ich sollte es gestehen. Ehrlich, ich führe mich lächerlich auf. Ich werde zwar wie ein Trottel dastehen, trotzdem öffne ich den Mund.

Aber Jaya ergreift das Wort, bevor ich es kann. »Ich ... ich wollte dir für neulich danken. Mir ist klar, dass die meisten die Besinnung verlieren, wenn sie ausbrennen. Es war schön zu wissen, dass du mich nicht auf der Straße zurückgelassen hättest, wenn es mir so ergangen wäre.« Sie holt tief Luft, als wäre sie nach dem Wortschwall außer Puste.

»Gern geschehen.«

Sie nickt, wendet sich ab und löst ihren Himmelsgleiter vom Gürtel. »Komm, Riya, lass uns aufbrechen«, sagt sie und stapft den steinigen Pfad hinunter. Damit sie mich noch hören könnte, müsste ich brüllen. Dazu kann ich mich nicht überwinden.

Jaya hat fast die aus dem Berg ragende Treppe erreicht, als mich eine Stimme aus meiner Gedankenverlorenheit reißt. »Radscha Jatin, kann ich irgendetwas für Euch tun?«, fragt ein glattrasierter Wächter in einer Panzerweste hinter mir.

Ich verschränke die Arme vor der Brust und lehne mich an eine der Säulen des Eingangs. Die Luft hier oben ist dünn, aber frisch und kühl. Am Himmel schimmern rosa Schlieren. Sie tünchen die blauen Palastwände in einen violetten Schimmer. »Nein, ich genieße nur die Aussicht.«

»Ja, ich auch, Herr.« Der Wächter schmunzelt. Ich folge seinem Blick zu Jaya, die den Weg hinuntersteigt.

»*Zitadloc*«, flüstere ich und richte meine weiße Magie auf den Wächter. Sie kriecht sein Bein hinauf und schlängelt sich in seine Wirbelsäule. Der Wächter schaudert. »Bei allen Göttern, Mann! Anstand!«

***

Da ich nicht weiß, was ich nach einer solchen Begegnung tun soll, schleppe ich mich zum Arbeitszimmer meines Vaters, finde es jedoch verwaist vor. Also kehre ich zum Übungsplatz zurück. Dort beobachte ich Kalyan und helfe ihm, während er mit dem mehrschichtigen Schild herumläuft. Aber ich kann keinen klaren Gedanken mehr fassen. Hat mich die junge Frau vorher lediglich abgelenkt, so ist sie inzwischen das Einzige, woran ich denken kann. Worüber haben Jaya und mein Vater so lange gesprochen? Welcher Plan ist ohne mich umgesetzt worden? *Eine gute Freundin*, hat sie gesagt. Das trifft einen wunden Punkt, von dem ich dachte, er wäre längst verheilt.

Zwischen weiterem Üben und einem kalten Bad wandere ich in den nächsten Stunden mehrfach zum Arbeitszimmer meines Vaters – jedes Mal vergeblich. Wahrscheinlich ertrinkt er in Pflichten, wie es sich für einen Maharadscha gehört. Ich hingegen habe zu viel Zeit und nichts zu tun. Am Ende ist es Hughes, der mich aufsucht.

»Maharadscha Naupure möchte Euch sehen.«

Ruckartig schaue ich von dem Zauberbuch auf, in dem ich nicht mehr wirklich lese. »Ich komme gleich.«

Drei Minuten später stehe ich vor dem Mann, mit dem ich seit Stunden zu reden versuche. Während mir schon den ganzen Tag der Kopf schwirrt, sieht mein Vater so aus, als wäre es ihm den gesamten Monat so ergangen.

»Es hat sich ein Gefecht nahe der Grenze zwischen Naupure und Moolek im Warwick-Gebiet ereignet«, verkündet er unverblümt.

Ich straffe die Schultern, bin schlagartig zum ersten Mal seit Stunden wieder voll konzentriert. In der Gegend herrschen seit Jahren Unruhen, aber die Miene meines Vaters verrät mir, dass Grund zu Sorge besteht. »Wie schlimm?«

Seine Züge fallen nicht in sich zusammen. Nur die Haut um die Augen wirft leichte Fältchen. »Sechs Tote bisher. Mehrere Felder wurden geplündert.« Er wirft eine Hand hoch. »Vermutlich alles im Namen der vier Götter.«

Ich nicke und versuche zu verarbeiten, was er mir mitgeteilt hat. Sechs Tote. Nicht annähernd das Schlimmste, was ich gehört habe, aber es könnte noch schlimmer werden. Es könnte in diesem Augenblick gekämpft werden.

»Jatin, da du jetzt zu Hause bist, bereitet es mir kein Kopfzerbrechen, die Hauptstadt zu verlassen.«

Ich begreife auf Anhieb. »Ich kann das.«

»Natürlich weißt du bereits viel, und nun hast du auch den Titel eines Radschas, der dir Autorität verleiht.«

Ich wiederhole, was in den kommenden Wochen, wenn ich mich um meine Hauptstadt und mein Land kümmere, wahrscheinlich mein Mantra werden wird. »Ich kann das.«

»Ja, das glaube ich dir.« Mein Vater fängt an, Ordner und Unterlagen in den Schränken an der rechten Wand zu sortieren. Dabei erklärt er mir, was wo zu finden ist. Es wird eine lange Stunde, in der sich keine Gelegenheit bietet, um Firelight, Adraa oder Jaya zur Sprache zu bringen. Ich versuche, mich zu konzentrieren. Nachdem er mir alles erklärt hat, lehnt sich Vater zurück und betrachtet seine Arbeitswand. Oder jetzt eigentlich *meine* Arbeitswand.

Er räuspert sich. »Es tut mir leid, dass ich dich Adraa nicht ordentlich vorstellen konnte. Das muss warten, bis ich zurückkomme.« Kurz verstummt er, während er den Kalender auf seinem Schreibtisch betrachtet. »Sie liefert in zwei Wochen Firelight. Ich werde ihr schreiben und absagen müssen.«

»Das schaffe ich auch ohne dich.«

Er sieht mich mit hochgezogener Augenbraue an. »Wenn du dir sicher bist ...«

Ich will nicht, dass Adraa denkt, ich meide sie so wie sie wahrscheinlich mich. »Wir brauchen das Firelight doch, oder?«

»Ja, aber das Treffen ist eher dazu da, damit ich mit ihr reden kann.«

Mein Magen krampft sich zusammen, meine Kehle fühlt sich wie zugeschnürt an. Sie ist für ihn mehr wie eine Tochter als ich wie ein Sohn. Vielleicht sollten wir *sie* in den nächsten Wochen den Palast leiten lassen.

»Keine Sorge. Solange niemand geohrfeigt wird, ist es

schon eine Verbesserung. Außerdem weiß ich, dass du sie mögen wirst.«

Woher weiß er das? Woher will er wissen, was mir gefällt? Er kennt mich nicht, jedenfalls nicht wirklich. Jaya taucht in meinem Kopf auf, und diesmal wische ich das Bild nicht weg.

»Darf ich dich etwas fragen?«, sage ich.

Er ist so überwältigt von der Lage an unseren Grenzen, dass ich ihn im Augenblick wohl so ziemlich alles fragen könnte. Wahrscheinlich sogar über meine Mutter. »Immer«, bestätigt er meine Vermutung.

»Ich möchte mehr über die Vencrin erfahren.« Seit meiner Rückkehr spukt mir durch den Kopf, wie viel ich über Belwars Probleme nicht weiß. Der neuerliche Anblick jener jungen Frau hat mich an meine Ahnungslosigkeit erinnert. Adraa hat Jaya hergeschickt, um mit meinem Vater über das Problem mit den Vencrin und dem Firelight zu reden, aber ich wurde in die Besprechung nicht einbezogen. Und ich muss darüber Bescheid wissen, umso mehr, wenn Adraa herkommt und vielleicht Neuigkeiten darüber erwartet.

»Die Vencrin? Hat Adraa dir darüber geschrieben?«

Mein Vater überschätzt erheblich den Gehalt unserer Briefe. »Nein. Ich habe im Dorf davon gehört.«

Er reibt sich das Kinn. »Wie viel weißt du?«

»Nur, dass es Verbrecher in Belwar sind, die Drogen an die Belwarer verkaufen.«

»Und an Naupurer. Auch wir sind davon betroffen. Derzeit nur in der Hauptstadt, trotzdem reicht es, um allgemeine Besorgnis auszulösen.«

»Warum wurde ich dann nicht darauf aufmerksam gemacht?«

Vater runzelt die Stirn. »Ich dachte, es würde dein Studium

beeinträchtigen. Zu wissen, dass etwas Schlimmes vor sich geht, und nichts dagegen unternehmen zu können, kommt praktisch Folter gleich. Außerdem haben uns die Belwars geholfen. Vor allem Adraa. Sie will der Sache auf den Grund gehen. Es spielt sich ja überwiegend in deren Hoheitsgebiet ab.«

Ich stutze. *Vor allem Adraa?* Damit hat sie in keinem der Briefe geprahlt. Sie hat nicht mal ihre Rolle bei dem Firelight erwähnt. Was hat man mir sonst noch alles vorenthalten? »Ich will auch helfen. Oder zumindest alles darüber wissen, was es zu wissen gibt«, erkläre ich.

Mein Vater bedenkt mich mit einem abwägenden Blick. Nur eine Sekunde lang, aber es ist eine Sekunde, die Adraa Belwar wahrscheinlich nie ertragen musste. »Unlängst hat Adraa herausgefunden, dass die Vencrin nicht mehr nur mit Drogen handeln. Sie kaufen auch das Firelight auf. Ich glaube, sie tun es auf Anweisung von Maharadscha Moolek.«

»Onkel Moolek?«, rutscht mir zu laut heraus. Erst die Gefechte, und jetzt erfahre ich, dass sich mein Onkel an der Erfindung meiner Verlobten zu schaffen macht. »Was würde Moolek ...«

»Ich finde lediglich, dass es so *aussieht*, als könnte Moolek die Finger im Spiel haben. Ich vermute, er will das Firelight nachbilden oder vernichten. Durch das Firelight ist Belwar wirtschaftlich weniger abhängig von Moolek geworden. Zugleich kommt es einer Beleidigung der Ideologie von Moolek gleich. Damit kann die gesamte Bevölkerung, auch ohne rote Magie zu beherrschen, sowohl Feuer als auch Licht nutzen. Das bedeutet, auch Zauberer und Hexen ohne den Segen der vier Hauptgötter und sogar Unberührte können diese Macht ergreifen und sind anderen gleichgestellt. Was, wenn Adraa einen grünen Zauber erfände, durch den jeder die Ernten auf den Feldern gedeihen lassen könnte? Oder einen gelben, der es jedem ermöglichen würde, einen Himmelsgleiter zu fliegen? Die Kontrolle deines Onkels würde zusammenbrechen.«

»Du hast recht.« Ich lasse mich schwer auf meinen Sitz sinken. Mehr braucht mir mein Vater nicht zu erklären. Die gesellschaftliche Hierarchie von Moolek beruht darauf, Menschen mit weniger magischen Fähigkeiten auszubeuten. So werden Barrieren um bestimmte Farben herum geschaffen, damit sie den ursprünglichen Elementarten unterlegen bleiben. Das alles leuchtet mir ein – wie kann es sein, dass ich es nicht sofort erkannt habe? In der Kutsche hat Jaya erwähnt, dass sich der Diebstahl des Firelights wie ein persönlicher Schlag gegen die Belwars anfühlt. Also muss sie auch so empfinden.

»Trotzdem ist es eine reine Mutmaßung. Beim Besuch der Grenze hoffe ich auf ein Treffen mit Maharadscha Moolek. Wir stecken derzeit mittendrin, sowohl geografisch als auch als das Land, welches plant, sich mit der Frau zu vereinen, die einen für Mooleks Lebensweise bedrohlichen Zauber erschaffen hat.«

Heiliger Eiszapfen! »Vielleicht sollte ich sie nicht heiraten.« Es ist ein schlechter Scherz, der meinen wahren Gedanken zu nahe kommt.

Mein Vater wird schmerzlich still. Seine nächsten Worte sind kaum mehr als ein raues Flüstern. »Jatin, wenn ich mit meiner Vermutung über deinen Onkel richtig liege, wird er versuchen, Adraa irgendwie zu kontrollieren. Und das wäre ein Bündnis, das unser Land entzweien würde. Er würde ihre Macht, ihre Genialität und ihr Firelight besitzen.«

Ich weiß nicht, was ich darauf erwidern soll. Ich hätte nie gedacht, dass meine Ehe so politisch sein könnte. Familiäre Erwartungen erfüllen, ein Bündnis mit Belwar – ja, das war mir klar gewesen. Aber jetzt? Ich fahre mir mit den Händen durchs Haar. Dreht sich die ganze Welt nur noch darum, dass Adraa einen Feuerzauber erfunden hat? Es fühlt sich jedenfalls so an.

»Und wenn ich sie hasse? Oder sie mich hasst?« Vielleicht sollte ich Vater von unseren Briefen erzählen. Denn ich glaube wirklich, sie hasst mich ein bisschen. Sie geht mir eindeutig nicht aus dem Weg, weil sie schüchtern ist.

»Lern sie erst mal kennen, bevor du eine politische Krise auslöst.« Vater lacht zwar, doch es klingt düster.

Er holt einen Stapel Unterlagen aus der Schreibtischschublade statt aus dem Schrank. Es muss sich um etwas Besonderes handeln. »Aber du hast recht. Du solltest alles wissen.« Er reicht mir den Stapel.

Ich schlage ihn auf und entdecke seitenweise handschriftliche Notizen. »Was ist das?«

»Ich habe jemanden unter den Vencrin. Durch ihn hoffe ich, mehr über sie zu erfahren und sie zu Fall zu bringen. Und jetzt bedeutet das auch, herauszufinden, ob Moolek bei der Firelight-Knappheit die Hand im Spiel hat.« Zur Betonung zeigt mein Vater auf die Notizen. »Das ist der entsprechende Bericht.«

Ich begutachte ihn. Die erste Seite enthält den ersten Tag. Oben in der Mitte steht der Name des Agenten – *Rauch*. Zuerst sieht die Handschrift für mich wie die von Adraa aus. Dann jedoch erkenne ich, dass sie zu ordentlich ist. Adraa krakelt wie eine Zehnjährige auf einem Himmelsgleiter. Diese Person schreibt mit kleineren Schnörkeln, mehr wie eine siebzehnjährige Fliegerin. Denn ich vermute, dass eine Frau diesen Bericht verfasst hat.

Ich will zwar lernen, aber das ist mehr als der Inhalt eines

Lehrbuchs. Ich halte Informationen von jemand Eingeweihtem in den Händen, die Erkenntnisse einer verdeckten Ermittlung. »Was genau soll ich tun?«

»Du hast gefragt. Offenbar liegt dir etwas daran. Adraa auch.« Mein Vater zeigt erneut auf den Bericht. »Bring in Erfahrung, was es zu wissen gibt. Wenn du mitmachen willst, werde ich dich nicht davon abhalten.«

»Mitmachen?«

Wieder deutet er auf die Unterlagen. »Du wirst schon sehen. Sie könnte Unterstützung gebrauchen.«

***

Zu Beginn wird in den Notizen überhastet versucht, alles zu erklären. Den gesamten Ablauf der Untersuchung, die Theorie, das Ziel, den Beginn – alles wird als Durcheinander verschiedener Einzelheiten geschildert. Erst nach fünf Seiten fangen die wichtigeren Details an, sich herauszukristallisieren. Ich blättere eine Seite um. Die Vencrin und deren gezielte Angriffe auf Schiffe an der Küste von Belwar. Ich blättere eine weitere Seite um. Die Vencrin und ihr gezieltes Vorgehen auf den Straßen von Belwar.

Auf den nächsten Seiten wird die Droge namens Blutlust beschrieben. *Ausgesprochen suchterzeugend und bei der anfänglichen Einnahme angenehm für die Sinne*, heißt es in Großbuchstaben am oberen Rand. Ich hatte es richtig in Erinnerung – bei mehrmaligem Gebrauch verstärkt die Droge jemandes Berührungsgaben. Eine weitere Seite berichtet über Vorfälle, bei denen Süchtige ausgebrannt sind oder jemanden getötet haben. Bei einem Satz bleibe ich hängen. *In der Mehrheit der Fälle verursacht die Einnahme von zu viel Blutlust, dass die Person ...* Die nächsten zwei Wörter lese ich erneut, um mich zu vergewissern, dass ich richtig sehe: *dauerhaft ausbrennt*, steht da.

Ich blättere durch weitere Seiten. Agentin Rauch hat eine Verbindung zwischen den Vencrin und einem Ort namens *Untergrund* aufgedeckt, einer geheimen Arena für Käfigzauberer mit wöchentlichen Kämpfen. Ein Kalender ist angefügt. Das nächste darauf eingekreiste Datum ist in zwei Tagen. Abgesehen davon ist nur der Name *Sims* genauso deutlich hervorgehoben, nämlich dreifach fett unterstrichen. Dann folgt eine Aufstellung der Namen von Käfigzauberern und -hexen. Neben einigen steht ein *V*. Für erwiesene Mitglieder der Vencrin, wie ich gleich darauf erkenne, als ich die Seite überfliege.

Nachthexer: Rakesh: Schwarz: V
Tsunami: Beckman: Blau
Donner: Tenson: Gelb: V
Blitzschlag: Kuma: Orange: V
Strahl: Amit: Orange
Axt: Anik: Violett: V
Beben: Navin: Grün
Dunst: Sonna: Blau

Als ich durch einige weitere Seiten blättere, fällt eine kleinere heraus. Ich hebe sie vom Boden auf. Es handelt sich um einen weiteren Stadtplan mit sechs rot markierten Punkten. Neben jedem steht etwas geschrieben. Ich nehme einen davon genauer unter die Lupe. *2 V, 30 Packungen zerstört.*

Als ich aufschaue, stelle ich fest, dass Stunden verstrichen sind. Ich habe fünfundzwanzig Opferfälle und dreißig Kämpferprofile gelesen. So sehr ich mir die Augen reibe, die Kopfschmerzen dahinter verschwinden nicht. So viel wurde mir vorenthalten. Ich habe gewusst, dass mein Land nicht vollkommen ist, aber im Vergleich zu Moolek habe ich es für sauber und rein gehalten. Es geht doch nichts über zerstörtes Wunschdenken, um sich zugleich krank und erschöpft zu fühlen.

Adraa, Jaya, Agentin Rauch – sie alle haben etwas unternommen. Frustriert lasse ich die Hand auf meinen Schreibtisch niedersausen, und die erste rote Zauberkugel, die ich je erschaffen habe, fällt zu Boden und rollt unter mein Bett. Über die Jahre hat der Inhalt jede Ähnlichkeit mit einer Flamme verloren. Nur eine rote Rauchranke ist davon geblieben. Sie würde zu nichts verpuffen, wenn ich die Kugel öffne. Ich bücke mich, um sie zurückzuholen. Als ich sie wieder ordentlich zu den anderen acht Kugeln lege, durchzuckt mich Entschlossenheit. Ich gleiche nicht mehr einem jämmerlichen, in einer Kugel gefangenen Zauber. In den Augen der neun Götter bin ich ein Radscha.

Jetzt weiß ich, was mein Vater gemeint hat.

Und ich *will* mitmachen.

Kapitel 10

Im Untergrund

Adraa

Während ich als Jaya Rauch verdeckt ermittle, muss ich ständig Selbstvertrauen zur Schau stellen, es wie mein Berührungsmal tragen, es mir wie eine zweite Haut überstreifen. Jayas Persönlichkeit gewährleistet meine Sicherheit. Abgesehen davon mag und bewundere ich die Frau, zu der ich werde, wenn ich mich als Jaya ausgebe. So sehr, dass es in andere Bereiche meines Lebens durchsickert. Beispielsweise fluche ich im Untergrund deutlich mehr. Deshalb kann ich nicht verhindern, dass mir täglich mehrmals »verdammt« herausrutscht. Ich bin mir ziemlich sicher, dass ich vor Radscha Jatin in der Kutsche mehrfach geflucht und mir nichts dabei gedacht habe.

Jaya begeistert mich so sehr, dass ich zu dieser Persönlichkeit geworden bin, was mich in den letzten Monaten ziemlich verwirrt hat. Habe ich gewaltsam so viel darangesetzt, mich zu verändern, dass ich mich darin verloren habe? Wer war ich eigentlich, bevor ich dieses Unterfangen in Angriff genommen und erst Käfigzauberin und dann Nachtschleicherin geworden bin? Verdammt, ich weiß es nicht mehr, aber die Person kommt mir mittlerweile schwach und fremdartig vor. Solche Gedanken spuken mir durch den Kopf, wenn ich schwarze

Magie anwende, mich komplett darin einhülle, damit mich niemand sehen kann. Als unsichtbares Wesen der Nacht schleiche ich mich ins Ostdorf und suche nach den Orientierungspunkten, die mir den Weg zum Untergrund weisen.

Ich biege um eine Ecke und rechne immer noch damit, dass Basu mir auflauern könnte. Eine unbegründete Sorge. Er ist weg. Vor zwei Tagen hat mein Vater endlich den neuesten Bericht im Fall Basu gelesen. Nach dem Verhör haben die Wahrheitszauber für Klarheit gesorgt. Basu hat wirklich nicht gewusst, dass er mein Firelight an Verbrecher verkauft hat. Zwar ist es ihm verboten, je wieder mit Firelight zu handeln, doch das ist immer noch besser als Zeit in der Kuppel.

Laut meinem Vater hat Basu um einen Wächter zu seinem Schutz gebeten, bis er die Stadt verlassen kann. Dieser Teil der Geschichte jagt mir regelmäßig einen Schauder über den Rücken und lässt mich immer wieder über die Schulter blicken. Vor etwa anderthalb Jahren haben die Vencrin langsam begonnen, sich auszubreiten. Nach allem, was ich bisher herausgefunden habe, sind die meisten, wenn nicht sogar alle Mitglieder der Vencrin bloß bessere Schläger, die sich wegen der Verlockung von mehr Macht, Geld und Schutz auf den Drogenhandel eingelassen haben. Aber ich kann nicht ignorieren, wie viel darauf hindeutet, dass sie Herrn Burman vernichtet haben, einen der mächtigsten Männer, denen ich je begegnet bin. Vielleicht irre ich mich also. Wenn sich Basu so vor den Vencrin fürchtet, sollte ich es dann auch?

Deshalb ist diese Nacht so wichtig. Ich habe Monate gebraucht, um eine Drogenhöhle aufzuspüren und dadurch eine Handvoll Geschäfte zu unterbinden. Und ich bin noch keinen Schritt dabei vorangekommen, Herrn Burmans Angreifer zu finden. Wenn Moolek bei dem Schlamassel wirklich die Hände im Spiel hat, könnte es Monate dauern. Monate, die ich nicht habe. Jaya Rauchs Dasein hat ein Ablaufdatum. In neununddreißig Tagen ist mein achtzehnter Geburtstag. Damit geht die königliche Zeremonie einher. Und sobald man mein Gesicht als Rani überall im Land kennt, wird es nicht mehr so einfach sein, mich mit der roten Maske auf der Straße herumzutreiben und den Drogenhandel zu zerschlagen. Ohne die Informationen, die ich als Jaya zusammentrage, werde ich im Grunde mutterseelenallein auf der Suche nach verbotenem Treiben umherirren. Ich muss neue Hinweise darauf finden, was mit meinem Firelight passiert, und zwar bald – vor der königlichen Zeremonie. Bevor ich gezwungen bin, für den Rest meines Lebens *nur noch* Adraa Belwar zu sein.

Der Eingangsbereich des Lokals macht nicht viel her. Ich musste mich mehrmals vergewissern, dass ich mich in der richtigen tristen, von Müll übersäten Sackgasse befinde. Am Ende des Drecks folgt noch mehr Dreck und danach ein in der Gegend nicht ungewöhnliches zerbrochenes Fenster. Erst nach mehrmaligem kräftigem Klopfen daran und einer Prise meiner Magie tut sich etwas. Das zerbrochene Glas und der Rahmen vergrößern sich wie ein aufklappender Schlund. Ein riesiger Zauberer schiebt den Vorhang hinter dem Glas beiseite und stößt die Fenstertür auf. Das Losungswort brauche ich nicht mehr. Mit einem Nicken, einem Grinsen und einem höhnischen Lächeln wird mir – in der Reihenfolge – angezeigt, dass ich eintreten darf.

Ich steige in eine Kloake aus Rauch und Dunst hinab. Klebriger Schweißgeruch und Hitze umfangen mich mangels Belüftung wie eine unerwünschte Umarmung. Ich habe schon Zauberer bei ihrer Ankunft rufen hören: »Ah, der Duft der Heimat!« Die Kundschaft, die sich gern die Wettkämpfe im

Käfigzaubern ansieht, ist weder tiefgründig, noch hält sie viel von Hygiene.

In dunklen Winkeln pressen Zauberer und Hexen das feine Pulver von Blutlust in ihre Berührungsmale. Kurz blitzen ihre Augen strahlend rot auf, bevor sie stumpf werden. Ich muss die Heilerin in mir zurückhalten, um nicht zu ihnen zu stürmen und sie darüber aufzuklären, welcher Schmerz damit einhergeht, dauerhaft auszubrennen. *Es vollzieht sich in drei Phasen!* Das würde ich ihnen gern entgegenbrüllen. Schweißausbrüche. Endlose krampfhafte Zuckungen. Gliederschwäche. Danach ist die Magie letztlich für immer verschwunden. Und alles für ein vorübergehendes Gefühl von Glück und Macht. Ich wende mich von dem Gelächter und den seufzenden Lauten ab.

An der Wand blinken nacheinander die Namen der Kämpfenden und ihre Statistiken auf. Meinen erspähe ich rot hervorgehoben. Neben meinem falschen Namen stehen die wichtigeren Wettquoten und Einsätze. Sie flimmern, ändern sich laufend. Im Augenblick steht es zehn zu eins dafür, dass ich gegen einen Kämpfer namens Axt gewinnen werde, dessen Name in Violett aufleuchtet. Heute Abend wird eine Menge Geld verloren werden.

Kaum habe ich zwei Schritte in Richtung des Hinterzimmers gemacht, wo ich mich umziehe und auf die Kämpfe vorbereite, hält Sonna, Schankfrau und ebenfalls Kämpferin, mich auf. »Rauch!«, ruft sie.

Ich dränge mich an der Masse der Gäste vorbei und schlendere zu ihr. »Was ist?«

»Sims hat nach dir gesucht.«

»Ach ja?« Ich versuche zu erahnen, ob das gut oder schlecht ist.

Aber Sonna wirkt so teilnahmslos wie immer. »Er hat was darüber gesagt, dass du gleich zu Beginn kämpfst.«

»Zu Beginn?«

»Ja. Das hat er gesagt«, betont sie, stellt mehrere frische Getränke bereit und wischt mit einer Welle blauen Rauchs die zurückgebliebenen Ringe alten Kondenswassers von der Theke.

Sims verpackt seine Veranstaltungen gern ansprechend. Er liefert dem Publikum zu Beginn und am Ende ein großes Spektakel, um Interesse zu schüren und dafür zu sorgen, dass die Leute eifrig wetten und trinken. Dass ich gleich zuerst kämpfen soll, zeugt von einem hohen Maß an Respekt. Wie es aussieht, habe ich Naupure wohl doch nicht belogen. Ich *bin* in die Oberliga aufgestiegen. Was bedeutet, dass ich eine bessere Ausgangslage habe, um mir die heute Abend benötigten Informationen zu beschaffen. Perfekt.

Kapitel 11

Ärger

Jatin

Ermittlerin Rauch hat eine recht übersichtliche Anleitung verfasst, wie man den Untergrund findet. Verschiedene Gegenstände und Hinweise zeigen Kampfwilligen und Publikum den Weg zu dem versteckten Ort. Einen auf dem Kopf stehenden Hammer entdecke ich auf einem umgedrehten Schild vor einem Metallwarenladen. Ein Pfeil auf einem gefärbten, in einem Hof hängenden Tuch weist mir den Weg in eine Gasse.

Bald werden die restlichen Hinweise überflüssig, weil ich einer Gruppe von Zauberern mit offensichtlichem Ziel folgen kann. Sie riechen nach aufgestauter Aggression – vielleicht ist es aber auch nur eine Mischung aus Körperausdünstungen und Alkohol. Einer torkelt gegen eine Wand. Die anderen ziehen ihn lachend weiter. Sicherheitshalber halte ich die schwarze Magie weiterhin bereit, obwohl die Männer wohl höchstens merken würden, dass sie beschattet werden, wenn ich hinginge und mich ihnen vorstellte.

Sie führen mich durch mehrere enge Seitenstraßen, bevor sie in einer Sackgasse zum Stehen kommen. Ein zerbrochenes Fenster zeichnet sich am Ende der Gasse in der Düsternis der Nacht ab. Einer der Zauberer hämmert mit der Faust unmittelbar neben den scharfkantigen Zacken gegen die verbliebene Scheibe.

»Hallo!«, ruft er, dann lacht er mit seinen Freunden. Sie sind betrunken. Ich werde wohl umkehren und von vorn anfangen müssen. Dummer Fehler. Als ich mich ein paar Schritte entfernt habe, höre ich es – das Ächzen eines sich biegenden Holzrahmens und das Klirren von zerbrechendem Glas. Ich drehe mich um und beobachte, wie sich das Fenster zu einem Eingang ausweitet. Ein Mann öffnet die Querstreben und das gesprungene Glas wie eine Fliegenschutztür.

Ich ziehe mich in die Schatten zurück, bevor ich mich mit einem Flüstern wieder sichtbar mache. Als ich um die Ecke biege, sehe ich noch, wie der Letzte durch die Tür torkelt. Der Wächter am Eingang will den länglichen Fensterrahmen gerade wieder schließen, als ich auf ihn zueile.

»He, kann ich auch noch rein?«, lalle ich.

Er verzieht das Gesicht, als hätte ich einen unangebrachten Scherz von mir gegeben. »Du bist kein Stammkunde und stehst nicht auf der Liste«, entgegnet er.

»Ja, aber ein Freund hat mich eingeladen, und ich habe Geld.«

»Freund, hm? Wie lautet dann die Losung?«

»Ein Ort wie dieser braucht keine verdammte Losung«, zitiere ich aus Rauchs Aufzeichnungen. Ihr Götter, ich kann nur hoffen, das war tatsächlich die Losung und nicht bloß ein Gedanke, den Rauch niedergeschrieben hat.

Zu meiner Verblüffung nickt der Mann und hält die Fenstertür für mich auf. *Volltreffer! Danke, Rauch.*

»Vier Gold.« Er streckt mir die offene Hand entgegen, und ich überreiche ihm den unverschämten Betrag. Aber kaum habe ich den Untergrund betreten, beschäftigt mich Dringenderes. Zum einen fühlt sich der Geruch – eine Mischung aus Schimmel und Körperausdünstungen – wie ein feuchtes, über meinen Kopf geworfenes Tuch an. Falls ich mich an diesen Frontalangriff gewöhne, weiß ich, dass mein Geruchssinn wohl ausgelöscht worden ist.

Nach einigen Stufen ducke ich mich unter einem tiefen Balken hindurch und werde in der staubigen Düsternis mit dem Anblick von Menschenmassen konfrontiert. Die schiere Anzahl der dicht gedrängten Anwesenden in der riesigen offenen Lagerhalle lässt mich mit großen Augen staunen. Als mir niemand Aufmerksamkeit schenkt, wird mir klar, dass ich zum ersten Mal in meinem Leben nicht erkannt werde. Und selbst wenn ich ordentlich Wirbel machen würde, ich befinde mich in Belwar und bin obendrein neun Jahre lang weg gewesen. Das fühlt sich gut an.

Unmittelbar rechts von mir erstreckt sich eine Theke, bevor sie sich um eine Ecke krümmt. In der Mitte des Raums strahlt aus Fässern helles Licht auf eine riesige, fünf Meter hohe Kugel. Sie befindet sich auf einer erhöhten Plattform. Ein damit verbundener Laufsteg führt zu einem Türrahmen mit einem schwarzen Vorhang davor. Die Aufmerksamkeit aller gilt der Kugel. Ich bahne mir einen Weg weiter nach vorn, dränge mich zwischen den dicht an dicht stehenden Leibern hindurch.

In dem runden Käfig huschen zwei dunkle Gestalten herum. So also wird verhindert, dass die Zauber die Zuschauer treffen. Man hat eine Kugel vergrößert und so dick und robust wie eine Gefängniszelle in Wickery gemacht, sie in einen Spielplatz der Zerstörung verwandelt. Als mir der Gedanke durch den Kopf geht, zischen Stacheln durch die Kugel und bohren sich in ihre Wand, bevor sie zu violettem Rauch verpuffen. Einer der Kämpfer – eine Frau – stürmt nach links und schlägt ihrem Gegner ins Gesicht. Warum wollen die Leute sehen, wie eine Frau – oder überhaupt irgendjemand – verletzt wird? Das ist widerlich. Gibt es nicht schon genug Leid und Tod? Der violette Magie beherrschende Zauberer lehnt sich zurück, weicht dem Angriff aus und kontert mit einem Rückhandschlag. Die getroffene Hexe prallt gegen die Seite der Kugel, die sich mir am nächsten befindet, und ich bekomme ihr wunderschönes, aber blutiges Antlitz zu sehen.

Jaya.

***

Sie steht auf und wischt sich die blutende Lippe ab. »Du willst spielen? Na, dann mal los!«, ruft sie. Die Menge reagiert mit Gebrüll darauf. Einige Leute, die zuvor den Zauberer angefeuert haben, wechseln die Seiten. Ein Mann schreit neben meinem Ohr: »Mach ihn fertig, Jaya!«

Ich habe im Leben schon oft ahnungslos geurteilt, aber noch nie zuvor habe ich jemanden so falsch eingeschätzt. Diese junge Frau. Die Frau, die in meinen Armen ausgebrannt ist, verdingt sich als Käfighexe.

Jaya wirkt einen Zauber, den ich nicht hören kann, aber alle sehen den roten Blitz, der aus ihrer linken Hand schießt. Ihr Gegner, der den Anfeuerungsrufen nach wohl Axt heißt, duckt sich, rollt sich ab und erschafft einen Schild, um etwaige Restmagie abzuwehren. Und davon gibt es jede Menge. Jayas geballte Macht schlägt dort in die Wand der Kugel ein, wo sich Axt befunden hat, prallt davon ab und spritzt auf ihn, während er in geduckter Verteidigungshaltung verharrt. Bevor er sich aufrichten kann, steht Jaya über ihm. Mit zweifellos orangefarbener Magie drischt sie wie mit einem glühenden Hammer auf den Schild ein, der darunter zerbirst. Jayas Faust schnellt gegen Axts Arm. *Knirsch!* Irgendetwas bricht, und das Publikum bricht erneut in grässliches Gebrüll aus. Überall um mich herum drängen die Zuschauenden nach vorn. Mein Schweiß und Geruch vermischen sich mit jenen der Menge. Ich werde ein Teil davon. Selbst wenn ich wollte, ich kann mich nicht mehr abwenden und aus dem Staub machen.

Jaya zieht sich anmutig zurück, gewährt Axt etwas Freiraum, der sich den frisch gebrochenen Arm hält. Sie zieht die Sache in die Länge. Bei einem echten Kampf wäre es am besten gewesen, mit einem weiteren Zauber nachzusetzen, um ihn zu besiegen. Doch das hier ist alles nur ein schmerzhaftes, blutiges Spiel. Wie kann das dieselbe junge Frau sein, die sich dem Tod entgegengeworfen hat, um einen Dieb zu retten? Weiß mein Vater, dass sie das macht?

Axt steht auf, hält sich nach wie vor den gebrochenen Arm, der mittlerweile auf doppelte Normalgröße angeschwollen ist. Er zaubert, leitet rosa Heilmagie und orangefarbenes Morphium in den Knochen, um den Schmerz zu lindern, während er und Jaya einander umkreisen. Deshalb also hat sie sich zurückgezogen. Sie wollte, dass er den von ihr angerichteten Schaden behebt.

Axt entfesselt kleinere Zauber. Jaya weicht ihnen entweder aus oder wehrt sie ab. Die beiden verschwinden förmlich in einem Gewirr violetter und roter Bewegungen. Die Frage ist, wer als Erster getroffen werden wird. Es ist Axt. Ein roter Strahl schießt in seinen Fuß und verdreht ihm das Bein. Er schwankt zwar leicht, sonst jedoch passiert nichts. Die beiden setzen den Kampf fort. Allerdings wirkt Axt verunsichert. Sein Blick schnellt regelmäßig zwischen Jaya und seinem Fuß hin und her. Wahrscheinlich fragt er sich genau wie ich, was für ein Zauber das war.

Plötzlich scheint Axt genug zu haben. Eine violette Explosion entzündet die Luft. Flammen zischen aus Axts unversehrtem Arm und verhüllen die halbe Kuppel. Man sieht nur noch, wie er seine Feuerstrahlen in Jayas Richtung schleudert. Sie wirft beide Hände hoch, bevor sie außer Sicht gerät. Ich dränge weiter vorwärts, kann aber nirgendwohin. *Sie hat dir eine Chance gegeben, du Mistkerl!*

Axt sinkt auf ein Knie, wirkt den Feuerzauber aber weiter. Die Flammen stehen kurz davor, die gesamte Kuppel einschließlich Axt selbst zu verschlingen. Was für ein Idiot. Die Zauberer und Hexen auf der anderen Seite der Arena toben. Über der Kugel erstrahlt ein roter Lichtkranz. Jaya bändigt ihn, indem sie eine Kugel aus gelber und violetter Magie erschafft, die Axts Zauber in sich aufsaugt. Die roten Schlieren gleißen so grell, dass viele der Zuschauenden die Augen abschirmen. Auch ich hebe die Hand, wage jedoch nicht, den Blick abzuwenden. Inmitten der gleißenden Helligkeit marschiert Jaya, einen Zauberspruch skandierend, vorwärts, streckt die Arme aus und wirbelt sie in einer kreisförmigen Bewegung.

Schlagartig verpuffen sowohl Farben als auch Licht. Die violetten Flammen verflüchtigen sich, das rote Behältnis verdampft. Jaya steht aufrecht da, Axt schwer atmend vornübergebeugt.

»Rauch – Rauch – Rauch«, grölt die Menge im Chor. Die Stimmen ertönen in wummerndem Gleichklang.

»Was?«, brülle ich dem Zauberer neben mir zu. »Was sagt ihr?«

»Rauch!«, brüllt er zurück und zeigt ergänzend auf die junge Frau. »Jaya Rauch.«

Oh ihr Götter, warum habe ich die Verbindung nicht schon früher hergestellt? Jaya ist Ermittlerin Rauch. Diese junge Frau hat sich verdeckt in einen verbotenen Käfigzauberring eingeschlichen. Was hat mein Vater getan? Schlimmer noch, wozu hat er Adraa gebracht?

Jaya entfesselt auf Axt einen letzten Schwall roter Magie, die seine Wange streift, bevor er zur Seite kippt. Was für ein Zauber war das? Mit einem Klicken klappt die Kuppel oben auf und teilt sich wie ein aufgeschlagenes Ei in zwei Hälften. Als sie sich vollständig zurückgezogen hat, tritt ein bärtiger Mann vor und hebt Jayas linken Arm über ihren Kopf. Das Publikum jubelt, klatscht, gibt alle möglichen Geräusche von sich, um seine Anerkennung zum Ausdruck zu bringen.

»Rauch, Rauch, Rauch«, tönen die Sprechchöre weiter.

Jaya Rauch reckt die Faust empor. Triumph steht ihr ins Gesicht geschrieben. Dann verlässt sie die Kuppel in Richtung der schwarzen Öffnung, durch die Kämpfende kommen und gehen. Kurz bevor sie in der Öffnung verschwindet, huscht noch eine andere Gefühlsregung über ihre Züge. Das alles gefällt ihr nicht, oder? Ich schaue zu dem in der Kuppel zusammengesackten Zauberer namens Axt. Wenn sie ihn hätte umbringen wollen, wäre er längst tot.

Wer bist du wirklich, Jaya? Ohne nachzudenken, dränge ich in der Menschenmasse nach vorn. Genau das will ich herausfinden.

***

Allerdings kann ich Jaya nicht einfach in das schwarze Loch folgen, in das sie verschwunden ist. Dafür müsste ich auf die Bühne springen. Das wäre zu öffentlich und auffällig. Es sei denn, ich benutze mächtige schwarze Magie. Ich entdecke den einzigen anderen Eingang, der nach hinten führen könnte. Davor steht ein grobschlächtiger Zauberer. Nicht mal in einen Tarnzauber gehüllt könnte ich mich an ihm vorbeizwängen. Schwarze Magie täuscht nur die Augen, nicht den Tastsinn. Dann also doch das schwarze Loch auf der Bühne.

Ich warte darauf, dass die nächsten beiden Kämpfer den Ring betreten. Während der Ansager ihre Statistiken verliest, wirke ich den stärksten Tarnzauber, den ich beherrsche. In der schummrigen, verrauchten Umgebung verschwinde ich praktisch. Hinter mir ertönt Gebrüll, als die beiden Käfigzauberer ihren Zweikampf beginnen. Ich klettere auf die Plattform und schleiche auf den Durchgang mit dem Vorhang zu. Letzterer dient wahrscheinlich nur dazu, einen Schwarzmagier zu bemerken. Die meisten Haushalte befestigen oben am Türrahmen versteckte Glöckchen, die bei jeder Bewegung bimmeln. Hier gibt es davon keine. Dennoch hebe ich den Vorhang blitzschnell an, damit niemand merkt, dass sich der Stoff von selbst bewegt. Dahinter erstreckt sich ein mehrere Meter langer Flur zu einer Tür. Ich hebe den Zauber auf und setze mich mit schnellen Schritten in Bewegung. Falls ich jetzt erwischt werde, kann ich mich herausreden. Aber wer mit schwarzmagischen Tarnzaubern erwischt wird, ist unabhängig von den Umständen automatisch schuldig.

Die Tür ist verschlossen. Natürlich. Mit einem schnellen Luftstoß unter dem Rahmen hindurch hebe ich klirrend den Metallriegel auf der anderen Seite an. Als ich die Tür öffne, finde ich einen weiteren Gang vor. An dessen Ende dringt Lärm hinter einer Tür hervor. Die beste Tarnung besteht zweifellos darin, so zu tun, als gehöre ich hierher.

Als ich auf die Geräusche zugehe, packt mich eine massige

Pranke an der Schulter. »Du hast hier nichts verloren. Nur für Kämpfer.« Ich drehe mich um und stehe einem Zauberer gegenüber, größer als Kalyan. Er hat eine Menge Fleisch auf den Rippen – enorme Muskeln unter einer üppigen Fettschicht. Gegen ihn will ich nicht kämpfen müssen.

Ich schüttle die Hand ab und sehe ihm selbstbewusst in die Augen. »Ich bin auf der Suche nach Jaya.«

»Du und jeder andere Nachsteller, den ich hier schon aufgegabelt habe.« Die Worte gehen mir unter die Haut. Ihr Götter, wie viel unerwünschte Aufmerksamkeit hat sie bei ihrer Mission durch die Käfigkämpfe auf sich gezogen?

»Ich bin ein Freund.« Hoffentlich bürgt sie für mich – sofern ich es überhaupt vorbei an diesem Ungetüm von einem Mann schaffe. Als sie neulich ausgebrannt ist, hat sie sich bei mir für die Hilfe bedankt, das spricht dafür. Sie könnte uns als Freunde betrachten. Hoffentlich zumindest nicht als Feinde.

Er lacht. »Ja, das wären wir alle gern. Und jetzt verschwinde verdammt noch mal.« Als er mir einen Stoß gegen die Schulter versetzt, taumle ich bewusst ein Stück weg. Etwas Entfernung ist besser für violette Zweikampfzauber.

Ich wechsle zu einer anderen Taktik. »Ich will mit Sims reden.«

Bei meiner Forderung zuckt er leicht zusammen, bevor er wieder streng die Stirn runzelt. »Bist du mit ihm auch befreundet?«

»Wir sind uns noch nie begegnet, aber er wird hören wollen, was ich zu sagen habe.«

»Ach ja? Und was werde ich von dir hören wollen?«

Verdammt! Ich wünschte, Rauch hätte eine Beschreibung des Mannes in ihren Bericht gepackt. Aber wenigstens weiß ich jetzt, mit wem ich es zu tun habe. Ich öffne den Mund.

»He«, ertönt eine Stimme.

Sims und ich drehen uns um. Es ... ist sie, die im Gang steht. Kein blutiges Gesicht mehr. Keine Verwirrung in den Zügen. Eigentlich ist diese junge Frau entschieden zu hübsch und viel zu gut gekleidet für jemanden, der um ein Haar bei lebendigem Leib verbrannt wäre. Aber da ist sie. Jaya und Ermittlerin Rauch in einer Person, angetreten zu meiner Rettung. Es hat wohl wirklich so ausgesehen, als müsste ich gerettet werden. Sie nähert sich mit schnellen Schritten, bis sie die dritte Ecke unseres feindseligen Dreiecks bildet. »Er gehört zu mir, Sims.«

»Zu dir?«, hakt Sims nach. Ich glaube, er meint es intim, doch sie übergeht die Andeutung.

»Ich wollte ihn dir vorstellen, aber ich hatte ihn in der Menge verloren.« Sie dreht sich mir zu und sieht mir eine halbe Sekunde lang in die Augen. Die Botschaft ist unmissverständlich. *Halt den Mund und widersprich mir nicht.* Sie zuckt mit den Schultern und starrt Sims eindringlich an. »Er hat einen guten Arm und beherrscht Weiß als Stärke. Danach hast du gesucht.«

Sims mustert mich von oben bis unten. Wie üblich wird nach nur einem Blick über mich geurteilt. »Er kommt mir nicht wie ein Kämpfer vor.«

»Das hast du anfangs auch über mich gesagt.« Jaya bedenkt ihn mit einem langen, intensiven, beunruhigenden Blick. Unausgesprochene Sätze wechseln zwischen den beiden hin und her, während sie sich gegenseitig in die Augen sehen. Gern würde ich verstehen, was sie sagen, oder in ihren Köpfen die Erinnerung daran sehen, wie diese junge Frau, diese Bürgerliche aus Belwar, einst hier aufgetaucht ist und eine Kämpferin werden wollte. Und das ist sie nach wie vor. Immerhin hat sie eben erst einen Zauberer besiegt, der sich Axt nennt.

Sims bricht den Blickkontakt als Erster ab und brummt mürrisch: »Na schön. Wenn sein Arm so gut ist, lasse ich ihn gegen Beckman antreten. Der ist regelrecht wild auf Frischfleisch.«

»Beckman? Bist du auf Drogen, Sims? Ich wollte, dass du den Kerl kennenlernst. Nicht, dass du ihn umbringst.«

Worauf um alles in der Welt habe ich mich bloß eingelassen? Ich achte darauf, keine Miene zu verziehen. Es darf keine Unsicherheit durchschimmern, sonst lande ich mit dem Tod im Ring.

»Ist das Beste, was ich kurzfristig machen kann«, gibt Sims schnaubend zurück.

»Na schön, das verstehe ich. Aber ich wollte nur, dass du ihn dir mal ansiehst. Wir können nächste Woche wiederkommen.« Einen Moment lang wirkt Jaya erleichtert. Ihre Stimme vermittelt es zwar nicht, aber ich bemerke, wie etwas Anspannung aus ihren Schultern abfließt. Sie arbeitet an einer Falle oder einem Plan, und Sims scheint anzubeißen.

»Du weißt, dass es so nicht läuft. Er ist hier, damit ich ihn mir ansehe? Dann wird er kämpfen«, beharrt Sims.

»Na schön.« Jaya lächelt. »Überlass ihm meinen zweiten Kampf – gegen Tenson. Dann nehme ich es nächsten Monat mit Beckman auf.«

Sims' gesamtes Auftreten wandelt sich. Bösartige Freude steigt in ihm auf. Ich kann beobachten, wie er sie förmlich ausschwitzt. »Du gegen Beckman?«

»Ich gegen Beckman.«

Sims' Mund verzieht sich halb zu einem Lächeln, halb zu einem skeptischen Ausdruck, als wöge er die Möglichkeiten mit den Lippen gegeneinander ab. Schließlich reibt er sich die Hände. »Ich brauche Zeit, um es bekanntzugeben.«

»Deshalb rede ich ja von einem Monat.«

»In Ordnung, abgemacht«, Sims nickt und streckt erwartungsvoll den Unterarm zum Einschlagen aus.

»Ich bekomme noch meine Bezahlung für heute Nacht.« Jaya deutet mit dem Daumen auf mich. »Seinen Beitrag bekomme ich auch.«

Sims starrt mich finster an, als hätte er vorübergehend vergessen, dass ich immer noch anwesend bin, während sie verhandeln. »Erst, wenn ich gesehen habe, dass er danach noch stehen kann.«

Jaya dreht sich mir zu. Jetzt mustert sie mich und bildet sich mit einem Blick eine Meinung von mir.

»Kein Problem«, melde ich mich zu Wort, bevor sie Zweifel äußern und Sims in die Karten spielen kann.

»So oder so, ich lasse mich nicht betrügen, Sims.« Jaya schlägt mit ihm ein, indem sie sich gegenseitig am Unterarm packen. »Das ist das Einzige, worauf du dich verlassen kannst.«

Sims zeigt mit dem Finger auf uns beide. »Ihr habt dreißig Minuten. Ich lasse mich gern beeindrucken.«

Kapitel 12

Rettung

Adraa

Der Umgang mit Sims fühlt sich an, als beobachte man jemanden, der versucht, einem die Haut abzuziehen. Man würde gern schreien oder sich von ihm losreißen, aber beides würde nur noch mehr Folter bedeuten. Er ist kein Vencrin, arbeitet jedoch für sie, indem er ihnen den Untergrund als Treffpunkt und Möglichkeit zur Verfügung stellt, Drogengelder in das System zu schleusen. Durch meinen Hass ist unsere Beziehung ... angespannt. Deshalb ist es riskant, sich auf etwas einzulassen, das über unsere Vereinbarung hinausgeht. Dann jedoch sehe ich, wie der Wächter, der mich getragen hat, als ich ausgebrannt war, von Sims in die Mangel genommen wird.

Keine Ahnung, warum ich einen Mann retten will, der zu Jatin gehört. Na ja, vielleicht doch. Immerhin sind Jatin und ich aneinander gebunden. Oder werden es bald sein. Von daher gehörte der Mann auch zu mir. Die Ähnlichkeit der beiden ist geradezu unheimlich. Dadurch fühlt es sich an, als würde ich Jatins Tod zulassen, wenn ich den Kalyans nicht verhindere. Und wenn ich mich nicht jetzt für meine Leute einsetze, was tauge ich dann als künftige Rani? Ich weiß genau, was passiert wäre, wenn ich Kalyan nicht aus Sims' Klauen befreit hätte. Er wäre von drei, vier Kerlen draußen in der Gasse zusammengeschlagen worden. Mit derselben Übermacht ist einst Riyas Vater attackiert worden. Und deswegen hat all das ursprünglich begonnen. Ich werde nicht zulassen, dass es noch einmal jemandem widerfährt, schon gar nicht Jatins freundlicherem Gegenpart. Also hülle ich mich in eine dicke Haut und setze mich, meinen Kampf, dafür ein, dass sein Blut nicht in einer verdreckten Gasse vergossen wird.

Der Handel selbst ist eigentlich nicht so schlecht. Ich dachte, ich müsste wahrscheinlich etwas Großes bieten, um etwas über mein Firelight und Nachthexers Verstrickung zu erfahren. Nun jedoch hängt mein Plan von den Fähigkeiten dieses Wächters ab. Dass ich die Kontrolle abgeben muss, löst in mir bereits eine Beklemmung aus, wie ich sie seit meiner ersten Nacht hier nicht mehr verspürt habe.

Sims geht in Richtung seines Arbeitszimmers davon. Vielleicht will er sich auch Strahl und Donner ansehen, deren erste Runde sich dem Ende zuneigt. Im Hintergrund ertönt eine Glocke, und das Gebrüll des Publikums verstummt.

Ich drehe mich Kalyan zu, der mich anstarrt.

»Danke. Ich ...«, beginnt er.

»Nicht hier. Komm mit.« Ich setze mich in die entgegengesetzte Richtung in Bewegung, wo sich die Umkleideräume befinden. Der Lärm mehrerer Kämpfer dringt durch den Flur. Das wird unangenehm werden. Die anderen sind ohne irgendeine Vorankündigung von Sims nie erfreut über Frischfleisch.

»Sag nichts«, flüstere ich Kalyan zu, bevor ich mich durch den Vorhang schiebe.

Fünf Köpfe drehen sich, als ich eintrete. Beckman, mit Abstand der Größte im Raum, wendet sich wieder seiner Meditation zu. Aber die anderen starren uns an und lassen ihren Unmut über Kalyans Anwesenheit erkennen.

Rakesh steht auf und stellt sich mir in den Weg. »Wer, verdammt noch mal, ist das?«

Ich bemühe mich, meinen Hass zu verbergen. Nachthexer. Während er spricht, spannt er die Muskeln an. Er hat sich die Oberarme mit Tinte tätowieren lassen, um sich wie eine Acht oder Neun darzustellen. Aber jeder weiß Bescheid, weil man den Farbunterschied erkennt. Außerdem ist er der Einzige, der mit nacktem Oberkörper kämpft. Die Muskelpakete, die er dadurch zur Schau stellt, sind genauso einschüchternd wie abstoßend.

»Ein Freund. Ein neuer Kämpfer. Er tritt statt meiner gegen Tenson an.«

Bei den Worten horcht Tenson auf und hebt seinen struppigen braunen Schopf. »Was soll das, verdammt? Sims hat das nicht mit mir abgesprochen.«

»Geh und rede selbst mit ihm.« Ich deute zur Tür.

Tenson geht um Rakesh herum und schiebt sich an Kalyan und mir vorbei. »Ich habe geahnt, dass du es mit der Angst zu tun bekommst, wenn du in der Liga der Großen mitspielen sollst«, spottet er.

Ich wende mich an Rakesh. »Geh mir aus dem Weg. Ich muss ihn auf den Kampf vorbereiten.«

»Ein Freund, ja? Schon so oft hättest du mich haben können, Jaya. Und du hast dich für den da entschieden?« Rakesh zeigt auf Kalyan, als hätte ich Abfall vom Bürgersteig hereingebracht.

Ich hätte Rakesh *haben* können? Ich will ihn ja nicht mal anfassen müssen. So verhält er sich schon, seit ich hier bin. Er belästigt mich mit Andeutungen über sein Können im Bett.

Widerlich. Man sollte meinen, nachdem ich ihn vor einigen Monaten im Kampf besiegt habe, hätte er seine Avancen in meine Richtung endlich begraben. Stattdessen sind sie nur schlimmer geworden. Er will nicht mehr nur mit mir schlafen. Er will die Herrschaft über mich. Rakesh geht mir mehr als jeder andere Vencrin hier unter die Haut. Ihm gelingt es, mich in eine jüngere, weniger selbstbewusste Adraa zurückzuverwandeln. Wofür ich ihn hasse.

Davor habe ich nie irgendeine Scheu wegen meines Aussehens oder meiner Macht gekannt. Aber durch Menschen wie Rakesh frage ich mich unwillkürlich, ob die Bürde nicht mit einem anderen Äußeren leichter wäre. Es ist seine Schuld, nicht meine. Ich weiß, dass er mich so oder so bedrängen würde, unabhängig davon, wie ich aussehe. Trotzdem frage ich mich, ob er die unflätige Zunge und die verkommenen Gedanken zügeln würde, wenn ich etwas ändere.

Ich spüre wie Kalyans Körper sich hinter mir versteift. Oh ihr Götter, das hätte ich beinahe vergessen. Er ist ein besserer, ein freundlicherer Mensch als ich. Gut möglich, dass er meine Ehre verteidigen oder ähnlichen Mist versuchen will, obwohl er mich gar nicht wirklich kennt.

»Geh mir aus dem Weg«, wiederhole ich an Rakesh gewandt.

Er nimmt Kampfhaltung ein, sieht dabei jedoch über meine Schulter hinweg Kalyan in die Augen. Oh verdammt, nein! Ich will nicht, dass mir ein Kampf erspart bleibt, nur weil auf einmal unverhofft ein Mann hinter mir steht. Ganz gleich, wie sehr ich Rakesh fürchte.

»Für so was haben wir keine Zeit.« Ich trete einen Schritt nach rechts.

Rakeshs Arm schnellt vor und versperrt mir erneut den

Weg. Alle halten inne. Alle außer Beckman. Er erhebt sich von einer der wackligen Holzbänke, die Sims uns zur Verfügung stellt.

Dann ergreift Rakesh das Wort. »Hoffentlich ist sie innen weicher und feuchter als außen.«

Damit überspannt er den Bogen, weil ich ohnehin schon stinksauer bin. »*Kavacraw*«, zaubere ich, und ein Wirbel aus rotem magischem Rauch verdichtet sich zu einem Wall zwischen Kalyan und Rakesh. Dann packe ich Rakeshs Handgelenk, das sich unmittelbar vor mir befindet. Grob verdrehe ich es und biege es nach oben. Meinem Schutzschild gelingt es, Kalyans Faust zu bremsen, wenn auch knapp. Er hat keinen Zauber in den Schlag gelegt, worauf ich mich verlassen habe. Seine Faust sinkt in den Schild, als wäre er aus Sand. Splitter roter Magie spritzen davon weg.

Mir bleibt nur eine Sekunde dafür, mein Werk zu begutachten, weil Rakesh vor Schmerz aufschreit und mit dem freien Arm nach mir schlägt. Ich lasse sein Handgelenk los, ducke mich und rücke weiter in den Umkleideraum vor. Wenn ich mich weit genug entfernt befinde, muss er etwas zaubern, anstatt die Fäuste einzusetzen.

»Hebt euch den Kampf für den Ring auf!«, brüllt Beckman mit seiner tiefen Stimme.

Kalyan schlägt meinen Schild weg, der sich bereits auflöst. Ich werfe die Hände hoch, als wolle ich mich Rakesh ergeben. In Gedanken jedoch bereite ich einen weiteren Schild vor. Rote Magie fließt warnend meinen linken Arm hinab. Rakesh kocht vor Wut. Er hätte lieber Kalyans Schlag eingesteckt, als sich von mir das Handgelenk verdrehen zu lassen, davon bin ich überzeugt. Dann hätte er wenigstens sagen können, dass ihn ein Mann vor Schmerz hat aufschreien lassen.

»Hör auf Beckman«, rate ich ihm.

Ich spähe zu Kalyan, der die Lage schweigend abwägt. Zwar sieht er nicht so aus, als wolle er noch einmal zuschlagen, aber er bringt den Körper so in Stellung, wie es Riya manchmal tut. Beschützend, wachsam und vor allem bereit, sich mitten hinein in einen magischen Kampf zu werfen.

»Rakesh!«, brüllt Beckman erneut.

Und damit stapft Rakesh zum Vorhang. »Verfluchtes Miststück.« Diesmal stört mich die geflüsterte Beschimpfung nicht so sehr wie von Basu, denn diese Runde habe ich für mich entschieden.

Kalyan geht Rakesh aus dem Weg und kommt auf mich zu. Ich suche Beckmans Blick und nicke ihm zu.

»Bei den Göttern. Ist sie immer so schnell beim Zaubern?«, fragt Navin, einer der jungen Kämpfer, der sich ruhig verhalten hat.

Beckman antwortet ihm, doch ich habe weder Zeit noch Interesse, ihm zuzuhören. Ich marschiere bereits auf die Tür ganz links zu.

Kaum ist Kalyan mir gefolgt, knalle ich sie hinter uns zu. Mit einem Schnippen aus dem Handgelenk versiegle ich den Türrahmen schalldicht. Der Raum ist wesentlich kleiner als der Hauptwartebereich. Früher wurde er als Lager benutzt. Auf der gegenüberliegenden Seite stapeln sich immer noch verschiedene Werkzeuge. Der Rest ist für mich und zwei andere Kämferinnen vorgesehen, die gelegentlich aufkreuzen. Der Raum gehört also überwiegend mir. Ich habe einen Spind, eine Bank und genug Firelight, um die schmutzigen Ecken und staubigen Winkel deutlich zu erkennen.

Kalyan ist schlau genug zu warten, bis die Magie um die Tür herum eingerastet ist. Sobald sich der viereckige rote

Lichtkranz geschlossen hat, legt er los. »Was war das eben? Passiert dir das jede Woche?«

Ich denke zurück. Nicht *jede* Woche. »Normalerweise muss ich keine Leute beschützen, die hier nichts verloren haben.«

Kalyan zuckt zusammen. Einen Moment lang freue ich mich darüber, ihn damit offenbar gekränkt zu haben. Immerhin hat er meine gesamten verdeckten Ermittlungen in Gefahr gebracht. Ich warte einen Herzschlag lang. »Das wäre deine Gelegenheit gewesen, mir zu erklären, was um alles in der Welt du hier willst.«

»Ich kann verstehen, dass du verärgert bist.«

Ich werfe die Hände hoch. Mit Verständnis ist mir nicht gedient. »Glückwunsch. Du bist also so klug, Wut zu verstehen.« Als ich ihn ansehe, bereue ich meine Worte sofort.

»Ich bin aus demselben Grund hier wie du. Um in Erfahrung zu bringen, was mit dem Firelight passiert«, erklärt er.

»Weil Jatin glaubt, es würde ihm gehören? Das hier ist eine Belwar-Angelegenheit.«

»Nein, Maharadscha Naupure hat mir die Berichte gegeben. Er wollte, dass ich dir helfe.«

»*Meine* Berichte, meinst du wohl! Meine Mission. Mein Leben steht hier auf dem Spiel.« Die Worte hallen in dem beengten Raum wider. Obwohl ich mein Leben riskiere, fühlt sich im Augenblick vor allem die Mission verwundbar und gefährdet an. Immerhin wollte ich den Vencrin und den Drogen ein Ende bereiten. Das sollte mein Vermächtnis werden. Und wenn ich versage ...

Dann sickern mir zwei Worte ins Bewusstsein. Maharadscha Naupure. Er hat diesem Wächter die Berichte übergeben, wollte ihn hier haben. Also hat er nie daran geglaubt, dass ich es allein schaffen kann. Er wollte mir schon öfter einen Wächter aufdrängen. Und nun steht einer unmittelbar vor mir.

»Ja, du hast recht – dein Leben steht auf dem Spiel. Aber wenn ich gewusst hätte, dass du es bist, hätte ich ...«

»Wenn du gewusst hättest, dass ich es bin?« Oh ihr Götter, hat er es herausgefunden? Hat Maharadscha Naupure es ihm verraten? In seinen Augen muss ich so eine Witzfigur sein. Das dumme, reiche Mädchen, das dachte, es wäre abgebrüht genug, um seinem Land zu helfen. Wir verfallen beide in ein längeres Schweigen.

»Ich wäre so oder so hergekommen, Jaya«, flüstert Kalyan.

Ich atme erleichtert durch. Er weiß es nicht. Unabhängig davon gefällt mir der Gedanke. Selbst wenn ich nur Jaya wäre, eine durchschnittliche Bürgerliche, würde er mir helfen. Aber habe ich um seine vermaledeite Hilfe gebeten? Nein. Das ist der springende Punkt.

Also ist es wie erwartet. Befehle und sein Pflichtgefühl haben ihn hergeführt, ein fehlgeleiteter Soldat, der zum Dienst antritt – und dabei alles aufsehenerregend vermasselt. Er starrt mich an. So eindringlich, dass ich den Blickkontakt als Erste abbreche. Sonst würde ich in seinen Augen mit ihrer Freundlichkeit und ihren aufrichtig guten Absichten versinken. Er wollte sogar für meine Ehre einen Schlag austeilen. Aber vielleicht auch für Jatins Ehre? Herrje, was für ein Durcheinander.

Ich werfe einen Blick auf die Uhr. Wir haben noch zwanzig Minuten. »Die Zeit ist knapp. Du bist jetzt hier. Ich hoffe, du kannst kämpfen, denn nur so können wir die Lage noch retten.«

Kapitel 13

Gelernte Lektionen

Jatin

Ist es möglich, sich in jemanden zu verlieben, der stinkwütend auf einen ist? Bei Jayas Frage »*Wenn du gewusst hättest, dass ich es bin?*« hat mein Gehirn einen seltsamen Tanz aufgeführt. Es hat nach den richtigen Worten für eine Erwiderung gesucht und stattdessen Zuneigung entdeckt. Wenn ich gewusst hätte, dass Jaya Ermittlerin Rauch ist, wäre ich nicht nur hergekommen, ich wäre hergerannt. Mir ist egal, welchen gesellschaftlichen Rang sie hat. Ich habe gesehen, wie sie einem Jungen das Leben gerettet hat. Ich habe darüber gelesen, wie sie seit Monaten daran arbeitet, einer Drogen verkaufenden Horde von Verbrechern das Handwerk zu legen. Ich habe bezeugt, wie ein Mann sie übelst beschimpft hat, und sie hat *ihn* vor *meinem* Zorn gerettet. Wer macht so etwas? Ganz zu schweigen davon, wie unheimlich geschickt man sein muss, um so schnell zu zaubern und sich zu bewegen. Der junge Kämpfer, der ungläubig und ein wenig erschrocken darüber gewirkt hat, war es zu Recht. Ich bin mir nicht sicher, ob ich ihre Voraussicht besessen hätte und in der Lage gewesen wäre, so schnell einen Begrenzungsschild zu erschaffen.

Ich mag sie. Und ich will meine Einmischung wiedergutmachen, ihr helfen, ihre Mission wieder in die Spur zu bringen.

»Was muss ich tun?«, frage ich.

»Du hast doch schon mal gekämpft, oder? Ich meine, immerhin bist du ein Wächter. Hattest du Unterricht?«

»Hatte ich, aber das hier ist anders. Käfigzaubern ist ... Da draußen hat dein Gegner vor einigen Minuten versucht, dich bei lebendigem Leib zu verbrennen.«

Prompt wird sie defensiv. »Ach, und echte Kämpfe sind fein und ehrenhaft?«

»Tut mir leid, aber wir versuchen es zumindest. Von uns wird erwartet, ehrenhaft zu handeln.«

Sie schüttelt den Kopf. *Was denkt sie gerade?*

»Ja, du hast recht. Ich hatte vergessen, mit wem ich es zu tun habe. Na schön.« Sie läuft einige Schritte auf und ab. »Gut, äh ... Versuch, mich zu schlagen.«

»Was?«

»Versuch, es mit mir aufzunehmen. Dann sehe ich, was dir fehlt.«

»Das will ich nicht ...«

»Pass auf.« Sie zeigt zur Tür. »In etwa zwanzig Minuten steigst du in den Ring. Ehrenhaftigkeit gibt es hier drin nicht, die hast du an der Tür abgegeben, als du hereingekommen bist. Und sofern du kein Meisterzauberer bist, triffst du mich nicht.«

Ich schwinge die Faust. Sie hat recht. Wenn ich in den Ring steigen muss, sollte ich lieber anfangen zu kämpfen, statt zu reden. Als ich eine Berührung spüre, bremse ich sofort ab. *Verdammt!* Ich dachte, sie würde wie bei Rakesh schnell genug sein oder sich zumindest ducken. Vielleicht war sie nicht dafür gewappnet. Roter Rauch verflüchtigt sich. Zum Vorschein kommt ihre Hand um meine Faust. Ich habe sie nicht getroffen. Sie hat meinen Schlag abgefangen.

Gleich darauf lässt Jaya meine Faust los. »Gut. Wenigstens hältst du das Handgelenk gerade und kannst zielen.«

Ich lockere die Schulter. Hat es sich für Axt genauso angefühlt? Woher ist diese Magie gekommen? »Hast du ... hast du einen Zauber gewirkt?«

»Natürlich. Glaubst du etwa, ich könnte einen solchen Schlag einfach so abfangen?«

»Aber ich habe nichts gehört. Kannst ... kannst du ...«

»Oh ihr Götter, nein. Warte, ist *dir* schon mal jemand über den Weg gelaufen, der Geistzaubern beherrscht?«

»Nein.« Um ehrlich zu sein, arbeite ich seit einer Ewigkeit vergeblich daran. Theoretisch ist es möglich, Zauber in Gedanken zu wirken, ohne sie laut auszusprechen, aber noch niemand hat es bewiesen.

»Mir auch nicht, aber Käfigzaubern ist nah dran«, sagt Jaya. »Du musst Zauber so leise wirken, dass dein Gegner nicht mitbekommt, was ihn erwartet. Pass auf, schau auf meine Lippen und horch.«

Die Anweisung liefert mir zwar einen Vorwand, sie anzusehen, aber mein Blick soll ihr nichts verraten. Zum Beispiel, wie unfassbar schön ich ihre Lippen finde. Sie tritt näher, damit ich sie hören kann. Nur deshalb, das ist mir klar. Dennoch kann ich nicht verhindern, dass in mir etwas mit Gebrüll erwacht und mich dazu drängt, etwas zu tun. Etwas ... Bezauberndes.

»Hast du den Zauber gehört?«, fragt sie.

Verflixt. Konzentrier dich, Jatin. »Nein. Was für einer war es?«

Sie seufzt. »Ein Schildzauber. Bitte sag, dass du darüber Bescheid weißt.«

»Natürlich.«

»Gut. Dein Gegner Tenson ist ein Zauberer mit gelber Stärke. Er setzt gern Windstöße ein. Also zieh entweder einen Blasenschild hoch oder bekämpfe Wind mit Wind. Und wie ich greift er auch gern auf orangefarbene Magie zurück, vor allem zur Schnelligkeitssteigerung.«

Ich nicke. »Verstanden.«

»Beim Käfigzaubern geht es auch darum, die Magie stetig fließen zu lassen.« Sie berührt meine Hand und fährt meinen Arm hinauf. Selbst durch den Stoff meines Mantels fühlt es sich umwerfend an. »Such dir einen Finger aus und konzentrier dich. Lass deine Berührungsgaben den Arm rauf und runter fließen, und nicht alle auf einmal. Also, sprich diesmal mit mir und wirke die Zauber dabei. Jeder sollte sofort erscheinen und verschwinden, sobald du mit dem nächsten beginnst.«

Sie tritt zurück. »Bereit?«

Fünfzehn Minuten lang erschaffen wir Schilde gegen starke Windstöße aus gelber Magie. Ich bin zwar darin ausgebildet, durchgehend zu zaubern, aber nie so. Ein weißer Schildzauber hat sich noch nicht mal vollständig aufgelöst, bevor Jaya mich auffordert, mit dem nächsten zu beginnen. Sie tippt mir auf den Arm, um mir anzuzeigen, wann ich wechseln soll. Das ist ein fortschrittliches Unterrichtsverfahren. Ich frage mich, wo sie es gelernt hat.

Ein Klopfen an der Tür holt unsere Aufmerksamkeit zurück in unsere Umgebung. Ich habe beinahe vergessen, was sich außerhalb dieser schrankähnlichen Kammer befindet.

»He«, ruft Sims.

Jaya zieht die Schalldämmung zurück.

Sims stößt die Tür auf und platzt herein. »Zwei Minuten!« Zur Betonung klatscht er an die Wand. Und so, wie er dreinschaut, scheint er zu wünschen, die Wand wäre mein Kopf.

»Er wird bereit sein, Sims. Ich mach das schon!«, gibt Jaya lauthals zurück.

»Solltest du besser. Wie lautet überhaupt sein Kämpfername?«

Fragend dreht sie sich mir zu, und ich zucke mit den Schultern.

»Muss denn alles ich machen?«, brummelt sie bei sich. »Der Weiße Fremde«, verkündet sie.

Sims spuckt aus. »Lahm.«

»Dann eben, was immer dir gefällt, Sims.«

Murrend wendet er sich zum Gehen und zeigt ihr dabei zwei Finger. Nur noch zwei Minuten. Mehr nicht? Mir bleibt nicht mal Zeit, nervös zu werden.

»Das werden wir wahrscheinlich noch bereuen«, meint Jaya. »Zieh den Mantel aus und krempel die Ärmel hoch.«

Ich knöpfe den Mantel auf. »Warum die Ärmel?«

»Weil die Sache hier genauso sehr eine Aufführung wie ein Kampf ist. Jetzt rauf damit.«

Um ein Haar wäre mir eine Bemerkung darüber herausgerutscht, wie herrisch sie ist. Aber ich verkneife es mir, als mir klar wird, dass es sich in Wirklichkeit um Führungsverhalten handelt, das ihr offenbar völlig natürlich im Blut liegt. Sie muss frustriert, wütend, nervös und die Götter wissen was sonst noch sein. Trotzdem behält sie sich bemerkenswert im Griff. Kein Wunder, dass mein Vater sie beauftragt hat. Ich sollte mir wohl Notizen darüber anfertigen.

Sie nimmt mir den Mantel ab und hängt ihn auf. Als sie

sich zu mir zurückdreht, habe ich die Ärmel bis zu den Ellbogen hochgekrempelt.

»Bei allen Göttern.« Verblüfft starrt sie auf meine Arme. Berauschender Stolz durchströmt mich. Ich möchte, dass sie noch länger hinsieht. Mit einem Blinzeln reißt sie sich von dem Anblick los, und ich empfinde die winzige Bewegung als schlichtweg schwindelerregend. »Verfügen, äh, alle Männer an der Akademie über so viel« – sie hüstelt – »Macht?«

»Es muss ja einen Grund haben, warum ich Radscha Jatins Wächter bin, oder?« Die Lüge kommt mir mühelos über die Lippen.

Ich kann förmlich sehen, wie sich die Rädchen hinter ihren Augen drehen. Irgendetwas geht ihr durch den Kopf. Und ich wüsste zu gern, was genau. Hat mein Berührungsmal mein Geburtsrecht so schnell verraten?

»Was bist du? Eine Sieben? Eine Acht?«

Nur Radschas und Ranis beherrschen alle neun Gaben, es ist also nachvollziehbar, dass sie annimmt, ich wäre von deutlich niedrigerem Rang. Kalyan ist in Wirklichkeit eine Sechs. Aber das würde sie mir bei meinem Berührungsmal nicht abnehmen. »Ja. Sieben.« Ich spreche die Zahl in der Hoffnung aus, dass sie zugleich niedrig und hoch genug ist, um vereinbar mit den verschlungenen Mustern meines Berührungsmals zu sein.

Sie macht ungerührt weiter. »Was kannst du nicht?«

Worauf kann ich im Ring verzichten, um unerkannt zu bleiben? »Rot und Rosa.« Ich überrasche mich selbst damit, dass die Halbwahrheit aus mir herausplatzt, denn mit roter und rosa Magie habe ich mich wirklich immer am schwersten getan. Aber Tränke kommen im Ring nicht zum Einsatz, und ich will niemanden bei lebendigem Leib verbrennen, wie Axt es versucht hat, also denke ich, die Halbwahrheit passt schon.

Jaya nickt. »In Ordnung. Jetzt runter mit der Kurta.«

»Wie bitte?«

»Wir haben noch eine Minute«, erinnert sie mich und wendet sich von mir ab. Bevor ich mir die Kurta über den Kopf ziehe, schnaube ich laut, um sie wissen zu lassen, wie sehr es mir widerstrebt. Nach wie vor von mir weggedreht, streckt sie mir eine Hand entgegen. Ich reiche ihr das Kleidungsstück. Ohne zu überlegen, flüstert sie einen Zauber, und der Stoff reißt. Die langen Ärmel lassen sich leicht abtrennen, knapp oberhalb des Bizeps. Ohne mich anzusehen, gibt sie mir die Kurta zurück und wartet, bis ich sie wieder angezogen habe.

»Fertig?«

»Ja.«

Sie dreht sich mir zu und nickt. Ihr Blick verharrt auf meinen Armen, und trotz der unerfreulichen Lage lächle ich.

»Du solltest nicht …« Kurz verstummt sie. »Du darfst keine langen Ärmel tragen. So hast du ohnehin mehr Bewegungsfreiheit.«

»Und was ist mit dir?« Ich zeige auf ihre Aufmachung. Die schwarzen Ärmel enden erst an den Handgelenken. Man kann nur ansatzweise das Berührungsmal erkennen, das sich von ihrem linken Handrücken weiter den Arm hinaufkräuselt.

»Na ja, würde ich diesen Männern meine Arme zeigen … Bei dir betrachtet man es als aggressiv. Bei mir als Herausforderung. Glaub mir.«

Um aus der Sache rauszukommen, muss ich ihr vertrauen, aber einem Teil von mir gefällt der Gedanke. Ich will ihr vertrauen, sie kennenlernen. Alles über sie erfahren.

»Die Zeit ist um. Pack deinen guten Arm aus!«, ruft Sims, als er hereinstürmt.

Kapitel 14

Schneefall

Adraa

Während Kalyan zur Plattform marschiert, die zum Ring führt, gehe ich außen herum. Ich dränge mich durch die Menschenmenge zu einer Holzleiter. Sie führt zu einem Steg, der um die Wände der gesamten unterirdischen Lagerhalle herum verläuft. Nur Teilnehmende und Mitarbeitende dürfen von dort aus die Kämpfe mitverfolgen. Wir bezeichnen den Bereich als das Oberdeck. Ich klettere hinauf und sehe mich um, wer sonst noch von diesem balkonartigen Steg aus zuschaut. Offenbar ist für diesen Wettstreit die ganze Truppe hergekommen. Ich sichte Rakesh auf Anhieb und schwenke von ihm weg. Nur ein einziges Mal bin ich hier oben allein mit ihm gefangen gewesen. Das hat mir genug Angst eingejagt, um mich seither davor zu hüten.

Auf der anderen Seite des erhöhten Stegs bedeutet mir Beckman mit einem Nicken, zu ihm zu kommen. Schuldbewusst lenke ich meine Schritte in seine Richtung. Beckman ist der beste Käfigzauberer hier und einer der wenigen, die nicht zu den Vencrin gehören. Er mag die Käfigkämpfe, ist gut darin und kann damit Geld verdienen. Im Ring mag er sich wild gebärden, trotzdem ist er einer meiner Bürger, die ich geschworen habe, niemals zu verletzen. Auch wenn er mich in einem Käfigkampf fertigmachen könnte und würde.

»Hallo«, sage ich, als ich mich setze und die Beine über den Rand baumeln lasse. Ich strecke die Arme über das Geländer, um mich daran festzuhalten. »Danke für vorhin.«

»Mit diesem Tunichtgut von einem Zauberer wird es immer schlimmer«, meint er mit knurrendem Unterton. »Er ist auf dem besten Weg zum Wahnsinnigen. Bei den Göttern, wenn ich sein Vater wäre ...«

Der Druck in meiner Brust weitet sich aus. Beckman ist Vater von zwei kleinen Mädchen. Einmal auf dem Markt habe ich sie gesehen. Damals sind sie ihrem riesigen Vater gefolgt, als wäre er einer der Götter. Das ist einer der Hauptgründe, warum ich entschieden habe, mich mit ihm zu verbünden, und es gewährt mir hier einen gewissen Schutz. Was allerdings nur bedeutet, dass er Rakesh keine Gelegenheit lässt, mit mir allein zu sein. Aber in einem Monat werde ich gegen Beckman kämpfen. Was habe ich nur getan?

»Taugt dein Mann was?«, fragt er mich.

»Er ist nicht mein Mann.«

»Irgendetwas muss er für dich sein, wenn du dich bei Sims für ihn verbürgt hast und er sich deinetwegen mit Rakesh prügeln wollte.« Beckmans kantiges, bärtiges Gesicht verzieht sich zu einer Miene, die mir mitteilt: *Erwischt.*

Statt zu antworten, starre ich hinunter und beobachte, wie Kalyan und Tenson in den Ring schreiten. Die beiden Kugelhälften steigen wie Flügel auf und fügen sich zusammen. Mit einem Klicken rasten sie ein. Kalyan dreht sich im Kreis und begutachtet die ihn umgebende Kuppel.

Es ist so weit. Jetzt kann ich ihm nicht mehr helfen, kann nicht mehr eingreifen. Vielleicht hätte ich Kalyan doch seinem

Schicksal in der Gasse überlassen sollen. Auch in der Kuppel kann es blutig werden. Kalyans Blick wandert über die Menge. Vielleicht hält er Ausschau nach mir. Ich winke, komme mir dabei jedoch lächerlich vor. Er weiß ja nicht, dass er nach oben schauen müsste.

Dann ertönt dröhnend eine Stimme. »Rechts haben wir Donner, einen Veteranen des Rings mit drei Jahren Erfahrung.«

Tenson entfesselt einen Strahl gelber Magie, der sich wie eine grollende Gewitterwolke über ihm ballt. An sich beeindruckend, nur vermittelt die Wolke durch ihr schillerndes Gelb eher etwas Heiteres. Als würde man versuchen, mit bunter Zuckerwatte über dem Kopf brutal und entschlossen rüberzukommen.

»Und links ...«

Ich setze mich aufrechter hin und beuge mich vor.

»Links haben wir den Weißen Ritter, der zum ersten Mal antritt.«

Obwohl für mich bei diesem Kampf so viel auf dem Spiel steht, kann ich mir ein Lachen nicht verkneifen. Sims stellt alle seine Kämpfer als übertriebene Persönlichkeiten dar. Ich bin als Rauch geheimnisvoll, verführerisch und unerreichbar. Beckman ist imposant und erschreckend wie ein Tsunami. Kalyan bekommt die Rolle des Gutmenschen zugeteilt. Wie passend.

Als er den Kämpfernamen hört, runzelt er die Stirn und schüttelt den Kopf. Wenigstens wirkt er selbstbewusst. Vorerst. Er wirft einen Blick auf die immer noch über Tenson wallenden Wolken, dann wirkt auch er einen Zauber. Gut. Ich habe nämlich vergessen, ihm den Ablauf am Anfang zu erklären. Kalyans Zauber fegt von seiner rechten Hand. Der frostige weiße Strahl rast auf Tensons Wolke zu und peitscht durch sie hindurch. Dann tobt er wie ein wildgewordener Vogel durch die Kuppel. Oh ihr Götter.

»Aber hallo, was …« Der Rest von Beckmans Satz geht im Getöse der Menge unter, die Kalyans dreiste Machtdemonstration vor dem Kampf halb bejubelt, halb ausbuht. Eindeutig kein Auftritt eines weißen Ritters.

Der Ansager zögert kurz, bevor er ruft: »*Kämpft!*« Tenson springt hoch, dreht sich in der Luft und formt Wind zu einer rasiermesserscharfen Scheibe. Kalyan duckt sich und hechtet in einer fließenden Bewegung zur Seite. Anmutig rollt er sich ab und zieht einen Schild hoch. Gut. Und er braucht ihn auch, denn Tenson kommt zurückgeflogen und lässt einen Fuß nach unten schnellen. Doch als er den Schild berührt, löst sich dieser auf und legt sich um Tensons Bein. Mit einem weißen Aufblitzen vereist sein Fuß. Das zusätzliche Gewicht lässt ihn auf den Boden knallen. Aber Kalyan ist noch nicht fertig. Mit der Kontrolle über Tensons Bein schleudert er den Mann quer durch die Kuppel, bis er gegen die Wand prallt.

Beckman stößt einen Pfiff aus. »Gut und schlau gezaubert.«

Doch es ist längst nicht vorbei. Tenson rollt sich bereits herum und zerbricht das Eis mit seiner weißen Magie. Sie zersprengt es förmlich, und Tenson ist frei. Er prescht immer wieder die Richtung wechselnd durch die Kugel, hält Ausschau nach einer Gelegenheit. Kalyan steht beobachtend in der Mitte. Mich beschleicht das Gefühl eines drohenden Herzinfarkts.

Beweg dich!

Gleich darauf prallen die beiden Zauberer aufeinander. Tenson kommt von links, und Kalyan duckt sich unter seiner Faust hindurch. Beide erschaffen Messer, und der Kampf artet zu einem Wirbelsturm von Bewegungen aus. Arme schnellen vor, ziehen sich zurück und blocken.

Ich vermag nicht zu sagen, wer gewinnen wird oder ob einer von beiden getroffen worden ist. Beckman klopft mir kräftig auf den Rücken. Die Geste erinnert mich daran, Luft zu holen.

»Nicht dein Mann, was?«

»Nicht mein Mann.«

Die beiden machen weiter, bis Tenson den Arm herumwirbelt und Kalyan am Handgelenk erwischt. Seine Schulter verbiegt sich widernatürlich. Beifall brandet auf. Die Menge ist heute wankelmütig, kann sich nicht recht entscheiden, welchen Zauberer sie siegen sehen will. Dann holt Tenson, ohne Kalyans Arm freizugeben, zu einem Tritt aus und befördert ihn gegen die gekrümmte Wand der Kuppel.

»*Neee-iiin.*« Ohne nachzudenken, wirke ich einen orangerosa Zauber, um den Schaden zu begutachten. Meine Sicht verschwimmt, und ich konzentriere mich auf die Muskeln und Knochen in Kalyans Brust. Dann auf die Schulter. Dort ist ein Riss im Muskel. Die Verletzung schwillt bereits an. Mit einem Blinzeln breche ich den Zauber ab. Als ich die Aufmerksamkeit wieder auf den Kampf richte, hat sich etwas verändert. Kalyan hat sich aus dem Armhebel befreit und hält sich den Kiefer.

»Was ist passiert?«, frage ich.

»Dein Mann hat sich aus dem Armhebel befreit, aber Tenson hat ihm ins Gesicht geschlagen.«

Ich umklammere das Geländer fester. Wenn Kalyan schwer verletzt wird, ist es meine Schuld. Er hätte nicht herkommen sollen. Ein Kampf in einer Blase mit einem Durchmesser von fünf Metern unterscheidet sich völlig von jedem Übungsgelände oder Schlachtfeld.

Kalyan und Tenson umkreisen einander. Wenigstens wirken Kalyans Bewegungen noch ruhig. Im Nu wird der Kampf fortgesetzt. Windtunnel, Tensons bevorzugter Zauber, prasseln auf Kalyan ein, doch statt Schilden setzt auch er gelbe Magie ein. Weiße und gelbe Ströme prallen aufeinander. Das Haar und die Kleidung der Zauberer flattern, als wären sie in einen Sturm geraten. Kalyan zieht sich zurück und senkt den verletzten Arm. Ich kann Tensons Lächeln sogar von meinem Platz aus sehen. Er glaubt, bereits gewonnen zu haben.

Bitte. Das Wort dröhnt gegen mein Hirn. *Bitte vermassle es nicht.*

Einer der Zauber landet einen direkten Treffer. Das ist im Ring immer gefährlich. In der Enge der Kuppel kann sich zu viel Energie aufbauen, dann wird die Magie unbeherrschbar. Sie könnte beide umbringen. Ich habe noch nie zuvor einen Zauberer weißer Stärke in der Kuppel gesehen, aber die Mischung aus Weiß und Gelb wirkt so heilig, als könnte jeden Moment ein Gott inmitten der Farbstrahlen erscheinen. Kalyan und Tenson scheinen einander ungefähr ebenbürtig zu sein, doch die Energie steigt weiter an. Einer der beiden muss aufhören, und zwar bald.

Tenson murmelt ununterbrochen vor sich hin. Jeder neue Windzauber fegt mit rhythmischen Impulsen in den Zusammenstoß. Dann wird mir klar, dass Kalyan stumm und einarmig nur einen einzigen Zauber gewirkt hat. Halt, das kann nicht stimmen. *Ein* Zauber gegen das Dutzend von Tenson?

Ich drehe mich Beckman zu. »Siehst du, was ich sehe?«

Langsam nickt er. Ich habe den Eindruck, er kann es auch nicht glauben. »Tenson hat keine Ahnung. Er bekommt es nicht mit.«

Und plötzlich ist es vorbei. Kalyan spricht ein Wort, eine kleine Stärkung seines Zaubers, und Tenson wird gegen die Wand geschleudert. Aufgestaute gelbe Magie prallt von der

Kugel zurück und ballt sich zu Wolken. Tenson liegt am Boden. Der Kampf ist vorbei, aber zum ersten Mal jubelt niemand. Weil niemand begreifen kann, was gerade passiert ist. Schnee rieselt auf die beiden Zauberer herab. Einer liegt bewusstlos da, der andere fängt die Flocken mit der ausgestreckten Hand auf.

Beckman stößt einen leisen Pfiff aus. »Wenn er nicht dein Mann ist, bist du sicher, dass du ihn nicht willst?«

»Was?«

»Ich kenne diesen Ausdruck.« Er deutet mit dem Kopf auf mein Gesicht.

Beckman weiß nichts über mein wahres Leben. Deshalb gebe ich in der Regel nichts auf seinen Rat und höre auch nicht darauf. Wie damals an meinem ersten Tag hier, als er mich im Umkleideraum gemustert und gemeint hat: »Wenn du nicht behelligt werden willst, bist du mit dem Gesicht am falschen Ort.«

Aber zum ersten Mal hat er meine Gefühle erfasst und entschlüsselt, bevor ich sie selbst richtig einordnen kann. Ich empfinde *tatsächlich* etwas. Und es ist mehr als Freude darüber, dass Kalyan in Sicherheit ist und ich Auskünfte von Sims erhalten werde. Es grenzt beinahe an Ehrfurcht.

Beckman schüttelt immer noch den Kopf über das Schneegestöber, als Sims hinter uns auftaucht. Beide Männer wirken so verblüfft, wie ich mich fühle. »Wo hast du den aufgegabelt?«, will Sims von mir wissen.

Gar nicht. Ihm wurde befohlen, mir hierher zu folgen. Nur kann ich das natürlich nicht sagen. »Spielt keine Rolle. Du hast eine gute Vorstellung gekriegt.«

Sims brummt zustimmend.

»Tja, reden wir über die Bezahlung.«

Kapitel 15

Flirt mit einer Fremden

Jatin

Fünfzehn Minuten warte ich in Jayas abgeschiedener Abstellkammer und versorge meine Schulter. Danach überkommt mich die Befürchtung, dass Jaya nicht zurückkehren könnte. Bin ich offiziell abserviert, nachdem ich für sie und ihre Mission gewonnen habe? Bei den Göttern, das wäre heftig. Ich spiele mit dem Gedanken, nach Hause zu gehen. Oder wie ein streunender Hund herumzuschnüffeln und mich zu vergewissern, dass sie nicht in Schwierigkeiten gerät. Aber das wäre erbärmlich und würde mich zu dem ihr nachstellenden Verehrer machen, für den Sims mich zuerst gehalten hat.

Dann erscheint sie an der Tür.

»Hallo.« Mit einem Ruck richte ich mich auf, wodurch mir ein stechender Krampf in den Rücken fährt.

Jaya lässt sich rittlings auf der Bank neben mir nieder. »Fühlt es sich so übel an, wie es aussieht?«

Ich schwinge ein Bein über die Bank, damit ich ihr zugewandt sitze. »Nein.«

»Ja, glaub ich sofort.« Erwartungsvoll sieht sie mich an. Als würde ich plötzlich zugeben, dass es wehtut und sich mein Kiefer wie ausgerenkt anfühlt, nachdem ich im Ring mit voller

Wucht auf den Boden geknallt bin. Oder meine Schulter, als könnte sie jeden Moment abfallen. Aber ihre Gegenwart erleichtert es, macht mich glücklicher. Ich bin nicht vergessen oder aufgegeben worden.

Jaya seufzt. »Du hast dich gut geschlagen.«

»Weil ich nicht draufgegangen bin? Oder weil ich gewonnen habe?«

»Weil du nicht draufgegangen bist.« Mit einem Lachen legt sie mir die Hand auf die verletzte Schulter. Ich blicke erst auf ihre Finger, dann in ihr Gesicht. Die Welt hält inne, und mir stockt der Atem. Sie ist mir so nah.

»Jaya ...« Sanft drückt sie meine Schulter. Die pochenden Schmerzen lassen mich zusammenzucken. »Was zum ...«

»Wolltest du einfach mit einem Riss in der Schulter hier rumsitzen und mit mir reden?«

»Ich ...« Tatsächlich habe ich in dem Moment, als ich die Kuppel verlassen habe, rosa Magie hineingeleitet, um den Schaden zu beheben. Aber das kann ich nicht sagen. »Woher hast du davon gewusst?«

»Ich beherrsche rosa Magie, schon vergessen?« Sie zeigt auf sich.

»Oh«, sage ich wenig geistreich. Aber wie konnte sie es bemerken? Was ist das für ein Zauber, durch den sie mich aus mehreren Metern Entfernung oder durch eine leichte Berührung mit der Hand durchleuchten kann?

Sie legt den Kopf schief. »Weiß Radscha Jatin, dass du hier bist?«

Oh ihr Götter, sie hat durchschaut, dass ich gelogen habe. Sie fühlt die rosa Magie, mit der ich versucht habe, die Schmerzen in meiner Schulter zu lindern. »Er, äh, er ...« Ich atme tief ein. »Ja, er weiß Bescheid.«

Die Antwort scheint ihr nicht zu gefallen, aber sie nimmt sie mit einem knappen Nicken hin. Dann greift sie in einen nahen Spind und holt eine Kugel aus rosa Glibber daraus hervor. »Gut. Dann muss ich nicht darauf achten, vollkommen spurenlos zu arbeiten.«

»Was?«

»Du beherrschst doch keine Heilmagie, oder? Ich werde dich nicht so zurücklassen.« Sie deutet auf mich, als wäre ich beschädigt. »Ich muss mich immer selbst in Ordnung bringen.« Sie zeigt auf ihre Lippen. Wodurch sie meine Aufmerksamkeit wieder darauf lenkt, und ich spüre, wie ich ein wenig erregter werde. Beinahe wünschte ich, sie würde damit aufhören. Beinahe ...

»Durch Axts Schlag vorhin ist meine Unterlippe aufgeplatzt, und jetzt ist sie wieder heil. Das zeigt, dass ich weiß, was ich tue«, stellt sie klar.

»Daran habe ich nicht gezweifelt.«

»Fein.« Unbehaglich wartet sie. »Ohne deine Kurta wäre es einfacher.«

Unwillkürlich ziehe ich die Augenbrauen hoch, und mein rechter Mundwinkel zuckt von selbst nach oben.

Sie verdreht die Augen, doch so sehr sie ihre Verlegenheit zu überspielen versucht, ich bemerke sie dennoch. »Das ist kein Annäherungsversuch«, beteuert sie.

Oh ihr Götter, ich wünschte, ich würde nicht so viel Wahrheit aus ihren Worten heraushören.

Und ich wünschte auch, ich könnte meine Kurta ablegen, ohne dabei mit dem rechten Arm kämpfen zu müssen. Beim letzten Stück hilft mir Jaya, und ich komme mir wie ein verwundetes Tier vor. Trotzdem genieße ich den Moment, den ihr Blick auf meinen Armen verweilt, bevor sie die Hände auf meine Schulter legt.

»Das wird den Schmerz betäuben«, murmelt sie, bevor sie die rosa Masse über der Wundstelle verreibt und einen Zauber flüstert. Während sie arbeitet, gilt ihre Aufmerksamkeit meiner Schulter und meine ganz ihr. Ausnahmsweise ist es völlig in Ordnung, sie anzustarren, was ich in vollem Umfang ausschöpfe. Andere würden sie vielleicht nicht so wunderschön finden wie ich, weil sie die Freundlichkeit in ihren stechenden Augen übersehen. Oder wie ihr Mund leicht zuckt, wenn sie flucht oder etwas Sarkastisches von sich gibt. Ich spiele mit dem Gedanken, sie wegen ihrer geröteten Wangen aufzuziehen. Allerdings könnte sie mit derselben Behauptung über mich kontern. Mein gesamter Körper fühlt sich warm an, abgesehen von der Kühle, die sich durch mein Schulterblatt ausbreitet. Schließlich ziehen sich die Schmerzen hinter die kribbelnde Kälte zurück.

Sie sieht mir in die Augen. Wir sind uns noch näher als zuvor. Nah genug zum Küssen. »Du bist in viel besserer Verfassung, als ich dachte«, sagt sie.

Ich setze mich ein wenig aufrechter hin. Zwar bin ich nie besonders muskulös gewesen – ich bin nicht Rakesh. Dafür werde ich mir nie ein falsches Berührungsmal tätowieren lassen müssen. »Ich *denke*, ich fasse das als Kompliment auf.«

Erst wirkt sie verwirrt, bevor sie begreift. Sie lacht. »Nein, ich meine den Riss. Die Verletzung ist nur halb so schlimm wie befürchtet.« Kopfschüttelnd wendet sie sich wieder der rosa Magie zu. Vielleicht liegt es an ihrer Nähe und der Aussicht, jedenfalls empfinde ich es als die beste Heilung, die ich je erfahren habe. Meine Schulter entspannt sich und beginnt, mir zu danken. Jaya arbeitet mit ruhiger Hand, als würde sie den Muskel zusammennähen. Meine rosa Magie hingegen wirkt wie eine Überdosis, die fast so schmerzhaft ist wie die ursprüngliche Verletzung.

»Alles klar. Wird noch ein paar Tage wund sein, aber wie fühlt es sich an?«, fragt sie, während sie sich die Hände an der Hose abwischt. Ich überlege, ob ich lügen soll, damit sie sich wieder zu mir beugt.

»Perfekt.« Ich bewege die Schulter. Sie ist lediglich etwas steif, als hätte ich beim Schlafen ungünstig gelegen.

»Ich nehme an, du willst, dass ich auch deinen Kiefer versorge.«

Ich beuge mich vor. »Wenn du darauf bestehst …«

Sie rutscht vorwärts, bis unsere Knie zusammenstoßen, dann flüstert sie: »*Goghatalaeh*«.

Ich habe schon ihre Hand auf meiner Schulter als besonders empfunden. Das jetzt ist schier unerträglich. Ich stelle mir vor, wie ich sie auf meinen Schoß ziehe … und sie mich ohrfeigt, was unweigerlich darauf folgen würde.

Als könnte Jaya meine Gedanken lesen, schaut sie abrupt auf und sieht mir in die Augen. Sie muss das Knistern spüren. Immerhin ist es geradezu greifbar. Wir sind beide verstummt. Sie hat aufgehört zu zaubern. Wir starren uns nur gegenseitig an.

»Du lenkst mich ab«, flüstert sie.

»Du wolltest doch, dass ich das Hemd ausziehe.«

»*Goghatalaeh*«, sagt Jaya, und ein Strahl aus rotem Rauch schießt in meinen Unterkiefer. Mir zieht sich alles zusammen, als die Schmerzen erst anschwellen, bevor sie nachlassen und sich schließlich verflüchtigen. Ja, so fühlt es sich an, wenn ich mich selbst heile, und ich werde gerade daran erinnert, wie unangenehm es ist. Ich hätte mich ausgiebiger mit rosa Magie beschäftigt, wenn ich gewusst hätte, dass es nicht immer so schmerzhaft sein muss.

Jaya beißt sich auf die Unterlippe. »Tut mir leid. Das hätte ich nicht tun sollen.«

Ich reibe mir die Kieferpartie. »Schon gut, das hatte ich verdient.« Ich sollte nicht daran denken, sie zu küssen. Immerhin bin ich der Frau versprochen, für die sie arbeitet. Und unsere beiden Länder sind darauf angewiesen, dass Adraa und ich heiraten und der möglichen Bedrohung durch meinen Onkel die Stirn bieten. *Was ist nur los mit mir?*

Jaya wirft mir meine Kurta zu. Als ich sie auffange, steht sie auf. *Nein, geh nicht.* Ich habe so viele Fragen an sie. Hastig ziehe ich meine Kurta wieder an. »Wie bist du in all das reingeraten?«

Tiefe Falten erscheinen auf Jayas Stirn, während sie in ihrer Tasche kramt. »Du hast meine Berichte ja gelesen.«

»Nein, ich meine, warum du? Warum hat mein … der Maharadscha dich als Ermittlerin ausgewählt?«

»Erstens hat er mich nicht ausgewählt. Ich habe mich an ihn gewandt. Natürlich mit Fürstin Adraas Segen.«

»Was?«

Sie dreht sich mir zu. »Vor ein paar Monaten haben Vencrin den Sicherheitsleiter von Maharadscha Belwar angegriffen und ins Koma versetzt. Ich habe mit angesehen, wie eine Familie auseinandergerissen wurde – die meiner Freundin.« Sie holt tief Luft. »Ich arbeite außerdem in der königlichen Klinik. Seit Monaten behandle ich dort Zauberer und Hexen, die durch die Drogen der Vencrin geschädigt oder danach süchtig sind. Alles andere steht in den Berichten. Und heute Abend hat Sims mir gegeben, was ich brauche. Teilweise dank dir.«

Jaya ergreift meinen Arm. »Also danke«, sagt sie und schiebt sich um mich herum.

Sie geht wirklich. Und Adraa hat das alles gebilligt? Sie hat Jaya allein in den Untergrund kommen lassen, und dann ...

»Du bist heute Nacht noch nicht fertig, stimmt's? Du gehst irgendwohin, willst einen der Vencrin aufspüren.«

Abrupt hält sie inne. »Das geht dich nichts an.«

»Lass mich dir helfen.«

»Du hast genug getan und bist verletzt.«

»Und du hast mich geheilt«, kontere ich. Als ob das als Vorwand taugte. »Ich weiß, dass ich dir heute Abend in die Quere gekommen bin. Aber ich kann es wiedergutmachen.« Ich trete näher zu ihr. »Du brauchst Rückendeckung, und ich bin ein guter Kämpfer.«

»Ich mache das schon eine ganze Weile allein. Ich kann auf mich selbst aufpassen.«

Jener Zettel taucht in meinen Gedanken auf. Jaya Rauch hat mehr getan, als über Vorfälle mit Vencrin auf den Straßen zu berichten. Sie hat sie auch verhindert. Aber Blutlust kann immer nur von einem Zauberer auf einmal verkauft werden. Wenn sie hinter dem Firelight her ist, es gestohlen und woanders hingebracht wird, dann ist das etwas Größeres als ein, zwei Zauberer in einer Seitengasse. »Zwei Männer, die mit Drogen handeln, sind etwas völlig anderes als ein solches Unterfangen, und das weißt du auch.«

Sie zuckt nicht zusammen, aber an ihrem Gesichtsausdruck erkenne ich, dass sie darüber nachdenkt, also rede ich weiter. Vielleicht bringt sie irgendetwas, das ich sage, zur Vernunft. »Maharadscha Naupure hat mir deine Berichte nicht grundlos gegeben. Sondern dafür – um dir zu helfen.«

»Woher weißt du, welches Unterfangen ich vorhabe? Und woher weiß ich, dass ich dir vertrauen kann?«

Damit hat sie mich erwischt. Immerhin belüge ich sie gerade. Vielleicht fühlt sie es. Aber wenn ich ihr jetzt reinen Wein einschenke, schnappt sie über und zieht allein gegen wer weiß wie viele Verbrecher los.

Sie tritt auf mich zu. »Gib mir einen Beweis, dass Maharadscha Naupure dir meine Berichte gegeben hat.«

Verzweifelt suche ich nach einer Erklärung. Was ist einzigartig an meinem Vater? Welches Zeichen, welches Wissen habe ich nicht aus ihren handschriftlichen Notizen? Ich denke an unsere erste Begegnung zurück.

Und werde fündig. »Du willst beweisen, dass die Firelight-Knappheit das Werk von Maharadscha Moolek ist«, sage ich mit leiser Stimme.

Jaya wippt zurück. Damit habe ich sie offensichtlich verblüfft.

»Reicht dir das?«, hake ich nach, obwohl ich es bereits weiß.

Mit abwägendem Blick und zu Schlitzen verengten Augen mustert sie mich. »Mit etwas irrst du dich. Es findet nicht heute Nacht statt. Komm in drei Tagen zwei Stunden nach Einbruch der Dunkelheit auf den Platz im Ostdorf.«

Das ist meine Gelegenheit, in die Offensive zu gehen. »Woher weiß ich, dass *du* nicht lügst?«

»Wir werden uns wohl gegenseitig vertrauen müssen.«

»Ich werde pünktlich sein«, betone ich halb bestärkend, halb warnend.

»Daran zweifle ich nicht.« Auf dem Weg zur Tür hält sie inne und dreht sich um. »Noch etwas. Wie gut verstehst du dich auf schwarze Magie?«

Ich lächle. Bei dem Thema muss ich ausnahmsweise nicht lügen. »Darin bin ich ein Naturtalent.«

Kapitel 16

Pier sechzehn

Adraa

Kalyan ist so pünktlich, dass sogar Riya beeindruckt wäre. Ich bin nicht zu spät dran – die Sterne haben gerade erst zu funkeln begonnen. Trotzdem ist er vor mir da. Er lehnt an einer Gassenmauer, den Blick auf den Platz gerichtet. Ausgerechnet eine Lampe mit Firelight erhellt seine Züge, vor allem die Kieferpartie. Verdattert wird mir klar, dass er Ausschau nach mir hält. Nur bin ich aus der anderen Richtung gekommen und habe den offenen Platz gemieden, weil ich mein Handwerk nun mal verstehe. Ich bleibe im Schutz der Dunkelheit. Er ist so anders, als ich mir Jatins Leibwächter vorgestellt habe. Ich dachte, Jatin würde jemanden auswählen, der ihm nicht nur äußerlich ähnelt, sondern genauso ... fies wie er ist. Es sollte mich nicht so faszinieren, dass Kalyan eine freundliche Seele ist. Wahrscheinlich wurde ihm bloß befohlen, mir zu helfen. Aber wie er den Himmel nach mir absucht ...

»Sieht ohne eine Parade und eine junge Frau, die sich vor eine Kutsche wirft, anders aus, was?«, sage ich, als ich mich neben ihn stelle und seine Haltung mit vor der Brust verschränkten Armen nachahme.

Er zuckt zusammen. Man könnte es sogar als Erschrecken bezeichnen.

Unwillkürlich schmunzle ich. »Habe ich dich erschreckt?«

Rasch sammelt Kalyan sich. »Kurz dachte ich, du hättest mich versetzt.«

Darüber war er zu Recht besorgt. Um ein Haar wäre ich vorbeigeflogen. Aber das sollte ich ihm wohl eher nicht verraten. »Ich habe mit dem Gedanken gespielt.«

Was stimmt nicht mit mir?

Dennoch lächelt er. Und es steht ihm gut, dieses Lächeln. »Dann sollte ich dir wohl dafür danken, dass du Wort gehalten hast.«

Und doch lüge ich wie gedruckt. Zum ersten Mal überkommt mich deswegen ein schlechtes Gewissen. »Unser Ziel ist der Hafen. Pier sechzehn«, erkläre ich und erwecke Hybris mit einer roten Rauchwolke zum Leben. Ich darf die Mission nicht gefährden, und wenn der Mann noch so freundlich ist.

Der Mond strahlt heute Nacht hell, aber das macht nichts. Mehr Licht erzeugt mehr Schatten, und die sind schwarzer Magie förderlich. Kalyan und ich treten den Weg im Tiefflug unter einem Tarnschild an. Aus Sicherheitsgründen ist es sogar verboten, unter Dachhöhe zu schweben, aber es ist zu schwierig, gleichzeitig zu fliegen *und* schwarze Magie einzusetzen, um den Schimmer eines Himmelsgleiters zu verbergen. Kalyan scheint zu wissen, wie leicht ein starker Windstoß einen Trugzauber zerstören kann, denn er hat nichts gegen unser ungesetzliches Vorgehen einzuwenden. Er akzeptiert sogar meine Handzeichen für Richtungs- und Geschwindigkeitsänderungen. Sonst gelingt es nur Riya, sich so gut mit mir abzustimmen. Muss wohl eine Eigenheit von Wächtern sein.

Bis hinunter zum Hafen stehen die Häuser dicht gedrängt

und berühren sich teilweise. Nur der Geruch von Fisch und Salzwasser kündigt das nahende Meer und die Piers an, die sich hinein erstrecken. Kalyan und ich sausen durch die schützenden Schatten einer Gasse, bis uns die breite Uferlinie begrüßt. Wir haben unser Ziel erreicht und sind verwundbar. Von hier an gehen wir am besten zu Fuß. Ich drehe mich zur Seite, um es Kalyan mitzuteilen – aber er ist verschwunden. Als ich nach unten schaue, stelle ich fest, dass er bereits gelandet ist und seinen Himmelsgleiter am Gürtel befestigt.

»Von hier an sollten wir laufen«, ruft er mir im Flüsterton zu.

Prompt steige auch ich ab. Wie kann er so schnell so gut darin sein? Ich habe einen Monat gebraucht, um Drogengeschäfte auf der Straße zuverlässig aufzuspüren und mit Überraschungsangriffen zu vereiteln – und das mit geeigneten Fluchtwegen und reichlich Schatten.

»Was ist?«, fragt Kalyan, als er mein Starren bemerkt.

Ich schnalle Hybris am Gürtel fest. »Nichts. Gehen wir.«

***

Wir stoßen auf eine Wand, das felsige Ende der Belwar-Bucht, wo sich Klippen erheben und die südlichste Küste des Festlands von Wickery bilden. An fünfzehn makellosen Piers sind wir bereits vorbeigewandert. Hunderte Schiffe liegen daran vertäut oder ein Stück davon entfernt vor Anker. Jetzt gibt es nur noch Leere, eine Wand und das Rauschen des einigermaßen ruhigen Meeres.

»Sechzehn, hast du gesagt?«, fragt Kalyan.

»Mist.« Die Zahl sechzehn von Sims' Lippen hat sich auf Anhieb falsch angehört. Ich dachte mir noch, dass Belwar nur über fünfzehn genutzte Piers verfügt. Was bin ich für eine Idiotin. Monatelange Arbeit, all das Blut im Ring, und Sims hat mir ins Gesicht gelogen. Dabei habe ich gedacht, ich hätte auch meine Blutlust-Sucht so gut gespielt. *Idiotin.*

Plötzlich deutet Kalyan mit dem Arm aufs Wasser hinaus. »Mit den Wellen stimmt was nicht.«

Ich wirble herum. »Was?« Aber ich schaue bereits in die Richtung, in die er zeigt, und verarbeite, was ich dort sehe. Dann erkenne ich es. Die Strömung treibt die Wellen heran, die sich zur Brandung sammeln, wie es sich gehört. Aber sie erreichen nicht die Felsen. Was nicht stimmt, ist, dass die Wellen entschieden zu friedlich sind.

Kalyan und ich treten einen Schritt zurück, und ich begutachte erneut, was wir vor uns haben.

»Eine nahezu perfekte Illusion«, stellt Kalyan fest. Genau mein Gedanke. Die Komplexität und Stärke des Zaubers flößen mir beinahe Ehrfurcht ein. Die Dunkelheit hilft zwar, aber trotzdem. Der Wind allein vermag nicht, ihn zu zerstören.

»Außer an den Nahtstellen.« Ich spähe zu ihm hinüber. Er ist wirklich ein Naturtalent in schwarzer Magie. Also wird er sich problemlos eine eigene Maske erschaffen können, ein von mir zur Tarnung ersonnener Zauber.

»Außer an den Nahtstellen«, pflichtet er mir bei.

Wir schleichen den Strand entlang, folgen der Illusion, wagen noch nicht, sie zu durchbrechen. Am besten wäre es, den Rand zu finden, damit wir nicht mitten ins Ungewisse hineinlaufen. Unmittelbar nach dem Hafendamm entdecken wir den Spalt an einer Ecke der Illusion. Jetzt steht der schwierige Teil an, denn das Einfachste an einer Illusion ist, sie zu zerbrechen. Was wir jedoch nicht wollen. Die Vencrin sind scharfsinnig genug, um zwei menschengroße Löcher zu bemerken.

Ich setze dazu an, vorzutreten und eine eigene kleine Illusion zu wirken, um die große beim Durchbrechen zu flicken, doch Kalyan hält mich zurück. Der weiße Rauch eines Zaubers umhüllt seine Arme, dann streckt er die Hände aus und zieht die Ecke auf. Mit einem Nicken bedeutet er mir, vorauszugehen, als würde er mir eine Tür aufhalten. Würde der Durchgang nicht ins Herz des Verbrechens von Belwar führen, könnte man die Geste glatt als ritterlich betrachten. Seine Magie beeindruckt mich noch immer.

Darauf, was mich erwartet, nachdem ich mich unter Kalyans Arm hindurchgeduckt habe, trifft das weniger zu. Pier sechzehn erweist sich als verdreckt, vergessen und aufgegeben, insgesamt trostlos. Es liegt an zerklüfteten Felsen, die hohe Wellen endlos abzutragen versuchen. Ein durchschnittlicher Kapitän würde untergehen, wenn er von diesem Ort aus in See stäche. Auf einmal ergibt die Lage einen Sinn. Die Vencrin haben den letzten Abschnitt des Strands abgekapselt. Niemand würde auf den Gedanken kommen, ihn zurückzufordern, dafür ist er zu nutzlos und unnötig gefährlich.

Vom Pier ertönen Stimmen. Kalyan und ich kauern uns hinter das nächstbeste Gewirr von Weidenkisten und Fischernetzen. Ziemlich heftiger Meeresgestank schlägt uns entgegen, aber ich glaube nicht, dass man uns bemerkt hat. Aus der Deckung sehen wir ein Schiff in kaum besserem Zustand als die Anlegestelle. Schlamm und Seepocken aus dem Wasser haben sich an die Seiten des Rumpfs geheftet. Segel mit kleinen Rissen im orangefarbenen Stoff überlappen sich wie die Schuppen eines Fisches.

Drei Zauberer verladen gerade eine Kiste, einer auf dem Pier, einer auf der Rampe, einer an Deck. Sie benutzen einen gelben Schwebezauber und reichen das Behältnis aus Korbgeflecht in einem Regenbogen aus Orange, Schwarz und Violett untereinander weiter. Es muss etwas Schweres und Zerbrechliches enthalten, wenn dafür die Kraft und Konzentration aller drei Zauberer nötig ist.

Etwas an dem Mann mit der orangefarbenen Stärke kommt mir seltsam vor. Ich kenne ihn nicht aus dem Untergrund, trotzdem stoßen seine Gesichtszüge etwas in meinem Gedächtnis an. Wo habe ich ihn schon mal gesehen? *Doch im Untergrund?*

Allerdings vergeude ich nur Zeit damit, meine Erinnerungen zu durchforsten. »Ich muss sehen, was in den Kisten ist«, flüstere ich.

Kalyan hält mich an der Schulter zurück, als ich mich aufrichten will. »Willst du einfach ohne Plan hinstürmen?«

»Nein, ich wollte dir den Plan gerade erklären.«

»Ich finde, wir sollten die Kuppelwache rufen. Holen wir sie dazu. Dafür ist nur ein kurzer Zauber nötig.«

»Nein«, entgegne ich sofort beim Gedanken an einen Strahl weißer Magie, der in den Himmel schießt und unsere Position verrät. Dann komme ich ins Grübeln. Wache? *Die Wache!* Basu. Der Wächter mit der auffälligen Nase, der Basus bewusstlosen Körper verladen und mich immer wieder angestarrt hat. Ich drehe mich zurück zu dem Mann, über dessen Kopf die Kiste schwebt. Er ist es.

»Wäre es nicht besser, wenn …«

Ich falle Kalyan ins Wort. »Nein, verdammt. Siehst du den Zauberer, der uns am nächsten steht? Er arbeitet für die Wache.«

»Woher weißt du das?«

»Lange Geschichte. Spielt jetzt keine Rolle, aber ich bin mir sicher.«

Nur spielt es sehr wohl eine Rolle. Ist Basu deshalb so schnell wieder entlassen worden? Das Gefühl, nicht nur von Basu verraten worden zu sein, fährt mir ins Herz. Warum? Warum ist in Belwar alles so verdorben? Dann durchdringt ein schrecklicher Gedanke mein Elend. Ist das der Grund, warum der beste Schwertkämpfer und violette Magier, den ich kenne, im Koma liegt? Vielleicht war es nicht bloß ein Überfall der Vencrin, der Riyas Vater in seinen todesähnlichen Zustand versetzt hat. Vielleicht war es ein Hinterhalt, bei dem ihm die Wache selbst in den Rücken gefallen ist. Ich unterdrücke die Wut, die in Form eines Schreis aus mir hervorbrechen will.

Kalyans verblüffte Miene kehrt zu einem Ausdruck neutraler Konzentration zurück. »Du hast recht. Wenn er der Wache von Belwar angehört, können wir sie nicht rufen.«

Gut, dass er mitspielt, denn ich kann jetzt nicht mehr aufhören. Pfeif auf mein Maharadscha Naupure gegebenes Versprechen, mich bei Bedarf zurückzuziehen. Ich werde diese Männer bluten lassen.

»Du übernimmst den Wächter auf dem Pier. Ich kümmere mich um den Mann auf dem Schiff. Und egal, wen der schwarze Zauberer auf der Rampe angreift, wir schalten ihn zusammen aus.«

Die Männer arbeiten mittlerweile an einer zweiten Kiste. »Bereit?«

Kalyan nickt.

»*Chagnyawodohs*«, flüstere ich, und rote Stränge kräuseln sich von meinen Fingern. Eine rote Maske heftet sich mit kalten Berührungen an mein Gesicht. Dann wirke ich einen violetten Zauber. Die Magie dringt in die Fasern meiner schwarzen Kleidung und webt dicke, panzerartige rote Stränge in den Stoff. Rasch bringe ich Kalyan den Zauber bei. Bei ihm heftet sich eine weiße Maske ans Gesicht und verwandelt ihn in einen wiederauferstandenen Geist. Ich kann mir nur vorstellen, wie unheimlich ich aussehen muss, aber es ist die beste Tarnung, die ich bei meiner Arbeit als Ermittlerin je benutzt habe. Ein Zauber aus schwarzer Magie, von mir selbst erdacht.

»Wenn du Rot siehst, weißt du, dass du angreifen musst«, sage ich, bevor ich lospresche und hinter weitere Versandkisten hechte. Noch zwei Mal gehe ich in Deckung, bevor ich von dem einen Meter hohen Hafendamm hinunter zum Strand springe, wo ich bei jedem Schritt in den Sand sinke. Hybris wippt an meinem Oberschenkel.

»*Sthairya Saritretaw*«, rufe ich dem Meer zu. Eine dunkle Welle schwappt unnatürlich weit landeinwärts. Schäumend bäumen sich die strudelnden Wirbel auf. Ich renne los und setze den Fuß aufs Wasser, ohne zu zögern. Blubbernde Stufen bilden sich, die ich mit wackeligen Schritten erklimme.

Mir bleiben nur wenige Sekunden, bevor die Treppe verschwindet. Oh ihr Götter!

Als die Stufen aus Wasser zu wanken beginnen und mit einem lauten Rauschen in sich zusammenfallen, springe ich in Richtung des Ankerseils los. Die nassen Faserstränge verbrennen mir die Handflächen, als ich daran Halt zu finden versuche. Verdammt! Ich rutsche ab. Einen Meter. Zwei. Als ich den Griff verstärke, gelingt es mir, den Abstieg zu bremsen, nur eine Armlänge über dem Meer. Mein Herzschlag dröhnt durch meine Ohren. Das war ... alles andere als anmutig.

Die Vencrin könnten die Welle oder meinen Kampf um Halt gehört haben. Deshalb liegt mir ein Betäubungszauber einsatzbereit auf den Lippen, als ich das Deck fast erklommen habe. Aber da ist nichts. Keine Zauberer, keine mit Schwebezaubern beförderten Kisten. Nur Totenstille. »*Vrnotwodahs*«, murmle ich, um mich mit den Schatten des Schiffs zu verbinden, als ich über die Seite klettere und in geduckte Haltung sinke.

Dann höre ich das Krachen einer abstürzenden Kiste, einen gebrüllten Zauber und die grunzenden Laute eines Kampfs. Ich laufe zur Rampe, wo mein wild suchender Blick erfasst, was sich dort abspielt. Kalyan hat sich in eine der Kuppeln im Untergrund nachempfundenen Schildblase gehüllt. Der Zauberer mit violetter Stärke hämmert mit orangefarbener Magie darauf ein, die Schichten aus Staub und Rauch davon abschält. In der Blase schlägt Kalyan gerade einem anderen Zauberer in den Bauch. Der mit der großen Nase liegt bereits regungslos auf der Seite.

Was ist mit meinem Plan?

»*Nizleah*«, entsende ich zu dem Zauberer, der die Schildblase bestürmt, bevor ich hinter der Reling in Deckung gehe. Meine rote Magie schnellt wie ein Pfeil auf seine violette zu. Sie verfehlt sie um Haaresbreite und klatscht gegen Kalyans Schild. Verflixt. Rasch krieche ich über das Deck, weil ich mit einem Angriff auf die Stelle rechne, von der aus ich gefeuert habe.

Stattdessen brüllt der Zauberer: »Eindringlinge!«

Schlagartig nehmen meine Sinne Bewegung wahr. Das Schiff fühlt sich lebendig an vor lauter vibrierenden Geräuschen. Vencrin poltern die Gänge zum Hauptdeck herauf in unsere Richtung.

»*Agati Drumahtrae.*« Bretter lösen sich vom Deck. Ich schleudere sie zur Tür. Sie krachen kreuz und quer darüber, verlangsamen die anstürmenden Zauberer jedoch kaum. Mit einer lauten Explosion spritzt das Holz auseinander. Ich lasse mich fallen und schütze den Kopf, während Splitter auf mich einprasseln. Gut ist daran nur, dass mich die Trümmer und meine schwarze Magie vor den sieben Vencrin verbergen, die auf das Deck strömen. Sie sind nicht wie Käfigzauberer gekleidet. Es sind Seeleute mit abgetragenen braunen Kurtas, fettigem Haar und hohen Stiefeln, dafür geeignet, über Wasser zu laufen oder es zu erklimmen, wie ich es zuvor getan habe.

»Hier drüben!«, ruft ein Vencrin auf der anderen Seite. Sofort eilen drei weitere zur Rampe, um Kalyan und ihren brüllenden Freund zu erreichen. Nein! Ich darf nicht zulassen, dass Kalyan überrannt wird. Als die Vencrin die Rampe hinunterlaufen, wirke ich einen grünen Zauber. Mit einem Ruck geht ein Riss durch die Rampe, bevor sie vom Schiffsdeck rutscht. Geschrei ertönt, als die drei Männer ins Wasser stürzen. Der vorderste Zauberer knallt hart gegen die Kante des Piers, bevor er platschend in den dunklen Tiefen versinkt.

»Es ist die Rote Frau!«, brüllt ein Zauberer, der sich entschieden zu nah anhört.

Noch während ich herumwirble, verdichtet sich der rote Rauch meiner Magie zu einem Schild. Ein schwarzes Schwert bohrt sich mit brutaler Wucht hinein, als ich ihn hochreiße. Da ich die violette Magie aufnehmen will, lasse ich die Klinge tiefer vordringen. Der Vencrin zerrt daran, im Versuch, die Waffe zu befreien. Ich nutze die Ablenkung und ramme ihm die offene Handfläche gegen die Brust. »*Sphot Pavria.*«

Rückwärts segelt er über das Deck. Das schwarze Schwert bleibt in meiner roten Panzerung stecken. Zu spät bemerke ich, dass er etwas gewirkt hat, bevor mein Windtunnel ihn außer Gefecht gesetzt hat. Das schwarze Schwert reißt sich los, verdichtet sich wieder zu formloser Magie und umwirbelt meinen Schild. Ich reiße schützend den Arm hoch, doch der Zauber findet sein Ziel. Ein Aufschrei entringt sich meiner Kehle, als stechende Schmerzen von meinem Ellbogen zur Mitte des Unterarms rasen.

Ein anderer Mann nähert sich mir und grinst hämisch über mein Gebrüll. Seine Lippen bewegen sich, aber ich kann den Zauber nicht hören. Mit einem Schnippen des Handgelenks entsende ich meinen zielgesteuerten Rückprallzauber. Rot und Blau treffen ähnlich aufeinander wie bei Kalyans Kampf gegen Tenson. Nur befinden wir uns hier im Ernstfall. Wieder murmle ich, und die zusätzliche Kraft befördert den Zauberer gegen einen anderen, der sich auf mich stürzen will. Zu kurz darauf zielt noch ein weiterer mit etwas auf meinen Kopf. Ich ducke mich, dann umklammere ich meinen Ellbogen, der bei der jähen Bewegung regelrecht aufbrüllt.

Die Schmerzen lenken mich eine Sekunde zu lang ab. Ein Fuß tritt mir in den Magen, und ich knalle seitwärts auf das Deck. Bevor ich nach Luft schnappen kann, schießt ein orangefarbener Strahl auf meinen Kopf zu. Ich zucke nach rechts, doch bei dem Orange handelt es sich nicht um Magie, sondern um die Fäuste des wutentbrannten Zauberers. Sie landen so wuchtig auf dem Holzboden, dass die Bretter zersplittern. Wenn er mich mit dieser Kraft an der Kehle zu fassen bekommt, bin ich tot. Mit einem Aufschrei stemme ich mich hoch und trete mit einem Fuß aus. Mit einem Knirschen treffe ich seine Rippen. Aber anstatt nach hinten zu kippen, wirft er sich nach vorn, und wir rollen miteinander ringend gegen den Großmast. Ich setze alles ein, was ich habe, als ich mich aufbäume und versuche, ihn von mir runterzubekommen. Er will mir an die Gurgel.

»Zaktirenni«, hauche ich, verrenke mich und fange seine Handgelenke nur Zentimeter von meinem Hals entfernt ab.

Wir stöhnen beide, während seine Hände langsam tiefer sinken. Orange dringt in meine Sicht. Meine Finger rutschen ab. Dann nehme ich aus dem Augenwinkel etwas Weißes wahr. Ein rauchig-weißes Seil wickelt sich um den Mund und die Brust des Zauberers. Seine Augen quellen aus den Höhlen, sein Körper windet sich, als er sich zur Wehr setzt. Gleich darauf hebt sich sein Gewicht von mir, und er segelt rückwärts, bis er über die Seite des Schiffs verschwindet. Als ich mich ruckartig umsehe, entdecke ich Kalyan am anderen Ende des Strahls.

»Tut mir leid, dass ich so spät komme. Jemand hat die Rampe zerstört.«

Mein Mund klappt auf, während ich nach Luft ringe. Wie kann er in einem solchen Augenblick scherzen? Er sieht nicht mal erschöpft aus, als er mir auf die Beine hilft.

Hinter Kalyan blitzt etwas Violettes auf. Ein Vencrin hat ihn mit einem spöttischen Grinsen und einem über den Fingerspitzen pulsierenden Zauber im Visier. *Nein!*

»Bist du ...«

Ich packe Kalyans Hand und ziehe mit einem Ruck daran. Im Versuch, nicht auf mich zu fallen, streckt er die Hände aus, um seinen Sturz abzufangen. Schnell wird klar, dass ich mein Vorgehen nicht zu Ende gedacht habe, vor allem, als seine Brust gegen meine prallt und uns beiden die Luft aus den Lungen gepresst wird. Einen flüchtigen Herzschlag lang starrt Kalyan mich an, als wäre ich verrückt, während er auf mir liegt und sein gesamter Körper auf meinen presst ...

Dann saust der violette Blitz genau dort über uns hinweg, wo sich Kalyan eben noch befunden hat. Geschrei ertönt, als der Zauber stattdessen einen anderen Vencrin trifft, der zusammenbricht. Ein Folterzauber.

Verständnis flammt in Kalyans Augen auf. Sein Gesicht befindet sich meinem so nahe. »Danke.«

Mit dem unverletzten Unterarm drücke ich gegen seine Brust und winde mich unter ihm hervor. »Danken kannst du mir später. Erst mal brauchen wir Deckung.«

»*Sphuraw!*«, brüllt er. Gleichzeitig beschwöre ich meine rote Magie. Ein Schild umhüllt uns wie eine Blase. Davor entflammt ein Ring aus Feuer. Zu zweit stellen wir uns den vier verbliebenen Vencrin. Kalyans Rücken drückt gegen meinen. Seine Wärme und das Gefühl seines Körpers an meinem lassen mich zum ersten Mal seit gefühlten Stunden wieder gleichmäßig atmen. Es gelingt mir sogar beinahe, das Einprasseln der violetten Pfeile auf den Schild und die wutentbrannten Stimmen auszublenden, die uns Verwünschungen entgegenbrüllen. Größtenteils handelt es sich um Abwandlungen von *verdammtes Rotes Miststück*, je nach Lust und Leidenschaft um das eine oder andere Wort ergänzt. Dabei erweisen sie sich als überraschend einfallsreich.

Ich umklammere meinen pochenden Arm.

»Bist du kurz davor, auszubrennen?«, flüstert Kalyan.

»Nein, es ist nur mein Arm.«

Kalyans Augen werden groß, als er das Blut bemerkt, das von meinem Ärmel tropft. »Ich kann es nicht ohne dich mit allen aufnehmen.«

»Musst du auch nicht. Lass mich auf drei durch den Schild. Ich übernehme die zwei da.« Ich deutete mit dem Fuß in Richtung des Vencrin mit schwarzer Stärke, dessen Magie mir den Arm versengt hat, und eines anderen mit blauer Stärke. »Du nimmst den mit den violetten Pfeilen und den Nassen.«

»Auf drei also.«

Mein Arm pocht. »Eins …« Mein Rücken schmerzt.

»Zwei ...« Mir ist übel. »Drei!« Ich verdränge die Schmerzen und stürme dem Schild entgegen. Auf meinen Befehl erlischt das Feuer auf meiner Seite, und der Schild verpufft. Auf der anderen explodiert Kalyans weiße Magie. Das genügt. Muss es. Den Rest des Feuers schwinge ich wie eine Peitsche und lasse es zwischen meinen beiden Gegnern niedersausen.

Ich bleibe in Bewegung, um ihnen kein Ziel zu bieten. Mit der linken Hand wirke ich Zauber, mit der wild schmerzenden rechten halte ich einen Schild. Farben schwirren um mich herum wie ein Schwarm bunter Schmetterlinge. Nur flattern sie nicht fröhlich am Himmel, sondern zischen, befeuert von schrecklichen Verwünschungen, durch die Gegend.

Ein Zauber trifft eine Kiste, die explodiert. Firelight-Kugeln kullern heraus. Hunderte rollen über das abrupt entstandene Schlachtfeld. Wie benommen starre ich einen Moment lang ein paar davon hinterher. Also ist es wahr. Sie stehlen Firelight! Mit frisch entflammter Wut durchbricht einer meiner Zauber den Schild des verwundeten blauen Vencrin, und er geht zu Boden.

Der Zauberer mit schwarzer Stärke stürmt auf mich zu. Ich peitsche meinen Feuerstrang in seine Richtung, und er springt darüber hinweg. *Verflixt.*

Ich brauche Zeit zum Nachdenken und Zaubern. Nur habe ich keine. Dafür ist er zu schnell. Er zieht einen Dolch aus Stahl vom Gürtel und stößt damit zu. Ich lehne mich zurück, als das silbrige Metall auf meine Brust zuschnellt. Reflexartig greife ich zum eigenen Gürtel, habe allerdings keine Klinge dabei, nur Hybris. Mit einem Ruck löse ich meinen Himmelsgleiter und reiße ihn zur Verteidigung hoch. Der erneut angreifende Dolch bohrt sich in Hybris, und mit einer weiteren schnellen Bewegung hackt der Vencrin den Griff davon ab.

»*Vitahtrae!*«, brülle ich, und Hybris gehorcht. Der Rest des Griffs fährt ohne den drachenartigen Schwanz aus, wodurch ich Hybris wie einen Stab herumwirbeln kann, wie ich es als Kind getan habe. Zustoßen, schwingen, drehen, ducken – so tanzen wir, während der Zauberer weiter angreift und Hybris Stück für Stück zerhackt. Splitter zerkratzen mir die Hände, als das Weidengeflecht ausfranst und Hybris schwindet.

Ich täusche einen Ausfallschritt nach links an, gleichzeitig ramme ich Hybris' abgebrochenes Ende in die rechte Schulter meines Gegners. »*Zalaka Drumahtrae*«, rufe ich, und Splitter meines beschädigten Himmelsgleiters schießen explosiv in den Arm des Zauberers. Mit einem Aufschrei taumelt er, fällt vor Schmerzen auf die Knie und drückt sich den Arm an die Brust. Ich nutze die Gelegenheit für einen Ellbogenstoß in sein Gesicht und spüre seine Zähne am Knochen. Endlich kippt er nach hinten.

Und dann ist es geschafft. Mein Feuerstrang knistert, während er sich ins Deck frisst. Mit einem dumpfen Laut trifft der Knauf von Kalyans Schwert auf die Brust des letzten Zauberers. Ich bin erleichtert – bis Kalyan mit dem Knauf für einen weiteren Schlag auf den Kopf ausholt.

»Warte!«, rufe ich.

Kalyan erstarrt und hält den erschlafften Vencrin am Kragen fest. Stolpernd bahne ich mir einen Weg durch das Gewirr von Firelights, gefallenen Körpern und Trümmern.

»Warum ... warum habt ihr Firelights?«, verlange ich von dem Vencrin zu erfahren.

Benommen glotzt er mich an. Ein Auge ist zugeschwollen, über dem anderen strömt Blut aus einer Platzwunde. Aber der Ausdruck im unversehrten Auge wirkt gequält oder vielleicht sogar verängstigt.

»Dem Roten Miststück sage ich gar nichts.«

Man könnte sich wirklich eine einfallsreichere Bezeichnung für mich ausdenken. Ich meine, schon klar, die rote Maske bringt die Farbe ins Spiel. Und das enganliegende schwarze Oberteil, das ich beim Käfigzaubern trage, lässt nicht übersehen, dass ich Brüste besitze. Trotzdem ist es lahm, um Sims zu zitieren. Kalyan schüttelt den Zauberer. Offensichtlich ist er von meinem Straßennamen ebenso wenig begeistert.

Ich beuge mich näher zu dem Mann, beruhige meine Atmung und beschwöre Feuer in meine Hände wie damals, als ich Basu verhört habe. »Sag mir, was ihr mit dem Firelight macht.«

Wie alle zuckt auch er vor den Flammen zurück, als könnte ich ihre Temperatur und Höhe unmöglich unter Kontrolle haben. »Am Ende wirst du selbst brennen, Hexe.«

»Liefert ihr es an Moolek?«, brülle ich ihn an.

Sein heiles Auge weitet sich kurz, bevor er es zu einem Schlitz verengt. »*Kalaleah*«, speit er wie einen Fluch hervor.

»Nein!« Das Feuer erlischt, und ich versuche, ihm schnell den Mund zuzuhalten. Aber es kräuselt sich bereits Rauch um seinen Kopf, und er erschlafft bewusstlos.

»Verdammt.« Ich lasse mich an der Bordwand nieder und beginne, den Schmerz in meinem Arm zu betäuben. Kalyan lässt das tote Gewicht des Mannes fallen und den Blick über das verwüstete Schiff wandern. Während ich mir mit der Hand den Schweiß vom Haaransatz wische, setzt er sich neben mich und stützt die Ellbogen auf die Knie.

»Nächstes Mal« – sagt er schwer atmend – »brauchen wir einen besseren Plan.«

Kapitel 17

Eine unfassbare Enthüllung

Jatin

Ich beobachte, wie das Schiff in der Nacht brennt und sich der Rauch zu zornigen Schwaden verdichtet. Dann zerstreuen Jaya und ich den Qualm und löschen die Flammen, denn das Letzte, was wir brauchen, sind Schaulustige. Obwohl die mächtige Illusion der Vencrin dabei hilft, alles zu verbergen.

Noch nie zuvor habe ich mich geistig so ausgelaugt gefühlt. Vielleicht habe ich meine Magie beim Üben das eine oder andere Mal härter strapaziert, aber noch nie musste ich so um mein Leben zaubern wie im Kampf gegen ein Schiff voller Vencrin. In den Augen der Götter und somit auch in jenen meines Volkes bin ich ein Radscha. Unnötige Wagnisse wie dieses gelten für mich praktisch als verboten. Und doch fühlt es sich gut an, die Lage gemeistert zu haben. In der Wirklichkeit verankert. Wie die Lawine von Alkin oder die Rettung von Menschen aus Trümmern beim Monsun in der Südbucht von Agsa vor fünf Jahren.

Während ich vom Pier zum Schiff aufschaue, schwirrt mir noch der Kopf von der Erkenntnis, dass Jaya und ich zehn einigermaßen begabte Zauberer – nein, Verbrecher – ausgeschaltet haben. Obwohl sie ihre Zauber skrupellos in tödlicher Absicht eingesetzt haben. Ihre Körper liegen vor uns verstreut. Und obwohl ich sie nicht den Flammen überlassen will, gelingt es mir nicht, Mitgefühl für ihre Verletzungen oder blutüberströmten Gesichter aufzubringen. Ich habe die Zauber gehört, die sie gewirkt haben. Als die ersten drei angestürmt sind, um mich anzugreifen, hätte ich auch ein unschuldiger Beobachter auf dem Pier sein können. Und ich bin nicht unbeschadet davongekommen. An meinem Oberkörper bilden sich bereits blaue Flecken. Die davon ausstrahlenden Schmerzen lassen auf Farbe und Umfang schließen.

Sobald Jaya das Feuer gelöscht hat, kehrt wieder Ruhe ein. Nur die Wellen rauschen gegen das Ufer. Dann zerbricht ein lautes Reißen die Stille. Die Fetzen von Jayas rechtem Ärmel baumeln in der nächtlichen Brise. Blut tropft auf den Steg.

»Wie schlimm ist es? Lass mich mal sehen«, fordere ich sie auf.

»Geht schon.« Sie dreht sich weg, versperrt mir die Sicht darauf. Um ihren Arm herum leuchtet es rot auf, als sie einen Heilzauber murmelt. Dann saugt sie zischend die Luft zwischen den Zähnen hindurch ein, und die Magie verflüchtigt sich.

»Jaya, ich habe Erfahrung mit so was.«

»Ich auch.« Das stimmt. So, wie sie rosa Magie beherrscht, muss sie haufenweise mehr Erfahrung als ich bei der Behandlung von Wunden besitzen. Trotzdem möchte ich mir ihre Verletzung selbst ansehen. Ich will mich vergewissern, dass es ihr wirklich gut geht. Einen anderen Zauberer oder eine andere Hexe hätte ich niemals in die unberechenbaren Gefahren eines solchen Kampfs geführt. Während des Großteils der Schlacht hatte ich keine Ahnung, ob sie verletzt oder tot war. Aber hätte sie mich nicht niedergerissen, hätte ich krampfhaft zuckend

Schmerzen gelitten, bis ich die Dunkelheit mit Freuden begrüßt hätte. Obwohl es nur ein kurzer Augenblick war, spüre ich immer noch ihren Atem, der mir ins Gesicht gehaucht hat, als ich auf ihr gelandet bin. Genauso erinnere ich mich noch gut daran, wie es sich angefühlt hat, als ich sie vor Tagen in den Armen getragen habe. Es ist um mich geschehen. Was mich gepackt hat, ist mehr als flüchtige Hingezogenheit und der Wunsch, jemandem in Schwierigkeiten zu helfen. Mir liegt etwas an ihr. So viel, dass ihr Zusammenzucken und ihr gequältes Japsen meine Besorgnis schüren.

Sie hebt die rechte Hand und reißt den schwarzen Ärmel ab. Es ist zwar dunkel, aber der Mond breitet sein Licht wie ein weitläufiges, schimmerndes Netz über die Welt aus. In seinem Licht recke ich den Hals vor und erhasche einen Blick auf Jayas Arm. Zuerst verstehe ich nicht, was ich sehe. Vielleicht verdeckt das Blut die Muster. Aber nein, das stimmt nicht. Da ist kein Berührungsmal. Ihr Arm ist kahl.

Zögernd rücke ich näher. »Jaya?«

Sie schaut nicht von ihrem Arm auf. »Ja?«

Ich bewege mich noch näher zu ihr, stelle mich unmittelbar vor sie. Stränge roter Magie dringen in die Verletzung ein und beginnen, die Haut zusammenzufügen. Sie drückt auf die wunde Stelle und wischt das Blut weg. Da bin ich mir ganz sicher. Kein Berührungsmal.

Schließlich schaut sie auf und taumelt leicht, als sie erkennt, wie nah ich ihr bin. »Verdammt, mach so was nicht.«

»Dein Arm ...«

Sie legt den Kopf schief und grinst. »Und du hast behauptet, du hättest Erfahrung darin.« Als sie meine ausdruckslose Miene bemerkt, deutet sie seufzend zum Schiff. »Ein Vencrin hat meinen Schild umgangen. Ich bringe das gerade in Ordnung.«

»N-n-nein. Ich m-meine ...«, stammle ich, bevor ich verstumme. Das kann nicht sein.

Dann erstarrt sie. Ihr Blick hält meinen gefangen. Langsam bewegt sie den Arm hinter sich, damit ich ihn nicht mehr sehen kann. Der Anblick rüttelt die Erinnerungen an ein kleines Mädchen wach, das den Arm hinter dem Rücken versteckt hat, als ich behauptet habe, sie wäre keine Hexe.

»Ach, das ist nichts weiter«, wiegelt sie ab.

»Zeig mir deinen Arm.«

Sie versucht es mit einem Lachen. »Kalyan, ich habe *dich* geheilt. Den kleinen Kratzer schaffe ich selbst.«

»Bitte«, bedränge ich sie so sanft wie möglich. Tatsache ist, dass ich das, was ich gesehen habe, dringender als jemals etwas zuvor klären muss. Denn alle Berührten, die mir je untergekommen sind, haben zumindest ein, zwei Wirbel an beiden Handgelenken. Es gibt nur einen Menschen, der lediglich an einem Arm ein Berührungsmal aufweist, ungefähr in meinem Alter und eine Hexe mit roter Stärke ist und meinen Vater kennt. Adraa Belwar.

Jaya – oder Adraa oder wer auch immer sie ist – streckt abrupt beide Arme vor und reißt mit einem schnellen Zauber auch den linken Ärmel ab. Ihr Berührungsmal erweist sich als voll ausgeprägt. Wirbel, geschwungene Linien und Schnörkel kräuseln sich über ihren Unterarm und zweifellos noch viel höher, davon bin ich überzeugt. Es ist ein Arm der Macht, aber ich habe sie noch nie so verletzlich gesehen. Aus ihren Augen spricht Vorsicht, als sie mich mustert. »Ich bin eine einarmig Berührte. Und was immer du denkst, das ist weder ansteckend noch eine Schwäche.«

Sie verschränkt die Arme vor der Brust. Viel scheint davon abzuhängen, was ich als Nächstes sage, aber ich schwanke noch. Alle Teile haben sich zusammengefügt, doch das Gesamtbild überfordert mein Gehirn. Ich glaube, es rebelliert, denn in meinem Kopf höre ich nur eine Stimme, die wieder und wieder ruft: »*Dumm!*« Ich reiße mir die Hände an die Ohren, um sie zum Verstummen zu bringen, jedoch vergeblich. *Oh ihr Götter. Oh ihr Götter, verdammt!*

Zuerst ist sie Jaya, eine wunderschöne Bürgerliche, dann Jaya Rauch, verdeckte Ermittlerin und Käfighexe. Und jetzt ... Jetzt ist sie Jaya Rauch und Adraa in einer Person. Ich soll und werde diese junge Frau heiraten. Vor mir steht meine Verlobte. Schließlich fällt die Verblüffung von mir ab, und mein Herz pocht triumphierend. Es droht, mir aus der Brust zu springen. Mir *darf und soll* etwas an ihr liegen. Ich darf sie mögen, ja sogar lieben. Es ist nicht nötig, die Gefühle und Gedanken zu unterdrücken, die in mir aufsteigen, seit sie jenen kleinen Jungen auf der Straße gerettet hat. Was habe ich im Leben getan, dass die Götter mich mit solchem Glück segnen?

Verwundert betrachte ich sie. Wer hätte gedacht, dass aus dem achtjährigen Mädchen, das mich geohrfeigt hat, einmal eine Käfighexe werden würde? Aber eigentlich ist es durchaus nachvollziehbar. In der Hinsicht hat sie sich nicht groß verändert. Allerdings ist sie erwachsen geworden, hat sich entwickelt.

Dann wird mir klar, wie ich mich verhalte. Ich hatte einen völligen Aussetzer – nicht aus den Gründen, die sie vermutet, aber ich habe seit ihrer Offenbarung kein Wort mehr von mir gegeben. *Verdammt! Sag was, Jatin!* Oh ihr Götter, wie muss ich gerade auf sie wirken. Wahrscheinlich furchtbar, denn ihre Züge und ihr Blick verhärten sich. Fast habe ich das Gefühl, ich könnte die Mauer berühren, die sie gerade zwischen uns errichtet.

»Sieh mich nicht so an. Ich brauche kein ...« Abrupt verstummt sie. »Es ist ein Geburtsmal, keine Behinderung.«

»Ich weiß.« *Okay, meine Fähigkeit zu sprechen ist zurückgekehrt. Gut. Aber habe ich auch das Richtige gesagt?* Ich trete einen Schritt näher zu ihr und strecke die Hand nach ihrem rechten Arm aus. Sie zuckt leicht zusammen, als ich ihn behutsam anhebe und in Augenschein nehme. Allein durch die Berührung droht mein Herz zu zerspringen. Ich starre auf ihre Wunde. Sie ist nicht so tief, wie ich zuerst dachte. Mit Sicherheit wird eine Narbe zurückbleiben, weil sie sich nicht sofort darum gekümmert hat, aber die rosa Magie hat die Haut wunderbar zusammengefügt. Endlich spielt mein Gehirn wieder mit, und mir wird klar, wie ich meine Verblüffung und Freude in beruhigende Worte umformen kann. »Gut. Beim ersten Blick darauf hat es übel ausgesehen.«

»Oh, äh, ja.« Ihr Gesichtsausdruck ist eine Mischung aus Erleichterung und Verwirrung. »Ich hab dir ja gesagt, ich kann es selbst in Ordnung bringen.«

Widerstrebend lasse ich sie los. »Ich weiß von einarmig Berührten. Der Legende nach entstehen sie, wenn sich die Götter um die Segnung einer Hexe oder eines Zauberers streiten. Angeblich kann das derart ausarten, dass Wettkämpfe ausgetragen werden, und nur der Sieger darf das Kind berühren.«

Erstaunt und verwirrt über meine religiösen Kenntnisse sieht sie mich an. Wie viele kleine Trottel mögen sich im Verlauf der Jahre wegen ihrer übertriebenen Vorsicht über sie lustig gemacht haben? Oh ihr Götter, streng genommen habe ich das als ahnungsloser Neunjähriger auch. Bestimmt hasst sie mich dafür, also mein wahres Ich. Ich klappe den Mund zu.

Vorerst kann ich ihr nicht verraten, dass ich Jatin bin. Es geht einfach nicht. Dafür habe ich den Augenblick zu sehr vermasselt.

»Ja. Erif muss um mich gekämpft und gewonnen haben.« Sie starrt in den Himmel. »Das heißt, wenn man den Legenden glaubt.« Sie senkt den Kopf, sieht mich an. »Woher weißt du das alles?«

»Vom Lesen.« Ich zucke mit den Schultern. Dass ich von den Legenden weiß, ist gerade das Letzte, was mir Kopfzerbrechen bereitet. Mein Vater erzählt mir seit Jahren, dass Adraa von Erif mit einem einarmigen Berührungsmal gesegnet ist. Bisher habe ich mir nie groß Gedanken darüber gemacht. Es war höchstens eine interessante Tatsache. Bedeutsam ist es erst geworden, als ich erfahren habe, dass sie das Firelight erfunden hat. Jetzt ist es der Schlüssel zu allem. Sie hat mich von Anfang an belogen und glauben lassen, sie würde für meine zukünftige Gemahlin arbeiten. Und auf einmal ... *ist* sie meine zukünftige Gemahlin.

»Und deshalb dienst du Adraa.« Ich bedenke sie mit einem eindringlichen Blick. Wird sie weiterhin verleugnen, wer sie ist?

Ihre Aufmerksamkeit heftet sich wieder auf mich. »Ja. Adraa hat mir alles beigebracht, was ich weiß. Ohne die Belwars wäre ich verloren.« Ich warte einen Moment, ob sie etwas hinzufügt. Was sie nicht tut. Also wird sie die Scharade aufrechterhalten.

Nachdem feststeht, dass sie mich, ihren Verlobten, weiterhin belügt, und ich sie meinerseits ebenfalls belüge, weiß ich nichts mehr zu sagen. Mich als Kalyan auszugeben, ist immer einfacher, als Jatin zu sein. So könnte es auch diesmal sein. Aber ich fühle mich ratlos. Dass mein Gewissen mir die Erlaubnis erteilt, sie zu mögen, bringt mich durcheinander und verschlägt mir die Sprache. Ich beginne zu schwitzen.

»Also, ich breche jetzt mal die Kisten auf«, kündigt sie an, ohne zu wissen, wie lebensverändernd dieser Moment für mich ist. Wenigstens verstehe ich jetzt, warum sie unbedingt aufdecken will, was mit dem Firelight geschieht. Wenn jemand Hunderte meiner Zauber wer weiß wohin verschickte, würde ich es auch herausfinden wollen.

Die Kisten bestehen aus Weidengeflecht. Im Gegensatz zu Holz verbiegt es sich unter Gewalteinwirkung. Am besten lassen sich die Kisten mit einem einfachen grünen Zauber öffnen, der eine Naht ausfranst, bis sie sich teilt. Offenbar kennt Adraa diese Technik nicht. Das Geräusch von unzähligen brechenden Zweigen dringt an meine Ohren. Als ich näher trete, entdecke ich eine bereits geöffnete Kiste, aus der Firelight-Kugeln kullern.

Sie hebt eine auf und dreht sie in der Hand. »Vor zwei Tagen.«

Ich schnappe mir eine Kugel, die an meinen Füßen vorbeirollt. An der Unterseite entdecke ich ein Datum, das ihre Äußerung bestätigt.

»Es hat nicht mit Basu geendet«, flüstert sie.

»Was?« *Wer ist Basu?*

Adraa wendet sich mir zu. »Dieses Unterfangen. Es ist viel größer, als ich dachte.«

***

Nachdem wir alle Kisten mit Firelight-Kugeln geöffnet haben, entdecken wir schließlich die Drogen. Fest verschnürte Stoffflicken enthalten ein feines rotes Pulver. *Blutlust!*, brüllt es mir entgegen. Es kann sich um nichts anderes handeln.

»Achte darauf, es nicht zu berühren«, warnt Adraa. »Es wird über die Haut aufgenommen.«

Vorsichtig lege ich mein Bündel wieder hin.

»Feuer?«, schlägt sie vor.

»Wir können es ja nicht gut in die Bucht werfen«, erwidere ich. »Du zündest sie an, ich löse den Rauch auf. Schließlich wollen wir nicht auf uns aufmerksam …«

Bevor ich den Satz beenden kann, stehen die Kisten mit den Stoffpäckchen in Flammen. Während ich einen Windtrichter wirke, um den Rauch abzulenken, unterdrücke ich ein Schmunzeln. Sie vergeudet keine Zeit.

Wenige Minuten später ist von den Drogen nur noch ein Häufchen Asche übrig.

»Gut mitgedacht«, gesteht Adraa mir zu.

Unsere Blicke wandern über all die Firelights. Sie seufzt. »Ich will sie nicht vernichten.«

Das ist ihre Magie, ihre Erfindung. Auch ich will sie nicht zerstören. »Dann lass es. Verstecken wir sie unter dem Pier. Wir umhüllen sie mit schwarzer Magie und bringen sie später in den Belwar-Palast.«

»In Ordnung.« Kurz verstummt sie. »Reib es mir bloß nicht unter die Nase, aber du hattest recht. Ich habe heute Nacht Unterstützung gebraucht.« Schlagartig endet das schmerzhafte Pochen in meinen Muskeln und den blauen Flecken an meinem Oberkörper. Mein gesamter Körper ist ein einziges Lächeln.

»Du sollst es mir *nicht* unter die Nase reiben«, schnaubt Adraa, hebt eine Kiste an und lässt sie unter einem Kissen aus gelber Magie schweben.

»Ich hab doch gar nichts gesagt«, verteidige ich mich.

»Dein Gesicht dafür umso mehr.«

Ich sollte mein Grinsen wohl wirklich in den Griff bekommen.

Ehe ich mich versehe, sind alle Kisten versteckt. Ich fühle mich durch und durch wohl dabei, Seite an Seite mit ihr zu arbeiten, auch wenn mittlerweile die unheimlichsten Stunden der Nacht anbrechen und der Himmel sich in eine finstere Schicht wie aus öligem, tiefschwarzem Leim hüllt.

»Wir sollten verschwinden«, schlage ich vor, nachdem ich den letzten schwarzen Tarnzauber über vier Kisten mit Firelight ausgebreitet habe.

»Ach ja, was das angeht, habe ich ein Problem.« Adraa deutet auf ihren Gürtel. »Irgendwie habe ich Hybris beschädigt, nein, zerstört.«

»Hybris?«

Sie schüttelt leicht den Kopf, als wäre sie verlegen. »Mein Himmelsgleiter.«

»Und du hast deinen Himmelsgleiter nach einem Fremdwort für *Selbstüberschätzung* benannt, weil ...«

»War die Idee meines Lehrers. Anfangs war ich beim Fliegen etwas waghalsig und ...« Wieder schüttelt sie den Kopf, diesmal heftiger. »Egal. Der springende Punkt ist, dass ich keinen Himmelsgleiter mehr habe. Und somit keine Möglichkeit zu fliegen.«

»Also ...« Ich hätte nicht gedacht, dass ich mich je als berauscht beschreiben würde – bis jetzt. »Fragst du gerade, ob du bei mir mitfliegen kannst?«

»Ja.«

Das bedeutet, sie muss mir zwangsläufig nahe sein und ich ihr. Lächelnd löse ich meinen eigenen Himmelsgleiter vom

Gürtel. Das lässt sich zu meinem Vorteil nutzen. »Ich weiß nicht recht. Normalerweise mag mein Himmelsgleiter keine Fremden.« Die Worte sprudeln einfach so aus meinem Mund. Es fühlt sich völlig natürlich an, sie zu necken.

»Mich mögen Himmelsgleiter«, entgegnet sie mit einem leisen Schnauben.

Ich ziehe unser einziges Transportmittel zurück und hebe einen Finger. »Unter einer Bedingung.«

Sofort schaut sie trotzig drein. »Ich glaube keine Sekunde, dass du mich hier zurücklassen würdest. Vor zehn Tagen war ich eine Wildfremde für dich, trotzdem hast du mich in eine königliche Kutsche getragen.«

Damit hat sie mich erwischt, und sie weiß es. Ich würde sie ja wirklich unter keinen Umständen zurücklassen.

Sie sieht erst meinen Gleitschirm an, dann wieder mich. »Was ziemlich gewagt für einen Wächter des künftigen Maharadschas war. Ich hätte auch eine Falle sein können, um Radscha Jatin etwas anzutun.«

Du warst eine Falle. Besser hätte es selbst mein Vater nicht planen können. Er hat immer gewollt, dass wir uns unter zwanglosen Umständen wiedersehen. Allerdings glaube ich kaum, dass er sich hätte vorstellen können, was wir in den letzten Tagen zusammen durchgemacht haben und wie sehr sie mir bereits ans Herz gewachsen ist. »Willst du wirklich immer wieder auf einen Anschlag auf die Naupures anspielen?«

»Wie lautet die Bedingung?«, übergeht sie meine Frage.

»Na schön, es ist nicht wirklich eine Bedingung. Aber ich bin am Verhungern. Wie sieht's bei dir aus?«

»Wir haben zusammen zehn Kerle fertig gemacht, wären dabei fast umgekommen, und deine Bedingung ist ein Essen?«, fragt sie, als wäre es lächerlich.

So komme ich mir auch gerade vor. Verunsicherung trübt meine Zuversicht. »Ja. Jetzt sag, bist du auch hungrig?«

Adraa fasst sich an den Bauch, als hätte sie diesen Teil ihrer selbst beinahe vergessen. »Ja, klar.«

Sieg. »Tja, ich habe vor, auf dem Weg nach Hause irgendwo zum Essen anzuhalten.«

Sie wirft die Hände hoch. »Es ist eine Stunde nach Mitternacht.«

»Ach ja, richtig ...« In der Hoffnung, auf eine Lösung zu kommen, sehe ich mich am Pier um. Das ist jetzt dumm. Ich hätte sie einfach um eine richtige Verabredung bitten sollen, bevor wir mitten in der Nacht von zehn Bewusstlosen umgeben waren. »Weißt du, wo wir noch etwas bekommen?«

Sie legt den Kopf schief und überlegt. »Ja, vielleicht schon.«

Kapitel 18

Eine Verabredung
(keine romantische – oder vielleicht doch irgendwie ...)

Adraa

Kalyan verhält sich merkwürdig, seit er entdeckt hat, dass ich eine einarmig Berührte bin. Hat er Mitleid? Ich habe praktisch schon jede Reaktion auf meine ungöttliche, unnatürlich kahle Gliedmaße erlebt. Aber seine Überraschung, seine Freude, seine Kenntnis der Legenden ... Ja, das alles ist seltsam und unterscheidet sich völlig von all meinen anderen Erfahrungen. Auch nachdem wir abgehoben sind, geht es mir nicht mehr aus dem Kopf.

Der Himmelsgleiter zuckt in der Luft. Ich erschrecke und klammere mich unwillkürlich an Kalyan fest.

»Alles in Ordnung?«, frage ich. Wenn ich selbst fliege, habe ich alles unter Kontrolle. Ich bin seit meinem zwölften Lebensjahr nicht mehr darauf angewiesen gewesen, dass mich jemand herumkutschiert. Oh ihr Götter, ich wünschte, Hybris wäre heute Nacht nicht gestorben. Oder besser gesagt, ich wünschte, ich hätte ihn nicht umgebracht.

»Alles bestens«, antwortet er.

»Ich kann uns fliegen, wenn du willst.« Mein Arm löst sich nicht von seinem Körper, aber ich fühle mich unwohl dabei, mich so an ihm festzuklammern.

»Es geht mir gut«, betont er lachend. Er scheint mir unverhältnismäßig glücklich zu sein. Vielleicht ist er nach dem Kampf noch im Adrenalinrausch. Oder er grinst nach wie vor über mein Eingeständnis, dass er recht hatte und ich Hilfe gebraucht habe. Ist das alles, was ein Mann braucht, um zufrieden zu sein? Bestätigung?

Der Himmelsgleiter gerät erneut ins Stocken, und mein Magen sackt ab. Instinktiv schlinge ich auch noch den anderen Arm um Kalyan. Herrje, jetzt umarme ich den Kerl. Gleich darauf ist es vorbei, und wir schweben wieder, als wäre nichts geschehen. »Machst du das mit Absicht?«, frage ich.

Er lacht. »Schon möglich.«

Dann geschieht etwas ausgesprochen Seltsames. Er greift nach meiner Hand. Meiner *rechten* Hand! Ich lockere den Griff um ihn. Doch statt mich wie erwartet zurückzuschieben, um mir anzuzeigen, dass ich ihn loslassen soll, schnappt er sich meine Hand, drückt sie leicht und zieht meine Arme so zusammen, dass sie nach wie vor beide um ihn gelegt sind.

»Das ist sicherer«, flüstert er.

Ich weiß nicht, was ich davon halten soll. Niemand berührt meinen rechten Arm versehentlich. Meine Eltern meiden ihn nicht bewusst. Trotzdem habe ich mich daran gewöhnt, für alles die linke Hand zu benutzen. Bei jeglichem Umgang mit jemandem entbiete ich immer meinen göttlichen Arm, nicht den mit der fremdartig kahlen Haut. Spott und Hänseleien anderer Kinder haben mir vor langer Zeit eingebläut, dass er eine Abscheulichkeit ist. Ich glaube immer noch, dass mein Arm einer der Hauptgründe dafür ist, warum ich nicht zur Akademie geschickt worden bin, um mit Jatin und anderen königlichen Kindern Magie zu erlernen.

Aber Kalyan berührt mich, als wäre nichts dabei. Als er mir das erste Mal aufgeholfen hat und auch bei unserer Begegnung auf der Treppe bei den Naupures hat er meine rechte Hand ergriffen. Allerdings war das ein Versehen meinerseits, außerdem wusste er da noch nichts von meinem fehlenden Berührungsmal. Aber heute Nacht fühlt es sich so an, als wolle er damit etwas klarstellen, nachdem er meinen Arm, meine Unsicherheit und meinen Schmerz gesehen hat ...

Bei den Göttern, er ist der Wächter deines Verlobten! Er hat dich getragen. Und jetzt lässt du ihn deine rechte Hand drücken? Aber mein Körper hüpft innerlich vor Freude, als wäre er gerade zum ersten Mal aus dem Palast entkommen. Die so schlichte Geste vermittelt mir Geborgenheit, fühlt sich richtig an und intimer, als ich es für möglich gehalten hätte. Meine Haut kribbelt von der Berührung und der Wärme seiner Finger, die meine drücken.

Aber ich darf ihn nicht merken lassen, was er damit bei mir bewirkt. »Sicherer, weil du so schlecht fliegst?«

Der Himmelsgleiter schlingert, und ich klammere mich krampfhaft an Kalyan fest. Obendrein rutscht mir ein spitzer Aufschrei heraus. Worauf ich nicht stolz bin.

»Ja, besonders gut bin ich wirklich nicht.« In seiner Stimme schwingt ein kaum zu überhörendes Grinsen mit. Er veralbert mich.

»Weißt du, ich kann den Himmelsgleiter übernehmen«, schlage ich vor.

»Nur, wenn ich es dir gestatte.«

Er hat recht. Es ist mühsam, einen Himmelsgleiter zu übernehmen, ohne dass die Magie des ursprünglichen Fliegers versagt oder er es erlaubt. Aber ... flirtet er gerade mit mir? Ist es das, was er tut? Jedenfalls schwingt in seinem Tonfall nach wie vor ein heimliches Lächeln mit. Ich verrenke mich bei dem Versuch, einen Blick auf sein Gesicht zu erhaschen.

Es gelingt mir, ihm kurz in die Augen zu sehen.

»Geh da drüben auf dem Platz runter.« Ich deute nach unten, und der Himmelsgleiter taucht abrupt ab. Der Boden rast auf uns zu, und Wind fegt an uns vorbei, als wir in die Tiefe stürzen. »Bei den Göttern, doch nicht so.« Meine Finger streichen über seinen Bauch, und durch den Winkel unseres Sturzflugs rutscht mein gesamter Körper gegen seinen. Plötzlich versteift sich Kalyan, und nicht etwa, um mit seinen Bauchmuskeln zu prahlen. Er spannt den Körper vor Schmerzen an.

Sobald meine Füße auf das Kopfsteinpflaster treffen, springe ich ab.

Er lacht. »Tut mir leid.«

Ich stimme nicht in seine Heiterkeit ein. »Warum hast du es mir nicht gesagt?«

Seine lachenden Augen werden groß. »Wie ... wie hast du es herausgefunden?«

»Oh ihr Götter, das war nicht schwer, wenn du mich dazu bringst, mich so an dir festzuklammern.«

Kalyan schwingt sich vom Himmelsgleiter. Mit einer geübten Handbewegung faltet er ihn zusammen und hakt ihn wieder an seinen Gürtel. »Hör mal, es tut mir leid, dass ich es dir nicht sofort gesagt habe. Also gleich, als ich es herausgefunden habe, was ja erst vor etwa einer Stunde war, da ...«

Ich trete einen Schritt vor und unterbreche sein Geschwafel abrupt. Er hat sich so daran gewöhnt, keine rosa Magie zu besitzen, dass er nicht mal weiß, wann er um Hilfe bitten sollte.

»Schon gut. Lass es mich einfach jetzt sehen.« Ich blicke auf seinen Bauch hinab.

Er weicht einen riesigen Schritt zurück. »Warte. Was willst du sehen?«

»Die Blutergüsse an deinem Bauch.«

»Die Blutergüsse an meinem …« Prustend lacht er drauflos. »Denen geht es gut. Ich brauche keine rosa Magie.«

»Bist du sicher?« So muss er sich gefühlt haben, als er vorhin meinen Arm untersuchen wollte.

»Ja. Hör auf, mich dauernd ausziehen zu wollen, Rauch.«

»Ich wollte nicht … Das hatte ich nicht …« Rasch klappe ich den Mund zu. Und schon wieder bin ich auf seine Mätzchen hereingefallen. Ich muss wirklich besser darin werden, ihn mir nicht unter die Haut gehen zu lassen. »Es geht da lang«, sage ich so nüchtern wie möglich und wende mich ab.

***

Ich bin angenehm überrascht, dass die Leute in der Kneipe weder Kalyan noch mir den Kopf abreißen wollen. Ehrbare Mitglieder der Gesellschaft säumen die Wand, keine schwarz gewandeten Seeleute oder Drogenhändler der Vencrin. Nur habe ich zu berücksichtigen vergessen, dass Kalyan und ich durch unsere zerrissene schwarze Kleidung nicht gerade vertrauenerweckend aussehen. Um der Götter willen, Kalyan hat sogar fremdes Blut auf der Hose. Warum ist mir das nicht schon früher aufgefallen?

Es sagt wohl etwas über mich aus, dass ich am liebsten meine rote Maske aufsetzen und *Buh!* brüllen würde, als mich das dritte Augenpaar argwöhnisch mustert und den Blick rasch wieder von mir abwendet. Noch besser als *Buh!* wäre: *Hallo zu-*

sammen, gut möglich, dass ich eines Tages über das Land herrsche. Was für ein Gedanke.

Am herzlichsten begrüßen uns die von der Decke hängenden Lampen mit Kerzen und Stoffbahnen dazwischen. Am zweitherzlichsten empfangen uns die tausendfach geölten, schimmernden Tischplatten.

»In die Ecke«, sagen Kalyan und ich gleichzeitig. Wir wechseln einen Blick. Ist er genauso paranoid wie ich? Oder ist ihm nur klar, dass er die blutbespritzte Hose vor den verwirrten Gästen besser verbergen sollte? Als ich mich auf einem der Stühle in der Ecke niederlasse, fühlt es sich gut an, den Rücken gegen die Polsterung zu lehnen und den Blick über dieses heimelige Reich aus betrunkenem Gelächter wandern zu lassen.

»Bist du hier schon mal gewesen?«, fragt Kalyan.

»Nein. Mir ist nur beim Verlassen des Untergrunds aufgefallen, dass der Laden um die Zeit noch geöffnet ist.« Ich beuge mich vor. Er tut es mir gleich. »Normalerweise gehe ich nicht feiern, nachdem ich zehn Männer aufgemischt habe.«

»Was machst du stattdessen?«

Ein Mann schlendert zu unserem Tisch. »Getränke gibt's an der Theke. Und das hier bieten wir zu so später Stunde noch an Essen an.« Er klatscht eine Speisekarte auf den Tisch, bevor er sich abwendet. Ich werte es als die drittwärmste Begrüßung, obwohl die Vorhangbahnen aus hellem Brokat nur knapp Vierter werden.

»Meinst du, sie wissen, dass wir zehn Männer fertiggemacht und ihr Schiff niedergebrannt haben? Oder liegt es an etwas, das wir gesagt haben?«, fragt Kalyan.

»Muss wohl eher daran liegen, wie wir atmen.« Tatsächlich weiß ich, dass unsere Gesichter der Grund sein müssen, nur will ich Kalyan nicht fragen, wie ich gerade aussehe. Dafür würde ich bloß ein peinliches, geschmeicheltes »gut« oder gar »wunderschön« ernten. Obwohl es mir egal ist, denn ich habe gerade einen Kampf gegen Vencrin überlebt und muss Kalyan, den Göttern sei Dank, ja nicht beeindrucken. Ich muss ihm nur den Rücken decken, falls zufällig ein Vencrin hereinkommt.

Schließlich kehrt der Kellner zurück, und wir bestellen alles, was genießbar klingt. Kalyan geht zur Theke, um Roloc zu holen, einen schaumigen, in Agsa erfundenen Likör, der in allen Regenbogenfarben leuchtet, wenn er umgerührt wird. Ich bitte um durchgehende Versorgung mit Kokoswasser für unseren Tisch.

»Sag, was hältst du eigentlich von Jatin Naupure?«, fragt Kalyan, als er sich wieder in unserer kleinen Ecke niederlässt. Und damit fällt der Name des Mannes, den ich eines Tages sehr wohl beeindrucken muss. Des Mannes, für den ich hübsch sein muss.

Ich verschlucke mich an meinem Kokoswasser und schnappe nach Luft. Allmählich frage ich mich, ob die Akademie ihren Schülerinnen und Schülern heimlich einen Zauber zum Gedankenlesen beibringt. »Was? Wie kommst du darauf?«, sprudle ich hervor.

»Ich würde einfach gern deine Meinung hören.«

»Warum sollte ich eine Meinung über ihn haben?« Oh ihr Götter, ich will wirklich nicht über meinen Verlobten sprechen.

»Du scheinst mir jemand zu sein, der immer eine Meinung hat.«

War das jetzt eine Beleidigung oder ein Kompliment?

»Ich meine das durchaus positiv. Mich interessiert, was du

denkst«, fügt Kalyan hinzu, bevor ich etwas sagen kann. »Und ich weiß, dass du *irgendeinen* Eindruck hast.«

Damit hat er mich in der Falle. Ich kann schließlich nicht behaupten, ich wäre ihm in der Kutsche nicht begegnet. Nur weiß ich nicht genau, wie ich darauf antworten soll. Ich bin sprachlos.

»Na schön. Anders gefragt. Glaubst du, dass er und Adraa gut miteinander auskommen werden?« Er versucht, mir in die Augen zu sehen. »Dass sie miteinander glücklich werden könnten?« Tja, damit ist es offiziell bestätigt. Kalyan weiß nicht, wer ich in Wirklichkeit bin. Ich muss Maharadscha Naupure später dafür danken, dass er es geheim gehalten hat.

Das bedeutet dann wohl, dass ich aufrichtig sein kann. Schließlich drehe ich mich ihm zu. »Ehrliche Antwort?«

»Natürlich«, erwidert er eindringlich. Seine Augen leuchten vor Erwartung.

»Ich halte Jatin für hochmütig und kaltherzig.«

Diesmal ist er derjenige, der nach Luft schnappt. »Oha. Willst du damit sagen, dass Adraa ihn hassen würde?«

»Ich glaube nicht, dass es Hass wäre.«

Seine Züge hellen sich auf. Er zieht eine Augenbraue hoch und lächelt. Vielleicht liegt es am Adrenalin von den sich überschlagenden Ereignissen der letzten Stunden, jedenfalls will ich diese eine Wahrheit unter den Tausenden von mir gehüteten Geheimnissen loswerden. »Ich glaube, es wäre schlimmer. Verachtung.«

Schweigend blickt er auf sein Getränk und reibt mit dem Daumen das Kondenswasser vom Glas. Es flimmert zwischen rosa und blau. Verdammt, Jatin ist sein Radscha! So etwas sollte ich nicht zu ihm sagen, ganz gleich, wie ehrlich oder überdreht vor Adrenalin ich bin. Abgesehen davon gehört Ehrlichkeit nicht zu meinen Stärken. Ich bringe es immer noch nicht über mich, ihm meinen richtigen Namen zu verraten. Weil ich nicht kaputtmachen will, was wir haben, diese Partnerschaft.

»Tut mir leid, wenn ich dich damit gekränkt habe. Wie ist er wirklich?«, frage ich.

Er runzelt die Stirn, als könne er keine einzige gute Eigenschaft nennen. *Oh verflixt.* »Oh ihr Götter, fällt dir nicht mal eine nette Sache über ihn ein?«

»Doch, doch. Ich weiß bloß nicht, wo ich anfangen soll.«

Darüber muss ich prusten, trinke jedoch schnell einen Schluck, um den Laut zu kaschieren.

»Er ist gut in Magie.«

»Aha. Das bist du aber auch«, entgegne ich. Und wie gut er ist.

»Das ist kein Wettbewerb zwischen uns beiden.« Er grinst.

Ich lächle, dann schaue ich kurz aus dem Fenster. Warum habe ich eigentlich versucht, es zu einem Wettbewerb zu machen? Ich mag Kalyan, fast alles an ihm. Wollte ein eigenartiger, verkorkster Teil meines Geistes mir vermitteln, dass er besser ist als Jatin – besser für mich?

Kalyan bekommt meine Gewissensnot nicht mit. »Aber vor allem will er anderen helfen. Mit der Lawine in Alkin wollte er nicht prahlen. Er ist hingeflogen, so schnell er konnte, und nachdem er all die Menschen gerettet hatte, war er ... glücklich.«

Ich nicke. Jatins Brief taucht aus meinem Gedächtnis auf. »Ja, so glücklich, dass er es Adraa unter die Nase gerieben hat.«

»Woher weißt du das?« Wieder grinst er, als hätte er mich bei etwas ertappt.

Mist. Woher kann Jaya Rauch von diesen Briefen wissen? »Äh ...« Ich kann es ruhig auch hierbei mit der Wahrheit versuchen. »Vor ungefähr einem Jahr haben die Bediensteten der Belwars nach der versuchten Vergiftung eines Radschas angefangen, sämtliche Post aus dem Ausland zu öffnen. Dabei hat ein Mitarbeiter diesen ... na ja, diesen Liebesbrief gelesen.« Ich zucke mit den Schultern. »Leider hat sich Adraa mittlerweile angewöhnt, sie alle laut vorzulesen. Die anderen Frauen halten sie für einen Beweis wahrer Liebe oder ähnlichen Quatsch.«

Alle Farbe entweicht aus Kalyans Gesicht. Ich habe den Eindruck, dass er von den geheimen Botschaften weiß. »Was?«, stößt er hervor.

»Aber es ist alles nur ein Scherz. Wahrscheinlich, um sie zu ärgern oder sich über sie lustig zu machen. Zwischen den beiden besteht ein reiner Wettbewerb.«

Er schüttelt den Kopf. »Oh ihr Götter, ist das peinlich ... für ihn.«

Ich atme tief ein und überlege, ob ich ihn etwas fragen soll. Aber wann werde ich wieder so eine Gelegenheit bekommen? »Was hält Jatin eigentlich von Adraa? Wirklich, meine ich.« Gespannt wie nie zuvor warte ich.

»Also, sie kann manchmal eine Nervensäge sein.«

»Ja.« Ich trinke einen Schluck, um zu überspielen, wie niedergeschlagen meine Stimme klingen muss.

Wusste ich es doch! Ich habe geahnt, dass Jatin sich bloß deshalb über unsere Liebesbeziehung lustig macht, weil ich ihn einst zurückgewiesen habe. Unwillkürlich denke ich an mein jüngeres Ich zurück, das so neidisch darauf war, wie weit er im Gegensatz zu mir schon war, dass ich ständig Fragen gestellt habe. Immer wieder habe ich versucht, ihn mit irgendeiner Form von Magie zu übertrumpfen, die ich besser beherrsche als er. Ich würde die junge Adraa Belwar wohl auch nicht leiden können. Damals hat jede Zeile meiner Briefe an ihn vor Unsicherheiten gestrotzt.

Adraa: *Ich habe heute Wasser erzeugt und es ein paar Minuten lang regnen lassen. Hast du das schon mal gemacht? Wasser nicht nur beeinflusst, sondern auch erschaffen?*

Jatin: *Das mache ich ständig. Regen ist am einfachsten, aber ich kann auch alle Arten von weißem magischem Niederschlag – Schnee, Graupel, Hagel.*

Kalyan holte mich aus den Erinnerungen an die Briefe zurück in die Kneipe. »Was? Du stimmst mir zu? Einfach so?«

»Oh, war das ein Witz? Hast du nur gescherzt?«

»Natürlich.« Lachend schüttelt er den Kopf über mich. »Weißt du was? Treffen wir eine Vereinbarung. Ich beantworte eine Frage über Jatin, wenn du eine über Adraa beantwortest.«

»Warum interessiert dich das so?«

»Weil sie unsere Arbeitgeber sind. Ihr Glück ist praktisch *unser* Glück.« Jetzt klingt er wie Riya. *Ich will einem guten Radscha dienen*, hat sie mal gesagt. Meine Ehe ist wirklich wichtig, weil sie sich auf Tausende Menschen auswirkt. Darüber zu reden, ohne Kalyan zu offenbaren, wer ich bin, fühlt sich falsch an. Andererseits würde ich zu gern wissen, was er von Jatin hält und Jatin von mir. Und einen solchen Vorteil werde ich nie wieder haben.

»Na schön, abgemacht.«

»Also, wie ist Adraa wirklich?«

»Tja, sie ist gut in Magie.« Ich ahme nicht nur Kalyans Tonfall nach, sondern versuche mich auch an seiner tiefen Stimme, was mir allerdings nicht so recht gelingt. Eigentlich wollte ich witzig klingen, doch ich fühle mich bei der Lüge auf Anhieb unwohl. Ich kann nicht behaupten, gut in Magie zu sein, wenn Jatin bereits ein Radscha ist, während ich es erst noch zur Rani schaffen muss. Eine Flutwelle von Gefühlsregungen schwappt über mein Gesicht, bevor ich sie aufhalten kann.

»Was ist los? Das war gut. Nur an der Stimme musst du vielleicht noch ein bisschen arbeiten.« Er lächelt. Unwillkürlich lächle ich zurück.

»Passt schon. Alles gut.« Ich schlucke die emotionalen Trümmer meines Lebens hinunter.

Er stützt das Kinn auf die Hände. »Bitte sag es mir.«

Er ist *wirklich* freundlich. Diese Augen wollen es wissen. Ihm liegt unabhängig von meinem Rang etwas an mir. Warum muss das so schön sein? Ich sollte ihm sagen, wer ich bin.

»Du bist mit Jatin an der Akademie ausgebildet worden, oder?«, platze ich heraus.

»Ja, so ziemlich.«

»Bringst du mir etwas davon bei?«

»Du willst, dass ich dich unterrichte?« Mit einem Ruck setzt er sich aufrechter hin und zeigt auf sich.

Und ohne Vorwarnung ist die unsichere Adraa zurück. »Vergiss, dass ich gefragt habe.« Ich nippe an meinem Kokoswasser.

»Nein, das will ich nicht vergessen. Ja.«

»Ja?«

»Ja, lass uns zusammen üben.«

Mir ist klar, dass ich übers ganze Gesicht strahlen muss. Endlich werde ich erfahren, wie die Leute an der Akademie ausgebildet werden. Vielleicht ist es doch nicht unabwendbar, dass ich bei meiner königlichen Zeremonie mit weißer Magie scheitern werde.

In dem Moment strömt eine Flut von Essen auf unseren Tisch. Um eine große Schüssel mit Reis in der Mitte gruppieren sich kleinere, aus denen Dampf aufsteigt. Ziegeneintopf, Lammcurry, Weidennüsse, Pfefferrinde, Seidenfisch aus der Bucht von Belwar und dicke, dreieckige Naan-Fladen springen mir zuerst ins Auge.

»Na schön, nächste Frage. Du bist dran«, drängt mich Kalyan, während er sich Essen auf einen Teller schaufelt.

Ich habe vorerst keine Lust mehr auf das Spiel. Zuerst will ich essen. Dann möchte ich darüber nachdenken, was gerade passiert ist. Ich werde endlich mit jemandem üben, der an der Akademie studiert hat. Ohne die quälenden Schmerzen in meinem Arm würde ich am liebsten sofort loslegen.

»Ach, ich weiß nicht. Jatins Lieblingsfarbe?«, sage ich.

»Wirklich?«

Gleich darauf wird mir klar, dass ich es tatsächlich wissen will. »Die Lieblingsfarbe eines Menschen sagt allerhand über ihn aus. Ich habe im Palast mal einen Jungen gekannt, der hat Orange als Stärke entwickelt, und ich könnte schwören, nur deshalb, weil ihm die Farbe so gefallen hat.«

Kalyan verzieht skeptisch das Gesicht. »Wen bitte begeistert denn Orange so sehr?«

»Genau. Und ich habe festgestellt, dass Leute, die ihre Lieblingsfarbe als ihre Stärke nennen, entweder davon besessen sind wie dieser Junge oder schlichtweg eingebildet.«

»Welche ist deine?«, hakt er nach.

»Rosa. Aber was ist mit Jatin, hm?«

Kalyan verzieht das Gesicht und weicht meiner Frage aus. »Warum Rosa?«, bohrt er weiter. Offenbar ist ihm jedes Mittel recht, um mir nicht mitzuteilen, dass Jatins Lieblingsfarbe Weiß ist. Ich wusste es. Der Herr Hochwohlgeboren muss ja Weiß lieben. Er ist davon genauso besessen wie von sich selbst.

»Weil in einer Klinik Rosa als die Farbe der Wunder gilt.«

Sofort presche ich weiter vor. »Jatins Lieblingsfarbe ist Weiß, nicht wahr?«

»Es könnte zu seinen Lieblingsfarben gehören.«

»Das ist schlimmer als Orange.«

***

Dreißig Minuten später habe ich herausgefunden, dass Jatin in der Schule eher ignoriert oder angehimmelt als gehänselt wurde, dass er die Liebesbriefe wegen einer Wette geschrieben hat und dass er keine offenen Weiten wie das tiefe Meer mag. Und obwohl es Auskünfte über Jatin sind, vermitteln sie mir aus Kalyans Mund das Gefühl, mehr über ihn als über meinen Verlobten zu erfahren. Er spricht freimütig über Jatins Ängste und Vergangenheit, ganz ohne Scheu davor, sein Radscha könnte ihn dafür bestrafen. Das zeugt von einer Nähe zwischen den beiden, an die nicht mal Riya und ich heranreichen.

Schließlich schwenkt unsere Unterhaltung in eine neue Richtung, und wir vergessen unser kleines Spiel. Kalyan und ich sprechen über das derzeitige Armutsgesetz von Naupure, das Unberührten zu Arbeitsplätzen verhelfen soll. Wir sind uns darin einig, dass die Menschen der dreizehnten bis vierzehnten Klasse am schlechtesten im Leben dran sind. Wir sprechen über die Ethik der Wahrheitsabkommen und finden beide, dass es besser ist, durch Magie die Wahrheit aus jemandem herauszuholen, statt auf das frühere Rechtssystem zu setzen, bei dem die Radschas ständig Prozesse führen mussten. Schließlich kehren wir zum Thema Blutlust und Vencrin zurück. Und mir fällt wieder ein, was wir in dieser Nacht getan haben. All das gestohlene Firelight rückt in den Mittelpunkt. Ich habe immer noch keinen Beweis dafür, dass Moolek etwas damit zu tun hat. Kalyan scheint dasselbe durch den Kopf zu gehen.

»Was wirst du Adraa über heute Nacht erzählen?«, erkundigt er sich.

»Dass wir ein Problem haben.« Ich sehe ihm in die Augen. »Was wirst du Radscha Jatin sagen?«

Er lächelt. »Dass ich einer Hexe begegnet bin.«

Kapitel 19

Ein unerwarteter Brief

Jatin

Das Leben als Radscha von Naupure unterscheidet sich nicht groß von dem an der Akademie. Statt langweiligen Unterricht über Geschichte und Geografie über mich ergehen zu lassen, nehme ich an langweiligen Besprechungen über das Schicksal all der Geografie und Kultur teil. Na schön, es ist doch völlig anders als in der Schule. Hier muss ich ständig Entscheidungen treffen. Ich muss andauernd Berichte und Briefe lesen. Dazwischen muss ich Gelegenheiten dafür finden, weiterhin Zauber zu lernen, ohne feste Übungszeiten einplanen zu können.

Dieses Leben ist ganz so, wie ich es mir immer vorgestellt habe. Berater strecken die Hände nach mir aus, trauen sich aber nicht ganz, mich zu packen, während ich am Rand einer Klippe entlangwandle. Wenn ich durch den Palast gehe, behelligen mich namenlose Zauberer und Hexen mit Forderungen oder Fragen, meistens mit beidem. Durch meinen Kopf hallt eine Stimme, die kling, als wären die Mahnungen all meiner Lehrer und meines Vaters verschmolzen: *Lerne! Übe! Das musst du, denn eines Tages wirst du herrschen! Vermasselst du es oder gibst du auf, hast du nicht nur persönlich versagt, sondern verursachst auch den Untergang des ganzen Landes!*

Es war mir vorher nie bewusst, aber die Ausbildung war meine Erlösung. Wenn ich nach stundenlanger geistiger Arbeit mit meinen Berührungsgaben einen Zauber nach dem anderen entfessle, ist das meine Art, der Stimme zuzurufen: *Ich arbeite! Ich gebe mir Mühe! Ich werde nicht versagen!* Als ich Kalyan und andere Wächter in der Hitze des langgezogenen Übungsplatzes schwitzen sehe, erhebe ich mich vom Stuhl meines Vaters.

***

Ich bin jede Art von Magie durchgegangen, außer Rosa, und das nur deshalb nicht, weil ich noch niemandem die Knochen gebrochen habe. Neben mir steht ein von Flammen angesengter, von Speeren zernarbter Baum, dem sämtliche Blätter fehlen. Der Boden ist schlammig von Wasser und schmelzendem Schnee. Ich habe Felsbrocken gehoben und mich praktisch unsichtbar gemacht. Es war ein befreiender Morgen.

Kalyan lässt sich neben mir in den Dreck plumpsen, als ich mich schließlich setze. Ich habe ihm schon vor Stunden alles über Adraa erzählt. Er hat die ganze Zeit geschwiegen, während ich mit der Natur gerungen habe. Allerdings vermute ich stark, dass er jetzt etwas loswerden will. Als wisse er genau, wann ich bereit zum Reden bin.

»Hilf mir noch mal, es zu verstehen. Du sagst also, dass Adraa keine Ahnung hat, wer du in Wirklichkeit bist, richtig?«

»Genau das sage ich.«

»Und sie belügt dich auch?«

»Ja.«

Kalyan stößt einen Pfiff aus. »Verdammt.«

Das fasst es ziemlich gut zusammen.

»Und *warum* noch mal klärst du sie nicht auf?«, fragt er.

»Weil ...«

Kalyan späht in den Himmel. »Sie hasst dich, oder? Ich hab dir ja gesagt, dass diese Briefe noch böse enden werden.«

Ich schmunzle verkniffen. »Sie hasst nicht mich, sondern Jatin. Oder zumindest die Vorstellung, die sie von ihm hat. Sie hält ihn für hochmütig und kaltherzig.«

»Woher sie das nur hat?«, fragt er und zieht dabei eine Augenbraue hoch für den Fall, dass ich den Sarkasmus nicht mitbekomme.

Ich hebe ein wenig Erde auf und lasse sie mir durch die Finger rieseln.

Kalyan mustert mich mit zu Schlitzen verengten Augen, dann lehnt er sich auf einen Arm zurück. »Oh ihr Götter, jetzt verstehe ich. Du willst, dass es wie eine normale Beziehung abläuft. Du willst ... äh, wie drücke ich es aus ...« Er schnippt mit den Fingern. »Du willst sie umwerben, sie dazu bringen, dich zu mögen. Deshalb lügst du.«

»Und findest du das so schrecklich?«

»Ich denke nur, wenn sie es am Ende herausfindet, wird es eine Menge Ärger geben. Und was ist eigentlich mit mir? Deine zukünftige Gemahlin hält mich für ihren Verlobten. Das ist nicht gut. Was, wenn ich ihr über den Weg laufe?« Kurz verstummt er, bevor er übertrieben mit den Augenbrauen wackelt. »Was, wenn sie versucht, mich zu küssen?«

Bei den Worten horche ich abrupt auf. »Also, erst mal bist du kein solcher Glückspilz und auch nicht charmant genug. Zweitens gibt es keinen Grund für die Sorge, weil sie dich nicht leiden kann.«

»Weil sie mich für Jatin Naupure hält?«

»Ja.«

»Wenn ich deswegen gefeuert werde, dann …«, murrt er.

Ich werfe ihm einen Blick zu. »Du hast nichts davon gewusst.«

Er legt sich auf den Rücken. »Du hast recht. Ich weiß nicht das Geringste davon.«

Auch ich lehne mich zurück und starre in die Wolken. Der Sommer meint es gut mit ihnen, lässt sie flauschig und weiß über den Himmel treiben. Das gefällt mir. Ich mag die Frische, die sie vermitteln. Was ist eigentlich so schlimm an der Farbe Weiß?

»Du, Kalyan, was ist deine Lieblingsfarbe?«

Mein Freund setzt sich wieder auf. Er wirft mir einen Blick zu, der besagt: *Muss ich mir Sorgen um dich machen?* Ich lasse meine Aufmerksamkeit auf die Wolken gerichtet, um unbekümmert zu wirken.

»Orange«, antwortet er schließlich.

»Was? Wirklich?« Jetzt muss ich ihn ansehen.

»Ja. Der Himmel wird nur dann orange, wenn er friedlich ist.«

Frieden. Davon hat Kalyan noch nicht viel erlebt. Aus meiner Erinnerung taucht die Nacht des Monsuns in der Südbucht auf. Damals als Dreizehnjähriger habe ich mit angespanntem Körper und aus voller Kehle brüllend gezaubert, um Wasser, Wind und aufgewühlte Erde zu beruhigen. Die Rettungsmannschaften haben so viele Leichen aus dem Schlamm oder eingestürzten Gebäuden geborgen, dass es schien, als hätten wir einen Friedhof geplündert. Kalyan war einer der Letzten, die ich fand – ein Elfjähriger, eingeklemmt zwischen einer Lehmwand und einem Holzpfeiler, der seine Wade durchbohrt hatte. Als ich den Jungen damals von dem Holz befreit hatte, fühlte es sich an, als hätte ich eine jüngere Version meiner selbst gerettet. Er sah aus wie mein Zwilling.

Seine Überlebenschancen standen gering, vor allem während der Amputation. Als die Leichen seiner Eltern gefunden wurden, dachte ich, er würde alle Hoffnung verlieren. Dann wäre es vorbei mit dem Jungen gewesen, für den ich immer wieder den Unterricht schwänzte, um ihn zu besuchen. Ich stellte meine Magie vor ihm zur Schau. Davon zeigte er sich zwar nur gelinde beeindruckt, aber vielleicht würde es reichen, dachte ich mir. Und so gab ich ihm ein Versprechen. »*Wenn du aus der Klinik kommst, kannst du mich zur Akademie begleiten.*«

Ich erinnere mich noch daran, wie er mich damals ansah. »*Diese schicke Schule?*«

»*Ja. Ich helfe dir sogar bei der Ausbildung, und ich bin der Beste.*«

»*Na gut*«, hatte er erwidert. Und bei den Göttern, *wie* er es gesagt hatte – zugleich unbekümmert und doch so voller Hoffnung. Und er hatte sich erholt. Ich schrieb meinem Vater, ich hätte den perfekten Leibwächter für mich gefunden, wenn er nur die Mittel für seine Ausbildung bereitstellte. Und das tat er.

Kalyan mag glauben, er hätte Glück gehabt. Er mag glauben, er wäre nur deshalb mein Freund und Wächter geworden, weil er mir so ähnlich sieht und sich für mich ausgeben kann. Vielleicht glaubt er sogar, er könnte entlassen werden. Aber damit liegt er so falsch. *Ich* schätze mich glücklich, mit einem Mann befreundet zu sein, der damals fast verblutet wäre, seine Eltern und seinen Unterschenkel verloren hat und trotzdem noch weiß, dass es orangefarbene Himmel gibt.

Und plötzlich fühle ich mich verpflichtet, Adraa aufzusuchen und ihr unter die Nase zu reiben, dass die Frage nach jemandes Lieblingsfarbe durchaus annehmbar und aufschlussreich ist. Aber vielleicht würde ich dadurch nur noch eingebildeter wirken.

»Warte, die Lieblingsfarbe ... Hat das was mit Adraa zu tun?«, fragt Kalyan.

Ich drehe mich ihm und der untergehenden Sonne zu. »Wenn du darüber einen Witz reißen willst ...«

»Nein, will ich nicht. Warte, ich bin gleich wieder da.« Damit läuft Kalyan zur Kaserne und ist verschwunden. Ich lasse meinen Blick in Richtung des Palasts schweifen und fertige in Gedanken eine Aufstellung darüber an, mit wie vielen Leuten ich reden und wie viele Berichte ich lesen muss. Die Neugier, was Kalyans mir zeigen will, lässt mich verharren, obwohl mich die Pflicht drängt, aufzustehen und mich wieder an die Arbeit zu machen.

Kalyan kommt über das Feld zurückgerannt. »Ich glaube, das gehört dir.« Er streckt mir etwas Dünnes, Kleines entgegen. Es ist ein Umschlag – mit Adraas Handschrift auf der Vorderseite.

Schneller als jedes Tier springe ich auf und öffne ihn.

Hallo,
ich habe da eine Lieferung, die noch zu ihrem rechtmäßigen Besitzer zurückgebracht werden muss.
Treffen wir uns vor der Abenddämmerung?
Beste Grüße
Eine Frau, deren Lieblingsfarbe Rosa ist

Ich werfe einen genaueren Blick zur Sonne. Ihr tiefer Stand am Himmel scheint mich zu verhöhnen. »Wann hast du das bekommen?«

»Heute früh.«

Grummelnd wische ich mir über den Nacken. »Warum hast du es mir nicht schon früher gegeben?«

»Zunächst mal steht *mein* Name drauf. Zweitens prüfe ich die gesamte eingehende Post. Aber weißt du was? Wenn du so scharf drauf bist, übergebe ich dir von nun an all die wilden Vorschläge oder Todesdrohungen, die der Azur-Palast erhält.«

»Ich muss los.«

»Also ist es von ihr?«

»Ja.«

»Nun, viel Glück dabei, eine normale Beziehung hinzubekommen, wenn sich die Frau jetzt schon in Rätseln ausdrückt.«

»Ja, aber es ist ein Rätsel, das ich verstehe!«, rufe ich über die Schulter zurück, während ich bereits renne. Ich glaube, Kalyans Erwiderung – »Vorerst!« – soll meine Begeisterung bremsen. Stattdessen beflügelt sie mich.

Kapitel 20

Belauschte Folter

Adraa

Im Osten lugt die Sonne gähnend über den Horizont und tüncht den Himmel in einen orangefarbenen Schimmer. Das bedeutet, Kalyan hat meine Nachricht nicht erhalten, ignoriert sie oder konnte nicht vom Azur-Palast weg. Insgeheim hoffe ich, dass er lediglich beschäftigt ist. Obwohl ich weiß, wie viele Firelights noch übrig sind, betrachte ich sie. Schon dreimal bin ich mit prall gefüllten Packtaschen nach Hause geflogen. Aber da ich in wenigen Tagen tausend Kugeln an den Azur-Palast liefern muss, habe ich gehofft, Kalyan würde noch auftauchen und mir beim Transport helfen. Aber dafür könnte es zu spät sein.

Mein Herz rast, als ich die Tasche erneut belade. Warum bin ich so angespannt? Liegt es daran, dass ich nicht *nur* Kalyans Hilfe bei der Beförderung will? Vielleicht ... möchte ich vor allem sein Gesicht wiedersehen. Er besitzt ein schönes, ein geradezu umwerfendes Lächeln. Ich starre auf meine rechte Hand. Wahrscheinlich bilde ich mir nur ein, immer noch den Druck seiner Finger um meine zu spüren.

Zum wohl zwanzigsten Mal ringe ich mit meinem Gewissen. Kalyan muss nicht erfahren, wer ich in Wirklichkeit bin. So ist es sicherer. Aber die Wahrheit dringt an die Oberfläche und pulsiert dort, wo er mich berührt hat. Es fühlt sich gut an, in Kalyans Gegenwart nicht königlich zu sein. Vielleicht sogar ... zu gut.

»Hey«, ruft eine Stimme.

Ich zucke zusammen. Schlagartig gerät mein Herz aus dem Takt. »Verdammt!«, entfährt es mir.

Kalyan steht mit einem schuldbewussten Lächeln am Holzsteg. Mein Herz pocht aufgeregt weiter. Ich atme tief durch, um es zu beruhigen, doch es verhöhnt meine Bemühungen. Was lediglich daran liegt, dass ich mich so erschrocken habe. Rede ich mir ein.

In einer entschuldigenden Geste hebt Kalyan die Hände. »Tut mir leid. Das sollte keine Rache für neulich Nacht oder so sein. Ich bin unheimlich froh, dass du noch hier bist.«

»Also hast du den Brief bekommen.« *Bei den Göttern, Adraa, was für eine dämliche Frage. Der Mann steht unmittelbar vor dir. Natürlich hat er den Brief bekommen.*

»Etwas verspätet. Aber ja.«

»Gut.« Ich nicke und blicke verlegen auf die Firelights hinab. Plötzlich scheine ich nicht mehr denken zu können.

Kalyan geht neben mir in die Hocke. »Du hast schon welche weggebracht?«

»Ich konnte nicht die ganze Nacht warten«, stichle ich.

»Ich werde mich nicht noch mal verspäten.« Im Gegensatz zu mir klingt er todernst.

Bei seinen Worten schmilzt mein wild hämmerndes Herz zu einer großen schmachtenden Pfütze, und ich ... lächle. *Mist. Was ist nur los mit mir?* Falls er mich wieder veralbert, darf ich mir nicht anmerken lassen, dass es mir unter die Haut geht und ich es genieße. Und wie überzeugt ich davon bin, dass er das nächste Mal wirklich pünktlich sein wird.

Oh, was mache ich nur? Er ist ... Jatins Leibwächter. Und ich bin eine zukünftige Maharani. Daran kann mein Herz nichts ändern, und wenn es noch so viele Purzelbäume schlägt.

Krampfhaft überlege ich, wie ich das Thema wechseln kann. »Im Palast muss es ja drunter und drüber gehen, während Maharadscha Naupure nicht da ist. Und bevor du fragst, woher ich weiß, dass er weg ist – er hat in einer Nachricht an den Belwar-Palast um Unterstützung gebeten, falls in seiner Abwesenheit etwas passiert. Außerdem hat er mitgeteilt, dass die Firelight-Lieferung immer noch gilt. Deshalb weiß ich es.«

Er schüttelt den Kopf. »Ich halte dich nie für eine mögliche Bedrohung für die Naupures, *bis* du zu schwafeln anfängst.«

»Ich weise lediglich darauf hin, woher ich Dinge weiß.«

Kurz schmunzelt er, bevor er seufzt. »Die Antwort lautet Ja. Es geht im Palast wirklich drunter und drüber.«

Ich wünschte, ich hätte die Gelegenheit, mich ein paar Wochen lang zu beweisen. Würde ich demnächst einen Brief bekommen, in dem Jatin mal wieder prahlt? Davor graut mir. Oder haben unsere Briefe ein Ende gefunden, weil er sich jetzt nur noch eine Gebirgskette entfernt aufhält? Ich weiß es nicht. »Schlägt sich Radscha Jatin gut?«

»Bisher musste er sich mit nichts allzu Schwierigem herumschlagen. Ich würde sagen, ich übernehme das schwere Heben.« Kalyan hebt eine Weidenkiste von einer anderen und reißt sie mit einem sauberen Schwung grüner Magie auf.

»Sollte mich das beeindrucken?«

»Wovon redest du?«, fragt er lächelnd.

Oh ihr Götter, ist er leicht zu durchschauen. Ich weiß genau, was für eine Reaktion er sich wünscht. Aber ich verweigere sie ihm und stopfe weiter Firelight in meine Tasche. »Egal.«

»Ich lasse dich dann zugeben, dass du mich beeindruckend

findest, wenn du bereit dazu bist.« Seine Bemerkung ist lediglich ein sarkastisches Flüstern, trotzdem höre ich sie.

Als ich aufschaue, packt Kalyan Firelights ein, als hätte er nichts gesagt.

»Tu's nicht«, rutscht mir unverhofft heraus.

»Was?«

»Lass Jatins Arroganz nicht auf dich abfärben.«

»Oh ihr Götter, du hasst ihn wirklich.« Kalyan schüttelt den Kopf. »Wir haben noch viel Arbeit vor uns.« Er zeigt auf die Firelights und deutet damit an, dass wir uns lieber unserer Aufgabe widmen sollten. Und doch schwingt in seinem Ton etwas mit, aus dem ich nicht ganz schlau werde.

***

Wir arbeiten unter dem Schleier schwarzer Magie, während sich der orangefarbene Himmel allmählich tiefblau verfärbt. Eine Stunde später sind vier Taschen randvoll mit Kugeln gepackt. Kalyan will sich gerade den Gurt einer davon über die Schulter hieven, als ich etwas höre, das verdächtig nach Schritten auf dem Pier klingt. Die schwarze Magie verhüllt uns nur von den Seiten, aber nicht von oben. Wenn die Verursacher der Schritte zwischen den Brettern hindurch nach unten spähen, sehen sie uns.

Ohne zu überlegen, drücke ich Kalyan gegen einen Pfeiler und zeige warnend mit einem Finger nach oben. Sein zunächst irritierter Gesichtsausdruck wechselt zu hochgezogenen Augenbrauen, als er versteht. Leise stellt er die Tasche mit Firelights im Sand ab.

Nach unserem letzten Besuch ist klar, dass Pier sechzehn für die rechtschaffene Bevölkerung von Belwar nicht existiert.

Es kann sich also nicht um zufällig vorbeischlendernde Zauberer oder Hexen handeln. Nein, es müssen Vencrin sein.

»Kannst du das auch bestätigen? Das Rote Miststück hat einen Partner?«, tönt eine tiefe Stimme.

Kalyan und ich sehen uns an. *Eindeutig Vencrin.*

»Ein Zauberer mit weißer Stärke. Hat das Schiff mit ihr verwüstet und verbrannt.«

Die tiefe Stimme seufzt. »Ich musste es mir selbst ansehen. Sie hat hier ganz schön gewütet. Die Frau wird selbstbewusster und ein zunehmend größeres Problem. Das dürfen wir nicht zulassen.«

»Was schlägst du vor?«, fragt der andere Mann. In seinem Ton schwingt Verunsicherung mit.

»Was ich von Anfang an vorgeschlagen habe. Töte sie. Und ihren neuen Partner auch.«

Ein Schauder durchzuckt mich, und ich weiß, dass Kalyan ihn spürt. Geht gar nicht anders. Ich klebe praktisch an ihm. Das heißt, bis er mich noch enger an sich zieht und das »praktisch« verpufft.

Der andere Mann, der Untergebene, verlagert über uns das Gewicht. Scheinbar hat ihn die schlichte Anweisung der tiefen Stimme ins Grübeln gebracht. *Töte sie. Und ihren neuen Partner auch.* »Und was ist mit den Belwars? Die älteste Tochter, Adraa, weiß von Basu und den Lieferungen.«

»Zerbrich dir über die Belwars nicht den Kopf. Da läuft alles wie geschmiert. Das ist wunderbar eingefädelt. Kümmere du dich nur darum, dieses Rote Miststück aufzuhalten.«

Tja, ich sollte wohl froh sein, dass nur eine meiner Persönlichkeiten gejagt werden soll. Kalyan streicht mir langsam mit der Hand über das Schulterblatt, und ich gebe den Versuch auf, so zu tun, als würde ich mich nicht an ihn klammern. Sein Herz hämmert so laut wie meines.

»Wie?«

»Am einfachsten wäre es, erst mal herauszufinden, wer sie ist«, erwidert die tiefe Stimme mit knurrendem Unterton. »Schick zu jeder Übergabe jemanden mit, der bereitsteht, um ihr zu folgen. Unsere Besten mit schwarzer Stärke oder einen eurer Wächter.«

»Was das angeht ... Da ist noch etwas, das du wissen solltest.«

»Ach ja? Raus damit!«, verlangt die tiefe Stimme ruppig.

»Yipton, einer meiner Kuppelwächter, hat in der Nacht das Schiff beladen.«

»Und?«

»Er steht unter Verdacht. Dasselbe gilt für viele andere meiner Männer.«

Ein Schatten fällt auf Kalyan und mich. Die Bretter des Piers erzittern. Der Mann befindet sich *direkt* über uns. »Also sind wir auch in der Kuppel aufgeflogen?«

Der Wächter tritt einen Schritt zurück. »Nicht ganz. Nur einige der Männer, die mit mir in der Stadt arbeiten.«

»Und als Leiter meiner Wächtereinheit sagst du mir das erst jetzt?«

»Ich ...«

»Kannst du das in Ordnung bringen?« Die tiefe Stimme klingt hart.

Eine ausgedehnte Pause. »Das wird eine Weile dauern. Und ich kann nicht gewährleisten ...«

Bis zum nächsten Wort schafft er es nicht mehr. Der Kerl mit der tiefen Stimme spricht einen Zauber, und sein »Freund« knallt mit einem dumpfen Aufprall auf den Pier. Staub rieselt von den Brettern über unseren Köpfen. Mein Herz vollführt einen Satz.

»Wir dürfen nicht kompromittiert werden«, zischt die tiefe Stimme. Dann wirkt er leise einen weiteren Zauber.

Der Steg über uns erbebt, als der gefallene Zauberer zu zucken beginnt. Ich schmecke Asche im Rachen. Über uns entfaltet sich ein verbotener, dem Wesen von rosa Magie widersprechender Folterzauber, der das Holz erbeben lässt und einen gellenden Schrei in meinem Innern heraufbeschwört. *Und er hat kein Ende!*, brüllt mein Herz. Was bedeutet, dass der Zauber bis zum Tod anhält … Ich löse mich aus Kalyans starken Armen und bewege mich auf den Schleier aus schwarzer Magie zu. Ich kann diesen Mann ausschalten und den sich windenden Zauberer retten. Kalyan packt mich am Arm und zieht mich zurück. Seine besorgte Miene bringt mich zur Vernunft. Und ich stelle fest, dass ich zittere.

Maske, formen seine Lippen, und er zeigt auf mich.

Wir wissen beide, dass ich meine Maske nicht unmittelbar unter diesem gefährlichen Zauberer wirken kann. Der rote Rauch würde ihn auf uns aufmerksam machen. Dann wären all die fein säuberlich verpackten Firelights in Gefahr.

Aber so heftig, wie der Anfall über uns klingt, bleibt dem Gefallenen nicht mehr viel Zeit. Womöglich hat er bereits das Bewusstsein verloren. Ich schließe die Augen, presse sie fest zu, um die Geräusche über uns und das Gefühl von Panik auszublenden. Ist dieser Zauberer mit der tiefen Stimme derselbe, der Riyas Vater ins Koma versetzt hat? Zähneknirschend halte ich still. Keine Ahnung, wie es mir gelingt, die in mir aufsteigende Wut und den Drang zu bändigen, gegen diesen Mann zu kämpfen. Noch nie zuvor habe ich meinen Zorn so im Griff behalten.

Kalyan hält mich nach wie vor fest. Halb umarmt er mich, halb hindert er mich daran, dem gefährlichen Wunsch nachzugeben, zuerst zuzuschlagen und mir später den Kopf über die Folgen zu zerbrechen. Vielleicht gelingt es mir dadurch, nicht die Beherrschung zu verlieren.

Oben endet das Zittern und wird von einem Stöhnen abgelöst.

»Ich brauche Garantien. Das ...« Kurz verstummt die tiefe Stimme. Vielleicht deutet er auf das verbrannte Schiff. »... muss sofort in Ordnung gebracht werden.« Damit steigt er über seinen gefallenen Begleiter hinweg und geht den Steg hinunter.

Ich löse mich erneut von Kalyan. Sofort greift er nach mir, aber ich *muss* das Gesicht dieses Zauberers sehen. Dem oder zumindest einem der Anführer der Vencrin so nah zu sein, ohne einen Blick auf ihn zu erhaschen, wäre eine Verschwendung dieses schicksalhaften Zufalls. Ich husche zum Rand unseres Schleiers und recke den Hals. Allerdings sehe ich nur seinen sich entfernenden Rücken. Er trägt einen dunklen Umhang, durch den er förmlich mit der zunehmenden Dunkelheit verschmilzt.

»*Vardrenni.*« Ich wirke einen Zauber auf meine Augen, und das Bild vergrößert sich. Aber selbst so nehme ich den Zauberer nur als schwarzen Schemen wahr, der zwischen zwei Häusern verschwindet. Die einzige Erkenntnis, die mir bleibt, ist also nur, dass er mich töten will – was ich bereits gewusst habe.

Das Stöhnen ist verstummt. Die Spannung verfliegt, Stille setzt wieder ein. Ich klettere zum Steg hinauf.

»Warte!«, ruft Kalyan mir nach.

Ohne darauf zu achten, renne ich zu dem Gefallenen und suche nach einem Puls. Seine Haut ist noch feucht von Meersalz und Schweiß. Darunter nehme ich das schwache Flackern seines Herzschlags wahr. Nicht tot. Mit ein paar Zaubern überprüfe ich, ob eines seiner inneren Organe versagt. Er ist nicht mal im Koma. Reines Glück? Nein. Der andere Zauberer hat genau gewusst, wie weit er mit der Folter gehen konnte. Schließlich richte ich die Aufmerksamkeit auf sein Gesicht und erkenne den grauen Bart. Jede Einzelheit der Züge ist mir nur allzu vertraut. Ich zucke zurück und entferne mich, verlasse den Steg durch den weißen Rauch von Kalyans Trugschleier.

»Was ist los? Wie geht es ihm?«, fragt Kalyan, als er zu mir aufschließt.

»Mit dem Mann habe ich vor zwei Wochen geredet.«

»Du kennst ihn? Oh ihr Götter, ich bin ...«

»Nicht gut. Ich weiß nicht mal seinen Namen. Er hat den Lieferanten der Firelights für das Ostdorf verhaftet, den Mann namens Basu, von dem ich dir erzählt habe.«

Ich laufe auf und ab. *Ist das wirklich gerade passiert? Waren Kalyan und ich tatsächlich gerade zufällig unter dem Pier, während der Anführer der Vencrin uns mit dem Tod gedroht hat? Hat er gewusst, dass wir dort waren? War das eine Art Botschaft? Schweben wir gerade in Gefahr? Ich habe den Pier doch davor abgesucht, oder?*

Kalyan unterbricht meine turbulenten Gedanken. »Aber geht es ihm gut?«

»Er wird starke Schmerzen haben, wenn er aufwacht, aber ich habe noch nie einen derart kontrolliert gewirkten Folterzauber erlebt. Ich wusste nicht mal, dass es überhaupt möglich ist, ihn so zu dosieren. Er sollte wieder völlig gesund werden.«

»Und das ist schlecht?«

»Nein, das ist Macht. Und erfordert Übung ... viel Übung.« Vielleicht bin ich deshalb so erschüttert. Der in mir tobende

Aufruhr rührt von Angst und Schuldgefühlen her. Ob Zufall oder nicht, zum ersten Mal hatte ich nicht die Kontrolle. Ich habe mich versteckt und zugelassen, dass ein Zauberer gefoltert worden ist.

Kalyan scheint nachzudenken. »Du solltest nicht mehr allein auf den Straßen unterwegs sein. Du kannst dich nicht gleichzeitig um die Vencrin kümmern und nach ihren Spitzeln Ausschau halten.«

»Ich gebe aber nicht auf. Nach dem Zwischenfall« – ich zeige zurück zum Steg – »kann ich das nicht.« Das werde ich nicht noch mal zulassen.

»Darauf will ich auch nicht hinaus.«

»Worauf dann?«, verlange ich zu erfahren.

»Lass mich mitmachen. Die halten uns ohnehin bereits für ein Team.«

Erleichterung durchströmt mich, aber nicht nur das. Ich brauche wirklich jemanden, der mir den Rücken deckt. Und ich bin auch froh, dass er es ist, der mich unterstützen will. Nur darf ich ihn das nicht merken lassen. »Na schön.«

»Wirklich? Du willst nicht mit mir darüber streiten?«

»Du klingst ja fast enttäuscht darüber.«

»Weil ich mir schon eine komplette Ansprache zurechtgelegt habe, um dich zu überzeugen.«

»Also, die würde ich an deiner Stelle für mich behalten. Du willst doch nicht, dass ich es mir anders überlege, oder?« Mein Sarkasmus ist ein Abwehrmechanismus, aber er hat sich noch nie so offensichtlich gezeigt. Ich bin durchschaubar.

Schmunzelnd hebt Kalyan die nächstbeste Tasche mit Firelights auf. »In drei Tagen beginnen wir mit der Planung.«

»Was?«

»Du willst doch so schnell wie möglich anfangen, oder? Und in drei Tagen lieferst du den Rest der Firelights.«

»Ja, für Adraa ...« Ich verstumme. Allein, meinen richtigen Namen auszusprechen, zerstört etwas von der Nähe zwischen uns. Was machen wir nur? Was lasse ich gerade zu?

»Natürlich.« Er nickt knapp. »Für Adraa.«

In drei Tagen werde ich mich auch Jatin vorstellen. Bevor wir je zusammen üben können, wird Kalyan wissen, wer ich bin. Und wird er immer noch mein Partner sein wollen, wenn er davon erfährt? Und sein Leben für mich aufs Spiel setzen?

»Wir sehen uns dann.« Ich hoffe, er hört die Niedergeschlagenheit in meiner Stimme nicht. Aber ich selbst höre sie, und sie stürzt mich in Verwirrung.

***

In den nächsten drei Tagen suche ich nach Basu. Einerseits, um mich zu vergewissern, dass es ihm gutgeht, andererseits, um noch mehr aus ihm herauszubekommen. Aber er ist weg. Der einzige Bericht mit seinem Namen bestätigt, dass er nach Agsa gereist und bis zur Grenze eskortiert worden ist. Keine Überraschung – immerhin hat mein Vater genau das angekündigt. Der grauhaarige Wächter hingegen ... ist verschwunden. Als ich einen Bericht über alle derzeit Beschäftigten anfordere, erfahre ich von Hirens Vater, einem der fünf mit der Leitung der Kuppelwache betrauten Radschas von Belwar, dass kein einziges Profil der Beschreibung entspricht. Auch der Bericht über Basus Vergehen und sein Verhör mit einem Wahrheitszauber enthält nicht den Namen des befehlshabenden Wächters, der ihn verhaftet hat.

Somit bleiben nur die Drohungen, die mir im Kopf herumschwirren. Maharadscha Naupure ist immer noch weg, und Jatin Naupure erwartet mich in wenigen Stunden an der Eistür.

Erschwerend hinzu kommt, dass ich nicht mehr gut schlafe. Die Träume setzen bevorzugt im Morgengrauen ein, nicht mitten in der Nacht, sondern wenn sich mein Geist einem halbbewussten Zustand nähert. Man könnte es auf die Ereignisse am Pier schieben, doch der Traum vom roten Zimmer sucht mich bereits seit Wochen heim. Und er ist irgendwie ungewöhnlich. Darin flüchte ich nicht, stürze nicht in die Tiefe, werde nicht von Vencrin gejagt. Nein, ich sitze vielmehr in einem verschwommenen roten Raum, in dem die Umgebung blutet. Es ist immer still, bis mit zischender Stimme eine Aufforderung ertönt. *Führ die königliche Zeremonie durch. Werde Adraa Belwar.*

Wenn ich zu entgegnen versuche, dass ich bereits Adraa Belwar bin, wiederholt sich die Stimme, bis die Worte ebenso verschwimmen wie die Wände. *Es gibt nur einen Weg. Ich habe nur eine Möglichkeit. Führ die Zeremonie durch.*

Ich erwache stets entweder schreiend oder mit wunder Kehle, als hätte ich bereits geschrien.

Noch neunundzwanzig Tage bis zu meiner königlichen Zeremonie.

***

Als ich die Krankenstation betrete, biege ich instinktiv nach links ab. Einigen unserer Langzeitpatienten winke ich zu. Manche sind wegen Blutlust hier. Eigenartig, dass nur diese Menschen mein Gesicht damit in Verbindung bringen, wer ich bin. Zumindest noch für neunundzwanzig Tage. Danach wird ganz Belwar haargenau wissen, wie Adraa Belwar aussieht.

Auf der linken Seite befindet sich ein Privatzimmer, hinter dessen Tür ich Riya antreffe. Ich trete sachte ein, um sie nicht zu erschrecken. Heute präsentiert sie sich ganz in Hellblau. Ich frage mich, ob sie das unbewusst tut, wenn sie schlechte Tage erlebt.

Riyas Vater, Herr Burman, mein früherer Leibwächter und der beste Lehrer, den ich je hatte, liegt in seinem Kokon. Die rosa Magie meiner Mutter schwebt über seinem Kopf, taucht in seinen Mund und seine Nase ab, um ihn mit Sauerstoff zu versorgen und hoffentlich irgendwann ins Bewusstsein zurückzuholen.

»Ich habe nach dir gesucht«, flüstere ich Riya zu.

Sie schaut auf. »Tut mir leid, ich war ...« Sie deutet auf ihren Vater.

»Ich weiß. Schon gut.« Heute ist der erste Tag der Woche. Um die Zeit ist sie immer so. Herr Burman hatte ein Sprichwort. Es besagt, dass Gutes auch am Anfang passieren kann, wenn man den Beginn von etwas Neuem begrüßt. Er hatte Sprichwörter für alles Mögliche.

Ich ziehe mir einen Stuhl herbei, krempele den Ärmel hoch und zaubere. »*Pravleah.*« Einen Moment lang lässt Rot die rosa Magie meiner Mutter etwas heller erstrahlen. Dann kehrt alles zum üblichen Zustand zurück. Ich habe diesen Zauber bereits hundertsechsundneunzig Mal gewirkt. Nicht, dass ich mitzähle.

Riya drückt die Hand ihres Vaters, bevor sie mich ansieht. Ihr dankbarer Blick schlägt innerhalb von zwei Sekunden in erschrockene Verwirrung um. »Was in Wickerys Namen ist das?«

»Was ist was?«

»Das.« Riya schiebt meinen Ärmel höher, legt die Narbe

von dem Kampf auf dem Schiff der Vencrin frei. »Oh ihr Götter, Adraa!«

Die gezackte Narbe wirkt mittlerweile weniger zornig, ist nur noch eine stoische helle Linie auf ihrer Haut. Aber für Riya ist sie neu und sichtlich verstörend. »Ich ... bin mit dem Messer abgerutscht, als ich ein Schwein für die Klinik ausweiden wollte.«

Riya lehnt sich auf dem Stuhl zurück und runzelt tief die Stirn. Ihr Mund klappt auf. »Warum lügst du?«

»Ich lüge?«

»Ja. Du lügst. *Eindeutig.* Es sei denn, du willst mir einreden, du hättest dir mit deinem violetten Zauber eine zwanzig Zentimeter lange Schnittwunde zugefügt, bevor du dich zurückgezogen und dir gedacht hast: ›Autsch, das tut ja weh.‹«

Verflixt, genau wie ihre Mutter. Ein kleiner Teil von mir ist beeindruckt von ihrem Scharfsinn und stolz darauf, Riya als Leibwächterin und Freundin zu haben. Allerdings hilft mir der Teil nicht, als ich mir das Hirn zermartere und nach einem Vorwand für die Narbe und meine Lüge darüber suche.

»Es klingt nur deshalb wie eine Lüge, weil es mir peinlich ist. So was sollte mir nicht passieren.«

»Adraa, was ist los?« Kurz verstummt sie. Verdammt, ich kann förmlich sehen, wie ihr Verstand rotiert. Ihre nächsten Worte sind ruhig und bedächtig. »Bitte sag, dass du Dloc keine Blutopfer darbringst.«

»Tu ich nicht!« Kurz verstumme ich und überlege, wie ich sie ablenken kann. »Warum? Glaubst du, das würde funktionieren?«, scherze ich. Den Begriff habe ich lange nicht mehr gehört. Blutopfer. Während es in Moolek noch möglich ist, gilt es bei uns als barbarische Praxis, um die Gunst eines Gottes zu erringen. Mutter widerstrebt es sogar, Ziegen bei traditionellen Veranstaltungen zu opfern. *Einen Körper vor einer Krankheit zu retten, ist eine bessere Nutzung einer Ziege, als sie auf dem Boden eines Tempels verbluten zu lassen*, meint sie immer. Was ganz der Mentalität der Insel Pire entspricht.

Riya beäugt mich misstrauisch. »Also war es ein Versehen?«

»Ich wollte nicht, dass das passiert«, erwidere ich, weil ich weiß, dass sie zumindest darin Wahrheit hören wird.

»Und warum hast du dich nicht sofort geheilt?«

Ich rolle den Ärmel zurück nach unten und wische mir die Hände am rosa Rock ab. »Weil ich dachte, es wäre nicht schlimm. Womit ich mich geirrt habe.« Ich stehe auf, um die Flucht anzutreten. Es gelingt mir nie lange, Riya zu belügen, bevor sie die Wahrheit aus mir herauslockt. Ihre Mutter hat ihr den Wahrheitszauber beigebracht, nachdem die Abkommen zum Gesetz geworden sind. Aus Gründen der Ethik und des Machtgleichgewichts kenne nicht mal ich diesen Zauber. Was mir angesichts des schrecklichen Geheimnisses, das ich vor ihr bewahre, ganz schön Angst einjagt. Geheimnisse. Mittlerweile Mehrzahl.

Sie ruft mir nach, als ich die Hand auf den Türknauf lege. »Wo willst du hin? Du bist doch hergekommen, weil du nach mir gesucht hast, schon vergessen?«

»Ach ja, richtig.« Ich drehe mich zu ihr zurück. »Heute ist eine Lieferung Firelights in den Azur-Palast fällig. Ich wollte dich fragen, wann du Zeit dafür hast.«

Riyas Augen werden groß, und sie springt vom Stuhl auf. Hätte ich das doch schon früher eingesetzt, um sie abzulenken. »Du triffst dich heute mit Radscha Jatin?«

Äußerlich zucke ich nur mit den Schultern, innerlich zerreißt es mich vor Besorgnis.

»Und ... das willst du dazu anziehen? Fliegerhosen?«

»Immerhin habe ich mich heute von Ziegen ferngehalten«, kontere ich lächelnd. »Du kannst Zara nicht mehr dazu bringen, die hier zu verstecken.« Ich klatsche mir auf die Oberschenkel. »Dafür habe ich mir von ihr beim Frisieren und Schminken helfen lassen.« Ich drehe den Kopf so, dass Riya den aufwendig geflochtenen Zopf sehen kann, der sich über meinen Rücken erstreckt.

»Damit war deine Mutter einverstanden?«

»Mein Vater war es.« Seine Zustimmung habe ich mir heute Morgen geholt, als Papierkram seinen Schreibtisch zu überschwemmen drohte. Obwohl ich sie eigentlich gar nicht *brauchen* sollte. Mein rosa Wickelrock und meine Fliegerhose entsprechen in Belwar einer üblichen Aufmachung. Außerdem respektiert Maharadscha Naupure die belwarische Gepflogenheit der Anonymität von Erbinnen und Erben – und wichtiger noch, die Notwendigkeit, Projekt Rauch geheim zu halten. Dass ich mich beim letzten Mal mit einer traditionellen Lehenga aufgetakelt habe, war in vielerlei Hinsicht absurd und hat vermutlich das Personal verwirrt, das mich ewig nur für eine Lieferhexe gehalten hat. Allerdings treffe ich mich heute nicht mit Maharadscha Naupure.

»Na schön. Dann lass uns gehen.« Riya zieht eine dichte Augenbraue hoch. »Mutter wollte ohnehin, dass ich Logen ein paar Fragen zur Sicherheit während Maharadscha Naupures Abwesenheit stelle.«

»Oh, also bist du nicht beschäftigt?« *Bitte sag doch. Kann dir nicht spontan etwas Wichtiges einfallen, das du zu erledigen hast?*

Ihre Antwort fährt mir mit einem einzigen Wort tief ins Mark. Auch sie versteht sich darauf, zurückzuschlagen. »Nein.«

Kapitel 21

Täuschung

Jatin

Adraa kommt in den Palast. Das bedeutet, dass ich erstens Kalyan überreden muss, sich wieder für mich auszugeben, und zweitens allen im Palast sagen muss, dass sie mich nicht bei meinem richtigen Namen nennen dürfen. Da Adraa noch nicht in die Gesellschaft eingeführt ist, weil sie die Prüfung bei der königlichen Zeremonie bisher nicht abgelegt hat, kennt nur Hughes sie wirklich und redet sie als Fürstin an. Einige Hausmädchen und Soldaten haben sie beim Liefern von Firelight gesehen, damit hat es sich auch schon. Und das ist keine Vermutung. Ich verbringe nämlich meine nicht vorhandene Freizeit damit, alle im gesamten Palast darüber zu befragen, wie Adraa aussehen könnte. Anschließend prüfe ich ihre Antworten daraufhin, ob sie erkannt werden könnte. Chara teilt mir mit einem verlegenen Grinsen mit, sie wäre wunderschön. Irgendwie empfinde ich das ermutigende Nicken meines ehemaligen Kindermädchens nicht als Höhepunkt meiner Untersuchung. Ebenso wenig wie das Kichern eines bestimmten Hausmädchens und das anzügliche Grinsen eines Torwächters. Bei den Göttern, herrscht etwa die Meinung vor, wir würden bei ihrer Ankunft noch auf der Türschwelle heiraten und über einander herfallen, bevor wir es ins Bett schaffen? Der Gedanke bringt meinen Verstand ins Taumeln.

Hughes hält nicht viel von Adraa, eine willkommene Abwechslung zu all den Anspielungen und Beteuerungen ihrer Schönheit. »Sie hält sich nicht an den gesellschaftlichen Kodex des Lebens eines Maharadscha«, hat er es begründet. Dann hat er geseufzt. »Aber sie ist hübsch, also …« Und damit ließ er den Satz verklingen. Als wäre das die einzige Eigenschaft, die mir wichtig ist. Komme ich wirklich so oberflächlich rüber?

»Ja, schon. Vor allem, wenn du durch den gesamten Palast läufst und jedermann fragst, wie sie aussieht«, bemerkt Kalyan mit derart trockenem Sarkasmus, dass ich darauf verzichte, mit ihm die Rolle zu besprechen, die er spielen muss.

Als ich später in die Kaserne komme, um ihm zu erklären, dass er sich bei Bedarf als mich ausgeben muss, reagiert er anders als erwartet. »Kommt nicht in Frage.«

Ich will es ihm nicht befehlen müssen. Tatsächlich bitte ich ihn in der Regel eher um Gefallen, habe ihm wohl noch nie wirklich etwas befohlen. Und jetzt will ich nicht damit anfangen. »Ich versuche, dafür zu sorgen, dass sie dir nicht über den Weg läuft. Nur im Fall der Fälle.«

Widerwillig senkt er das Schwert, das er gerade schärft. Kalyan liebt es nämlich, mit Metall zu arbeiten und seine Ausrüstung zu pflegen. »Du musst ihr die Wahrheit sagen.«

»Ich brauche mehr Zeit. Es ist erst drei Wochen her, dass ich sie kennengelernt habe.«

»Eher neun Jahre, Jatin.«

»Genau! Neun Jahre lang war ich nur ein Junge mit Heimweh.« Ich lasse mich auf einem Stuhl nieder. »Und die ganze Zeit habe ich nie wirklich verstanden, warum sie mich damals geschlagen hat. Ich meine, schon klar, was ich zu ihr gesagt habe, war falsch und gemein. Aber mir war nie bewusst, wie tief ich sie damit verletzt habe.« Ich fahre mir mit den Händen durchs Haar.

»Bitte hör auf, so elend dreinzuschauen. Das passt nicht zu dir.«

Unerwartet und rau platzt ein ersticktes Lachen aus mir heraus. »Also machst du es?«

Kalyan mustert mich abwägend und entschlossen. *Oh ihr Götter, er grübelt über etwas.*

»Was, wenn sie sich in mich verliebt?«

Ich schlage hart auf die Rückenlehne des Stuhls. In solchen Momenten wird mir bewusst, dass ich Kalyan zu viel Selbstvertrauen geschenkt habe. Zumindest genug, dass er meint, mich übertrumpfen zu können. »Was?«

»Mal angenommen, ich habe mir eine demütige Entschuldigung zurechtgelegt, bin nett zu ihr, sie verzeiht mir, hält mich für ihren *Verlobten* ... und es funkt zwischen uns.«

»Du bist grausam.« Abgesehen davon ist das ziemlich weit hergeholt. Er hat nicht ihr Gesicht in jener Nacht auf Pier sechzehn oder danach in der Kneipe gesehen.

Kalyan hebt das Schwert wieder an. »Ich fand sie von Anfang an hübsch, falls du dich erinnerst.«

»Oh ihr Götter, wie kannst du so manipulativ sein?«

Lächelnd betrachtet er die Waffe, während er ihren Griff bürstet. »Du hast mir viel beigebracht, Jatin.«

Ich stapfe davon, habe jedoch noch keine drei Schritte zurückgelegt, da ruft er mir hinterher: »Weißt du, wenn es dazu kommt, dann mache ich es. Aber lass es lieber trotzdem nicht passieren.«

***

Wie ein Stalker warte ich an der Eistür. Man könnte meinen, dieser schmierige Betreiber des Untergrunds hat mich dazu verflucht, einer zu werden. Die Minuten ziehen sich zu einer Stunde hin. Irgendwann treibt mich die Anspannung dazu, mir Tinte und Pergament zu holen. Mit etwas violetter Magie zaubere ich mir eine schwebende Platte als Schreibtisch, damit ich den letzten Brief meines Vaters beantworten kann.

Bisher habe ich nur zwei Berichte von ihm erhalten. Im ersten hat er mir mitgeteilt, dass er das Gebiet von Warwick wohlbehalten erreicht hat. Den zweiten lese ich mir noch einmal durch.

Lieber Jatin,

ich komme gleich zur Sache, weil ich nicht viel Zeit habe. Zwanzig weitere Bürger sind gestorben, bevor dein Onkel einem Treffen mit mir zugestimmt hat. Ziegen aus Naupure sind über die Grenze nach Moolek gewandert und wurden geschlachtet – einige als Blutopfer für die Götter, insbesondere für Retaw. Der Vorfall hat sich erneut zu einem Streit um Land ausgeweitet. Und natürlich darum, ob und welche Tiere von Blutopfern ausgenommen werden sollten.

Moolek ist von einer schweren Dürre betroffen und hat bisher nicht um Hilfe gebeten. Der Narr hat wohl vor, die Menschen verhungern zu lassen. Jedenfalls möchte Maharadscha Moolek in den Palast kommen, um einen neuen Zusatz des Vertrags auszuarbeiten. Was im Wesentlichen bedeutet, dass wir den einundzwanzigsten Vertrag erneut unterzeichnen und durchsetzen sollen. Mir ist noch nicht klar, warum er auf den Heimvorteil verzichten will, zumal ich bereits hier bin. Du solltest den einundzwanzigsten Vertrag noch einmal lesen, bevor du eine Antwort schickst. Lass mich deine Meinung dazu hören. Und natürlich gilt wie immer, dass du mir bitte umgehend Bescheid gibst, falls sich etwas Dringendes ereignet.

P.S.: Viel Glück mit Adraa.

Hughes schüttelt den Kopf über mich, während ich auf dem Boden sitze. »*So* hübsch ist sie auch wieder nicht, Herr.«

Ich wirke wohl ziemlich erbärmlich. Aber ich erledige durchaus einiges an Arbeit auf dem kalten, harten Boden mitten im großen gefliesten Eingangsbereich. »Keine Ahnung, wovon du redest, Hughes«, behaupte ich, weil mir nichts Besseres einfällt. Dann wende ich mich wieder meinem Brief zu.

Ich habe sämtliche Vertragsunterlagen noch einmal gelesen, einschließlich der ersten Dokumente, die unsere Freiheit von Moolek festigen sollten, und jene des jahrelangen Tauziehens, bis es schließlich vollbracht war. Es passt alles zusammen – die Verzweiflung der Bevölkerung von Moolek wegen der Dürre, die Blutopfer, der wiederaufflammende Streit um Land. Alles außer dem Umstand, dass mein Onkel die Friedensverhandlungen hier führen will, Hunderte Meilen von seinem Hoheitsgebiet entfernt. Nachdem ich formuliert habe, was meiner Meinung nach im einundzwanzigsten Vertrag ergänzt oder klargestellt werden muss, stolpere ich über meine eigenen Worte. *Warum? Warum kommt er her?* Seit mittlerweile achtzehn Jahren meidet er es, mich kennenzulernen. *Warum also jetzt?*

Draußen vor der Eistür ertönen Schritte, und ich schrecke hoch. Rasch lasse ich den unvollendeten Brief in meiner Tasche verschwinden. Mit einer Handbewegung löse ich die Tischplatte auf, erhebe mich und stapfe hin und her. Ich kann nicht stillhalten.

Schließlich wirke ich den Zauber zum Öffnen der Tür und beobachte, wie das Eis aufbricht. Splitter fallen davon ab und zerbrechen wie Glas.

Dann tritt Adraa ein. Ihr Gesichtsausdruck schwankt zwischen Verwirrung und – vielleicht, hoffentlich – angenehmer Überraschung. »Hallo.«

»Hallo«, gebe ich zurück. Den halben Tag warte ich schon, und das ist alles, was ich auf Lager habe. Wie schnell kann man eigentlich erbärmlich werden?

Adraa hebt eine Packtasche am Gurt an. »Ich bin hier, um das Firelight zu liefern.«

»Jatin ist gerade beschäftigt. Du kannst es mir geben.«

»Wahrscheinlich sollte ich es ihm lieber persönlich überreichen.«

Also hat sie es vor – sich mir vorzustellen, meinem wahren Ich. Aber das will ich nicht. »Ich dachte mir, so wäre es einfacher. Dann könnten wir danach zusammen üben.«

Bei meinen Worten leuchten Adraas Augen auf. Genauso schnell jedoch erlischt ihr Blick wieder. »Ich sollte dir wohl etwas sagen.«

Verdammt. Sie wird damit herausrücken. Nur bin ich meinerseits noch nicht bereit, ihr zu beichten. Meine Gedanken kreisen um all die Begegnungen, die wir seit meiner Heimkehr hatten. Mit ziemlicher Sicherheit kann sie mich immer noch nicht leiden. Ich muss sie ablenken.

»Schon gut. Ich sage Jatin, dass diese Firelights nicht für die vollen zwei Monate reichen werden. Er wird es gar nicht merken.«

»So beschäftigt ist er, ja?« Sie schaut zur Treppe, dann seufzt sie. »Trotzdem sollte ich ihn richtig kennenlernen.«

Oh ihr Götter, sie will mich in Wirklichkeit genauso wenig treffen, wie ich es will. Meine Brust fühlt sich wie zugeschnürt an. Beklommenheit steigt in mir auf. *Ich glaube, es wäre schlim-*

mer. *Verachtung.* Das hat sie gesagt. Das Wort *Verachtung* setzt sich in meinem Kopf fest.

»Regenbognen.«

Adraas Aufmerksamkeit schwenkt zurück zu mir und weg von der vermaledeiten Treppe. »Was?«

»Willst du regenbognen? Das haben wir an der Akademie gemacht. Ein Duell durch alle neun Arten von Magie. Die Farben, die der Gegner nicht kann, werden übersprungen.«

»Ich weiß, was Regenbognen ist.«

Ich lächle breit. »Gut. Also nimmst du die Herausforderung an?«

»Fangen wir mit Orange statt mit Rot an?«

»Ja.«

»Dann schon. Eins.« Sie zeigt auf sich und stellt ihre Packtasche ab. »Null.« Und sie zeigt auf mich, als hätte sie bereits gewonnen. Dem muss ich widersprechen. Erleichterung und Freude durchströmen mich, was sich wie ein Sieg anfühlt.

***

Trotz aller Planung habe ich die Palastwache nicht gebeten, ihre Übungen für den Tag zu beenden. Ich wollte nicht, dass mein Täuschungsmanöver alle in meinem Umfeld beeinträchtigt. Allerdings befinden sich dadurch um die hundert Männer und Frauen auf dem Übungsplatz und duellieren sich oder entwickeln ihre Magie weiter, als Adraa und ich uns nähern. Kalyan ist nicht unter ihnen, obwohl er es sein sollte. Mein Gewirr von Lügen hat sich wohl unvorteilhaft auf ihn ausgewirkt.

Es drehen sich bereits Köpfe, einer nach dem anderen. Diejenigen in unserer unmittelbaren Nähe haben die Waffen vollständig gesenkt. Adraa zeigt sich unbeirrt.

»Also, der da wird irgendwann ein Gebäude niederbrennen, wenn er beim Wirken roter Magie weiterhin so ruckelt.« Sie deutet mit dem Kopf in die Richtung des Mannes.

Ich folge ihrem Blick zu einem Auszubildenden, der den Arm bei jedem kleinen Flammenball, den er zaubert, hochreißt. Gute Einschätzung.

»Er sollte seine Aufmerksamkeit erst mal nur auf eine Hand richten, sie bei Bedarf mit der anderen festhalten und gerade genug Feuer zum Anzünden einer Kerze wirken.« Adraa sieht mich erwartungsvoll an. »Wäre gut, wenn du es ihm sagst.«

»Meinst du, auf dich wird er nicht hören?« Keine Ahnung, warum ich sie ständig so herausfordere. Den Teil meiner selbst scheine ich in ihrer Gegenwart einfach nicht abstellen zu können.

In ihren Augen funkelt es. »Nein. Ich dachte nur, es wäre besser, wenn er es von einem anderen Wächter hört.« Damit drängt sie sich an mir vorbei auf den Übungsplatz. »Aber wir werden gleich sehen.«

Ich starre ihr hinterher. Ein Lachen steigt in mir auf. Wie konnte ich sie nur je für jemand anderen als Adraa halten?

»Radscha Jatin?«, fragt eine Stimme.

Ich wirble nach links herum und erblicke einen der leitenden Ausbilder. »Nenn mich heute nicht so.«

»Ach ja, richtig.« Er runzelt die Stirn. »Äh, Herr, braucht ihr etwas?«

»Bitte fangt an, das Gelände zu räumen. Wir wollen regenbognen.« Ich deute mit dem Kopf auf Adraa.

Sein Mund klappt auf. »Regenbognen mit ... In Ordnung, was immer Ihr wünscht, Herr.« Er ruft dem anwesenden Wachpersonal zu. Prompt verlassen alle den Übungsplatz. Ein Großteil bleibt in der Nähe und drängt sich am Rand des Platzes zusammen. Oh ihr Götter. Sie wollen sich wohl das Spektakel ansehen.

Ich schaue zu Adraa, will sie nicht unterbrechen. Der von ihr belehrte Junge nickt eifrig, nachdem sie ihm ein kleines Flackern einer intensiven Flamme vorgeführt hat. Adraa lächelt über etwas, das er sagt, und mir krampft sich der Magen zusammen. *Das ist harmlos,* sage ich mir. Sie hat das Recht, anzulächeln, wen sie will. Dann berührt sie ihn am Arm und ergreift sein Handgelenk. Ich hole tief Luft. *Sie zeigt ihm nur, wie er es besser machen kann, Jatin. Reiß dich zusammen.*

Meine Wächterinnen und Wächter sehen von den Seitenlinien aus gebannt zu, deuten auf Adraa und den Jungen, murmeln Fragen. Sie wissen wirklich nicht, wer sie ist. In Belwar bewahrt man von jeher den Brauch, Mitglieder der königlichen Familie erst nach der Zeremonie der Öffentlichkeit vorzustellen. So soll die Zustimmung der Götter zur neuen Generation von Radschas und Ranis eingeholt werden, bevor man sie als Thronerben ausruft. Aber die Götter haben seit Hunderten Jahren keinen angehenden Thronerben mehr abgelehnt. Und seit Jahrzehnten ist niemand mehr gestorben. Zu Beginn der Schulzeit ist mein Name meinem Können vorausgeeilt. Bei meiner Herkunft ging man davon aus, dass ich Macht und Ruhm erlangen würde. Ich wurde auf Anhieb erkannt und entlarvt. Aber ich besaß tatsächlich das Talent, das alle von mir erwarteten.

Zu der Zeit habe ich mich ständig nach einem einigermaßen normalen, unscheinbaren Leben gesehnt und es mir bei jeder Gelegenheit vorgegaukelt, wenn Kalyan und ich die Rollen getauscht haben. Fällt es Adraa deshalb so leicht, zu lügen und diese falsche Identität als Jaya Rauch aufrechtzuerhalten? Sie hat Übung darin, unerkannt zu bleiben.

Ich lache, als sich der junge Wächter im Kreis dreht und verlegen zusammenzuckt, als er sich der plötzlichen Leere um ihn herum bewusst wird. Er verneigt sich vor Adraa und rennt vom Übungsplatz.

Adraa kommt zu mir zurückgelaufen. »Er hat auf mich gehört. Du kannst mir dafür danken, dass ich die Kaserne davor bewahrt habe, eines nahen Tages abgefackelt zu werden.«

»Gut. Ein Problem weniger für die Zukunft.«

Sie betrachtet die versammelte Wachmannschaft, die auf den Beginn unseres Zweikampfs wartet. »Mir war nicht klar, dass wir Publikum haben würden.«

Ich zucke mit den Schultern. »Regenbogen kommt nicht allzu oft vor. Die meisten von ihnen haben nur vier oder fünf Stärken.« Kurz verstumme ich. »Also – Wettrennen mit Orange?«

»In Ordnung.« Adraa legt ihren offensichtlich neuen Himmelsgleiter beiseite. Dann knotet sie unverhofft ihren rosa Rock auf, faltet ihn in der Mitte und befestigt ihn wieder um die Taille. Statt bis knapp unter die Knie zu fallen, haucht ein Windstoß die Seide nun über ihre Oberschenkel. Zwar trägt sie immer noch eine Fliegerhose, aber verdammt, sie scheint genau zu wissen, was sie tun muss, um mich abzulenken.

Ich zwinge mich, den Blick abzuwenden, und nehme Laufhaltung ein.

Sie schwenkt den Zopf über die Schulter zurück und sieht mich an. »Ich hoffe, du bist kein schlechter Verlierer.«

Bevor ich etwas erwidern kann, stößt einer der Wächter einen Ruf aus, und wir preschen los.

»*Tvarenni!*«, brüllen wir beide. Meine Beine legen sich mächtig ins Zeug, während sich die orangefarbene Magie durch meine Muskeln ausbreitet. Erde schlittert unter meinen

Schuhen dahin, der Übungsplatz rauscht an mir vorbei. Adraa zieht voraus, und ich verstärke meine Magie. Aber innerhalb von Sekunden ist es vorbei, und ich habe verloren. Adraa hat die Ziellinie bereits überquert und sich zu mir umgedreht. Prompt ertönt das mich verhöhnende Johlen des Publikums.

»Zwei.« Sie zeigt auf sich. »Null.« Grinsend deutet sie auf mich. *Oh ihr Götter, warum ist dieses Lächeln so nervtötend und berauschend zugleich?*

»Das war erst der Anfang«, stoße ich schnaufend hervor.

»Mag sein, aber ich bin in Führung.«

Da fällt mir wieder ein, wie sehr mich der Wettstreit mit Adraa immer begeistert hat. Manchmal bin ich über das Gelände der Akademie zu meinem Schreibtisch gerannt, um ihr so schnell wie möglich zu schreiben. Obwohl wir nie richtig befreundet waren, wollte ich stets ihr als Erster von meinen Erfolgen berichten. Meine Mitschüler haben entweder gar nichts gesagt oder mich aufgezogen. Von meinem Vater kamen Kommentare wie »Wie schön« oder »Gut gemacht«. Adraa hingegen wurde verärgert. Und je mehr, desto sicherer wusste ich, dass ich es wirklich gut gemacht hatte. Das war beflügelnd. Aber tatsächlich neben ihr zu stehen und zu spüren, wie sich meine Muskeln danach sehnen, kompliziertere Zauber zu wirken, ist wie eine physische Umsetzung all der Buchstaben in den Briefen. Mein Körper zeigt sich begeistert davon und vibriert vor Ehrgeiz. Auch Adraa hält sich nicht zurück. Das hat bisher noch niemand getan, der gegen mich angetreten ist. An der Akademie konnte ich mir die Warnungen hinter vorgehaltener Hand gut vorstellen. *Wag es ja nicht, den künftigen Maharadscha von Naupure zu verletzen. Er ist der einzige Erbe.*

Doch hinter Adraas Augen leuchtet nur reines Feuer, als sie Luft verdichtet, sie hundert Meter über den Übungsplatz pustet und eine Zielscheibe umwirft. Ich gebe ungern zu, dass ich bei gelber Magie selten gewinne, aber es bewahrheitet sich – obwohl es knapp ist.

Als wir zu Grün übergehen, gewinne ich zu Recht ein wenig Würde zurück. Agsa ist für Landwirtschaft bekannt, und Adraa ist in der Stadt geboren und aufgewachsen. Bäume, Obst und dergleichen wachsen zu lassen, hat immer zu meinen Spezialitäten gehört. Ähnlich leicht gewinne ich bei blauer Magie, aber damit war angesichts meines Vaters wohl zu rechnen. Ich schenke ihr ein ebenso breites Grinsen, wie sie es zuvor mir unter die Nase gerieben hat. »Was hast du vorhin gesagt? Irgendwas von du würdest führen, oder?«

Roter Nebel wirbelt um ihre Hand, bis ein Schwert darin erscheint und wie Blut schimmert. »Für Violett schlage ich ein echtes Duell vor.« Sie sagt es zwar nicht allzu laut, dennoch wittern die uns zusehenden Wachen einen sich anbahnenden Kampf. Ein anfeuerndes Johlen bricht aus.

Ich schlucke, bin mir nicht sicher, ob ich das kann. »Ich will dir nicht wehtun.«

»Nur bis das erste Blut fließt. Nicht wie im Untergrund.«

Ich seufze, vermittle damit hoffentlich meinen Widerwillen und beschwöre schließlich mein eigenes weißes Schwert. »Nur Schwerter.« Die Götter wissen, dass ich weder Dolche auf sie werfen noch eine Axt gegen sie schwingen will.

»Na schön, nur *Schwerter*.« Roter Rauch verdichtet sich zu einem zweiten Schwert in ihrer rechten Hand.

Verflixt.

Mit einem jähen Ausfallschritt zielt sie auf meinen Oberarm. Ich kann gerade noch rechtzeitig parieren und nutze die Nähe für einen Angriff auf ihren ausgestreckten Arm. Sie wehrt ihn mit dem anderen Schwert ab und drängt mich gleichzeitig zurück. Gegen Linkshänder zu kämpfen, ist das Schlimmste. Adraa setzt mit einem Ausfallschritt nach rechts nach. Zumindest glaube ich, dass sie Linkshänderin ist.

Im Gefecht gegen die Matrosen der Vencrin habe ich sie aus dem Augenwinkel beobachtet, doch selbst gegen sie zu kämpfen, ist etwas völlig anderes. Sie bewegt sich wie Flammen – fließend, flackernd, unberechenbar. Wir umtänzeln uns gegenseitig, wogen vor und zurück. Stoß. Parade. Drehung. Mittelhau. Ducken. Mehr geduckt als diesmal habe ich mich noch nie zuvor bei einem Kampf.

Die Umstehenden an den Seitenlinien amüsieren sich köstlich. Natürlich auf meine Kosten. Vergnügt grölen sie, als ich mit einer Drehung Adraas Schwert ausweiche, das andere abzuwehren versuche und nur knapp mit heiler Haut davonkomme. Ich atme schwer. Verdammt, bewegt sie sich schnell. Wir fegen so wild über den Boden, dass um unsere Beine herum eine Staubwolke aufsteigt und sich kratzig in meinem Hals festsetzt. Ich huste.

Adraa unternimmt einen weiteren Angriff auf meine Brust.

Ich weiche zurück, um wieder Abstand zu gewinnen. »Bist du sicher, dass du nicht versuchst, mich umzubringen?«

»Auf keinen Fall …« Sie grinst. »… vor all den Zeugen.«

»Wie beruhigend.«

Sternschritt. Verlagerung. Stoß. Parade. Riposte. Parade. Adraa und ich sind zu flink für einen solchen Kampf. Wir zielen beide auf einfache, nicht tödliche Ziele, um Blut zu vergießen. Aber sie ist zu schnell. Ich muss das von uns geschaffene Muster durchbrechen. Mit einer schnellen Handbewegung senke ich die Klinge und führe einen Oberhau statt eines Schlags gegen ihren Bauch aus. Sie springt zurück und versucht, die Klinge zur Verteidigung hochzureißen. Unsere

Schwerter schlittern übereinander. Weiß auf Rot verschmilzt zu Rosa, unsere Parierstangen verhaken sich ineinander. Adraa lässt die andere Klinge vorschnellen, zielt auf mein Gesicht. Ich kontere und wende das rote Schwert ab, eine weitere Bindung. Einen Moment lang erstarren wir, verschmolzen wie Eis. Die Menge johlt.

»Einigen wir uns auf ein Unentschieden?«, frage ich. Ihr Gesicht ist nur Zentimeter von meinem entfernt.

»Nein«, entgegnet sie schnaubend. Ruckartig weicht sie zurück. Ich reiße das Handgelenk schräg nach oben, löse unsere Bindung und schneide ihr in die Wade. Adraa verzieht das Gesicht zu einer Grimasse. Ihr Bein knickt ein. Von den Seitenlinien erhebt sich Gebrüll.

Ich ziehe mich zurück und lasse beide Schwerter fallen. Sie verpuffen zu weißen Rauchwölkchen, bevor sie den Boden erreichen. »Alles in Ordnung?«

»Es geht mir gut«, erwidert Adraa. Sie fasst sich an die Wade, richtet sich auf und zeigt der umstehenden Wachmannschaft das Rot an ihrer Hand. »Um die blutrünstigen Massen zu besänftigen«, erklärt sie und verdreht dabei die Augen.

Die Schaulustigen jubeln über meinen kleinen Sieg. Adraa nickt ihnen zu. »Die meisten haben wohl auf dich gesetzt.«

Ich drehe mich um und sehe, wie Münzen die Hände zwischen mehreren Männern und Frauen wechseln. »Unfassbar, dass jemand gegen mich gewettet hat.«

»Na ja, du bist nicht ihr Radscha.«

»Stimmt, natürlich nicht. Das wäre vielleicht peinlich ...«

Adraa setzt sich auf den Boden und beginnt, die Wunde an ihrem Bein zu heilen.

Ich gehe neben ihr in die Hocke und bemühe mich, die beißende Ironie in ihren Worten zu verdrängen. »Weißt du, was das bedeutet?«

Adraa zaubert weiter, schenkt mir keine Beachtung, bis sie schließlich aufschaut. »Dafür, dass du mir mal gesagt hast, Wächter kämpfen ehrenhaft, bist du selbst ganz schön hinterlistig.«

»Nein.« Ich verstumme. War mein Manöver hinterlistig? In gewisser Weise habe ich sie ja sogar gewarnt. Ich schüttle den Gedanken ab. »Vier.« Lächelnd zeige ich erst auf mich, dann auf sie. »Zwei.«

»Nein, vier zu drei.« Sie dreht mir das Bein so zu, dass ich die glatte braune Haut durch den Riss in ihrer orangefarbenen Fliegerhose sehen kann. Keine Spur mehr von einer Wunde, nicht mal ein Kratzer. »Ich habe deine Einschränkungen nicht vergessen.«

Ich strecke ihr die Hand entgegen, um ihr aufzuhelfen. »Ja. Und was sind deine?«

»Du wirst feststellen müssen …« Abrupt verstummt Adraa und starrt zu unserem Publikum. Ich drehe mich um, will herausfinden, was oder wen sie ansieht. Einen flüchtigen Moment lang bilde ich mir ein, Kalyan in der Menge auszumachen, aber er ist meiner Bitte nachgekommen.

»Was ist?«

»Mir ist gerade etwas klar geworden.«

»Ach ja?«

Mit strahlender Miene dreht sie sich mir zu. »Hast du eine Karte von Belwar und eine Kopie meines Berichts?«

***

Ich gehe voraus in eines der Teezimmer des Palasts. Dieses

liegt im Trakt meiner Mutter und wird daher selten benutzt. Auch Jahre nach ihrem Tod werden viele der Räume nach wie vor sauber gehalten, bleiben aber unberührt wie ein Artefakt, das poliert und für Studienzwecke ausgestellt wird. Früher habe ich mich oft hergeschlichen, um zu lernen, so viel ich konnte. Ich habe mit den zahlreichen draußen vor den Fenstern hängenden, mittlerweile größtenteils verwaisten Vogelhäuschen gespielt, die Regale nach den abgegriffensten Büchern durchsucht und die weiche Seide ihrer gelben Roben berührt. Als Kind durfte ich mich überall im Palast aufhalten, außer im Kinderzimmer.

»Ich wusste gar nicht, dass der Flügel des Palasts noch genutzt wird«, flüstert Adraa, als würde hier ein Geist wohnen.

»Deshalb eignet er sich gut für unsere Treffen. Und deshalb.« Ich deute auf die Darstellung am Boden, die riesige, im Sonnenlicht schimmernde Landkarte von Wickery meiner Mutter.

»Jetzt verstehe ich, warum Maharadscha Naupure gesagt hat, dass sie strategisch wie ein Vogel gedacht hat.«

Ein Ruck durchläuft mich. Das habe ich meinen Vater auch über meine Mutter sagen hören. Einmal. »Du weißt viel über die Naupures, nicht wahr?«

»Maharadscha Naupure und ich unterhalten uns, wenn ich Firelight bringe. Also ja, ich denke schon«, bestätigt sie und verschiebt einen Tisch, um die gesamte Karte freizulegen.

Ich will das Thema nicht weiter vertiefen.

»Du musst die Möbel nicht verschieben.« Ich lege die Hände auf den Boden, flüstere schwarze Magie in das Bild und schiebe die Hände nach außen. Der weiße Nebel meiner Magie sickert in den Boden, und die Karte bewegt sich unter uns. Mit einer weiteren Wischbewegung vergrößere ich sie auf Belwar, als würden wir im Sturzflug mit Himmelsgleitern hinabtauchen. Diesen Raum habe ich immer geliebt.

»Das ist ja fast, als würde ich wieder mit dir fliegen«, scherzt Adraa.

Ich schenke ihr ein verschmitztes Lächeln.

Sie lässt sich direkt auf der Abbildung ihres Palasts nieder. »Mein Bericht?«

Ich reiche ihr den Packen Papier. Sie betrachtet die Karte von Belwar, wirkt violette Zauber und streckt die Hände aus. Kleine Punkte senken sich auf das Ostdorf. Ich betrachte das Gewirr der Markierungen und versuche zu durchschauen, was sie macht. »Was hast du herausgefunden?«

»Einschränkungen«, antwortet sie mit einem Grinsen.

Langsam lasse ich mich neben ihr nieder. »Was meinst du damit?«

»Firelight. Es gelangt nicht durch Magie zu Pier sechzehn. Für die Herstellung oder Lagerung der Drogen könnte jeder Hinterhof oder jedes Haus benutzt werden. Eine Drogenhöhle habe ich schon aufgespürt.« Sie lässt eine Markierung aufleuchten. »Es muss noch mehr geben. Ich finde sie nur nicht. Das ist das Schwierige daran. Aber nur ein Mensch stellt Firelight her.«

»Adraa Belwar«, flüstere ich. Es fühlt sich gut an, ihren Namen endlich laut auszusprechen.

Sie zuckt mit keiner Wimper. »Ja. Und da Basu aus dem Spiel ist und nicht mehr seine gesamte Lieferung hinbringt, werden die Vencrin das Firelight langsam aufkaufen oder stehlen müssen. Das bedeutet ...« Lächelnd zieht sie einen großen Kreis um den Standort jedes gemeldeten Drogengeschäfts. Dann zeichnet sie langsam Dreiecke, verbindet Punkte miteinander, bis die Karte zu bluten scheint. »Einschränkungen.«

Ich wirke ebenfalls Magie, erhelle die wichtigsten Punkte und zeichne ein eigenes Dreieck – Pier sechzehn, der Untergrund, Basus Laden. »Du hast recht. Es ist schwierig, glühende Lichtkugeln mit einem Ablaufdatum unbemerkt quer durch die Stadt zu befördern. Sie müssen ein …«

»Ein Lagerhaus oder so haben.« Adraa lächelt mich so strahlend an, wie ich es noch nie erlebt habe. Der Anblick bringt mich zum Schmelzen.

Ich vergrößere weiter. Unser Bild saust vorbei an Tempeln, Straßen mit dicht beisammenstehenden Häusern und Marktplätzen. Nicht viele Bauwerke sind groß genug, um einen solchen Betrieb zu beherbergen. Die Zeit vergeht wie im Flug, während wir die Möglichkeiten untersuchen. Adraa weiß über jedes Gebäude etwas und beweist damit, dass sie Belwar so gut wie das Muster ihres Berührungsmals kennt. Schließlich gelange ich zu einem hohen, rechteckigen Gebäude an der Grenze zwischen Ostdorf und Norddorf. Zum ersten Mal überlegt sie.

»Das war früher ein Handelsbasar. Aber als mehrere größere und schönere eröffnet worden sind, hat man es in Unterkünfte für Obdachlose und Unberührte umgewandelt«, sagt sie.

Also der perfekte Ort für die Vencrin, um ihn zu beschlagnahmen.

»Wir haben es gefunden«, haucht sie. Erleichterung entlockt ihr ein Lachen. Es ist ein wundervolles Geräusch.

Wir planen, besprechen Möglichkeiten für Hinterhalte und Adraas bisherige Taktiken. Ich beuge mich vor und zeige auf das Gebäude neben dem ehemaligen Handelsbasar, weil ich es für den besten Beobachtungspunkt halte. Dabei streift meine Hand versehentlich die ihre. Abrupt verstumme ich, und einen Herzschlag lang verharren wir so, mit meinen Fingern auf ihren.

Adraa schaut auf. Unsere Blicke begegnen sich. »Es ist dir wirklich egal, oder?«, fragt sie.

Oh ihr Götter, nur eine harmlose Berührung, und schon bricht meine Konzentration ein, verliere ich die vor uns liegende Aufgabe aus den Augen. »Was? Nein, ich bin voll dabei.« Ich zeige auf die Karte und zwinge mich, den Blick auf unsere roten und weißen Punkte zu richten. *Was wollte ich noch mal sagen?*

»Nein, ich rede von meinem Arm. Das stört dich überhaupt nicht, oder?« Sie deutet mit dem Kopf auf unsere Hände. Unwillkürlich verziehen sich meine Lippen vor Glück nach oben.

Ich lehne mich zu ihr. »Da hast du recht. Es stört mich kein bisschen.« Mein Blick schnellt zwischen ihren Augen und ihren Lippen hin und her. Oh ihr Götter, wie gern würde ich sie küssen und mit den Lippen dem Beispiel unserer Hände folgen. Mir geht durch den Kopf, dass sie vielleicht, nur vielleicht dasselbe will. Nur würde sie nicht mich – Jatin – küssen. Sie würde glauben, einen Wächter zu küssen, und das wäre eine Lüge. Ein kaltes Beben trifft mich mitten in die Brust. Eine Lüge, die sie will?

Eine Glocke bimmelt, und *zack!* Der Vorhang auf der gegenüberliegenden Seite des Raums enthüllt eines unserer Dienstmädchen. Der jungen Frau entfährt ein Quieken. »Oh ihr Götter, ich bitte um Entschuldigung. Ich habe nicht damit gerechnet, dass jemand hier sein würde.«

Adraa zieht die Hand an ihre Seite zurück und löst mit einem Wink die roten Lichtpunkte auf der Karte in Rauch auf. »Ich sollte gehen.« Sie springt auf.

Ich verwerfe die eigenen Markierungen, entferne die Karte aus dem Zauber und verwandle sie zurück in ein schlichtes

Bild. »Warte!«, rufe ich, als Adraa zur Tür hinausrennt und ihre Schritte im Flur widerhallen.

»Radscha Jatin, ich ...«

Ich winke in Richtung des Dienstmädchens ab. »Schon gut. Tu einfach so, als wäre das nie passiert.« Und damit presche ich hinter Adraa her.

»Jaya, warte!«, rufe ich erneut.

Vor mir verlangsamt Adraa die Schritte. Schließlich dreht sie sich um, immer noch mit Panik im Gesicht.

»Alles gut. Sie ist ein Dienstmädchen. Und sie hat nicht genug gesehen, um zu verstehen, was wir geplant haben«, versuche ich, sie zu beruhigen.

Adraa blickt auf ihre rechte Hand hinab und ballt sie fest zur Faust. »Ich ... Vielleicht sollte ich es allein machen.«

Was? Es geht also um mehr als Verlegenheit. Mein Verstand spielt alle Möglichkeiten durch, wie mich ein einziges Dienstmädchen zurück in die Gefilde eines nutzlosen Wächters schleudern konnte. Was auch immer Adraa zu ihrer Entscheidung getrieben hat, ich kann sie nicht einfach hinnehmen. Ich kann sie nicht allein losziehen lassen, obwohl ich weiß, dass jeder Drogendealer auf die Gelegenheit lauert, sich auf sie zu stürzen und sie zu töten. »Nach all der Planung und allem, was wir auf Pier sechzehn gehört haben, willst du es allein machen?«

»Es ist komplizierter. Kalyan, du und ich ... Also, ich will nicht, dass noch jemand verletzt wird.«

»Und wenn ich dabei bin, ist die Wahrscheinlichkeit dafür geringer. Bitte sag, dass wir dabei immer noch ein Team sind.« Mir bleibt keine andere Möglichkeit, als zu betteln.

Sie zieht sich zurück. »Na schön. Partner. Aber nicht mehr.«

Nicht mehr. Das ist keine Zurückweisung. Noch nicht mal eine schlechte Neuigkeit. Eigentlich habe ich gewonnen. Sie hört auf Vernunft und wird sich nicht ohne mich auf die Straße wagen. Aber als ich beobachte, wie sie sich abwendet und geht, werde ich trotzdem das Gefühl nicht los, verloren zu haben. Und es hat noch nie so sehr geschmerzt.

Kapitel 22

Erwerb eines Namens

Adraa

Die nächsten zwei Wochen lang schleichen wir jede zweite Nacht durch die leeren Mauern des einst prächtigen Handelsbasars. Das Gebäude hat schon bessere Tage erlebt. Ein Geflecht von Rissen überzieht das runde Dach und die gewölbten Fenster. Der sandfarbene Stein, aus dem die meisten Gebäude in Belwar bestehen, ist oben ausgebleicht und unten geschwärzt.

Am fünften Tag bin ich mir sicher, dass wir den richtigen Ort gefunden haben. Zwar weist nichts offenkundig auf Vencrin hin, aber es riecht nach Verfall, zugleich jedoch herrscht reges Treiben – eine Mischung, die nur eins bedeuten kann. Und als wäre das nicht deutlich genug, habe ich meinen Händler im Norddorf gebeten, Firelight in den öffentlichen Laternen anzubringen, die früher klebrige Kerzen und tropfendes Wachs beherbergt haben. Bei Einbruch der Dunkelheit konnten Kalyan und ich beobachten, wie jedes einzelne schimmernde Licht der Behaglichkeit und Wärme aus seiner Halterung stibitzt wurde. Daher beobachten wir mittlerweile in drückender Dunkelheit.

Was an sich kein Problem wäre. Ich fürchte mich nicht vor

Dunkelheit. Kalyan und ich beherrschen orangefarbene Magie hinlänglich, um trotzdem genug zu sehen. Nein, das Problem ist Kalyan. Seit zwei Wochen halte ich Grenzen ein. Keine körperliche Nähe. Kein Sitzen und schon gar kein Liegen nebeneinander auf dem Boden. Die Dunkelheit verstreut meine Regeln über das Dach, als wären sie ein Witz.

Ich dachte, mit meinem »nicht mehr« könnte ich *meinen* Gefühlen bei dieser Partnerschaft einen Riegel vorschieben. Fehlanzeige.

Vor zwei Nächten hat Kalyan vorgeschlagen, wir könnten uns als zwei junge Verliebte ausgeben, die auf dem Dach ungestört sein wollten, falls wir erwischt werden. Normalerweise stehe ich, bildlich gesprochen, nicht schnell in Flammen, aber meine Wangen haben gelodert, als ich versucht habe, so zu tun, als wäre seine Idee ein solider Plan.

Daraufhin lachte er prustend und sagte: »Das war nicht wirklich ernst gemeint.« Somit hatte mein Verstand sich diese Möglichkeit nicht nur prompt freudig ausgemalt, sondern ich war auch noch diejenige in Verlegenheit. Auch wenn ich meine Regeln für das Dach nicht laut ausgesprochen habe, bin ich selbst diejenige, die sie über Bord wirft.

Vor all dem habe ich meine Identität nur zu einem Zweck verschleiert – um Informationen zu sammeln. Jetzt dient es zudem etwas anderem. Mit der Lüge lebe ich auch eine Fantasie aus. Kalyan und Jaya könnten zusammen sein, *könnten* sich ineinander verlieben. Mein nahender Geburtstag bereitet mir Beklommenheit einer völlig neuen Art.

Aber daran sollte ich nicht denken. Immerhin habe ich eine Aufgabe. Beobachten. Planen. Und dann plündern wir dieses getarnte Lagerhaus. Danach wird es mir auch gelingen, meine Firelights zu finden. Ich werde Beweise haben.

Die Gefahr eines Hinterhalts und der Befehl jenes Anführers der Vencrin, uns zu vernichten, schweben immer noch bedrückend über uns. Auf dem Weg hierher sind wir zweimal angegriffen worden. Einmal prasselten Magieströme vom Himmel auf uns ein. Der andere Angriff erfolgte zwei Blocks entfernt mit schwarzer Magie. Elf Menschen sind dabei gefallen.

Mitten im Kampf haben Kalyan und ich eine Taktik entwickelt, um uns gegenseitig den Rücken zu decken. Wir nennen sie Ringe. Dabei lassen wir ein, zwei Vencrin nah heran, schicken sie zu Boden und rücken dann in kleinen, aber steten Schritten vor. Wir haben auch angefangen, auf unterschiedlichen Ebenen zusammenzuarbeiten, einer auf dem Dach, der andere auf dem Boden. Auftragskiller springen nicht nur gern aus Schatten hervor, sondern auch von oben auf ihr Opfer herab.

Ich habe aufgehört, meine Uniform der Roten Frau zu tragen. Heute Nacht habe ich mich für eine violette Fliegerhose, eine rosa Bluse und einen lavendelfarbenen Wickelrock entschieden, der lang genug ist, um ihn wie einen Sari über eine Schulter gefaltet zu tragen. Keine Masken. Keine schattenhafte Kostümierung, auf die der Gott Wodahs stolz wäre. Nur zwei junge Leute ... die ungestört sein wollen.

Kalyan stupst mich mit der Schulter an. Jede Faser meines Wesens konzentriert sich auf die Berührung, als hätte orangefarbene Stärke meine Nerven durchwirkt. Anfangs ist nur meine Hand wärmer geworden, wenn er mich berührt hat. In den letzten Wochen hat sich das Gefühl meinen Arm hinauf und durch meinen gesamten Körper ausgebreitet. Was mehr als ärgerlich ist, um nicht zu sagen unprofessionell.

»Links kommt gerade jemand um die Ecke«, flüstert Kalyan.

Ich schwenke die Aufmerksamkeit in die Richtung, löse meine verflixten Sinne von seiner hauchzarten Berührung. Kalyan hat recht. Die massige Gestalt eines Mannes tritt unter einer leeren Laterne hervor und stapft die Straße entlang. Der Gang und der Körperbau kommen mir irgendwie bekannt vor, allerdings kann ich beides nicht ...

Nein! Der Magen sackt mir zu den Knien. Ein Kloß sitzt mir im Hals. Ich drohe, an Überraschung zu ersticken.

»Ich erkenne ihn nicht. Kannst du sein Gesicht sehen?«, fragt Kalyan.

Ich drehe mich um und kauere mich so hin, dass kein Teil von mir über den Dachvorsprung ragt. Meine Lunge leistet Schwerstarbeit.

»Rauch?«

Ich bringe keine Antwort hervor.

Kalyan beugt sich dicht zu mir. »Wer ist es?«

Ich blicke in seine aufrichtigen Augen. »Beckman.«

Nachdem ich die Wahrheit ausgesprochen habe, wirble ich herum, weil ich mich vergewissern muss. Vielleicht schlendert er nur unschuldig vorbei. Das muss noch lange nicht heißen, dass er zu den Vencrin gehört. Dafür ist er ein zu guter Mensch. Er ist nicht drogensüchtig und hat noch kein einziges Mal über Geldsorgen geklagt. Vielleicht hat er nichts mit der Zerstörung all dessen zu tun, wofür ich stehe.

Ein weiterer Blick bestätigt mir, was ich bereits weiß. Es ist tatsächlich Beckman. Wäre auch schwer, einen der größten und kräftigsten Männer der Welt nicht zu erkennen. Nur will ich ihn hier nicht sehen. Überall, nur nicht hier. Meine Knöchel schmerzen davon, wie krampfhaft ich mit den Fingern die

Dachkante umklammere. *Geh weiter. Nach Hause zu deinen Mädchen.*

Er tut es nicht. Beckman nähert sich dem Lagerhaus, das wir seit Tagen beobachten und das ich gestern Nachthexer habe betreten sehen. Er schiebt sich durch einen Vorhang und verschwindet. Plötzlich fühlt sich etwas in mir hohl an.

»Tut mir leid«, flüstert Kalyan.

Der Begriff Freund *wird allgemein für Verbündete verwendet.* Die Worte meines Vaters hallen mir in den Ohren wider. Das haben wohl auch Beckman und ich getan. In Wirklichkeit bin ich für Beckman nur eine junge, überforderte Käfighexe. Jene Nacht mit Rakesh auf dem Oberdeck, die Scham und das Grauen – alles bedeutungslos für ihn. Und ich dachte, wir wären Freunde. Falsch. Völlig falsch. Ich scheine meine Lektion einfach nie zu lernen.

Aber als ich meine Gefühle genauer betrachte, stelle ich fest, dass mehr dahintersteckt. Ich habe Beckman nicht nur als Freund betrachtet, sondern auch als einen mit dem schlimmsten, furchterregendsten Moment meines Lebens verbundenen Zauberer. Und er hat mich davor bewahrt. Wie kann so jemand für die Vencrin arbeiten?

»Kann ich wirklich nie jemandem vertrauen?« Ich schaue zu Kalyan. Er wirkt genauso am Boden zerstört wie ich. »Was ist?«

Er starrt zu der Gasse. »Ich sollte dir was sagen«, erwidert er schließlich.

»Hattest du ihn im Verdacht?«

»Nein, ich ...« Kalyans Augen werden groß, während er etwas über meine Schulter hinweg beobachtet. »Er ist draußen.«

Ich drehe den Kopf so abrupt, dass sich mein Nacken verkrampft. Aber ich achte nicht auf den Schmerz, denn Beckman ist wieder unterwegs. An der Ecke bleibt er stehen, knüllt etwas zusammen und wirft es in einen Mülleimer.

»Hast du das gesehen?« Aufmerksam verfolge ich jede Bewegung, jeden Schritt. Dann verschwindet er in den Schatten.

»Wenigstens ist er kein Verschmutzer.« Langsam richtete sich Kalyan auf. »Ich sehe mir das mal an.«

Ich packe ihn am Handgelenk. Er starrt mich an, bis ich ihn loslasse. »Sei vorsichtig.«

Dann spricht er genau die Worte aus, nach denen ich mich in dem Moment unheimlich sehne. »Ich vertraue dir. Ringe?«

»Ringe«, bestätige ich.

Ich beobachte, wie Kalyan von schwarzer Magie umhüllt landet, sich den Gegenstand holt und rasch wieder zu unserem Versteck aufsteigt.

»Was ist es?«

Kalyan hält mir ein Pergament entgegen. »Wir sind berühmt.«

Ich schnappe mir das dünne Papier. Dann brauche ich einen Herzschlag, um zu verarbeiten, dass es sich um ein Bild von uns handelt – oder zumindest unseren Ermittlerpersönlichkeiten. Eine Zeichnung ohne Einzelheiten, nur rote Magie, die ein weibliches Gesicht verhüllt. Was man von meinen Zügen erkennt, ist dreieckiger und weiblicher dargestellt, als es in Wirklichkeit ist. Was nur bedeuten kann, dass niemand viel über mich weiß, abgesehen davon, dass ich von Erif berührt und eine Frau bin. Da hat mir wohl doch mein wenig origineller Name einen Gefallen getan. Er verrät nur, was ohnehin offensichtlich ist.

Kalyans Darstellung rechts neben meiner ist noch undeutlicher. Die weiße Rauchwolke hat den Zeichner so verwirrt, dass man Kalyans braune Haut fälschlicherweise für drei Schattierungen blasser halten könnte, als sie ist. Als wäre er jemand aus Agsa. Mein schwarzer Trugzauber hat für uns beide besser gewirkt, als ich es mir je hätte vorstellen können.

Oben steht: NACHT UND DIE ROTE FRAU. Anscheinend hat Kalyan einen eigenen, genauso wenig originellen Spitznamen bekommen. Aber warum hatte Beckman das Pergament? Und warum hat er es weggeworfen?

»Was denkst du gerade?«, fragt Kalyan.

»Ich frage mich, warum du als Erster genannt wirst«, scherze ich, um meinen Schmerz zu überspielen.

Er lässt sein typisches Lächeln aufblitzen. »So ist es wohl eingängiger.«

»Ja, aber mich wollen sie dringender tot sehen als dich.«

Er öffnet den Mund zu einer Erwiderung. Wahrscheinlich will er sagen, dass die Todesdrohung für uns beide gilt. Dann jedoch klappt er den Mund wieder zu. Stattdessen sieht er mir in die Augen. »Lass uns nicht darüber streiten, wen die Vencrin dringender tot sehen wollen.«

Er hat recht. Ich habe wirklich wichtigere Sorgen. Zum Beispiel, dass auch Beckman mich umbringen will. Wenn ich mit der Vermutung richtig liege, bietet sich ihm mit unserem Käfigkampf in wenigen Tagen die perfekte Gelegenheit dafür.

***

Mir ist einer der schlimmsten Fehler unterlaufen, die eine verdeckte Ermittlerin begehen kann – ich habe meine Zielpersonen unterschätzt. Die Plakate zeugen von einem Einfallsreichtum, den ich den Vencrin nicht zugetraut hätte. Innerhalb eines Tages übersäen sie die Straßen regelrecht. Sie hängen an Marktständen, an den Fenstern der meisten Tavernen, sogar an Flugplätzen. Somit kann jeder, der Nacht oder die Rote Frau sichtet, die Vencrin verständigen. Wir werden mit Papier und Tinte gejagt.

Innerhalb weniger Stunden wird die Rote Frau weithin bekannt. Das weiß ich, weil bereits am nächsten Nachmittag in meinem eigenen Zuhause über sie gesprochen wird. Die Bilder werden in den Gängen betrachtet. Unter den Kranken in der Klinik wird darüber gesprochen, unter den Palastbediensteten darüber gemunkelt, während sie ihren Pflichten nachgehen. Riya will mit wachsendem Argwohn in jeder Verschnaufpause zwischen unseren Übungen über die Rote Frau reden. Zu guter Letzt wird die Neuigkeit bedeutsam genug, um auf dem Schreibtisch meines Vaters zu landen.

Das Pergament, das mit der Vorderseite nach unten zwischen anderen Unterlagen liegt, muss eines der Plakate sein. Es kräuselt sich an den Rändern, als hätte der Wind zu lange an einer Hauswand daran gezerrt. Instinktiv spanne ich den Körper an, aber ich habe *gewusst*, dass dieser Moment irgendwann kommen würde. Seit Beckmans aus dem Müll gefischtes Pergament vor mir entrollt worden ist, habe ich damit gerechnet, dass mein Vater auf die Rote Frau – also auf mich – aufmerksam werden würde.

Er hält das Plakat hoch und räuspert sich. »Meine tägliche Besprechung hat sich heute um die Rote Frau gedreht. Ich muss demnächst eine Erklärung darüber abgeben, wie wir zu ihr stehen und welche Maßnahmen wir zu ergreifen gedenken. Bestimmt hat mittlerweile jedermann die Gerüchte über sie gehört.«

»Was sagen denn deine Berater und die Radschas von Belwar?«, frage ich ihn. Auf den Moment habe ich ungeduldig gewartet. Durch ein offenes Gespräch kann ich etwas in Erfahrung bringen, ohne verdächtig neugierig zu erscheinen. Ich hoffe nur, meine Familie stellt sich auf die Seite meiner anderen Persönlichkeit und sieht ein, dass sie nur tut, was getan werden muss.

»Die meisten empfehlen, ihr das Handwerk zu legen.«

Ich lasse den Löffel fallen und bemühe mich verzweifelt, die nächste Frage, die gestellt werden muss, mit ruhiger Stimme herauszubringen. »Sie wollen sie umbringen?«

»Nein. Ich glaube, die Wache will ihre Beweggründe verstehen und sie dann benutzen. Es heißt, sie sei eine mächtige Hexe roter Stärke.« Kurz verstummt er. Seine Augen leuchten.

Verdammt, weiß er etwas? Kann er es spüren? Kann er sehen, wie meine Hände die Serviette unter dem Tisch zerknüllen?

»Adraa. Du hast mit vielen Rotmagierinnen gearbeitet, seit du das Firelight erschaffen hast. Ist für dich denkbar, dass eine davon die Rote Frau ist?«

Ich kämpfe gegen Panik an und bin dankbar, dass ich diesmal wohlweislich zu essen aufgehört habe. Um Ungezwungenheit vorzugaukeln, spiele ich dennoch mit dem Currygericht herum. »Äh, ich bin mir nicht sicher. Ich habe sie alle nur mit dem einen Zauber getestet. Also weiß ich nicht genau, wozu sie wirklich fähig sind.«

Ich spüre Prishas Blick auf mir.

»Aber du könntest dabei helfen, die Liste der Verdächtigen einzugrenzen«, hakt mein Vater unbeirrt nach.

»Nicht *alle* mit roter Stärke sind zu den Tests gekommen«, versuche ich, mich herauszuwinden.

»Trotzdem. Rede mit unserer Wache. Sieh zu, ob du bei den Ermittlungen helfen kannst.«

Mutter beugt sich vor. »Ich weiß nicht recht. Frau Burman sagt, diese Rote Frau hat es nur auf die Vencrin abgesehen. Ich habe genug von all den Blutlust-Süchtigen in der Klinik. Einige sind noch halbe Kinder, die mit der Droge ihre Berührungsgaben verbessern wollen und dabei für immer ausbrennen. In Pire erwartet man von jenen mit Macht, dass sie sich gegen jene stellen, die ihre Berührung durch die Götter missbrauchen. Darauf beruht unser gesamtes Führungsgefüge.«

Mein Mund klappt auf, und mein Gehirn streikt. Nach all den Jahren mit »Tu dies«, »Zieh das an« und »Steh gerade« billigt meine Mutter endlich etwas, das ich tue. Natürlich weiß sie nicht, dass sie von mir spricht. Aber trotzdem. Sie unterstützt Jaya Rauch, die in gewisser Weise das völlige Gegenteil dessen verkörpert, wie meine Mutter versucht hat, mich zu erziehen.

Prisha nimmt einen Bissen von ihrem Dosa und nickt. »Ich stimme Mutter zu. Das sind Verbrecher.«

Und das von meiner kleinen Schwester! Wenn sie *wüsste*, dass ich unter der roten Maske stecke, wäre sie nicht so voller Bewunderung.

Die Stimme meines Vaters schwillt an. »Dennoch entehrt die Rote Frau die Wahrheitsabkommen. Wir können nicht wissen, welches Ziel sie wirklich verfolgt. Sie könnte auch versuchen, unser Herrschaftsrecht zu untergraben.«

Warum sollte ich versuchen, mir das eigene Schicksal zu nehmen? Mein Herz hämmert heftig und schnell. Mein Vater hält die Rote Frau wirklich für eine Bürgerliche, die auf Macht oder einen Staatsstreich aus ist. Zum wohl tausendsten Mal spiele ich mit dem Gedanken, meiner Familie vom Untergrund, vom Käfigzauber und von Jaya zu erzählen. Die Worte bleiben mir im Hals stecken. Meine Zunge fühlt sich bleiern an.

»Ich würde gern Maharadscha Naupures Meinung darüber hören«, wirft Mutter ein.

Vater nickt zustimmend. »Er kommt bald aus Moolek zurück.«

Prisha beugt sich zu mir. »Du weißt, was das bedeutet, oder? Dann kannst du dich nicht mehr vor einem formellen Verlobungstreffen drücken.«

Ich werfe Prisha einen finsteren Blick zu. Aber sie hat recht. Von Jatin und mir wird erwartet, dass wir uns offiziell kennenlernen. Und unsere Eltern werden die letzten Vorkehrungen für den Blutsvertrag und die Hochzeitszeremonie treffen. Sie könnten es sogar beschleunigen, um ein Gefühl von Einheit und Stabilität zu vermitteln. Vor zwei Wochen habe ich gelogen und allen erzählt, Jatin und ich wären uns bei meiner Firelight-Lieferung begegnet. Aber im Vergleich zu meinen anderen Lügen und dem Umstand, dass mein Vater ein Fahndungsplakat in der Hand hält, dass die Gangster in der Stadt dazu anspornen soll, mich ans Messer zu liefern, erscheint mir meine arrangierte Ehe unbedeutend. *Ich habe wichtigere Probleme als Jatin Naupure!*

Ich unterbreche die Mutmaßungen meiner Eltern. »Also, ich glaube zu wissen, wie Naupure reagieren wird.«

Die Augen meines Vaters funkeln, als er sich den Löffel voll Reis lädt. »Ach ja, künftiges Fräulein Naupure?«

Ich verdrehe die Augen, bevor ich fortfahre. »Persönlich würde er nicht wollen, dass eine Hexe verletzt oder getötet wird. Aber so, wie sie es angeht ... Also, diese Rote Frau kann gegen die Vencrin ermitteln wie niemand sonst.«

Vater zieht eine Augenbraue hoch. »Gegen die Vencrin ermitteln? Woher weißt du, dass sie das tut?«

Ich schwitze vor Anspannung. Um keinen Verdacht zu erregen, muss ich unbedingt alles klar und fließend formulieren. »Sie arbeitet offensichtlich gegen sie. Es ist, wie Mama erwähnt hat, sie hat bisher nur Mitglieder der Vencrin ausgeschaltet.«

»Trotzdem brauche ich Gewissheit. Die Kuppelwache wird sie einem Wahrheitszauber unterziehen.«

Ich schüttle heftig den Kopf. »Warum ist das der einzige Weg?«

»Weil es Gesetz ist.«

»Ein schlechtes Gesetz. Dass nur die Kuppelwache …« Abrupt verstumme ich, als mir klar wird, was ich gesagt habe und wie laut meine Stimme dabei geworden ist. Mein Vater hat sich aus eigenem Antrieb vom Gerichtswesen losgesagt und die Kuppelwache ermächtigt, Wahrheitszauber zu wirken und Urteile zu fällen.

Seine Miene fällt in sich zusammen. »Es geht um ein Gleichgewicht der Kräfte, Adraa. Moolek zeigt uns deutlich, was ohne das passiert. Ohne Kontrolle der Macht. Dafür mit der Überzeugung, dass System der Stärken würde den Wert eines Menschen bestimmen. So kann es schnell passieren, dass sich jemand für gottgleich hält.« Er schwenkt das Plakat. »Diese Frau ist nicht edelmütig, nur weil sie mächtig ist. Tatsächlich trifft im Leben meist das Gegenteil zu. Sie muss überprüft werden.«

Seine grünen Augen vermitteln Strenge. Dass er sie gerade gegen mich einsetzen muss, tut weh. Aber auch ich habe ihm wehgetan. *Ein schlechtes Gesetz.* Hitze steigt mir ins Gesicht, die Serviette zerreißt auf meinem Schoß, aber ich schweige. Ich habe das Wahrheitsabkommen befürwortet, ihn damals dafür gelobt. Erst danach habe ich meine eigene Wahrheit entdeckt. Nämlich die, dass selbst jene, die uns retten sollen, straucheln können. Sogar die Beckmans der Welt können vom rechten Weg abkommen.

Vater vergleicht die Rote Frau mit der machtgierigen Ungleichheit von Moolek? Nein. Verdammt, nein. Ich kenne die Straßen, habe die Körper in der Klinik gesehen. Mein Geheimnis ist ebenso wie mein Schweigen der einzige Weg.

Denn ich weiß, dass unter meiner Maske jemand steckt, der unser Volk immer beschützen wird.

Die Stimme meines Vaters beruhigt sich. Er versucht, wieder für eine friedliche Atmosphäre beim Abendessen zu sorgen. »Vorerst wird Adraa bei den Voruntersuchungen mitwirken und der Wache helfen, Verdächtige auszuschließen. Ich lasse die Wache die Rote Frau bei erster Gelegenheit verhören. Im besten Fall wird sie in den Palast gebracht. Möchtest du sie vielleicht auch befragen, Adraa?« Er lächelt aufmunternd über die Gelegenheit, die er mir bietet. So will er unsere Meinungsverschiedenheit mildern – ohne zu ahnen, wozu er mich damit verurteilt.

Ich will es mir gar nicht ausmalen – wie ich getarnt als Rote Frau in den Thronsaal geschleift werde, während Riya oder Zara den Palast nach Adraa durchstöbern. Mich schaudert. »Gern.«

Oh ihr Götter, würde ich eine Menge Fragen zu beantworten haben.

**

Natürlich scheitert der Plan meines Vaters. Und nicht etwa, weil ich nicht mit der Wache von Belwar zusammenarbeite. Auch nicht, weil die Wache nach jemandem sucht, den sie direkt vor der Nase hat. Nein, es scheitert daran, dass sie der Roten Frau wie mein Vater misstrauen. Kaum habe ich die Besprechung hinter mir, fliege ich zum Azur-Palast, weil ich mir alles von der Seele reden und Kalyan auf den neuesten Stand bringen muss. Wie an den meisten Tagen begeben wir uns auf den Übungsplatz.

»Ich glaube, du willst mir damit sagen, dass wir am Ende sind. Somit sind nicht nur die Vencrin, sondern auch die Wache von Belwar hinter uns her«, fasst Kalyan zusammen.

»So ziemlich. Allerdings werden uns die Wächter von Belwar hoffentlich nicht umbringen. Zumindest nicht, wenn wir den Richtigen in die Hände fallen. Wenigstens etwas.«

»*Pavria.*« Kalyan feuert einen Luftstoß auf meine Brust ab. Ich husche nach links und wirke meine gelbe Magie, um seine Bö abzufangen. Keine Ahnung, wie es Kalyan gelingt, gleichzeitig mit mir zu reden und zu kämpfen beziehungsweise zu üben, aber er schafft es.

Ich nehme mir einen Moment Zeit für einen tiefen Atemzug, während ich auf der warmen Erde des Übungsplatzes der Naupures knie. Meine rechte Seite krampft sich mit einem Ziehen zusammen. »Wir müssen unseren Zeitplan straffen.«

Kalyan legt den Kopf schief, und ich weiß genau, was er denkt. Beobachten. Planen. Das haben wir entschieden.

Aber er kann mich nicht ewig bremsen. Mein näher rückender Geburtstag schwebt wie eine Bedrohung über mir. Noch zwölf Tage. Oder vielleicht sollte ich mir lieber den Kopf über den bevorstehenden Kampf gegen Beckman zerbrechen. Bis dahin sind es noch drei Tage. »Wir brauchen schon zu lange.«

Schließlich nickt er. »Na schön. Dann morgen Nacht.«

Ich nicke. Eine kurze Pause. »*Hilloretaw!*«, rufe ich und versuche, Kalyan mit einem Wasserstrahl zu überraschen.

»*Vicalayati. Vikara. Himadloc*«, sagt er ruhig. Das Wasser wendet, erstarrt zu Eis, fällt zu Boden und zerbricht.

Er ignoriert die Verblüffung und Verärgerung, die mir deutlich ins Gesicht geschrieben stehen müssen. »Und du bist sicher, dass du die Wache nicht auf unsere Seite bringen kannst? Scheint dir wirklich keiner der Wächter zu glauben?«

»Was hätte ich denn sagen sollen? ›Leute, glaubt mir, die Rote Frau will Belwar nur helfen. Das weiß ich, weil ich sie bin.‹ Hätte ich ihnen auch noch meine gesamte Einsatzakte übergeben sollen?« Ich trete für unsere Nahkampfübungen näher auf Kalyan zu und beginne mit zwei Schlägen, die er mühelos blockt.

»Nein«, erwidert er mit einem Schnauben. Ich weiche seinem Gegenangriff aus. »Aber wir brauchen sie auf unserer Seite. Sonst erfahren wir nie, wen und wie viele die Vencrin verdorben haben.«

Ich wirble um ihn herum und weiche zurück. »Das ist das Problem. Ich wusste nicht, wem ich trauen kann. Ich bin hingegangen und habe versucht, sie zu überzeugen. Hat nicht geklappt.«

Nachdem ich dieselben Schläge noch einmal ausgeführt habe, täusche ich einen Tritt in seinen Schritt an. Reflexartig zuckt er zurück, zieht die Augenbrauen hoch und bedenkt mich mit einem Ausdruck gespielter Fassungslosigkeit.

»Was denn? Auch wenn du wahrscheinlich gegen einen Mann kämpfen wirst, heißt das noch lange nicht, dass er so was nicht einsetzen würde.«

»Mag sein, nur würde *er* nicht so erfreut darüber dreinschauen.«

Ich halte mir die Seite und versuche, die Schmerzen mit einer Willensanstrengung zu vertreiben. »Ich wette, er würde sogar noch erfreuter wirken. Immerhin hab ich dich nicht mal berührt.«

Er lacht. »Bei dir klingt es, als würde er sich darüber freuen, mich berührt zu haben.«

»Bei den Göttern, du weißt schon, was ich meine.«

»Natürlich weiß ich das, Rauch.« Und er zwinkert mir zu.

Ich entfessle eine weitere Bewegungsabfolge. Unsere Arme prallen aufeinander, während wir blocken, angreifen, uns ducken, herumwirbeln und erneut blocken. Die Schmerzen in meiner Seite werden stärker und fordern mich brüllend auf, den Übungskampf zu beenden. Als ich mich dennoch wieder ins Gefecht werfe, wird mir bewusst, dass man es mir anmerkt.

Kalyan fängt meinen Arm ab. »Du bist heute langsam.«

»Und wenn schon.« Ich reiße mich los. »Wenn ich meine Tage habe, bin ich immer langsamer.«

Kalyans Züge fallen in sich zusammen. Damit hat er wohl nicht gerechnet. »Verstehe. Also sind wir jetzt in diese Phase unserer Beziehung eingetreten.«

Ich halte mir krampfhaft die rechte Seite und bemühe mich, nicht zu lachen. Dadurch schmerzt es nämlich nur noch schlimmer. »Ich hatte wohl das Gefühl, es wäre an der Zeit dafür. Ich oder meine Gebärmutter.« Der Augenblick bietet sich an, mich auf den Boden plumpsen zu lassen und auf den Rücken zu legen. Ich brauche eine Pause. Je mehr ich zaubere und Energie verbrauche, desto schlimmer scheinen sich die Krämpfe durch meinen Unterleib zu ziehen. Wenigstens werde ich meine Tage nicht während der königlichen Zeremonie haben. Irgendein Gott meint es wohl gut mit mir.

»Gibt es einen rosa Zauber, der dagegen hilft?«

»Ja, aber es ist ein spezieller Trank gegen solche Schmerzen, und den habe zu Hause gelassen.«

Kalyan kickt ein paar Erdbröckchen zur Seite. »Verstehe. Natürlich.« Er wirkt unbehaglich. Vielleicht hätte ich nichts sagen sollen. Schließlich lässt er sich neben mir auf dem Boden nieder. »Wenn ich heirate, werde ich wohl lernen müssen, wie man ihn braut.«

Völlig unerwartet fährt mir eins seiner Worte wie ein Stich in die Brust. Kalyan wird eines Tages heiraten. Eigentlich sollte mich das nicht stören. Aber ein Folgegedanke steigt in mir auf und schwillt in meiner Kehle zu einem Kloß an, bevor er zerplatzt. Er wird ... nicht *mich* heiraten. In meinem Kopf erscheint ein Bild. Kalyan, wie er die Kräuter zusammenmischt und den Trank mit Magie und Liebe für seine blutende Frau versetzt, die ihm eines Tages Kinder schenken wird. Dann lässt Logik die Szene verschwinden. »Warte, wie willst du das machen?«, frage ich, setze mich auf und presse auf meine rechte Seite, als könnte ich die Menstruation dadurch wie eine sprudelnde Wunde eindämmen. »Dafür müsstest du rosa Magie wirken können.«

»Oh, äh ... Ich habe studiert.«

»Und du kannst es? Das ist erstaunlich.«

Er grinst. »Heißt das, du bist beeindruckt?«

Ich schüttle verneinend den Kopf, aber eine neue Nervosität breitet sich in mir aus. Wir sehen uns gegenseitig tief in die Augen. Was gefährlich ist. Wir sind uns nah und auf dem Boden. Der Schmerz hat die Grenzen verweht, die ich bisher so gut aufrechterhalten habe.

Sein Blick wandert zu meinen Händen, mit denen ich mir immer noch die Seite halte. »Darf ich dir was zeigen?«, fragt er.

»Jetzt gleich?«

Kalyan springt auf und streckt mir die Hand entgegen. Ich ergreife sie und hieve mich hoch. Ich hoffe, es ist die Schmerzen wert.

Wir treten den Weg zur Garnison an. Aber statt nach

rechts zum Eingang biegen wir links ab. Der Weg nach links führt nur zur Rückseite des Gebäudes. Dorthin dürften sich wohl Mitglieder der Wache zurückziehen, wenn sie ... zusammen ungestört sein wollen.

»Äh ... wohin gehen wir?«

»Ist wirklich nicht weit.«

Als wir das Ende des Garnisonsgebäudes erreichen, erwartet uns eine schmale Treppe aus Stein. Ich habe nicht gewusst, dass es hier einen Pfad gibt. Hinter dem Gebäude wachsen Frostlight-Bäume. Ihre Äste wölben sich über den verborgenen Weg. Blumen übersäen den Boden. Durch das einfallende Sonnenlicht und die Brise, die vom Berg her weht und das Gewirr weißer Blumen neigt, fühlt sich der Ort ... magisch an.

Der Weg verläuft nach links zu einem eigenartigen kleinen Gebäude mit Wänden aus Holz und einem ... »Ist das ein Eisdach?«

»Würdest du von Maharadscha Naupure etwas anderes erwarten?«

Ich lache. »Nein.«

Wir betreten ein voll ausgestattetes medizinisches Zentrum. Rechts sprießt eine Reihe von Pflanzen aus dem Boden und drängt sich als Flut von Blättern und Blüten aneinander. Von der Decke tropft sanft Wasser auf sie. Links befinden sich Regale mit allen möglichen Zutaten. Käferbeine, Fischskelette, Ziegenhaar, zerstoßene Rosenblüten, Kreuzkümmel, Kurkuma, Tulsi, Pfefferminze, Salbei – alles ist da.

»Ich wusste gar nicht, dass es so etwas gibt.«

»Nach dem Tod von Maharani Naupure hat Maharadscha Naupure es für die Truppen und das Personal angelegt. Er wollte näher beim Palast eine richtige Klinik.«

»Natürlich«, flüstere ich. Ein stechender Anflug von Traurigkeit erwacht hinter meinen Augen, und ich blinzle, um Tränen zu unterdrücken. Ich kann fühlen, wie viel Mühe Maharadscha Naupure in den Bau dieses Ortes gesteckt hat. Die Böden der Regalfächer sind glatt und abgerundet, sorgfältig bearbeitet. Jedes Kraut, jedes Gewürz, jede Blume, alles ist beschriftet und ordentlich voneinander getrennt. Die Klinik ist so voll von allen erdenklichen Zutaten und doch so menschenleer. Zu spät erschaffen. Obwohl auch dieser Ort nicht vermocht hätte, Maharani Naupure zu retten. Eine schwierige Geburt kann zu schnell schiefgehen, als dass ein Trank helfen könnte. Aber seine Tochter hätte vielleicht überlebt.

Kalyan krempelt die Ärmel hoch und offenbart dabei die Berührungsmale, die über seine Arme verlaufen. Unwillkürlich starre ich sie an. Bei den Göttern, neuerdings scheine ich ihn ständig anzustarren.

»Was brauchen wir zuerst?«, fragt er.

»Wofür? Willst du einen Explosionszauber oder so für unsere Mission anfertigen?«

Er wirft mir einen skeptischen Blick zu. »Nein. Aber mir sollte wohl Sorgen bereiten, dass du anscheinend weißt, wie man Explosionszauber anfertigt. Ich rede von dem Trank für dich.« Er deutet mit dem Kopf auf meine nach wie vor an die Seite gepresste Hand.

»Oh ...«

Meint er das ernst? Er will den Tagtraum verwirklichen, den ich gerade hatte. Natürlich weiß er nicht, was mir vorhin durch den Kopf gegangen ist, trotzdem fühlt es sich in dem Moment so an, als könne er meine Gedanken lesen. Um mir nichts anmerken zu lassen, sehe ich mich um. »Zuerst Baldrianwurzel als Grundlage und die Flasche mit dem Öl hier. Oh, und nimm auch den Ingwer. Und den großen Strauß Ashoka-Blumen.« Ich zupfe mehrere Pfefferminzblätter von einem Zweig und suche nach dem richtigen Blut.

Nachdem ich ein Feuer unter einem großen Kessel entfacht habe, drängt Kalyan mich beiseite und zu einem Korbschemel. »Setz dich einfach hin. Sag mir, was ich tun soll.«

»Nein, schon gut«, widerspreche ich.

»Du wirst mir sagen, was ich tun soll, Rauch. Tust du ja sonst auch so gern.«

Ich verdrehe die Augen. »Na schön, aber vergifte mich bloß nicht.«

Er krempelt die Ärmel höher, bevor er Mörser und Stößel ergreift. »Das hängt wohl davon ab, wie gut du als Lehrerin bist.«

Von allen Tränken, die man einen Anfänger versuchen lässt, wäre dieser einer der letzten auf der Liste. Er ist mehr als schwierig, grenzt an kompliziert, um nicht zu sagen überfordernd. Aber wenn er wirklich lernen will, werde ich ihn nicht davon abhalten. Ich erkläre ihm den Ablauf und betone vor allem, was mit dem Blut geschehen muss. Den Teil darf er nicht vermasseln.

Wie gut er sich dabei anstellt, übertrifft meine Erwartungen. Und jedes Mal, wenn ich mich auf dem Hocker rühre, um ihn zu korrigieren, hört er auf mich. Er braucht nur zwei Anläufe. Prisha musste achtzehn Mal von vorn anfangen, bevor meine Mutter zufrieden war. Was die Frage aufwirft, warum Kalyan so verdammt gut in allem ist.

Zwanzig Minuten später brodelt der Trank. Heißer Dampf treibt durch die Luft. Ein auf dem Dach badender Vogel zwitschert vor sich hin, während Kalyan und ich wie üblich zusammenarbeiten. Und doch ist es völlig anders, als im Untergrund oder in den Straßen des Ostdorfs zu kämpfen. Wir befinden uns in einer eigenen kleinen, abgekapselten Welt. Einer Welt, ungetrübt von Verrat, Politik oder meiner bevorstehenden, lebensverändernden Ehe. Es gibt nur mich, meine Krämpfe und Kalyan, der versucht, sie zu beseitigen.

»Wie kann man sich das alles merken?«, fragt er, während er die Ingwerwurzel mit einem weißen Messer aufschneidet.

»Jeden Monat Übung.«

»Natürlich. Stimmt. Und was ist mit anderen Tränken?«

»Jeden Tag Übung.« Ich greife nach seiner Hand und bremse sie. »Jede Scheibe sollte genau gleich dick sein.«

Er schneidet langsamer, gleichmäßiger. Für ein paar Scheiben führe ich seine Hand, bevor ich mich wieder auf den Schemel neben ihm setze. »Außerdem braucht man eine großartige Lehrmeisterin«, sage ich.

»Dann habe ich wohl Pech gehabt«, kontert er und grinst den Ingwer an. Das macht er manchmal, wenn er mich aufzieht. Er schaut weg und lächelt über seinen eigenen Witz, als würde ich es nicht bemerken.

Ich lasse ein Schnauben vernehmen. Oh ihr Götter, dieses Grinsen. »Und dabei wollte ich dich gerade dafür loben, wie gut du dich anstellst.«

»Zu spät, Rauch, zu spät. Ich nehme das Kompliment an.«

»Tja, der wirklich schwierige Teil, bei dem du dich beweisen kannst, kommt jetzt erst. Das ist der Zauber.« Ich greife mir ein Blatt Papier und schreibe ihn auf. »Am besten sprichst du ihn ruhig und bewegst dazu die Hände so.« Mit an den Daumen gedrücktem Zeigefinger schwenke und drehe ich die Hand.

»Soll ich auf einen Farbwechsel achten?«, fragt Kalyan.

»Bei diesem Trank nicht. Unerfreulich, ich weiß, aber er blubbert nur etwas mehr, wenn man Glück hat.«

Kalyan atmet mehrmals tief durch. Ich vermag nicht zu sagen, ob er ernst ist oder mich veralbert. Unabhängig davon beobachte ich ihn aufmerksam. »*Alpaya Pidaleah Zantahileah*«, zaubert er, und weiße Magie tropft von seinen Händen wie Wasser, als er sie dreht. Perfekt.

Eine große grüne Blase entsteht und zerplatzt schließlich. Gespannt und hoffnungsvoll dreht Kalyan sich zu mir um. »Hat es geklappt?«

Ich stehe auf und rühre die grüne Flüssigkeit um. Sie blubbert aufsehenerregend. »Nein. Ein Fehlschlag.«

»Ist das dein Ernst?«, fragt er von hinter mir, *dicht* hinter mir.

Ich schöpfe mit dem Holzlöffel etwas von dem Trank heraus und schnuppere daran. Pfefferminze überwältigt meine Nase. Perfekt. Also ist es wahr. Kalyan beherrscht rosa Magie. Er ist eine Acht. »Nein, ich nehme dich nur auf den Arm. Er ist gut.«

Als ich an dem Trank nippen will, ergreift Kalyan meine Hand, wodurch er mich, da er hinter mir steht, halb umarmt. »Warte, bist du ganz sicher? Ich will dich nicht vergiften.«

Seine Wärme fühlt sich wie Fieber an. Ich löse mich von ihm und entferne mich aus dem persönlichen Gewirr unserer Körper. »Oh ihr Götter, ich bin doch keine *so* schlechte Lehrerin«, gebe ich zurück und bete, dass er nicht bemerkt, wie mein Körper auf seinen reagiert. Wie ich als Frau auf ihn reagiere. Trotzdem sollte ich netter sein. Ihn dafür loben, was für ein guter Zauberer er ist. Allerdings bin ich nie gut darin gewesen, andere zu bestärken. Das haben mir Jatin mit seiner überwältigenden Überheblichkeit und unser jahrelanger Wettstreit ausgetrieben.

Kalyan hingegen scheint kein Problem damit zu haben, Komplimente zu verteilen. »Nein, du bist eine tolle Hexe.«

Ich schenke mir ein Glas mit der grünen Brühe ein. Dabei achte ich darauf, Abstand zu wahren, während ich ihn mit seiner überwältigenden Aufrichtigkeit mustere. Ich meine, er ist immer aufrichtig, hat einen offenen Gesichtsausdruck, ein so strahlendes Lächeln, aber heute ... Sogar Prisha murrt, wenn ich sie bitte, den Trank für mich zuzubereiten. Und mich schaudert, wenn ich mir Jatins Verachtung vorstelle, falls ich ihn je darauf ansprechen sollte. Von Kalyan beobachtet, nehme ich einen Schluck. Es fühlt sich völlig normal an, völlig entspannt.

Ein plötzlicher Gedanke zieht mir den Magen zusammen. Ich will nicht, dass er dasselbe für seine Frau macht. Und ich will gar nicht daran denken, dass ich ihm dabei geholfen haben könnte, sie damit zu umwerben ... Ich schüttle den Kopf. *Das geht dich nichts an, Adraa. Überhaupt nichts.*

»Sieht ziemlich eklig aus«, merkt er an und lehnt sich gegen die Arbeitsplatte.

Ich versuche, mich zu sammeln. »Mit ein bisschen Übung kriegst du ihn bestimmt noch besser hin.« Bei den Göttern, ich kann meine bissige Zunge nicht zügeln. Selbst wenn ich freundlicher sein und flirten will, gelingt es mir nicht.

»Also, ich hab nachgedacht. Könnte man das Öl durch etwas anderes ersetzen?« Er lässt den Blick suchend durch die Klinik wandern, betrachtet die Gläser und Behältnisse. »Oder vielleicht könnte man etwas hinzufügen. Zucker oder etwas, das den Geschmack verbessert ...«

»Kalyan?«

»Ja?«

»Danke dafür. Du bist ein freundlicher Mensch.« Eigentlich

wollte ich ihm nur danken. Der letzte Teil ist mir einfach so herausgerutscht. Es ...

Kalyan bedenkt mich mit einem seltsamen Blick. Beinahe so, als hätte er mich bei einer Lüge ertappt. Er beugt sich zu mir. »Freundlich, sagst du? Also *kein* arroganter Trottel?«

»Ich weiß nicht. Man kann wohl auch beides sein.«

Er lacht. »Ja, schon möglich. Ich würde sagen, wir können alle je nach den Umständen und der Gesellschaft, in der wir uns befinden, manchmal so und manchmal so sein.« Wieder sucht sein Blick den meinen. Diesmal will ich nicht wegsehen.

Kapitel 23

Fangen von Feuerbällen

Jatin

Adraa und ich sind jetzt Freunde. So viel weiß ich mit Sicherheit. Jeden Tag nehme ich mir vor, ihr die Wahrheit zu gestehen, und immer kommt mir das Leben in die Quere. Eine neue Mission tut sich auf, wir müssen den Handelsbasar auskundschaften oder ich muss den ganzen Tag Berichte lesen und Besprechungen mit Radschas von Naupure abhalten. Dann hat Beckman sie verraten, und ich habe es wieder nicht übers Herz gebracht, konnte die Vorstellung nicht ertragen, wie sie mich verachten würde.

Ich dachte naiv, ich würde es merken, wenn oder ob sie mich als mehr als einen Freund mag. Als würde man es einfach wissen. Ha! Was habe ich mir nur gedacht? Als wäre ich ach so bewandert in derlei Dingen. Manchmal kann ich nicht hinter ihre Wand aus Sarkasmus und ihre Entschlossenheit blicken, den Vencrin das Handwerk zu legen.

Aber allein ihr Freund zu sein, bedeutet mir alles – eine Verbindung, von der ich nie gedacht hätte, sie erleben zu können. Sie ist anders als zwischen Kalyan und mir, denn er erinnert mich gelegentlich daran, wie ungleich wir in Wirklichkeit sind, auch wenn ich es nicht will. Adraa und ich sind von Anfang an ebenbürtig gewesen – wir haben uns gegenseitig gleichermaßen belogen, verschleiert, wer wir wirklich sind. Und uns beseelt dasselbe Gefühl, dafür verantwortlich zu sein, die Welt in Ordnung zu bringen. Ich glaube, ich verstehe sie endlich. Sie ist aus dem Land der Mutmaßungen in die Wirklichkeit zurückgekehrt. Dann jedoch hat sie herausgefunden, wie sie sich in meinem Herzen einnisten konnte. Keine Ahnung, wie sie es gemacht hat, aber ich bin überzeugt davon, dass sie es nicht beabsichtigt hat. Selbst wenn, wäre es impulsiv wie jede Entscheidung gewesen, die sie trifft.

Vielleicht werden wir für den Rest unseres Lebens einfach nur ein gutes Team sein und nicht mehr. Ich kann sie nicht zwingen, mich so zu mögen, wie ich es mir wünsche. Und es wäre mir auch unerträglich, wenn die Entscheidung dazu nicht von ihr selbst ausginge. Ich muss nur aufmerksam darauf achten, wann sie ihre Wahl trifft.

Aber leicht ist es nicht, vor allem, da wir neuerdings den Großteil der Zeit damit verbringen, das Lagerhaus zu beobachten, in dem das Firelight sein könnte. Heute Nacht werden wir endlich darin einbrechen.

Adraa und ich kauern am Rand des Nachbardachs und blicken auf das riesige Gebäude mit Kuppeldach hinab, das wir mittlerweile in- und auswendig kennen. Schweißperlen bilden sich hinter meiner Maske, während uns ein feuchter Wind umweht.

Im Norden zucken über den Bergen Blitze am Himmel. In der Ferne grollt Donner wie ein wildes Tier. Aber es ist warm, taufeucht, und ich rieche nur Meersalz. Nicht die Bedingungen, über die wir gesprochen haben.

»Willst du es immer noch heute Nacht tun?« Ich weiß, wie

ihre Antwort lauten wird, trotzdem muss ich mich der Nachwelt halber vergewissern.

»Wir *müssen* es tun.«

»Na schön, dann lass uns ...«

Etwas Spitzes bohrt sich stechend zwischen meine Schulterblätter. »Kein Wort. Keinen Zauber«, flüstert eine raue Stimme.

Neben mir hält ein anderer Zauberer Adraa ein Messer an die Kehle. Mein gesamter Körper spannt sich an.

Langsam richte ich mich auf, doch das Messer meines Angreifers bohrt sich tiefer. Nachdem wir wochenlang Informationen gesammelt und den verlassenen Basar von hier aus beobachtet haben, sind wir *jetzt* entdeckt worden? *Ausgerechnet in dieser Nacht!*

»Hände hoch«, fordert die Stimme. »Langsam.«

Ich gehorche, wäge Adraas Position ab und überlege, wie schnell ich zaubern könnte. Sieht nicht gut aus. Zu riskant. Eine volle Minute lang verharren wir zu viert.

Schweigend stehen wir da.

Schließlich schnaubt Adraa. »Allmählich wird es peinlich.«

Der Zauberer, der sie festhält, presst ihr das rote Messer fester an den Hals, und sie zischt vor Schmerz.

»He! Nicht ...«

Das Messer schneidet mich, und ich zucke zusammen. »Kein Wort, hab ich gesagt.«

»Wisst ihr, ich glaube, das Protokoll sieht vor, dass ihr dann auch mal irgendwann Forderungen stellt«, sagt Adraa.

So, wie sie redet, sind das keine Vencrin.

»Ich bin hergeschickt worden, um euch beide zum Verhör zu holen. Also werden wir ...«

»Das wird nicht passieren«, fällt Adraa dem Mann ruhig ins Wort.

Und wenn es keine Vencrin sind, bleibt nur eine andere Möglichkeit. Ich hoffe, das sind die Guten.

»Der Befehl stammt von Maharadscha Belwar höchstpersönlich«, steuert der Mann hinter mir bei.

Adraa schnaubt abfällig. »Wir gehen nirgendwohin.«

»Dann müsst ihr unsere Fragen eben hier beantworten.«

»Nein.«

»He!«, rufe ich.

»Was ist?«, fragen unsere beiden Angreifer gleichzeitig.

»Kann ich mich bei dem Gespräch wenigstens umdrehen?«, erkundige ich mich.

»Äh, sicher. Aber langsam.« Der Druck des Messers lässt nach.

Mit nach wie vor erhobenen Händen drehe ich mich um und erblicke einen jungen Mann, ungefähr in meinem Alter. Glattes Haar, ausdrucksstarke Kieferpartie, orangefarbene Kurta mit dem Wappen von Belwar, ein wenig zu groß für ihn. Kein Wunder, dass Adraa unbesorgt wirkt.

»Zuerst nehmt ihr beide die Masken ab«, verlangt der Junge.

Ich spähe zu Adraa. Ihr Blick deutet auf das Messer in der Hand des Wächters. Es ist echt, aus Stahl, mit allem Drum und Dran. Das bedeutet …

Mit der violetten Magie an ihrer Kehle ist es immer noch zu riskant. Ich schüttle leicht den Kopf.

Sie verdreht die Augen und deutet erneut. Als könnten ihre eindringlichen Blicke mich dazu bringen, ihr Leben aufs Spiel zu setzen.

»He. Masken runter. Sofort.«

Eine Bewegung in der Stille. Der Wächter, der Adraa festhält, lässt ein Grunzen vernehmen. Es folgt ein dumpfer Aufprall. *Verflucht.*

Mit einem schnellen Hieb treffe ich das Handgelenk des Wächters, und der silbrige Schimmer seiner Klinge löst sich abrupt in schwarzen Rauch auf. Ein Trugzauber. Bei den Göttern, ich kann Zauberer mit schwarzer Stärke nicht ausstehen. Eine Peitsche aus schwarzem Rauch schnellt vorwärts. Ich beschwöre den Wind, der zwischen uns fegt und seine violette Magie zerreißt. Einen Moment lang sieht er mich an, dann lodern seine Arme auf, und Dunkelheit überzieht seine Haut.

Adraa tritt vor und ahmt seine Haltung mit roten Flammen nach. Blitze zucken über den Himmel und erhellen uns drei. Ich verlagere die Haltung, lasse Magie in meine Arme strömen, um seine Aufmerksamkeit auf mich zu lenken, hoffe immer noch, wir können uns aus der Sache herausreden. »Hört mal, wir sind nicht euer Feind. Wir versuchen nur zu helfen.«

»Und wir brauchen eure Hilfe nicht«, gibt der Wächter zurück.

Ich seufze. »Ich denke doch. Für die Vencrin arbeiten auch Wächter.«

Der Mann versucht, seine Überraschung zu verbergen. Es gelingt ihm nicht. Sichtliche Kränkung tritt in seine Züge. »Das ist nicht … Das würden sie nicht tun. Woher willst du das wissen?«

Ich schweige, lasse dem Mann genug Zeit, um sich selbst zusammenzureimen, woher wir es wissen könnten.

»Das wart ihr, nicht wahr? In der Nacht auf dem Schiff. Ihr habt den ganzen Schlamassel ausgelöst.«

»Ja. Wir beide«, bestätigt Adraa. »Und ein paar jener Männer waren Wächter.«

»Das können wir intern regeln«, erwidert der Mann hastig, immer noch hoffnungsvoll. »Wir spüren sie auf und verhören sie. Also hört auf damit. Oder besser noch, tretet selbst der Wache bei, wenn ihr alt genug dafür seid.«

»Bist du denn überhaupt alt genug?«, frage ich.

Er starrt mich finster an.

»Das können wir nicht«, entgegnet Adraa steif. »Es ist etwas Persönlicheres als ein Kampf für Gerechtigkeit oder dafür, bei der Wache aufzuräumen.«

Als er einen Schritt auf sie zugeht, flammt die Magie an meinen Armen warnend auf.

Er seufzt. »Also Rache? Wie typisch. Wenn die Vencrin dir etwas angetan haben, kannst du es melden, und wir …«

Ich unterbreche ihn, weil mir nicht gefällt, wie er Adraa ansieht. Als wäre sie bei dieser Begegnung das leichtere Ziel. Will er etwa umgebracht werden? »Tut mir leid. Ihr scheint anständige Menschen zu sein. Aber das Problem könnte weit über die Vencrin hinausgehen. Und wenn wir recht haben, kann die Wache nichts tun.«

»Weit über die Vencrin hinaus? Also ist noch jemand beteiligt?«

Ich merke Adraa an, dass sie genug von der Unterhaltung hat. Dasselbe gilt für mich. »Das versuchen wir, herauszufinden«, sage ich. »Wir sind dabei, Beweise zu beschaffen.«

»Beweise?«

Ich zeige auf das Gebäude. »Das ist eines der Lagerhäuser, in denen sie die Drogen verstecken. Wie gesagt. Beweise.«

Der Junge starrt uns beide an, dann schaut er hinunter zu dem Gebäude. »Ihr treibt euch hier oben maskiert herum, weil ihr den Drogenhandel unterbinden wollt? Ihr seid bloß zwei blutrünstige Weltverbesserer?«

Ich runzle die Stirn. »Als blutrünstig würde ich uns nicht bezeichnen.«

»Ja«, sagt Adraa gleichzeitig.

»Oh, ich kann nicht glauben, dass ich das tue.« Seufzend reibt er sich den Nacken. »Ihr habt fünfzehn Minuten, dann gehen wir rein. Und wenn wir euch erwischen ...«

»Wissen wir«, unterbreche ich ihn und löse den Himmelsgleiter von meinem Gürtel. »Das ist noch nicht das Ende unserer Befragung.«

***

»Geht's deinem Hals gut?«, frage ich Adraa, sobald wir uns außer Hörweite befinden.

»Ich kenne diesen Wächter«, flüstert sie, als wir zu der Drogenhöhle hinuntersteigen.

»Wer ist er?«

»Fürstin Prishas Leibwächter. Er heißt Hiren.«

Der Name kommt mir bekannt vor. Der Wächter ihrer Schwester. »Also gehört er zu den Guten?«

»Bei den Göttern, ich hoffe es. Denn wenn nicht und ich finde es heraus ...«

»Er ist mir aufrichtig vorgekommen«, versuche ich, sie zu beruhigen. Allerdings ärgert mich, wie bereit die beiden waren, Adraa zu verletzen. Die Maske fühlt sich zwar schützend an, dennoch war die Begegnung eine erschütternde Erinnerung daran, dass ich ohne meinen Namen und Titel ... verwundbar bin. Das sind wir beide.

»Ja, und aufgebracht, als er von den Verrätern gehört hat.«

Wir lassen uns auf das Dach fallen. Von da an verständigen

wir uns über Handzeichen, während wir auf das Bogenfenster zusteuern, das wir tagelang beobachtet haben.

»*Vrnotwodahs*«, zaubere ich, und wir warten auf den nächsten Blitz. Als er den Himmel teilt, husche ich zur Dachkante, schwinge mich darüber und lande darunter auf dem breiten Fensterbrett aus Stein. Adraa folgt mir sofort, und ich packe sie an der Taille, um sie zu stützen. Ich lächle sie an, während ich sie halte, doch sie verdreht nur die Augen und kauert sich in die von mir erschaffenen Schatten. Mühsam reiße ich mich zusammen und versuche, nicht daran zu denken, wie warm sie sich unter meinen Händen anfühlt.

Unter uns wirkt alles verlassen. Leere Ställe, zerbrochene Kisten und Behältnisse aus Korbgeflecht füllen den Raum. Verlassene Handelsbasare werden nicht hübsch renoviert. Unter uns gehen einige Zauberer vorbei, und wir lehnen uns zurück.

»In Ordnung, sie sind weg. Mach dein Ding«, flüstere ich.

»*Vindati Agni Dipika*«, zaubert Adraa. Zarte rote Rinnsale ranken sich von ihren Fingern und ergießen sich über das offene Lagerhaus. Dann wartet sie mit schiefgelegtem Kopf. Ich will sie zwar nicht ablenken, aber nach zwei geschlagenen Minuten werde ich neugierig. »Fühlst du es?«

»Ja, aber es ist schwach. Ich … ich bin mir nicht sicher.«

»Dann machen wir mit Plan B weiter.«

Mit einem Nicken klettern wir die Mauer hinunter, wobei uns die in den Stein gehauenen Verzierungen Halt geben. Lautlos lassen wir uns auf die Dächer alter Handelsstände gleiten, Adraa links, ich rechts.

Vor uns steht ein Vencrin. Ich schleiche mich von hinten an ihn heran. Kaum habe ich ihm die Hand auf den Mund gepresst, wirke ich einen Schlafzauber, und die Magie blitzt von meinen Fingern. Sein Anflug von Gegenwehr verpufft schlagartig, und ich fange ihn auf, bevor er zu Boden sacken kann. Entlang der anderen Wand gehen zwei weitere Vencrin den Gang hinunter – meine nächsten Ziele.

Alle paar Augenblicke sichte ich Adraas Schatten, die lautlos jeden außer Gefecht setzt, der die anderen Vencrin aufscheuchen könnte. Die Nachzügler fallen einer nach dem anderen. Ich werfe einen herumliegenden Vorhang über einen der letzten Zauberer, als ein dumpfer Laut hinter mir ertönt und ein Zauber über meine Schulter schnellt. Holz knirscht über mir und bricht. Als ich mich umdrehe, sehe ich Adraa über dem Körper einer Hexe stehen. »Du musst auch hinter dir aufpassen!«

»Aber das machst du doch so gut.«

»Komm jetzt. Das haben sie wahrscheinlich gehört.«

Wir rennen zu den Weidenkisten. Als Adraa die erste aufbricht, nähern sich gedämpfte Stimmen. Fünf Zauberer geraten in Sicht. Adraa und ich wirbeln zu ihnen herum.

»Ringe«, flüstere ich.

Adraa nickt. »Ringe.«

Mit Gebrüll prallen unsere beiden Gruppen aufeinander. Als Erstes schießt mir ein blauer Wasserstrahl entgegen. Ich weiche zurück und lenke ihn mit einem halb gebildeten Schild ab. Das Wasser durchnässt den Boden. Adraa durchbricht ihre Linie und schlägt einem Zauberer ins Gesicht. Blut spritzt umher. Chaos bricht aus, doch diesmal flüchten wir nicht durch die Straßen. Zauber prallen auf Wände, Holzbuden stürzen krachend ein, Vorhangstoffe gehen in Flammen auf.

Ich verrenke mich, als eine Salve schwarzer Speere auf mich zufliegt. Einer zerreißt meine Kurta. Adraa knöpft sich bereits ihren zweiten Vencrin vor, und sie duellieren sich mit Windpeitschen. Mein nächster Zauber trifft den Speerwerfer, und ich stürme vorwärts. Adraas Gegner wird von einem Kraftzauber in den Magen getroffen und geht zu Boden. Sie presst ihm einen Fuß auf die Kehle und brüllt Fragen.

Ich packe den nächstbesten Zauberer am Kragen. »Erzähl mir vom Firelight!«, schreie ich ihm ins Gesicht. »Wo versteckt ihr es?«

Der Zauberer gerät in Panik. Ich sehe ihm in die Augen, achte darauf, ob er durch einen instinktiven Blick einen Ort verrät. Stattdessen breitet sich über seine Züge ein so beunruhigendes Grinsen aus, dass sich mir die Nackenhaare sträuben. Dann begreife ich, warum. Er grinst nicht über mich, sondern über etwas hinter mir ...

Ich wirble herum.

»Rot!«

Ein Feuerball rast auf Adraa zu. Ich lasse den Mann los und zaubere, beschwöre das über den Boden verteilte Wasser. Allerdings nicht schnell genug.

Adraa dreht sich mit ausgestreckten, rot flammenden Händen um und fängt das Geschoss ab. Doch es erweist sich als zu wuchtig. Sie wird rückwärts in einen verfallenen Verkaufsstand geschleudert. Holz splittert, die Flammen züngeln tosend auf. *Nein!*

Ich renne durch die klaffende Öffnung, springe über geborstene Balken hinweg und wate durch das Wasser, das ich ihr hinterhergeschickt habe. Drei Gänge weiter steigt von Trümmern aus Holz und Seide eine Rauchsäule auf. Ohne Feuer.

»Rot? Rot!«

Adraa schüttelt Holz ab und tritt aus einer Staubwolke hervor. Der Schimmer ihrer Magie tänzelt immer noch durch ihr

Berührungsmal. Ihr Ärmel ist weggebrannt. Asche verkrustet ihre rote Maske. Ihr Haar hat sich aus dem Zopf gelöst. Aber sie steht. »Niemand hat noch Respekt vor Feuer. Es wird nur noch so groß und heftig wie möglich entfesselt, ohne an die Folgen zu denken«, schimpft sie und stößt weitere Bretter von sich.

Ich packe sie und ziehe sie lachend in eine Umarmung. *Den Göttern sei Dank!*

Sie drückt gegen meine Brust. »Nacht.«

Ich drehe mich um. Als sich der Rauch auflöst und die von mir errichtete, dünne Barriere enthüllt, sehen wir uns einer Schar von Zauberern auf der anderen Seite gegenüber. Wir haben unterschätzt, wie viele Vencrin hier sein würden, denn wir sind umzingelt. Alle tragen schwere schwarze oder graue Kurtas, dicke Stiefel und haben ein arrogantes Grinsen im Gesicht. Einige tun so, als wollten sie angreifen, und erschaffen aus Magie große violette Waffen, um uns einzuschüchtern. Ein Zauberer in der ersten Reihe lässt sein Schwert so groß wachsen, dass es klirrend zu Boden sackt und er Mühe hat, es anzuheben.

»Sagt uns, wohin ihr das Firelight verkauft, dann wird niemand verletzt!«, brüllt Adraa. Angesichts ihrer Überzahl lachen die Zauberer darüber nur schallend. Es sind vierzig, vielleicht fünfzig gegen uns zwei. Selbst wenn sich darunter ein paar Unterbelichtete befinden, spielt es keine Rolle. Unsere Aussichten sind verdammt schlecht, und wir alle wissen es.

Adraas Arme lodern. »Hast du einen Plan?«, flüstert sie.

Ich nehme Kampfhaltung ein. »Wir lassen sie nicht an uns ran.«

Krach!

Alle zucken zusammen, als um uns herum Scherben herabprasseln und jedes einzelne Fenster zerbricht. Ein Flieger mit der neunzackigen Sonne von Belwar auf der Brust schwebt herein. Noch nie war ich so dankbar, einen Zauberer zu sehen, der mir erst vor wenigen Minuten ein Messer an den Rücken gehalten hat.

Kapitel 24

Fall

Adraa

Offensichtlich sind unsere fünfzehn Minuten um. Ein Glück. Während ein Gewirr von Netzen und Fesselzaubern auf die schauerliche Horde vor uns niedergeht, bahnen Kalyan und ich uns einen Weg durch den noch kurz zuvor undurchdringlichen Kreis.

»Gib mir Deckung!«, rufe ich und presche zu den ungeöffneten Weidenkisten. Kalyans Arme leuchten weiß auf. Seine tiefe Stimme füllt den Raum, als er sich jenen Vencrin zuwendet, die nicht die Flucht ergreifen oder am Boden fixiert sind. Ich reiße an den Weidenfasern zweier Kisten, die unter meinen Händen zerfransen. Päckchen mit Blutlust starren mir entgegen. Aber kein Firelight.

»Es ist nur Blutlust. Kiste um Kiste voller Blutlust.«

»Wir haben nicht viel Zeit, Rot!«, brüllt Kalyan, während er einen Vencrin über seine Schulter wirft und zu Boden krachen lässt.

»Verdammt. Es sollte hier sein. Ich kann es fühlen.« Aber vielleicht bedeutet das schwache Pulsieren, das ich vorhin gespürt habe, auch nur, dass es einmal hier gewesen ist, bis man es nach Moolek oder wer weiß wohin verschifft hat. Ich muss jemanden verhören. Den Kerl vorhin hatte ich fast so weit, dass er ausgepackt hätte, bis mich der Feuerball von den Beinen gerissen hat.

Ich sehe mich in dem um mich herum tobenden Chaos um. Kugeln aus Licht und Rauch rasen durch die Luft. Gefallene liegen über den Boden verstreut. Als Kalyan und mir der Feind zahlenmäßig noch haushoch überlegen war, wollte niemand reden. Aber vielleicht jetzt ...

Aus dem Augenwinkel nehme ich wahr, wie ein schwarzer Mantel zu einem Fenster flattert. Und ich kenne diesen Mantel. Diesen Rücken habe ich mir eingeprägt. *Hier? Er ist hier?*

»Nacht!«

Kalyan wirbelt zu mir herum. Seine Arme lodern weiß.

»Der Anführer.« Ich deute auf den fliehenden Mann.

Kalyans Augen werden groß, als er begreift.

»Er entkommt. Wir überlassen den Rest der Wache. *Tvarenni!*«, rufe ich und laufe zur Treppe. Kalyan folgt mir.

Als ich den Absatz erreiche, finde ich ihn verwaist vor. Ich trete ans Fenster, flöße Hybris dem Zweiten meine Magie ein und schwenke zurück. Kein Balkon. Nur Glasscherben und ein banges Gefühl, das sich in meiner Magengrube einnistet. In der Ferne erhellt ein Blitz den Flieger mit dem Mantel. Er muss sich einfach ... fallen gelassen haben.

Kalyan betrachtet die verwüsteten Überreste des Gebäudes, während ich Anlauf nehme.

Kein Zaudern. Wenn es dieser Zauberer aus dieser Höhe geschafft hat, dann kann ich es auch.

»Was hast du ... Nein! Rot, nicht.« Kalyan streckt sich nach mir, doch ich habe mich bereits abgestoßen. Und falle. Verfolgt von einem leisen Fluch.

»*Makria!*«, schreie ich in Hybris hinein. Rote Magie rankt

sich aus meinen Händen in den Himmelsgleiter, doch auch, als ich Hybris unter mich schiebe, spüre ich nicht das übliche Kissen der Schwerelosigkeit. Mir bleiben nur Angst, die Schwerkraft und das wilde Flattern meiner Kurta an meiner Haut. Wind zischt mir in die Ohren. Ich stürze ab. *Nein. Ich ... Das darf ich nicht.*

Die Angst vor dem Sturz bringt dich dem Boden näher!, ertönt Herrn Burmans Stimme dröhnend in meinem Kopf. Ich muss raus aus dem freien Fall. *Wusch.* Das Dach eines einstöckigen Hauses rast vorbei. *Verdammt. Verdammt. Verdammt.*

Angst vor dem Sturz ...

Ich habe noch eine Chance. Mit einem Aufschrei presse ich Hybris zwischen den Oberschenkeln fest, reiße die Hände nach unten und lasse Wind zum Boden strömen. Böen umwirbeln mich, Dreck spritzt mir ins Gesicht, und ... ich fliege. Das Schwebekissen hat sich noch nie so magisch angefühlt. In einem Atemzug stoße ich Erleichterung aus und verschlucke mich an Angst.

Über mir schimmert ein von Magie durchwirkter Himmelsgleiter. Kalyan ist mir gefolgt. *Und er hat seinen Himmelsgleiter viel schneller in den Griff bekommen als ich ...*

Schlitternd hält er neben mir an. »Hast du Todessehnsucht?«

Mehrfach schluckend starre ich zum windgepeitschten Boden hinab.

»Ich dachte, ich würde dich gleich sterben sehen«, sagt er.

Den Blick, den ich mir in seine Richtung gestatte, bereue ich, sobald ich seinen Gesichtsausdruck sehe. Wut, Sorge, Erschrecken – alle finden eine eigene Möglichkeit, sich in den von mir verursachten Schmerz zu weben. Und das, obwohl er seine Maske trägt. »Es geht mir gut«, platze ich heraus.

Abrupt zeigt er nur noch eine einzige Emotion – Traurigkeit. »Rauch ...«

»Er ist in die Richtung geflogen.« Ich flöße Hybris Geschwindigkeit ein und schieße vorwärts. Wir haben schon genug Zeit verloren. Und deshalb muss mein »nicht mehr« auch weiterhin gelten. Weil wir sonst nicht aufeinander aufpassen können. Vertrauen. Ringe. Nicht mehr.

Kalyan und ich fliegen über die Dächer, eine Gratwanderung zwischen Deckung und nötigem Sichtkontakt zu unserem Ziel. Alle paar Sekunden späht er zu mir. Ich spüre seine Blicke, seine Besorgnis. Aber es geht mir gut. Ich hatte alles im Griff. Vielleicht.

Einige Minuten lang glaube ich, wir haben unser Ziel verloren, obwohl wir beide Sinneszauber wirken, um unsere Sicht und unseren Geruchssinn zu schärfen, und obwohl wir dahinrasen.

Plötzlich schießt ein Feuer violetter Magie in unsere Richtung. Kalyan und ich scheren in entgegengesetzte Richtungen aus. Allerdings handelt es sich nicht um einen Pfeil oder ein sonstiges Geschoss, sondern um zischenden Rauch, der sich zu Buchstaben formt und eine klare Botschaft in den Raum zwischen uns schreibt.

Hört auf, oder ihr sterbt beide.

Meine Kehle fühlt sich wie zugeschnürt an. Mit jedem Herzschlag dringen die zahlreichen Kisten voller Drogen in jenem Lagerhaus an die Oberfläche meines Bewusstseins.

»Er will nicht, dass wir herausfinden, wer er ist«, flüstert Kalyan.

»Was?«

»Er hat Angst.«
Bevor wir uns rühren können, überziehen Pfeile den Nachthimmel mit Farbe. Kalyan brüllt eine Warnung, doch ich weiche bereits aus. Kampfbereite Rufe und Schreie ertönten um uns herum. Der schwarz gekleidete Anführer ist nicht mehr allein. Eine ganze Horde Vencrin steigt aus den Straßen im Ostdorf auf. Oh ihr Götter, woher kommen all diese Zauberer?

Magie zischt durch die Luft. Ich scheine nur noch von Instinkten gelenkt zu werden. Bei jedem farbigen Blitz zucke ich zusammen, weiche, schirme mich ab. Orangefarbene Speere rasen auf mich zu, und ich ziehe den Kopf ein. Eine rote Kette versucht, sich um Hybris zu schlingen. Ich tauche ab und wende. Häuserblock für Häuserblock nehme ich die verschlungenen Gassen im Ostdorf nur in Form verschwommener hoher Säulen, flacher Dächer und Türöffnungen mit Vorhängen wahr.

Jede mögliche Unterstützung kämpft noch immer im alten Handelsbasar. Ein günstiger Zufall für die Vencrin oder Dummheit meinerseits?

Ich schleudere willkürlich Zauber hinter mich, als plötzlich ein Vencrin von der Straße vor mir emporschießt. Ich schwenke in eine neue Richtung. Mittlerweile habe ich den Überblick darüber verloren, wie viele es sind. Ein anderer Vencrin feuert mit irrem Gelächter einen Brocken violetter Magie auf mein Gesicht ab. Verdammt. Ich ducke mich gerade noch rechtzeitig, und der Zauber prallt mit einem lauten Knall gegen das Gebäude hinter meiner linken Schulter. Ein Torbogen stürzt ein, Mosaikfliesen zerspringen, Staub wirbelt auf.

Kalyan fliegt mit einem Schild vor mich und entfesselt einen Zauber gegen den Verursacher des Magiebrockens.

»Wir müssen hier weg!«, ruft er, während wir beide Strömen grüner und gelber Flüche ausweichen. Wir rasen vorwärts, wechseln uns damit ab, Schutzschilde zu wirken und zu feuern. Unsere Ringstrategie ist vergessen. Geschwindigkeit, geballte Macht und Reflexe beherrschen das Geschehen, während mein rasendes Herz zu zerspringen droht. Und ich brauche Kalyan an meiner Seite. Hybris ist inzwischen nass vor Schweiß, und ich zittere. Schließlich trifft ein Zauber einen Vencrin in die Brust, und er stürzt mit einem lautlosen Schrei ab.

»Das reicht!«, brüllt eine Stimme. Die Horde hält inne, und von oben senkt sich langsam die vermummte Gestalt mit tief ins Gesicht gezogener Kapuze herab. Kalyan hatte recht. Er verbirgt, wer er ist.

Mit angehaltenem Atem schwebe ich und zähle. Vierzehn.

»Sag uns, wo das Firelight ist!«, rufe ich.

Er lacht, und der schwarze Mantel bewegt sich unnatürlich. »Überall um uns herum, Kleine.« Aus dem Augenwinkel nehme ich wahr, wie mein Licht in einem nahen Fenster aufleuchtet.

»Warum hast du es gestohlen? Was willst du?«

»Vielleicht will ich Aufruhr. Vielleicht will ich mich bereichern. Vielleicht hast du keine Ahnung, wovon du redest.« Er schnaubt. »Ich muss mich nicht vor maskierten Kindern rechtfertigen. Schon gar nicht vor welchen, die ich hinlänglich gewarnt habe.«

Sein Himmelsgleiter flackert, und endlich begreife ich, warum sein Mantel so unnatürlich wirkt. Warum mehr als die Hälfte der Zauberer tief ins Gesicht gezogene Kapuzen tragen und in Schwarz gehüllt sind. Warum der abstürzende Zauberer nicht hörbar geschrien hat.

»Und ich rechtfertige mich nicht vor Illusionen.« Noch bevor ich einen Zauber wirken kann, löst sich die Kapuzengestalt in Rauch auf. »*Agnierif!*«, rufe ich meiner Göttin zu. Schlagartig entbrennt in der Luft ein Flammenmeer. Die Vencrin aus Fleisch und Blut schreien auf und weichen zurück, als das blutrote Feuer durch die Gasse tost. Die anderen – die Illusionen – verpuffen zu Rauch, wenn Flammen sie berühren. Schwere, vielschichtige schwarze Magie.

Plötzlich zischen Stacheln aus violetter Magie durch das Feuer. Verdammt. Ich zucke zusammen. Kalyan reagiert schneller als ich. Er versetzt mir einen Stoß gegen die Schulter, und ich schere nach links aus. Als ich mich aufrichte, sausen die violetten Schlieren so gefährlich nah vorbei, dass sich die feinen Härchen an meinen Armen knisternd aufrichten. Ich schaue zu Kalyan, wechsle einen Blick mit ihm und seufze so erleichtert wie er. Allerdings folgen gleich darauf weitere violette Pfeile. So unmöglich es zu sein scheint, aus einer anderen Gasse strömen weitere Zauberer herbei. Wir sind in eine Falle getappt. Diese Sache war von Anfang an eine Falle. Kalyan setzt sich in Bewegung und versucht, aus dem Geflecht auszubrechen, in dem sie uns gefangen haben. Zwei, drei Blitze zischen durch den Schweif der Magie, den sein Himmelsgleiter hinter sich herzieht. Der vierte trifft ihn in die Seite. Er krümmt sich und erschlafft.

Ich sehe Blut.

Und Kalyan fällt.

»Nein!« Mein Körper reagiert, bevor ich auch nur daran denke, zu wenden oder abzutauchen. Trotzdem tue ich beides. Wind fegt mir pfeifend ins Gesicht, während ich im Sturzflug bin. Hybris drückt gegen meine Brust. Mein Herz hämmert an seinem Holz wie wild. Kalyans große Augen sehen mich an. Wir greifen nacheinander, strecken die Hände aus, recken die

Arme. Unsere Fingerspitzen streifen sich, doch ich bekomme ihn nicht zu fassen. *Komm schon! Komm schon!*

Dann ein Klatschen, als wir uns richtig berühren. Seine Finger packen mein Handgelenk. Mit einem Aufschrei kämpfe ich gegen den Schwung und die Schwerkraft an. Ranken roter Magie kräuseln sich meinen Arm hinab und um seinen. Stärkend. Unterstützend.

Aber zu spät.

Gleich darauf prallen wir gegen ein Dach. Sein Himmelsgleiter splittert und zerbricht. Der Lärm von berstendem Ton und splitterndem Holz ertönt abrupt. Ich rolle mich instinktiv zusammen, dennoch zerschneidet mir das Dach die Haut. Die Ziegelscherben beißen mir in die Arme, die Schultern, die Beine. Nachdem ich mich drei oder vier Mal überschlagen habe, kehrt Stille ein.

Erneut zucken Blitze über den Himmel, deren gleißendes Licht durch meine geschlossenen Lider schimmert.

***

Stöhnend richte ich mich auf, öffne die Augen und halte Ausschau nach Kalyan. Als Erstes erblicke ich einen Krater in den Schindeln. Als Zweites die Trümmer unserer Himmelsgleiter. Als Drittes seinen schlaffen Körper.

Ich öffne den Mund, um ihm zuzurufen, doch das Zischen und der orangefarbene Schweif eines Himmelsgleiters, der sich von oben nähert, bringen mich davon ab. *Er wird nicht aufhören, uns zu jagen.* Instinktiv wirke ich eine Lage schwarzer Magie, schwenke die Hände mit trägen, linkischen Bewegungen. Von meinen Fingern strömt Rot und malt ein Bild unserer verstümmelten Gestalten. Eine Illusion schwebt nah heran. Da das Schattenwesen niemandem mehr falsche Menschlichkeit vorgaukeln muss, schaut es ausdruckslos drein. Rauch kräuselt sich um seine Ränder. Die Kreatur sieht wie das Abziehbild einer Leiche aus.

Sie treibt noch näher heran. Ich erstarre. Wenn auch nur eine Rauchranke die rote Schicht berührt, zerbricht mein Trugzauber. Das Wesen schnuppert.

»*Mrtywodahsssss*«, hauche ich und ziehe den Zauber für Tod in die Länge, bis meine Illusion aufsteigt und blubbert. Ich füge eine zusätzliche Schicht hinzu, wehe der Kreatur den Mief von Blut und Verwesung ins knorrige Gesicht, bevor sie meinen ursprünglichen Schutzschirm zerstören kann. Das Wesen erschaudert, wendet und fliegt davon. *So ist's gut. Geh und berichte deinem Meister, dass wir tot sind.*

Ich sacke zurück und schnappe panisch nach Luft. *Kalyan!* Obwohl mein gesamter Körper schmerzt und wimmert, krieche ich zu ihm.

»Kalyan? Kalyan?«

Er rührt sich nicht.

Ich taste nach seinem Puls. »Kalyan!«

»Oh Mann, war das beschissen«, stößt er gequält hervor.

Mir rutscht ein Laut zwischen einem Lachen und einem Schluchzen heraus, als ich die Arme um ihn werfe. Wir sind am Leben. Wir sind verdammt noch mal am Leben.

»Aua!«

Ich zucke zurück und hefte den Blick auf die Hand, mit der er sich die Seite hält. Zwischen den Fingern sickert Blut hervor. »Oh ihr Götter, lass mich sehen.«

Kalyan entfernt die Hand. Zum Vorschein kommt ein Schnitt über die Rippen, vom Brustkorb bis zum Bauch. »Sieht es so übel aus, wie es sich anfühlt?«, fragt er.

»Nein. Es fühlt sich wahrscheinlich schlimmer an.«

Kalyan krümmt sich, als er zusammenzuckt. »Ja, da muss ich dir wohl Recht geben.«

»Halt einfach durch.« Ich zerre an seiner Kurta, zerreiße den Stoff und lege die Wunde frei.

»Wir haben doch schon besprochen, dass du mich nicht so ausziehen sollst, Rauch.«

Ich reiße weiter. »Hab ich dir schon mal gesagt, dass du einer meiner schwierigsten Patienten bist?«

»Aber der beste Partner?«

Ich lächle über seinen Humor. Das ist ein gutes Zeichen. Ich taste an meinem Gürtel, öffne einen kleinen kugelförmigen Tiegel und schmiere die rosa Betäubungssalbe darin unter das Blut. »*Ksatleah. Suptaleah.*« Meine Magie erwacht zum Leben und taucht in Kalyans Haut. »Das wird eine Weile dauern.«

»Ich laufe nicht weg.« Kalyan sinkt zurück, und ich beuge mich über ihn, zaubere, betäube, gebe mir Mühe. Da ist so viel Blut. Zu viel Blut. Aber ich habe schon Schlimmeres gesehen.

Nach zwanzig Minuten mühsamer Arbeit bricht der Himmel auf und schüttet den darin aufgestauten Regen über uns aus. Jeder Tropfen reißt ein Loch in meinen schwächelnden Trugzauber, während ich mich ausschließlich aufs Heilen konzentriere. Die Berührungen des Wassers bringen meinen gesamten Körper zum Brennen. Jede Wunde sehnt sich nach Aufmerksamkeit. Meine Schulter pocht. Meine Schläfe pocht. In meiner Fliegerhose klaffen zwei riesige Risse. Innerhalb von Sekunden ist meine Kleidung nicht nur zerfetzt, sondern klebt auch an meiner Haut. »Verdammt.«

Kalyan murmelt einen leisen Zauber. Sofort umgibt uns ein weißer Schein, der die Regentropfen ablenkt.

»Du musst deine Kräfte schonen«, rüge ich ihn.

»Und du musst etwas sehen.«

Dem kann ich nicht widersprechen.

Kalyan starrt in die Ferne. »Du hättest ihm weiter folgen sollen. Jetzt wird er unmöglich aufzuspüren sein.«

»Als ob ich dich einfach hätte sterben lassen.«

Er starrt mich an, erkennt eine zweite Bedeutung in meinen Worten. »Vorsicht, Rauch, sonst fange ich noch an zu glauben, dass du mich magst.«

»Du machst es einem nicht leicht, so viel steht fest.« *Kann es eigentlich eine noch krassere Lüge geben?*

Als er die Hand ausstreckt und mich am Kopf berührt, erstarre ich. »Du blutest«, flüstert er mit Besorgnis in der Stimme.

Ich hebe die Hand und spüre Nässe, komme letztlich dem Stechen und Pochen auf die Spur. Oh ihr Götter, fühle ich mich furchtbar. Aber jemanden vor mir zu haben, der meine Hilfe braucht, dämpft die Schmerzen. »Mir geht's gut.«

Er runzelt die Stirn. »Das hast du vorhin schon behauptet.«

»Stimmt auch«, beteuere ich. Es ist schlecht für Patienten, wenn sie den Eindruck haben, die Heilerin verliert die Kontrolle oder zweifelt an sich.

»Du kannst es mir sagen«, flüstert er. »Wir sind ein Team.«

»Ja, sind wir. Das beste.« Da lässt er die Hand sinken und schließt die Augen. Es dauert nur noch wenige Minuten, bis ich damit fertig werde, den Schnitt zu nähen. Es wird eine große, aber saubere Narbe zurückbleiben. Die Wunde ist umgeben von kleineren Kratzern und erblühenden Blutergüssen. Ich balle die Hand zur Faust. Ein betäubendes Kribbeln warnt mich, dass ich kurz davorstehe, auszubrennen. Wenigstens habe ich seine Wunde geschlossen.

»Kalyan?«

Zur Antwort stöhnt er, bevor er wieder verstummt. Die Wand aus Wasser versiegt. Der Regen lässt nach bis auf ein paar verspätete Tropfen, die nicht rechtzeitig zur Feier eintreffen.

»Kalyan?«

Keine Antwort mehr. Ich prüfe seinen Puls und beuge mich über seinen Mund. Nach einer Schrecksekunde haucht sein Atem auf meine Wange. Also ist er bewusstlos. Entweder ist die Belastung für seinen Körper zu hoch geworden, oder es liegt an den vielen Betäubungszaubern von mir. Den Göttern sei Dank. Wenn er gestorben wäre …

Ich streiche ihm das nasse Haar aus der Stirn. Sogar im Schlaf und unter Schmerzen sieht er freundlich aus. Als ich mich beim Lächeln ertappe, ziehe ich die Hand ruckartig zurück. Oh ihr Götter, es ist um mich geschehen. Ich habe mich in ihn verliebt.

Kapitel 25

Peinlich

Adraa

Als ich mit klammer Kleidung erwache, fühle ich mich wund, und die Sonne scheint mir ins Gesicht. Ich drehe mich herum, suche Wärme, finde sie und schmiege mich daran. Dann brechen die Ereignisse der vergangenen Nacht über mich herein. Ich schlage die Augen auf und erblicke Kalyan halbnackt mit einem Arm um meine Mitte, während ich mich an seine Seite kuschle. Ich springe auf, zucke zusammen und erschrecke, alles gleichzeitig. Unten auf der Straße tummeln sich Ladenbesitzer und andere, die es kaum erwarten können, den Tag in Angriff zu nehmen. Karren rattern, Ziegen und Schafe blöken. Unmittelbar unter der Dachlinie feilscht eine Kundin um den Preis für Gelbwurz. *Oh du meine ...*

»Ruhig, ruhig, ruhig, keine Sorge. Ich habe einen Trugzauber über uns angebracht. Die Leute sehen nur ein leeres, unversehrtes Dach«, sagt Kalyan.

Die Schicht aus weißem Rauch schimmert vor uns. »Oh«, bringe ich heraus.

Kalyan will aufstehen, krümmt sich jedoch beim Versuch und zischt zwischen zusammengebissenen Zähnen hindurch. »Oh verflucht. Ja, das tut weh.«

»Vorsicht, sonst reißt es auf.« Sofort wollen meine Hände an seine Seite wandern. Dann wird mir klar, wie intim ... Ich meine, um ihn zu verarzten, habe ich seine Kurta aufgerissen. Auch die anderen Erkenntnisse der letzten Nacht tauchen aus dem Nebel in meinem Hirn auf. Plötzlich fühle ich mich durchtränkt von Hitze und Verlegenheit. Oder vielleicht liegt es daran, dass ich ausgebrannt bin.

Abrupt ziehe ich die Hände zurück. »Macht's dir was aus, wenn ich ...«

»Wenn du die Naht überprüfst, die mir das Leben gerettet hat? Nur zu.«

Ich betrachte die Narbe, die nur noch eine hässliche Linie aus Nähten ist. So gut wie von meiner Mutter, wenn nicht noch besser. Oh ihr Götter, wie viel Magie habe ich in sie gesteckt? »Hat sich nicht entzündet.«

Er sieht mich eindringlich an. Ich wische mir übers Gesicht und streiche mein Haar zurück. Wahrscheinlich sehe ich wüst aus. Ich wünschte, er würde wegschauen und sich mich ohne die Kratzer, die blauen Flecken und den Schlafentzug vorstellen. »Was ist?«, frage ich schließlich.

»Hat dir schon mal jemand gesagt, dass du schnarchst?«

Mein Mund klappt auf, und mein Gesicht steht schlagartig in Flammen. »Wirklich?«

Kleine Fältchen erscheinen um seine Augen, als er lacht. »Ein bisschen.«

»Wie lange bist du schon wach?«

»Eine Weile.«

»Und du hast mich auf dir schlafen lassen?«

Er zuckt mit den Schultern. »Du bist ausgebrannt.«

»Du bist derjenige, der ... Warte, woher weißt du, dass ich ausgebrannt bin?«

»Man wird dann ziemlich heiß.«

Das bedeutet, er hat meinen an ihn gepressten Körper gespürt. Mit nach wie vor loderndem Gesicht wende ich den Blick ab.

»Wie fühlst du dich?«, hakt er nach, als wäre das gar nicht peinlich. Als wäre nichts ungewöhnlich daran, dass wir aneinandergeschmiegt besinnungslos waren. Als wäre ich nicht mit seinem Radscha verlobt ... *Oh ihr Götter.*

Um seinem Blick auszuweichen, starre ich auf mein Berührungsmal. Roter Rauch erhellt meine Fingerspitzen. »Ich kann noch zaubern, aber nur schwach.«

»Ja. Und morgen musst du kämpfen.« Er reibt sich die Augen.

»Verdammt.« Der Kampf gegen Beckman. Neunundzwanzig Tage sind vergangen, während ich ihn verdrängt hatte. Jetzt ist es so weit. Morgen werde ich ihm gegenüberstehen. »Ich will nie wieder einen Käfigzauberer sehen.«

»Wir haben gerade die Nacht miteinander verbracht, und du willst mich nie wiedersehen? Das ist hart, Rauch.«

»Wir haben die Nacht nicht miteinander verbracht«, widerspreche ich schnaubend. Aber es fühlt sich an, als wäre Luft in meiner Brust eingeschlossen – eigenartig, leicht, kribbelnd.

Er deutet auf das Gewirr der Dachziegel und die Trümmer unserer Himmelsgleiter. Hybris der Zweite hatte kein langes Leben.

»Halt die Klappe.«

Er lacht. Also kann seine Seite nicht mehr besonders schmerzen.

Ich stehe auf und wische den Staub von mir ab. »Wir müssen das Dach in Ordnung bringen.«

»Und ich meine Kurta.«

Nachdem er das Dach repariert und seine Kurta mit grüner Magie genäht hat, klettern wir zur Straße hinunter. Ich muss nach Hause, aber vorher brauche ich noch etwas anderes. Ohne Himmelsgleiter kann ich mich nicht in mein Zimmer schleichen. Und ich werde nicht in diesem Zustand oder ohne Hybris durch die Türen des Palasts eintreten. *So* beschäftigt sind meine Eltern auch wieder nicht.

Es ist ein durchschnittlicher Markttag, was bedeutet, dass uns innerhalb von Sekunden ein Meer von Farben und Menschen verschlingt. Die jüngere Generation der Belwarer ist modern gekleidet: Die Männer tragen Fliegerhosen mit hellen Kurtas und die Frauen Blusen und Wickelröcke. Unter den Älteren und Traditionelleren herrschen Saris und Westen vor. Abgesehen davon ist es ein Durcheinander aus den schwereren Mänteln von der Insel Pire, den Pastelltönen Agsas und den klaren Linien und Seidenstoffen von Naupure.

Da ich ausgebrannt bin, haben sich die violetten Wirbel der Magie meiner Uniform als Rote Frau aufgelöst. Jetzt sehen Kalyan und ich wie Zauberer und Hexe schwarzer Stärke aus, beide vernarrt in die eigene Farbe. So fallen wir zwar nicht unbedingt auf wie bunte Hunde, dennoch sollten wir so schnell wie möglich von hier verschwinden. Fahndungsplakate säumen die Marktstände.

»Wir werden Himmelsgleiter brauchen«, sagt Kalyan.

»Ich kenne da jemanden.«

Er zieht eine Augenbraue hoch. »Du *kennst* da jemanden?«

»Was denn? Du etwa nicht?« Ein guter Himmelsgleiter ist einer der Gründe, warum ich noch lebe. Immerhin musste Hybris der Erste deshalb daran glauben, weil ich ihn zersplittert und mit ihm auf einen Vencrin eingestochen habe. Hybris der

Zweite hat genug Widerstand geleistet, dass wir den Absturz der vergangenen Nacht überleben konnten.

»Ich hatte bisher überhaupt nur drei Himmelsgleiter«, verrät Kalyan.

Abrupt bleibe ich stehen. Auf den Straßen wimmelt es von Menschen, die um mich herumströmen müssen, dennoch rühre ich mich nicht von der Stelle. Es dauert einen Herzschlag, bis Kalyan es bemerkt und sich umdreht. »Was ist?«,

»Drei Himmelsgleiter? *Drei?*« Vielleicht habe ich mich verhört. Womöglich hat er dreizehn oder sogar dreißig gesagt.

»Ja, drei. Wie viele hast du denn schon gehabt?«

Kurz stocke ich noch, dann erlange ich ein wenig Fassung zurück und reihe mich wieder in den Strom der Fußgänger. »Äh, ein paar mehr.«

Er beäugt mich. Mir ist ein schwerer Fehler unterlaufen. Das weiß ich, weil er zu grinsen anfängt. »Rauch?« Er spricht es gedehnt aus.

»Wir haben Wichtiges zu besprechen. Zum Beispiel, was wir als Nächstes tun.«

»Ja, und das können wir, sobald du mir eine Frage beantwortet hast.« Er führt mich vor einen Stand mit Fischen und bleibt stehen. Der Verkäufer, ein Unberührter, ruft uns mit dröhnender Stimme zu. Gleichzeitig streckt er uns die schuppige Haut und das perlweiße Fleisch seiner Ware entgegen. »Nur ein Silber das Pfund«, ködert er uns.

Wie jeder geübte Marktgänger schenkt Kalyan ihm keine Beachtung. »Wie viele?«

»Was bist du bereit, für diese Auskunft zu tun?«

Er legt den Kopf schief, als wäre meine Verlegenheit ein waschechtes Zahlungsmittel für ihn. »Was willst du dafür?«

So viel. Dass wir gestern Nacht nicht versagt hätten. Dass

mein Kampf mit Beckman nicht schon morgen stattfinden wird. Dass die Welt uns mehr Zeit schenkt. *Mir* mehr Zeit schenkt.

Aussprechen kann ich nichts davon.

»Mein bevorzugter Himmelsgleiterladen ist nur einen Häuserblock entfernt.«

Mittals und Munis Geschäft ist ein regelrechtes Paradies für Flugbegeisterte. Die Himmelsgleiter hängen dort auf ihre Stumpfform geschrumpft an Holzhaken. Ganz links sind die Wände gewölbt und erstrecken sich über drei Stockwerke nach oben wie ein ausgehöhlter Baumstamm, damit Kundinnen und Kunden verschiedene Himmelsgleiter ausprobieren können.

Ich besuche den Laden seit Jahren. Aber aus meinem Gedächtnis taucht auf, wie mir Herr Burman vergangenes Jahr Hybris den Ersten gekauft hat. Davor habe ich Himmelsgleiter einfach rücksichtslos verbraucht – und das in einem Umfang, den ich Kalyan nicht gestehen will. Herr Burman hat den Himmelsgleiter hochgehalten und gesagt: »Diesem geben wir einen Namen.« Das hat gewirkt. Zumindest, bis Riyas und meine Welt erschüttert worden ist. Als wir den Laden betreten und die Glöckchen über der Tür bimmeln, erwischen mich deshalb der Geruch von frisch verarbeitetem Holz und Nostalgie mit voller Wucht.

»Na, wenn das nicht meine beste Kundin ist«, begrüßt mich Herr Mittal. Beste Kundin nennt er mich, weil er meinen Namen – genau wie jeden anderen – ständig vergisst. Wahrscheinlich würde er sogar den seines Partners Muni vergessen, wenn er nicht auf dem Schild neben seinem stünde. Manchmal frage ich mich, ob das nur gespielt ist oder ob Herr Burman mich deshalb ausgerechnet hierher gebracht hat. Heute jedoch bin ich einfach dankbar, stelle seine Vergesslichkeit nicht in

Frage und werde auch keine beißende Bemerkung darüber verlieren. Auf dem Himmelsgleiter, den er benutzt, um über die Arbeitsflächen zu sehen und zur Kuppeldecke und zum Flugturm aufzusteigen, schwebt er zu uns herüber.

»Hallo, Herr Mittal.« Ich beuge mich vor und schlage am Unterarm mit ihm ein. »Ich brauche wieder einen. Tatsächlich sogar zwei.« Ich deute mit dem Daumen auf Kalyan.

»Schon wieder?« Seine Augen werden groß. Natürlich erinnert er sich *daran* nur zu gut.

Ich blicke verstohlen auf seine Finger. Drei davon sind aus Holz. Wie kann mich ein Zauberer dafür kritisieren, einen Himmelsgleiter ruiniert zu haben, wenn er selbst vor drei Wochen erst *zwei* magisch bearbeitete Finger aus Holz hatte? »Äh, was ist denn da passiert?« Ich deute auf seine Hand.

»Ach, das.« Er beugt die Finger und lässt die Hand dann in der Hosentasche verschwinden. »Manchmal sind wir alle tollpatschig. Deshalb bist du meine beste Kundin.«

Ich lache gekünstelt. »Die vorurteilsfreie Einstellung gefällt mir.«

Anerkennend klatscht er auf den Tresen. »Also, was darf's sein?«

»Das Beste, was du hast.«

Er runzelt die Stirn, springt wieder auf seinen Himmelsgleiter und saust drei Stockwerke hoch in den Turm. »Wie vage. Habe ich dir denn gar nichts beigebracht?«

»Komm schon, Mittal!«, rufe ich den Stollen hinauf. »Willst du mich wirklich die ganze Liste der grundlegenden Eigenschaften aufzählen lassen?«

»Wenn es dabei hilft, dass du nicht noch eines meiner Schätzchen vernichtest, dann ja.« Er zieht eine Schmollmiene, während er zwischen seinem Angebot hin und her schwebt und die verschiedenen Himmelsgleiter begutachtet.

Seufzend verdrehe ich die Augen. Er ist ein lebhafter kleiner Mann mit nur sieben natürlichen Fingern. Aber bei den Göttern, ich liebe diesen Laden.

Schließlich bemerke ich, dass sich Kalyan die Hand an die Rippen presst, während er eine Auslage vorn im Geschäft betrachtet.

Im Nu bin ich an seiner Seite. »Geht's dir gut? Ist die Naht aufgebrochen?«

»Alles gut. Nur ein bisschen wund.« Er sieht mich an. »Und ja, ich bin mir sicher.«

Mein Drang, die Narbe zu überprüfen, ist wohl offensichtlich. Kalyan entfernt die Hand vom Oberkörper, als würde das irgendetwas beweisen. Und nur, um es klarzustellen – das ist *nie* ein Beweis. Die Erinnerung daran, wie er mich aus der Schusslinie gestoßen hat, blitzt in meinem Kopf auf. Daran, wie er abgestürzt ist. An das Blut.

Wie es wohl wäre, wenn ich mir meinen Verlobten aussuchen könnte? Aber dazu wird es nicht kommen, das ist mir bewusst. Und immer noch kann ich mich nicht dazu durchringen, ihm die Wahrheit zu sagen. Sobald er erfährt, wer ich in Wirklichkeit bin, ist meine beste Chance dahin, die Vencrin zu vernichten und herauszufinden, was mit meinem Firelight passiert.

Aber den Plan, der ihm einen sicheren Weg bietet, die Antworten herauszufinden, habe ich ohnehin bereits aufgegeben, nicht wahr?

»Was würdest du tun, wenn du kein Wächter wärst?«, flüstere ich.

Langsam zieht er die Hand vom nächsten Himmelsgleiter zurück. »Das hat mich noch nie jemand gefragt.«

»Wirklich nicht?« Ein Wächter kann sein Schicksal selbst bestimmen. Riya hat schon im Alter von zehn Jahren davon gesprochen, Wächterin werden zu wollen. Manche Berührte stecken ihre gesamte Energie in eine Art von Magie, um ihre Stärke zu sichern. Es ist eine geschätzte Tätigkeit. Wegen ihres guten Rufs und ihrer Stabilität wird niemand zum Dienst gezwungen. Ich finde, dass Kalyan es leichter hat als ich, die ich mich an Lügen klammere, als wären es Rettungsringe auf hoher See.

»Ja, niemand. Es ist mein Leben lang von mir erwartet worden. Familienangelegenheit.« Er dreht sich mir zu. »Was würdest du tun, wenn du nicht im Dienst der Belwars stündest?«

Ich schweige so lange, dass er bestimmt schon denkt, ich würde über die Frage hinweggehen. Und das will ich beinahe auch, doch plötzlich sprudeln die Worte aus mir heraus. »Ich habe erst nach meinem neunten Geburtstag gezaubert. Und ein weiteres Jahr hat es gedauert, bis ich auch mit dem rechten Arm Magie erzeugen konnte. Fliegen war daher für mich eine große Sache. Aber selbst jetzt würde ich nicht sagen, dass ich das Fliegen an sich liebe. Ich liebe vielmehr Himmelsgleiter.« Ich streiche über den Seidenschweif von Mittals und Munis erster Schöpfung, einem sehr schlichten Himmelsgleiter ohne geschwungene Griffe oder stromlinienförmige Verlängerung. Und doch zeugt er von so viel Handwerkskunst. »In einem einfacheren Leben wäre ich Erfinderin. Wie Mittal. Vielleicht würde ich eines Tages für die Unberührten, die am Boden festsitzen, etwas erschaffen, das allein fliegen kann.«

Kalyan scheint meine Worte zu verdauen, sie abzuwägen. »Vielleicht kann ich dir ja irgendwann, wenn all das hinter uns liegt, dabei helfen.«

Mein Geburtstag ist in zehn Tagen. So sehr es mein Herz

schmerzt, es mir einzugestehen, ich bezweifle, dass es dazu je kommen wird. Und doch stehen wir in diesem Laden, als wäre die Zukunft offen und als könnten verschiedene Möglichkeiten dafür gekauft werden. Das bewirkt Mittals und Munis Laden – er vermittelt einem das Gefühl, mit dem richtigen Himmelsgleiter könnte man losfliegen und alles vollbringen.

»Jawohl!«, ruft Mittal und fegt durch die Luft. »Zweistrahlige Verlängerung, Windkrümmung, beste Seide aus Naupure und geflochtene poröse Flächigkeit für schnellen Magieeinschuss.« Schwungvoll präsentiert er den Himmelsgleiter. »Oder wie ich es gern ausdrücke – das Beste, was ich zu bieten habe.«

Das Modell ist wunderschön. Rot gebeiztes Weidenmaterial. Schnittige Linien. In die geflochtenen Fasern sind Muster von Berührungsmalen eingeritzt. Wie ich mittlerweile weiß, entsprechen sie jenen an Mittals Handgelenken. Ich reiche Kalyan seinen Himmelsgleiter. »Gefällt er dir?«

»Das lasse ich die Experten entscheiden«, erwidert er.

Mittal johlt freudig über die Ankündigung und lässt die Faust auf die Arbeitsplatte niedersausen, weil er glaubt, Kalyan meint ihn. »Mir gefällt er.«

Und einfach so geht meine Absicht, zu feilschen, über Bord. Wenigstens kann ich Mittal noch einen Holzreiniger und zwei Luftblasenmasken fürs Fliegen in großen Höhen abschwatzen. Aber der kleine Mann weiß, dass er uns in der Hand hat. Das wird mir ewig anhängen. Herr Mittal winkt sogar, als wir gehen. Seine Holzfinger klacken dabei aneinander.

Kalyan schnallt sich den Himmelsgleiter an den Gürtel. »Glaub bloß nicht, dass du damit davonkommst.«

Ich sehe ihn an. »Was?«

Er lächelt, grinst sogar. »Wie viele, Rauch?«

Ich gehe weiter, dränge mich durch die Menge. »Bei den Göttern, bist du hartnäckig.«

»Komm schon.« Er tritt vor mich hin und zuckt mit ausgebreiteten Armen die Schultern. »Ich wäre letzte Nacht fast für dich gestorben.«

»Oh, und das wirst du mir ewig vorhalten, was?« Ich husche um ihn herum. »Wie wär's damit? Ich sage es dir, und wir erwähnen es nie wieder.«

Seine Stiefel knirschen hinter mir über den Boden. »Nur, um es klarzustellen – meinst du, dass ich mich vor diesen Pfeil geworfen habe, oder dass wir miteinander geschlafen haben?«

Mein Herzschlag beschleunigt sich sprunghaft. Ich muss mich mit einer Willensanstrengung davon abhalten, ihm die Hand auf den Mund zu pressen. Stattdessen drehe ich mich möglichst ungezwungen um und vergewissere mich, dass niemand die Worte gehört hat. »Wir haben nicht miteinander geschlafen«, flüstere ich eindringlich. »Und beides. Wir erwähnen weder das eine noch das andere je wieder!« Er hat mich in Panik versetzt.

Kalyan stößt einen Pfiff aus. »Muss ja schlimmer gewesen sein, als ich dachte.« Er tut so, als würde er überlegen, bevor er sagt: »Abgemacht.«

Ich bleibe stehen. Auf dem Markt herrscht das übliche Brodeln aus Feilschen und Klatsch. Über die Dächer huscht eine Gruppe Affen, die Geschnatter hinzufügt. »Siebenunddreißig«, murmle ich.

Er beugt sich näher, mitten hinein in meinen persönlichen Freiraum. »Wie war das?«

Ich verschränke die Arme vor der Brust. Aus der Sache komme ich nicht mehr raus. »Heute mitgezählt.« Ich deute mit dem Kopf auf Hybris den Dritten an meinem Gürtel. »Siebenunddreißig«, verkünde ich. »Jetzt zufrieden?«

Er muss darauf nicht antworten. Sein strahlendes Grinsen genügt. Irgendetwas stimmt nicht mit ihm, wenn diese kümmerliche Auskunft solchen Frohsinn bei ihm auslöst. Und vielleicht auch nicht mit mir, denn ich lasse mich prompt davon anstecken. »Du enttäuschst mich wirklich nie«, verkündet er nach wie vor lächelnd.

Zwanzig Minuten später schleiche ich mich in mein Zimmer und falle ins Bett.

Und kann nicht schlafen.

Du enttäuschst mich wirklich nie. Natürlich kaufe ich ihm das nicht ganz ab. Und dennoch – offenbar enttäusche ich ihn nicht. Die Frauen aus der Küche würden sagen, dass Jatins falsche Liebesbriefe, in denen er von Schicksal faselt, romantischer sind als diese Aussage. Aber für jemanden, der sich wie eine Enttäuschung fühlt und dagegen ankämpft ... Für so jemanden liegt in Kalyans Worten ... Trost.

Ich schnappe mir ein Kissen und brülle hinein. Das ist falsch. So falsch. Mein Geburtstag rückt näher wie ein sich zusammenbrauender Sturm. Morgen kämpfe ich gegen Beckman. Und ich bin in einen Mann verliebt, in den ich es nicht sein darf. Alles scheint auf der Kippe zu stehen und droht, mich zu erdrücken. Und dennoch – als ich einschlafe, stelle ich mir vor, die Wärme meiner Decke würde von einer anderen Quelle stammen.

Kapitel 26

Kräftemessen der Besten

Adraa

Sims mag ein schmieriger Handlanger der Vencrin sein, aber er weiß, wie man einen Kampf vermarktet, das muss man ihm lassen. Schriftzüge aus falschen Blutspritzern prangen an Mauern und verkünden Sprüche wie AUFSTEIGENDES FEUER GEGEN DEN UNÜBERWINDLICHEN MONSUN. Schwarzmagische Illusionen davon, wie Beckman und ich versuchen, uns gegenseitig zu zerfleischen, stacheln die Erwartungen des Publikums kunstvoll an. Mich erschüttert es bis ins Mark, dennoch ist es beeindruckend.

Kaum haben Kalyan und ich einen Fuß in den Gestank des Untergrunds gesetzt, sind wir auch schon umzingelt. Einige Stimmen stellen meinen Geisteszustand in Frage und wollen wissen, wie ich gegen den größten Kämpfer in der Geschichte des Käfigzauberns gewinnen will. Kalyan ist bereits durch seinen *einen* Kampf im Untergrund aufgestiegen und ein persönlicher Liebling der Hexen unter den Zuschauenden. Bei den wenigen, die wir haben. Mehrere Frauen verkünden deutlich ihre Unterstützung des Weißen Ritters. Kalyan runzelt darüber nur die Stirn und deutet auf die Tafel, um ihnen zu zeigen, dass er nicht auf dem Kampfplan steht. Es ist schön, Eifersucht in dem Gewirr anderer Gefühle auszumachen, die mich zu verschlingen drohen. Aber sobald ich sie abgeschüttelt habe, verlangen drei andere Emotionen, die in meinem Körper ihr Unwesen treiben, nach Aufmerksamkeit. Angst und Anspannung benebeln mich. Zorn nagt an mir.

Ich kann es nicht länger ertragen. Mit einer unwirschen Handbewegung fege ich durch die vergnügte Schar und ziehe mich in den Umkleideraum zurück. Unter normalen Umständen wäre ich froh, eine Fangemeinde zu haben, denn dadurch wäre ich wertvoller für Sims. Und wertvoller für Sims zu sein bedeutet, würde bedeuten, dass ich mehr Auskünfte bekomme. Aber an diesem Abend haben sich Gereiztheit und Beklommenheit um mich gelegt wie eine zweite Haut. Die meisten der anwesenden Zauberer und Hexen haben keine Ahnung, was für einen Betrieb sie finanzieren, indem sie hier wetten. Dieselben Leute kaufen mein Firelight und bezahlen Steuern. Und wie ich haben sie keine Ahnung, was für ein Mensch Beckman wirklich ist.

Ich stoße die Tür zu meiner Kammer auf. Sie knallt gegen die Wand. Sonna, eine andere Kämpferin, sitzt meditierend auf der Bank. Sie öffnet ein Auge, als ich eintrete.

»Hallo, Rauch. Wie ich sehe, hast du immer noch mit deiner Aggressionsbewältigung zu kämpfen.«

»Hallo, Nebel.« Ich folge ihrem Blick zu der Delle in der Wand. »Das war ich nicht. Diesmal ...«

Lachend schließt sie das Auge wieder. Blauer Rauch steigt an ihren Armen abwechselnd auf und sinkt ab, als würden sie atmen.

Die Tür öffnet sich erneut, und Kalyan kommt herein. Er nickt Sonna zu, bevor er sich an mich wendet. »He. Warum bist du gegangen?«

»Ich wollte mich nur ... einstimmen.«

Er schüttelt den Kopf. »Tut mir leid. Du solltest das nicht tun müssen. Es ist noch nicht zu spät, auszusteigen. Vielleicht solltest du das.«

Wir starren uns gegenseitig an. »Das kann ich nicht.« Wenn ich den Kampf sausen lasse, eröffnet Sims persönlich die Jagd auf mich. Ich muss ihn nur überstehen, ohne draufzugehen.

»Könntet ihr zwei euch irgendwo anders anglotzen? Und du weißt schon, dass hier die Frauenumkleide ist, oder?«, kommt es barsch von Sonna.

Kalyan schaut kurz nach links und rechts, als würde er sich orientieren. »Oh. Richtig. Ich werde auf dem Oberdeck sein.« Er drückt meine Hand und geht.

Als ich mich umdrehe, stelle ich fest, dass Sonna mich beobachtet. »Ihr seid wirklich das perfekte Paar. Er ist mächtig, du bist hübsch«, meint sie.

»Was?« Ich starre sie an. »Erstens sind wir kein Paar. Und zweitens bin ich auch mächtig. Sollte nicht eher das der Grund sein, warum wir gut zusammenpassen? Ich meine, wir sind nicht mal ein Paar. Aber wenn wir es wären, würde ich wohl mehr beitragen, als nur hübsch zu sein ...«

»Jaya, ich habe von euren Ringpersönlichkeiten gesprochen. Rauch ist verführerisch und sinnlich, der Weiße Ritter ist der starke Held. So hat es Sims gewollt, oder? Mit diesem altbackenen Geschlechterrollenmist.«

»Oh ... ja, klar. Rauch und der Weiße Ritter funktionieren ... für das Publikum.«

»Aha. Also stehst du doch auf ihn.«

»Nein! Ich hab nur nicht verstanden, was du gemeint hast, als du ...«

Sonna unterbricht mich mit einem Lachen, das schön und leicht klingen würde, wenn nicht ich der Auslöser wäre. »So schlimm, hm? Tja, dann wünsche ich dir alles Gute. Käfigzauberer haben die schlimmsten Egos.«

»Ich muss los.«

»Viel Glück da draußen, Kleine.« Ihr Blick fügt unausgesprochen hinzu: *Du wirst es brauchen.*

»Danke. Dir auch.« Es erscheint mir falsch, Sonna darin zu bestärken, auf Navin einzuprügeln, aber so drückt man unter Käfigkämpferinnen Verbundenheit aus.

Als ich mich durch den zweiten Vorhang schiebe, schlägt mir das Gebrüll der Menschenmenge entgegen. Jubel, Schweiß, Trunkenheit, alles vibriert förmlich durch die Dielen des Bodens. »Rauch, Rauch, Rauch!«

Als ich mich dem Ring nähere, taucht die Erinnerung an die Begegnung mit Rakesh auf dem Oberdeck aus meinem Gedächtnis auf. Seine schmierigen, hässlichen Worte. Seine Hände. Seine Andeutung, ich könne nicht gewinnen, könne ihn nicht überwältigen. Der Griff um meinen Arm, bis Beckman mir geholfen hat, ihn abzuschütteln. Danach ist Beckman immer dort gewesen. Und dann habe ich mir eine Maske aufgesetzt, mich in die Illusion von Selbstvertrauen gehüllt, bis es mir in die Knochen gesickert ist.

Beckman wartet in der Kuppel. Ich betrete sie, stelle mich ihm gegenüber. *Warum habe ich das zugelassen? Warum muss er für sie arbeiten?*

»Ich will das nicht tun, Rauch«, gesteht Beckman mit einem Stöhnen, als er in die Knie geht und Kampfhaltung einnimmt.

»Ja. Ich auch nicht.« Die Kuppel rastet mit einem dumpfen Laut über uns ein. Zum ersten Mal bin ich im Ring nicht wütend. Angst legt sich um meinen Magen und presst ihn zusammen. Mit jedem Ausatmen strömt mehr Selbstvertrauen aus mir. Früher konnte ich mir meine Gegner immer als einen der Männer vorstellen, die Riyas Vater verletzt haben. Jetzt sehe ich nur einen Vater und Freund vor mir. Wer versorgt nach einem Kampf Beckmans Verletzungen? Bestimmt nicht eine seiner Töchter ...

Ich habe seine Familie gesehen. Seine Jüngste ist geradezu besessen von Zöpfchen mit bunten Bändern, die auf ihrem Rücken wippen. Die meisten kleinen Mädchen mögen Stoff in allen Regenbogenfarben, bis sich ihr Berührungsmal oder ihre Stärke offenbart. Riya hat es früher geliebt, sich solche Bänder um die Handgelenke zu wickeln und so zu tun, als könnte sie mit mir alle neun Farben zaubern. Und jetzt soll ich einen Mann wie Beckman als Verräter betrachten.

Ich denke zu viel an Riya, denn plötzlich sehe ich sie vor mir, stelle sie mir im Publikum vor. Vor meinem geistigen Auge schaut sie finster drein, denn das würde sie, wenn sie je sehen könnte, wie ich im Untergrund zur Belustigung von Verbrechern blute und leide. Ich starre eindringlicher in die Menge, und die Gesichter verschwimmen.

»Seid ihr bereit für ein Kräftemessen der Besten?«, brüllt der Ansager. Die Masse der Zuschauenden reagiert entsprechend.

Eine blaue Rauchwolke schwappt über Beckman wie eine Welle. *Konzentration, Adraa! Riya ist nicht hier.* Ich beschwöre meine eigene Magie. Sie umhüllt mich und züngelt, sieht aus wie Feuer.

Die Menge johlt, als sich blaue und rote Ranken in der Mitte der Kuppel zu Violett vermischen. Der Ansager greift auf Sims Werbematerial zurück. Ich bekomme einen Scherz über meine Größe und Statur mit, obwohl ich groß für eine Hexe bin. Es folgt etwas darüber, dass es sich um einen einmaligen Kampf handelt und ein Tsunami meine Flammen löschen wird. Und ja, es sind auch reichlich anzügliche Anspielungen dabei. Ich blende alles aus, warte nur auf ein Wort, einen Laut.

»Kämpft!«, brüllt der Ansager schließlich.

Beckman springt vor, in der Hand einen langen Stab, eines seiner Markenzeichen. Ich ducke mich unter seinem Schlag hinweg. Verdammt, echt jetzt? Er packt gleich als Erstes den Stab aus? Tja, am besten bekämpft man violette Magie mit violetter Magie. Ich erschaffe mir einen eigenen Stab. Nur bin ich nicht gut im Kampf damit, habe nie viel geübt. Als mich sein Stab in den Magen trifft, raubt er mir zwar den Atem, aber ich bin nicht überrascht. Kaum bin ich zu Boden gesunken, stachelt Beckman das Publikum an, das entsprechend reagiert.

»Was machst du denn? Steh auf«, flüstert Beckman, als er sich wieder mir zudreht.

»Ich will nicht ...« *Keine Ahnung, wie ich gegen ihn kämpfen soll.* Ich weiß nicht mal, wie ich über das Gefühl von Verwirrung und Verrat hinausdenken soll.

»Hier drin hat man nichts dabei mitzureden, was man will.« Beckman beugt sich über mich und setzt mir den Stab an die Kehle. Erschrocken trete ich aus und wirke einen Kraftzauber. Dann stelle ich fest, dass ich ihn gar nicht brauche. Für die Zuschauenden muss es so aussehen, als wolle er mich umbringen, aber der Druck hält sich in Grenzen. Er beugt sich näher. »Kämpf gegen mich, sonst fliegen wir beide auf.«

»Du ...«

»Ich bin damit beauftragt, dich zu beschützen, und ich werde meiner künftigen Rani nichts tun, aber du musst mithelfen, damit es echt wirkt.«

Als ich den Stab kurz loslasse, drückt er mir auf die Kehle.

Ich habe das Gefühl, dass alle Luft aus mir entwichen ist. Und dass ich jeden Moment die Besinnung verlieren könnte.
Er will seine Zukunft nicht gefährden ...
»Rauch«, flüstert er eindringlich.
Erst Kalyan, und jetzt das. Maharadscha Naupure hat Beckman beauftragt, mich zu beschützen.
»Adraa.«
Mein Blick schnellt zu seinen Augen, und ich erkenne die Wahrheit darin. Die Wahrheit und die Lügen.
»*Puti Pavria!*«, rufe ich so laut und überzeugt wie möglich. Meine Magie explodiert unter dem Stab hervor, und ein Windtunnel schießt nach oben und außen. Er reißt Beckman mit, schleudert ihn gegen die Decke der Kuppel, wo ich ihn festhalte. *Ich werde mitspielen. Ich werde mehr als nur mitspielen!* Mit einer Handbewegung gebe ich die Luft frei, und Beckman plumpst zu Boden. Ich stürme zu ihm.
»Ich hab dich in dem Lagerhaus der Vencrin gesehen. Warum warst du dort?«, zische ich, als ich ihm nah genug bin.
»Um dich zu beschützen.«
Was? »Ich brauche deinen Schutz nicht.«
Er rammt mir den Ellbogen in die Seite, und ich krümme mich, taumle zurück. »Doch. Brauchst du.«
Ich wirble herum und schlage zu. Er blockt mich ab. »Warum sollte ich dir auch nur ein Wort glauben?«
Er huscht um mich herum und zieht mich in einen Armhebel. »Deshalb. Weil ich alles weiß und du noch am Leben bist.«
Ich schüttle den Kopf.
»Denk nach, Rauch«, flüstert er mir ins Ohr. »Was glaubst du wohl, wie du Sims sonst die ganze Zeit hättest täuschen können? Und was denkst du, warum die Wächter von Belwar

ausgerechnet in der Nacht zur Stelle waren, als du beschlossen hast, in das Lagerhaus reinzugehen?« Er stößt mich weg, und ich stolpere.

Prompt wirble ich wieder zu ihm herum. »Und die Plakate?«, frage ich, während wir uns gegenseitig umkreisen. »Du warst der Erste, den ich damit gesehen habe.«

»Ich wollte ihnen zuvorkommen und verhindern, dass sie angefertigt werden. Aber ich war zu spät.«

Soll ich das glauben? Mein Bauchgefühl sagt Ja, dennoch siedet Wut in mir. »Ich hätte das auch allein geschafft. Es wäre nicht nötig gewesen, dass ...«

Ein Schwall Wasser trifft meinen Fuß und spritzt abrupt nach oben. Die Menge brüllt »Tsunami!«, und ich lande mit einem dumpfen, widerhallenden Laut auf dem Rücken. »Doch. War es«, widerspricht er.

Befeuert von rasender Wut springe ich auf. Wieder sucht mich der Moment auf dem Oberdeck heim. Rakeshs fester Griff um meinen Arm. Beckman, der ihn von mir wegreißt. Die Angst. Nein, das blanke Grauen. Und jetzt weiß ich nicht, was schlimmer ist – der Gedanke, dass ich nur meines Titels wegen gerettet worden bin, oder das Wissen, dass ich in Wirklichkeit nichts erreicht habe. Auf den Straßen treiben sich immer noch Vencrin herum. Gleich vor dieser Arena wird nach wie vor munter mit Drogen gehandelt. Und ich habe keine Ahnung, wohin mein Firelight gebracht wird.

Die Wut schwillt an. Etwas in mir zerreißt. Man dachte, ich müsste beschützt werden. Man dachte, ich könnte es nicht allein.

»Wenn du wirklich hier gewesen bist, um zu helfen, warum hast du es dann nicht getan?«, frage ich. Schmerz erstickt meine Worte. Schwerter erscheinen aus einem flammenden roten

Wirbel. Ich schlage wutentbrannt um mich, und die Farben vermischen sich zwischen uns funkensprühend zu Violett.

»Ich hatte eine Mission«, stößt Beckman knurrend hervor.

»Ich auch.«

Zisch – ein schneller Vorstoß. *Klirr* – eine Abwehr. Rückzug mit tänzelnden Füßen. Beckman weicht aus, schlägt zu. Die Menge weidet sich an meiner Angst und an der Gewalt. Die Vorstellung muss überzeugend sein. Unsere gesamte Freundschaft löst sich in wirbelndem violettem Rauch auf. Mit einer Drehung schwinge ich das Schwert, und es trifft sein Ziel, schlitzt quer über Beckmans Brust. Blut spritzt an die Kuppelwand.

Nein. Er hätte den Hieb parieren, sich schützen sollen. Das hätte er mühelos gekonnt.

Er ist nämlich besser als ich. Denn ich konnte in den entscheidenden Sekunden, als Rakesh mich gepackt und zu Boden gedrückt hat, nicht klar denken. Und ich versage seit Wochen. Opfer. Angreifer. Retter. Vencrin. Die Rollen fließen ineinander, während ich auf das Blut starre.

Ich verharre wie eine Salzsäule, während Beckman mit den Händen fuchtelt. *Nein!* Zu spät bemerke ich den blauen Strahl, der auf mich zuschießt und mich mit voller Wucht in die Brust trifft. Einen Herzschlag lang steht die Zeit still, und Schmerzen explodieren in mir. Dann fliege ich gegen die Wand. Mein Kopf wird nach hinten geschleudert und knallt dagegen. Meine Sicht verschwimmt. Schwarze Punkte treiben vor Beckman, als er sich in Bewegung setzt. Aus seinen Zügen spricht Angst. Ich versuche, mich aufzurappeln, aber Schwärze überwältigt mich.

***

Zum zweiten Mal erwache ich und spüre Kalyans Wärme. Diesmal steht er über mir. Verdattert stelle ich fest, dass die Wärme von seiner rosa Magie ausgeht und er die weiß rauchenden Hände hinter meinem Kopf hat. Er murmelt einen Sprechgesang. Es ist ein Stabilisierungszauber. Kalyan führt einen Stabilisierungszauber aus.

»Hey«, flüstere ich und umklammere sein Handgelenk.

»Oh, den Göttern sei Dank.«

Ich taste an meinem schmerzenden Hinterkopf und setze mich im vertrauten Umfeld der Bänke, des Staubs und der Körperausdünstungen im Umkleideraum auf. Dabei fühle ich mich schwerelos und gleichzeitig schwer benebelt.

»Ist Beckman …«

»Es geht ihm gut. Er ist schon weg. Aber er hat mir alles erklärt. Er ist nicht …«

»Ich weiß. Ich …« Abrupt verstumme ich, als ich bemerke, dass wir nicht allein sind. Hinter Kalyan steht meine beste Freundin. Also habe ich sie doch in der Menge gesehen. Die finstere Miene war echt. »Riya?«, rufe ich ein bisschen zu laut.

Sie seufzt. »Bei den Göttern, bin ich froh, dass du wach bist.«

»Wie … wie hast du mich gefunden?«

Sie starrt Kalyan an. »Ich muss mit ihr reden. Unter vier Augen.«

Kalyan wirft mir einen besorgten Blick zu. Er will ebenso wenig gehen, wie ich will, dass er es tut. Aber als ich nicke, wendet er sich ab und verschwindet. Ich bleibe in Erklärungsnot zurück.

Riya verliert keine Zeit. »Du bist die Rote Frau, nicht wahr?«

Die Luft im Raum verdichtet sich. Der donnernde Lärm im

Untergrund rückt in den Hintergrund. Nur einen Herzschlag lang spiele ich mit dem Gedanken zu lügen. »Ja.«

Langsam atmet sie aus. »Wie ... wie konntest du das tun – mich belügen, allein loszuziehen?«

»Ich mache es nicht allein.« Es muss ja nicht ausdrücklich erwähnt werden, dass ich monatelang allein im Untergrund war, Vencrin verprügelt und ausspioniert habe, wie sie arbeiten, bevor Kalyan dazugestoßen ist. Obwohl mir anscheinend auch Beckman die ganze Zeit den Rücken freigehalten hat.

»Oh, nicht allein? Ach ja, das hatte ich vergessen. Die Rote Frau und Nacht. Was weißt du überhaupt über ihn?«, zischt Riya und deutet in Richtung des Vorhangs.

»Wie meinst du das, was ich über ihn weiß? Er hat mir geholfen.« Mehr, als sie sich je vorstellen könnte. Nicht, weil ich Adraa Belwar bin. Und schon gar nicht, weil ihn jemand damit beauftragt hat wie Beckman.

»Er *belügt* dich. Er ist nicht der, als der er sich ausgibt.«

»Was?« *Woher, verdammt, ist das jetzt gekommen?*

»Hast du seine Arme gesehen? Ist dir nicht aufgefallen, wie er zaubert? Ich glaube nicht, dass er ist, was er behauptet.«

Nein. Ich kann nicht zulassen, dass sie den Einzigen schlechtredet, der ohne versteckte Absicht oder Auftrag an meiner Seite gekämpft hat. »Was machst du überhaupt hi...«

»Wenn du es auch nur eine verdammte Minute zulässt, könnte ich gut in meiner Arbeit sein. Ich könnte dich beschützen. Aber nein, du musst dich ja rausschleichen und die Welt versteckt hinter Rauch und Masken retten.«

»Ich habe es deinetwegen getan. Für dich.«

»Meinetwegen?« In ihre Stimme mischt sich eine neue Prise Wut. »Oh, das wird ja immer besser.«

»Ich versuche, die Männer zu finden, die deinen Vater verletzt haben, Riya.«

Ihre Züge fallen in sich zusammen. Was auch immer sie als Erklärung von mir erwartet hat, das nicht. »Wer war es? Wie heißen sie?«

»Als ich angefangen habe, nachzuforschen, ist mir klargeworden, wie groß die ganze Sache ist. Ich habe mich auf die Drogen konzentriert, dann ist das Firelight vom Markt genommen worden, und …«

Sie schnaubt abfällig. »Dann gib nicht vor, du würdest es für meinen Vater tun. Wag das bloß nicht!«

»Es tut mir leid. So leid. Aber das alles ist größer als du, dein Vater oder ich. Es geht um die Zukunft von Belwar.« Als sie sich wegdreht, ziehe ich sie am Arm zurück. »Riya, ich glaube, Maharadscha Moolek steckt dahinter. Ich habe Grund zu der Annahme, dass er unsere Wächter umdreht und mein Firelight stiehlt. Ich glaube, dein Vater, unser Lehrmeister, ist als einer der Ersten zum Schweigen gebracht worden.«

Sie zuckt zusammen, als wäre schlagartig die gesamte Luft aus dem Raum entwichen. »Maharadscha Moolek? Adraa, deshalb bin ich hier.«

»Was?«

»Du bist in den Thronsaal gerufen worden. Zara und ich haben dich gesucht und gesucht, konnten dich aber nicht finden. Und dann …« Ihre Worte werden immer schneller, bis ihr wohl selbst bewusst wird, dass sie außer Kontrolle geraten sind. Was meiner besten Freundin sonst nie passiert. Sie verstummt, und erst jetzt fallen mir die aus ihrem Haarknoten ausgebrochenen Strähnen und der schiefsitzende Wickelrock auf.

Abrupt beuge ich mich vor, als mich Beklommenheit erfüllt. »Riya, sag, was hat Maharadscha Moolek getan?«

»Nichts«, haucht sie. »Aber er will mit dir reden. Persönlich.«

***

Ich stürme in den Palast. Kalyan habe ich mit einer überhasteten Entschuldigung und einem knappen Satz abgespeist, der mehr einer Ausrede als einer Erklärung geglichen hat. Oh ihr Götter, wie sehr wünschte ich, er könnte an meiner Seite sein, als ich die Tür öffne. Unterwegs habe ich mich sauber gemacht und mich in Kleidung geworfen, die dem Namen Belwar würdig ist. Aber Verblüffung kann man nicht so einfach entfernen wie einen Blutfleck. Sie beherrscht mein Gesicht. Meine Eltern werden sich die Wahrheit so sicher zusammenreimen können, als würde ich mit meiner roten Maske hineinmarschieren.

Aber das ist gerade weniger wichtig als die Frage, was um alles in der Welt ich zu Moolek sagen soll. Oder was er mir zu sagen hat.

Als ich den Thronsaal betrete, drehen sich drei Köpfe in meine Richtung. Meine Eltern wirken zugleich besorgt und verärgert. Der dritte gehört zu einem kräftigen Mann in grüner, schmuckbehangener Aufmachung. Seine Haut ist hellbraun, heller als die so mancher Radschas von Moolek, denen ich begegnet bin. Und er ist auffallend gutaussehend. Gebaut wie ein Palast. Strammer, gerader Rücken, muskelbepackt, geschmückt mit Verzierungen. Aber seine wachen Augen ... erinnern so sehr an die eines Raubtiers, dass eine Gänsehaut meine Arme überzieht. Er ist fast genau so, wie ich ihn mir vorgestellt habe. Und ich glaube, ich hatte noch nie solche Angst.

In der Mitte des Raums steht ein durch Magie erschaffener

dunkelgrüner Tisch mit Stühlen und einer Tischdecke, auf der die verschlungenen Muster eines Berührungsmals, einander überlappende Wirbel, sich kreuz und quer verzweigende Linien und Tupfen schimmern. Er hat seinen Segen buchstäblich in die violette Magie eingearbeitet, damit wir sehen können, wie sie im Feuerschein um uns herum leuchtet.

»Ich freue mich, dass du dich uns endlich anschließen kannst, Fürstin Adraa.« Er erschafft einen weiteren Stuhl und bedeutet mir, darauf Platz zu nehmen.

Ich verneige mich und halte zwei Finger an meinen Hals. Noch nie zuvor ist mir bei einem respektvollen Gruß so übel geworden. »Ist mir ein Vergnügen«, entgegne ich und lege geheuchelte Aufrichtigkeit in die Lüge. Dann setze ich mich, buchstäblich auf die Magie meines Feindes, in dem Wissen, dass er den Zauber jederzeit abbrechen kann. Als hätte ich nicht schon davor das Gefühl gehabt, in eine Falle zu laufen.

»Ja, ein Vergnügen. Du bist so umwerfend, wie alle sagen.« Sein Blick wandert zwischen meinen Eltern und mir hin und her. Ein Lächeln, das viele bestimmt als bezaubernd beschreiben würden, strahlt uns abwechselnd an.

Die Erwiderung *Ich weiß* kommt mir ebenso in den Sinn wie Maharadscha Naupures Gelächter damals. Aber ich bin nicht mehr acht Jahre alt. Und ich will diesem Mann nicht mein wahres Wesen offenbaren, die rebellische Ader. Das würde nur Fragen und Misstrauen hervorrufen. »Danke«, erwidere ich stattdessen und kann vermutlich nicht verhindern, dass sich ein Hauch Verachtung in meine Züge schleicht.

»Da wir jetzt alle hier sind, komme ich gleich zur Sache. Ich möchte mit euch über ein Bündnis sprechen.«

Bei dem Wort schauen wir alle skeptisch drein, als hätte

Maharadscha Moolek etwas Widerliches von sich gegeben. Aber, na ja ...

»Was für ein Bündnis?«, fragt meine Mutter langsam.

»Ich finde, die besten Bündnisse werden durch Blut, durch Heirat geschlossen.«

Mein Herz pocht so heftig in der Brust, als wäre es gerade erwacht und müsste im Laufschritt den Gandhak erklimmen.

»Ich verstehe nicht, Maharadscha Moolek. Ihr habt keinen Sohn, deshalb ist mir nicht klar, was Ihr damit vorschlagen wollt.«

Aber ich verstehe es. Nur *zu* gut. Ich schrecke zurück und wünsche mir, dass ich mich irre. Aber die nächsten Worte kommen unaufhaltsam.

»Ich spreche natürlich von Adraa und mir.«

Und damit hat er es verdammt noch mal gesagt. Wankend erhebe ich mich vom Stuhl, weiche einen großen Schritt zurück und hoffe, so den Raum verlassen zu können, die Zeit zurückzudrehen – was immer nötig ist, um den Gedanken auszulöschen, dass ich Maharadscha Moolek heiraten soll, einen vierzigjährigen, kalt berechnenden Widerling von einem Zauberer. Den Mann, der hinter dem Verschwinden meines Firelights stecken könnte.

»Aber Ihr habt recht«, fährt er fort und steht ebenfalls auf. »Ich habe *keine* Söhne ...« Er lächelt mich an und bleckt die Zähne, als seine Lippen die Worte *noch nicht* formen.

Verdammt! Das darf nicht passieren. Ich schaue zu meinem Vater und versuche, ihm allein mit den Augen *Abenddämmerung* zuzubrüllen. Meine Eltern erheben sich.

»Unsere Tochter ist seit vielen Jahren Eurem Neffen versprochen, Jatin Naupure«, erklärt mein Vater.

»Und doch gibt es keinen Blutsvertrag, nicht mal ein formelles Verlobungstreffen.«

»Wie Ihr wisst, ist Maharadscha Naupure fort gewesen, und Adraa ist noch nicht achtzehn Jahre alt.«

»Natürlich. Natürlich.« Maharadscha Mooleks Blick bohrt sich in mich. »Aber ich denke, wir sollten Adraa in der Frage eine Wahl lassen, nicht wahr?«

Das habe ich falsch verstanden, als ich acht Jahre alt war und einen Berg besteigen musste. Meine Eltern wollen mir Freiheit verschaffen, darum kämpfen. Es ist ihnen darum gegangen, mich gut zu verheiraten, und Jatin Naupure schien der beste Anwärter dafür zu sein. Aber jetzt *würde* mein Vater mich angesichts so guter Aussichten für seine Tochter wählen lassen. Denn was könnte ich schon falsch machen? Zwei mächtige Männer sind bereit, mich zu heiraten. Ich weiß bereits, was mein Vater sagen wird. Als er den Mund öffnet, kann ich die Worte praktisch mitsprechen. »Wir überlassen Adraa die Wahl.«

Alle Blicke heften sich auf mich. Die Worte von Maharadscha Moolek und meinem Vater nehmen mich wie ein Käfig gefangen. Noch nie hat es sich so verheerend angefühlt, eine Entscheidung treffen zu müssen. Ich kann nicht atmen, geschweige denn sprechen.

»Natürlich musst du nicht heute Abend antworten. Ich gebe dir Zeit, darüber nachzudenken, Adraa. Lernen wir einander kennen, ja?«

Kapitel 27

Rückkehr des rechtmäßigen Herrschers

Jatin

Als ich den Azur-Palast betrete, kreisen meine Gedanken immer wieder um Adraa. Sie ist mit ihrer Wächterin so schnell davongerannt. Und nach dieser Kopfverletzung ...

Ich finde, ich hätte das Recht gehabt zu erfahren, was vor sich geht. Aber nein. Etwas in Riyas Gesicht hat mir gesagt, dass man mir nicht länger traut. Sie muss wissen, dass wir Nacht und die Rote Frau sind, allerdings scheint sie keine Ahnung zu haben, wer ich wirklich bin. Sonst hätte ich wohl mehr bekommen als Adraas besorgten Blick und die schalen Worte: *Ich muss zurück zum Belwar-Palast.*

Es wird höchste Zeit, ihr reinen Wein einzuschenken. So kann ich nicht weitermachen. Die Lüge, vormals eine Mauer zu meinem Schutz, ist zu einem Hindernis geworden, das uns voneinander entfernt.

Mit einem Seufzen schiebe ich die Tür zum Arbeitszimmer auf. Eine Gestalt steht in den Schatten und kramt raschelnd auf dem Schreibtisch. Vencrin. Ohne zu zögern, zaubere ich ein Messer und schleudere es. Ein blauer Schild lenkt die violette Magie ab, und die Waffe schlägt in einen Schrank aus Holz ein. Meine Arme flammen gewappnet auf, und mir liegt bereits ein weiterer Zauber auf der Zunge. Dann ergreift der Eindringling das Wort.

»Hast du vor, mich umzubringen?« Der Schein von Firelight aus dem Gang erfasst das Gesicht meines Vaters, als er mit einem verwirrten Lächeln aufschaut. »Ich habe zwar keine Begrüßungsfeier erwartet, aber Verrat durch mein eigen Fleisch und Blut ist dann doch ein wenig heftig.«

Meine Magie zerplatzt zu Nebel. »Du ... du bist zu Hause!«

»Vor wenigen Stunden eingetroffen.« Er kommt auf mich zu.

Stolpernd führen wir einen unsicheren Tanz auf, weil wir nicht recht wissen, wie wir einander begrüßen sollen. Schließlich lege ich die Finger auf die Halsschlagader und verneige mich. Was sich noch unangenehmer als bei meiner Heimkehr anfühlt. Als hätte sich unsere Beziehung seither zurückentwickelt. Andererseits hätte ich ihn um ein Haar umgebracht. Ich habe festgestellt, dass so etwas immer die Stimmung verdirbt und für Spannungen sorgt. Traurigkeit liegt in seinen Augen, als ich mich aus der Verbeugung aufrichte, und ich sehne mich danach, die letzten fünf Minuten ungeschehen zu machen und unser gestörtes Verhältnis in Ordnung zu bringen.

Vielleicht liegt es an mir. Vielleicht sieht man es jemandem an, der sich so verzweifelt eine Verbindung wünscht.

Er geht zurück zum Schreibtisch und deutet mit dem Kopf auf den Berg von Papier. »Ich habe vergessen, wie unordentlich du bist.«

»Suchst du etwas?«

»Ja, den einundzwanzigsten Vertrag.«

»Den habe ich hier.« Ich hole das Bündel hervor. »Und in den Schubladen sind die Pläne für die neue Schule und das Neueste über die Wasseranlage. Und hier ist der Gesetzesentwurf über die Unberührten. Wird wohl ziemlich schwer zu verabschieden, aber es muss sein.« Ich ertappe meinen Vater beim Lächeln. »In dem Chaos verbirgt sich eine gewisse Ordnung«, erkläre ich und bemühe mich, dabei nicht defensiv und trotzig zu klingen. Ich bin der Aufgabe gewachsen. Immerhin bin ich wochenlang zugleich der Radscha von Naupure und Nacht in Belwar gewesen.

»Das habe ich gehofft.« Er verschränkt die Arme vor der Brust und lehnt sich an den Schreibtisch. »Du hast mir über all die Gesetzesentwürfe und Pläne geschrieben. Aber sag, wie kommst du mit Adraa aus?«

Das ist das Letzte, worüber ich reden möchte. »Es entwickelt sich langsam.«

»Aber doch keine häusliche Gewalt, oder?«

Ich lache rau. »Sie hat mich jedenfalls nicht geschlagen.« Aber sie nagt an meinem Herzen, wäre mehrfach beinahe vor meinen Augen gestorben und hat mich zuletzt allein und ahnungslos im Untergrund zurückgelassen. Bei näherer Betrachtung klingt das mit der »langsamen Entwicklung« nicht richtig. Ich könnte sogar einen Rückschritt gemacht haben.

»Da wir gerade all die großen Sachen besprechen, die sich während meiner Abwesenheit ereignet haben, möchtest du mir das hier erklären?« Er hält das Plakat mit meinem maskierten Gesicht darauf hoch. Dank Adraas schwarzem Zauber sieht mir das Bild überhaupt nicht ähnlich, aber natürlich kann ich es meinem Vater gegenüber nicht leugnen.

»Du wolltest, dass ich dabei mitmache.«

»Ihr seid beide weit darüber hinausgegangen, nur Auskünfte zu sammeln.«

»Ja, das liegt hauptsächlich an Adraa. In der Nacht, in der

ich ihr begegnet bin, wollte sie es allein mit einem Dutzend Vencrin aufnehmen.«

Er seufzt. »Ich nehme an, du wirst auch dann nicht aufhören, wenn ich dich darum ersuche.«

»Du willst, dass ich ihr *nicht* helfe?«

Er schüttelt den Kopf und fährt sich mit den Händen durchs schüttere Haar. Mache ich das auch? Manchmal ertappe ich mich beim Versuch, unsere Gemeinsamkeiten oder Gewohnheiten zu beurteilen. Und meistens kommt dabei nichts heraus.

»Du bist mein einziger Erbe, Jatin. Dreimal hat mich mein Schwager daran erinnert, dass sein Sohn, dein Cousin, die Zeremonie vor über einem Jahr hatte. Sie werden einen Weg finden, dich vom Thron zu holen. Mit deinem Tod wäre es leichter als leicht, Naupures gesamte Zukunft zu zerstören.«

»Es mag damit angefangen haben, Adraa zu helfen, aber inzwischen geht es darum, allen zu helfen. Ist dir klar, wozu diese Vencrin fähig sind? Ich will das tun. Zum ersten Mal in meinem Leben fühle ich mich wie ein gewöhnlicher Zauberer, der wirklich etwas bewirken kann.«

Eine gefühlt lange Weile mustert er mich eindringlich. »Du bist ihr sehr ähnlich.«

»Adraa?«

»Nein, deiner Mutter.« Er betrachtet die große Karte an der Wand und umklammert seinen Hochzeitsarmreif. »Sie wollte den Thron auch nicht. So viele machthungrige Menschen auf der Welt, und meine Familie will einfach ein normales Leben.« Sein Blick schnellt zu mir. »Aber ich denke, gerade das wird dich zu einem großartigen Maharadscha machen.«

Die Erwähnung meiner Mutter versengt mich nicht nur, sie verbrennt mich. Es fühlt sich an, als würde mein Vater sie eigens heraufbeschwören, um mich durcheinanderzubringen. Er spricht sonst nie von ihr. Und ich habe gelernt, keine Fragen über sie zu stellen. Offenbar denkt er jetzt, er kann mir mit Komplimenten seinen Willen aufdrängen. Das kann er vergessen. »Ich werde nicht aufhören.«

Er erkennt etwas in meinen Augen. Schweigend stehen wir uns gegenüber. Wer zuerst das Wort ergreift …

»Sag mir wenigstens, was ihr herausgefunden habt«, verlangt er schließlich.

Ich seufze, als die Anspannung des Schweigens zwischen uns allmählich abklingt. »Wir haben das Firelight zurückverfolgt. Es geht von Lagerhäusern im Ostdorf zu Pier sechzehn. Nur haben wir keinen Beweis dafür gefunden, dass Moolek es stiehlt. Und wichtiger noch, wir haben nicht herausgefunden, warum es überhaupt gestohlen wird. Adraa und ich denken, es könnte vielleicht nur darum gehen, den Namen Belwar zu beschmutzen. Um zu beweisen, wie unzuverlässig die Verfügbarkeit auf dem Markt ist, damit die Unberührten wieder auf Kerzen und damit auf Mooleks Öl zurückgreifen.«

»Vielleicht.« Mein Vater reibt sich das Kinn. »Aber ihr habt noch keine handfesten Beweise?«

»Nein. Keine.«

Er seufzt, ein schwerer Laut, durch den er noch kleiner und älter erscheint. »Die Reise war wie erwartet grauenhaft. Dein Onkel ist nie ein guter Mensch gewesen. Aber seit er die Macht übernommen hat, ist er schlimmer geworden, als ich es mir je hätte vorstellen können.«

»Wo ist Maharadscha Moolek jetzt? Ich dachte, er würde nach Naupure kommen, um den Vertrag neu zu unterzeichnen.«

»Er ist auch hergekommen. Im Augenblick ist er im Belwar-Palast. Er hat darauf bestanden, dort zu übernachten. Das beunruhigt mich natürlich, aber ich konnte es ihm ja nicht gut verweigern.«

Mein Körper erstarrt zu Stein. Maharadscha Moolek ist im Belwar-Palast. Das bedeutet ... unter demselben Dach wie Adraa. »Was will er in Belwar?«, verlange ich zu erfahren.

Ein gequälter Ausdruck huscht über die Züge meines Vaters. »Ich fürchte, was er schon immer wollte – Adraa.«

Kapitel 28

Unterhaltung mit dem Feind

Adraa

In den letzten Wochen haben sich meine nächtlichen Albträume noch verschlimmert. Das liegt am Stress. Das muss der Grund sein. Und doch erlebe ich in ihnen eine Welt voller Rot. Und an dem Ort durchdringt nackte Angst jeden Teil meines Körpers, als würde ich von einem Schwert ausgeweidet. Irgendetwas naht. Etwas Schlimmes.

Du musst für die neun Gottheiten auftreten. Du musst die Zeremonie abschließen, zischt mir eine Frauenstimme zu. Sie wiederholt es wieder und wieder. *Das ist der einzige Weg. Manchmal muss jemand sterben, damit andere leben können*, sagt sie.

Wenn ich auf die Stimme höre, verschwindet die Angst. Anfangs versuche ich, mich zurückzuhalten und zu erklären, dass ich mehr Zeit brauche, um die Bedrohung durch die Vencrin zu ermitteln. »Ich muss die Rote Frau sein!«, schreie ich der Stimme entgegen. Am Ende gebe ich jedes Mal nach, wenn die Angst mich verschlingt.

In der Nacht, nachdem Maharadscha Moolek mir die Ehe vorgeschlagen hat, ist der Traum schlimmer geworden. Da hat mich die Angst förmlich erdrückt wie ein schwer auf mir lastendes Feuer.

Und da ich ohnehin nicht schlafen kann, übe ich. Aber nachdem ein weißer Zauber nach dem anderen fehlschlägt, höre ich wieder auf. Meine Morgengebete vernachlässige ich seit Wochen. In solchen Zeiten würden sich wohl die meisten Menschen an die Götter wenden. Also könnte ich es ja auch versuchen.

Ich gehe langsam zum Tempel, weil ich nicht so früh vor Dloc kriechen will. Beklommenheit erfüllt mich wie eine Kugel, die zu platzen droht. Das bewirkt Stress. Er fühlt sich endlos, grenzenlos an, als würde er so lange an einem nagen, bis nichts mehr übrig ist.

Als ich mich die Stufen hinaufschleppe, entdecke ich überrascht Prisha beim Beten.

Statt ihr zuzurufen, knie ich mich neben sie. Sie erschrickt. »Normalerweise schläfst du so früh am Morgen noch«, merkt sie an.

Offenbar beobachtet sie mein Kommen und Gehen aufmerksamer, als ich dachte. »Ja, das stimmt wohl. Kommst du jeden Morgen her?«

»An den meisten Tagen.«

Ich wusste gar nicht, dass sie so gläubig ist. Wofür könnte sie so viel beten? Ich habe sie in der Klinik und auf dem Übungsplatz mit Hiren gesehen. Mit ihren fünfzehn Jahren beherrscht sie alle neun Arten von Magie besser als ich in ihrem Alter. Damals habe ich bei weißer Magie ständig versagt. Wem will ich etwas vormachen? Ich versage bei weißer Magie immer noch.

»Hattest du je Angst?«, flüstert Prisha.

Ich starre sie an. Sie sieht mich nicht an, befindet sich nach wie vor in Meditationshaltung, die Augen groß, den Blick auf Laehs Säule gerichtet.

»Angst wovor?« Mittlerweile gibt es dafür so viele Anwärter.

»Deiner Stärke.« Schließlich dreht sie sich mir zu. »Ich meine, wolltest du von Erif berührt werden?«

»Ich habe nicht dafür gebetet, falls du das meinst. Aber ich war schon besorgt. Nein, in Wirklichkeit hatte ich eine Heidenangst. Ich dachte, ich würde überhaupt nicht auserwählt werden. Von klein auf haben mir Mama, Papa und Maharadscha Naupure gesagt, dass sie« – ich deute mit dem Kopf in Richtung der Säulen – »um mich streiten. Ich hatte solche Angst, dass die Götter den Kampf aufgeben würden und ich unberührt bleiben könnte.«

Sie nickt zwar, doch ich merke ihr an, dass es nicht die Antwort ist, die sie erwartet hat. Meine Schwester ist normal. Sie musste sich nie mit einem nackten Arm herumschlagen.

»Hast du denn Angst?«

Sie spielt mit dem Sand am Boden, türmt ihn zu kleinen Hügeln auf, streicht ihn glatt und häuft ihn erneut auf. »Ich will nicht von Laeh berührt werden. Darum bete ich jeden Tag.«

Ich taumle zurück. »Hasst du die Klinik so sehr?«

»Nein, es geht nicht wirklich um die Klinik. Ich ... will einfach nicht so werden wie Mama. Sie ist dort so gefangen.«

»Das würde ich nicht sagen. Sie liebt die Klinik.«

»Mag sein. Aber ist dir je aufgefallen, wie manche Leute sie behandeln? Als wäre sie deren Sklavin, die jeden Tag Heiltränke ausschenken muss. Als wäre das ihr einziger Nutzen, weil sie eine Frau ist. Und ich glaube, Mama hofft, ich werde von Laeh berührt, damit ich ihre Aufgabe übernehmen kann. Aber ich will stark sein, stärker.«

»Rosa Heilmagie ist nicht rein weiblich und auch nicht schwach. Sie rettet Menschenleben. Mama. Du. Ich. Alle rosa

Zauberer und Hexen. Wir retten Menschen vor dem Tod. Daran ist *gar nichts* schwach.«

Sie meidet meinen Blick, spielt weiter mit dem Sand. »Ich möchte um meiner selbst willen gewollt werden, nicht für das, was ich kann. Nicht für das, was ich in Belwars Augen tun sollte.«

Aber was jemand als Hexe oder Zauberer vermag, ist von Natur aus mit den jeweiligen Begabungen verbunden, mit dem Wunsch, sich bestimmten Arten von Magie zu verschreiben. Rosa Stärken sind immer willkommen, vor allem, wenn man darin von unserer Mutter ausgebildet wird. Prisha wird immer einen Platz in der Gesellschaft haben. Aber ich vermute, genau das verstört sie. Weil sie sich nicht anpassen *will*. Sie hält die rosa Stärke für minderwertiger, schwächer, weiblicher. Oh ihr Götter, mir ist nie bewusst gewesen, wie verschieden wir sind. Sie ist durch ihre Normalität so verwöhnt, dass sie nicht erkennt, wie gut sie es hat und wie wichtig rosa Magie für die Rettung Belwars, die Rettung aller ist. Auch wenn die Drogen irgendwann aus dem Verkehr gezogen sind, werden wir weiterhin Zauberern und Hexen beim Entzug oder mit beschädigten Berührungsgaben helfen müssen.

»Prisha, die Chancen, dass du eine Hexe mit rosa Stärke wirst, stehen nur eins zu neun.«

»Ich weiß, aber ...«

»Und du wärst ohnehin mehr als eine Hexe mit rosa Stärke. Du bist eine Belwar.«

Prisha zupft an ihrer Bluse.

»Keine Sorge. Du wirst ... Warte, ist das mein Sari?«

Wenigstens hat sie genug Anstand, schuldbewusst auf den orangefarbenen Stoff hinabzublicken. »Äh, kann sein.«

Mein Magen zieht sich zusammen. Prisha kennt meine

Schlafgewohnheiten. Sie geht unangekündigt in mein Zimmer und an meinen Schrank. Was könnte sie dort noch gesehen haben? »Hat Zara ihn dir gegeben?«

»Nicht ganz.«

Verdammt, ich dachte, sie hätte vor Jahren damit aufgehört, meine Sachen zu stibitzen. »Also hast du ihn dir einfach genommen?«

»Ich bringe sonst immer alles zurück, bevor du aufwachst.«

Bevor ich aufwache? Wie oft macht sie das?

»Darum geht's nicht ...«

»Du bist bloß besorgt, ich könnte mitbekommen, wohin du nachts gehst. Aber ich weiß längst vom Käfigzaubern.«

Ein Schauder durchläuft mich. *Sie weiß über den Untergrund Bescheid? Weiß es denn jeder? Moment.* »Du warst das. Du hast Riya verraten, dass ich mich rausschleiche.«

Meine Schwester sieht mich unverwandt an. »Zara und Riya haben panisch versucht, dich zu finden, als Maharadscha Moolek aufgetaucht ist. Ich musste es ihnen sagen.«

»Woher ...«

»Ich bin dir mal zu dieser Fenstertür gefolgt.«

»Du hast nie etwas gesagt.«

Sie zuckt mit den Schultern. »Bis gestern Abend ist es mich nichts angegangen. Tatsächlich habe ich dich in manchen Nächten gedeckt, wenn Zara vorhatte, dich zu deiner Meinung über etwas zu fragen, oder wenn Riya mit dir reden wollte.«

Ich weiß nicht, was ich darauf erwidern soll. »Danke, Prisha. Ich ...«

Widerhallende Schritte ertönen auf der Tempeltreppe hinter uns. Prisha dreht sich zuerst um. Ich beobachte, wie in ihre Augen erst Neugier tritt, dann Angst. Auch ich wirble herum.

Maharadscha Moolek steht mit einem schmierigen Lächeln auf den Lippen an Wodahs' Säule.

»Ich habe gehofft, wir könnten uns unter vier Augen unterhalten«, wendet er sich an mich.

»Prisha, geh zurück in den Palast.«

»Adraa ...«

»Prisha, geh. Sofort.«

Mit mehreren kurzen Blicken über die Schulter steigt Prisha die Tempeltreppe hinunter und verschwindet aus meiner und, wichtiger noch, aus Maharadscha Mooleks Sicht.

Er betritt den Raum und schlendert umher. *Lass ihn nicht zu nah an dich ran. Zeig keine Angst.*

»Du musst dich nicht so um deine kleine Schwester sorgen.«

Tue ich aber. Ich weiß nämlich genau, mit wem ich es zu tun habe. Wenn er wirklich in unsere Familie einheiraten will und ich mich weigere, dann ist Prisha nur drei Jahre jünger als ich. Und ich will gar nicht daran denken, dass Moolek auf die Idee kommen könnte, statt mir Prisha zur Frau zu nehmen.

»Sie ist bei all dem unschuldig, ja? Sie weiß nichts über Euch.«

Ich verstumme.

Er legt den Kopf schief, als wolle er meine Gefühle abwägen, in mir lesen. Ich versuche, nichts zu verraten, aber er muss das Aufblitzen von Angst in meinen Augen bemerkt haben. Ich habe Geheimnisse, und jetzt weiß er es.

Ruckartig streckt Maharadscha Moolek die Hände vor und ruft einen Zauber.

Was zum ... »Simaraw!«, brülle ich und reiße die überkreuzten Hände vor mich. Üppiger grüner Rauch strömt aus Mooleks Fingern und bildet eine Wand zwischen uns. Mein roter

Schild bewirkt nichts. Die grüne Wand geht hindurch wie ein Geist und erfasst mich. Und dann – nichts, kein Schmerz, keine körperliche Bedrohung. Ich kenne den Zauber nicht. Der grüne Rauch steigt auf und verschwindet.

»Interessant«, murmelt er grinsend.

Mein Schutzschild verflüchtigt sich. »Was ... was habt Ihr getan?«, stammle ich und kann nicht fassen, dass Maharadscha Moolek in meinem eigenen Tempel gegen mich gezaubert hat. »Wie könnt Ihr es wagen, in einem Tempel vor den Göttern ...«

»In dir stecken solche Geheimnisse.«

War dieser Zauber etwa ... Ich gerate ins Stocken und versuche, bestmöglich die Fassung zurückzuerlangen. »Wie wohl in jeder jungen Frau.«

Er schnaubt abfällig. »Naupure hat mir alles erzählt.«

Das kann er nicht getan haben. Er *hätte* es nicht getan.

»Warum sollte ich irgendetwas glauben, das Ihr sagt? Ihr stehlt mein Firelight.«

»Dein Firelight stehlen? Diese Abscheulichkeit würde ich selbst dann nicht in mein Land lassen, wenn du mir etwas dafür bezahlst. Ich persönlich halte es für eine einzigartige kleine Erfindung, obwohl mein Volk den Aufstand darüber proben würde. Allein für den Vorschlag würden mir Radschas an die Gurgel gehen. Trotzdem bin ich froh, dass du es erschaffen hast, meine Liebe. Es hat mich zu dir geführt, mir deine Macht aufgezeigt.«

Ich trete zurück, kann seine Worte nicht verarbeiten. »Also stehlt Ihr es nur, um Belwar zu ruinieren?«

»Hörst du nicht zu? Ich stehle es nicht. Du bist falsch informiert. Wer hat dir gesagt, dass ich verantwortlich bin? Bestimmt Maharadscha Naupure. Der Mann hasst mich.« Maharadscha Moolek schaut weg und beobachtet einen Monal, der Gras pickt. »Er scheint zu vergessen, dass Savi meine ältere Schwester war. Als hätte ihr Tod nicht auch mich am Boden zerstört.«

Ich vergesse immer wieder die Verbindung zwischen Maharadscha Naupure und Maharadscha Moolek. Aber unabhängig davon kann das nicht der Grund für all die Feindseligkeit sein. Für Dutzende Verträge und Geplänkel im Verlauf der Jahre. Zauberer sind getötet, ermordet worden. Das kann nicht alles auf Jatins Mutter zurückgehen. Es ist eine List. Dieser Mann stiehlt sehr wohl mein Firelight. Ich sollte ihm kein Wort glauben. Und doch flüstert eine leise Stimme in mir: *Du hast keinen Beweis dafür gefunden, dass dein Firelight nach Moolek gebracht wird.*

Nein, nein, Maharadscha Moolek ist praktisch das Böse. Maharadscha Naupure hat immer gesagt …

Moment. Das hat Maharadscha Naupure *immer* gesagt. Er hat mir von Anfang an den Weg in Richtung Moolek gewiesen. Er hatte auf alles eine Antwort. Und er hat mich von Beckman beobachten lassen. Aber Maharadscha Naupure ist seit über einem Jahrzehnt ein Freund. Ich kann nicht glauben … Nein, das würde er nicht tun.

»Wie ich sehe, setzt du die Teile gerade zusammen«, bemerkt Moolek.

»Nein, nein. *Ihr* habt Angst vor meinem Firelight. Niemand sonst würde es wollen.«

»Ich auch nicht. Jedenfalls noch nicht. Ich muss erst mein Volk davon überzeugen, keine Tiere mehr für Blutopfer zu vergeuden und unsere begrenzten Felder nicht mehr zu zerstören.« Er tritt vor. »Aber wenn du mir hilfst, mein Volk anzuführen, sehe ich eine Zukunft für Moolek – eine blühende

Zukunft, in der neue Zauber entwickelt werden und sich ein längst überfälliger Wandel vollzieht.«

Er klingt aufrichtig. Kann er so ein Meister der Manipulation sein? Noch nie im Leben habe ich mich so danach gesehnt, einen Wahrheitszauber zu wirken und ihn damit zu binden.

»Warum schickt Ihr dann niemanden mit roter Stärke, um mich zu unterrichten?«

Er seufzt. »Weißt du, wie viele Hunderte Zauberer und Hexen jedes Jahr nach Agsa und Naupure fliehen? Ich verliere laufend begabte Mitglieder der Gesellschaft. Ich konnte es mir schlicht nicht leisten. Außerdem werden in Moolek die vier Hauptstärken verehrt. Ein Viertel davon für einen Besuch wegzuschicken, wäre als Schwäche angesehen worden. Aber auch das möchte ich ändern. Glaub mir, vor allem das möchte ich ändern.«

Er will mit Diskriminierung, den Vorurteilen und dem Schmerz aufräumen, denen die nicht von den vier Göttern Berührten in seinem Land tagtäglich ausgesetzt sind? Wie gern würde ich das glauben. Aber weiß das Maharadscha Moolek?

Ich kann mir keine Erwiderung vorstellen, die so sehr schmerzt wie die Zweifel, die mir durch den Kopf schwirren und hinter meinen Augen pulsieren.

»Natürlich lasse ich dich über meinen Vorschlag nachdenken ...«

»Ich brauche keine Zeit mehr. Ich werde Euch nicht heiraten.«

»Weil du den jungen Naupure liebst?«

Kurz schweige ich. »Ja.«

»Du hast gezögert, Adraa. Du hast gezögert.«

»Ich ...«

»Liebst du einen anderen?«

Kalyans Gesicht blitzt vor meinem geistigen Auge auf. »Nein«, zwinge ich meinen Mund auszusprechen.

Moolek legt den Kopf schief. »Wahrscheinlich ist es ein Wächter. Es scheint immer ein Wächter zu sein.« Er tritt noch näher, die Hände kapitulierend erhoben. »Ich würde dich nicht anfassen, Adraa. Nicht, wenn du nicht bereit dafür bist. Aber als Rani Naupure wirst du eine Ehefrau sein, keine Anführerin. Eine Familie mit so viel Hochmut würde keine Frau führen lassen. *Ich schon.* Als Rani Moolek könntest du die Welt verändern. Einarmig Berührte sind bei uns verbreiteter, als du ahnst. Meine Länder sind die Heimat der ersten Berührten, der Ursprünglichen. Bei uns ist es üblich, dass sich die Gottheiten um Zauberer und Hexen streiten.« Er krempelt beide Ärmel hoch.

Was ... Dann verdeckt der Stoff nichts mehr. Bei dem Anblick vor mir schnappe ich nach Luft und wanke zurück. Maharadscha Moolek, seine Arme ... Er ist ein einarmig Berührter. Über den rechten Arm ranken sich feine schwarze Muster, der linke hingegen ist so kahl wie meiner.

»Htrae und Retaw, falls es dich interessiert. Deshalb leiden meine Gebiete unter Dürre. Ich bin nicht grausam, Adraa. Ich bin wie du.«

»Ich habe nie ... Das hat mir nie jemand gesagt.«

»In diesem Teil der Welt ist es nicht öffentlich bekannt.«

Tausend Fragen schwirren mir im Kopf herum. Panik steigt in mir auf, doch aus den Nebelschwaden in meinem Gehirn treibt erneut Kalyans Gesicht hervor. »Das ändert nichts an meiner Entscheidung.«

Moolek seufzt. »Ich denke, du wirst es noch bereuen, mein Angebot abgelehnt zu haben.«

Mein Körper spannt sich an. »Ist das eine Drohung?«

»Nur die Wahrheit.«

Glaubt er, dass ich es mir durch seine Einschüchterungstaktik anders überlege? Dass ich ihn dadurch heiraten wollen werde? Der Mann muss den Verstand verloren haben. Er wendet sich zum Gehen, schiebt die Ärmel wieder runter und geht auf den Monal zu, der immer noch nach einer Morgenmahlzeit sucht. »Als Maharadscha Naupures Marionette bist du verschwendet.«

»Ich bin niemandes Marionette!«, rufe ich ihm nach. Und ich werde ganz sicher nie seine sein.

Er bleibt stehen und dreht halb den Kopf. »Bist du dir da sicher?«

Kaum ist er weg, sinke ich zu Boden und ringe nach Luft. Was um alles in der Welt war das? Die Wahrheit? Einstudierte, vernünftig klingende Lügen? Das dringende Bedürfnis, mit Kalyan zu reden, schießt wie ein Pfeil durch mich hindurch. Nur damit das uneingeschränkt geht, muss ich ihm erst sagen, wer ich in Wirklichkeit bin.

Aber da Moolek hier ist, mir einen Antrag macht und mich bedroht ... muss ich jetzt sowohl Kalyan als auch Jatin die Wahrheit sagen.

Wem zuerst? Kalyan. Auf jeden Fall Kalyan. Ihn habe ich die ganze Zeit belogen. Oh ihr Götter, wie sehr wird er mich hassen. An Jatin liegt mir weniger, auch wenn es anders sein sollte. Ich kann nur an den Ausdruck in Kalyans Augen denken. Verdammt, es ist, als würde ich ihn in Jatin verwandeln, ihn gefühllos und kalt werden lassen.

Ehe ich mich versehe, kullern mir Tränen über die Wangen, und ich weine.

Kapitel 29

Offenbarung der Wahrheit

Adraa

»Entschuldige mal.«

Der junge Mann schaut vom Putzen seiner Schuhe auf. Seine Augen werden groß, als er mich erblickt. »He! Du bist doch die Frau, die vor ein paar Wochen geregenbognet hat! An dem Tag hab ich ein Goldstück gewonnen. Also danke, dass du ... na ja, du weißt schon, dass du verloren hast.«

Für so etwas habe ich keine Zeit. »Wie schön für dich. Ich bin auf der Suche nach Kalyan. Weißt du, wo er ist?«

»Radscha Jatins Wächter?«

»Ja.«

»Äh, ich denke, er bringt wieder mal Schwerter in Schuss.« Sein Arm weist mir den Weg einen Flur hinunter. »Erster Eingang rechts.«

»Danke.«

»Ja, äh, gern. He, sagst du mir Bescheid, wenn du das nächste Mal kämpfst?« Seine Stimme verhallt hinter mir, als ich davongehe und nicht länger zuhöre.

Die erste Tür auf der rechten Seite ist geschlossen. Aber lieber komme ich in Schwierigkeiten, als ewig hier herumzuirren. Als ich die Tür öffne, wirbeln vier Männer herum. Sämtliche

Geräusche verstummen, das Lächeln verschwindet aus den Gesichtern. Ich erahne die Worte, bevor ich sie höre. Das wird heftig werden. »Was willst du hier, Mädchen?«

Ich seufze. Wie schaffen es die Wächterinnen hier, einige der Männer nicht erwürgen zu wollen? »Ich will zu Kalyan.«

»Kalyan?«, wiederholt einer der Wächter überrascht, als hätte er nicht gewusst, dass man Buchstaben zu einem solchen Namen anordnen kann.

»Ja.« Während er sich immer noch über meine Frage wundert, ruft der jüngere Mann neben ihm in den angrenzenden Bereich.

Ein großer Zauberer hebt den Vorhang dazwischen an und platzt herein. »Ich bin fast fertig damit«, verkündet er und deutet auf ein Schwert in seiner Hand. Ich erstarre. Es ist Jatin, der dasteht, als wäre nichts ungewöhnlich. Als wäre nichts dabei, ein Schwert zu schärfen oder einen Griff neu auszurichten. *Flieh!* Ich sehe mich um.

Der Jüngere, der Kalyan gerufen hat, deutet mit dem Kopf auf mich. »Du hast …«

Jatin dreht sich in meine Richtung. Als er mich bemerkt, fallen seine Züge in sich zusammen. »Oh ihr Götter.«

Glücklich hört es sich nicht an. Eher niedergeschlagen. Aber er kann nicht wissen, wer ich bin, oder? Und wäre er so verstört darüber, mir endlich zu begegnen? Ich habe ihn von Anfang an richtig eingeschätzt – hochmütig und kalt.

»Ich will zu Kalyan.« Vielleicht kann ich die Lage noch retten und dann fliehen.

»Das ist Kalyan.« Der junge Mann gestikuliert hilfsbereit, allerdings entgeht ihm völlig die einsetzende Anspannung im Raum.

Jatin lässt den Kopf hängen und schüttelt ihn. »Oh ihr Götter.«

»Kal, wer ist ...« Ohne aufzuschauen, hebt Jatin die Hand in Richtung des jungen Mannes. »Halt einfach die Klappe, Mulm.«

Ja, sei still. Auszeit. Ich muss das alles erst begreifen. Aber eigentlich ist es klar, oder? Mein Verstand überschlägt sich. *Ich glaube nicht, dass er ist, was er behauptet*, hat Riya gesagt. Zwei Männer in einer königlichen Kutsche, der eine mit dem Wappen von Naupure, der andere ... ein schlichter Wächter. Er hat mich in seinen Armen getragen, hat es im Kampfring im Untergrund schneien lassen. Und er ist seit Wochen mein Partner. Der Mann vor mir ist nicht Jatin Naupure.

Noch nie zuvor im Leben bin ich derart überrumpelt worden. Meinem Körper gefällt das nicht. Meine Lunge weitet sich, trotzdem kriege ich keine Luft. Meine Knie versteifen sich unangenehm. Es fühlt sich an, als würde ich rasant ausbrennen. Schwerter säumen die Wand in makellosen Reihen. Auf einer Werkbank liegen verbogene Metallstücke verstreut. Genau so fühle ich mich.

»Was stimmt nicht mit ihr?«, flüstert einer der Männer.

Ich kann hier nicht bleiben. Maharadscha Naupure. Radscha Jatin. Haben sie die ganze Zeit unter einer Decke gesteckt? Ich kann ihn nicht ansehen, richte den Blick überallhin, nur nicht auf ihn. Ich muss überlegen, meine Gedanken ordnen ... alles Mögliche. Als ich mich stolpernd rückwärts bewege, rammt mein Fuß einen Korbhocker, der mit einem dumpfen Knall umkippt. Bei dem Geräusch zucke ich zusammen, dann drehe ich mich um.

»Warte!«, ruft mir Kalyan hinterher – oder wie auch immer er heißt.

Ich stürme den Flur hinunter. Dass ich Geschwindigkeit in meine Muskeln zaubere, wird mir erst auf halbem Weg über das Übungsfeld bewusst. Sonnenlicht umfängt mich, ein leichter Herbstwind streicht mir das Haar aus dem Gesicht, doch ich fühle mich wie betäubt. Meine Wirklichkeit, meine Wahrheit, alles löst sich in Luft auf. Zuerst könnte Maharadscha Naupure mich verraten haben, und jetzt das. Abrupt bremse ich ab und starre zum Palast hinauf. Bei den Göttern, ich komme mir wieder vor wie eine Achtjährige, eingeschüchtert von dem riesigen Gebäude und dem Jungen, der hier lebt. Wohin zum Geier laufe ich eigentlich? Ich muss …

Zack! Etwas trifft mich hart an der Schulter. Ich werde herumgeschleudert und lande auf dem Boden. Als ich den Sturz abzufangen versuche, rast mir ein stechender Schmerz durch den Arm. Mein kräftiger Angreifer fällt auf mich und drückt mein Handgelenk tiefer in den Dreck. Gleich darauf rollt er sich stöhnend von mir. »Ich habe nicht damit gerechnet, dass du stehen bleibst.«

Ich wirble herum und erblicke Kalyan neben mir auf dem Boden. »Was um alles in der Welt soll denn das?«, herrsche ich ihn an, umklammere mein Handgelenk und beiße die Zähne gegen die Schmerzen zusammen. Oh ihr Götter, tut das weh. Könnte ich mir nach all meinen Stürzen und Zusammenstößen ausgerechnet bei diesem etwas gebrochen haben? Ihr Götter noch mal.

»Geht es dir gut?«, fragt Kalyan. Seine Atmung klingt noch zittrig.

Mühsam rapple ich mich auf. Ich schaffe das nicht. Ich will nicht mit ihm reden. Trotz der Schmerzen will mein Körper flüchten.

»Ist das dein Ernst?« Knurrend greift er nach mir. »Du willst weiter weglaufen?«

Als er mich am Arm packen will, wanke ich aus dem Weg. Trotzdem bekommt er mich am Sari zu fassen. Mit einem Ruck kippe ich zur Seite und falle gegen seine Brust. Verdammt, ist er stark. Instinktiv fahre ich den Ellbogen aus. Ich treffe ihn hart – härter als beabsichtigt – in die Rippen.

Er japst zwar, lässt mich aber nicht los. Stattdessen verstärkt sich sein Griff, und er nutzt den Schwung, um sich zurückzurollen, reißt mich dabei mit. Gleich darauf ist er auf mir und drückt mich nieder. »Hör mir einfach zu. Ich lasse nicht zu, dass ich wegen dieser lächerlichen Geschichte entlassen werde.«

Ich halte still. Was soll das jetzt werden? Weiß er etwa, wer ich bin? Muss er wohl, wenn er mir nachgerannt ist. Jatin und Kalyan müssen das von Anfang an geplant haben. Dass sie die Rollen getauscht haben, war ein Trick.

Er ist immer noch auf mir. Mitten auf dem Übungsplatz der Naupures.

Sein Brustkorb hebt und senkt sich heftig, während das Adrenalin abflaut. Ich zügle den Zauber, den ich bereithalte, um ihn von mir zu schleudern, und warte darauf, dass er erkennt, in was für eine verfängliche Lage er uns gebracht hat. Allerdings brüllt mein misshandeltes Handgelenk nach Aufmerksamkeit. »Du tust mir weh.«

Mein Flüstern bringt ihn zur Vernunft. Erschrocken lockert er den Griff und lässt sich zur Seite fallen. Ich merke ihm an, wie entsetzt er ist. Mein Ellbogen in die Rippen scheint einen urtümlichen Verteidigungsinstinkt in ihm ausgelöst zu haben – den, die Bedrohung zu überwältigen. Erst jetzt wird ihm klar, gegen welche »Bedrohung« er seine körperliche Kraft eingesetzt hat. So, wie er mich mit weit aufgerissenen Augen anstarrt, ist sein Verteidigungsreflex wohl vorerst ausgeschaltet.

Ich bewege das Handgelenk, um die Schmerzen zu vertreiben. Da es nicht anschwillt, dürfte es lediglich verstaucht sein. »*Mahlaeh*«, zaubere ich und rapple mich auf die Beine.

Ich schaue zu den Palastmauern auf. Wenigstens haben die Qualen mein Gehirn lang genug zur Vernunft gebracht, um nachdenken zu können. Ich stolpere zehn Schritte weg, bevor ich zu dem Wächter zurückschaue. Bei den Göttern, sehen sich die beiden ähnlich. Ich drehe mich ihm zu. »Geht's deinen Rippen gut?«

Abrupt schaut er zu mir auf. Wahrscheinlich überrascht ihn, dass ich doch geblieben bin. Tja, davon bin ich selbst überrascht. Aber wenn ich mir nicht sofort Antworten hole, wer weiß, wann ich sie dann bekomme. Und ich glaube ohnehin nicht, dass ich Jatin – dem echten Jatin – noch gegenübertreten könnte. Oh ihr Götter, das ist wirklich schwer zu verarbeiten. Der echte Jatin, mein Verlobter, der mich über Wochen belogen hat.

»Geht es *dir* denn gut?«, fragt er zurück.

»Mein Handgelenk ist in Ordnung, falls du das meinst.«

»Nur ... teilweise. Es tut mir leid wegen ...« Er errötet. Gut. Ich habe ihn aus der Fassung gebracht. Vielleicht liefert er mir jetzt die Antworten, die ich so dringend brauche.

»Wenn du reden willst, dann rede. *Dein* Name ist Kalyan, richtig?«

»Ja, Rani.«

»Nenn mich nicht Rani. Noch vor wenigen Minuten dachte ich, mit dir verlobt zu sein!« Ich starre ihn unverwandt an. Ja, sie sehen sich wirklich sehr ähnlich. Allerdings scheint dieser

Mann jünger zu sein als Jatin, vielleicht sogar jünger als ich.
»Wie alt bist du?«

»Sechzehn.«

Sechzehn? Und er ist bereits der Wächter von Radscha Jatin? Würde Maharadscha Naupure seinen Plan jemand so Jungem und Unerfahrenem offenbart haben? Oder haben Jatin und sein Vater diesen Wächter nur ihre Befehle ausführen lassen? Es gibt nur eine Möglichkeit, mir Gewissheit zu verschaffen.

»Warum hast du mit ihm den Platz getauscht? Was habt ihr euch davon versprochen?«

Er sieht sich nervös um. »Vielleicht sollten wir lieber woanders reden.« Gutes Argument. Immerhin befinden wir uns immer noch mitten auf dem Übungsplatz.

Wir stapfen zur Kaserne, denn in den Palast gehe ich mit Sicherheit nicht. Aber die Kasernen quellen vor Wächtern regelrecht über. »Der einzige ungestörte Ort, der mir einfällt, ist mein Zimmer«, sagt Kalyan.

»Na schön.« Ich mache eine zustimmende Geste.

»Nur sollten wir dort nicht allein sein. Die Leute würden denken …«

»Nach all dem bist du *so* besorgt um meinen Ruf?«

Er nickt. »Auch um meinen. Dir ist doch klar, wer du bist, oder?«

Allmählich wird es lästig. »Ja, ist es. Also bring mich nicht dazu, darauf zu pochen, dass ich hier sowieso irgendwann das Sagen haben werde.«

Widerwillig führt er mich den Flur hinunter. Jedes Mal, wenn uns ein anderer Wächter begegnet, senkt er den Kopf. Aber es würdigt uns ohnehin kaum jemand eines Blicks. Er überschätzt stark, wie oft die Menschen wirklich aufmerksam durchs Leben gehen. Sich in aller Öffentlichkeit zu verbergen, ist nicht grundlos eine funktionierende Strategie.

Er führt mich in den wohl schlichtesten Raum aller Zeiten. Ein gemachtes Bett und ein ordentlicher Schreibtisch stehen in der kastenförmigen Kammer, die kaum die Bezeichnung eines Wohnraums verdient. Sie gleicht eher einem begehbaren Schrank. Leuchtend blaue Vorhänge mit dem Wappen der Naupures wehen uns entgegen, als wir eintreten. Na schön, ein Schrank mit Fenster.

Jedenfalls unterscheidet sich der Raum völlig von meiner Erinnerung, die ich an Jatins Zimmer im Alter von acht Jahren gesammelt habe. »Du hast es hier sehr sauber.«

»Ich brauche nicht viel.«

Ich bemerke, wie sich Kalyan erneut die Rippen reibt, als er sich auf den Boden setzt. »Bist du sicher, dass ich das nicht in Ordnung bringen soll?«, biete ich an.

Prompt entfernt er die Hand von der Seite. »Ist nur ein blauer Fleck.« Er starrt mich an. »Und ich dachte immer, Jatin würde damit übertreiben, dass du ihm bei eurer ersten Begegnung ins Gesicht geschlagen hast.«

»Tut er auch. Das war bestenfalls ein Klaps.«

»M-hm, klar.«

»Hat Maharadscha Naupure den Plan geschmiedet, dass ihr beide die Plätze tauscht?«

Er zuckt mit den Schultern. »Das gehört zu meinen Aufgaben. Wenn wir reisen, verkleide ich mich als Radscha von Naupure, um Jatin zu schützen. Aber das mit dir ... also, das ist verkorkst, wenn du mich fragst.«

Ich verstehe. Er gibt sich als Jatin aus. Würden Belwarer ihre Thronerben vergöttern, hätte Vater wahrscheinlich für mich dasselbe gewollt. Obwohl es wegen des Anteils von Pire in mir schwierig wäre, jemanden mit meinem dunklen Hautton zu finden. »Naupure weiß also nichts davon?«

»Nein, nicht das Geringste«, antwortet Kalyan.

Das bedeutet noch nicht, dass Maharadscha Naupure nichts über die Rote Frau an Moolek weitergegeben hat oder mich dazu bringen wollte, gegen Moolek zu ermitteln – statt gegen ihn.

»Also hast du in der Kutsche …« Ich deute auf seine Kleidung.

»Da habe ich meine Aufgabe erfüllt und Jatin beschützt. Wir dachten beide, du wärst eine Bürgerliche, höchstens eine Vier, und du wärst bei deiner heldenhaften Tat ausgebrannt.«

»Eine Vier? Pfff, ich sollte gekränkt sein. Das war intensive orangefarbene Magie. Also hat Jatin es zu dem Zeitpunkt nicht gewusst?«

»Nein, wir hatten beide keine Ahnung.«

»Und wann hat er es herausgefunden?«

»Ich glaube, in der Nacht, als ihr auf dem Schiff gegen die Vencrin gekämpft habt. Danach habe ich versucht, ihm klarzumachen, dass er sich lächerlich verhält. Das kannst du mir glauben.«

Jatin weiß also seit Wochen, wer ich bin. *Seit Wochen.* Ich versuche, schlau aus einem Vergleich zwischen dem Jatin, den ich jetzt kenne, und dem von damals und aus seinen Briefen zu werden. Verdammt, hat er sich verändert. Und doch in mancher Hinsicht auch überhaupt nicht. Ich hätte mir denken können, dass dieses hochmütige Lächeln und das meisterhafte Zaubern nur zu einem Radscha gehören können. Aber er war so … freundlich. Das völlige Gegenteil von gefühllos. Der Jatin, den ich früher gekannt habe, hätte sich nicht mit mir zusammengetan. Er hätte bei Kämpfen nicht mir die Führung überlassen. Und ganz sicher hätte er keinen Trank gegen meine Krämpfe gebraut, wenn er mich damit nicht am Ende hätte ärgern oder demütigen können. Schließlich ist es ihm immer nur darum gegangen, besser zu sein als ich, oder? Er könnte uns niemals als gleichberechtigt betrachten. Und doch hat er es getan. Was bedeutet, dass ich meinen Verlobten völlig falsch eingeschätzt habe.

Selbst dieser Wächter namens Kalyan behandelt mich nicht wie eine Gleichberechtigte. Und finde ich nicht gerade das am anziehendsten an dem Mann, in den ich mich verliebt habe? Er hat in mir ausschließlich eine ebenbürtige Partnerin gesehen.

»Aber warum hat Jatin es mir nicht gesagt?«

»Willst du die Wahrheit?«

»Nein, ich möchte noch mindestens ein paar weitere Monate lang belogen werden.«

»Tut mir leid. Ich habe gemeint, ob du sicher bist, dass du es von mir hören willst.«

Damit bringt er mich ins Grübeln. War es ein Spiel? Eine List? »Ich muss es hören.«

»Na ja, Jatin ... also, du weißt doch, dass er ...« Mit gerunzelter Stirn sieht Kalyan mich eindringlich an. »Jatin wusste, dass du ihn nicht leiden konntest. Ihr habt jahrelang im Wettstreit miteinander gelegen. Ich habe ein paar der Briefe gesehen.« Er zuckt mit den Schultern. »So unglaublich es vielleicht klingt, das wollte er ändern. Er wollte versuchen, dein ... Freund zu werden.«

»Er hat versucht, mein Freund zu werden?« *Das war alles?*

Ich gehe zum Stuhl am Schreibtisch hinüber und lasse mich darauf fallen. Jetzt bin ich verärgert, weil die Erklärung tatsächlich irgendwie Sinn ergibt. Hätte ich von Anfang an den echten Jatin kennengelernt, ich hätte ihn vielleicht allein aus Trotz gehasst.

Rote Magie rankt sich von meinen Armen und kräuselt sich ziellos durch die Luft, während meine Gefühle in mir rumoren. Ich greife auf die einfachsten, feststehenden Wahrheiten zurück, um neu zu ordnen, was ich mittlerweile alles weiß. Dieser große Mann ist ein Wächter. Der Mann, in den ich mich verliebt habe und der nur mein Freund sein will, ist Jatin. Ich habe mich in den letzten Wochen furchtbar gefühlt. Jatin hat mich jedes Mal, wenn ich ihm ein bisschen mehr verfallen bin, glauben lassen, ich würde ihn betrügen. Aber er wollte mich nur als Freundin, als Partnerin. Und ich selbst habe ständig davon gesprochen, dass es dabei bleiben muss und nicht mehr werden darf. *Bei den Göttern, bin ich ahnungslos.*

»Darf ich dich was fragen, das mir schon länger durch den Kopf geht?«, unterbricht Kalyan meine rasenden Gedankengänge.

»Was?«

»Warum die Geheimnistuerei deinerseits? Warum hast du uns nicht schon in der Kutsche gesagt, dass du Adraa bist?«

Instinktiv will ich erwidern, dass ihn das nichts angeht. Aber die Worte bleiben mir im Hals stecken. Seufzend versuche ich, all meine schrecklichen Entscheidungen seit damals zu verarbeiten. Es sind so viele. »In der Kutsche war es mir peinlich. Und später ... na ja, später wollte ich unsere Zusammenarbeit gegen die Vencrin aufrechterhalten. Ich dachte, er wäre nur ein Wächter. Und wenn er die Wahrheit gekannt hätte, dann würde er mich ansehen, als würde er ...« Ich versuche, eine geeignete Beschreibung zu finden. »So ungefähr, wie du mich ansiehst, seit ich die Kaserne betreten habe.«

Verlegen wendet sich Kalyan ab. Genau das habe ich gemeint. Bei den Göttern, ich bin mehr als ein kahler Arm, ein hübsches Gesicht und die Thronfolgerin. Ich bin sogar mehr als die Erfinderin des Firelights, die Rote Frau und Jaya Rauch.

»Weißt du, ich habe Jatin nie wirklich gehasst. Ich wollte ihn einfach nicht heiraten. Er war so ... nervig.«

»Ist er immer noch«, erwidert Kalyan mit einem verhaltenen Lächeln.

»Wo ist er jetzt?« Er und ich müssen reden. Über Moolek. Über alles.

»Wahrscheinlich im Arbeitszimmer seines Vaters.«

Das Arbeitszimmer seines Vaters. Die Worte krachen wie ein Schlag in mich. Ich springe auf und eile zur Tür.

»Adraa?«

Obwohl ich darauf brenne, loszulaufen, drehe ich mich noch einmal um.

»Er ist der beste Mensch, den ich kenne. Ich würde alles für ihn tun, ihm sogar bei seinem eigenartigen Versuch helfen, normal zu sein.« Kalyan hebt ein Hosenbein an und enthüllt gräulich-weiße Magie, die an seinem Knie beginnt und sich träge kräuselnd zu einer Wade formt. »Ich verdanke ihm mein Leben.«

Zuerst begreife ich nur, wie kompliziert und präzise diese violette Magie ist. Dann fügt sich in meinem Gehirn etwas zusammen. Mir fällt der Brief ein, in dem Jatin schier endlos schildert, wie er nach einem Monsun bei der Suche nach Menschen geholfen und einen in einem Haus eingeschlossenen Jungen gefunden hat, dem ein Bein abgenommen werden musste. Der Name des Jungen war mir im Verlauf der Jahre entglitten, weil mein Augenmerk darauf gerichtet war, wie sehr sich Jatin in Agsa bewährt und mich damals übertroffen hat.

»Der Monsun in der Südbucht«, flüstere ich.

Kalyan nickt. »Du hast das Recht, wütend zu sein. Nur … hör ihm zu, ja?«

Ich trete zurück in die Kammer. Da möchte ich mehr als eine Rani sein, und dennoch habe ich mich noch nicht dafür entschuldigt, in Jatin nur einen gefühllosen Mann gesehen zu haben. Und natürlich habe ich mich auch hierbei geirrt. »Ich habe dich falsch eingeschätzt, und es tut mir leid.«

Er lacht verhalten. »Weil du gedacht hast, ich wäre Jatin, richtig?«

»Teilweise. Na ja, größtenteils.«

»Wenigstens kann ich am Ende sagen, dass ich recht hatte.«

***

Wie meistens, wenn ich den Palast betrete, begegne ich Hughes, der mich mit einem entmutigenden Blick bedenkt.

»Ich muss mit meinem Verlobten sprechen. Kündige mich nicht an.«

Hughes verengt zwar die Augen zu Schlitzen, aber er unternimmt keinen Versuch, mich aufzuhalten, als ich die Treppe praktisch hinaufspringe und den oberen Flur hinunterrenne.

Ohne nachzudenken, reiße ich die Tür auf. Und zum gefühlt zwanzigsten Mal an diesem Tag erschrecke ich. Drinnen sitzen Maharadscha Naupure und Jatin Seite an Seite in Papierkram vertieft. Beide stehen bei meinem Erscheinen abrupt auf. Die Stühle schrammen quietschend über den Boden, Papier rieselt vom Schreibtisch. Ich habe nicht erwartet, Maharadscha Naupure anzutreffen. Aber *natürlich* ist er zu Hause, wenn Maharadscha Moolek uns mit seiner grässlichen Anwesenheit im Belwar-Palast beehrt.

Völlige Überraschung breitet sich über Jatins Züge aus,

während Maharadscha Naupure ein breites Grinsen aufsetzt. Normalerweise würde ich das Lächeln erwidern. Aber ich weiß nicht, ob ich ihm noch trauen kann. Meine Zweifel drängen sich in den Vordergrund. Könnte er derjenige sein, der mein Firelight stiehlt? Eine Stimme tief in mir flüstert: *Ja*.

»Jetzt klopfst du schon nicht mal mehr an«, sagt Maharadscha Naupure schließlich und wirft einen wissenden Blick auf Jatin. Er glaubt, dass ich seinen Sohn *so* gut kenne. Ha, wenn er nur wüsste.

»Entschuldigung. Ich hoffe, ich störe nicht bei einem Vater-Sohn-Moment.«

Jatin atmet so scharf ein, dass ich es hören kann.

»Kalyan hat mir gesagt, wo ich dich finde«, füge ich hinzu.

Jatin tritt vor, aber ich bremse ihn, indem ich die Hand vorstrecke.

Maharadscha Naupure schaut zwischen uns hin und her. »Zankt ihr nach all den Jahren etwa *immer noch?*«

»Das kann man wohl sagen.«

Kapitel 30

Kampf um Vergebung

Jatin

Zuerst war ich überrascht, als sich die Tür öffnete. Es hatte nicht geklopft, und von den Bediensteten würde es niemand wagen, unangemeldet einzutreten. Dann erscheint Adraa. Und innerhalb von zwei Sekunden hüpft mein Herz zuerst vor Freude – und fällt dann in sich zusammen. Wie konnte das passieren? Wie konnte alles so schnell so schiefgehen?

Mittlerweile habe ich jeden Tag damit gerechnet, reinen Tisch machen zu müssen. Aber bei allen Szenarien, die mir dafür durch den Kopf gegangen sind, habe ich mir Adraa nie so wutentbrannt vorgestellt. Nicht nach allem, was wir in den letzten Wochen miteinander durchgemacht haben.

Ich muss etwas sagen. Nach all der Zeit des Lügens muss ich etwas sagen.

Wie immer kommt mir mein Vater zuvor. »Zankt ihr nach all den Jahren etwa *immer noch*?«

»Das kann man wohl sagen«, antwortet Adraa. »Und wir könnten uns darüber unterhalten, oder du könntest mir erzählen, warum ich keinerlei Beweise dafür gefunden habe, dass Maharadscha Moolek mein Firelight stiehlt.«

Ist das ihr Ernst? Wir wollen über das Projekt Rauch statt darüber reden, dass sie jetzt weiß, wer ich bin?

Ich gehe auf sie zu. »Adraa, wir müssen reden.«

Sie spießt mich mit ihrem Blick auf. »Nicht jetzt.«

Mein Vater unterbricht unser Gespräch. »Jatin hat mir berichtet, dass ihr noch keine Beweise habt. Es besteht die Möglichkeit, dass es nicht Moolek ist, der die Vencrin das Firelight stehlen lässt. Vielleicht sind es nur die Vencrin.«

»*Nur* die Vencrin?«, stößt Adraa mit harter Stimme hervor. Was ist los mit ihr? Sie benutzt ihre Verhörstimme.

»Adraa, was ist los?«, fragt mein Vater. Er spürt es wohl auch.

»Ich hatte heute Morgen eine Unterhaltung mit Maharadscha Moolek.«

Verdammt. Adraa musste sich am gleichen Tag mit Maharadscha Moolek herumschlagen und erfahren, dass ich gelogen habe. Allmählich verstehe ich ihre Wut. »Geht es dir gut?«, frage ich.

Sie schaut zwischen meinem Vater und mir hin und her. »Nein, es geht mir nicht gut. Maharadscha Moolek, er ... er hat überzeugend vorgetragen, dass nicht er für den Diebstahl meines Firelights verantwortlich ist.«

»Er könnte lügen«, protestiere ich.

Wieder bohrt sich ihr Blick in mich. »Ja, man weiß nie, wann jemand lügt.«

Mein Mund wird staubtrocken.

Adraa tritt näher an meinen Vater heran. »Du ... Du hast Projekt Rauch mit mir ins Leben gerufen. Du hast Moolek von Anfang an verdächtigt. Du hast mir geholfen, Basu als Vertriebshändler zu gewinnen. Und du hast Beckman in den Untergrund eingeschleust. Hast du mich die ganze Zeit manipuliert?«

»Beckman? Adraa, natürlich habe ich dich nicht manipuliert.«

»Wohin verschwindet mein Firelight dann?«, ruft sie aufgebracht.

Ich kann es nicht ertragen, sie so verletzt zu sehen. Unwillkürlich strecke ich die Hand aus und lege sie ihr auf die Schulter. »Wir finden es heraus. Wir kommen dahinter.«

Sie schüttelt meine Hand ab. »Fass mich nicht an.«

Ich zucke zurück. »Adraa, bitte. Lass es mich erklären.«

»Außerdem hat Maharadscha Moolek mir einen Antrag gemacht. Er möchte, dass ich ihm helfe, Moolek zu verbessern«, fügt Adraa hastig hinzu.

Ich bin mir nicht sicher, ob ich sie richtig verstanden habe. Moolek … Antrag. Mein Onkel will die junge Frau heiraten, in die ich wahnsinnig verliebt bin. Der Magen sackt mir zu den Knien. Es fühlt sich an, als hätte jemand einen Dolch in mich gestoßen. *Was um alles in der Welt geht hier vor sich?*

»Was?«, entfährt es meinem Vater. »Er hat was getan?«

»Er hat mir einen Antrag gemacht. Um mich zu heiraten. Er hat sogar mit meinen Eltern darüber gesprochen.«

»Aber er ist fast doppelt so alt wie du.«

Als es mir gelingt, aus meiner Starre auszubrechen, trete ich nah vor sie hin. Ich muss das sofort in Ordnung bringen. »Wir *müssen* reden.«

»Das hier ist wichtiger.« Adraa wirbelt wieder zu meinem Vater herum. »Ich will wissen, warum du Moolek davon erzählt hast. Warum hast du ihm von dem Projekt Rauch erzählt, obwohl er unser Hauptverdächtiger war?«

»Ich habe ihm gar nichts erzählt.«

Ich glaube meinem Vater. Nichts in seinen Briefen deutet darauf hin, dass er Projekt Rauch erwähnt hat.

Adraas Zorn gerät ins Stocken. »Dann ... Oh ihr Götter, ist es meine Schuld? Er hat diesen Zauber auf mich gelegt und ...«

In den Augen meines Vaters blitzt es auf. »Was für einen Zauber? Hat es dir wehgetan?«

»Es ... Ich weiß nicht, was für ein Zauber es war. Ich dachte, er könnte dazu dienen, meine Gedanken zu lesen oder meine Geheimnisse aufzudecken, aber ...« Sie schaut zwischen uns beiden hin und her. »Oh ihr Götter. Da ist diese leise Stimme in meinem Kopf, die mir sagt, dass ich euch nicht vertrauen kann. Dass Moolek recht hat.«

»Das wird bald verblassen«, beruhigt mein Vater sie.

Ich wende mich ihm zu. »Was war das? Was hat er mit ihr gemacht?«

»Es ist ein komplexer Zauber schwarzer Magie. Er macht anfällig für Manipulation. Früher hat er ihn oft gegen deine Mutter eingesetzt, als die beiden jung waren. In diesem Fall sollte er wohl Adraa davon überzeugen, dass nicht Moolek hinter dem Verschwinden des Firelights steckt und ich verdächtig bin.« Kurz verstummt er. »Und dich dazu bringen, seinen Heiratsantrag anzunehmen.«

Adraa hält sich den Kopf. »Oh ihr Götter, ich weiß nicht mehr, was ich denken soll.«

Sie dazu bringen, seinen ... »Hast du? Adraa, hast du zugestimmt, ihn zu heiraten?«

»Ich ... Ich habe abgelehnt. Darüber war er zwar verärgert, aber es ist mir gelungen, abzulehnen.«

Mein gesamter Körper entspannt sich. Ich wusste es. *Den Göttern sei Dank. Sie ist stärker als er.*

»Nun ja, der Zauber kontrolliert Menschen nicht«, stellt mein Vater klar. »Zu wissen, dass du damit belegt bist, und es zu verstehen, vereinfacht den Umgang damit.«

Schließlich wendet sich Adraa mir zu. »Wir sollten reden.«

In meinem Magen nistet sich eine Mischung aus Erleichterung und Beklommenheit ein. Die nächsten fünf Minuten werden wohl über mein Leben und mein Glück bestimmen.

∗∗∗

Ich führe Adraa in mein Zimmer. Sobald sich die Tür hinter uns geschlossen hat, strecke ich kapitulierend die Hände aus. »Hör zu ...«

Sie unterbricht mich, bevor ich mehr sagen kann. »Ich will nur eins von dir wissen. Hast du die ganze Zeit versucht, mein Freund zu werden? Oder war es für dich bloß eine weitere Möglichkeit, mich auf den Arm zu nehmen?«

»Ja. Ich meine, nein, natürlich nicht.« Sie bringt mich völlig durcheinander. Da behauptet sie, nur eins wissen zu wollen, und stellt dann zwei Fragen, die völlig verschiedene Antworten erfordern. Verflixt, so sollte meine Beichte nicht ablaufen. »Ich habe dich *nie* auf den Arm genommen.«

Die Fragen, die ich ihr gestellt habe, nachdem ich erkannt hatte, wer sie ist, tauchen aus meinem Gedächtnis auf. Jedes einzelne Mal, das wir uns gegenseitig geneckt haben. *Sag, was hältst du eigentlich von Jatin Naupure?* Zählt das?

Sie glaubt mir nicht. Ich sehe es ihr am Gesicht an. Vielleicht zählen diese Fragen ja doch. Ich bin so ein Trottel. Ich öffne den Mund, um genau das auszusprechen.

»Kannst dich darüber freuen, dass du gewonnen hast«, stößt sie spöttisch hervor und steuert auf die Tür zu.

Als ich in Panik verfalle, rast Energie durch meinen Körper. Bei den Göttern, sie liegt so falsch. Ohne sie in meinem Leben verliere ich, und zwar alles. Sie darf nicht weglaufen, ohne mich zumindest erklären zu lassen, warum ich gelogen habe.

»*Bhitti Himadloc!*«, rufe ich verzweifelt. Als der Zauber von meinen Händen fliegt, weiß ich bereits, dass er ein Fehler ist. Weiß verdichtet sich vor Adraa zu Eis und verhüllt mit einem Knistern meine Tür. Es ist falsch, sie auf diese Weise festzusetzen. Und dennoch jubelt ein kleiner Teil von mir über den Sieg. Ich habe sie dazu gebracht, stehen zu bleiben. Vielleicht hört sie mir jetzt zu.

»Ist das dein Ernst?«, fragt sie und wirbelt zu mir herum.

»Bitte rede mit mir.«

»Sicher nicht, solange ich gefangen bin. *Gharmaerif!*«, ruft sie. Eine Schliere aus rotem Licht tänzelt meine Eiswand hinauf. Einen Moment lang bin ich unverhofft belustigt. Versucht sie wirklich, den Zauber zu schmelzen?

»Warum bist du so ein verdammter Idiot?«, brüllt sie.

»Ich glaube nicht, dass ich darauf antworten sollte.«

Sie reagiert mit einem weiteren Feuerzauber. Schmelzendes Eis tropft auf den Boden.

»Das sagst du nur, weil du jetzt weißt, wer ich bin, nicht wahr?« Ihre früheren Worte – *Fass mich nicht an* – hallen mir noch in den Ohren wider. Nach all der Zeit ist es mir immer noch nicht gelungen, ihre Wahrnehmung von mir zu verändern. Ich bin für sie nach wie vor der gefühllose Neunjährige, der zu überehrgeizig und selbstverliebt war. Was war ich für ein Narr, dass ich gedacht habe, Adraa Belwar könnte mich je lieben. »Das. Genau das ist der Grund, warum ich gelogen habe. Ich wollte, dass du mein wahres Ich kennenlernst und ich wollte meinerseits dein wahres Ich kennenlernen. Bevor einer von uns dem anderen ins Gesicht schlägt.«

Adraa erstarrt, senkt den Blick und hört auf zu zaubern. Sie wendet sich nicht ab.

»Bitte vergiss nicht, dass du auch gelogen hast. Als wir uns begegnet sind, warst du Jaya Rauch, nicht Adraa Belwar.«

Damit erringe ich ihre Aufmerksamkeit. »Ich bin beides«, sagt sie schließlich und sieht mir in die Augen. »Und wenn du das nicht sehen kannst …«

»Ja, du bist beides. Und doch hast du mir nie gesagt, dass ihr königlich seid. Du hast mich in dem Glauben gelassen, du wärst bloß eine gewöhnliche Bürgerin von Belwar, tatsächlich Adraas *Dienerin*.«

»Und du hast mich glauben lassen, du wärst Jatins Wächter.«

Wir verstummen beide und starren uns gegenseitig an.

»Dann sind wir wohl gleich«, lenke ich ein.

Die harten Züge ihres Zorns mildern sich ein wenig. »Was hast du gesagt?«

»Dass wir gleich sind. Wir haben beide …«

Sie späht an mir vorbei zu den Regalen mit den abgegriffenen Büchern und meinen Kugeln voll Magie, deren Licht von der neuen reflektierenden Eistür zurückgeworfen wird. »Glaubst du das wirklich? Du, der du am ersten Tag behauptet hast, ich wäre nicht mal eine Hexe?«

Natürlich bringt sie das an. Darauf läuft alles hinaus. »Adraa, ich war damals neun. Ich bereue das mehr, als du dir je vorstellen könntest. Glaubst du, ich weiß nicht, wie mächtig du inzwischen bist?«

Ich kann ihren Gesichtsausdruck nicht deuten. Vielleicht

Verwirrung? »*Gharmaerif!*«, ruft sie, und Rot erhellt den gesamten Raum.

Ich greife nach ihrem Arm, um sie zu bremsen, bevor sie mein Zimmer unter Wasser setzt. »Adraa, hör auf. Du musst das Eis mit weißer Magie brechen. Es einfach zu erhitzen, klappt nicht. Oder doch, grundsätzlich schon. Nur würde es den ganzen Tag dauern.«

Sie entreißt mir ihren Arm und hämmert auf die Wand ein, bevor sie sich wieder mir zudreht.

»Ich ... ich kann das nicht.«

Was kann sie nicht? Den Gedanken ertragen, mich zu heiraten?

»Bin ich wirklich so furchtbar?«, flüstere ich.

Sie deutet auf die Tür. »Ich meine, ich kann es nicht brechen.«

»Oh.«

Vorsichtig trete ich näher zu ihr. Als sie nicht aufbegehrt, mache ich einen weiteren Schritt. Ich lege eine Hand auf die Eisfläche. »Es tut mir leid«, entschuldige ich mich.

»*Hima Diavadloc*«, zaubere ich. Langsam birst das Eis knackend um meine Finger herum. Die Risse breiten sich aus. Splitter prasseln auf den Boden wie bei einer kleinen Nachbildung der Eistür unten am Eingang. Aber ich achte nicht darauf, denn Adraa sieht mich eindringlich an und ich sie. Sie ist gerade besonders schön – das Gesicht gerötet, aus dem Zopf ausgebüxte Strähnen, während sie schwer atmend zugleich Stärke und Sturheit ausstrahlt.

»Wenn du gehen willst, kannst du«, sage ich.

Sie rührt sich nicht. »Du bist nicht furchtbar.«

»Aber wirst du ...« Ich kann es nicht mal aussprechen. »Wirst du Mooleks Angebot in Betracht ziehen?«

»Nein.«

»Also würdest du nie ...«

»Natürlich nicht. Bei den Göttern, Jatin, ich mag *dich!*«

Die Welt, die gesamte Welt steht plötzlich still. Adraa blickt auf ihre Hände hinab und reibt sie. »Mir ist klar, dass du nicht so empfindest. Aber irgendwo in all dem, sogar inmitten all unserer Lügen, habe ich mich in dich verliebt.«

Alles hebt sich, dreht sich, wirbelt herum. Mein Herz hämmert laut in meinen Ohren. Sie liebt mich? »Was meinst du damit, dass ich nicht dasselbe empfinde? Adraa ...«

»Kalyan hat mir erzählt, dass du gelogen hast, damit wir aufhören, zu streiten und zu konkurrieren. Damit wir Freunde werden können.«

Ihr Götter noch mal. Kalyan ist so gut wie tot. Das werde ich ihm ewig unter die Nase reiben. Nur Freunde? »Adraa, ich liebe dich, seit ... Ich kann es gar nicht mal genau sagen. Vielleicht seit ich dich kenne.«

»Was?«

»Ich liebe dich.«

Keine Ahnung, wie lange wir einander schweigend anstarren. In einem Moment sehen wir uns in die Augen, im nächsten senken sich unsere Blicke auf die Lippen des anderen. Ich vermag nicht zu sagen, wer sich zuerst bewegt hat, aber sobald ich angefangen habe, sie zu küssen, will ich nie wieder aufhören. Mit einer Hand in ihrem Haar und der anderen an ihrer Taille drücke ich sie gegen die Tür und ziehe sie näher an mich. Oh ihr Götter, wie lange habe ich darauf gewartet, sie an mich gedrückt zu spüren. Und verdammt, fühlt es sich gut an. Ihre Arme schlingen sich um mich, ihre Hände zerren an meiner Kurta. Ich stöhne. Adraa stöhnt leise zurück. Es ist der wohl schönste Laut, den ich je gehört habe. Allein der Gedanke, dass sie genauso entfesselt ist wie ich ...

Sie riecht nach Bergluft. Wie jeder einzelne Brief von ihr. Zu jedem bin ich *gerast*, um ihn zu öffnen. Ihre Haut ist weich, ihr Haar voll und seidig, und ich darf sie küssen.

»So sollten wir von nun an jeden Streit beenden«, flüstere ich, als ich nach Luft schnappe.

Sie zieht eine Augenbraue hoch. »Wir sollten besser gar nicht erst wieder einen solchen Streit haben.«

»Du hast recht. Fangen wir von vorn an. Keine Lügen mehr.« Ich streiche ein paar Strähnen ihres gewellten Haars hinter ihre Ohren. »Ich bin Jatin Naupure, und ich bin weder ein Mörder noch ein Geliebter.«

»Willst du mich an alle peinlichen Dinge erinnern, die ich je zu dir gesagt habe?«

»Na ja, durch sie habe ich dein loses Mundwerk und deine ständigen Andeutungen, wie du mich am liebsten umbringen würdest, kennengelernt.« Ich lächle.

»Das dient deiner eigenen Sicherheit. Du bist unvorsichtiger und unfallanfälliger als ich.«

»Stimmt gar nicht.«

Sie berührt mich dort an der Schulter, wo ich sie mir verletzt habe, dann am Kiefer und an der Narbe entlang meines Oberkörpers von jener Nacht auf dem Dach. »Haben wir nicht vereinbart, das nicht mehr zu erwähnen?«, flüstere ich.

Lächelnd legt sie mir die Hand auf die Wange. Ich ziehe sie wieder an mich und küsse sie erneut. Was sie erwidert. Sie küsst mich ebenfalls.

Kapitel 31

Zwischen Lügen und Wahrheit

Adraa

Ich glaube nicht, dass ich mich je wieder einkriegen werde. Jatin zu küssen ... ist wie der Versuch, pures Glück oder das Gefühl von Wärme zu beschreiben. Die Brust ist leicht und schwer zugleich. Man spürt jeden Atemzug, der gleichzeitig erfüllt und verzehrend ist. Irgendwie bin ich plötzlich größer, stärker.

Dann jedoch holt uns beide ein einziger Name grausam in die Wirklichkeit zurück. Maharadscha Moolek.

Jatin scheint meine Gedanken lesen zu können, denn wir greifen beide gleichzeitig nach unseren Himmelsgleitern.

»Hast du einen Plan? Oder stürmen wir einfach in den Palast?«, fragt er, als wir die Treppe hinuntergehen.

Ich schaue zu ihm hinüber. »Es ist mein Palast.«

»Schon richtig, aber wir reden hier über Moolek.«

»Wir befragen ihn, ohne uns von ihm manipulieren oder umbringen zu lassen.«

Jatin zückt seinen Himmelsgleiter, der weiß aufleuchtet. »Das ist der schlechteste Plan, den du dir je ausgedacht hast.«

Ich runzle die Stirn. »Ich weiß. Vielleicht fällt uns unterwegs noch was Besseres ein.«

Es fällt uns nichts Besseres ein. Aber wir stürmen auch nicht wirklich in den Palast. Als ich die Tür zum Thronsaal aufschiebe, finde ich ihn verwaist vor.

Jatin starrt auf die orangefarbenen Mauern aus Stein, die Belwars neunzackige, im nachmittäglichen Licht schimmernde Sonne ziert. Da der Raum menschenleer ist, wirkt das Sonnensymbol irgendwie unheilvoll. Als könnte der aufsteigende Halbkreis auch gerade untergehen. »Was für eine herzliche Begrüßung.«

Ein Vorhang auf der anderen Seite des Saals bewegt sich. Zum Vorschein kommt Prisha. »Adraa! Da bist du ja. Ich war besorgt und wusste nicht, was ich ...« Abrupt verstummt meine Schwester, als sie Jatin bemerkt.

»Prisha, das ist Jatin Naupure«, stelle ich ihn hastig vor.

»Jatin Naupure!« Ihre Augen werden groß, als sie ihn von oben bis unten mustert. Ihre Lippen verziehen sich schelmisch. »Ich dachte, du wärst größer.«

»Und Jatin, das ist meine unhöfliche kleine Schwester Prisha Belwar.«

»Ich höre die Ähnlichkeit«, merkt er an, als er sie förmlich grüßt.

»He«, entfährt es Prisha und mir gleichzeitig. Dann wechseln wir einen Blick, und ich lache. Sie mustert mich, als wäre ich übergeschnappt. Aber es ist Jatin, der mich aufzieht – der junge Mann, der nach Frost riecht und nach Glück schmeckt.

»Prisha, weißt du, wo Maharadscha Moolek ist?«, frage ich, als ich mich schließlich beruhigt habe.

»Weg. Er ist gleich nach dem Gespräch mit dir im Tempel gegangen.«

»Wohin?«, fragt Jatin.

Prisha zuckt mit den Schultern. »Das weiß ich nicht. Ich war nicht so dumm, ihm zu folgen.«

Wir haben wohl doch keinen besseren Plan gebraucht. Jetzt ist gar keiner mehr nötig. Ich wende mich an Jatin. »Glaubst du, er ist hergekommen, um mich zu manipulieren? Ich war mir sicher, dass er Hintergedanken hatte, beispielsweise die Lieferung der Firelights oder so. Ich allein bin nicht wichtig genug, um einen solchen Besuch zu rechtfertigen.«

»Du bist die Schöpferin des Firelights, die einzige Schöpferin. Wenn er es stiehlt, bist du sehr wohl wichtig genug. Am wichtigsten sogar.«

»Aber wie sollen wir ihn finden?«

Prisha tritt vor. »Was ist hier los?«

Ich hatte sie praktisch vergessen. Und als ich gerade den Mund öffnen will, um zu lügen, dämmert etwas in Prishas Augen. Sie zuckt zusammen und schwenkt aufgeregt die Hände. »Moment... Oh ihr Götter. Hiren hat mir gesagt, dass die Rote Frau es auf Blutlust abgesehen hat. Und ich dachte mir, das klingt nicht richtig, aber... Du... ihr beide... ihr seid... *Du bist die Rote...*«

Als ich zu meiner Schwester eile und ihr die Hand auf den Mund klatsche, kommt unsere Mutter um die Ecke geeilt. »Prisha! Ich hätte das Schafsgrannenhaar schon vor drei Minuten gebraucht.«

»Ich erkläre es dir später. Sag *nichts*«, flüstere ich eindringlich, bevor ich Prisha loslasse.

Meine Mutter bleibt abrupt stehen. Der Duft von gedünstetem Gemüse strömt uns entgegen, bevor sie sich eine Armlänge entfernt. Ich stelle mir vor, an welchem Trank sie gerade arbeitet. »Adraa, da bist du ja. Ich brauche dich für...« Endlich bemerkt meine Mutter auch Jatin. »Hallo.«

Während meine Mutter spricht, kann ich nur an Prisha denken, der das größte Geheimnis meines Lebens auf der Zunge brennt. »Oh, äh, also das ist ...«

»Jatin Naupure!«, ruft Jatin, hält sich zwei Finger an den Hals und verneigt sich.

Meine Mutter macht große Augen, bevor sich ihre Züge aufhellen. »Jatin. Wie schön, dich wiederzusehen.« Sie streckt den Unterarm aus, und er drückt seinen dagegen.

»Ich freue mich auch«, erwidert Jatin lächelnd.

»Tut mir leid, aber ich muss zurück in die Klinik. Prisha, hol das Grannenhaar. Adraa, ich brauche dich wirklich.«

»Ich bin irgendwie beschäftigt.«

Sie wirft mir einen Blick zu, mustert uns beide. Eine Sekunde lang erkenne ich Angst in ihrem Gesicht. Dann verschwindet der Eindruck. »Ich habe zwei Patienten mit einer Blutlustvergiftung. Zwei junge Leute, die den ganzen Tag Lieferungen geflogen sind. Es ist schlimm, Adraa.«

Mein gesamter Körper spannt sich an, als sich Wut in mir ausbreitet. Ich muss die Vencrin aufhalten. Ich muss an Moolek ran. Ich muss mit Prisha reden. Ich muss ...

»Wie stark sind sie ausgebrannt?«, frage ich und krempele die Ärmel hoch.

***

In den nächsten zwei Stunden wirke ich einen rosa Zauber nach dem anderen, um einen Drogenabhängigen zu stabilisieren. Mutter hatte recht. Es ist der schlimmste Fall, den die Klinik je erlebt hat. Der junge Mann ist von Windbrand so gerötet, dass es wie ein Ausschlag aussieht. Er murmelt ununterbrochen etwas davon, es nicht länger ertragen zu können.

Wie zu erwarten, hat sich Jatin als freiwilliger Helfer angeboten. Während ich an der Blutlustvergiftung arbeite, hilft er bei der Herstellung von Tränken, bei denen meine Mutter in Verzug geraten ist. Wenn sich unsere Wege in dem Gewirr von Patienten, Tränken und Magie kreuzen, sieht er mir jedes Mal in die Augen und lächelt. Was mich gleichzeitig zum Schmelzen bringt und mir Kraft gibt.

Nur Prisha trübt mein Glück, denn bei jedem Blick von ihr kribbeln meine Nerven. Ich kann förmlich beobachten, wie sie sich den größten Teil meiner Geschichte als Rote Frau zusammenreimt. Natürlich hat Hiren ihr alles von der Begegnung vor einigen Nächten erzählt. Nur hatte ich vergessen, wie scharfsinnig meine Schwester sein kann. Ihre Augen brüllen mir eine Frage nach der anderen entgegen, meine vermitteln hoffentlich: *Warte noch, sag nichts.* Aber wann hat meine Schwester zuletzt auf mich gehört? Jatin und ich sind dem Untergang geweiht.

Meine Gelegenheit, mit ihr zu reden, ergibt sich schließlich im Raum für Tränke, während unsere Mutter eine Wand entfernt Zauber ruft. Ich rühre eine klebrige Salbe an, Prisha trägt sie auf Grannenhaar auf, um einen Wickel anzufertigen. Jatin steht neben mir und schaut wartend zwischen uns hin und her.

»Prisha, lass es mich erklären«, flüstere ich.

»Spar dir die Mühe. Ich will rein.«

»Was?« Ich muss sie falsch verstanden haben. Sie kann unmöglich …

»Ich will rein, ich will bei euch mitmachen.«

Ich wende mich ihr vollständig zu. Sie tut es mir gleich. »Nein. Das geht nicht«, widerspreche ich.

Jatin lacht.

Ich drehe mich ihm zu. »Warum lachst du?«

Er beugt sich zu mir. »Weil wir vor einem Monat im Untergrund fast buchstäblich dieselbe Unterhaltung hatten und du noch genauso stur bist wie eh und je.«

»Prisha, dir ist nicht mal klar, was vor sich geht und wogegen wir kämpfen.«

Sie verschränkt die Arme vor der Brust. »Du denkst, Moolek stiehlt dein Firelight, willst herausfinden, warum, und es zurückholen.«

»Ja, aber ... Ja, ich würde sagen, das fasst den Großteil zusammen. Aber da sind auch noch die Vencrin und ...«

»Du denkst, die Vencrin sind Mooleks Handlanger. Deshalb kämpfst du im Untergrund. Um an sie heranzukommen, nicht wahr? Auf einmal ergibt alles einen Sinn.« Weder in ihrem Gesicht noch in ihrer Stimme erkenne ich Zweifel. Sie wartet lediglich darauf, dass ich es bestätige.

»Puh«, flüstert Jatin. »Sie ist ziemlich gut.«

»Ermutige sie nicht auch noch.«

Er hebt zwar abwehrend die Hände, doch sein Lächeln bleibt.

»Ich habe doch recht, oder?«, fragt Prisha mit dem ihr eigenen Grinsen.

»Ja, so ziemlich.«

»Ich wusste, dass die Rote Frau kein schlechter Mensch ist. Wochenlang habe ich über sie recherchiert. Und dabei warst es die ganze Zeit du ...« Stolz schwingt in ihren Worten mit. Stolz. Als könnten mir meine Lügen vergeben werden. Als würde sie aufrichtig respektieren, was ich versuche.

»Ich werde Mama und Papa nichts sagen«, verspricht sie ruhig.

»Ich ...«

Mutter betritt den Raum. »Ich will sofort die Salbe für die Blutlustpatienten.«

Prisha und ich drehen uns um und verteilen die Salbe auf den Verbänden. Jatin tritt zu uns, drückt meine Hand und bestreicht die Wolle mit der braunen Masse.

Meine Mutter lächelt wissend. »Ich wusste, ihr würdet euch mögen. Weißt du, wir haben Adraa nie gesagt, dass sie dir schreiben soll, Jatin. Das hat sie aus eigenem Antrieb gemacht. Als sie kleiner war, ist sie immer sofort losgerannt, wenn einer deiner Briefe eingetroffen ist.«

Ich werfe Jatin einen Seitenblick zu. »Ich musste dir nur deinen Hochmut austreiben oder dir beweisen, dass du falsch liegst, das ist alles.«

»Ich auch.« Und er zwinkert.

»Also, mir persönlich haben deine Briefe immer gefallen«, wirft Prisha ein.

Oh ihr Götter. Prisha macht es mir gerade sehr schwer, sie nicht zu erwürgen. Als ich sie mit der Schulter stupse, wird ihr Grinsen nur noch breiter.

»Ich bin froh, dass sie dir gefallen haben«, sagt Jatin und lacht.

Mutter lächelt. »Jetzt müssen wir nur noch deine Zeremonie überstehen.«

Ich versuche mich an einem selbstbewussten Lächeln. Nur Jatin merkt, dass es eher eine Grimasse ist.

※※※

Jatin und ich schlendern hinaus auf den Übungsplatz, um ein paar Minuten dem Chaos der Klinik und meiner naseweisen kleinen Schwester zu entkommen. Natürlich könnte jemand vom Personal durch ein Fenster herausspähen. Aber man kann unmöglich hören, worüber wir uns unterhalten.

»Ich habe das Gefühl, dich jetzt noch besser zu kennen, falls das überhaupt möglich ist«, meint Jatin, als uns die frische Luft um die Nase weht.

»Durchs Zusehen, wie ich Blut in einen Kessel gegossen habe, oder weil ich jedes Mal fast in Panik verfallen wäre, wenn sich meine Schwester auch nur in die Richtung unserer Mutter bewegt hat?«

»Beides. Weißt du, deine Schwester könnte uns *wirklich* helfen«, überlegt Jatin.

»Ich bin mir nicht sicher, ob ich auf euch beide aufpassen kann.«

»Das tut weh.« Dann wird er ernst. »Es wird nicht mehr so einfach sein, dich als Jaya auszugeben, sobald du achtzehn bist. Wir müssen uns etwas anderes überlegen, wie wir an Auskünfte kommen. Deine Schwester ...«

»Meine Schwester ist nicht wie ich ausgebildet worden. Sie ist begabt, aber sie musste sich nie Gedanken über die Zeremonie machen oder um ihr Leben kämpfen.«

Jatin wirft mir einen Blick zu. »Hast du Angst vor deiner königlichen Zeremonie, Adraa?«

Ich steige auf den Brunnen, hänge mich an Retaws Hand aus Stein und schwinge mich auf die andere Seite. Jatin springt ebenfalls auf den Rand und umkreist den Brunnen. Wir beginnen eine Verfolgungsjagd – ich will ihm entkommen, er will mich fangen. Er versucht zu gewinnen, mir in die Augen zu sehen. Aber ich soll vor ihm über meine Unzulänglichkeiten sprechen? Für mich ist es einfacher, mich ihm nicht zuzudrehen.

»Es ist komisch, dass du mich Adraa nennst.«

»Ist dir Rauch lieber?«, neckt er mich.

»Ist dir Jatin lieber?«

Ich schwenke nach links, und plötzlich ist er vor mir. Ich habe falsch geraten.

»Ja.« Er lächelt.

»Gut zu wissen«, hauche ich.

»Keine Lügen mehr, haben wir gesagt.«

Ich atme tief durch, um ihm die Wahrheit über die letzte Lüge zu gestehen, an der ich festgehalten habe. »Ich habe eine Heidenangst.«

»Ich hoffe, du meinst die Zeremonie.«

Unverhofft muss ich lachen. »Ich würde nicht gerade sagen, dass du furchterregend bist.«

»Gut. Ich will nämlich nicht wieder ins Gesicht geschlagen werden.«

Ich schubse ihn leicht gegen die Schulter. »Es war mehr ein Klaps, und das weißt du auch.«

Er ergreift meine Hand und verschränkt unsere Finger miteinander. Was ich außerordentlich ablenkend finde. »Warum hast du solche Angst?«

»Ich ... Ich will nicht versagen.«

Er runzelt die Stirn. »Das wirst du nicht. Verdammt, du bist die beste Hexe, die ich ...«

»*Himadloc*«, flüstere ich. Rot tropft von meinen Händen ins Wasser hinab. Mit jedem Aufspritzen roten Rauchs treibt mein Zauber durch klares Nass. Es wird langsamer, kälter. Wir beide warten, während sich über die Oberfläche leichter, glitzernder Frost ausbreitet. Nicht mal gefroren. Meine Wangen lodern. Ich hätte nie gedacht, dass ich es Jatin Naupure gegenüber je zugeben könnte. Oder ihm meine größte Schwäche so offen zeigen würde.

»Das ist bewegtes Wasser. Es ist schwer, bewegtes Wasser...«

»Nicht.«

»Na ja, ich könnte dir helfen. Das ist sozusagen meine Stärke.« Er lächelt. »Natürlich bräuchte ich dafür eine Bezahlung.«

»Bezahlung?« Ich schnaube. »Der zukünftige Maharadscha von Naupure will um ein paar Goldmünzen mit mir feilschen?«

»Wer hat denn was von Geld gesagt?«

Ich verenge die Augen zu Schlitzen. »Was genau willst du?«

»Dass du ...«

Ich starre ihn an.

Dann fährt er schmunzelnd fort. »Dein Zugeständnis, dass ich der beste Zauberer in ganz Wick...«

Er kommt nicht dazu, den Satz zu beenden, weil ich mich vorbeuge und ihn küsse. Er begrüßt die Unterbrechung und zieht mich an sich, bis sich unsere Körper aneinanderschmiegen. Berauscht vor Glück ziehe ich mich nur einen Hauch von seinen Lippen zurück. »Ich glaube nicht, dass ich den Bedingungen zustimmen kann. Keine Lügen mehr, haben wir gesagt, Jatin.«

Kapitel 32

Ein Auftritt für die Götter

Adraa

Moolek ist verschwunden. Allen Berichten zufolge hat er das Land verlassen. Das glaube ich keine Sekunde lang. Allein, dass wir wenig bis gar nichts herausfinden können, beweist mir, dass er noch hier ist und irgendwo lauert. Aber da wir keine Spuren haben und an jeder Ecke die Fahndungsplakate kleben, widme ich die Aufmerksamkeit meiner königlichen Zeremonie. Vielleicht wird es Jaya Rauch nie wieder geben, aber ich habe immer noch meine Maske. Ich finde einen Weg. Ich habe bereits Pläne, mit Beckman zu sprechen, diesmal als Rani.

Jatin steht zu seinem Wort. In der nächsten Woche übt er mit mir. Und unter seiner Anleitung fühle ich mich zum ersten Mal im Leben nicht wie eine Versagerin bei weißer Magie. Bewegtes Wasser einzufrieren, gelingt mir zwar nicht, dafür klappt es bei anderen Flüssigkeiten. Zwar kann ich keinen Schnee erschaffen, aber ich kann beeinflussen, wie er fällt. Lächelnd versichert Jatin mir, dass es reichen wird. Dass ich eine Neun bin. Dass ich nicht enttäuschen werde. Genau das wollte ich immer sein und hören. Und in unserer kleinen Blase aus Üben, Konzentrieren und Lernen glaube ich ihm fast.

Trotzdem schwirren mir immer noch Zweifel im Kopf herum.

Wie bei allen Ereignissen, die man fürchtet und auf die man nicht vorbereitet ist, naht auch meine königliche Prüfung zu schnell. In der Nacht davor wälze ich mich rastlos hin und her und träume mich in das Land aus Rot. Immer wieder erwache ich abrupt und versuche, an etwas anderes als die Zeremonie zu denken, und doch holt sie mich jedes Mal aufs Neue ein. *Du musst es hinter dich bringen*, befiehlt die Stimme des roten Zimmers, bis die Morgendämmerung in abgestuften Schattierungen in mein Schlafzimmer scheint und ich vollständig erwache.

Zara stürzt sich förmlich auf mein Bett. »Ich konnte nicht schlafen. Mir ist andauernd im Kopf herumgespukt, wie ich dir die Haare richten soll und welche Bänder wir verwenden könnten.« Danach macht sie sich ans Werk, schminkt mich, flicht kunstvoll mein Haar und putzt mich zu einer waschechten Fürstin von Belwar heraus. Es dauert Stunden. Aber es macht mir nichts aus, und schließlich drehe ich mich vor dem Spiegel. »Ich muss schon sagen, du hast dich selbst übertroffen«, lobe ich sie. Zara hat neun farbige Bänder in mein Haar geflochten und damit eine Regenbogenwirkung erschaffen, die nicht mal ich selbst begreife.

»Das passt wunderbar zur Kleidung für die Zeremonie«, schwärmt sie.

Und sie hat recht. Meine Lehenga ist rot mit goldenen Rändern. Alle neun Farben der Götter sind in Form von Wirbeln und Perlen in den Stoff eingearbeitet. Die durchscheinende Dupatta entfesselt bei jeder Bewegung einen regelrechten Regenbogen.

Zara sieht mir im Spiegel in die Augen. »Ist völlig in Ordnung, nervös zu sein. Aber zumindest über dein Aussehen musst du dir heute nicht den Kopf zerbrechen.« Ich lächle. In Augenblicken wie diesen ist Zara am liebenswertesten. Obwohl sie so anfällig für Liebesbriefe, Romantik und Kleider ist, versteht sie, wie ich mich an dem Tag fühle, an dem ich mich den Göttern verpflichten muss. Und dafür liebe ich sie.

Riya kommt herein, als ich mich gerade betrachte und versuche, meine tobenden Nerven zu beruhigen. »Oh. Adraa, du siehst ...«

»Ja, oder? Ich habe gute Arbeit geleistet, nicht wahr?«, fällt Zara ihr ins Wort. Tänzelnd sammelt sie die übriggebliebenen Bänder und Haarnadeln ein.

Nach kurzem Zögern drehe ich mich langsam um. »Ist es so weit?«

Riya nickt. »Ja.«

Ich schlucke, als ich durch die Tore des Palasts nach draußen trete. Belwar schillert in Rot. Rote Banner, rote Fahnen, rote Farbe auf jeder Schwelle. Die Menschen wünschen mir alles Gute und feiern meine Stärke als die der nächsten Generation, die in Belwar das Zepter übernehmen wird. Aber hätten sie damit nicht bis nach der Zeremonie warten sollen? Die Angst, zu versagen, schwebt über mir wie die Banner an den Fenstern. Der Anblick erinnert mich an das rote Zimmer aus meinen Träumen. Vielleicht wollte mich mein Verstand im Schlaf darauf vorbereiten, auf diesen Moment.

»Hier verlasse ich dich.« Riya löst ihren Himmelsgleiter vom Gürtel. »Wir sehen uns dann dort.«

»Riya.« Ich ziehe an ihrem Arm. Die vergangene Woche haben wir kaum miteinander geredet, doch ich kann es nicht länger auf sich beruhen lassen. »Ich weiß, du bist immer noch sauer, weil ich gelogen habe ...«

Sie schnaubt abfällig. »Du hast mehr getan als gelogen. Du

hast dich selbst und damit sowohl Belwars als auch Naupures Zukunft in Gefahr gebracht. Wenn Papa ...« Sie schluckt schwer. »Wenn mein Vater davon wüsste, würde er sich schämen. Er hätte dich aufgehalten.«

»Bist du deshalb so aufgebracht? Weil du glaubst, du hättest dabei versagt, mich zu beschützen, und er hätte es gekonnt?« Sie meidet meinen Blick, sieht mir nicht in die Augen. Ich lege ihr die Hände auf die Schultern. »Riya, ich bin nicht des Nervenkitzels wegen zur Roten Frau geworden. Ich habe es getan, weil ... Weil mich dein Vater, als ich acht Jahre alt war und solche Angst davor hatte, unberührt zu sein, zur Seite genommen und mir erklärt hat, dass eine wahre Rani keine Magie oder den Segen einer Gottheit braucht.« Tränen treten mir in die Augen. »Eine wahre Rani hilft den Menschen einfach.«

Endlich sieht Riya mich an. »Mein Vater hatte eine Menge Sprichwörter. Er hatte nicht immer recht.« Damit löst sie sich von mir und greift nach ihrem Himmelsgleiter. »Außerdem bist du keine Unberührte, sondern eine der mächtigsten Hexen, die ich kenne. Viel Glück heute, aber ich glaube nicht, dass du es brauchst. Du bist keine acht Jahre mehr.« Luft und Erde wirbeln auf, als sie sich davonmacht.

Als sich der Staub legt, wische ich mir das Gesicht ab. Ich werde die Entscheidungen nicht bereuen, die mich in Gefahr gebracht haben. Es geht um mein Firelight. Ich bin dafür verantwortlich, wie die Menschen es nutzen. Mit der Zeit wird Riya es schon verstehen.

Für Mitglieder des Herrscherhauses ist es Tradition, den Weg zur Zeremonie zu Fuß und allein anzutreten. Danach werden meine Familie und meine Freundinnen und Freunde mir zurück zum Palast folgen, um zu zeigen, dass sie an meine Führung glauben. Vorerst jedoch bin ich allein. Und wenngleich der Tempel unmittelbar neben dem Palast liegt, muss ich den langen Weg durch die Stadt nehmen, durch die mit roten Fahnen geschmückten Straßen. Noch nie zuvor habe ich Belwar so verwaist erlebt. Es mutet gespenstisch an.

Jetzt ist es so weit. Der Moment ist gekommen, in dem ich reif, kultiviert, mächtig sein sollte. Erwachsen. Noch nie hat es sich weniger wahr angefühlt. Das ist alles nur eine Verkleidung. Bin ich die Einzige, die sich wie eine Betrügerin vorkommt? Oder haben schon andere diesen Weg beschritten und dabei gezweifelt? An allem?

Tage scheinen zu vergehen, bis ich am Fuß des kleinen Hügels ankomme und hinaufzusteigen beginne. Die Sonne brennt auf mich herab, als würde ein grelles Licht auf mich gerichtet. Es fühlt sich an, als könnte ich in Flammen aufgehen, während mir Galle in die Kehle brodelt.

Der Tempel gerät in Sicht. Oh ihr Götter, der gesamte Palast hat sich davor eingefunden. Aber ich bin schon Hunderte Male hier gewesen. Diesmal ist es nicht anders. Meine Füße schleifen meine Lehenga durch das heiße, trockene Gras. Wem will ich etwas vormachen? Es ist völlig anders. *Atme. Du musst einfach atmen.*

Ich entdecke Jatin in der Menge. Seine Augen werden groß, als er mich ansieht. Ein Lächeln tritt in seine Züge. Als ich es zu erwidern versuche, zerbröckelt es. Meine Eltern stehen den Stufen des Tempels am nächsten. Ich gehe auf sie zu.

»Du musst nicht nervös sein. Es wird alles gut«, versichert mir mein Vater.

Ich nicke nur. Ich wüsste ohnehin nicht, was ich erwidern sollte. Seine Worte verstärken meine Anspannung nur.

Er berührt mich am Kinn. »Helle Morgendämmerung, Adraa. Helle Morgendämmerung.«

Diesmal gelingt mir ein Lächeln. Ich bin die Einzige, die hier halb durchdreht. Meine Eltern versuchen, mich zu beruhigen, und niemand sonst wirkt besorgt. Die Träume flammen in meiner Erinnerung auf, aber ich dränge sie zurück. Sie sind kein Omen, sondern ein Segen. Heute ist mein Tag, meine Morgendämmerung, mein Schicksal.

Warum nur fühlt es sich trotzdem wie eine Lüge an? *Halt! Hör auf, es zu zerdenken. Tu es, beweise dich, dann bekommst du alles, was du willst. Deinen Titel, Jatin, Glück …*

Ich nähere mich dem Tempel, steige die drei schlichten Stufen hinauf und befinde mich in der Mitte, umgeben von den neun Säulen der Gottheiten. Das Gebäude hat sich noch nie so leer angefühlt.

»Bei meinem Blut biete ich mich den Gottheiten zur Prüfung an!«, rufe ich.

Nichts rührt sich, nicht ein einziger Windzug. Vielleicht hören die Götter und Göttinnen nicht zu. Unbeirrt mache ich weiter. »Ich gelobe, alle von eurem Segen Berührten zu beschützen.« Die Worte fühlen sich eigenartig an, als sie über meine Lippen dringen. Diese Ansprache ist uralt, stammt aus einer Zeit, als die Unberührten noch von der Gesellschaft verstoßen wurden. Aber heutzutage … Den Unberührten zu helfen, ist wichtig für die Zukunft Belwars, und ich kann beileibe nicht alle Mächtigen und Berührten leiden.

Ich versuche, einen klaren Kopf zu bekommen. »Gestattet mir, durch euch zu dienen. Gestattet mir, euch mein Blut zu entbieten, falls ich mich als untauglich erweise.« Ein Schauder durchfährt mich. Der Satz widerstrebt mir zutiefst.

Von der ersten Säule zu meiner Rechten schwappt mir eine Hitzewelle entgegen. Rote Magie.

Es hat begonnen.

Kapitel 33

Ein Tanz und seine Zerstörung

Jatin

Es ist schön, sich die Zeremonie anzusehen, statt dabei im Mittelpunkt zu stehen. Wellen aus Feuer branden von der ersten Säule und prallen gegen Adraa. Aber sie ist bereit. Ihr Arm glüht blutrot, und sie dreht sich mit angewinkelten Ellbogen und Handgelenken um die Flamme. Es mutet wie eine halb ziehende, halb drückende Bewegung an, wie ein Tanz.

Zauberer und Hexen sind heutzutage zu faul, benutzen nur Sprache, um ihre Berührungsgaben heraufzubeschwören. In früheren Zeiten jedoch war Zaubern ein Ganzkörperunterfangen. Vor einem Jahr hatte ich denselben Auftritt für die Göttinnen und Götter. Zu beobachten, wie sich Adraa bewegt, erweckt die Erinnerung an die alten Traditionen, die ich gelernt habe. Es erinnert mich daran, wie natürlich ich die Arme beim Zaubern bewege.

Als Nächstes folgt ein Berg aus orangefarbenem Nebel, der auf sie herabstürzt. Sie ruft einen Zauber nach dem anderen, während sie die Last von Rennis Prüfungen tragen muss.

»Sie macht sich gut«, flüstert Maharadscha Belwar seiner Gemahlin zu. Er drückt ihren Arm. »Vertrau ihr.«

Er hat recht. Adraa schlägt sich wirklich gut. Sie wirbelt die gelbe Magie um sich herum, dreht sich und bewegt sich wie der Wind. Dann verändern sich ihre Schritte, als grüner Rauch aus dem Fuß von Htraes Säule aufsteigt. Die Magie steigt sich kräuselnd auf wie Ranken. Adraa entfesselt Rot von den Händen und schwingt mit den Verästelungen, entwirrt sie. Bei diesem Zauber brüllt sie nicht, sondern ahmt den friedlicheren Ablauf der Göttin Htrae nach.

Retaw. Adraa bewegt sich mit der schwappenden blauen Welle, die über sie hereinzubrechen versucht.

Raw. Hunderte violette Pfeile erscheinen aus der nächsten Säule, und Adraa schickt sie prompt zurück in den Stein, aus dem sie hervorgeschossen sind. Schnell. Präzise. Perfekt.

Die Sonne brennt auf uns herab. Mehr als eine Stunde ist bereits vergangen. Mittlerweile ist sie so nah dran.

»Als Nächstes ist Laeh an der Reihe. Da haben wir nichts zu befürchten«, meint Maharani Belwar.

Und sie hat recht. Das Rosa vollzieht sich so schnell, dass ich es kaum richtig mitbekomme. In einem Moment wird Adraa von rosa Rauch umhüllt, im nächsten ist er verschwunden. Fertig. Stolz lässt meine Brust anschwellen. Das ist meine Jaya Rauch.

»Ihr habt sie gut unterrichtet«, lobt mein Vater Maharani Belwar.

Rasch verhüllt schwarze Magie die Szene, huscht in Form von Schatten aus ihrer Säule. Adraa bewegt sich tief geduckt und fließend, begegnet der Prüfung des Gottes mit ihrem eigenen Schatten. Sie verwandelt sich in Dunkelheit, und minutenlang kann ich ihren Tanz nicht sehen. Mein Herz schlägt schneller. Aber ihre Eltern wirken unbesorgt. Plötzlich ist sie wieder zu sehen, und im Tempel wird es heller.

»Gut gemacht. Fast geschafft!«

Nur noch Weiß. Doch nichts geschieht. Wir alle beobachten die Säule und warten auf die letzte Prüfung, aber es tut sich nichts. Ein Raunen geht durch die Schar der Anwesenden. Adraa dreht sich um, und zum ersten Mal seit Stunden begegnen sich unsere Blicke. In ihren Augen entdecke ich blankes Grauen.

Dann schießt mit einem violetten Aufblitzen weiße Magie aus der Säule.

»Adraa!«, brülle ich, doch es ist zu spät. Sie setzt sich für den ersten Schritt eines Zaubers in Bewegung, wird allerdings von den Füßen gerissen.

Maharani Belwar schnappt neben mir nach Luft.

Mir liegt ein Zauber auf der Zunge. Mein Vater bemerkt meine Körpersprache und umklammert meinen Arm. »Die Magie würde sie verletzen«, murmelt er.

Obwohl Adraa am Boden ist und sich weiße Raserei gegen sie aufbaut, setzt sich Adraa zur Wehr. Sie rappelt sich hoch, stampft mit einem Fuß auf und beginnt zu tanzen. Allerdings sieht es falsch aus. Ihr Körper schwankt beim Zaubern. Da ist zu viel weiße Magie. Gegen mich hat Dloc bei meinen Prüfungen eindeutig nicht so viel gewirkt. Tosender Wind fegt durch den Tempel. Etliche Anwesende weichen verängstigt zurück.

»Wir müssen etwas unternehmen!«, rufe ich.

Mein Vater schüttelt den Kopf. »Sie muss es selbst bewältigen. Wenn wir eingreifen, scheitert sie.«

Mein gesamter Körper verkrampft sich. Sämtliche Muskeln spannen sich an, rühren sich aber nicht. Ich kann nichts tun, bin nutzlos.

Adraa gleicht einem Wirbel aus Farben inmitten eines Sturms aus Schnee und Wind. Es ist wie damals bei unserer ersten Begegnung vor all den Wochen, als sie vor meiner Kutsche inmitten des Chaos auf dem Boden gelegen hat. Allerdings hat sie dabei die Hand gehoben, um anzuzeigen, dass der Junge und sie in Sicherheit waren. Diesmal gibt es kein beruhigendes Zeichen, nur das Aufblitzen von Rot inmitten des weißen Tosens.

»Was passiert da?«, ruft jemand, als wir Adraa vollends aus den Augen verlieren.

Das ist falsch. Ich muss etwas unternehmen. Als ich vortrete, spüre ich Dlocs eisigen Atem bis in die Knochen. »Adraa?«

Rotes Feuer blitzt in die Decke des Tempels und hinterlässt Risse im Stein. Eis strömt in den Spalt und lässt ihn splittern. Jemand schreit, und die Bediensteten der Belwars weichen hastig zurück.

»Oh ihr Götter«, entfährt es jemandem. Meinem Vater, glaube ich.

Maharadscha Belwar und ich sehen uns gegenseitig in die Augen, und wortlos preschen wir vorwärts. Doch sobald ich in den gefrierenden weißen Nebel trete, verpufft er. Mit einem lauten Schlürfen und Zischen rast die weiße Magie zurück in Dlocs Säule. Habe ich gerade alles ruiniert?

Wenige Meter entfernt erblicke ich Adraa. Die Regenbogenbänder in ihrem Haar sind zerzaust und rutschen ihren Rücken hinab. Der nächste Moment verstreicht in Stille. Niemand wagt es, ein Wort zu sprechen. Sie hat es geschafft! Es muss so sein. Erleichterung durchflutet mich. Wir haben uns umsonst gesorgt. Sie hat ihre Prüfungen bestanden.

»Adraa?«, rufe ich.

Warum dreht sie sich nicht um?

Eine weitere atemlose Sekunde verstreicht. Irgendetwas stimmt nicht. Angst schnürt mir die Kehle zu. Als ich sie hinunterschlucken will, breitet sie sich durch mich aus. Warum dreht sie sich nicht um? Warum rührt sie sich nicht? Aber sie bewegt sich doch – ihr Körper vibriert, zittert unkontrolliert.

Bevor jemand einen weiteren Schritt machen kann, sackt Adraa zu Boden wie eine Marionette mit gekappten Fäden. Ein Todessturz. Riya kreischt, Maharani Belwar schreit entsetzt auf.

Mein Körper ist wie betäubt. Mir wird erst bewusst, dass ich losgerannt bin, als ich schlitternd neben ihr auf die Knie falle, als Erster an ihrer Seite. Mit zitternden Fingern berühre ich sie an den Schultern und drehe sie behutsam auf den Rücken. »Nein, nein, *nein*. Bitte nicht.« Ich bette ihre regungslose Gestalt auf meinen Schoß und taste an ihrem Hals nach einem Puls.

Die Belwars sinken neben mir auf den Boden. Mein Vater steht mit wässrigen Augen und einer Hand am Mund über uns.

»Gib sie mir«, fordert eine zittrige Frauenstimme.

Hoffnung durchfährt mich. Maharani Belwar, die beste Hexe mit rosa Stärke in ganz Wickery. Sie kann Adraa zurückholen, sie retten.

»Was kann ich tun, Ira?« Maharadscha Belwar krempelt die Ärmel hoch.

Maharani Belwar erübrigt keinen Blick für uns. »*Laeh!*«, brüllt sie und drückt die Hände auf Adraas Brust. Ruckartig zuckt Adraa hoch, sonst jedoch geschieht nichts. Ihr Kopf baumelt wie der einer Toten zur Seite.

Ihr Götter, nein. Nein!

»Bleib bei mir, Schatz. *Laeh.*« Sie wiederholt den Vorgang. Die rosa Magie schießt in Adraa hinein, hebt ihren Körper mit einem Ruck und ... nichts.

Maharani Belwar wendet sich an Maharadscha Belwar und

stößt hervor: »Vivaan, sie reagiert nicht. In die Klinik. In der Klinik ist ...«

Mit einer schnellen, fließenden Bewegung hebt Maharadscha Belwar seine Tochter auf. Und mit einem Aufblitzen von Orange ist er verschwunden, dicht gefolgt von Maharani Belwar.

Wacklig komme ich auf die Beine. Mein Vater und der Rest des verbliebenen Publikums sitzen fassungslos auf den Stufen. Adraas Schwester wirkt wie erstarrt. Riya hingegen rennt bereits zur Klinik.

»*Tvarenni!*«, rufe ich und rase hinter ihr her.

Als Riya vor einer Tür innehält, bremse ich schlingernd ab und starre auf die Szene vor mir. Adraa liegt auf dem Behandlungstisch, an dem wir vor einer Woche gemeinsam gestanden und Patienten geholfen haben. Alles hat sich verändert. Der Anblick des von Blut und zerbrochenen Flaschen übersäten Bodens verursacht mir Brechreiz. Ich werde in der Zeit zurückversetzt, stehe wieder an der Schwelle zum Zimmer meiner Mutter und sehe entsetzt zu, wie sich gellende Schreie ihrer Kehle entringen. Allerdings sind es diesmal nur gebrüllte Zauber, begleitet von orange-rosa Rauchwolken, die über dem Körper der jungen Frau treiben, die ich liebe. Blut tropft verstörend gleichmäßig auf den Boden.

Da war keine Wunde. In den wenigen Sekunden, die ich Adraa gehalten habe, hat sie nicht geblutet.

»Das stammt nicht von ihr«, murmelt eine Stimme.

Was ist passiert? Vorher war da keine Wunde!

»Jatin!« Riya schüttelt mich. »Es stammt *nicht* von ihr.«

Als ich wieder auf den Boden schaue, begreife ich. Flaschen, Tränke, Blut, alles wurde für Adraa vom Behandlungstisch gefegt.

Als ich vortrete, um etwas zu tun – irgendetwas –, wirbelt Maharadscha Belwar herum und wirft mit einem Schnippen gelber Magie die Tür zu. Zwar vermeine ich, eine leise Entschuldigung zu hören, aber der Knall übertönt jedes andere Geräusch. Damit bin ich von ihr abgeschnitten. Nutzlos.

Riya sackt an die gegenüberliegende Wand. Tränen schimmern auf ihren Wangen. »Sie hat gedacht, ich wäre immer noch wütend auf sie. Das ist das Letzte, was sie je ...«

»Nein!«, brülle ich. »Nein!«

»Wartest du mit mir?«, flüstert sie schluchzend.

»Ich werde sie nie verlassen.«

***

Innerhalb von Minuten treffen Prisha, Kalyan, mein Vater und mehrere Bedienstete im Flur unserer Folter ein, wo die Zeit an uns nagt, als wolle sie uns bei lebendigem Leib auffressen. Ein Dienstmädchen fällt Riya in die Arme, was bei Riya neue Tränen auslöst. Hiren, der Wächter vom Dach, der mich verhaften wollte, hält Prisha. Kalyan setzt sich neben mich, schweigsam, stark. Mein Vater läuft rastlos auf und ab. Er möchte genauso gern hinein wie ich, davon bin ich überzeugt.

Mein Gehirn geht alle meine Erinnerungen an Adraa durch und versucht, sich an jede Einzelheit zu klammern. Was mir natürlich nicht gelingt. Ich versage dabei wieder und wieder, bis ich sogar in meinem Gedächtnis spüre, wie sie mir entgleitet.

Als sich die Tür endlich öffnet, steht Maharadscha Belwar vor uns.

»Sie hat einen Puls. Ira arbeitet noch, aber selbst, wenn sie aufwacht … besteht nicht viel Hoffnung«, sagt er mit Tränen im Gesicht.

Ich drehe mich um und dresche die Faust gegen die nächstbeste Wand.

Das ist meine Schuld. Adraa hat die Gefahr erkannt, obwohl sie niemandem sonst bewusst war. Wann ist jemals jemand bei seiner Zeremonie gestorben? Das letzte Mal muss ein Jahrhundert her sein – oder eher mehrere Jahrhunderte. Trotzdem hat sie es geahnt. Ich habe sie dazu gedrängt, vor den Göttern aufzutreten, und sie haben sie geschlagen. Nein, sie haben sie *umgebracht*.

»Sohn?«

Ich schlage die Hände meines Vaters weg und renne los. Ich schaffe es bis zum Übungsplatz, bevor ich zusammenbreche. Frostblüten erblühen flatternd, als ich aufschlage, dann erstarren sie. Ich zerdrücke mehrere mit den Händen. Verflucht sei die Farbe Weiß. Zum Henker damit!

»Verdammt sollt ihr sein! Ihr alle. Ich habe sie geliebt, ihr verfluchten Mistkerle. Ich habe sie geliebt!«, brülle ich in die Umgebung. Obwohl ich nicht bewusst gezaubert habe, schießt plötzlich Eis gen Himmel, und meine Arme werden taub von der Kälte, die aus meinem Körper strömt. Mein ganzer Körper wird gefühllos, abgesehen von der Brust, die brennt, als würde sie von einem heißen Eisen zerfetzt. Ein Strahl reiner weißer Magie rast weiter aus meinen Händen. Es fühlt sich an, als würde ich stundenlang explodieren, meine Magie in den Himmel schleudern und hoffen, dass die Götter mit mir sterben. Dann sacke ich auf den Boden und schluchze.

Eine Weile später findet mich mein Vater. Wortlos lässt auch er sich auf den Boden sinken. Bevor ich irgendetwas verarbeiten kann, beugt er sich vor und zieht mich in eine Umarmung.

Ich habe Erfahrung mit Verlust, kenne den Schmerz, die Qualen, das Leid, die damit einhergehen. Aber als meine Mutter gestorben ist, war ich erst vier Jahre alt, zu jung, um auf diese Weise von Trauer überwältigt zu werden. Als ich aufgewachsen bin, haben die Nachwehen ihres Todes nach und nach ihre Krallen in mich geschlagen.

Aber das jetzt ... ist reine Folter. Meine Welt bricht vor meinen Augen zusammen, und ich kann nicht das Geringste dagegen unternehmen.

Bei den Göttern, das also muss mein Vater ertragen – seit Jahren. Ein Blick in seine Augen verrät mir, dass neuer Schmerz ihn zerreißt. Ich kann mich nur an ein einziges anderes Mal erinnern, dass er geweint hat.

Zittrig atme ich ein. Ich weiß nicht mal, ob ich diesen Tag überstehen kann, geschweige denn die Leere, die den Rest meines Lebens beherrschen wird. Ich werde nie wieder mit ihr reden, sie nie wieder berühren oder etwas mit dem Wissen zu Papier bringen können, dass sie meine Worte lesen wird.

Wumm! Der Boden dröhnt. *Meinetwegen.* Ich habe mit all der weißen Magie, die ich in die Wolken geschleudert habe, einen Sturm erzeugt. Oder schlimmer noch, die Götter antworten auf mein Toben und haben beschlossen, zurückzubrüllen und dabei ganz Wickery zu erschüttern.

Wumm! Wumm! Schon wieder. Explosionen und Donnergrollen fegen durch die Luft.

Ich suche den Himmel nach der Quelle der Geräusche ab und entdecke sie auf Anhieb. Die Berge im Westen, in Richtung Naupure, speien eine dunkelgraue Wolke aus.

Die Erde erbebt, und mein Vater und ich erzittern mit ihr.

Wumm!
Ich stehe auf, werfe einen genaueren Blick auf die Wolken und darauf, woher sie kommen. Nein, es liegt gar nicht an mir. Es geht vom Gandhak aus. Der Gandhak bricht gerade aus.

Kapitel 34

Verlust eines geliebten Menschen

Jatin

»Komm mit, Jatin«, befiehlt mein Vater. Wir rennen zurück in die Klinik und den Flur hinunter. Die vor dem Behandlungszimmer Versammelten drehen sich uns erwartungsvoll zu. Mittlerweile haben sich weitere Leute eingefunden, darunter eine ältere Wächterin, die neben Riya steht und das Sonnenwappen von Belwar trägt.

»Was ist?«, fragen Riya und Kalyan gleichzeitig, bevor sie sich gegenseitig ansehen.

»Der Gandhak bricht aus«, stoße ich hervor, während mein Vater ins Krankenzimmer stürmt. Ich folge dicht hinter ihm. Das Eisenaroma des Bluts und der Kräuter auf dem Boden beherrscht die Luft. Zuerst kann ich Adraa nicht ansehen, dann jedoch heftet sich mein Blick auf sie und verharrt. Sie wirkt friedlich. Ihr Haar umgibt sie wie ein Spinnennetz, lose, verworren, ohne Bänder. Ich kämpfe gegen ein Schluchzen an.

Mein Vater tritt vor. »Der Gandhak bricht aus. Ich weiß nicht, wie viel Zeit uns bleibt. Dafür werde ich eure Hilfe brauchen. Maharani Belwar, ich glaube nicht, dass wir es ohne dich schaffen.«

»Er bricht aus? Aber er ist seit Jahrhunderten nicht mehr

ausgebrochen. Es ist ein ruhender Vulkan«, sagt der Leiter der Wache.

»Nicht mehr«, widerspricht mein Vater grimmig.

Maharadscha Belwar schaut zwischen dem kleinen Bogenfenster und uns hin und her. In den vergangenen fünf Minuten hat sich der Himmel bereits tiefrot verfärbt. »Natürlich helfe ich, aber ...«

»Ich kann sie nicht verlassen!«, kreischt Maharani Belwar. »Wenn ich sie jetzt verlasse ...« Erst bei ihrem Schrei begreife ich. Mein Vater fordert sie gerade auf, Adraa zu verlassen. Er will das letzte bisschen Hoffnung auf Adraas Leben rauben?

»Maharani Belwar muss bei Adraa bleiben. Sie ist die Einzige, die vielleicht ...«

»Sie ist weg, Jatin, und wir haben keine Zeit mehr«, fällt mir mein Vater mit brüchiger Stimme ins Wort.

Ein kleiner Körper drängt sich nach vorn, und lenkt die Aufmerksamkeit aller auf sich. Prisha zieht langsam Maharani Belwars Hände von Adraas Körper. »Mama, geh. Ich werde sie retten.«

»Prisha, du ... Das ist zu schwierig, und du musst weg hier.«

»*Sansria!*«, brüllt Prisha, und eine hellrosa Rauchwolke verschlingt das dunklere Rosa ihrer Mutter. Sie breitet sich aus, bevor sie in Adraas Mund strömt. »Ich kann es, und ich gehe nicht.«

»Ich helfe mit«, flüstert eine junge Frau in der Uniform einer Heilerin und tritt vor.

»Und ich auch. Sag mir einfach, was du brauchst, Prisha«, sagt Riya und krempelt die Ärmel hoch.

Die Wächterin, die ich aufgrund der Ähnlichkeit für Riyas

Mutter halte, zieht an Riyas Arm, will sie zurückhalten. »Du wirst draußen gebraucht, um bei der Evakuierung zu helfen.«

»Nein, Mutter. Meine Pflicht besteht darin, sie um jeden Preis zu beschützen«, widerspricht Riya.

»Aber sie ist ...«

Riya reißt den Arm los. »Sie hat Papa nicht aufgegeben. Und ich werde sie nicht aufgeben. Niemals.«

Mein Vater nickt. »Maharadscha Belwar, Maharani Belwar, wir müssen die Dämpfe eindämmen. Ich glaube, dafür werden wir alle drei nötig sein.«

Maharadscha Belwar flüstert in seine Hände, und orangefarbene Rauchschwaden sausen in verschiedene Richtungen davon. »Ich rufe die ganze Wachmannschaft zusammen. Wenn der Gandhak ausbricht, brauchen wir Zauberer und Hexen mit grüner Stärke, um etwaige Erdrutsche umzuleiten.«

Ohne Riya, Prisha und die andere Heilerin rennen wir alle zum Übungsplatz. »Ist Maharadscha Moolek noch hier?«, fragt mein Vater, als wir um eine Ecke biegen.

»Er ist vor wenigen Tagen abgereist«, antwortet Maharani Belwar.

»Jetzt ergibt alles einen Sinn«, speie ich hervor.

»Was?«

»Das kann kein Zufall sein. Moolek weg, Adraa, die mächtigste Hexe roter Stärke in Belwar ... auch.« Ein Anflug von Wut schnürt mir die Kehle zu. »Da stimmt etwas nicht.«

»Willst du unseren mächtigsten Verbündeten etwa *beschuldigen?*«, zischt Riyas Mutter.

Ich spare mir die Mühe einer Erwiderung. Es ist mir egal. Das ist Mooleks Werk. Ich kann es fühlen.

Auch Riyas Mutter sagt nichts mehr, sondern stürmt zielstrebig weiter. Noch im Laufen werden die Aufgaben blitzartig verteilt. Riyas Mutter wird diejenigen, die nicht fliegen können, zum Hafen führen. Hiren wird ohne Umwege dorthin geschickt, um dafür zu sorgen, dass keine Schiffe auslaufen, bevor sie mit so vielen Menschen wie möglich beladen sind. Kalyan wird mit der Evakuierung des Azur-Palasts betraut. Er und ich nicken uns gegenseitig zu, bevor er sich in die Lüfte erhebt und in Richtung unseres Zuhauses losrast.

Und während ich lausche, höre ich kein einziges Wort darüber, wie wir die Sache tatsächlich aufhalten werden. Mein Herz schlingert. Ohne Adraa …

Gibt es nur noch mich. Aus zwei wird einer.

»Ich gehe zum Gandhak«, verkünde ich jenen, die nach der letzten Kurve zum Übungsplatz und zu den Eingangstoren noch übrig sind.

Mein Vater wirbelt zu mir herum. »Jatin.«

»Ich friere ihn von innen ein. So halte ich die Lava auf.« Meine Stimme wird härter, damit ich nicht zerbreche. »Heute stirbt niemand mehr.« Kaum habe ich es ausgesprochen, werde ich ruhig. Vielleicht wie betäubt. Jedenfalls fühlt es sich richtig an. Die Belwars nicken. Maharani Belwar lächelt sogar durch die Tränen, die ihr immer noch aus den Augen strömen.

»Nein.« Die Stimme meines Vaters ertönt beißend. »Ich kann dich nicht auch noch verlieren.« Traurig daran ist, dass ich nicht mal weiß, ob er auf meine Mutter, meine Schwester oder Adraa anspielt. Aber es ist nicht der richtige Zeitpunkt, um zu streiten oder auf die Jahre einzugehen, die ich beschützt und zurückgehalten worden bin.

Die Erde bebt. Die Bögen und Balkone aus Stein bewahren zwar ihre Form, doch herabrieselnder Staub und erste kleine Trümmer deuten auf einen nahenden Einsturz hin. »Ich bin der Einzige, der es kann. Bitte lass mich ein Mal der Radscha von Naupure sein.«

Mein Vater sieht mich an, als wolle er sich mein Gesicht einprägen. Schließlich nickt er. »Das bist du immer gewesen.«

Menschen strömen aus dem Palast auf den Übungsplatz, als wir ihn erreichen. Wächter rennen von der anderen Seite des Hofs herbei. Alle schreien durcheinander. Ich jedoch höre nur das Tosen, das den Himmel zerreißt.

Als wir auf dem Übungsplatz anhalten, hält Maharadscha Belwar die Hände an den Mund, und Tausende orangefarbene Lichtpunkte schießen empor. Einige schillern über seiner Schulter, und ich schnappe Teile ihrer Botschaft auf.

Der Gandhak ...
  Evakuierung zu den Piers. Fliegt, wenn ihr könnt.
  Seid versichert, wir werden ...

Aber die Botschaft verteilt sich nicht schnell genug. Ich sehe bereits Farbströme, die überall in Belwar aufsteigen. Der Anblick erinnert an das Fest der Farben. Aber nein, das stimmt nicht. Dies sind Zeichen, die alle dasselbe bedeuten: Hilfe.

Die Belwars und mein Vater steigen auf ihre Himmelsgleiter und fliegen zum Dach. Ich brauche eine Sekunde, bis ich nachziehe, dann folge ich ihnen, rase empor und lande hinter ihnen auf den soliden Ziegeln.

»Alle herhören!«, dröhnt Maharadscha Belwars Stimme.

Immer noch beherrscht chaotisches Geschnatter die Umgebung. Etliche Menschen rennen durch die Tore hinaus auf die Straße. Ich schaue zurück. Am Himmel wimmelt es von Himmelsgleitern. Es sind mehr Flieger, als ich je zuvor auf einem Haufen gesehen habe.

Wächter und Bedienstete unter uns rufen Fragen.

»Verflucht uns die Göttin Erif?«

»Hat Fürstin Adraa bei der Zeremonie versagt? Bricht der Gandhak deshalb aus?«

»Ist sie tot?«

»*Tar Vazrenni*«, zaubert Maharadscha Belwar, und seine Stimme hallt weiter. »*Hört zu!*«

Alle erstarren und schauen zu uns hoch.

»Meine Tochter und ihre Zeremonie haben nichts damit zu tun, was uns droht. Hört mir zu.« Er brüllt eine Anweisung nach der anderen. Aber ich habe meine Pflicht bereits. Mein Blick heftet sich auf den Gandhak. Die graue Wolke, die daraus aufsteigt, schwillt an und bildet Schicht um Schicht pilzförmige Ausläufer. Das Ausmaß dessen, was auf uns zukommt, ist schier unbeschreiblich. Und uns bleibt nicht viel Zeit.

Erst, als Maharadscha Belwar nach einer kurzen Pause erneut das Wort ergreift, höre ich ihm wirklich zu. »Ich bitte euch alle, unser Land zu retten. Ich kann euch nicht zwingen zu bleiben, aber wir müssen zusammenarbeiten. Vertraut auf eure Radschas, wie die Götter und Göttinnen auf uns vertraut haben, dann werden unsere Häuser noch stehen, wenn der Tag endet. Wir werden nicht versagen.« Er verneigt sich. Seine Stimme wird leiser, und nur die Letzten von uns auf dem Dach hören seinen flehentlichen Zusatz. »Das dürfen wir nicht.«

Kapitel 35

Begegnung mit dem Tod

Adraa

Gefahr
  Liebe
  Leidenschaft
  Blut
  Tod

Rot. Überall um mich herum. Triefend durchwirkt es alles, was ich sehen kann. Ich hebe die Hände. Nur der Farbton meiner Haut ist unverändert geblieben.

Ich befinde mich in einer neunseitigen Kammer, die stark einem Gebetsraum ähnelt, wenn auch einem ziemlich verrückten. Moment. Die Umgebung ist klarer und wirklicher, aber das ... ist der Raum aus meinen Albträumen.

»Adraa?«

Ich drehe mich um und erblicke eine rot leuchtende Frau. Rote Haut, roter Sari, noch röteres Haar, das wie Feuer um ihre Schultern wallt. Das einzige nicht von Blut Durchdrungene sind ihre kohlrabenschwarzen Augen. Und sie starren mich an. Bevor ich die Worte aussprechen kann, teilt mir mein Gehirn mit, dass es sich um Erif handelt, die Göttin des Feuers.

Ich kippe rückwärts und lande hart auf dem Hintern. *Was zum …*

»Ich kann nicht glauben, dass ich es geschafft habe«, sagt sie mit einem strahlenden Lächeln.

Panik breitet sich in meiner Brust aus. Ich kann nicht atmen. In dieser Kammer gibt es keine Luft. Gleich werde ich die Besinnung verlieren. Die blutähnlichen Wände verschwimmen. Sie scheinen zu schmelzen, zu zerfließen, zu triefen.

»Oh!«, ruft die Frau. Eine rote Rauchwolke fährt mir ins Gesicht. Ich schlucke schwer und schmecke Leben. Nach einigen Augenblicken der Stille legt sich Ruhe über mich wie eine kühlende Decke.

»Das tut mir leid. Ich habe vergessen, dass dein Körper denkt, du würdest immer noch sterben.«

Immer noch sterben? Immer noch sterben! »Bin ich … bin ich tot?«

»Nein, noch nicht. Aber ich musste dich da rausholen. Dloc wollte dich umbringen.«

Die Zeremonie taucht aus meinem Gedächtnis auf. Ja, ich habe versucht, den Schneesturm einzudämmen, aber er war zu viel für mich. Klirrende Kälte. Da war zuerst so viel Schmerz, dann habe ich nur noch die Farbe Rot wahrgenommen. »Also bin ich nicht tot?«

»Was habe ich gerade gesagt? Du bist nicht tot. Unten in Wickery bist du mir klüger vorgekommen.«

Na toll. Ich hoffe aufrichtig, das ist ein Traum, denn ich will nicht den Rest der Ewigkeit damit verbringen, von einer Frau verhöhnt zu werden, deren Haar buchstäblich raucht.

»Das ist ein Traum, oder?«

»Du bist nicht körperlich hier, nur deine Seele.«

»Und du hast mich hierher *gebracht*?« Prüfend blicke ich

mich in dem Raum um. Ein riesiger Kamin bildet den Mittelpunkt der blutenden Kammer. Daneben säumt eine Reihe schmiedeeiserner Kaminwerkzeuge die Feuerstelle aus Stein. Einige Stühle und ein mit Satin bezogener Tisch stehen unbenutzt herum. »Die Albt... die Träume, die ich hatte – warst du das?«

»Ich kann dieses Portal nur zu bestimmten Zeiten öffnen. Und mehrere mögliche Wege haben dich dazu geführt, die Zeremonie nie zu vollenden. Also ja, ich habe dir in deinen Träumen zugerufen. Aber trotz aller Vorbereitungen habe ich nicht geglaubt, dass es reichen würde, wenn Dloc dich angreift. Er ist so melodramatisch.« Erif wendet sich von mir ab und dem Kamin zu, schürt die Glut und die kleinen züngelnden Flammen.

Ich kann nicht mal verarbeiten, was sie sagt. Dloc ist melodramatisch? *Melodramatisch?* »Sind wir für euch alle nur Werkzeuge? Beruht mein gesamtes Schicksal auf deinem Streit mit Dloc?«

Bei meinem Tonfall heften sich ihre kohlrabenschwarzen Augen abrupt auf mich. »Dein Schicksal wird nicht dadurch bestimmt, dass ich dich zum Segnen auserwählt habe. Solche Kontrolle besitze ich nicht.«

»Du besitzt keine solche Kontrolle? Aber du hast mich auserwählt. Du hast beschlossen, mich zu segnen. Hast du dafür nicht gekämpft?« Ich ziehe den Ärmel hoch, zeige meinen kahlen Arm. »Bin ich deshalb so entstellt?«

»Ja, Dloc war starrköpfig, und wir haben darum gekämpft, wer dich segnen darf. Das hält er mir immer noch vor und somit auch dir. Aber du bist nicht entstellt, nur ein bisschen anders. Du bist diejenige, die sich als entstellt sieht, und du bist die Einzige, die das in Ordnung bringen kann«, schnaubt sie abfällig. »Außerdem gibt es kein Schicksal. Nur verschiedene Wege und Ergebnisse, die auf einer Reihe von Entscheidungen der Menschen beruhen.«

Kein Schicksal? Ich habe *kein* Schicksal?

Erif kümmert sich wieder um das kleine Feuer. Ich kann ihr Stochern kaum ertragen. Bin ich ihre Zeit etwa nicht wert? Warum, verdammt noch mal, hat sie mich hergebracht, wenn nicht, um mit mir zu reden? Wollte sie mir nur mitteilen, dass meine gesamte Vorstellung falsch gewesen ist?

Ich trete vor und entreiße ihr den Schürhaken. »Mein Leben ist mehr wert als das hier. Bitte sag mir, was los ist. Wenn ich nicht tot bin, warum bin ich dann hier? Kann ich zurück?«

Sie versetzt mir mit einer weißglühenden Hand einen Stoß. Ich fliege durch den Raum und knalle gegen eine Wand. »Dieses Feuer ist dein Leben, Adraa. Wenn du sterben willst, dann unterbrich mich ruhig noch mal.«

Stumm starre ich auf das Feuer. Mein Leben? *Das* ist mein Leben? Im Augenblick ist das Feuer ziemlich klein. Man könnte es sogar als schwach bezeichnen.

Als die Göttin wieder das Wort ergreift, flüstert sie. »Ich will dir sagen, warum du hier bist. Aber wir müssen deinem Körper und Geist ein wenig Zeit geben, sich anzupassen. Und was deinen Segen betrifft, hier oben geht es genauso politisch und kompliziert zu wie dort unten. Ich habe deine Stärke und deinen Rang gesehen. Da wollte ich dich unter meinem Namen haben.«

»Du wolltest mich wohl eher benutzen«, murmle ich leise.

Sie hört es trotzdem. »Wie habe ich dich benutzt? Nicht ich habe dir das Firelight gegeben. Den Zauber hast du dir selbst ausgedacht. Du hast deine Welt verändert. Ich habe vielleicht geahnt, dass du es *könntest*, aber ich habe nicht gewusst, wie, wann oder *ob* du es würdest. Das hat niemand.«

»Und doch bin ich bei meiner königlichen Zeremonie gestorben.«

Ihre Augen werden rot. Instinktiv weiche ich zurück. »*Fast* gestorben. Fast! Ich habe beschlossen, dich zu retten. Also zeig gefälligst ein wenig Dankbarkeit. Und werde erwachsen, denn wir haben keine Zeit für all deine Problemchen. Ich muss dich warnen, bevor es zu spät ist.«

»Wovor?« Wenn die Albträume eine Warnung davor sein sollten, dass Dloc mich bei der königlichen Zeremonie töten würde, dann werde ich schreien, das schwöre ich.

»Du bist noch nicht bereit, es zu hören. Fast gestorben und hierhergekommen zu sein, ist eine Belastung für den Körper. Und ich mache so etwas zum ersten Mal. Willst du … Tee?«

Irgendetwas stimmt nicht mit ihr. »Nein.« Ich lasse mich auf einem der satingepolsterten Sofas nieder. Vielleicht hat sie recht. Vielleicht ist mein Körper *wirklich* noch beeinträchtigt. Der Schmerz des Schneesturms ist zwar nur noch eine Erinnerung, trotzdem ist er tief in mich gefahren, als hätte mein Mark ihn aufgesogen.

Erif überprüft erneut das Feuer. »Deine Mutter ist begabt. Ich wusste, dass sie es schaffen würde. Das gilt übrigens auch für deine Schwester.«

»Meine … Mutter? Und Prisha? Wovon redest du?«

»Sie erhalten deinen Körper am Leben. Auf der anderen Seite des Kamins.«

Ich starre in die Glut. Im Rauch und in der Asche vermeine ich, meine Mutter über meinem Körper auszumachen. Einen Lidschlag lang flackert Jatin mit abgehärmtem Gesicht in den

Flammen auf. Blinzelnd sehe ich genauer hin, doch das Bild ist wieder verschwunden. »Sie denken, ich liege im Sterben?«

»Ja.«

Abrupt stehe ich auf und stoße den Tisch aus dem Weg. »Bitte bring mich zurück! Das kannst du ihnen nicht antun.«

»Ich brauche dich hier. Ich muss dich warnen.«

»Dann tu es. Um Himmels willen, sag es mir.«

Ihr Blick schnellt zum Feuer. Es ist geringfügig heller geworden. »Ich muss mir erst sicher sein, dass du es schaffst, sonst ist alles vergeblich. Dann bist du wertlos.«

Sie meint damit, dass ich tot sein werde, richtig tot. Auch ich behalte mein Feuer im Auge und versuche, gleichmäßig zu atmen, mir die Lunge mit Leben zu füllen. Allerdings fühlt es sich unnatürlich an, als wäre ich ein Fisch an Land. Denn in dieser Welt gibt es keine Luft, und ich muss nicht atmen.

Das Feuer pulsiert. Inmitten der Flammen wölbt mein Körper abrupt den Rücken durch. Ich sehe die Kante des Behandlungstisches und verschmiertes Blut. Ich will leben.

»Gut. Vielversprechend. Sehr vielversprechend.« Erif wirbelt zu mir zurück und verdreht den Hals dabei unmöglich weit. Mir wird von dem Anblick übel.

»Der Gandhak steht kurz vor dem Ausbruch, und es liegt an deiner Magie.«

Ich zucke zusammen. »Was?«

»Firelight – dein Firelight – ist benutzt worden, um den Gandhak zum Ausbruch zu bringen. In den nächsten Stunden wird die Hauptstadt von Naupure untergehen und ganz Belwar geschmolzen.«

Mein Gehirn versucht zu verarbeiten, was sie mir sagt. Der Gandhak ist kein aktiver Vulkan. Aber Erif muss es wissen.

Immerhin ist sie eine verflixte Göttin. Und sie herrscht über etwas.

»Passiert das *in diesem Augenblick?*«

»Ja, es beginnt gerade. Das hat mir geholfen, das Portal zu öffnen und dich zum ersten Mal hierher zu holen.«

Und sie hat mich die letzten Minuten herumzetern lassen? Mich mein Feuer beobachten lassen? Sie ist *wirklich* verrückt.

»Dann schick mich zurück. Schickt mich *sofort* zurück!«

»Das hoffe ich zu schaffen. Ich möchte, dass du dein Land rettest. Aber hör mir zu – das ist kein gewöhnlicher Ausbruch. Er wird von Firelight verursacht. Rauch, Asche und Lava werden so lange ausgespien, wie es das Magma befeuert. Verstehst du das?«

»Was? Wie …« Gedanken und Ängste explodieren in meinem Kopf. *Mein Firelight? So lange, wie … Das sind zwei Monate!* »Wie kann ich das aufhalten?«

»Ich mag dich gesegnet haben, aber du bist diejenige, die das Firelight erschaffen hat. Ich habe die von mir Berührten nie mit einem solchen Zauber bedacht. Du musst es selbst herausfinden, und zwar schnell. Wenn ich kann, helfe ich dir dabei.«

Erif hebt den Schürhaken an. »Wir sollten nicht länger warten. Das wird jetzt ein bisschen wehtun«, kündigt sie an und betrachtet die züngelnde Flamme an der Spitze des Schürhakens.

Bevor ich protestieren kann, stößt sie mir den Schürhaken in die Brust. Krächzend schnappe ich nach Luft. Ich spüre Feuer und Schmerz und … und …

Schock und Entsetzen lassen meinen ganzen Körper verkrampfen und bringen jede einzelne Zelle zum Stillstand, ich breche zusammen. Warum nur tötet sie mich auf diese Weise erneut? Ich muss doch Belwar retten. Der Raum dreht sich um mich. Ich rase rückwärts, weg von dem roten Raum. Der Schmerz lässt ein wenig nach. Ich spüre, wie mein Herz wieder pumpt, und mir wird bewusst, dass mein Körper die letzten Minuten stillgestanden hat.

»Im bevorstehenden Krieg bin ich auf deiner Seite!«, ruft Erif.

»Krieg? Warte, welcher Krieg?«

»Kümmere dich vorerst einfach um die Aufgabe, die vor dir liegt. Wenn du sie nicht bewältigst, ist der Krieg beendet, bevor er überhaupt begonnen hat.« Sie reißt den Schürhaken aus meiner Brust zurück. Dann fasst sie mich an den Schultern und zieht mich zu sich. »Viel Glück.« Und mit einem Stoß falle ich rückwärts in den Kamin. Ich schreie auf, als er an meiner Haut zerrt und ich hineingesaugt werde.

Meine Eingeweide krampfen sich zusammen. Ich werde mich übergeben müssen. Eine Stelle an meinem Bauch verwandelt sich wieder in die Regenbogenfarben meines königlichen Zeremoniengewands. Ich drehe mich im Kreis, während ich rückwärts falle, bis andere Farben erscheinen.

Kapitel 36

Erwachen in einem Albtraum

Adraa

Japsend kehre ich ins Leben zurück. Meine ausgehungerte Lunge scheint nicht genug Luft zu bekommen.

Mehrere überraschte Rufe fahren mir in die Ohren.

»Adraa?«

»Ist sie wirklich ...«

»Wir haben es geschafft«, flüstert jemand.

Ich blinzle Tränen weg. Mein gesamter Körper fühlt sich wie betäubt an, abgesehen von einem dumpfen Schmerz, der mit einem lebhaften Mantra pulsiert. *Ich lebe. Ich lebe. Ich lebe.* Farben und Licht gleißen um mich herum, dennoch ist es zugleich dunkel, düster. Nur der Schein von Feuer erhellt die drei um mich gedrängten Frauen. Schließlich erkenne ich ihre Gesichter. Zara, Riya und meine Schwester.

Riya schlingt einen Arm um meinen Rücken und hilft mir, mich aufzusetzen. »Es geht dir gut. Du bist in Sicherheit.«

»Ich bin zurück«, stoße ich erstickt hervor.

»Das ist unmöglich. Bist du ... Wie fühlst du dich?«, fragt Zara. Ich merke ihr an, dass es sie juckt, Notizen anzufertigen.

Als ich sie dazu ermutigen will, wirft Prisha mir weinend die Arme um den Hals. »Mach so was bloß nie wieder.«

Die Erde erbebt. Ein dumpfes Grollen wie ein Donnerschlag vibriert durch die Luft. Gläser mit Kräutern fallen krachend zu Boden.

»Was um alles in der Welt war das?«, frage ich, obwohl ich es bereits weiß. Es war weder ein Todestraum noch Einbildung. Erif war genauso echt wie ihre Warnung.

»Zerbrich dir nicht den Kopf darüber. Wir müssen uns darauf konzentrieren, von hier zu verschwinden«, übernimmt Riya die Führung.

Prisha weint nach wie vor in meiner Umarmung. Zara ist ruhig genug, um die besorgniserregende Wahrheit zu verkünden.

»Es ist der Gandhak. Er bricht gerade aus«, flüstert sie bang.

***

»Du kannst nicht gehen. Ich verliere dich nicht noch mal.« Riya stößt mich von Hybris dem Dritten.

Sie hört mir nicht zu. Während ich in eine Fliegerhose geschlüpft bin, habe ich versucht, ihr Erifs Warnung zu erklären, aber sie will mir einfach nicht zuhören. »Ich muss«, betone ich.

»Du bist gerade erst aufgewacht. Deine Eltern und Maharadscha Naupure kümmern sich um die Luft. Jatin ist auch schon dort. Wir müssen die Lage abwägen und dabei helfen, Überlebende in Sicherheit zu bringen.«

Jatin ist schon dort? Überlebende? Ich erstarre, und mein Magen krampft sich zusammen. »Willst du damit sagen, dass Jatin *auf dem* Gandhak ist?«

Wieder grollt die Erde. Wir stolpern alle vier und strecken

die Arme aus, um uns abzustützen. Zara nutzt dafür den nächstbesten Torbogen und betet leise mit gesenktem Kopf.

»Niemand hat ihn dazu genötigt. Man hat sogar versucht, ihn aufzuhalten«, sagt Riya und klingt dabei verzweifelt.

Ich jedoch höre nur eine Bestätigung. Jatin ist auf dem Vulkan. Er wird versuchen, den Ausbruch aufzuhalten, als wäre es eine gewöhnliche Naturkatastrophe wie eine Lawine. Weil er nicht wissen kann, dass er von meinem Firelight geschürt wird. Oh ihr Götter.

»Riya, ich erklärte dir alles später. Aber jetzt gib mir meinen Himmelsgleiter, oder ich muss ihn mir von dir holen.«

Kopfschüttelnd entfernt sie sich von mir und bewegt den Himmelsgleiter hinter sich. »Warum willst du unbedingt sterben? Wenn du zum Gandhak fliegst, kommst du wahrscheinlich nicht zurück. Das ist dir schon klar, oder?«

Sie hat recht. Natürlich hat sie recht. Aber das hat auch Erif. Ich bin die Einzige, die den Ausbruch vielleicht aufhalten kann. Er geht auf meinen Zauber zurück. Meine Magie. Ich bin gestorben, um diese Wahrheit zu erfahren. Also kann ich nicht nachgeben. »Ich weiß.«

»Weißt du ...«, flüstert sie, beinahe zu sich selbst. »Vielleicht hatte mein Vater recht damit, dass du den Menschen hilfst. Damit, was eine wahre Rani ausmacht.« Langsam holt sie Hybris nach vorn und hält ihn mir entgegen. »Ich muss meinen Vater und den Rest der Klinik in Sicherheit bringen.«

Mit festem Griff packe ich Hybris den Dritten. »Danke.«

Prisha läuft mir in die Arme. »Bitte komm mit uns.«

»Ich muss das tun.« Innig drücke ich sie an mich. »Ich hab dich lieb.« Wieder erbebt die Erde, und ich halte sie noch fester.

Über Prishas Schulter hinweg suche ich Riyas Blick. »Bringst du alle in Sicherheit?«

»Ja.« Riya hält sich zwei Finger an den Hals, vermittelt eine deutliche Botschaft.

Ich lege die Hände auf Prishas Schultern und löse sie von mir. »Hey, ich bin gerade erst von den Toten auferstanden. Das kann ich wieder.«

»Solltest du besser«, flüstert Riya.

»Sei vorsichtig«, ruft Zara. »Und nimm das hier mit.« Sie hält mir die beiden Luftblasenmasken für Flüge in großer Höhe hin, die ich Mittal abgeschwatzt habe. Wahrscheinlich werde ich sie nicht brauchen. Wenn die Magie meiner Eltern versagt, sind wir alle tot. Trotzdem nehme ich sie entgegen und danke ihr.

»Nein. Bitte nicht, Adraa«, jammert Prisha.

»Ich muss es tun.« Behutsam ziehe ich mich von meiner Schwester zurück. »Auf Wiedersehen.«

Mit einem Nicken zu allen dreien steige ich auf meinen Himmelsgleiter. Ausnahmsweise scheinen keine Frostlight-Blütenblätter den Übungsplatz zu überziehen. Nur Staub wird aufgewirbelt, als ich mich in die Lüfte erhebe.

***

Ich balanciere auf meinem Himmelsgleiter und kann das Ausmaß der Zerstörung, die sich vor mir erstreckt, nicht recht verarbeiten. Meine Welt ist in Feuerschein getaucht. Der Himmel zeichnet sich als großer dunkler Fleck ab, getüncht in blutendes Rot. Der Gandhak bricht auseinander. Lava strömt seine Hänge wie zornige Narben hinab. Um den Gipfel dampft eine graue Wolkenmasse, so groß wie meine gesamte Stadt. Allerdings steigen die Wolken nicht auf und breiten sich aus, sondern kreisen um ihn wie ein träger Wirbelsturm. In die Asche und den Rauch sind Farbschlieren eingeflochten – Rosa, Orange und Blau kräuseln sich darin und verschwimmen ineinander. Maharadscha Naupure und meine Eltern wirken auf das Gas ein, halten dessen Hitze und Gift von beiden Städten fern. Vorläufig bewahren sie uns vor dem Tod, werden es aber nicht ewig aufrechterhalten können.

Ich fliege durch Asche, weiche im Zickzack anderen Hexen und Zauberern aus, die verzweifelt fliehen. Unterwegs brüllen sie mir zu. Ob ich mich verirrt habe, verwirrt oder dumm bin. Wahrscheinlich haben sie mit allem recht.

Bald weiche ich keinen anderen Berührten mehr aus, sondern umherfliegenden Gesteinsbrocken. Ich schwenke hin und her. Hybris erzittert unter der Menge an Magie, die ich in sein Holz pumpe. Die Asche fällt wie dicker Regen. Dann höre ich es – ein Krachen, als ein Felsbrocken in eine der über der Stadt schwebenden Flugstationen einschlägt. Die gelbe Magie, die unter einem aufgehäuften Erdbrocken kreist, löst sich auf. Gestein ächzt, als das Gebilde in zwei Hälften zerbricht und auf die Stadt hinabstürzt. *Oh ihr Götter.* Ich presse die Lider zu. Wenn das noch eine Stunde – geschweige denn zwei Monate – so weitergeht, werden wir alle vernichtet. Ich muss es beenden.

»*Simaraw!*«, rufe ich. Das Schild ist wenig hilfreich. Ich sinke tiefer, bevor ich rasant über den Rand des Vulkans aufsteige. Auf dieser Seite hat ein Teil des Bergs nachgegeben. Eine Schlammlawine aus Bäumen und Erdreich ist zum Meer hin abgerutscht. *Oh ihr Götter* ...

Jatin ist da unten ... irgendwo. Suchend fliege ich weiter. Auf der Naupure am nächsten gelegenen Seite entdecke ich einen langen weißen Streifen. »*Vardrenni!*«, rufe ich. Mein Blick rast durch die graue Wand, und schließlich erkenne ich, worum es sich handelt. Um Eis, einen Strom aus Eis. *Ja! Den Göttern sei Dank.*

»*Pavria*«, zaubere ich und pflüge durch die Luft.

Meine Füße schlittern über aschebedeckten Matsch, als ich lande und Hybris an meinem Gürtel befestige. Jatin steht weiter vorn und friert die Lava ein, die brodelnd in seiner Nähe fließt. Der Boden wechselt von heißem Rot über abkühlendes Schwarz zu gefrorenem Weiß. Er versucht, sich zum Gipfel vorzuarbeiten und den Vulkan mit kühlendem Eis zu füllen. Wenn ich meinen Löschzauber hinzufüge, schaffen wir es vielleicht.

»Jatin!«, brülle ich.

Er hört mich nicht. Ich kann mich selbst kaum hören.

Rechts von Jatin schießt eine durch Hitze und angestauten Druck verursachte Explosion empor. »*Chiduraerif!*«, rufe ich. Meine Magie umschwärmt die aufsteigende Lava und taucht in das Gestein ein. Die Erde gibt ein Rülpsen von sich, statt Feuer auszuspeien.

Jatin betrachtet die blubbernde Erde, bevor er herumwirbelt und mich erblickt. Der Ausdruck in seinem Gesicht bringt mich den Tränen nahe. Aus seinen Augen sprechen zugleich Qualen angesichts meines Tods und Euphorie über meine unverhoffte Wiedergeburt. In dem Moment weiß ich ohne jeden Zweifel, dass er mich genauso sehr liebt wie ich ihn. Obwohl ich seine Worte über den Lärm der Zerstörung nicht höre, weiß ich, was er sagt. Er ruft meinen Namen.

Kapitel 37

Opferbereitschaft

Jatin

Ich habe mich damit abgefunden, auf diesem Vulkan zu sterben, wenn es sein muss. Zum ersten Mal im Leben hält mich keine Stimme mit den Worten zurück: *Vorsicht, du bist der zukünftige Radscha*. Vielleicht, weil ich in diesem Moment ein Radscha bin und das tue, was ich sollte – mein Land beschützen.

Mir ist bewusst, dass die Trauer mich gleichzeitig verzehrt und auch antreibt. *Adraa ... ist ... tot,* stammelt mein Verstand untröstlich und will es nicht wahrhaben. Aber ich werde nicht sterben, bevor ich weiß, dass es vorbei ist – und ich den Gandhak davon abgehalten habe, noch mehr Menschen zu töten. Das bedeutet, ich muss den Vulkan bezwingen, seine Mündung erklimmen und in seinen Bauch hineinzaubern.

Dafür brülle ich Gefrierzauber wie nie zuvor. Ich entfessle meine Wut, meinen Schmerz gegen diese Naturgewalt. In gewisser Weise ähnelt sie mir, explodiert mit blutendem Herzen. Aber irgendetwas stimmt nicht. Dieser Ausbruch ist anders als der eines gewöhnlichen Vulkans, wie ich ihn mir vorstelle. Überall in der Landschaft entstehen explosionsartig neue Öffnungen, als würde der Druck im Innern der Erde jeden erdenklichen Spalt aufzusprengen versuchen. Soweit ich es beurteilen kann, steht der wahre, gewaltige Ausbruch noch bevor. Dennoch reißen die Explosionen und Lavaströme in Form von blutroten Geysiren nicht ab, und ich zaubere weiter.

Als sich eine Ranke aus rotem Rauch in den Boden schlängelt, drehe ich mich um. Die Erde würgt eine Explosion ab, die mich vielleicht umgebracht hätte. Asche rieselt herab, Hitze flimmert, Donner grollt – inmitten all dessen erscheint mir Adraas Geist. Sie steht einige Meter entfernt, die Hand erhoben, als hätte sie gerade einen Zauber beendet.

Ein Schluchzen schüttelt meinen Körper. *Bin ich vollkommen wahnsinnig geworden? Ja. Ja, das bin ich wohl.* Und doch ist es glücklicher Wahnsinn, wenn sie hier ist. Mir ist egal, in welches Reich sich mein Geist geflüchtet hat, wenn ich dadurch wieder mit Adraa zusammen sein kann. Nie zuvor im Leben habe ich mir etwas sehnlicher gewünscht, als dass sie echt ist, kein von meinem Kummer und vulkanischen Dämpfen erzeugtes Trugbild.

»Adraa?«, brülle ich. »Adraa!«

Wir rennen aufeinander zu, so gut es durch das Minenfeld aus Geröll, Gas und Lava geht.

Dann prallt ihr Körper mit meinem zusammen. Ich halte sie in den Armen. Sie fühlt sich echt an, so echt. Ich kann nicht aufhören, sie zu berühren, sie zu drücken und zu fühlen, wie sie die Geste erwidert.

»Bist du echt?«, flüstere ich.

»Was ist das denn für eine Frage? Natürlich bin ich echt.«

»Ich dachte ... Ich dachte ...« Die Freude darüber, dass ich sie doch nicht verloren habe, erstickt mich förmlich und füllt mir gleichzeitig die Lunge.

Ich nehme ihr Gesicht in die Hände und blicke ihr tief in die feurigen Augen.

»Ich werde nicht noch mal zu spät kommen«, sagt sie lächelnd.

»Aber wie? Wie kannst du hier sein?«

»Das erzähle ich dir später. Jetzt müssen wir erst mal diesen Ausbruch beenden.«

Hitze fegt mir den Rücken hoch, was nur eins bedeuten kann. Lava. Ohne nachzudenken, zaubere ich einen Eisschild und ziehe Adraa hinter mich. Sie denkt ähnlich. Um uns beide herum wallen Rauchwolken auf, die uns zusätzlich abschirmen.

»Das ist mein Firelight!«, brüllt sie.

»Was meinst du?«

Sie zeigt zum Gipfel des Gandhak. »Die Vencrin, Moolek oder beide zusammen haben mein Firelight *in* den Gandhak gebracht. Deshalb haben sie es gestohlen. Deshalb bricht der Gandhak jetzt aus.«

Diese Mistkerle! Waren sie bereit, uns alle zu vernichten? Ich würde gern fragen, woher sie das weiß, doch im Augenblick spielt es keine Rolle. Trotz wochenlanger Arbeit auf den Straßen haben wir diesen Plan nicht aufgedeckt – und nun fliegt er uns buchstäblich um die Ohren. Ich habe ihr versprochen, wir würden herausfinden, was mit ihrem Firelight passiert. Dabei haben wir versagt.

Aber Adraa ist wieder wohlbehalten an meiner Seite. Ein Teil von mir würde sie am liebsten packen und weglaufen. Wir könnten noch entkommen. Unsere beiden Städte würden untergehen, aber sie und ich würden überleben. Ich könnte Adraa haben.

Als sie mich ansieht, weiß ich, dass sie mein Zögern deuten kann. »Jatin, wir sind die Einzigen, die das können.«

Sie hat recht. Bei den Göttern, sie hat recht.

»*Tuhinadloc!*«, brülle ich, entfessle kalte weiße Magie und erzeuge eine großflächige Frostdecke zu unseren Füßen.

Wir klettern. Ich ebne uns den Weg mit einer Schicht aus Eis und Schnee. Adraa drängt die Hitze zu beiden Seiten zurück. Durch die gemeinsamen Kämpfe im letzten Monat haben wir viel gelernt. Wenn ich unten zaubere, deckt sie den Himmel ab. Wir arbeiten in Ringen wie bei einem Gefecht zusammen. Unsere Aufgabe besteht darin, den Boden vor uns zu kühlen und Schritt für Schritt vorzurücken.

»Wie genau unterscheidet sich der Ausbruch durch dein Firelight von einem gewöhnlichen?«, rufe ich.

»Wenn wir nichts unternehmen, geht es noch zwei Monate so weiter.«

Der Magen sackt mir in die Knie. Zwei verdammte Monate. »Und was können wir unternehmen?«

»Weiß ich noch nicht. Sehen wir zu, dass wir es zum Gipfel schaffen, dann versuchen wir, es zu bezwingen. Wenn du den Vulkan von innen kühlst und ich das gesamte Gas freisetze, könnte es klappen.«

Ich nicke. Unterwegs streckt Adraa die Arme hoch und beschwört nahe Wurzeln aus der Erde. Sie erschafft einen Graben zu unserer Linken. Ich folge ihrem Beispiel und lasse rechts einen weiteren entstehen. Plötzlich weiß ich, dass wir es schaffen können. Adraa und ich. Wir verstehen einander blind. Und wir sind mächtig genug.

Also klettern wir weiter und erhöhen mit jedem Schritt die Geschwindigkeit. Schließlich wird die Luft schwer vor Hitze.

»*Tuhinadloc.*« Ich wirke einen Zauber in die Erde. Knisternd bildet sich eine Eisplatte. Wenige Meter über uns brodelt es hinter dem Kraterrand wie in einem Kessel. Durch den schwarz-grauen Schleier kann ich nichts erkennen, aber mir fährt der Geruch von Schwefel in die Nase.

»Ich glaube, höher können wir nicht«, ruft Adraa und streckt die Hand aus, um die Aschewolke aufzuhalten, die uns zu verschlingen droht.

»Reicht das?«, frage ich.

»Bei den Göttern, ich hoffe es.«

Adraa und ich stellen uns breitbeinig hin, sehen uns gegenseitig an und nicken uns zu. Wir bewegen uns im Einklang, um die giftige Luft aus der Grube zu zaubern. Ria, Htrae, Erif, Retaw. Wir beschwören die wichtigsten vier, tun alles, was Gas freisetzt, Erde beruhigt, Feuer dämpft und Wasser begrüßt. Nichts scheint zu helfen.

»Mir fallen keine Löschzauber mehr ein!«, ruft Adraa.

»Erinnerst du dich noch an den gegen Axt in der Nacht, als ich dich zum ersten Mal im Untergrund gesehen habe?«

»Welchen meinst du?«

»Er hat dich mit violetten Flammen beworfen, und du hast sie gebändigt, als hättest du sie in ein Gefäß gesteckt.«

»Oh! Ja, natürlich.«

»Also, wenn du …«

»Wenn du sie abkühlst und ich … Ja! Verstanden.«

»Dann auf drei.« Uns bleibt nicht mehr viel Zeit. Das ist unsere letzte Chance. Ein letzter großer Zauber von uns beiden. Ich sehe zu ihr hinüber. Sie beobachtet mich, wartet darauf, dass ich zu zählen beginne.

»Jatin? Bist du bereit?«

»Ich liebe dich.«

Abrupt nimmt sie aufrechtere Haltung ein. »Ist das jetzt dein Ernst? Jatin, der Vulkan.«

»Ich musste es dir einfach sagen.«

»Ja, ich liebe dich auch!«

Ich lächle. *Solange ich Adraa habe, können wir es schaffen.*

»Auf drei. Eins ...« Ich atme ein.

»Zwei ...« Adraa atmet aus.

»Drei.«

»*Himadloc!*«, brülle ich. Der einfachste Eiszauber, über den ich verfüge. Darauf baue ich auf, füge Schicht für Schicht an Frost, Schneematsch und Schnee hinzu, was mir einfällt. Ein weißer Strahl schießt aus meinen Händen. Aus dem Augenwinkel nehme ich eine Flut roter Ranken von Adraa wahr, und ich höre, wie sie mit einem Zauber die mir ins Gesicht fegende Hitze zu bändigen versucht. Langsam erblüht eine Schicht roter Magie über dem Gipfel des Gandhak, erstickt die Asche und hüllt das Grauen ein.

Ja!

Ich schreie lauter und lauter, bis meine Stimmbänder schmerzen und sich meine Kehle von Asche belegt anfühlt. Meine Gliedmaßen werden taub, da nicht mehr nur meine Arme, sondern auch mein Oberkörper weiße Magie abstrahlt, verhüllt Eis meinen gesamten Körper. Mein Schweiß verwandelt sich in winzige Eiszapfen. Ich kann mich nicht mehr bewegen.

»Jatin, ich glaube, es funktioniert nicht!«, brüllt Adraa.

Ich öffne den Mund, um eine letzte Ermutigung zu rufen, doch ... *Wumm!* Der Gandhak stößt unsere Magie ab. Adraa schreit auf. Ein Hitzeschwall lässt das mit meinem Körper verschmolzene Eis zerspringen, und ich werde rückwärts geschleudert.

***

Tosend bäumt sich die Welt auf. In meinen Ohren klingelt es. Asche schwebt in schweren Flocken vom Himmel.

Mühsam kämpfe ich darum, mich aufzurappeln und zurück in die Wirklichkeit zu finden. *Wo um alles in der Welt bin ich?*

Ah, verdammt. Ich halte mir die Seite. Selbst der kleinste Atemzug sticht mir in den Eingeweiden. Ich glaube, ein paar meiner Rippen sind gebrochen. »*Suptaleah*«, raune ich meinem Körper zu, während ich inmitten all der Asche nach Adraa Ausschau halte. Sie ist wieder verschwunden.

»Adraa?«, brülle ich. Meine Lunge fühlt sich an, als könnte sie jeden Moment explodieren. Knochensplitter scheinen mir die Luftzufuhr abzuschneiden. »*Cyavateleah*«, zaubere ich erneut und lege mehr Kraft hinein. Die Schmerzen lassen ein wenig nach, als mein Körper aufgefordert wird, sie zu vergessen.

»Adraa?«, rufe ich, als ich mich aufrichte. Graue Düsternis wirbelt um mich herum.

»Jatin? Jatin! Wo bist du?«

Endlich. »Adraa!« Ich bewege mich auf den Klang ihrer Stimme zu. Dann erblicke ich sie, nur wenige Meter entfernt. Wir rennen aufeinander zu. Als ich sie erreiche, rumort der Untergrund. Ich glaube, Adraa und ich haben es nur noch schlimmer gemacht. Das war es für uns. Der Gandhak hat genug von unseren Mätzchen. Er wird jeden Moment richtig loslegen.

»Geht's dir gut?«, rufen wir gleichzeitig.

Sie nickt. Das genügt mir.

»Mit Gewalt können wir das nicht in Ordnung bringen.«

»Ich weiß!«, brülle ich, um das Tosen zu übertönen.

Wumm! Gleißendes, unnatürlich rotes Feuer explodiert und sticht durch das Meer aus Grau. Adraa und ich schirmen die

Gesichter ab und können durch die plötzliche Helligkeit alles um uns erkennen. Orangefarbene, rosa und blaue Magieströme ringen mit den Wolken, können die Lava jedoch nicht aufhalten. *Strömen* und *explodieren* erscheinen mir zu harmlose Wörter für die Raserei vor uns. Ich starre in reines, unerbittliches Feuer, ein zwei Monate währendes Inferno, das unsere beiden Städte auslöschen wird. Davor ist mein Leben durch den Verlust von Adraa vor mir zerbröckelt. Jetzt ist es unsere Heimat, die sich in ihre Bestandteile auflöst. Und immer noch scheinen wir machtlos dagegen zu sein.

»Wir müssen in Bewegung bleiben.«

Mehr Ansporn braucht Adraa nicht. Wir rennen los. Meine Lunge protestiert mit einem schmerzlichen Stechen dagegen.

»Irgendwelche Ideen?«, brüllt Adraa.

Ich zermartere mir das Hirn. Wir könnten versuchen, unten von vorn anzufangen, uns nach oben vorarbeiten und den Berg ringsum in Eis zu hüllen. Wir könnten tiefe Gräben erschaffen. Aber irgendwie habe ich das Gefühl, dass beides keine Wirkung erzielen würde. Eine Mauer oder ein Graben würde uns lediglich Zeit verschaffen, höchstens ein paar Stunden. Aber wir müssen es vollständig beenden.

»Können wir das Firelight irgendwie unterwandern? Es so beeinflussen, dass es nicht monatelang anhält?« Mein rechter Arm wird vor lauter Kribbeln taub. Ich schüttle ihn. Dabei wollte ich nur meine Rippen betäuben. *Ich habe wohl ...*

»Nein. Ich habe dafür gesorgt, dass die Lebensdauer nicht beeinträchtigt werden kann«, antwortet Adraa.

»Wir müssen uns was einfallen lassen. Irgendeine Schwachstelle, die nicht mal *du* berücksichtigt hast.« Mein Fuß rutscht ab, und ich stolpere. Ich beschwöre meine orangefarbene Magie für Stärke und Genauigkeit. Aber nichts – mein Berührungsmal wirkt verblasst, und das Taubheitsgefühl in meinem Arm verstärkt sich. *Was zum ...*

Schmerz fährt mir in den Schädel. Ich schnappe nach Luft und umklammere ihn. Meine Sicht verschwimmt. *Was ist nur los mit mir?*

»Jatin?«

»Alles gut.«

Dann jedoch begreife ich, was vor sich geht, und Angst schießt durch mich hindurch. So fühlt es sich also an, wenn man ausbrennt, wenn die Magie in einem zusammenbricht. Oh ihr Götter, es ist schlimmer, als ich es mir je hätte vorstellen können. Ich löse mich förmlich auf.

Mit einem dumpfen Knall lande ich auf dem Boden. Schwarze, wabernde Punkte strömen an meinen Augen vorbei. Schmerz rankt sich um meinen Brustkorb und drückt zu, will nicht länger vergessen werden.

Adraa brüllt und zerrt mich zu sich. Meine Arme baumeln schlaff an den Seiten. Meine Nerven scheinen sich verflüssigt zu haben. Ich versage, lasse sie inmitten all der Zerstörung im Stich. Ich werde sterben. Ihre Stimme klingt weit entfernt. »Jatin! Halt einfach durch. Du ...«

»Adraa, es tut mir leid. Ich bin so ...« Bevor ich den Satz beenden kann, wird die Welt finster.

Kapitel 38

Der Gandhak

Adraa

Ich sollte wissen, wie ich sowohl meine Welt als auch Jatin retten kann. Tue ich aber nicht. Zitternd halte ich Jatins bewusstlosen Körper in den Armen, während mir Hitze ins Gesicht weht. Vorerst ist er unversehrt, nur übel ausgebrannt. Glaube ich. Hoffe ich. Aber ich kann ihn auf keinen Fall schutzlos auf dem Boden liegen lassen. Sonst stirbt er. Also muss ich mich entscheiden – den Vulkan bekämpfen oder Jatins Leben retten.

Ich werde versuchen, dir zu helfen, hat Erif mir versprochen.

»Hilfe! Erif, hilf mir! Ich weiß nicht, wie ich es aufhalten kann.«

Nichts geschieht. Aus der Ferne wogt Lava auf uns zu. Um mich herum bricht die Erde auf, und Dampf schießt hervor. Schwefel findet einen Weg in meine Nasenlöcher und versengt sie. Unsere Eltern … Offenbar wird es allmählich zu viel für sie.

»*Zaktirenni!*«, brülle ich, um Jatins Gewicht tragen zu können. Ich packe ihn unter den Armen und ziehe ihn den Hang hinunter über den Matsch, den er geschaffen hat, um uns überhaupt so weit nach oben zu bringen. Mit einigen grünen Zaubern ziehe ich einen Graben und verbinde ihn mit jenen, die

Jatin und ich bereits angelegt haben. Das verschafft uns vielleicht ein paar Minuten. Aber eigentlich weiß ich nicht, wozu es gut sein soll. Ich bin allein und habe keinen Plan. Panik löst zornige Ausflüchte in meinem Kopf aus. *Natürlich konnte ich es nicht schaffen. Ich habe nicht mal meine Zeremonie bestanden. Ich bin keine Rani. Was hat Erif denn erwartet? Sie hätte wissen müssen, dass ich nicht gut genug bin.*

Ich berühre Hybris den Dritten an meinem Gürtel, dann reiße ich bei dem Gedanken die Hand zurück und brülle meine ganze Wut hinaus. Der Gandhak ist nicht der Einzige, der explodieren kann. Als ich die Lider öffne und einen Blick auf Jatin werfe, während die Erde das Echo meiner Schreie zurückwirft und der Widerhall in meinen Ohren brennt, sehe ich klar. Ich werde ihn nicht verlassen. Ebenso wenig werde ich zulassen, dass mein Land zerstört wird.

Ich wünschte, ich könnte alles rückgängig machen, jede Entscheidung, die zu diesem Punkt geführt hat. Aber ich weiß nicht, ob es dadurch besser geworden wäre. Ohne Erifs Warnung hätte ich diesen Vulkan vielleicht wie bei einem gewöhnlichen Ausbruch in Angriff genommen. Meine Gedanken rotieren. Das haben Jatin und ich gemacht, nicht wahr? Und doch verlangt der Himmel in Blutrot, der Farbe meiner Berührungsgabe, schreiend nach Aufmerksamkeit, heult mein Versagen in die Welt.

Ich mag dich gesegnet haben, aber du bist diejenige, die das Firelight erschaffen hat.

Richtig, ich habe es erschaffen. Ich! Es reagiert auf mich. Und genau das tut es. Ich habe mein Firelight mit mehr von meiner Magie angefacht, und es hat den Gandhak aufgeheizt. Es hat reagiert.

Aber wie beendet man ein Feuer? Man entzieht ihm die Energie. *Meine* Energie.

Das ist es! Ich muss sie zurückholen. Das ist die einzige Möglichkeit. Und ich habe es schon einmal getan. Es kommt Wahnsinn gleich, es erneut und in diesem Ausmaß zu versuchen, aber ich sehe keinen anderen Ausweg.

Ich atme mehrmals tief durch. Wenn ich es umsetzen will, muss ich es richtig anstellen. Zuerst zaubere ich einen Blasenschild um Jatin herum. Dann überlege ich es mir anders, bücke mich, setze ihm eine von Herrn Mittals Masken für große Höhen auf und wirke einen Kreislaufzauber. Falls ... Falls ich es nicht schaffe, hat Jatin immer noch die Möglichkeit, trotz der Asche zu atmen.

Schließlich stehe ich auf und versuche verzweifelt, einen klaren Kopf zu bekommen. Was habe ich in Basus Laden noch mal gesagt? Ich krame in meinem Gedächtnis nach den Worten. Damals ist alles impulsiv geschehen, aus Wut. Aus Panik.

»*Dadti Erif*«, versuche ich es, richte die Arme erst auf den Gipfel des Gandhak und dann auf mich. Der Zauber fühlt sich falsch auf den Lippen an, ist aber nah dran.

»*Pratidadti Erif. Yatana Agnierif.*«

Und so geht es weiter, ohne dass etwas geschieht. Ich experimentiere mit jeder Silbe und hoffe, auf die richtige zu kommen. Unter mir verwandelt sich das harte Eis in braunen Matsch, als sich der Schnee mit Erdreich vermischt. Die vom Boden aufsteigende Hitze sickert in meinen Körper. Schweiß tropft von mir, als würde ich schmelzen.

Nur Meter entfernt strömt Lava den Hang herab und durch unsere Gräben. Wenn sie auf Jatins Eis trifft, zischt und dampft es, dann ist es verschwunden, verschlungen von meinem Feuer. Bald werden Jatin und ich umzingelt sein, gestrandet auf einem matschigen Eisberg inmitten eines Flammenmeers.

Ich bohre die Füße in den schlammigen Schnee und bewege mich mit meinem Zauber, durchströmt vom Tanz der königlichen Zeremonie. *Das ist meine Magie, meine Magie! Und sie wird jetzt auf mich hören, auf niemanden sonst. Ich lasse nicht zu, dass sie so benutzt wird.*

»*Yatana Agni Tviserif!*«

Das ist es. Das hat gefehlt – die Richtung. Ich muss das Firelight nicht bloß entfernen, ich muss es zu mir *zurückholen*. Rasch strecke ich die Arme aus und ziehe sie ruckartig zurück zum Körper, wiederhole den Vorgang in jede mir mögliche Richtung.

»*Yatana Agni Tviserif!*«, brülle ich und zucke vor Intensität zusammen.

Dann passiert es. In der Ferne schillert ein kleiner roter Lichtfleck, und in mir keimt Hoffnung. Ich zaubere, rufe und gestikuliere.

Das Licht kommt rotierend näher und näher, bis ... *zack!* Bis es mich trifft. Das rote Licht fährt in mein Handgelenk und schleudert mich taumelnd zur Seite. Ich stolpere rückwärts. Die Worte des Zaubers bleiben mir im Hals stecken. Der Punkt an meinem Handgelenk, genau an der ersten Stelle meines Berührungsmals, treibt rot leuchtend meinen Arm hoch, bis er verblasst. Ich balle die Hand zur Faust. Verdammt, das hat wehgetan – aber es hat funktioniert. Es hat funktioniert!

Ich schaue zu Jatin hinüber. »Halt noch ein bisschen durch. Jetzt habe ich einen Plan.«

»*YATANA AGNI TVISERIF!*«

Drei Ströme Firelight rasen mir entgegen. Ich begrüße sie

mit einem Lächeln, bis sie in meinen Arm hineinfahren. Mit einem sengenden Brennen treiben sie mich einen Schritt zurück, aber diesmal gerate ich beim Zaubern nicht ins Stocken. Ich denke nicht länger über die Folgen meines Unterfangens nach. *Ich muss das tun.*

Während ich den Zauber aufrechterhalte, verbrauche ich Magie und Energie, doch mit jedem zurückkehrenden Firelight erlange ich wieder, was ich einst dafür aufgewendet habe. Ich gleiche einer Waage, die zwischen Schwäche und Stärke schwankt.

Schon bald rasen Hunderte rote Feuerstrahlen auf mich zu und schlagen in meinen Körper ein. Alle reißen mich zuerst kurz nieder und bauen mich dann sofort wieder auf. So unmöglich es erscheint, sie werden noch heftiger. Und ich falle.

Mit jedem weiteren Zauber fühlen sich meine Firelights weniger wie Licht und Rauch an und mehr wie Pfeile, die meinen Körper durchbohren. Eines trifft mich am Schienbein, und mein Knie knickt ein. Wankend richte ich mich wieder auf. Zwei schlagen in meine Schulter ein und wirbeln mich herum. Wieder muss ich mich auf die Beine kämpfen. Als mir drei in den Bauch fahren, krümme ich mich vornüber. Trotzdem muss ich weitermachen.

Schon bald richte ich mich nicht mehr nur auf, sondern muss mich mit aller Macht hochkämpfen, um auf die Beine zu kommen, meine Position zu festigen und erneut zu zaubern. »*Yatana Agni Tviserif.*«

Eine gewaltige Masse aus Firelight prallt gegen mich, und ich werde durch die Luft geschleudert. Mittlerweile bin ich ein Spielball dieser Macht. Ich kann nicht mal steuern, wo ich lande. Mein rechtes Bein rutscht im Schneematsch aus und verdreht sich. Nadeln, Tausende Nadeln, schießen mir stechend ins Knie. Ich balle im Schlamm die Hand zur Faust, während ich in den Boden schreie. Jeder meiner Muskeln zittert unkontrolliert. Ich ... ich komme nicht mehr hoch.

Aus irgendeinem Grund schießen mir Naupures vor langer Zeit ausgesprochene Worte durch den Kopf. *Stärke ist mehr als der Stand.* Offensichtlich hat er es nicht so gemeint, und doch muss ich nicht stehen, um die Welt zu retten. Ich muss nur zaubern.

»*Yatana Erif Agni Erif Tvis Erif!*«, rufe ich und bette Erif in jedes Wort ein.

Wie vermutet kommen die Firelights weiterhin zu mir, auch ohne dass ich die Bewegungen ausführe oder dabei stehe. Es müssen Tausende sein.

Knack! Der Schild um Jatin herum birst. Ich habe die Grenze erreicht. Da mein Körper nicht mal mehr aufrecht sitzen kann, reicht meine Magie nur noch für diesen einen Zauber, für nichts anderes mehr. Ich drehe mich Jatin zu, kann jedoch nicht durch den roten Schleier sehen, der meine Sicht verhüllt. Es ist wie bei meiner Begegnung mit Erif – ich bin umgeben von Blutrot. Und von Zerstörung.

»Jatin!«, brülle ich.

Aber der Strom der Firelights endet nicht. Daher weiß ich, dass ich noch am Leben und auf dem Gandhak bin. Sie hämmern auf mich ein, werfen meinen Körper hin und her wie ein Schiff auf hoher See in einem Sturm. Jedes Mal, wenn sie mein Bein erfassen, rasen heftige Schmerzen durch meinen gesamten Leib.

Die Lichter verdichten sich zu einem großen Feuerball. Ich irre nicht mehr auf dem Meer herum. Ich gehe unter. Rot schillert über meinem Arm und taucht in jede Vene, die hervortritt wie die Stränge aus Lava, die sich den Vulkan hinab ins

Tal erstrecken. Eine widerliche Ansammlung von Rottönen schwillt an und peitscht auf mich zu. Meine Haut bläht sich in schillernden Schattierungen auf. Ich ... Mein Arm erträgt es nicht länger. Mein Blut ist zu voll von Magie.

Knirsch. Mein linker Arm bricht an gefühlt einem Dutzend Stellen. Ich werde von der Haut über die Muskeln bis zu den Knochen zerrissen. Meine Schreie verdrängen alle anderen Geräusche, jedes Knacken wie von brechenden Zweigen.

Adraa. Du musst weitermachen!, dröhnt Erifs Stimme in meinem Kopf.

Die Hitze nimmt zu und beschränkt sich nicht mehr nur auf meinen Arm. Meine Schulter lodert. Ich kralle an meinem Hals, der sich anfühlt, als würde ich geschnitten oder gebrandmarkt. Als die Schmerzen auf mein Gesicht übergreifen, bestehe ich nur noch aus Schreien. Es wird zu viel. *Lass es enden. Ich kann nicht atmen.*

Adraa! Ich tue, was ich kann, aber du musst weiterzaubern. Du darfst nicht aufhören.

Ich hebe den Arm und versuche, den Zauber zu sprechen. Er dringt als wimmerndes Gestammel von meinen Lippen. *Nein.*

Wenn du je ein Schicksal hattest, dann ist es dieses. Also sei eine Hexe und zaubere.

»Hilf ihm! Hilf Jatin. Wenn du eine Göttin bist, dann hilf uns.«

Manchmal muss jemand sterben, damit andere leben können. Es heißt du und er oder Millionen Menschen. Kämpfe.

»Erif Yatana Agni...« Meine Stimme bricht.

Adraa.

Ich zaubere. Trotz der Rasierklingen, die mir die Kehle zerfetzen, zaubere ich weiter. Mit matten Bewegungen im Dreck deute ich an, was geschehen muss. Ich muss meine Magie weiter aufnehmen, selbst wenn meine Seele zurück zu Erif in den roten Raum flieht. Gefühlte Stunden überzieht mich das Rot mit Qualen, während ich zaubere. Beim ersten Mal war das Sterben so viel leichter. Aber es ist wohl immer einfacher, wenn man nicht damit rechnet. Es zu wissen, ist viel erschreckender.

Doch so darf ich nicht denken. Wenn ich den Vulkan aufhalte, wird jemand kommen und Jatin holen, ihn retten. Wenn ich den Vulkan aufhalte, brennt mein Land nicht vollkommen nieder. Also zaubere ich.

Als ich ausbrenne, verliere ich nicht das Bewusstsein. Ich habe vor Jahren gelernt, über den Punkt hinauszugehen und weiterzumachen, wach zu bleiben. Obwohl ich mir im Augenblick nichts sehnlicher wünsche als Besinnungslosigkeit, das Ende. Die Schmerzen stehlen zugleich die Zeit und dehnen sie qualvoll und unermesslich aus. Mit einer letzten Anstrengung rolle ich mich in die Richtung, in der ich Jatin zuletzt gesehen habe. Ich strecke den rechten Arm aus, bis ich seine Hand berühre. Er fühlt sich wie Eis an. So, wie sich in meiner Vorstellung der Tod anfühlt. Vielleicht bin ich Eis. Oder vielleicht auch Feuer.

So oder so, er darf nicht tot sein. Ich zaubere weiter.

Adraa! Du kannst aufhören. Ich glaube ... Ich glaube ...

Ich murmle weiter, bewege unaufhörlich die Lippen, obwohl längst keine Laute mehr aus mir dringen können. Füße schmatzen im Matsch neben mir und bleiben stehen. Den Göttern sei Dank! Wir sind gerettet. Dann versperren mir dunkelgrüne Schuhe die Sicht auf Jatin. Langsam geht die Gestalt neben mir in die Hocke.

»Ich wusste, dass du etwas Besonderes bist.«

Nein! Nicht er. Nicht er. Ich versuche, mich zu bewegen, doch es ist zwecklos. Ich bin gebrochen.

»Und irgendwie wusste ich auch, dass du es noch bereuen würdest, mein Angebot abgelehnt zu haben.«

Tränen strömen mir übers Gesicht, bis ich endlich Dunkelheit und die Taubheit von Schwärze begrüßen darf. Es ist vorbei. Oder ist es mit mir vorbei?

Adraa?

Adraa …

Kapitel 39

Erwacht

Jatin

Ich öffne die Augen. Und wünschte prompt, ich hätte es nicht getan. Es fühlt sich an, als würde mein Schädel von einem glühenden Schüreisen gespalten. Blinzelnd versuche ich, mich aufzurichten. Mein Kopf pocht nur noch qualvoller. Meine Arme schmerzen, als hätten sich meine Knochen aufgelöst.

»Er ist wach!«, ruft jemand. Türen werden aufgerissen und geräuschvoll zugeworfen. Aus einem Flur ertönt Jubel. *Was geht hier vor sich?*

Plötzlich sinkt das Bett ein. Mein Vater gerät in mein Blickfeld und beugt sich zu mir. »Jatin? Den Göttern sei Dank. Wie fühlst du dich?«

Ich sehe meinen Vater an. »Äh, mein Kopf bringt mich um. Was ist passiert?«

»*Mukleah*«, zaubert er. Blauer Rauch kräuselt sich von seinen Händen und fährt mir in die Stirn. »Dasselbe wollte ich eigentlich dich fragen. Aber mach dir vorerst keine Gedanken darüber. Wie geht es dir? Ist abgesehen vom Kopf alles in Ordnung? Du hast dir vier Rippen gebrochen, die inzwischen geheilt sein sollten. Außerdem hast du üble Blutergüsse und bist natürlich schwer ausgebrannt. Aber sonst ...«

Ausgebrannt. Das ist passiert. Ich bin ausgebrannt. Meine Kurta ist weg. Man hat mir einen weißen Verband um den Oberkörper angelegt. Träume von der Wirklichkeit zu trennen, fällt mir schwer. Vor allem von der Wirklichkeit, an die ich mich erinnere. Flimmernde Hitze in der Luft. Triefender Schweiß. Auf uns zuströmende Lava. Ein Sturz. Und Adraa, auferstanden von den Toten, unmittelbar neben mir ...

»Adraa! Wo ist Adraa?« Suchend sehe ich mich um und hoffe, dass sie gleich hereinstürmt, ohne anzuklopfen.

»Sie ist am Leben. Und es geht ihr gut, wenn man bedenkt ...«

»Wenn man was bedenkt?«, verlange ich zu erfahren.

»Wenn man bedenkt, was sie getan hat.«

»Sie hat es geschafft, oder? Sie hat den Vulkanausbruch aufgehalten. Sonst wäre ich nicht mehr am Leben.«

»Ich bin mir nicht sicher, was passiert ist. Die Belwars und ich waren kurz davor, gegen den Gandhak zu verlieren. Dann hat sich der Berg schlagartig beruhigt und aufgehört, gegen uns zu kämpfen. Was Adraa angeht, hatte ich gehofft, du könntest Licht auf die Ereignisse werfen. Aber das kann warten.«

Mein Herz hämmert wie wild. »Nein, sag es mir! Was stimmt nicht mit Adraa?«

»Es ist nur ein Gerücht. Die Wahrheit muss noch geklärt werden. Körperlich geht es ihr gut. Nur ein paar ... Verbrennungen, aber nichts, was Maharani Belwar nicht heilen könnte.«

»Was für ein Gerücht? Was muss geklärt werden?«

Mein Vater drückt mich an den Schultern nieder. »Du musst dich ausruhen. Wir reden darüber, wenn es dir besser geht.«

»Papa, wenn es um Adraa geht, musst du es mir sofort sagen.«

Kurz hält er inne, dann tritt langsam ein Lächeln in seine Züge. »Du hast mich ewig nicht mehr Papa genannt.«

Ich stutze. »Da hast du wohl recht.«

Ich erinnere mich daran, dass ich nach Adraas Tod in seinen Armen zusammengebrochen bin. Nie hatte ich mich ihm näher gefühlt als in jenem Moment. Als ich ihm jetzt ins Gesicht blicke, fallen mir die dunklen Ringe unter seinen Augen auf. Sein Haar ist zerzaust, ungekämmt. Er sieht schrecklich aus.

Mein Vater zieht mich in eine innige Umarmung. Seine Kurta scheuert über mein Gesicht, und der Winkel ist unangenehm, trotzdem erwidere ich die Geste. Das hätte ich bei meiner Heimkehr und seiner Rückkehr aus Moolek tun sollen. Aber nein, ich war zu verlegen und irritiert. Frustriert von all den Jahren, die ich abgeschoben war. Eifersüchtig auf seinen herzlichen Umgang mit Adraa. Und dann verletzt, als ich für das Einzige, was sich richtig angefühlt hat, getadelt wurde. Aber auch ich hatte meinen Teil dazu beigetragen, mich von ihm zu entfremden, nicht wahr? Nach Mutters Tod haben wir uns beide zurückgezogen – ich mich ins Lernen, er sich in die alleinige Führung des Landes.

»Ich bin stolz auf dich, Jatin«, fährt er fort, ohne mich loszulassen. »Es geht das Gerücht um, Maharadscha Moolek würde behaupten, Adraas Firelight hätte den Gandhak zum Ausbruch gebracht, aber ...«

Ich löse mich von ihm. »Es *war* ihr Firelight.«

»Was?«

»Es war ihr Firelight. Das hat den Ausbruch ausgelöst oder zumindest angefacht.«

Seine Züge fallen in sich zusammen. »Soll das heißen, sie ...«

»Nein, so ist es nicht. Es war ihr Firelight, aber nicht sie hat es dorthin gebracht. Das muss Moolek gewesen sein. Er hat ihre Magie benutzt. Aber Adraa hat es beendet. Du hast ja gesagt, der Gandhak ist schwächer geworden. Sie hat mich gerettet. Uns alle.«

»Adraa hat dich nicht gerettet.«

»Doch. Hat sie wohl.« Sie war als Einzige mit mir auf dem Vulkan. *Wenn sie es nicht war, wer soll es dann gewesen sein?*

»Maharadscha Moolek. Er hat dich gerettet. Tatsächlich hat er uns alle gerettet.«

Kapitel 40

Verbranntes Schicksal

Adraa

Schmerz. Ein rotes Zimmer. Jatin. Ein Vulkan. Noch mehr Schmerz. Ein Paar dunkelgrüne Schuhe.

»Nein!«, kreische ich, als ich erwache.

»*Yatana Agni...*«, leiere ich, bis meine Stimme in die Wirklichkeit durchbricht. Es war ein Traum. Ich liege in meinem Bett. Gedämpftes Licht blendet mich. Schwere Benommenheit trübt meinen Blick.

Dann umhüllen mich die Schmerzen. Mein Hals und die linke Gesichtshälfte brennen. Stöhnend betaste ich mich und entdecke mehrere an meiner Kieferpartie und meiner Schulter angebrachte Verbände. Es war kein Traum.

Eine raue Stimme flucht. »Verdammt!«

Ein Ruck durchläuft mich. Ich bin in meinem Zimmer, aber nicht allein. Wächter sind im Raum, zwei an der Tür, einer an meinem Fenster. Sie versteifen sich, als ich mich aufsetze. Einer greift sogar zu seinem Schwert und flucht erneut. Ein anderer rennt hinaus. Blinzelnd konzentriere ich mich auf die Uniformen. Das Wappen eines grünen Baums ist einfach zu erkennen.

Galle steigt mir in die Kehle. Mooleks Männer.

»Was ist hier los?«

Schweigen.

»Wo ist Jatin? Geht es ihm gut? Geht es meinen Eltern gut?«

Der Wächter, dessen Hand noch am Schwert zögert, schaut zu seinem Kameraden. »Es hieß, sie würde frühestens in Tagen aufwachen.«

»Still.«

»Geht es Jatin gut?«, brülle ich lauter.

»Geh. Sag es ihm«, befiehlt der Wächter dem jüngeren Zauberer, der sich erleichtert zurückzieht und die Tür hinter sich zuschlägt.

»*Radscha* Jatin«, rügt mich der Mann in verbittertem Ton.

»Was?«

»Radscha Jatin für dich.«

Meint er das ernst? »Na schön. Geht es *Radscha* Jatin gut?«

Nichts. Er gibt mir keine Antwort.

Frustration und Angst breiten sich in mir aus. Warum ist dieser Wächter hier? Ich beginne mit einem Diagnosezauber, um mir einen Überblick zu verschaffen. Doch kaum umgibt mich das Rot meiner Magie, rast ein violetter Strahl durch die Luft. Das Weidengeflecht meines Bettpfostens löst sich und peitscht in meine Richtung, schlingt sich wie eine Fessel um mein rechtes Handgelenk. Als ich daran zerre, spannt sich das Geflecht. »Was soll das?«

Ein lavendelfarbener Schleier treibt warnend über der Hand des Zauberers. »Versuch bloß nichts. Ich habe keine Angst vor dir.«

»Wovor solltest du dich auch fürchten müssen?«, gebe ich barsch zurück und zerre mit einem Ruck erneut an der Fessel. Als er nichts mehr erwidert, schlagen meine Verärgerung und

Verwirrung in nackte Wut um. »Antworte mir! Warum?«, brülle ich.

Violette Magie lodert auf. »Weil du und dein Firelight vor zwei Tagen einhundertneunundzwanzig Menschen umgebracht haben. *Darum*, Fräulein Belwar, bist du eine Gefahr für uns alle.«

Mein Volk. Einhundertneunundzwanzig Menschen meines Volks sind tot. Mit der Zahl werde ich für den Rest meines Daseins leben müssen. Mein Firelight.

Aber ich habe es aufgehalten. Oder doch nicht? Würde der Gandhak immer noch ausbrechen, wäre ich tot. Wir alle wären tot. Ohne zu überlegen, zerbreche ich die Weidenfessel mit einem Hieb violetter Magie. Heftige Hitze flammt in meiner Schulter und meiner Wange auf. Das verlangsamt mich – aber nur geringfügig.

Mein geheiltes gebrochenes Bein fühlt sich noch taub und wacklig an. Es knickt unter meinem Gewicht ein, trotzdem kämpfe ich mich humpelnd zum Fenster. Ich muss es sehen.

»Halt!«, brüllt der Wächter, als ich das Fenster erreiche. Ich schleudere eine eigene Handfessel nach hinten und fixiere den Wächter an der Wand. Mit einem Ruck und einem Anflug erstickender Schmerzen reiße ich die Vorhänge auf.

Dann erstarre ich, weil sich die Welt vollkommen grau vor mir erstreckt. Asche bedeckt alles. Jenseits der Tore des Palasts übersäen Holz und Dachschindeln den Boden. In dem Grau zeichnen sich die schwarzen Narben etlicher zerstörter Häuser ab. Aber es stehen auch noch viele, und Zauberer und Hexen durchsuchen die Trümmer. Magie blitzt überall in meiner Stadt. Es wird aufgeräumt, repariert. Und in der Ferne ragt friedlich der Gandhak auf. Kein Feuer, keine Sturmwolken um den Gipfel herum. »Ich habe es geschafft. Ich …«

»Du bist also endlich wach.«

Ein eisiger Schauder durchzuckt mich, als ich die Stimme erkenne. Langsam drehe ich mich um. Und er ist es. Nur er. Die Wächter sind verschwunden. Eine warme Brise weht ins Zimmer, fegt mir durchs Haar und lässt seinen Mantel vom Boden aufwallen. Der grüne Satin seiner Kleidung schimmert in der grauen Welt, die er geschaffen hat. Edelsteine an Manschetten und Nähten reflektieren das fahle Licht, blenden mich, aber ich wage nicht zu blinzeln, während ich Maharadscha Moolek mustere.

»Eine Zeit lang dachte ich, du würdest es nicht schaffen«, sagt er. »Ich bin froh, dass ich mich geirrt habe.«

Rote Flammen züngeln über meine Hand und lecken über meine Schulter. Sie verursachen ein Brennen bis ins Mark meiner Knochen. Ich schiebe eine Hand hinter den Rücken und beginne, ein Messer zu erschaffen. Doch bevor ich den Zauber beenden kann, schlängelt sich ein Folterzauber in meinen Arm und bohrt sich durch das geschwollene Gewebe bis zum gebrochenen Knochen. Mich einem Aufschrei falle ich auf die Knie.

»Vorsicht. Ich möchte nicht, dass die mühsame Plackerei, dich vom Berg zu schleppen, umsonst gewesen ist.«

Keuchend verharre ich auf allen vieren. Die Schmerzen lassen allmählich nach, doch um mich herum dreht sich alles. »Ihr wart das? Ihr habt mich gerettet?«

»Ist das so schwer zu glauben?«

Ja, ist es. Abscheu breitet sich in mir aus. Beim Anblick jener Schuhe dachte ich, er wäre gekommen, um mich zu töten oder sich zumindest daran zu weiden, wie ich im Sterben liege. Aber ... wenn er mich vom Vulkan getragen hat ...

Bohrende Angst lässt meine nächsten Worte flehentlich

klingen. »Wenn Ihr mich gerettet habt, müsst Ihr auch Jatin gerettet haben.«

Er lacht. »Ah, also liegt dir etwas an meinem Neffen. Interessant.«

Ich hebe den Kopf. Unsere Blicke begegnen sich. Ein gefühltes Jahrhundert lang starren wir uns gegenseitig an. Jedes Quäntchen Wissen, das er aufnimmt, fühlt sich wie ein Stich in die Eingeweide an. Ich will nicht, dass dieser Mörder irgendetwas erfährt, vor allem nicht über Jatin. Aber es ist zu spät. Moolek weiß, dass seine nächsten Worte mich komplett aus der Fassung bringen könnten.

Er wendet sich ab und tritt ans Fenster, geht an mir vorbei, als wäre ich nicht vorhanden. »Zu deinem Glück habe ich euch beide lebend gebraucht.«

Zittrig atme ich ein. Erleichterung treibt mir brennende Tränen in die Augen. Jatin ... lebt. »Warum? Warum habt Ihr uns gerettet?«

»Ich bin sicher, das findest du schon bald heraus.« Mooleks Finger streichen über die Vorhänge. Alles wird totenstill. »Eine wunderschöne Aussicht hast du hier.«

Die durch meinen Körper rasenden Schmerzen warnen mich, dass es eine Tortur wird, mich aufzurichten, doch ich muss es wissen. Ich will es von ihm hören. Durch die in den Raum eingekehrte Stille klingen meine Worte besonders laut. »Ihr hättet sie sehen sollen, bevor Ihr sie zerstört habt«, sage ich.

»Du denkst, das wäre ich gewesen?«

Langsam, zittrig, rapple ich mich auf die Knie und stehe auf. »Ich weiß es.« Moolek dreht sich um und beobachtet mich wenig interessiert. »Erif hat es mir gesagt«, lüge ich ihn an.

Ich will ihn bluten, will Angst in seinen Augen sehen. *Irgendetwas!*

Beim Namen der Göttin zieht er nur eine Augenbraue hoch. »Ach ja, das hatte ich vergessen. Du hattest deinen ersten Tod. Hast mit den Gottheiten *gesprochen*. Sobald du dein fünftes Mal hinter dir hast, werde ich beeindruckt sein.« Er schnaubt abfällig. »Du glaubst immer noch, die Gottheiten wollen uns beschützen. In Wirklichkeit hast du keine Ahnung, wie es auf der Welt läuft. Die hat niemand von euch im Süden. Deshalb seid ihr alle so schwach.«

Die Worte meines Vaters tauchen aus meinem Gedächtnis auf. *Moolek zeigt uns deutlich, was ohne Kontrolle der Macht passiert. Man fängt schnell an, sich für gottgleich zu halten.* Gottgleich genug, um über hundert Menschenleben skrupellos auszulöschen. Meine inneren Qualen kochen über.

»*Agnierif!*«, brülle ich. Roter Rauch schießt aus meiner Hand und rast auf ihn zu, verwandelt sich unterwegs in Feuer.

Er schnippt nur mit der Hand und lässt eine Wand entstehen. Dann zerplatzt sein Schild in grünen Rauch, der mein Feuer verschlingt.

Ich springe zur Seite, drehe mich und erschaffe einen Durchdringungspfeil. Ohne zu zögern werfe ich ihn. Allerdings ist Moolek nicht mehr dort, wo ich dachte. Aus den Augenwinkeln sehe ich links von mir Grün aufflammen. Als der Pfeil den Vorhang durchbohrt, trifft mich sein Zauber in die Rippen. Ich krümme mich. Der Schmerz verzehrt mich, überträgt das Brennen in meinem Arm auf den gesamten Körper.

»Wie gesagt. Schwach.«

Im Augenblick bin ich tatsächlich schwach. Ich fühle es. Verbrannt. Verbunden. *Gebrochen!*, schreit mein Arm mich an. Doch der Wut ist das egal. Sie will weiter brüllend aus mir hervorbrechen. »Wir sind stark genug, um uns gegen Euch zu wehren«, behaupte ich mit vor Qualen und Kränkung atemloser Stimme. Ich hebe die Hand und beginne einen weiteren Zauber. Aber eine Fessel aus violetter Magie schnellt durch die Luft, erfasst mein Handgelenk und reißt es zu Boden.

Moolek tritt vor. »Nein, seid ihr nicht. Glaubst du etwa, Erif wäre auf deiner Seite und würde dir ein Schicksal gewähren, durch das du mich aufhalten kannst? Was denkst du wohl, wer mir die Macht geschenkt hat, den Vulkan zum Leben zu erwecken?« Er zieht einen Ärmel hoch, und dichter grüner Rauch kräuselt sich durch die Luft. »Und du glaubst, es würde eine Rolle spielen, dass *du* weißt, dass ich es war?« Er lacht. »Du hast bei deiner königlichen Zeremonie versagt, Adraa Belwar. Sieh dich nur an. Du kannst so viele Rote Frauen anwerben, wie du willst. Du bist nicht mehr von Belang.«

Endlich sind die Worte ausgesprochen, und die Antwort ist klar. Der Gott der Erde hat ihm so geholfen wie die Göttin des Feuers mir. Er hat dem Vulkan meine Magie eingeflößt und ihn dann mit einer gewaltigen Menge grüner Magie unter Druck gesetzt, bis er ausgebrochen ist. Ich schwanke unter der Last der Erkenntnis. Vor allem unter den Worten, die am wahrsten klingen und mich am härtesten treffen. Ich habe versagt. Bei der königlichen Zeremonie. Dabei, einhundertneunundzwanzig Menschen zu retten. Aber warum bin *ich* noch am Leben? Er hat mich gerettet. Wieso?

In meinem Kopf fügt sich etwas zusammen. Jener Wächter hat gesagt, ich hätte mein Volk umgebracht und wäre eine Bedrohung. Natürlich sind das Lügen. Aber Lügen, die er geglaubt hat.

Zu deinem Glück habe ich euch beide lebend gebraucht.

Es ist alles eine von Anfang an geplante Manipulation.

Moolek will mich einschüchtern, nicht töten. Weil er mich braucht. Mein Firelight. *Mein Firelight!*

Ich zerbreche die Fessel und richte mich auf. Er denkt, ich hätte die Rote Frau angeheuert, hält mich bloß für eine Adelige, die – wie er – glaubt, sie hätte das Recht zu herrschen. Etwas hat Erif unmissverständlich zum Ausdruck gebracht – es gibt nur Entscheidungen, kein Schicksal. Ich entscheide mich dafür, nicht klein beizugeben. Er wird für jedes von ihm ausgelöschte Leben bezahlen, und wenn ich dabei draufgehe. »Also steht mein Wort gegen das Eure. Aber Ihr vergesst das Wahrheitsabkommen. Mein Volk wird erfahren, was Ihr getan habt.«

»Ich vergesse nichts, Mädchen. Gar nichts«, flüstert er. Dennoch merke ich ihm an, dass er mich lieber anbrüllen würde, sich nur mühsam beherrscht. Ich habe ihn verunsichert. Und ich stehe noch.

Ohne zu überlegen, reiße ich mir die Verbände vom Arm, dränge den Schmerz zurück und entfessle einen Strom blutroter Magie. Ich achte nicht auf meine Verbrennungen und wanke nicht zurück.

Endlich tritt Überraschung in seine Augen.

»Ich werde auch nichts vergessen«, verspreche ich. »Denkt daran.«

Ein Schwall grünen Rauchs schießt in die Luft. Ich wappne mich. Immerhin habe ich einen Vulkanausbruch aufgehalten. Also kann ich mich auch für ein paar Minuten verteidigen. Nur ein paar Minuten.

Schritte pochen im Flur über den Steinboden. Wir erstarren beide. Lauschend versuche ich festzustellen, ob es sich um die harten Schritte meines Vaters, die schnellen meiner Mutter oder jene von Mooleks Männern handelt.

»Das ist mein Stichwort. Wir sehen uns bald wieder.« Statt auf mich zu feuern, schlängelt sich seine Magie um ihn wie eine Ranke.

Nein! Ich stürme vorwärts, doch von Moolek ist nur noch der dichte Nebel aus grünem Rauch übrig, der aus meinem Fenster zischt. *Wie ... Was für ein Zauber war das?*

Die Tür schwingt auf und knallt gegen die Wand. Meine Eltern stehen auf der Schwelle. Es geht ihnen gut. Bevor jemand ein Wort sagen kann, stürmt meine Mutter auf mich zu und zieht mich in eine Umarmung. Mein Vater folgt dicht hinter ihr. Schließlich geben meine Beine nach, und wir fallen alle drei zu Boden. Ich erschlaffe an meine Eltern gelehnt, sauge ihre tröstliche, bestärkende Wärme auf. Sie berichten mir, dass Prisha in Sicherheit ist, Riya nichts fehlt und Jatin gerade heilt.

Meine Mutter zieht sich als Erste zurück und starrt auf meinen Hals. »Ich dachte, das wären Verbrennungen«, haucht sie, streckt die Hand aus und zögert dann, mich zu berühren. Ich drehe mich, bis ich mich in einem Spiegel erblicke. Und endlich verstehe ich, was Moolek so überrascht hat. Keine Verbrennungen, obwohl es sich genauso anfühlt. Aber es handelt sich ... um mein Berührungsmal. Über der Schulter setzen sich die Muster nun meinen Hals entlang in schillerndem Rot fort, bilden ein verschlungenes Gewirr, das sich wie Ranken aus Feuer bis über meine Kieferpartie erstreckt. Gelächter steigt in mir auf, weil es zugleich wunderschön und schrecklich aussieht. Aber es scheint auch Mooleks größte Angst zu schüren, da ich offenbar doch noch eine Frau von Bedeutung bin, gezeichnet für ein bestimmtes Schicksal.

Kapitel 41

Brodelnde Gerüchte

Adraa

Ein Gerücht kündet von Krieg. Erif hat es angedeutet, doch ich hätte nicht gedacht, dass die nächste Angriffswelle so beginnen würde – mit Worten und Getuschel. Nachdem ich mein Firelight zurückgeholt hatte, konnte Moolek den Vulkanausbruch beenden. Er wird als Held bezeichnet.
Und ich?
Über mich heißt es, ich wäre eine verdorbene, bösartige, machtgierige Frau, die überwältigt wurde, nachdem sie einhundertneunundzwanzig Menschen ihres eigenen Volks umgebracht hatte. Damit soll ich gebrochen werden. Indem ich beobachte, wie Männer in grüner Uniform meine Stadt reparieren und Vorräte heranschaffen. Indem ich bespuckt werde, als ich zum ersten Mal die Klinik betrete, um Verwundeten zu helfen. Indem ich mir Gerede darüber anhören muss, Jatin Naupure wäre anfangs heimtückisch von mir betört worden, hätte aber rechtzeitig die Wahrheit erkannt, um seinem Onkel zu helfen, meine bösen Pläne zu vereiteln. Eigentlich ist es ziemlich ausgeklügelt. Deshalb hat Moolek mich gerettet. Die gewünschte Ehe zur Spaltung des Südens von Wickery hat er nicht bekommen, also hat er das Gebiet stattdessen verwüs-

tet und der Welt gegeben, was sie wollte – eine Schurkin. Der Gandhak war von Anfang an als Ausweichplan vorgesehen. Davon bin ich überzeugt. Eine mit meiner Magie gelegte Bombe, um mich entweder zu kontrollieren, wenn ich mich mit ihm verbündet hätte, oder um mich zu vernichten, wenn nicht.

Aber weil ich das weiß, weil ich weiß, dass jedes schlechte Wort über mich eine Lüge ist, breche ich nicht zusammen. Zumindest ... nicht völlig.

Einhundertneunundzwanzig, dröhnt es mir durch den Schädel. *Mein Firelight*, folgt bald darauf als nagender Gedanke. Das Spiel war von Anfang an festgelegt, nur habe ich mich für die falschen Züge entschieden. Deshalb konnte ich Moolek nicht daran hindern, meine Leute zu töten. Und obwohl man einem Schwert nicht vorwerfen sollte, dass es zusticht, knicke ich innerlich nach und nach ein. Denn da mein Land denkt, ich hätte diese Menschen umgebracht, fühlt es sich so an, als wäre es wahr.

Jatin gehe ich aus dem Weg. Ich habe ihm ausrichten lassen, dass er mich nicht besuchen soll. Zwar kann ich mein Herz nicht zwingen, ihn nicht mehr zu lieben, aber ich kann auch nicht verhindern, dass mir mein Gehirn all die Gründe aufzählt, warum wir kein Paar mehr sein sollten. Also setze ich mich nicht damit auseinander. Als mir das von Willona angeführte Küchenpersonal gesammelt einen von Jatins Briefen überbringt, bedanke ich mich und lege ihn zu ihrem Verdruss beiseite. Zara und Prisha haben sich in den Dienst an der Klinik gestürzt. Alle arbeiten, während ich heile. Sie versuchen, mich vor weiteren Spuckattacken, weiteren Beleidigungen oder, schlimmer noch, vor einem Anschlag abzuschirmen. Wie in alten Zeiten, bevor Mord in unser Leben getreten ist, stelle ich fest, dass Riya als Einzige bereit ist, über die Gerüchte zu reden, statt sie zu umschiffen. Und Riya finde ich immer.

Im Augenblick wringt sie ein sauberes Handtuch aus und wischt ihrem Vater damit die Stirn ab. »Weißt du, ich glaube, den Leuten ist es immer verdächtig vorgekommen, dass Firelight praktisch nichts kostet. Für sie ist es einfacher, daran zu glauben, du hättest ihnen das Firelight berechnend untergejubelt und sie verraten, als an altmodische Herzensgüte.«

Mir entringt sich ein schweres Seufzen. »Dabei möchte ich, dass die Menschen bei Belwar zuerst an Güte denken, nicht an Banden, Drogen und Verkommenheit. Und jetzt nehmen sie genau das von mir an.«

»Na ja, im Augenblick nur eins davon. Du bist keine drogensüchtige Vencrin, die Blutlust benutzt, um Macht anzuhäufen. Zumindest« – sie zieht die Augenbrauen hoch und grinst – »noch nicht.«

Ich werfe ihr einen Blick zu. »Sehr komisch.« Allerdings hat sie nur halb recht. Einige sogenannte Zeugen wollen gesehen haben, wie die Vencrin mein Firelight transportiert haben, was mich mit dem Drogenring in Verbindung bringt. Wo waren diese Zeugen, als ich als Rote Frau durch die Straßen gezogen bin? Und mehr noch, warum ist Dunkelheit so viel einfacher zu verdauen als Licht?

»*Pravleah*«, zaubere ich über die Beschwörung meiner Mutter.

»Danke, Adraa«, flüstert Riya.

»Nicht nötig. Er ist derzeit der einzige Patient, der sich nicht von mir angewidert fühlt.«

Riya starrt ihren Vater an. Das Handtuch tropft. »Weißt du, er hatte *doch* recht. Dein neues Berührungsmal. Die Zeremonie. Die Liebe der Menschen. Nichts davon macht dich zu einer Rani. Aber was du geopfert hast, ist für mich ...« Sie schaut auf. Riya kommt mir zuvor, indem sie aufsteht, mir förmlich entgegenfällt und mich innig umarmt. »Es tut mir leid«, sagt sie und drückt mich.

Ich umklammere sie fest und bemerke, dass sie einen roten Choli trägt, als wäre ich an jenem Tag ihre Rani geworden, ganz gleich, was man über mich sagt. »Ich bin diejenige, der es leidtun sollte. Ich hätte dir nichts davon verheimlichen sollen.«

Sie zieht sich zurück. »Weißt du, gelegen hat es nur an ...« Sie verstummt und wirft einen Blick auf ihren Vater.

Schuldgefühle. Vorwürfe. Verantwortung. Jedes der Wörter könnte als Nächstes kommen, doch die Wahrheit ist eine Mischung aus allen dreien. Etwas Unbenennbares, das seit Tagen auf meiner Haut knistert. Und da ich ahne, was sie meint, unterbreche ich sie. »Ich weiß. Du brauchst es nicht auszusprechen.«

Riya stimmt ein Lachen an. »Den Göttern sei Dank.« Sie umarmt mich erneut. »Aber etwas muss ich dir sagen. Wenn es wir gegen die Welt heißt, Adraa, werde ich an deiner Seite sein. Als deine Freundin.«

Zum ersten Mal seit Tagen spüre ich, wie ich lächle. »Auch das habe ich schon gewusst.«

***

Geheilt werde ich von meiner Mutter. Mein Bein ist nur gebrochen, mein Arm hingegen regelrecht zertrümmert. Deshalb kommt statt Zara oder jemand anderem jeden Tag meine Mutter mit frischen Verbänden. Wir verfallen in eine Heilerin-Patientin-Beziehung, bis ich eines Tages aus dem Fenster auf die Asche draußen starre und sie unverhofft das drückende

Schweigen bricht. »Ich habe dir nie viel über mein Leben auf Pire erzählt.«

Ich drehe mich so schnell um, dass ihr die Verbände, die sie gerade um meinen Arm wickelt, aus den Händen gerissen werden. Ein stechender Schmerz durchzuckt meine Schulter.

»Vorsicht«, warnt sie.

»Du wolltest nie darüber reden. Niemals.«

»Ja, stimmt. Die Kultur dort ist ...« Sie verstummt. »Für Mädchen ist es hart. Die Kluft zwischen Männern und Frauen ist viel deutlicher als hier. Mein Vater hat bei meiner Geburt geweint – das gehört zu den ersten Dingen, an die ich mich aus meiner Kindheit erinnere. Man hat mir gesagt, dass er vor Verzweiflung geweint hat, weil sein erstes Kind ein Mädchen war. Die einzige Möglichkeit für eine Frau, etwas wirklich Wertvolles zu tun, bestand darin, Heilerin zu werden. Also bin ich zur Besten im Land geworden und habe es dann so schnell wie möglich verlassen. Dein Vater glaubt, er hätte mich ausgewählt. In Wirklichkeit habe ich darauf hingearbeitet, mir seine Aufmerksamkeit gesichert. Er war so witzig und gutaussehend. Aber ich habe in Belwar auch meine einzige Chance gesehen, zu entkommen und mich zu beweisen.«

Ich sehe meine Mutter unverwandt an. Der Knick in ihrer Nase ist mir noch nie so ausgeprägt vorgekommen. Im Alter von zwölf Jahren habe ich den Versuch aufgegeben, zu erfahren, wie sie einst gebrochen ist und warum sie nie gerichtet wurde. Hat sie sich beharrlich zu antworten geweigert? Oder habe ich einfach aufgehört, danach zu fragen?

»Die Gesellschaft will uns weismachen, wir bräuchten als Frau einen Mann, um etwas zu gelten. Das stimmt nicht. Und es tut mir so leid, Adraa. Ich habe dich in die Ehe und eine Führungsrolle gedrängt. Als wir in jener Nacht damals zum

Azur-Palast gestapft sind, hatte ich solche Zweifel. Trotzdem habe ich nicht versucht, deinen Vater davon zu überzeugen, dass es für dich noch zu früh war. Wir hatten gar nicht erkannt, was aus dir werden könnte.« Mit beiden Händen ergreift sie meine unversehrte rechte Hand. »Damals habe ich dir nur einen Weg zugestanden – unseren. Und damit hätte ich dich beinahe umgebracht.«

Noch nie zuvor habe ich ernsthaft mit dem Gedanken gespielt, meinen Eltern – insbesondere meiner Mutter – anzuvertrauen, dass ich die Rote Frau bin. Ich wollte nie, dass sie dieses Geheimnis erfahren. Ihr Zorn, ihr Unverständnis und die Gewissheit, dass sie es mir verbieten würden, haben dafür gesorgt, dass ich auf der Hut geblieben bin. Ich konnte vorhersehen, wie bei der kleinsten Andeutung alles ein Ende gehabt hätte. Trotzdem liegt es mir in diesem Augenblick auf der Zunge.

»Ist schon gut, Mama. Ich wollte es ja. Ich wollte eine Rani werden, wollte Belwar verbessern. Ich wollte sogar Jatin irgendwann heiraten. Aber jetzt ...«

»Das kannst du alles immer noch.«

»Aber ich habe versagt.« Die Worte klingen hässlich und bohren sich tief in mich, pflanzen eine Saat drückender Niedergeschlagenheit, die prompt wurzelt und gedeiht. Ich habe versagt. Bin gescheitert.

»Du hast das Land gerettet. Das ist kein Versagen. Und du wirst uns weiterhin retten.« Sie hebt meinen Kopf an, zaubert einen beruhigenden rosa Nebel und entfernt damit die Tränen von meiner Wange. »Dafür kämpft die Rote Frau doch, oder?«

Ich erstarre. Die Hitze der Scham in mir erkaltet schlagartig. *Was hat sie gerade ...*

»Du ... Du weißt es?«

Schon ihr verhaltenes Lächeln verrät genug. Ihr Nicken noch mehr. Sie weiß es. Sie weiß Bescheid und brüllt mich nicht an.

»Aber wie ...«

»Zunächst mal bin ich deine Mutter. Zweitens bin ich wesentlich mehr als eine Heilerin. Was meinst du wohl, wer Beckman beauftragt hat? Oder wer Hiren und die anderen vertrauenswürdigen Wächter in jener Nacht damals losgeschickt hat? Die Hälfte der Leute, die vor der Klinik Schlange stehen, sind Spitzel.«

Bei den Göttern! Ich springe auf, laufe rastlos hin und her. Meine Mutter ... *Meine* Mutter ... Schon die ganze Zeit ... »Willst du damit sagen, du kennst nicht nur meine Geheimnisse, sondern auch die aller Menschen in Belwar?« Was hat Prisha einmal gesagt? Dass Mama in der Klinik gefangen ist und wie eine Frau behandelt wird, die nur dafür taugt, Tränke herzustellen?

Sie steht auf. »Vielleicht nicht aller in Belwar.« Eine kurze Pause, ein leichtes Kopfschütteln. »Bitte denk nicht, du hättest versagt. Denn trotz all meiner Informationen wusste ich nichts vom Gandhak oder deinem Firelight. An dem Tag, an dem du mit Jatin in den Palast gekommen bist, war mir klar, dass du auf der Jagd nach Moolek sein musst. Aus Angst habe ich dich aufgehalten und zur Klinik gelotst. Wenn also jemand versagt hat, Adraa, könnte man eher mit dem Finger auf mich zeigen.«

Ich dachte immer, meiner Mutter gehe es nur darum, wie ich mich der Welt präsentiere. Das jedoch ... geht weit über Schönheit und Etikette hinaus. Kopfschüttelnd versuche ich zu verarbeiten, was ich erfahren habe. »Ich mache dir keine Vorwürfe. Es fühlt sich zwar irgendwie an, als sollte ein Teil von mir wütend sein. Aber nach allem, was passiert ist ...« Dann ereilt mich eine Erkenntnis, und ich wirble herum. Beckman ist von ihr geschickt worden. Sie hat mich beschützt. Und dennoch... »Aber jetzt bin ich sicher, dass du dich irrst. Du glaubst, du hättest mir nur einen Weg zugestanden. Tatsächlich hast du zugelassen, dass ich mich selbst gefunden habe.« Meine Mutter hat mir gestattet, zu erkennen, dass ich ebenso sehr die wilde Jaya Rauch wie Fürstin Adraa Belwar bin.

Lächelnd legt sie mir die Hand auf die Wange. »Tja, ich mag die Rote Frau sehr.«

Ich umarme sie, und einen kristallklaren Moment lang ziehen sich das Versagen, die Gerüchte und die Verwüstung zurück, und ich bin einfach nur eine Hexe. Keine unter Erwartungen erstickende, entstellte Thronerbin. Kein in Schuldgefühlen versinkendes, unschuldiges Ungeheuer. Eine Hexe, die dafür akzeptiert wird, dass sie über beides erhaben ist. Darin spüre ich Kraft.

»Und Adraa...«

»Ja?«

»Ich mag auch deinen Partner.« Meine Mutter legt Jatins Brief auf meinen Nachttisch. »Übrigens hast du ihn gut unterrichtet. Falls er je in der Klinik arbeiten will, hat er meine Zustimmung.« Sie hält ein kleines Glas hoch, nickt und stellt es mit einem leisen Klirren auf den Nachttisch, bevor sie die Tür hinter sich schließt. Eigentlich gehe ich nur aus Neugier hin, werde jedoch für meine Mühe belohnt. Auf einem um den Deckel des Glases gebundenen Zettel steht: *Ich dachte mir, das könntest du bald brauchen.* Ich schraube den Deckel ab und finde im Glas den Trank gegen meine Krämpfe, den zu brauen ich Jatin beigebracht habe. Oh ihr Götter. Er macht es einem *schwer*, ihn nicht zu lieben.

Als ich mich schließlich dazu aufraffen kann, reiße ich den

Umschlag auf und starre auf seine Worte. *Für die junge Frau mit den vielen Namen, die Rosa mehr als alles andere bevorzugt.*
Darunter ist das Papier leer.
»*Gharmaerif*«, zaubere ich. Und als Wärme die Botschaft erhellt, lese ich meinen ersten echten Liebesbrief.

Kapitel 42

Eine Entscheidung

Jatin

Zwei Wochen, nachdem Adraa und ich den Gandhak erklommen haben und sie ihr Firelight zurückgeholt und uns alle gerettet hat, findet die Totenwache statt. Ich stehe allein auf dem Vulkan. Schichten aus schwarzem Schlamm ziehen sich in Wellen über die Landschaft und lassen sie zerknittert aussehen. Unten erstreckt sich ein Wald, ein Meer von Baumstümpfen ohne jedes Grün bis hin zur Küste, wo der Berg ausläuft. Von hier oben habe ich eine perfekte Aussicht auf Adraas Stadt und meine. Ich kann sehen, wie weit Asche gefallen und Lava geströmt ist. Brokatbanner flattern über beiden Städten zum Gedenken an die Gefallenen.

Die anbrechende Nacht beginnt, den Himmel seiner Farben zu berauben. Aber noch wehrt sich die Sonne und tüncht die dichten Wolken in Orangetöne. Die Menschen versammeln sich friedlich auf den Straßen, alle mit einer Kerze gegen die Dunkelheit. Es dauert einen Moment, bis man erkennt, dass jeder kleine Lichtpunkt für einen Bürger oder eine Bürgerin steht. Zu meiner Rechten sind Belwarer, zu meiner Linken Naupurer. Früher hätte mir der Anblick all dieses Lebens, für das ich verantwortlich bin, ein mulmiges Gefühl im Magen beschert. Nun empfinde ich nur Dankbarkeit dafür, dass so viele kleine Flammen die nahende Dunkelheit erhellen.

Irgendwann wird mein Onkel für die einhundertneunundzwanzig Menschenleben bezahlen. Noch vor Tagen hätten die Leute das hellere, zuverlässigere Firelight statt der minderwertigen Kerzen benutzt.

Der Gedanke beschäftigt mich so sehr, dass ich Adraa erst bemerke, als sie neben mir landet und der Wind an ihrem Rock zerrt. Wir starren uns gegenseitig an, bis sie meinen Brief und den Trank hervorholt, den ich für sie gebraut habe. »Weißt du, unter normalen Umständen wäre das ein ziemlich seltsames Geburtstagsgeschenk«, sagt sie lächelnd.

Reine Glücksgefühle umhüllen mich. Ich hatte gedacht, sie würde vielleicht ... Nein, ich wusste nicht, was ich denken sollte. Nur, dass sie mich nicht sehen wollte. »Nächstes Jahr lasse ich mir etwas Besseres einfallen.«

Sie lacht. »Allein, dass du weißt, wann es bei mir so weit ist ...« Sie hält meinen Brief hoch. »Aber ich glaube, ich habe heute etwas noch viel Interessanteres erfahren.«

Ich trete auf sie zu, verringere den Abstand zwischen uns. »Und was?«, frage ich.

»All die Jahre dachte ich, du hättest versucht, kitschig zu sein, als du mir diese *Liebesbriefe* geschickt hast. Aber du *bist* so kitschig.« Sie senkt den Blick und liest. »Obwohl ›mit einem Schlag ins Gesicht zur Vernunft gebracht‹ ein bisschen hart klingt. Können wir uns endlich darauf einigen, dass es bestenfalls ein Klaps war?«

Ich zucke mit den Schultern. »*Schlagen* gibt eine bessere Geschichte ab. Und ich musste ja die Tradition wahren, sonst hättest du vielleicht nicht geglaubt, dass der Brief von mir stammt.«

Das gefällt mir. Vor allem gefällt mir, dass wir wieder wir selbst sein können, als hätte sich nichts geändert. Andererseits hat sich alles geändert. Unter uns breitet sich Ödland aus. Ich trete einen weiteren Schritt vor. »Aber wie der kitschige Teil wohl beweist, habe ich offenbar immer gewusst, dass ich dich liebe.«

Sie schwenkt das Papier, und ihr Lächeln verblasst. »Bist du sicher, dass du das solltest?«

Im dämmrigen Licht sehe ich es. Ich habe mit Verbrennungen gerechnet, aber es ist ... es ist ihr Berührungsmal. Frische blutrote Wirbel ranken sich über ihren Hals. Statt eines Geflechts aus Blumen und Kreisen wie die meisten Berührungsmale scheinen diese Stränge um sich zu peitschen und sich ineinander zu verschlingen. Der Anblick ist wunderschön.

Ich trete noch näher zu ihr und streiche mit den Fingern über die Muster. »Das ist einschüchternd. Aber ich denke, mein Ego verkraftet es, dass du mächtiger bist als ich. Tatsächlich bin ich mir ziemlich sicher, dass du es immer gewesen bist.«

Sie lehnt sich meiner Hand entgegen und gibt einen erstickten Laut von sich, halb lachend, halb schluchzend. »Das habe ich nicht gemeint.«

»Was dann? Mooleks Lügen? Die königliche Zeremonie?«

Sie zieht sich zurück. »Ja, das alles. Die Menschen sehen dich immer noch so, wie du bist – gut.« Sie deutet auf die Masse der Trauernden mit ihren Kerzen. »Krieg steht vor der Tür, Jatin, und für Naupure wäre es vielleicht besser, wenn man dich nicht mit mir sieht. Und wenn du« – sie atmet tief ein – »jemand anderen heiratest.«

Mein Körper reagiert, als würde ich sie erneut verlieren.

Kalter Schweiß. Hämmerndes Herz. Aber jetzt geht Verärgerung damit einher. Das kann sie nicht ernst meinen.

»Trotzdem habe ich gehofft, wir könnten weiterhin ein Team bleiben.« Sie streckt mir den linken Unterarm entgegen – als könnte es unsere Gefühle füreinander auslöschen, wenn ich einschlage.

Stirnrunzelnd mustere ich sie. Ihre Augen sind feucht. Ihre Hand umklammert meinen Brief. Sie meint es nicht ernst.

»Ich werde keine andere heiraten.« Abrupt schnellt mein Arm vor. Ich packe mit der Hand ihren rechten Ellbogen und ziehe sie an mich. Sie stolpert mir entgegen, Körper an Körper. Ich beuge mich vor. »Glaubst du, wir könnten je weniger als ein Paar sein?«

Einen Hauch von ihren Lippen entfernt halte ich inne. Indem ich den Griff lockere, stelle ich sie vor die Wahl. Sie soll mich entweder wegschieben oder mich küssen. Mit einem Mittelweg, bei dem wir zwar zusammenarbeiten, ich sie aber nicht berühren darf, kann ich nicht leben.

Wir starren uns gegenseitig an. Ich weiß, dass sie es versteht. Wir sind dazu bestimmt, zusammen zu sein. Und nicht, weil man uns dazu gezwungen hat. Wir haben gewählt. Sie muss sich entscheiden.

»Du hast recht«, flüstert sie.

»Normalerweise schon.«

»Übertreiben wir mal nicht.« Damit packt sie mich an der Kurta und zieht mich zu sich. Ihr Mund verschmilzt mit meinem. Ich begrüße sie freudig. Einen Arm lege ich um sie und halte sie fest, mit der anderen Hand erkunde ich das neue Berührungsmal an ihrem Hals. Es fühlt sich gleichzeitig wie eine Heimkehr und wie ein Aufbruch zu einem Abenteuer an. Wärme strahlt durch meinen Körper. Den Göttern sei Dank, dass sie auf mich gehört hat. Mit ihr in den Armen fühle ich mich, als könnte ich alles überwinden.

Etwas erhellt hinter meinen Lidern den Himmel.

Adraas Aufmerksamkeit schnellt in die Richtung. Sie dreht den Kopf und starrt auf ein grelles rosa Licht, das in den Himmel schießt. Auch ich erschrecke und schaue furchtsam zum roten Leuchten des Gandhak, das den Horizont erobert. Aber ich brauche nur einen Herzschlag, um zu begreifen. Oh ihr Götter, es funktioniert. Es funktioniert tatsächlich!

»Jatin, was ...«

Schnell drehe ich mich wieder Adraa zu. »Ich habe an etwas gearbeitet. Es ist ein Zeichen. Für alle, aber insbesondere für Unberührte.« Ich bin völlig aus dem Häuschen. Ein Lächeln breitet sich über mein Gesicht aus, während ich tief in der Tasche nach meiner noch unbenannten Erfindung krame. »Du hast mich dazu inspiriert«, erkläre ich und ziehe einen Zylinder mit einer kleinen Kugel an der Spitze heraus. Frostkristalle glitzern am Griff, während Adraas Firelight die Kugel rot schimmern lässt. Einem neuen Zweck zugeführt.

»Du hast deine Magie abgefüllt?«, fragt sie und greift danach.

»Besser, als sie in Kugeln in meinem Zimmer herumliegen zu lassen.« Ich drücke ihre Hand. Sie hat es noch nicht erkannt. »Aber das ist auch von dir, Adraa. Es ist Firelight. Ich habe Berichte erhalten, dass die Menschen jede Kugel zu zerstören versuchen, die sie finden. Auch Mooleks Männer sind herumgezogen und haben sich das Firelight geholt. Also habe ich alle meine Wächter losgeschickt, um es einzusammeln. Vor allem Kalyan hat sich bei der Suche ins Zeug gelegt.«

Sie starrt auf den Lichtstrahl in der Ferne. Er ist nicht ganz rosa. Weiß und Rot erstrecken sich verwoben in den Himmel.

»Und was zeigt es an?«, fragt sie.

»Dass wir gebraucht werden.« Ich löste meinen zweiten Himmelsgleiter vom Gürtel, und mit aufwallendem weißem Rauch fährt er aus. »Ich könnte meine Partnerin gebrauchen.«

Kapitel 43

Wir überleben

Adraa

Mein Leben lang habe ich darum gekämpft, gut in Magie zu sein. Ich habe hart für meine Erfolge gearbeitet und bin am Ende doch gescheitert. Aber das bedeutet nicht, dass es so bleiben muss. Auf lange Sicht werde ich mein Land nicht enttäuschen. Denn es ist immer noch mein Land, auch wenn ich nie als Rani darüber herrschen werde.

Ich bin am Leben. Ich bin noch hier. Und das wird Moolek eines Tages zum Verhängnis werden.

Ich schaue zu Jatin, dessen Gesicht ein weißer Schimmer verhüllt. »Bereit?«, fragt er.

Was sind wir doch für ein Paar, der Held und die Schurkin von Belwar, zusammen an dem Ort, der uns vor wenigen Tagen umzubringen versucht hat. Und dennoch haben wir entschieden, uns zu erheben und zusammen zu bleiben. Ich weiß nicht, was die Zukunft bringt. Ich habe kein Schicksal, keinen von den Göttern und Göttinnen vorgezeichneten Weg. Aber ich werde wieder aufstehen. Jatin und ich als weiß und rot maskierte Hüter – wir werden zusammen wieder aufstehen.

Meine Magie strömt von meinen Händen, und die rote Maske fügt sich wirbelnd an ihren Platz. »Bereit.«

Anmerkung der Autorin

Ich kann nicht genau sagen, wann mich die Inspiration zu *Cast in Firelight* ereilt hat. Es war eine Mischung aus alten und neuen Ideen, die sich miteinander verwoben haben. Ich kann jedoch sagen, dass die Welt, in der die Geschichte spielt, von meinem Ehemann und unseren Gesprächen über Kultur, Kinder und das Zusammenleben als interkulturelles Paar.

Einige Leserinnen und Leser werden vielleicht enttäuscht sein, dass die Geschichte keine Own-Voice-Erzählung ist. Man könnte mich mit meiner hellen Haut (und einem der wohl englischsten Namen, die es gibt) ansehen und sich fragen, warum ich eine Fantasiegeschichte erschaffen habe, in der keine der Hauptfiguren wie ich aussieht. Für mich ist die Antwort einfach – weil sie stattdessen so aussehen, wie es meine Kinder einmal werden.

Es war für mich eine Ehre, von der Familie meines Ehemanns akzeptiert zu werden. Und da ich so großzügig in ihre Kultur eingeweiht und in die Familie aufgenommen wurde, habe ich in der Manier von Fantasy-Autoren begonnen, mir eine Welt vorzustellen, die meine Erfahrungen einschließt. So ist *Cast in Firelight* als Mischung meiner beiden Welten (und natürlich einer gehörigen Portion Fantasie) entstanden.

Vielen Dank, dass du *Cast in Firelight* gelesen hast. Ich bin allen unendlich dankbar, die es mir ermöglichen, die Vorstellung zu teilen, dass *jeder und jede* der Held oder die Heldin einer Geschichte sein kann. Vor allem Menschen wie Adraa, die vielleicht an ihrem Wert zweifeln und auch mal scheitern ... aber niemals aufgeben.

Danksagung

Ein Buch zu schreiben, ist schwer. Sehr schwer. Davon können alle Autorinnen und Autoren ein Lied singen. Ich stelle es mir gern wie das Brauen eines Hexentranks vor. Man braucht dazu eine Prise Talent, viel Entschlossenheit, eine große Portion Glück und vor allem die Bestätigung und das Engagement eines Teams, das einen unterstützt. Also möchte ich ohne weitere Umschweife allen danken, die mir geholfen haben, und will versuchen, es auf zwei Seiten unterzubringen. Was für eine Vielschreiberin wie mich eine echte Herausforderung werden könnte.

Zunächst danke ich meiner Agentin Amy Brewer und der Metamorphosis Literary Agency. Ihr habt auf mich gesetzt, als es niemand sonst tun wollte, und ich kann immer noch nicht fassen, wie weit ich es dank euch gebracht habe.

Danke auch meiner wunderbaren Lektorin Monica Jean, die sich für mich eingesetzt und mich in die großartige, brillante Gemeinschaft bei Delacorte Press aufgenommen hat. Du hast diesem Buch wahren Glanz verliehen.

Und an alle bei Random House, die dazu beigetragen haben, dass *Cast in Firelight* zu dem Buch wurde, das es heute ist – vielen Dank! Ohne euch alle hätte ich es nicht geschafft: Cathy Bobak, Lili Feinberg, Drew Fulton, Erica Henegen, Alex Hightower, Audrey Ingerson, Jenn Innzeta, Nathan Kinney, Kelly McGauley, Carol Monteiro, Dani Perez und Tamar Schwartz. Ein besonderer Dank geht an meine Redakteurinnen Heather Lockwood Hughes und Colleen Fellingham, die dafür gesorgt haben, dass alle meine Sätze einen Sinn ergeben.

Casey Moses – danke für die geniale Covergestaltung. Virginia Norey – danke für die wunderschöne Kartenillustration. Und an Charlie Bowater, die das außergewöhnliche Cover illustriert hat: Ich habe geweint, als ich erfahren habe, dass du meine Figuren zum Leben erwecken würdest, und seit jenem denkwürdigen Tag nie an der äußeren Ästhetik meines Buchs gezweifelt. Mittlerweile können alle sehen, warum ich mir darum keine Sorgen machen musste.

DFW Writers' Workshop – auch euch allen vielen Dank. Ich versuche immer wieder zu vermitteln, wie diese Organisation meine Arbeit verändert, mir eine Reihe von Mentor:innen und Freund:innen beschert und mir praktisch eine Familie geschenkt hat. Die meisten von euch haben mir dabei geholfen, dieses Buch umzuschreiben, das Bewerbungsschreiben dafür zu verfassen und meine Agentin kennenzulernen. Fangen wir also mit der Namensnennung an. A. Lee Martinez und Sally Hamilton – danke für euren Humor, eure Weisheit und eure Beratung zur Veröffentlichung. Rosemary Moore – ich bin so froh, dass wir Delacorte-Geschwister sind. Vielen Dank für die Beantwortung aller meiner Fragen zum Thema Veröffentlichung. Leslie Lutz, Brooke Fossey, John Bartell, Sarah Terentiev, Jenny Martin und Taylor Koleber – danke, dass ihr mich nicht in der Beklommenheit und den Zweifeln der Entwurfsphase habt versumpfen lassen. Und dafür, dass ihr immer Interesse an meiner Arbeit gezeigt habt. Das bedeutet mir mehr, als ihr ahnt. Und zu guter Letzt – Katie Bernet. Ich halte mir jeden Tag vor Augen, was für ein Glück ich hatte, bei meiner ersten *DFW Writers' Conference* neben dir gesessen zu haben.

Du bist die beste Kritikpartnerin der Welt und eine wahre Freundin.

Danke an alle meine Beta-Leser:innen, insbesondere an Leah Hudson und Rachel Griffin, die mich ermutigt und an meinen schlimmsten Tagen daran erinnert haben, dass dieses Buch gut genug ist, wodurch auch ich es war. Und Priya Kavina – danke, dass du mich vor Einsamkeit gerettet hast, als ich quer durchs Land gezogen bin, und dass du jeden Zauber in diesem Buch davor bewahrt hast, eine totale Katastrophe zu werden. Du bist magisch. Persephone Jayne und Sage Magee, vielen Dank, dass ihr mir ein Zuhause in Kalifornien geschaffen habt und die besten »Monsterleserinnen« seid, die sich ein Mädchen wünschen kann.

Den anderen bei #Roaring20sDebuts danke ich für ihre Ratschläge, ihre Inspiration und ihre Ermutigung. Danke an *Half Price Books* und alle meine Kolleginnen und Kollegen, die meine Arbeit gelesen und mich angespornt haben!

Ebenso danke ich meiner Familie für ihre Liebe und Unterstützung. Steve, ich hoffe, du weißt, dass ich es ohne dich nicht geschafft hätte. Du hast definiert, was unterstützende Eltern ausmacht. Mama, danke, dass du meine Lesegewohnheiten gefördert, mich bis spät in die Nacht mit einem Buch aufbleiben lassen und die Saat der Kreativität genährt hast. Obwohl du deine Sache vielleicht zu gut gemacht hast. Es könnte sein, dass meine Fantasie überbordet, und ich denke, dafür bist du verantwortlich. Ich hab euch beide lieb.

Und Rae und Dad – danke, dass ich bei euch sein und mit euch reisen durfte, als ich mit diesem Buch begonnen habe. Tut mir leid, dass ich unsere *Downton Abbey*-Marathons ein paar Mal gestört habe, aber wie ihr seht, musste ich eine Welt erschaffen. Ich hoffe, ihr findet, dass sich das Opfer gelohnt hat.

An meine Schwiegereltern Gokul und Nanda Bysani – danke, dass ihr mich inspiriert und mir als Vorbild für die Stärke gedient habt, die jede einzelne Figur im Buch vermittelt. Diese Welt ist aus eurer Offenheit und Bereitschaft entstanden, mich in indische Sitten und Gebräuche einzubeziehen. Kaethan zu finden war Glück, aber ihr seid mein persönlicher Jackpot.

Die Widmung habe ich humorvoll gehalten, an dieser Stelle jedoch möchte ich ernsthaft werden. Meinem Ehemann Kaethan Bysani danke ich dafür, dass er mich inspiriert und das gesamte Buch hindurch unterstützt hat. Niemand musste meine Emotionen dabei so ertragen wie du, und du hast mich durch alle hindurchgetragen. Auf dich kann ich mich immer verlassen – und vor allem, wie du mich gern erinnerst, auf deine geistreichen Scherze. (Natürlich werde ich weiterhin behaupten, dass meine noch geistreicher sind – aber ich schweife ab.)

Abschließend wende ich mich an meine Leserinnen und Leser – ich hoffe vor allem, dass euch dieses Buch gut unterhalten hat. Danke, dass ihr es gekauft und ihm eine Chance gegeben habt, wodurch ihr mir ermöglicht, meinen Traum zu leben.